三都賦와 漢陽歌
삼 도 부 　 한 양 가

그리고 漢陽五百年歌
한 양 오 백 년 가

金智勇 번역 주석

明文堂

● 무용총(舞踊塚) 전렵도(田獵圖)

● 무용총(舞踊塚) 무용도(舞踊圖)

● 용강(龍岡) 쌍영총(雙楹塚) 벽화(壁畫)

● 광개토경호태왕비(廣開土境好太王碑)
　중국 지린성(吉林省) 지안현(集安縣)
　소재

● 장군총전경(將軍塚全景)
　중국 지린성(吉林省) 지안현(集安縣)

❀ 국민의 유원지 모란봉(牡丹峰) (평양 소재)

❀ 평양 대동문(평양시 소재)

❀ 평양 보통문(평양시 소재)

● 금관총(金冠塚) 금관(金冠) 신라

● 제88호 금관총(金冠塚) 과대(銙帶) 및 요패
(腰佩) 서울 국립박물관 소장

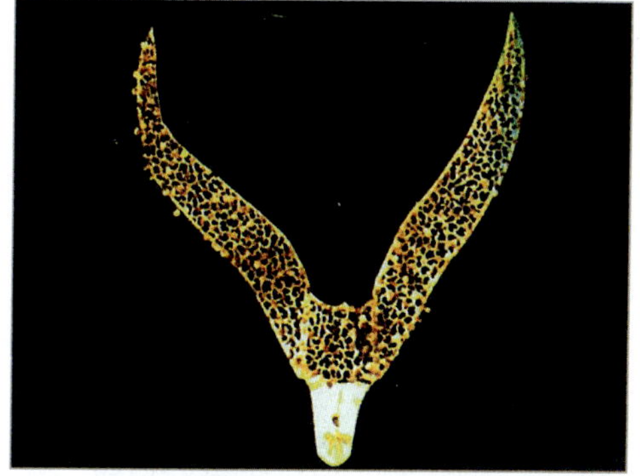

● 조익형 관식(높이 45cm)

● 최고 채색화 백마(천마총) (경주)

경주 첨성대(瞻星臺) 신라

석굴암본존석가여래좌상
(石窟庵本尊釋迦如來坐像)

금동(金銅) 미륵보살(彌勒菩薩) 반가사유상
(半跏思惟像)(신라) 서울 국립박물관 소장

아미타여래좌상(阿彌陀如來座像) 부석사
(통일신라)

◉ 경주(慶州) 안압지(雁鴨池)

◉ 태종무열왕(太宗武烈王) 작전지휘(추상)도

◉ 문무대왕(文武大王) 진두지휘(추상)도

❋ 불국사 청운교(靑雲橋) 백운교(白雲橋) 신라

❋ 신라 문무왕(文武王)의 해중릉인 대왕암(大王岩) 경북 월성군 양북면 봉길리 소재

● 황초령진흥왕순수비
(黃草嶺眞興王巡狩碑)

● 마운령진흥왕순수비
(磨雲嶺眞興王巡狩碑)

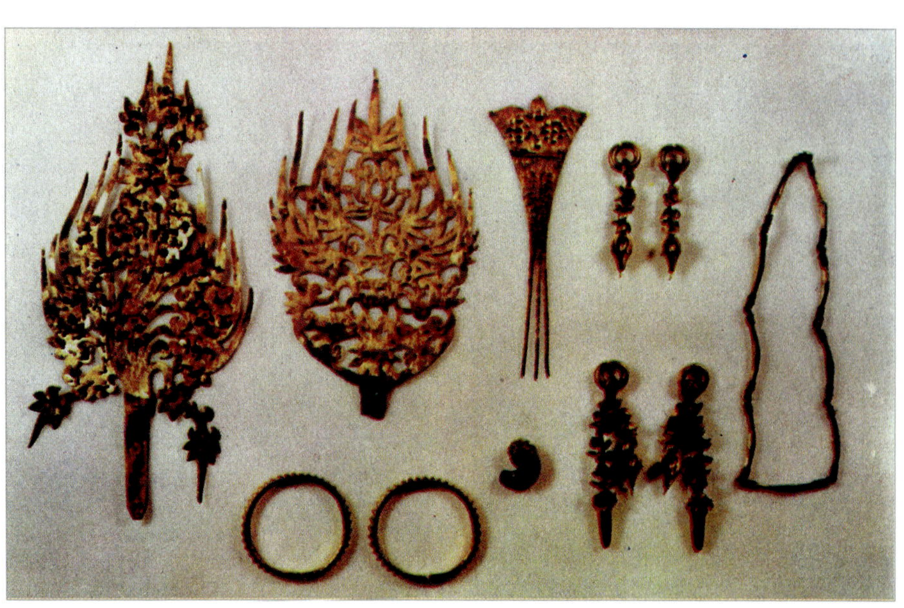

● 공주 송산리 소재의 백제 무령왕릉에서 발굴된 금제 장식품

❂ 부여정림사지오층탑(扶餘定林寺址五層塔)

❂ 백제관음(百濟觀音)

❂ 북한산성(北漢山城)

❂ 포석정지(鮑石亭址)

❂ 법주사 팔상전(捌相殿) 속리산

❂ 발해 삼채 향로

❂ 개성 선죽교(경기 개성시 소재)

❂ 개성 숭양서원(崧陽書院) 전경(경기 개성시 소재)

개성 남대문(경기 개성시 소재)

고려 때 〈오백나한도〉의 하나인
원상주존자(圓上周尊者)상
김의인(金義仁) 작(1236년)

● 숭혜전(崇惠殿) 경주

● 태조의 능인 건원릉 근경. 3면의 곡
장 안에 봉분을 만들고 중앙에 상
석과 장명등을, 양 옆에는 망부석
한 쌍을 두었다. 또 한 단 아래에는
문인석과 석마가, 마지막 단에는
무인석과 석마가 시립하고 있다.

● 곡장 안으로 문·무인석과 석마. 망부석 등
의 석물들이 배치되었다.

● 경복궁(景福宮)

● 창덕궁(昌德宮)

● 창덕궁(昌德宮) 낙선재(樂善齋)

● 종묘(宗廟)

● 창경궁(昌慶宮) 비원(祕苑)

❀훈민정음 반포를 기리기 위해 세운 훈민문(이 문을 지나면 연못과 능이 있다.)

❀세종전에 있는 세종대왕 어진(御眞)

❀측우기(세종 때 만들어진 측우기를 본따서 만든 것이다.)

✿ 팔달문(八達門) 수원성의 남문으로 보물 402호 정조 18년(1794년) 건립되었으며 누각 안
에는 지방문화재 69호인 동종이 있다.

✿ 덕수궁(德壽宮)

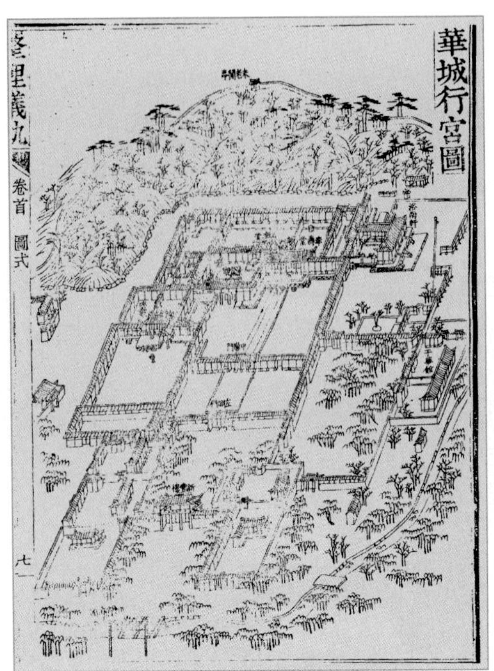

● 원행을묘정리의궤(園幸乙卯整理儀軌)
　화성행궁도(華城行宮圖) 국립중앙도서관 소장

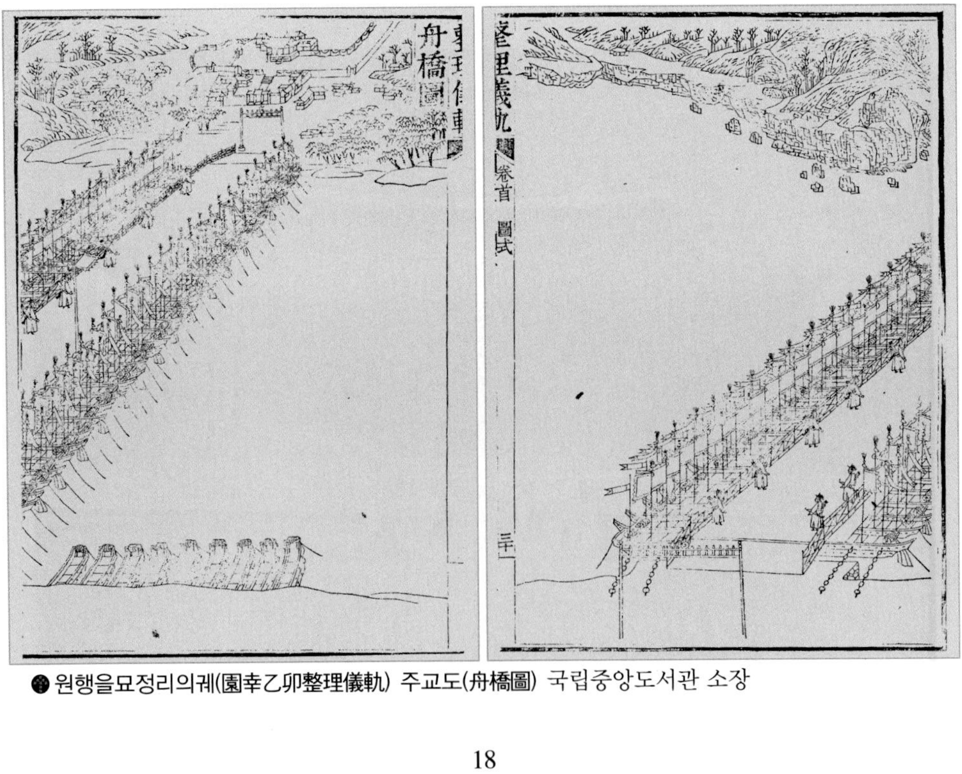

● 원행을묘정리의궤(園幸乙卯整理儀軌) 주교도(舟橋圖) 국립중앙도서관 소장

18

● 한말의 황실
 좌(左)에서 영친왕(英親王), 순종(純宗), 고종(高宗), 윤비(尹妃), 덕혜공주
(德惠翁主)

● 개항 당시의 제물포(濟物浦)

● 대원군 별장 아소정(我笑亭)

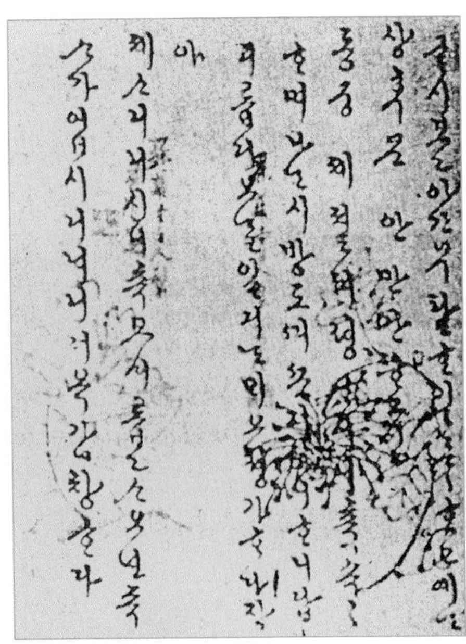

● 민비(閔妃)의 필적

● 최제우(崔濟愚) 초상

20

● 체포된 전봉준(全琫準)

● 한말의 한국군의 훈련

● 영은문(迎恩門)

● 독립문(獨立門) (옮기기 전 모습)

❀ 옥중의 독립협회 회원들
　이상재(李商在), 이승만(李承晩), 이원긍(李源兢) 등 종로서(鍾路署)에서

❀ 고종 인산(因山)

● 홍릉과 석상들(고종과 민비의 합장릉)

● 일본인의 만행(3 · 1운동)

삼도부와 한양가
三都賦　　漢陽歌

그리고 한양오백년가
漢陽五百年歌

# 차례

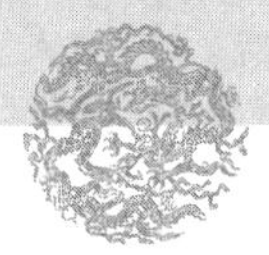

일 러 두 기

1. 「한양가(漢陽歌)」와 「한양오백년가(漢陽五百年歌)」는 그 창
   작동기(Motive)나 내용이 전혀 다르므로 구별하여 다루었다.
2. 바탕책은 「삼도부」는 「동문선(東文選)」 성종(成宗) 때 을해자
   (乙亥字) 목판본을 번각한 판본을 1966년 경희출판사가 영인
   한 판본으로 했고, 「한양가」는 송신용(宋申用) 교주본(1949,
   정음사 간행)으로 했으며, 「한양오백년가」는 세창서관 연활
   자(鉛活字) 본(1953)으로 범역 교주했다.
3. 문헌적 고찰에 참고하라고 원전을 왼편에 바탕책 그대로 싣
   고, 오른편에 번역을 실었다. 단 주(注)는 각주로 양면 하단
   여백을 이용했다.
4. 번역에 있어서 바탕글이 낯설은 어휘들은 쉬운 말로 바꾸거
   나 주를 달았다.
5. 이 번역에서는 바탕글의 어휘나 문법은 일체 다루지 않았다.
6. 우리 선대의 문화유산을 사진으로 볼 수 있도록 65컷의 화보
   를 책머리에 실었다.
7. 출판사의 뜻이 있어 이들 원본을 그대로 복사하여 책 뒤에
   실었다.
8. 책 뒤에 색인을 붙여 참고 되게 하였다.
9. 이 작품들을 번역 교주하는 과정에서 많은 연구논문과 교주
   서를 참고하였으므로 그 목록을 해제에서도 밝혔지만, 다시
   책 뒤에 〈참고문헌〉 목록으로 열거하여 두면서 그 분들에게
   감사를 드린다.

Ⅰ. 서설(序說)

1) 책을 펴내는 뜻

필자는 명문당(明文堂) 김동구(金東求) 사장과 협의하여 「삼도부(三都賦)」와 「한양가(漢陽歌)」 그리고 「한양오백년가(漢陽五百年歌)」를 번역 주석하여 펴내기로 하였다.

명문당은 동양의 경전(經典), 한국의 고전(古典) 등을 이문보다 문화유산 계승을 먼저 생각하며 책을 출판하는 도서출판의 명문(名門)이라, "김동구 사장은 국가가 해야 할 일을 도맡아 희생적으로 한다."고 알만한 학자들은 이구동성(異口同聲)이다. 이번도 종로 뒷골목에서 사그라져가는 세창서관의 판본을 인수하여 이 책을 펴서 고전을 보전하려는 뜻도 있다.

동서를 막론하고 통치자가 도읍을 정하면 사람들이 모여들어 취락(聚落)을 이루고 모인 백성들은 다투어 문물제도를 형성하여 갔으므로 그 민족이나 민중이 국가에서는 가장 선진적이요, 으뜸가는 문화가 발전되었기에 문학인들은 수도 서울의 문물을 찬양하고 자랑하는 시문을 엮는다.

우리나라에서는 고려 때 한림학사요, 모사이던 최자(崔滋)가 「삼도부(三都賦)」를 지어 고대에 홍익인간(弘益人間)하려고 수도를 삼던 서경(西京;평양)을 위시하여 송도(松都;고려)와 강도(江都;고려 고종(高宗) 때 몽고의 침입으로 임시 옮겼던 서울이던 강화도) 및 경주(慶州;신라)와 부여(扶餘;백제)까지 언급하면서 부시(賦詩)로 사실

을 있는 대로 엮어서 율문으로 풍자비평 곧 진사풍송(陳事諷誦)하였
고, 조선조 말기인 1844년에는 한산거사(漢山居士;인물정보 미상)
가 지은 「한양가(漢陽歌)」가 수도 서울의 복된 지세(地勢)와 깊고 높
던 궁궐과 관아(官衙)의 분주한 모습, 누정(樓亭)과 명소(名所), 거리
의 상가인 육주비전(六注比廛)의 활기찬 모습 각색 놀이 풍경, 왕의
능행(陵幸)과 그 위의(偉儀), 과거의 풍경 등을 3.4조 혹은 4.4조 가
사체로 총 1,524귀(句;말미의 신증동요 48귀까지)의 가사집으로 지
었다.

그리고 「한양오백년가(漢陽五百年歌)」는 위 두 시가와는 창작동기
(Motive)나 내용줄거리(Story)가 전혀 다르지만 이씨조선왕조 27
임금이 백성 다스린 선(善), 불선(不善)을 소상하게 가사로 엮어 후
대의 전철(前轍)의 교훈이 되게 하는 더욱 의미심장한 총 5,688귀
(句)의 장편 3.4조 내지는 4.4조 가사집이다.

이 세 작품을 번역 주석하는 까닭은 우리 고전의 특이한 작품일 뿐
만 아니라 전통적인 이념과 정서를 계승 발전시키자는 뜻이니, 현재
우리들이 향유하고 있는 컴퓨터를 위시한 모든 문명이기는 고도로
발달될수록 신세대는 옛 문화와는 단절된 것으로 생각하기 쉽고 어
떤 면에서는 언어나 문자나 생활양식 등이 포말(泡沫)처럼 떴다가는
꺼지고, 경박(輕薄)하기가 떠도는 먼지 같으니, 이런 때일수록 "현재
의 문화는 전대문화의 축적 위에 쌓여진 문물(Culture)이라"는 명제
를 분명히 인식해야 하겠고, 또 알게 할 선배들의 책임이 있는지라,

무릇 역사의 발전이란 신구(新舊)의 사조가 연속적으로 이어지며
발전하되, 그것은 헤겔(W.F.Hegel)의 변증법(辨證法)에서 말하듯
이 정(正), 반(反), 합(合)의 관계와 순리로 모순되는 것 같지만 불가

피하게 진전되게 마련이므로 만약에 문화의 단절이 있다면 그것은
기성세대가 문화유전(文化遺傳)을 제대로 못해 준 책임이 크므로,
그런 뜻에서 이 번역과 교주 작업을 하는 것이요, 특히 언어나 문자
와 제도, 상념 등이 현 젊은 세대가 생소할 것을 생각하여 쉽게 그리
고 재미나게 읽히려고 이 책을 쓰는 바이다.

2) 수도(首都) 서울을 찬가(讚歌)한 역사

인류는 고금동서를 막론하고 자신들의 국가보다도 수도(서울)나
대도시를 더 자랑하고 싶어한다. 그것은 인류역사의 진전과정에서
취락(聚落)하여 살면서 문화를 창조한 자부심에서 발로된 자연스러
운 현상이라 할 것이니

그리스 사람들은 그들의 천문학이나 철학보다도 아테네(Athenae)
의 문화를 더 내세우고, 이탈리아 사람들은 로마(Rome)를 나라보다
도 더 귀중하게 여기며 사랑한다. 그뿐만 아니라 유럽의 베를린
(Berlin)이나 파리(Paris)의 경우도 그러한 현상을 보였고, 동방에서
도 인도의 뉴델리(New-delhi)나 봄베이(Bombay)를 더 자랑하여
혹 인도는 몰라도 그곳의 문화유적을 세상 사람들은 더 찾고 있다.

앙카라(Ankara)의 문화, 이스탄불(Istanbul)의 고적을 관광하는
손님들은 그곳이 터키의 고 문화 도시인 줄을 깜빡하는 수도 있다.

중국의 베이징(北京)이나 한국의 서울(한양)이나 일본의 도쿄(東
京)도 예외는 아니다.

3) 중국 좌사(左思)의『삼도부(三都賦)』

그 도읍의 문화와 제도 등 역사를 기록한 저술은 부지기수이겠지만, 여기서 특히 거론하고자 하는 작품은 중국 고대 좌사(左思)의『삼도부(三都賦)』이다.

여기의 삼도(三都) 즉 세 나라 서울이란, 옛 중국의 삼국(三國)인 유비(劉備)의 촉(蜀)나라, 서울 익주(益州)와 손권(孫權)이 세운 오(吳)나라, 서울 건업(建業)과 조조(曹操)가 세운 위(魏)나라 서울 업(鄴)을 말하며, 중국 고대사에서 이 세 나라처럼 복잡하게 얽혀져 치고받고 하던 싸움도 드물 것이니 그래서『삼국지(三國志)』는 재미있는 역사소설이거니와

좌사(左思)는 진(晋)나라 임치(臨淄)사람으로 못생기고 말은 더듬고 우스꽝스러웠지만 문장은 절세라 했고, 후에 비서랑(秘書郎)을 지냈다고 했으며, 그는 먼저『제도부(齊都賦)』를 지었다고 했다.『삼도부(三都賦)』는『촉도부(蜀都賦)』,『오도부(吳都賦)』,『위도부(魏都賦)』였는데 그는 10년 걸려 이 사장(詞章)을 지었더니 당시 호족(豪族)들이 이를 읽고 감탄하여 서로 옮겨 베끼는 바람에 당시 서울이던 낙양(洛陽)의 종이값을 폭등시켰다는 일화도 남겼지만, 당시 진(晋)의 문장가 육기(陸機)가 낙양에 들어가 역시 그 '삼도부'를 지으려다 좌사의 삼도부를 읽고는 감격한 나머지 붓을 꺾어버렸다는 소문도 남긴『삼도부』이다.

이『삼도부』가 지어진 때는 오(吳)와 촉(蜀)이 이미 평정(平定)된 뒤여서 많은 사람들이 전현(前賢)의 문장에 대하여 의혹이 많았던 것인데, 이『삼도부』로 하여 그러한 중혹(衆惑)도 풀렸었다고 전하

는 명작이다.

4) 고려 최자(崔滋)의 『삼도부(三都賦)』

대륙의 당(唐), 송(宋) 문물과 시문(詩文)이 전래되어 한창 한림(翰林)들의 시문이 난만했던 고려 때, 시문과 함께 사장(詞章)도 명품이 많았으니, 최해(崔瀣;1287~1340, 고려의 학자요 문신)의 『동인지문(東人之文; 일명 『동인문(東人文)』 25권이나, 조선조의 서거정(徐居正;1420~1488) 등이 엮은 『동문선(東文選』에 실린 정편(正篇)의 130권의 시문이나, 『동문수(東文粹)』 10권 3책 등에 전하는 시문으로도 고려 때 한림들의 시문 창작의 편모를 엿볼 수 있거니와 그중에도 사장(詞章)으로 엮어진 부(賦)는 30여 편 밖에 전하지 않지만 김부식(金富軾;1075~1151)의 『아계부(啞鷄賦)』 등 2편과 이규보(李奎報;1168~1241)의 『외부(畏賦)』 등 6여 편과 이인로(李仁老;1152~1220)의 『홍도정부(紅桃井賦)』나 『옥당백부(玉堂栢賦)』는 천고의 명품으로 전해지고 있는 중에서도 가장 장편으로 지어진 최자(崔滋;1188~1260)의 『삼도부(三都賦)』는 문장으로서도 명작일 뿐만 아니라 그 내용이 고려 고종(高宗;1192~1259, 재위 1213~1259) 때, 몽고(蒙古)의 침입으로 강화도(江華島)로 천도(遷都;1232)했던 당시의 고려 도읍인 강도(江都;강화도)와 고구려 서울인 서경(西京;평양)과 송도(松都;개성)의 역사와 문물 및 통치제도 등을 상세히 기술했다는 점에서 중국 좌사(左思)의 『삼도부(三都賦)』와도 그 비중이 같다 하겠거니와 무엇보다 우리들이 되새겨 보아야 할 점은, 우리민족은 일본 침략자들이 이 땅을 강탈한 36년간을 가장 비극으로 뼈를 저리고 있지만, 고려 때 정중부(鄭仲夫)의 난(亂;1170)을 시작으로 30여 년간 무단정치로 국가가 혼미에 빠진 상태에서 몽고(蒙古)의 7차에 걸친 침입과 고종(高宗;1213~1259) 때는 나라를 내어주고 강화도로 피란 천도한데 이르러는 이 나라 백성들은 점령군에 짓밟혀 풍속까지 몽고풍(蒙古風)을 쓰게 된 비극을 우리는 까맣게 잊고 있는데, 이때 최자는 『삼도부』를 저술하여 민족정신을 은근히 불러일으키는 작품으로 저술했었다.

흔히 한 민족의 수난기에는 대개 신화(神話)를 창조하여 민족정기를 불러일으키는 민족문화가 있으니, 우리의 『단군신화(檀君神話)』도 전승신화(傳承神話)가 아닌 고려 고종 때 이승휴(李承休;1224~1301)가 저술한 『제왕운기(帝王韻記)』에서부터 부각된 창작신화에 속한다.

이와 같은 사실들은 고려 때의 한림학사들이 얼마나 원려(遠慮)하는 정성으로 고심하였는지 짐작이 가거니와 최자의 『삼도부』도 그와 같은 민족정기를 계시한 작품으로 전승하여야 하겠다.

II. 해제(解題)

1) 최자와 「삼도부」

삼도부(三都賦)의 저자 최자(崔滋 ; 1188~1260)는 고려 고종(高宗, 재위 1213~1259) 때 문신으로 보한집(補閑集)으로 널리 알려진 한림학사이며 벼슬이 중서시랑 평장사(中書侍郎 平章事 ; 정2품) 등을 역임하다가 치사한 은둔학자이다.

최자의 자는 수덕(樹德), 호는 동산수(東山叟), 본관은 해주(海州)로 최충(崔冲 ; 984~1068)의 후손이며 강종(康宗 ; 1212~1213) 때 문과에 급제한 뒤 국학학유(國學學諭 ; 國子監 종9품) 등을 거치면서 이규보(李奎報 ; 1168~1241)에게 문재(文才)가 인정되어 그의 추천으로 문한(文翰 ; 藝文春秋館 정7품) 일을 맡은 일을 시작으로 정언(正言 ; 中書門下省의 종6품)을 거쳐 상주목사(尙州牧使)가 되어 선정을 베풀어 명성이 높았고, 이어 안찰사(按察使), 국자대사성지어사대사(國子大司成知御史臺事 ; 정6품~정3품) 등을 지냈으나 벼슬에는 욕심 없었고 시문에 뛰어나서 당대에 문명을 크게 날렸으니, 그래서 시호가 문청(文淸)이며 치사(致仕)하고는 주로 시문에 전념했다.

김태준(金台俊) 선생은 그의 「조선한문학사」에서 "… 한림학사 평장사(翰林學士 平章事)에 이르렀다가 이윽고 걸퇴(乞退)하여 스스로 동산수(東山叟)라 하고 물외(物外) 소요(逍遙)하였다. 더구나 그의 말년사상(末年思想)은…"로 이어지며 한마디로 "박람강기(博覽强記) 농고조금(籠古罩今), 장편거작(長篇巨作), 책기편묘(策奇鞭妙)"라고

평하였다.〈최자(崔滋)와 김구(金坵)〉

저술에 가집(家集)인 최문충공가집(崔文忠公家集 10권 ; 부전)과 보한집(補閑集 ; 시화문담집 3권) 외에 부(賦)로 삼도부와 상여피염파이선국가급부(相如避廉頗以先國家急賦) 등 2편과 시 11편 및 문(文)으로 속파한집서(續破閑集序) 등 14편이 동문선에 전한다.

『상여피염파이선국가급부』는 부제(賦題) 그대로 중국 고대 조(趙)나라의 인씨(藺氏)인 상여가 국가의 위기를 먼저 염려하였기 때문에 그때의 권력자요 친구인 염파(廉頗)를 피했더라는 사실을 찬양한 작품으로 이 문장만으로도 그의 애국심을 알겠거니와 『삼도부(三都賦)』의 내용은 옛 고구려 서울 평양과 고려 때 서울 송도(北京)와 몽고내침으로 피난 때 임시 서울인 강화도(江都)의 세 도읍의 역사와 문물, 제도 등 자랑을 사장(詞章) 형식인 부(賦)로 엮은 작품인데, 그 양식은 서도 출신인 달변의 젊은이와 송도 출신인 이야기꾼 노인이 강도의 정의대부(正議大夫 ; 정2품~종4품)에게 놀러와서 각기 자기 고장의 제도, 문물, 풍속, 물산 등을 다투어 자랑하다가 강도의 대부가 "방금 주상(主上)께서 몸소 검박하시고 아랫사람에게 후하시와"라는 이야기에 그만 깜짝 놀라며 얼굴빛을 고치고 꿇어 앉으며 말하되, "대부는 더이상 말씀 마십시요… 무릇 정사의 밝고 공정함이 모두다 검박에서 비롯하며, 검박하면 풍속이 후할지니 하늘이 어찌 안 도우며, 국운이 어찌 길지 않으리요" 하니, 대부가 노래 한 수를 지어 기리는 것으로 끝나는 부(賦) 양식의 명문장이다.

최자의 『삼도부』나 『상여피염파이선국가급부』에서 보여준 주된 상념과 주제는 나라를 먼저 생각하고 군주는 사랑과 검소로써 백성을 다스리며 공직자는 청백리로써 백성의 폐를 끼쳐서는 안 된다는 고려 한림들의 공통된 사상이었다.

2) 「한양가」와 그 판본 〈서지정보(書誌情報)〉

「한양가」는 한산거사(寒山居士)가 1844년(헌종10)에 지었다고 전하는 장편 가사(歌詞)로 이씨조선 500년간의 왕실과 문물제도를 찬미한 작품이다. 4.4조 또는 3.4조 1,524귀(句)(귀수는 판본에 따라 다름)로 구성된 이 가사는 "화려하면서도 장중하고, 쾌활하며, 쇄락한" 가사체 문장으로 그 내용을 간추려 보면,

(1) 천지개벽하여 오행(五行)이 생긴 이치로부터 시작하여

(2) 오악(五嶽)과 사독(四瀆)이 생긴 모습과 한반도의 지형적 복지(卜地)조건으로서 한양 국도가 좌청룡우백호(左靑龍右白虎)와 후장(後墻;적성 감악산)과 외안(外案;제주 한라산)의 명당임을 기술하고,

(3) 단군 이래 역대 문물이 빛나고, 종묘사직이 의연 중에 경복궁과 창덕궁이 깊은 속에 높이 솟아있고,

(4) 인정전(仁政殿), 근정전(勤政殿)이 치민(治民)하던 정전(政殿)임과 각전(各殿)과 대각(臺閣)이 의연함과

(5) 웅대한 궁궐 속에 찬란한 관아(官衙)와 관직(官職)을 노래하고

(6) 화려한 궁인(宮人), 액정(掖庭)의 의상과 기색

(7) 육조(六曹) 관원들의 임무와 의상과 움직임

(8) 장안 각사(各司)의 분주한 경색과 복색

(9) 장안의 육주비전(六注比廛) 및 팔주(八注)비전의 활기로운 정경

(10) 장안 각층 각색의 놀이 풍경

(11) 장안과 각처의 놀기 좋은 누각과 정자들

(12) 엄숙하고 거창한 차림의 수원능행(水原陵幸)의 모습과 그 시말 및 임금의 위엄

(13) 과거시험의 풍경과 장원급제자의 영광된 차림

(14) 끝머리에는 역대 도읍 중에 한양이 제일이라 하고

"우리나라 우리 임금 본지백세(本枝百世) 무강휴(無疆休)를 여천여지(與天與地) 해로하게 비나이다 비나이다"로 끝맺고 있다.

본 역주 번역본의 저본은 송신용(宋申用;1884~1962)씨가 1949년 정음사(正音社)에서 교주(校註) 출간한 가사집인데, 이 책도 1844년 갑진(甲辰;헌종10)에 한산거사(寒山居士)가 지었다는 가사집을 1880년(광무17)에 목판본으로 판각한 방각본(坊刻本)을 저본으로 교주한 책이다.

박성의(朴晟義)교수는 이 교주본을 대본으로 하여 1974년(민중서관 간)과 1984년(교문사 간)에 역, 교주하면서

"송씨의 발문에 의하면, 원본은 교주본 발행 당시로부터 20여년 전…노상 잡물가게에서 샀다…그 원본은 궁체 반초(半草) 목각본(木刻本)으로 된 소책인데 1면이 16행 상·하단이고, 가귀(歌句)로는 16귀이며, 총 매수는 24장 48면 402귀…라 했으나 다시 검토하여 보니 총 귀수가 1,524귀가 된다"고 해제했다.

이 귀수 속에는 『한양가』와는 내용이 다른 『신증동요』 29귀도 포함되어 있다.

박교수는 이 판본 외에도 6종의 이본(異本)들을 열거 소개하였는데 그 중에는 세창서관본(世昌書館本;1935년 연(鉛) 활자본)도 자세히 소개하였는데 이 두 가사집은 전혀 다른 내용의 책이다.

『한양가』를 역주한 여러 사람의 대부분이 『한양오백년가』와 『한양가』를 혼동하여 같은 가사로 취급하고 있으나, 이 두 가사는 창작 동기나 가사 내용이 전혀 상반되는 다른 가사이니 뒤에 붙여 역주 번역하는 '한양오백년가' 에서 자세히 밝히겠다.

한양가를 역주한 제가들은 이본(異本)에 대한 설명을 장황하게 논하고 있지만 필자는 실제로 후진들이 볼 수 있는 길잡이로 각 도서관에 소장된 판본들을 '서지정보'로써 소개하려 한다.

ㄱ, 국립중앙도서관 소장본 한양가

◎ 한양가(漢陽歌) : 한산거사(漢山居士) 저
　목판본(木版本), 간사지, 간사자, 간사년 미상(?)
　형태 : 24장, 4주단변, 반곽 20.5×17.0cm
　　　　 8행(글자수 같지 않음), 주(註)는 쌍행
　　　　 상변 흑색어미 28.2×20.0cm
　주기사항 : 이씨조선 5백년 역사를 순국문으로 엮은 가사책.
　간기(刊記) : 세경진국추 석동신간(歲庚辰菊秋 席洞新刊)
　※ 즉 1880년(광무제 17), 石洞坊刻을 말함. 총 귀수는 한양가만
　　 1,472귀이다.
　청구기호 : 한古朝 48-101
초록이 있으니 그 요지는

① 국립중앙도서관 소장 『한양가』는 서울 석동(石洞) 방각소(坊刻所)에서 발행한 방각본(坊刻本)이다.

② 전책 24장으로 구성되고 뒤에 「신증동요(新增童謠)」가 합철되어 있다.

③ 이 책의 마지막 장에는 세재갑진계춘(歲載甲辰季春) 한산거사(漢山居士)의 간기가 남아있는데 이로써 대략 헌종(憲宗) 10년(1844)에 창작되었음을 추정한다.

④ 현재 한양가란 이름의 가사집은 여러 종류가 있으나 이 한양가는 "천지개벽하니 일월이 생겼어라"로 시작하여 "우리나라 우리임금 본지백세 무강휴를 여천지로 해로하게 비나이다 비나이다"로 끝나는 것이 특징이다.

⑤ 작품의 전체 내용은 한양의 지세(地勢), 서울의 웅대한 궁전(宮
殿), 화려한 관직 관위(官位)와 관직에 대한 소개와 묘사, 번화
한 서울 장안의 풍경, 서울의 여러 풍속들을 묘사하고
⑥ 작품내용을 서술(생략)하고 있는데
이 초록은 유춘동씨가 하고 있으며, 역시 『한양가』와 『한양오
백년가』를 혼동하고 있는 것 같다.

◎ 송신용 교주본 한양가 : 정음사 1949년 간
형태 : 128p, 5cm(책, 세로 크기 이하 같음)
청구기호 3613-42
※ 지금 펴내는 역주(譯註) 책은 이 교주본을 바탕책으로 하여
다시 번역 · 교주했다.

◎ 김용귀 편 궁체흘림 글씨 한양가
발행 : 한국문화사, 1988년 간
형태 : 133p, 30cm,
청구기호 : 643-1-김

◎ 이석래 교주 풍속가사집 ; 한양가, 농가월령가
신구문화사 1974년 간
형태 : 181p, 도판 2p, 18cm
청구기호 : 811-2-8-4-2

◎ 조동일 편저 필사본 가사, 한양가 외
발행 : 서울 박미정 1999년 간
형태 : 영인판 550p, 26cm

청구기호 : 810-82-조

◎ 한양가, 김명관 지음

　발행 : 성남 신구문화사 2008 간

　형태 : 191p, 23cm

　청구기호 : 811-25-9-1-2

◎ 한양가, 한산거사 지음, 박숙희 씀

　발행 : 서울 서예문인화(書藝文人畵) 이화출판사 2008 간

　형태 : 140p, 20×20cm

　청구기호 : 643-8-6-2

◎ 한양가, 민창문화사 편

　발행 : 민창문화사, 1994년 간

　형태 : 97p, 30cm

　청구기호 : 811-25-민-969ㅎ

◎ 농가월령가, 한양가, 박성의 역(한양오백년가도 함께 역주)

　발행 : 민중서관, 1974년 간

　형태 : 104p, 22cm

　청구기호 : 3604-26-702

◎ 농가월령가, 한양가, 박성의 교주(한양오백년가도 함께 역주)

　발행 : 교문사 1984년 간

　형태 : 563p, 23cm

　청구기호 : 810-8-교-944ㅎ-9-2

ㄴ. 규장각연구원 소장본 한양가

◎ 한산거사 저 한양가, 필사본 1책 36장
　 필사는 고종 이후, 간사지, 간사자, 필사년 미상
　 형태 : 28×22.5cm 부록 신증동요 1편
　 청구기호 : 古 3320-9

ㄷ. 연세대학교 중앙도서관 소장본 한양가

　이 도서관에는 여러 종류의 한양가 필사본이 있으니, 그중에는 한양오백년가도 혼재하고 있다. 대표적인 필사본 몇 책만 들어보면 ;
　　◎ 한양가 필사본
　　　간사지, 간사자, 간사년 미상
　　　형태 : 40장, 무계, 10행, 38자 내외, 무어미 30cm
　　　사기(寫記) : 경진(庚辰) 정월 염(念) 3일(23일) 등출(謄出)
　　　청구기호 : 고서 Ⅱ 811.914-17
　　　※ 여기 경진(庚辰)은 1880년인듯.
　이 필사본과 같은 77장의 한양가가 대정 12년(1923) 사기(寫記)로 된 책이 하나 더 있으나 이는 그 분량으로 보아 『한양오백년가』 인듯하다.

　　◎ 한양가 필사본
　　　간사지, 간사자, 간사년 미상
　　　형태 : 43장, 무계 3단, 20행(자수 부동), 무어미 30cm
　　　사기(寫記) : 기사(己巳) 춘이월 이십삼일
　　　　　　　※ 기사년은 1869년 또는 1929년일듯.
　　　청구기호 : 고서 Ⅱ 811.914-17

　　◎ 한양가, 고서, online, 한산거사 작
　　　djvufile 국한문 혼용

◎ 한양가, 한글본 고서, online, 한산거사 작
　　djvufile 한글본

◎ 한양가, 한글본, online
　　djvufile 해동만화가 부록됨.
이 외에 몇 건 더 있으나 생략한다.

ㄹ. 고려대 도서관 소장본 한양가

◎ 광문회 목판본
　　한양가 목판본, 저자 미상
　　간사지 미상, 조선광문회 간, 간사년 미상
　　형태 : 1책 26장 사주단변 반곽 20.0×16,9cm
　　　　　유계 16행 15자, 상흑어미 27.2×19.1cm
　　청구기호 : 육당 C15.A45
◎ 필자(김지용) 소장본 한양가 31장 우강 김호직 저 표제는 "李
　　朝五百年史話" 석판본 4×6판 4주단각 103장 5,994귀, 매장
　　60귀 실맺음 한본(韓本).

　이 외에 송신용 교주 한양가, 1949년 정음사 간 등 10종의 『한양
가』가 있으나 국립중앙도서관 소장본과 같은 판본이거나 혹은 『한
양오백년가』와 혼동하여 한양가로 등재하였으므로 이하 생략한다.
　※ 한양가와 한양오백년가는 서로 상반된 주제와 내용의 가사집이다.

3) 「한양오백년가」의 내용 요약

① 이 가사는 조선 5백년간의 흥망성쇠 사적을 가사체로 기술하되

특히 28왕이 치국(治國)한 선(善), 불선(不善)을 엮은 작품이다.

이 가사에서 중점적으로 보인 사적은 28왕 중 잘 다스린 군주보다 불륜(不倫)과 미혹(迷惑)과 무치(無恥)의 한심한 작태(거동)를 사실대로 때로는 허구적(Fiction)으로 엮으면서 "이러고야 망하지 않겠는가?"하는 일종의 망국의 역사요, 통탄의 장편 서사시(敍事詩)이다.

필자는 금번 이 가사집을 번역, 주석하면서 또 다른 의미를 찾아 보았으니

"이씨 조선 역대로 골육상잔의 불륜한 이성계 후손인 임금과 어리거나 철들지 못한 미욱한 임금과, 여색에 분별없이 빠져 헤매는 무치한 군주들을 등에 업고, 권력싸움에 사리분별도 못하며 치고 받던 무리의 동족상잔(同族相殘)의 비참한 모습들을 보았고, 이는 곧 현재의 일부 정치한다는 무리의 작태를 목격하였기 때문에 더욱 절감하게 되었다.

② 한양오백년가의 줄거리 ;

(1) 그 첫머리에 이 가사를 짓는 취지를
    "슬프다! 친구님네, 이가사 들어보소 어느가사 지었는고, 한양가를 지었어라. 이가사를 보시오면 한양사적 자세알리, 오백년 지난사적 흥망성쇠 여기있소 이십팔왕 치국하신 선불선이 모도있다"로 시작하여

(2) 이태조(이성계)의 복력과 역성혁명(易姓革命)하여 등극한 일.

(3) 고려 유신 정몽주 등을 타살하는 장면과 72충신과 두문동(杜門洞).

(4) 무학대사와 정도전의 천도 좌향 다툼 장면.

(5) 천도한 한양 궁궐의 위용과 각(閣), 합(閤), 대(臺), 문(門)의 나열 및 그 위용.

(6) 태조의 왕비와 부원군(왕의 장인) 소개 거론(이런 양식은 28왕마다 왕의 소개, 왕비나 계비 등과 부원군, 왕릉 등을 빠짐없이 소개하고 있으니 이하 그 부분의 기록은 생략한다).

(7) 정종, 태종의 왕위 등극과 이방원(李芳遠 ; 太宗)의 두 이복동생 살해와 왕위 찬탈의 그 불륜상. 이 대목이 길게 서술되어 있다.

(8) 이태조의 분노와 함흥차사 사건 및 옥새 전수 장면.

(9) 이태조의 승하와 왕릉(왕비릉)인 건원릉(이하 왕릉은 생략함)

(10) 세종대왕의 등극과 국가 선정, 권학의 정치.

(11) 문종의 등극과 여러 신하에게 단종을 부탁하는 고명 장면.

(12) 단종의 등극과 수양대군(首陽大君;世祖)의 왕위 찬탈 및 골육상잔의 비극상. 세조의 포악상.

(13) 사육신에 대한 국문과 국청에서 벌리는 참살 모습, 특히 사육신들의 가족 참살의 비극상. 이 가사에서는 이 대목에서 많은 지면을 할애하여 서술했다.

(14) 생육신에 대한 그 충절과 거취.

(15) 단종의 유배와 죽음. 엄호장(嚴戶長) 흥도(興道)의 단종 시체 수렴(收斂) 장면과 그의 충절 및 숙종 때 그의 충절비(忠節碑) 건립 상황.

(16) 세조의 천벌 ; 단종 모후 권왕비(權王妃)의 현몽사건. 세조의 세자 동궁의 급사. 세조의 전풍(癲風;어루러기) 천벌사건.

(17) 한명회(韓明澮)가 두 딸을 예종과 성종(숙질간)에게 왕비로 밀어 넣던 부도덕한 행위.

(18) 기묘사화(己卯士禍) 사건. 비극의 시작.

(19) 선조와 임진왜란: 선조의 부실한 통치와 임진왜란의 시말, 특히 의병(義兵)의 조직과 전투상. 이 가사에서 가장 길게 서술

한 대목이 임진왜란의 기술이며, 다음으로 길게 기술한 대목
은 세조가 왕위 찬탈한 사건이었다. 이 가사의 주제를 짐작케
하는 대목이다. 그러나 임진왜란에 등장하는 인물 중에는 학
봉 김성일 등을 잘못 알고 기술했거나 허구의 인물도 많다.

(20) 명나라 원병대장 이여송(李如松)의 이야기 시작, 즉 청병(請
兵)가던 허구.

(21) 진주의 논개(論介)의 순사(殉死)와 평양의 화월(花月) ; 민간
설화에서는 계월향(桂月香)의 소섭에 대한 복수.

※ 소섭은 왜장(倭將) 고니시유끼나가(小西行長)임.

(22) 이덕령(李德齡)의 전투 모습과 그 전과(戰果).

(23) 여러 의병장(義兵將)의 전사한 참상들.

(24) 이여송, 이덕령과 왜장과의 마지막 전투 모습.

※ 이때 왜장은 수길〈秀吉; 곧 도요도미 히데요시(豊臣秀吉)〉로
나오는데 이는 가상적인 허구이다.

(25) 이여송이 조선의 명산에 인재 출현을 막기 위해 쇠말뚝으로
산천혈(山川穴)을 박는 장면.

※ 이는 임진왜란 때 왜장(倭將)들이 한 짓인데 잘못 알고 서술한
것이고 이여송은 그 조부가 조선 강계(江界) 사람이다.

(26) 이여송의 반사(班師) 장면과 선조의 못난 몰골.

(27) 수신사(修信使) 사명당(四溟堂)이 일본에 건너가 왜왕(倭王)
의 항복과 인피(人皮) 3백장을 받던 경위.

(28) 광해군(光海君)의 등극과 폐출사건.

(29) 추존왕 원종(元宗)의 기사(記事).

(30) 인조(仁祖)의 등극과 병자호란(丙子胡亂). 특히 3왕자와 3학
사가 볼모로 잡혀 가던 사건.

(31) 3학사의 죽음과 충절.

(32) 인조(仁祖)의 반정(反正)과 그 경위.

(33) 효종(孝宗)의 등극과 북벌(北伐)의 꿈과 이완(李浣)의 전략.

(34) 효종의 북벌 꿈이 깨어지던 상황.

(35) 현종(顯宗)의 등극과 치병 및 요절.

(36) 숙종(肅宗)의 등극과 장희빈(張禧嬪)사건.

(37) 숙종과 「사씨남정기(謝氏南征記)」

  ※ 이 대목에서 「사씨남정기」를 김익훈(金益勳)이 지었다고 했
    으나 김만중(金萬重)이 지었다.

(38) 경종(景宗)의 등극과 요절.

(39) 영조(英祖)의 등극과 조옥천(趙玉川)을 목베고, 사도세자(思
    悼世子)를 죽인 사건의 시말.

(40) 진종대왕(眞宗大王) 추존.

(41) 정종(正宗)의 등극과 사도세자의 수원릉(水原陵) 복원 능행
    (陵幸). 용주사(龍珠寺)의 흥망.

(42) 순조(純祖)의 등극과 홍경래란(洪景來亂) 및 김조순(金祖淳)
    이 딸을 왕비로 넣던 이야기.

(43) 추존왕 익종대왕(翼宗大王) 사실.

(44) 헌종대왕(憲宗大王) 등극과 외척들. 철종대왕(哲宗大王) 등극
    과 강화도령(江華道令) 사연.

(45) 고종(高宗)의 등극과 대원군(大院君)의 섭정.

(46) 민비(閔妃)의 등장과 대원군과의 혈투.

(47) 대원군과 민비 집권 때 매관매직의 혼란상 및 양요(洋擾)사건
    들.

(48) 대원군이 원납(願納)을 강제 징수하면서 민원(民怨)이 커서
    원납(怨納)이 되던 일. 이 가사 작자도 원납 당했다고 했다.

(49) 대원군의 서원(書院) 훼철(毁撤)사건.

(50) 본래의 과거(科擧)시험이 과장(科場)하던 유래와 대원군 시절
　　　에 급제자를 미리 팔던 현황과 그 매매금액.

(51) 민비(閔妃)의 망동 사례.

(52) 갑오년(甲午年) 동학란(東學亂)의 양상과 사회제도 변혁 및
　　　신분의 반상(班常) 양상이 바뀌던 상황.

(53) 한일합방(韓日合邦)과 민영환(閔泳煥) 등의 자결사건. 그리고
　　　삼적(三賊)과 오적(五賊).

(54) 조선왕조 역대의 회고, 특히 충신과 역적.

(55) 조선왕조가 멸망하지 않을 수 없던 이유.

(56) 1911년(신해년) 9월에 작자가 돌아 본 한양 서울의 모습. 특
　　　히 창경궁이 창경원으로 바뀌어 동물원, 식물원이 되고, 종로
　　　에는 전차가 달렸다는 슬픈 감회.

(57) 28왕의 대순(代順) 열거와 32왕비 열거 기록.
　　　※ 실제 왕비는 44인.

(58) 조선조 5백년이 망한 이유로 사색당파 싸움 열거, 그 양상.
　　　곧 사색(四色)과 노론(老論), 소론(少論), 소북(小北)과 대북
　　　(大北)이 원수 되던 한심한 역사.

(59) 맺음말
　　　"가련하고 가련하다, 한양가를 짓고보니
　　　슬픈심회 나는것이, 한량치 못할로다!"
로 끝맺는데, 이대준(李大駿) 등 필사본에서는
　　　"오백년 흥망성쇠 일장춘몽 허사로다"라는 한 귀절이 더 있다.
특기 : 한양가(漢陽歌) 31장 표제 「이조오백년사화」 우강(雨岡) 김
　　　호직(金浩直)의 유적(遺蹟)의 내용은 태조로부터 융희까지
　　　31왕의 치란흥망을 기술한 중에서도 임진왜란을 주론
　　　(1,396귀)으로 한 가사집이다. (김지용 소장본)

4) 「한양가」와 「한양오백년가」가 다른점

이 두 가사집은 전혀 다른 시가집이다.

흔히 말하는 그 창작동기인 모티브(Motit)가 다르고, 내용 곧 줄거리(Story)가 다르니 다를 수 밖에 없다.(한양가의 서지정보에서도 언급했음)

다만 같은 점이 있다면 3.4 내지 4.4조의 가사란 점이다.

「한양가」는 한산거사(漢山居士)가 1844년 갑진(헌종 10년)에 저작한 가사로 한양 도읍의 복받은 지세(地勢)로부터 기술하여 왕조의 융숭한 모습과 제도와 풍물 등을 찬양 축복한 축원의 노래이지만,

「한양오백년가」는 조선조 "28왕의 치국하신 선(善), 불선(不善)을 모두 짓는다."하였는데 내용은 선보다 불선, 즉 혈족을 죽여가며 왕위를 찬탈하는 불륜의 왕족과 이를 등에 업고 패당지어 난투극을 벌리는 정치꾼들의 삼족(三族)과 구족(九族)까지 멸살하던 민족적 악성, 그리하여 임진왜란, 병자호란을 초래하여 이 민족이 비극과 도탄 속에 죽어갔고, 집권자는 국민을 가렴주구(苛斂誅求)하여 더욱 도탄에 빠뜨리던 역사를 기술하여, "망하지 않을 수 없었다"는 통곡의 가사이니 두 가사는 다를 수밖에 없다.

이 두 가사집을 혼동하여 동일가사로 보게 한 까닭은,

첫째로 「한양오백년가」를 저술하는 작자가 첫머리와 끝부분에서 "「한양가」를 짓는다."한데서 기인된 것이요, 둘째로 이 가사를 연구 내지는 주석한 제가 중에는 이 두 가사를 두 유형(類型)으로 다루거나, 「한양오백년가」를 주석하면서 "한양가"라고 표제(標題)하여 발간하였으므로 각 대학교 도서관에서는 모두 「한양가」로 등재 소개하고 있어서 그러므로 후학들이 분별하기가 어렵게 되어 있다.

과거의 「한양가」를 비롯한 고전연구가들은 필사본이든 판본들의

여러 이본(異本)들을 섭렵(涉獵)하여 많은 지면을 이본고(異本考)로 서술하고 있는데, 이는 후학이 손쉽게 고람(考覽)하는 데는 각 도서관의 서지정보(書誌情報)보다는 더딘 참고자료가 됨으로 필자는 주로 국립중앙도서관이나 큰 대학의 도서관에 소장된 책들을 컴퓨터로 검색할 수 있도록 서지정보(書誌情報)로 보이려고 한다.

5) 「한양오백년가」의 이본(異本)들 -서지정보-

국립도서관에는 여러 종류의 필사본과 판본이 있으니 그 책의 서지정보를 들어 소개하면,

(1) 필사본 「한양오백년가」 권우상(權佑相) 편간, 간년 미상

　　형태 : 1책 66장, 행자부동, 32.5×26.0cm

　　청구기호 : 古 3613-34

(2) 판본 「한양오백년가」 권우상(權佑相) 편

　　발행 : 단기 4280년(1947), 대구 성도사(醒島社)

　　형태 : 119p. 19cm(※ 책 세로 크기를 뜻함)

　　부기 : 서문, 본문, 목차 있음.

　　청구기호 : 2150-3

(3) 세창서관 활자본 「한양오백년가」

　　서울 세창서관(世昌書館), 단기 4286년(1953) 간

　　형태 : 119p, 19cm

　　　　※ 판권에 저작 겸 발행자로 신태삼(申泰三;1907~1984)으로 되어 있음.

　　청구기호 : 일모811.25-세299ㅎ

(4) 문성당(文星堂) 편「한양오백년가」

대구 문성당, 단기 4287년(1954) 발행

형태 : 143p, 19cm

청구기호 : 3613-33=2

(5) 향민사(鄕民社) 편「한양오백년가」

대구 향민사 편집부 편, 1964년 간행

형태 : 89p, 19cm

한자서명 : 漢陽五百年歌

청구기호 : 811.25-향993ㅎ

(6)「한양오백년가사(漢陽五百年歌史)」신영길(辛永吉) 역주

서울 범우사(汎友社), 1985년 간행

한양가인「이조오백년사화」를 본따서 잘못 붙여진 제호인 듯.

"가사(歌史)"라는 호칭은 부당.

형태 : 424p, 23cm

청구기호 : 811.25-신692ㅎ=2

(7)「한양519년가」작자 미상

신영길 역주를 궁체로 옮겨 쓴 가사

옮겨 쓴 이 : 이현종, 이화자 등 8인

서울 월간 서예문인화

2008년 서울 이화문화출판사 간

형태 : 287p, 30cm. 영인판 부분

(8) 연세대학교 중앙도서관 본「한양오백년가」

◎ 책명 : 한양가(漢陽歌) 이대준(李大駿) 편저

발행 : 2000년 서울 뿌리사

형태 : 289p, 23cm, 반양장본

※ 책명은 한양가, 내용은 한양오백년가
　　필사본을 얻어 주해, 국문만으로 풀이한 책
　청구기호 : 이석호 811.914000가

◎ 필사본 「한양오백년가」
　책명 : 한양가(漢陽歌)
　　　　간사지, 간사자 미상. 대정(大正) 12년(1923) 발행
　형태 : 77장. 무계 16행(14자 내외). 무어미 23.5×25.0cm
　주기 : 한글본. 한양오백년가 계열의 작품임.
　사기 : 대정　12년(大正拾貳年;1923)　지월염오일(至月念五
　　　　日;11월 25일)
　청구기호 : 고서Ⅲ 2887.0

◎ 「한양오백년가」 서울 대조사(大造社) 발행.
　단기 4292년(1959), 대조사 편집부 편
　형태 : 89p, 19cm. 단행본
　청구기호 :　0811.914 대조사. 한.

◎ 필사본, 「한양오백년가」
　표제 : 한양가, 필사지, 필사자, 필사년 미상
　형태 : 1책 무계 16행(15자 내외), 무어미 22.9×27.6cm
　주기 : 한글본. 한양오백년 계열의 작품.
　사기 : 임신년(?) 칠월 초칠일.
　청구기호 : 고서Ⅲ 2627 0
　　　　　※ 여기 임신년은 1872년 또는 1932년임.

◎ 필사본「한양오백년가」대정(大正) 12(1923) 간.

　간사지, 간사자 미상

　제목 : 한양가(漢陽歌)

　형태 : 77장, 무계 16행 14자 내외

　　　　무어미 23.5×25.0cm

　주기 : 한글본 "한양오백년가" 계열 작품.

　사기 : 대정십이년(大正拾貳年; 1923) 지월염오일(至月念五日; 11월 25일)

　청구기호 : 고서Ⅲ 2887.0

(9) 고려대학교 도서관 본「한양오백년가」

고려대 도서관에는 1974년과 1984년에 박성의(朴晟義) 교수가 『농가월령가와 한양가』를 교주(校注)하며, 1964년에 당시 고려대 석사논문으로 최강현(崔康賢) 교수가 "한양가 연구"를 발표하는 등으로「한양가」와「한양오백년가」판본들이 많이 수집, 보존되고 있는 중 한양오백년가 판본만 골라보면,

◎ 문창서점 본「한양오백년가」저자 미상, 단행본.

　1950년 대구 문창서점(文昌書店) 발행.

　형태 : 143p, 19cm. 서명은 한양가(漢陽歌).

　청구기호 : 신암897.13 사공수. 한.

　※ 이 단행본의 저본은 사공수의「한양오백년가」인 듯하다.

◎ 박성의(朴晟義) 교수 교주 한양오백년가

　1978년, 서울 보성문화사(普成文化社)

　책명 : 한국고전문학전집

　형태 : 전집 18. 563p, 23cm

청구기호 : 897.08003. 1978. 9

외 한양가 10여종이 있으나 국립중앙도서관본과 중복됨으로 생략한다.

6)「한양오백년가」의 작자고

「한양오백년가」 주석본과 필사본은 많지만 그 어디에도 작자로 인정할만한 판본은 없다. 대개가 필사되어 나도는 책을 고서점이나 길가 난전에서 구했다는 것이다.

다만 한군데 작자라고 표기된 가사 한마디가 있으니, 대원군이 원납금(願納金)을 징구할 때 원납금(怨納金)으로 빼앗기면서

　"우리조선 편답한들, 만석(萬石)군이 흔하던가,

　　가사 짓는 이 사람도 탕패하여 가던 살림.

　　부명(富名)에 걸렸거늘 농우(農牛)팔아 원납하니

　　그 해 농사 폐농(廢農)했소"

라는 몇 귀절 뿐이다.

그러므로 필자는 「춘향가」나 「심청가」처럼 그 작자는 조선 후기의 누대 민중이 대대로 이어가며 지어 보태면서 유전된 가사집이니 그래서 작자는 민중으로 치부하고 싶지만(필자는 「농가월령가」 주석본에서 그 작자가 정학유(丁學游)가 아니라 역대의 농가요, 농학자로 기술했다.)

다만 두 사람을 작자로 인정하고 싶은 필사본이 있으니 곧 사공수(司空穟 ; 1846~1925)와 김호직(金浩直 ; 1874~1953)이니, 사공수는 자가 명윤(明潤), 호는 나산처사(羅山處士)로 경북 군위군 효령면 금구동(軍威郡 孝令面 金鳩洞)의 부잣집 아들로 태어났고 숙부에게

입양(入養)되어 당시 어지럽던 과거시험판에서 등과(登科)에 실패하고, 벼슬이라도 사려고 하다가 가산만 탕진한 뒤, 강산을 떠돌다가 상주군 화령(尙州郡 化寧)에서 훈학(訓學)을 하면서, 67세이던 1913년에 「한양오백년가」를 저술하여 널리 읽혔는데 뒤에 왜정의 관에 의하여 금서(禁書)로 묶여서 이때의 저작은 일실(逸失)되었고, 다시 경북 문경군 산북면 대하리(聞慶郡 山北面 臺下里)에다 구산서옥(鳩山書屋)을 열고 후생들을 가르치면서 1923년(77세 때)에 그의 아들 사공훈(司空壎)에게 주려고 다시 이 「한양오백년가」를 수정, 증보한 필사본이 그들 종중 재실(齋室; 軍威소재)에 전한다고 한다.(최강현 교수 논문에서 1964, 1966)

옥션 경매시장에서는 이 가사를 '상품상세정보'라 하여 다음 페이지와 같이 철필(鐵筆) 등사본 실물사진을 보이면서 소개하고 있다.

그리고 필자가 소장하고 있는 석판본 「한양가」 31장, 표제명은 「이조오백년사화」는 안동인(安東人) 우강(雨岡) 김호직(金浩直)의 유적(遺蹟)이라고 그의 아들 기수(基秀)가 후서(後叙)한 책으로 총 103장 5,994귀의 조선조 태조로부터 융희제(隆熙帝)까지 31군(가사에서는 二十八君相傳한 治亂興亡 … 이라 했다)의 치란의 역사라 했지만 제15장 선조(宣祖)장을 위주로 하되(총 5,994귀 중 1,396귀) 임진왜란과 의병들의 항쟁상을 중점적으로 엮어 놓은 가사책이다. 그래서 사공수의 저작과는 전혀 다른 내용의 다른 내용의 가사집으로 융희 때까지 31군(君)을 31장으로 분장하여 노래했는데 이 중에는 추존왕 4군(君)도 포함되어 있다.

한옥션 문화예술 종합경매

◎ 상품상세정보

〈내용〉 1913년 경상도의 나산처사(羅山處士)
사공수가 지은 장편 역사 가사. 한지 철
필등사(鐵筆謄寫) 119면으로 된 한글에
한문 병기를 한 것으로 표지는 개장 되
었으며, 내용은 완전하다.

〈크기〉 13.4×18cm

〈참고〉 〈한양가(漢陽歌)〉라고도 한다.

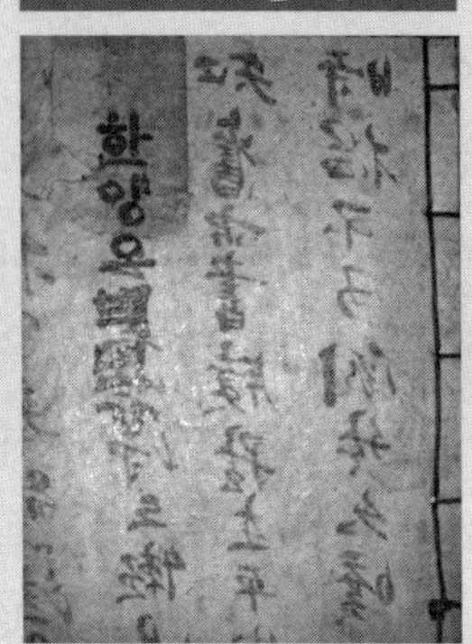

한양에 도읍한 조선 500년 역사를 건국
초부터 순조 퇴위 때까지 역대 제왕별로 그 일대기와 치적 중심으로
쓰여져 있다. 일제강점기에는 국사교육용으로 쓰였으며 일본경찰
에 의해 금서로 규정되기도 하였다. 광복 이후 농촌 성인층 독서용
으로 출간된 것도 많으며 이본(異本)이 많다. 대표적 이본으로 고려
대학교 도서관 소장 필사본과 1935년에 나온 인쇄본인 세창서관본
(世昌書館本), 1957년 권우상(權佑相)이 편집, 간행한 〈한양오백년
가〉가 있다.

◎ 이상 사공수의 「한양오백년가」에 대하여 고증하는 것은, 이 가사 속
의 저자와 사공수의 처지가 근사(近似)하기 때문이니. 이 가사의 저
자를 사공수(司空檖)로 잡아 놓아도 됨직하기 때문이다.

※ 박성의(朴晟義) 교수나 최강현(崔康賢) 교수도 필자와 같은 여운
을 남겼다.

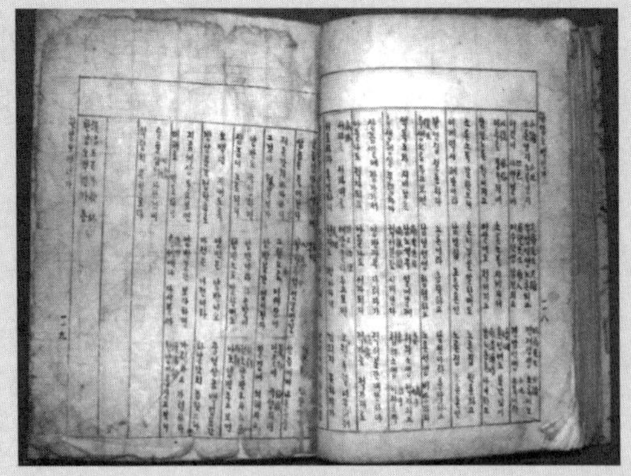

7) 「한양가」와 「한양오백년가」를 연구 또는 주석한 그간의 상황

① 연구한 업적

(1) 처음으로 고찰한 교수는 가람 이병기(李秉岐) 선생인데 그것은, "「한양가」에 나타난 서울의 모습" 향토 서울 통권1호 1957년 이니 한산거사(漢山居士) 작 「한양가」를 다루었고,

(2) 최강현(崔康賢 ; 전 홍익대학교수)의 "「한양가」에 나타난 이조 풍물고" 고대문화 통권 3집, 1961년이니 한산거사 저 「한양가」를 고찰했고,

(3) 최강현의 "「한양가」 연구" 고대 대학원 석사 논문, 1964년 「한양가」와 「한양오백년가」의 「향토한양가」 등을 판본고와 이본들을 심도있게 섭렵, 고찰했고,

(4) 최강현의 "「왕조 한양가」의 이본에 대하여" 국어국문학 Vol. 32, 1966년. 「한양가」와 「한양오백년가」의 여러 이본들을 폭넓게 살폈고,

(5) 문주석(文珠石; 숙명여대 석사 논문)의 "「한양가」 연구" 숙대 학보 1호, 1955년이 있었으며,

(6) 김보겸의 학술 논문 "「한양가」의 형상화 양상 고찰" 동남어문 논문집 제13집, 2001년, 「한양오백년가」 연구,

(7) 김보겸 학위 논문 "고씨본 「한양가」 연구" 동아대학교 2002년, 「한양오백년가」 연구,

(8) 「한양오백년가」 중심 연구;
강윤정의 학술 논문
"임진년 노래 고" － 「한양오백년가」와의 관계를 중심으로 －
개신어문연구 제14집, 개신어문학회, 1997년 간

② 주석상황은

(1) 송신용(宋申用) 교주본 「한양가」 1949년 정음사 간.

(2) 박성의(朴晟義) 교주본 「농가월령가」, 「한양가」 1974년, 1984년.

(3) 이석래(李石來) 교주 「한양가」, 「농가월령가」 1974년.

(4) 민창문화사(民昌文化社) 편 「한양가」 1994년.

(5) 향민사(鄕民社) 편 「한양오백년가」 1964년.

(6) 신영길(辛永吉) 역주 「한양오백년가사(漢陽五百年歌史)」

1985년, 서울 범우사(汎友社) 간.

(7) 이대준(李大駿) 교주 「한양가」 2000년.

서울 뿌리사 발행.

※ 내용은 한양오백년가

(8) 한국고전문학전집 ③ 중의 「한양가」 주석, 1970년.

「한양가」 주석이며 주석자 미상 등을 본고에서도 참고 하였다.

8) 세창서관 본 「한양오백년가」

세창서관(世昌書館)에서 단기 4286년(1953)에 신태삼(申泰三;
1907~1984) 저작 겸 발행자로 발간한 아연(亞鉛) 활자본으로 쌍행
1귀로, 1행에 4귀씩 4단, 1면에 12행 총 119p의 장편 가사인데 세창
서관에서는 1935년에 초판을 간행한바 있다.

Ⅲ. 한양오백년가를 통해 본 조선왕조의 실상

이 판본을 금번 명문당(明文堂) 김동구(金東求) 사장이 인수하여 필자가 역주(譯注)하게 되었거니와 이 가사집의 주제는 위에서 말한 대로 "조선조 28왕이 나라를 다스린 선(善), 불선(不善)을 기술하노라"고 하였지만 그 주된 뜻(大意)은 선보다 불선을 엮되 이 불선이란 역대 왕 중에서 ① 불륜(不倫)의 왕과 ② 무치(無恥)의 왕과 ③ 미혹(迷惑)한 왕의 행적을 비탄하면서 ④ 그런 왕을 등에 업고 권력싸움에 무수한 정적들과 무고한 백성들이 죽고, 죽이던 참극의 통곡사로 엮어 놓은 가사이다.

① 불륜의 왕이란 주로 이방원(李芳遠; 太宗)이 왕자의 난을 일으키며 두 이복동생과 정도전(鄭道傳)을 죽이고 왕위를 찬탈한 사실과 수양대군(首陽大君; 世祖)이 조카인 단종(端宗)의 왕위를 찬탈하느라고 사육신(死六臣) 등 무수한 인명을 미물(微物)만도 못하게 살육한 일과 그 척신(戚臣)들의 행패(사육신 표 참조).

② 무치(無恥)의 왕이란 임금이 국사는 집어던지고 여색에만 탐닉(耽溺)하여 여러 형태의 사건과, 이를 기회삼던 모사들이 벌리는 추태들인데, 특히 숙종(肅宗)의 경우와 연산군과 광해주의 경우가 심했던 사례이다.

③ 미혹(迷惑)한 임금은 많았지만 특히 선조(宣祖) 때의 임진왜란으로 백성은 비극을 당하는데 임금은 의주(義州)로 도망가던 모습은 가장 뼈아픈 왕의 뒷모습이니, 신라 때 무열왕, 문무왕이 진두에서

말 타고 싸웠고, 타민족도 그렇게 싸워 막아야 왕이 되던 관념으로 보아 도저히 용납되지 못할 일이니 병자호란 때의 중종(中宗)도 같은 미혹의 왕이었다. 그래서 이 가사에서는 두 난리를 가장 길게 서술하되 백성과 승려들의 의병(義兵)을 모아 싸운 영웅적 사례들을 힘주어 서술 또는 형상화(Fiction) 하였다.

④ 가장 분통나게 엮어 노래한 장면(Scene)은 이러한 임금을 등에 업고, 위세를 부리며 파당을 지어 반대파를 쳐 죽이고는 다시 보복 당해 몰살 당하는 무리의 복수전의 참극이었다.

처음 반대파 일당을 몰살하면, 다음 보복 때는 후환을 없앤다 하여 그 가족과 노비까지 적몰하여 남의 노비로 삼고, 가산을 압수하여 사욕을 채우며(고려 말, 조선조의 개국공신의 경우), 다음 번은 후한이 두렵다고 그 가족까지 몰살하여 복수의 근원을 없앴더니, 시간은 흐르고 역사는 돌고 바뀌므로 다음 번 뒤집히면 이번에는 보복하되 삼족(三族; 부모, 형제, 처자 또는 부계, 모계, 처계)을 멸살하고, 나중의 보복은 구족(九族; 부족 넷, 모족 셋, 처족 둘)까지 멸한다 했으니 고금동서에 이런 야만적 행위는 없는 일로 이 가사에서는 그런 장면을 기술하고 있다.

그 한 가지 본보기로 사육신 순절표(死六臣 殉節表)와 생육신표(生六臣表)를 여기에 붙이겠거니와 유럽에서는 기원 전에 벌써 이런 악법을 절대 금지하는 「동해보복법(同害報復法)」(일명 반좌법(反坐法)=Lex Talions)을 선포 엄수하고 있다(고대 바빌론의 함무라비왕 선포).

사육신들의 순절표

※ 이들 대부분은 훈민정음 창제의 공로자이며, 모두 세종대왕의 고명신하(顧命臣下)다.

성명	나이	본관, 가계	자	호	등과상황	처음 벼슬	높던 관직	고문상황	사형양상	한양5백년가의 고문	시호
성삼문(成三問)	1418~1456 (39)	창녕(昌寧) 도총관(都摠官) 성승(成勝)의 아들	근보(謹甫)	매죽헌(梅竹軒)	식년문과 급제 문과중시 장원	집현전(集賢殿) 수찬	경연관(經筵官) 좌부승지(左副承旨)	일가족 참살	거렬극형(車裂極刑)	전 가족을 일시에 사지 찢어 거렬 순시함	충문(忠文)
박팽년(朴彭年)	1417~1456 (40)	순천(順天) 형조판서 중림(中林)의 아들	인수(仁叟)	취금헌(醉琴軒)	알성문과 을과 문과중시 을과	집현전 학사 충청도 관찰사	형조참판(刑曹參判)	일가 모두 사형, 단 유아만 노복이 업고 도망감	사형	쇠부쇠 불에 달구워 전신을 지져 죽임	충정(忠正)
하위지(河緯地)	1412~1456 (44)	진주(晉州) 군수 하담(河澹)의 아들	천장(天章) 중장(仲章)	단계(丹溪)	식년문과 장원	집현전 교리(校理)	예조참의	고문 때, 받아둔 녹을 반환	거렬형(車裂刑)	말밤쇠를 깔아 놓고 걷게한 뒤 찢어 죽임	충렬(忠烈)
이개(李塏)	1417~1456 (40)	한산(韓山) 이색(李穡)의 증손 계주(季疇)의 아들	청보(淸甫) 백고(伯高)	백옥헌(白玉軒)	문과 급제 문과 중시	저작랑(著作郞) 직제학(直提學)	직제학	세조와는 친분이 있었으나 끝까지 함구불언	처형	칼을 물고 엎어지다	충간(忠簡)
유응부(俞應孚)	?~1456 (?)	기계(杞溪)	신지(信之) 선장(善長)	벽량(碧梁)	무과 급제	첨지중추원사(僉知中樞院事) 평안도절제사	동지중추원사(同知中樞院事)		고문사	가마 속에 기름 넣어 끓는 속에 넣으며 문초	충목(忠穆)
유성원(柳誠源)	?~1456 (?)	문화(文化) 사인(舍人) 사근(士近)의 아들	태초(太初)	낭간(琅玕)	식년 문과 문과 중시	집현전학사 수찬, 대교(修撰, 待敎)	사가독서(賜暇讀書) 정난공신(靖難功臣) 녹훈교서를 썼다.		자결	쇠집게로 두 팔 벌려 찢어 죽임	충경(忠景)

생육신의 거취표

성명	나이	본관, 가계	자	호	등과상황	처음 벼슬	최종 벼슬	왕권찬탈 후 거취	저서 및 특이사	시호
김金시時습習	1435~1493 (59)	강릉(江陵) 시중(侍中) 태현(台鉉)의 후손	열경(悅卿)	매월당(梅月堂) 동봉(東峰) 외	5세에 중용 대학 필 13세 사서오경 통독	1455년 삼각산 절에서 독서하다가 세조가 왕위 찬탈한 소식 듣고 책을 불사르고 방랑.	한때 효령대군의 청으로 '불경언해' 사업을 도왔다	경주 남산에 금오산실(金鰲山室)을 짓고 독서함	금오신화(金鰲新話) 매월당집(梅月堂集) 외 4. 5종	청간(淸簡)
원元호昊	1397~1463 (67)	원주(原州) 별장(別將) 헌(憲)의 아들	자허(子虛)	무항(霧巷) 관란(觀瀾)	식년문과 (式年文科)	집현전 학사 (集賢殿 學士)	집현전 직제학 (集賢殿 直提學)	고향 원주(原州)에서 은거 종신		정간(貞簡)
이李맹孟전專	1392~1480 (89)	본관 벽진(碧珍) 판서 심지(審之)의 아들	백순(伯純)	경은(耕隱)	친시문과 (親試文科)	승문원(承文院) 정자(正字)	거창현감 (居昌縣監)	선산(善山)에 내려가 학문을 닦음		정간(靖簡)
조趙여旅	1420~1489 (70)	함안(咸安) 공조전서(工曹典書) 열(悅)의 손자	주옹(主翁)	어계은자 (漁溪隱者)	진사(進士) 시	벼슬을 버리다		함안에 내려가 백이산 밑에서 독서와 낚시로 여생을 보냄	어계집 (漁溪集)	정절(貞節)
성成담聘수壽	?~?(?)	창녕(昌寧) 승문원 교리 희(熺)의 아들	이수(耳叟)	인재(仁齋) 문두(文斗)	진사(進士)	승문원 교리 (承文院 校理)	성삼문(成三問)과는 재종간으로 김해로 유배	해배후는 선영의 파주 문두리(坡州 文斗里)에 은거		정숙(靖肅)
남南효孝온溫	1454~1492 (39)	의령(宜寧) 전(佺)의 아들 김종직(金宗直) 문하	백공(伯恭)	추강(秋江) 행우(杏雨)	김종직(金宗直)의 문하에 수학	단종의 어머니 현덕왕후(顯德王后)의 복위를 상소했으나 상달 못됨.	유랑생활로 생을 마침	갑자사화(甲子士禍; 1504) 때 김종직의 제자라고 해서 부관참시(剖棺斬屍)되었다.	추강집(秋江集) 추강냉화 (秋江冷話)	문정(文貞)

1) 사화(士禍)와 당쟁(黨爭)

이러한 양상이 사회적으로는 사화(士禍)와 당파싸움으로 조직화되어 신진과 수구가 맞서 싸우되 이는 단지 이념투쟁이 아니라 동족상잔의 살육전으로 번졌고, 당파싸움도 정치적 견해차이나 학문적인 사상상 이견으로 대립하기보다는 이권을 앞세워 벌리었던 남인(南人)과 북인(北人), 노론(老論)과 소론(少論)이니 시파(時派)와 벽파(僻派) 등으로 4분(分) 8렬(裂)로 나뉘어져 벌렸던 살육전사(殺戮戰史)처럼 비춰지고 있다.

먼저 그 사례로 사화(士禍)의 실상을 중요 사건만 들어보면,

2) 사화(士禍)의 실상

조선왕조 중 특히 전반기에서 조정신하 및 학계의 선비들의 반목과 세력다툼으로 선비들이 화를 당해 본인의 죽음은 물론 때로 가족까지 몰살 당하던 참극의 사건들이 사화이니

1. 무오사화(戊午士禍)　2. 갑자사화(甲子士禍)

3. 기묘사화(己卯士禍)　4. 을사사화(乙巳士禍)가 그 대표적 참극이었다.

대개 세조(世祖) 이후 성종(成宗) 사이에 형성된 훈구파(勳舊派)와 절의파(節義派)가 갈리고 여기에 사림파(士林派)와 청담파(淸談派)까지 분파 반목되어 벌어진 동족상잔(同族相殘)의 비극이 사화이니 애초 수양대군(首陽大君)의 형 문종(文宗)의 아들이요, 조카인 어린 단종(端宗)의 왕위를 찬탈하여 세조가 되면서 이때 혈육을 참살하는데 대한 동조자(곧 훈구파)와 특히 세종(世宗)대왕의 고명(顧命)을

지키며 단종의 왕위 찬탈과 그 과정에서 불륜을 저지른 세조를 미워하던 사육신, 생육신 등 절의파의 반목 갈등이 심해지니, 이는 수양대군이 저지른 큰 죄라 하겠거니와 이로 인하여 조선조 5백년간은 잠시도 조용한 날이 없었으니 사화뿐만 아니라 정변(政變)과 당쟁(黨爭)이 꼬리를 물고 이어졌다.

그중에서도 세조와 성종에 이르는 사이에 훈구파와 새로 등장하던 신진사류(新進士類) 즉 사림파(士林派)의 갈등이 심했으니, 이는 인류역사의 발전 순리에 몽매한 훈구파의 무지와 욕심 탓이었다.

훈구파로 세조 찬탈에 공을 세운 소위 좌익공신(佐翼功臣) 44명 중 정인지(鄭麟趾), 양성지(梁誠之), 최항(崔恒), 신숙주(申叔舟) 등이 그 대표적 공신인데, 이들은 모두 고관대작에 임용되어 호강을 부렸을 뿐만 아니라 수차에 걸쳐 사전(賜田)을 받아 거대한 농장을 소유한 거부가 되고 그 녹훈과 사전은 대대손손으로 이어졌으니 그 밑에서 신음하는 백성들은 아비규환의 지옥 같은 세월 속에서 살았으며, 특히 경기도와 충청도 출신 훈구파가 심했으니 이들을 기호파(畿湖派) 훈구들이라고도 하였으므로 기호지방 백성들이 더 고통을 받았다.

이제 그 대표적 네 번의 사화를 개관하면.

(1) 무오사화(戊午士禍)

신진사류(新進士類)가 집권했을 때, 학자요 형조판서였던 점필재(佔畢齋) 김종직(金宗直)이 세조가 왕위 찬탈한 일을 비방하는 '조의제문(吊義祭文)' 사건과, 김일손(金馹孫)의 사초(史草)의 일로 훈구파(勳舊派)가 일으킨 사화로서, 1498년(연산군 4년)에 신진사류(新進士類)이던 김종직(金宗直; 1431~1492), 무오사화 때 부관참시(剖棺斬屍)됨을 필두로 하는 세력과 훈구파인 유자광(柳子光; ?~1512,

유규의 서자) 등의 파당과의 벌어졌던 비극이니 이때 김종직의 조의제문(吊義祭文)을 문제 삼아 유자광이 김종직을 노리고 있던 연산군 시대라 더군다나 신진세력은 훈구파를 욕심 많은 소인배(小人輩)라 무시하고, 훈구파는 이때 권세를 잡고 있던 신진사류를 야생귀족(野生貴族)이라고 멸시하던 때에 김일손(金馹孫)이 사관(史官)으로서 훈구파 이극돈(李克墩)의 비행을 사초(史草)에 기록한 일로 두 사람이 틈이 생긴 때를 노려 유자광이 김종직 일파를 탄핵해서 일어난 사화이니 이때 세력이 뒤집혀 김종직을 부관참시 하면서 김일손, 권오복(權五福) 등 4명은 사형시키고, 정여창(鄭汝昌) 등 18명은 삭직하여 귀양 보내고, 한편 어세겸(魚世謙) 등 5명은 삭탈 관직되었다. 그러나 사형 당한 사람은 그 한 사람에서 그치지 않고 가산을 적몰하고 가족들을 노비로 내 몰았으니 이런 원한은 3족을 참살하고 심한 때는 9족까지 몰살시킨 것이 조선조 사화나 당쟁 때의 작태였다.

　※ 김종직의 조의제문(吊義祭文)이란, 세조가 단종의 왕위를 찬탈한
　　　일을 비방한 것이라, 그래서 선왕(先王)을 무록(誣錄)했다는 죄를
　　　씌운 것이다.

(2) 갑자사화(甲子士禍)

1504년(연산군 10년), 연산군이 폐비된 어머니 윤씨(尹氏)의 복위 문제로 일으킨 대 참사이니 연산군 폭정의 최고조요, 왕위에서 쫓겨난 큰 동인(動因)이었다.

성종(成宗)의 비인 윤시가 질투가 심해서 성종을 살해하려 하였다는 등 불미한 사실이 드러나 1479년(성종 10년)에 폐출시켰다가 사약을 내려 죽인 사건이 있었는데 윤씨의 아들인 연산군(燕山君)이 등극한 뒤 선위사(宣慰使) 등을 지낸 임사홍(任士洪)의 밀고로 이 사실을 알게 된 연산군이 폐비 윤씨를 복위시키려고 난동을 부린 사건

인데, 이때 후궁인 엄(嚴), 정(鄭) 두 숙의(淑儀)도 죽이고, 안양군(安陽君; ?~1505. 연산군 이복동생)과 봉안군(鳳安君; 이복동생)을 죽이고, 할머니인 인수대비(仁粹大妃;「내훈(內訓)」을 찬함)를 병상에 누운 채로 타살하며, 한치형(韓致亨), 한명회(韓明澮), 정창손(鄭昌孫), 어세겸(魚世謙), 심회(沈澮), 이파(李坡), 정여창(鄭汝昌), 남효온(南孝溫) 등 8명의 전대의 명신 고관들을 부관참시(剖棺斬屍)하며, 폐비 윤씨를 성종 사당에 함께 제사 지내자는 연산군과 그 일파의 거사에 반대한 응교(應敎), 권달수(權達手)는 처형되고, 이행(李荇)은 귀양 보냈으며, 또 윤비 폐사(廢死)에 찬성했던 윤필상(尹弼商), 이극균(李克均), 성준(成俊), 이세좌(李世佐), 권주(權柱), 김굉필(金宏弼), 이주(李胄) 등 10여명은 학자요, 명관들이었는데 모두 사형당하고 가족과 가산은 모두 적몰하였다.

이로 인해 성종 때에 융성했던 학문과 선비들은 광기 어린 연산군으로 말미암아 쇠락되고 심지어 분서갱유(焚書坑儒)란 말까지 나왔는데 쫓겨난 임금인 연산군은 그처럼 미쳤다치더라도 여기에 동조한 신하 족속이 또한 많았으니 출세와 정치 쟁탈욕에 눈먼 인간군은 예나 지금이 다르지 않으니 한심한 일이다.

(3) 기묘사화(己卯士禍)

1519년(중종 14) 당시 신진 선비들인 조광조(趙光祖), 김정(金淨), 김식(金湜) 등을 훈구재상(勳舊宰相)인 남곤(南袞), 심정(沈貞), 홍경주(洪景舟) 등이 몰아 내 죽이며 혹은 귀양 보내던 사건이다.

애초 중종(中宗)은 반정(反正; 1506)하여 신진학자를 많이 기용하여 연산군 때 퇴락, 침체된 학문과 혼매한 정치를 혁신하려고 성리학자(性理學者) 조광조(趙光祖; 1482~1519) 등을 기용하여 처음은 훈구세력을 멀리하였으나 조광조를 신임하여 대사헌(大司憲)의 요직까지 올려주며 그의 주청으로 현량과(賢良科)가 설치되어 이를 거쳐 나온 성리학 곧 주자학(朱子學)에 밝은 학자들인 김식(金湜), 안처근(安處謹), 박훈(朴薰), 김정(金淨), 박상(朴祥), 이자(李耔), 김구(金絿), 기준(奇遵), 한충(韓忠) 등 당대의 신진학자들을 기용하였는데, 조광조는 우선 도교(道敎) 삼청(三淸)을 위해 설치된 소격서(昭格署)를 폐지하고, 중종반정공신록(中宗反正功臣錄) 중에는 공신자격이 없는 사람이 많다 하여 이를 삭달하자고 하였으므로 그때 정국공신(靖國功臣; 105명)의 4분의 3이 이에 해당되어 성격상 애초부터 신진세력을 못마땅하게 여겼던 훈구파재상 특히 심정(沈貞), 남곤(南袞), 홍경주(洪景舟)등은 반격을 가해오되, 정국공신들을 충동시키고 교활한 음모를 꾸미되 홍경주의 딸이 중종의 희빈(熙嬪)이 된 것을 기회로 궁중의 수목 잎에다 주초위왕(走肖爲王)이라 꿀로 글씨 써서 벌레가 잠식하면 돋보이는 방법으로 조광조가 임금되려 한다고 임금께 아뢰고 소문을 퍼뜨려 조광조 일당들을 잡아들여 죽이거나 삭탈관직하여 귀양 보냈거나 옥살이 시켰던 사건이다.

이때 죽음을 당한 선비가 수십 명이니 거의 모두가 30대의 청년이었다. 후에 이들을 기묘명현(己卯名賢)이라고 칭찬하고 있으니 명현을 죽인 자는 무슨 죄라 할는지?

(4) 을사사화(乙巳士禍)

1545년(인조 원년)~1567년(명조 22년) 사이에 임금의 외척인 대윤(大尹)과 소윤(小尹)의 동성 동족끼리 피비린내나는 세력 다툼의 싸움이었다.

애초 중종(中宗)은 제1계비인 장경왕후(章敬王后) 파평(坡平) 윤씨(尹氏)에게서 인종(仁宗)을 낳고, 제2계비인 문정왕후(文定王后)인 같은 파평 윤씨에게서 명종(明宗)을 낳았는데, 장경왕후의 동생에

윤임(尹任)이 있어서 이때 정가에서는 이를 대윤(大尹)이라 불렀고, 문정왕후의 동생에게는 윤원형(尹元衡)이 있어 이를 소윤(小尹)이라 불렀다.

중종이 승하하자 인종이 왕위에 오르니 이에 대윤이 세력을 잡고 소윤파를 배격하면서 사림(士林)의 명사들을 많이 등용시켰으니 이언적(李彦迪), 유관(柳灌), 성세창(成世昌) 등이었는데 이로 말미암아 사림들의 기세가 회복되어 대윤의 권세도 크게 떨쳤다.

그러다가 인종이 불과 8개월 임금으로 승하하니 이때 명종은 12세로 왕위에 올랐으니 모후인 문정왕후가 수렴청정(垂簾聽政)을 하게 되었고, 따라서 소윤 윤원형(尹元衡)이 세력을 잡게 되어 대윤에게서 당했던 치욕을 보복하되 이때 윤원형은 예조참의로 있으면서 평소 대윤과는 사감이 있던 지중추부사 정순명(鄭順明), 병조판서 이기(李芑), 호조판서 임백령(林百齡), 공조판서 허자(許磁) 등과 공모하여 대윤 축출계략을 꾸미는 한편, 그의 첩인 난정(蘭貞; 정윤겸(鄭允謙)의 첩의 딸)을 꼬드겨 문정대비와 명종을 움직여, 형조판서인 대윤의 윤임(尹任)과 그 일파인 이조판서 유인숙(柳仁淑), 영의정 유관(柳灌) 등을 반역음모죄로 몰아 삭탈 관직하여 귀양 보냈다가 죽여 버렸고, 이어서 계림군(桂林君; 성종의 셋째 양자)과 부제학 나숙(羅淑) 등 10여명을 죽이고, 그 뒤에도 명종 연간에 대윤파에 의심두고 죽인 사람이 5,6년간 100여명이 넘었으니, 이런 악폐 중에서도 잔인한 정권쟁탈전은 고금동서에 유례를 볼 수 없는 일인데 더구나 이런 잔인한 사화는 다음 세대의 당쟁으로 이어지고 있으니 이씨조선은 망하지 않을 수가 없었고, 그 악풍은 조선국말과 현재의 정치판에서도 망국의 정치판으로 이어지고 있다. 그래서 이처럼 장황하게 기록하는 것이다.

3) 당쟁(黨爭)과 그 분열상(分裂相)

이씨 조선조의 당쟁을 흔히 사학자들은 유학파의 대립과 왕실 내척(內戚)의 내분, 제도상의 결함으로 그 요인을 찾지만 엄격히 말하면, 당파를 지어 정권을 쟁탈하려는 싸움이었다.

조선왕조 5백년을 두고 쉴사이 없이 이어져 벌려 온 당쟁은 그들만의 싸움에 그치지 않고 무고한 하졸들과 백성들이 무참히 죽거나 피해 당한 그 정도는 상상을 초월한다.

당쟁이라 하니 정견(政見)이 달라서 그 이념의 싸움으로 생각하는 것이 상식이지만 이씨조선시대 당쟁은 그런 상식을 넘어서 서인(西人), 동인(東人), 남인(南人), 북인(北人), 노론(老論), 소론(少論), 벽파(僻派)와 시파(時派)에도 청남(淸南), 탁남(濁南), 북인에도 대북(大北), 소북(小北), 소북에도 골북(骨北), 육북(肉北)이며, 형제간에도 대윤(大尹), 소윤(小尹) 등으로 4분(四分)되고 8렬(八裂) 십파(十派) 되면서 벌려 온 싸움이라 이념보다는 사욕의 쟁탈전이요, 이기면 관군(官軍)되고, 지면 적군(賊軍)되는 싸움이니 그 원수 갚음은 곱으로 늘어가며 9족까지 멸살한다 하였다. 사화만 해도 5, 60년간 크게 네 차례나 일어났고, 당쟁의 참극은 조선국말까지 500여 년간 수십 차례 있었으니 이에 따라 죽어간 백성이 얼마나 많은지 부지기수다.

이런 약점을 연구한 왜인(倭人)들은 손쉽게 조선을 침략하여 식민지로 만들었거니와 더 한심한 일은 인명(人命)과 인권(人權)의 존엄성을 경시하는 풍조였다.

조선조 26차례의 공신표 ; 영조 4년까지 분

나이	공신 호칭	연 대	공 적	인수				
				1등	2등	3등	4등	합계
1	개국(開國)	태조 원년	조선 개국	17	13	22	-	정도전을 위시하여 52명의 공신
2	정사(定社)	정종 즉위년	방석 · 정도전 · 남은(芳碩 鄭道傳 南誾) 등 제거	12	17	-	-	29명
3	좌명(佐命)	태종 원년	방간(芳幹)의 난 평정	9	3	12	23	46명
4	정난(靖難)	단종 원년	김종서(金宗瑞) 및 안평대군 등 제거	12	11	20	-	43명
5	좌익(佐翼)	세조 원년	단종을 폐하고 세조 추대	7	12	25	-	44명
6	적개(敵愾)	세조 13년	이시애(李施愛)난 평정	10	23	12	-	45명
7	익대(翊戴)	예종 즉위년	남이 강순치옥(南怡 康純治獄)	5	11	24	-	40명
8	좌리(佐理)	성종 2년	성종 추대(成宗 推戴)	9	11	18	35	73명
9	정국(靖國)	중종원년	연산군 폐하고 중종 추대	8	13	30	54	105명
10	정난(定難)	중종 2년	이과(李顆)의 치옥(治獄)	5	5	12	-	22명
11	위사(衛社)	명종 즉위년	윤임 · 유관 · 유인숙(尹任 柳灌 柳仁淑) 등 제거	4	8	16	-	28명
12	광국(光國)	선조 23년	종계변무(宗系辨誣)	3	7	9	-	19명
13	평난(平難)	선조 23년	정여립(鄭汝立)의 치옥	3	12	7	-	22명
14	호성(扈聖)	선조 37년	임란 때 선조 호종(扈從)	2	31	53	-	86명
15	선무(宣武)	선조 37년	임란 때 무훈자(武勳者)	3	5	10	-	18명
16	청난(淸難)	선조 37년	이몽학(李夢鶴)난 평정	1	2	2	-	5명
17	위성(衛聖)	광해군 5년	임란 중 광해군 수종	10	17	53	-	80명
18	익사(翼社)	광해군 5년	임해군의 치옥	5	15	28	-	48명
19	정운(定運)	광해군 5년	유영경(柳永慶) 치옥	2	5	4	-	8명
20	형난(亨難)	광해군 5년	김직재(金直哉) 치옥	2	12	10	-	24명
21	정사(靖社)	인조 원년	인조 영립, 광해군 폐위	10	15	28	-	53명
22	진무(振武)	인조 2년	이괄(李适)난 평정	3	9	20	-	32명
23	소무(昭武)	인조 5년	이인거(李仁居)난 평정	1	2	3	-	6명
24	영사(寧社)	인조 6년	유효립 · 정심(柳孝立 鄭沁)의 치옥	1	5	6	-	12명
25	영국(寧國)	인조 22년	심기원 · 유탁(沈器遠 柳濯)난 평정	4	2	1	-	7명
26	보사(保社)	숙종 6년	허견(許堅) 치옥 및 남인 제거	3	4	2	-	8명
27	부사(扶社)	경종 3년	임인(壬寅)의 옥을 일으키며 노론 제거	1	1	1	-	3명
28	분무(奮武)	영조 4년	이인좌(李麟佐)난 평정	1	7	7	-	15명

주(註) ; 성명 위의 ●표는 뒤에 훈적(勳籍)이 바뀌어 공신이 역신이 된 인물　　　　(총 963명)

4) 조선왕조의 공신과 역신

　필자는 국문학사를 연구하는 사람으로, 조선사(朝鮮史)에 관심이 많아 이씨 조선조의 공신록을 보고 한참 아연해졌었다.

　공신이란, 동양 문화권에서는 예부터 국가나 왕실을 위해 공을 세운 사람에게 주는 훈작인데, 조선왕조의 공신록은 임진왜란과 병자호란 때의 공신을 빼고는 전혀 다른 이미지(Image)를 주고 있기 때문인데 앞의 표와 같이 조선왕조 영조(英祖; 1724~1776) 때까지 공신들은 28차례에 걸쳐 963명에 이르며 그들에게는 공신록권과 함께 그 정도에 따라 토지와 노비까지 주었고, 그 자손에게는 음직(蔭職)까지 주었는데 이때의 주던 과전(科田)과 노비는 어디에서 났던가.

　고려말 조선조에는 공신도 많았지만 으레껏 역신도 많았는데 고려사에는 반역으로 몰린 사람은 본인은 물론 사형이고, 가족과 재산은 적몰하여 가족들은 지위고하를 막론하고 남의 집 노비로 삼고, 재산은 나라가 몰수했다가 과전(科田) 등으로 썼으니(고려사 열전 역신조) 그래서 공신표에 보면 나중의 공신수가 점점 적어진 것도 녹전(祿田)이 적어진 탓도 있다고 하였다.

　우리는 이 공신표를 보고 공신들이 많은 것도 보지만 그 대부분이 사화(士禍)나 당쟁(黨爭)으로 얻어진 공신이고 보면 반대급부로 져서 적군(賊軍)이 된 피살자는 얼마나 많을까를 생각지 않을 수 없다.

　여기 첨부하는 공신표는 동시에 이때에 피살된 원귀표(怨鬼表)가 될 것이다.

　그리고 공신이 역신된 경우와 부관참시(剖棺斬屍)가 수없이 되풀이 되는데 이는 천하에 드문 악형이거니와 이때 본인은 죽었으니 모른다 치더라도 그 후손 일가족이 졸지에 죄인되어 죽거나 남의 집 노비가 되어 원한을 천추에 서렸으니 얼마나 큰 비극인가!

Ⅳ. 번역과 주석

1) 삼 도 부
三 都 賦

최자
崔滋

西都辨生與北京談叟　來遊江都　遇一正議大夫
서도변생여북경담수　내유강도　우일정의대부

大夫曰
대부왈

蒙聞二國之名　未覩其制　幸今邂逅　二客　請攄懷
몽문이국지명　미도기제　행금해후　이객　청터회

舊之情　弘我以兩京
구지정　홍아이양경

辨生曰
변생왈

唯唯　西都之創先也　帝號東明　降自九玄　乃眷下
유유　서도지창선야　제호동명　강자구현　내권하

土　此維宅焉　匪基匪築　化城屹然　乘五龍車　上天
토　차유택언　비기비축　화성흘연　승오룡거　상천

下天　導以百神　從以列仙　熊然遇女　來往翩翩　江
하천　도이백신　종이열선　웅연우녀　내왕편편　강

心有石　曰朝天臺
심유석　왈조천대

怳兮盤陁　忽焉崍嵦　惟帝時升　神馭徘徊　靈
황혜반타　홀언내애　유제시승　신어배회　영

祇所宅　平壤其祠　呼叱風伯　指揮雨師　怒則白日
지소택　평양기사　호질풍백　지휘우사　노즉백일

霰雷　木石交飛　又有木覓　稼穡是司　不耕而禾　積
선뢰　목석교비　우유목멱　가색시사　불경이화　적

如京坻　蔭公庇私　介以尨褫　若是何如
여경저　음공비사　개이방치　약시하여

大夫曰
대부왈

삼 도 부

최자

–서경(西京;平壤). 북경(北京;松都). 강도(江都;江華) 세 도읍의 문물제도와 자랑–

서도 즉 평양의 언변 좋은 젊은이와 북경 즉 송도(松都)의 말솜씨 좋은 노인이 함께 강도 즉 강화의 바른말 잘하는 정의대부(正議大夫)한테 놀러 와서 만난 자리라

대부가 말하기를

"어슴프레 두 나라 도읍 이름은 들었으나 그 제도를 못 봤는데 이제 다행히 두 손님을 만났으니 내가 마음속에 간직하고 있던 옛 바램이기에 두 서울의 일을 들려 주소서" 하였것다.

서도의 변생이

"그리하리다. 서도를 처음 창건한 시조는 동명임금(東明帝)[1]이니 하늘(九玄)에서 땅을 돌보려고 내려오셔서 이곳에 터 닦지 않고, 축석 없이도 거처를 정하시니 화성(化城)이 우뚝 솟았다네! 그때 오룡거(五龍車)를 타시고 하늘을 오르내리시며 백신(百神)을 이끌고 여러 신선을 따르게 하면서, 곰 같은 여자 만나 펄펄 날듯이 내왕하였는데 그 강 속에 돌이 남아 있으니 이름 하여 조천대(朝天臺)[2]라 하노라."

얼른 보면 너러 바위요, 어찌 보면 메뿌리 같아 그때 임금님 이에 올라 신이 되어 두루 돌고, 혼령되니 모신 곳이 평양의 동명왕사(東明王社)라, 풍백(風伯)을 불러 시켜 우사(雨師)를 이끌고서 노하면 대낮에 번개 치고, 나무와 돌이 섞여 날며, 또 목멱신사(木覓神祠)[3]는 농사를 맡아 하니 애써 갈지 않아도 베 곡식 잘 되어 노적가리 산더미요, 공적으론 가리우고 사적으론 덮어주며 (백성의) 큰 이불 되어주니 이만하면 어떠한가?

대부가 말하되

---

2) 조천대(朝天臺) : 평양 부벽루 아래 기린굴 남쪽에 있는 바위로 조천석이라 하여 동명왕이 하늘로 올라간 기린 말발굽 흔적이 있다 한다.
3) 목멱신사(木覓神祠) : 평양 목멱산에 있는 사당으로 농사를 관장하고 있는 산신을 모신다 함.

神怪茫誕 何以誇爲
신괴망탄 하이과위

生曰
생왈

壯麗之觀 則有龍堰闕九梯宮 膠葛廣敞 高明窮崇
장려지관 즉유룡언궐구제궁 교갈광창 고명궁숭

翁闢宇宙 冥迷西東 天不能奪其拚 鬼不得爭其
옹벽우주 명미서동 천불능탈기변 귀부득쟁기

功 遊觀之所 則多景跨蒼海 淸遠撐半空 浮碧臨
공 유관지소 즉다경과창해 청원탱반공 부벽임

浩蕩 永明架嶒嶸 衆水所匯 名爲大同 皛淼晃瀁
호탕 영명가궁궁 중수소회 명위대동 효요황양

抱鎬欲澧 淨鋪素練 皎若靑銅 兩岸垂楊 終日
포호욕례 정포소련 교약청동 양안수양 종일

舞風 沙平野闊 落鴈鳴鴻靑山繞郭 四面巃嵸 細
무풍 사평야활 낙안명홍청산요곽 사면농송 세

雨披簑 俯見於漁翁 夕陽吹笛 遠聞於牧童 畵圖
우피사 부견어어옹 석양취적 원문어목동 화도

難髣 賦詠未窮 爾乃解錦纜浮蘭舟 中流回首 怳
난방 부영미궁 이내해금람부난주 중류회수 황

然如在鏡屛中也 則吾都形勝 誠天下之所獨
연여재경병중야 즉오도형승 성천하지소독

大夫曰
대부왈

奇觀絕景 喪人心目
기관절경 상인심목

生曰
생왈

水而漁則長網一擧 奇獲多矣 鰌鯢魴鱧 鱨魦鰋鯉
수이어즉장망일거 기획다의 추예방례 상사언리

“(모두가) 귀신의 괴이한 소리, 허무 망탄한 이야기니 어찌 자랑이 되리오”

변생이 말하되

“장려한 경관은 곧 용언궐(龍堰闕)[4]이 있고, 구제궁(九梯宮)[5]이 있어 그 넓고, 트이고, 드높음이 우주를 여닫는 듯한 구경거리요, 동서방향을 헤아리기 어려울 지경이니 하늘도 그 날렵한 경관은 빼앗지 못할 것이요, 귀신도 그 공교로움과 겨누지 못하리라”

유람할 곳으로는 창해를 걸터앉은 듯 다경루(多景樓), 반공에 우뚝 솟은 청원루(淸遠樓), 부벽루(浮碧樓)는 넓고 큰 물을 바라보며 영명사(永明寺)[6]는 드높은 산에 걸렸다네.

여러 물줄기 모여 합쳐 흐르니 그 이름 대동강(大同江)인데 흰 물결 즐펀히 끝없이 출렁거려 중국의 호수(鎬水=滈水)를 껴안은 듯 예수(澧水)를 모은 듯, 물이 맑아 흰 비단 펴 놓은 듯, 거울 같이 청명하네, 강 언덕 양편에는 수양버들 진종일 춤을 추고, 백사장 넓은 들엔 기러기 내려앉고 고니새는 노래하네, 사방은 청산이 성곽을 둘러싸고 가랑비는 자욱히 우장 삿갓 적셔주며 굽어보면 고기 잡는 어옹이라, 석양에 목동의 먼데서 피리소리, 그 정경 그림도 못 그리고 시부로도 못 읊으리, 때맞춰 닻줄 풀고 놀이 꽃배 띄워 놓고, 사방을 둘러 볼 때 이 바루 거울 속 병풍 안에 신선경지 들었으니 곧 우리 서도가 천하제일의 형승이리라.

대부가 이르되

“기관(奇觀)이나 절경(絶景)은 사람의 마음과 눈을 상하게 함이로다”

변생이 말하되

“물에 가서 고기잡이 한다 하면 긴 그물 한 번 들자 온갖 고기 다 잡히니, 미꾸리 암치 방어 가물치 날치 모래무지 메기 잉어

---

4) 용언궐(龍堰闕) : 평양에 있는 미르터라는 고적, 고구려 궁궐터.
5) 구제궁(九梯宮) : 평양에 있는 고구려 옛 궁터(이궁인듯).
6) 영명사(永明寺) : 평양에 있는 큰 절, 주로 산책이나 관광명소로 이용되고 있었다.(일정 때와 6·25 전쟁 이전)

鰣鮢鱸鮪 固爲賤嗜 及當冬月 滿江水結 錦鱗珠
오저전유 고위천기 급당동월 만강수결 금린주

鱲 其下鱍鱍 金梃乂之 百不一脱 置盤經宿 凍成
렵 기하발발 금정예지 백불일탈 치반경숙 동성

玉潔 庖丁膳夫 鳴刀巧割 縷飛霡霡 色絕味絕 一
옥결 포정선부 명도교할 누비확확 색절미절 일

下齒霜喉雪(此間句失)
하치상후설(차간구실)

作千載若符 先有崔孤 雲者嘗曰
작천재약부 선유최고 운자상왈

聖人之氣 醞釀山陽 鵠嶺松靑 鷄林葉黃 紫雲
성인지기 온양산양 곡령송청 계림엽황 자운

未起 預讖興亡 鐵原寶鏡 墮自上蒼 先雞後鴨 斯
미기 예참흥망 철원보경 타자상창 선계후압 사

言孔彰 及乎統合三土 卜開明堂 北峻牛臥 南峙
언공창 급호통합삼토 복개명당 북타우와 남치

龍翔 右懷左抱 案花相當 八頭三尾 東峴西岡
용상 우회좌포 안화상당 팔두삼미 동현서강

隱嶙屈伏 臂角拳齎 騰精降神 吐氣産祥
은린굴복 비각권적 등정강신 토기산상

五川靈派 源乎淼茫 萬洞滍集 流漲滂洋 箭馳輪走
오천영파 원호묘망 만동엄집 유창방양 전치윤주

---

7) 상어 등 : 대동강에서 잡히는 물고기 담수어는 하류에서는 바다물고기도 여러 종류
가 잡히고 이 해산, 수산물은 평양시내로 모여든다.

8) 먼저 닭, 뒤에 오리(先雞後鴨)라는 말이 분명터니 : 중국 당나라 왕창근(王昌瑾)이란
사람이 궁예(弓裔)에게 바쳤다는 거울에 새긴 글귀에 "선조계후박압(先操雞後搏鴨)
을 고려 태조 왕건(王建)은 계는 계림으로 신라를 말하니 먼저 망하고, 압은 압록강
을 뜻하니 뒤에 고려가 취한다."고 풀이했다는 것.

오징어 장어 전어 상어 등[7]은 본래 흔한 기호 식품, 추운 겨울 당할 때는 만강이 얼어붙자 월척의 금린어(錦鱗魚)가 얼음 밑에 펄펄 뛰니 쇠작살로 찔러낼 제 백발백중 찍히는데 소반에 밤새워 언채로 담았다가 요리사가 칼을 갈아 솜씨 좋게 저며내니 날아갈 듯 엷은 횟살 빛도 절색, 맛도 일품, 한 입 먹자 이 시리고 목이 시원" (이 사이 몇 귀 탈락 됨)

(북경의 담수의 말이) 천년의 일이 증거할만하다 하면 옛적 최고운(崔孤雲=致遠)이란 사람은 늘 말하기를

"성인의 기운이 산양(山陽)에 서려져가고 있으니 곡령(鵠嶺=松都)의 솔은 푸르고, 계림(雞林=新羅)의 잎은 누렇구나"
라고 상서로운 자줏빛 구름이 일기 전에 세상의 흥망을 미리 알고 예언했네,

철원(鐵原)의 보배거울이 하늘에서 떨어져 "먼저 닭, 뒤에 오리"라는 말이 분명터니[8] 삼한(三韓) 땅을 통합하여 명당(明堂)을 터 잡으니 북악(北岳)은 누운 소요, 남산(南山)은 용이 나는 듯, 오른편에 품고 왼편으로 껴안아서 안산(案山)과 화산(花山)[9]이 서로 짝이 맞게 되었다네.

팔두삼미(八頭三尾)로 동쪽엔 고개 되고 서쪽으론 산언덕이 완만히 흘러내려 메뿌리 들쑥 날쑥 각(角) 별은 팔격이요, 상(商) 별은 주먹 쥔 격, 정기(精氣)는 등등하고 신기(神氣)는 내리어서 기운을 토하고 상서(祥瑞)를 낳았다네.

오강(五江)의 신령스런 물줄기는 근원이 깊고 멀어 수만의 골짝물이 모여들며 넘쳐흘러 쏜살같이 내닫고 바퀴 돌듯 내달아서

---

9) 화산(花山) : 원문의 "안화상당(案花相當)"은 풍수설에 의하면 안산과 화산이 묘의 명당자리로 서로 맞아서 명당이 된다는 것이다.

朝湊中央 涵靈注德 滋養百昌 靑松茂矣
조주중앙 함령주덕 자양백창 청송무의

三百餘霜 中衰復盛 繫于苞桑 自古如我　應
삼백여상 중쇠부성 계우포상 자고여아　응

讖立國 有幾帝王
참입국 유기제왕

大夫曰
대부왈

祖聖龍興 應天順人 非以地理圖讖之荒唐　叟曰
조성용흥 응천순인 비이지리도참지황당　수왈

中原大寧 鐵焉是産 鑌鈗鑒鏛 錏鑢鍒鐌　惟山
중원대령 철언시산 빈연감책 아로유안　유산

之髓 匪石之鑽 斸掘根株 浩無畔岸 洪爐鼓鑄　融
지수 비석지찬 착굴근주 호무반안 홍로고주　융

液熾爛 焰爍陽紋 水淬陰縵 老冶弄鎚 百鍊千鍛
액치란 염삭양문 수쉬음만 노야농추 백련천단

爲鏃爲鏑 爲矛爲釬 爲刀爲槍 爲鑢爲鑹 爲鋤爲
위촉위적 위모위한 위도위창 위로위찬 위서위

鎛 爲釜爲鑵 器贍中用 兵充外扞 雞林永嘉 桑柘
박 위부위관 기섬중용 병충외한 계림영가 상자

莫莫 春而浴蠶 一戶萬箔 夏而繰絲 一指百絡　始
막막 춘이욕잠 일호만박 하이소사 일지백락　시

繰而縒 方織以纞 雷梭風杼 脫手霹靂 羅綃綾
엄이차 방직이력 뇌사풍저 탈수벽력 나초능

綾 縑綃縛縠 煙纖霧薄 雪皓霜白 靑黃之 朱綠之
승 겸초박곡 연섬무박 설호상백 청황지 주록지

---

10) 푸른 솔은 무성하도다 : 원문의 "청송무의(靑松茂矣), 즉 푸른 솔이 우거지네!"는
　　송도(松都)가 번창해진다는 뜻.

중앙으로 모여드니 영혼이 깃들고 덕성이 흘러들어 온갖 것에 자양이 넘쳐서 푸른 솔은 무성하도다.[10]

송도가 번창하여 3백여 년간 그 사이 기울고 융성하기 거듭하여 뽕나무 가지에 매여서 살아나듯[11] 더욱 굳어졌네!

예부터 우리나라처럼 참(讖)에 의해 나라를 세운 일이 몇몇 제왕이었던가!

대부가 말하되

"고려(高麗) 태조(太祖)가 임금 되심은 천명(天命)에 응하고 인심에 순응함이지, 풍수(風水)나 도참(圖讖)의 황당한 낭설에 의하여 된 일은 아닌 것이로다!" 북경 말쟁이(北京 談叟) 말하되

중원(中原=忠州), 태령(太寧=海州)은 쇠(鐵)의 명산지[12]로 강철쇠(鑌), 무른쇠(鉛), 맑은쇠(鑑), 밝은쇠(鎭), 아연(錏), 무쇠(鑪), 선철(鍒), 용수철(鏷)이 돌을 뚫지 않아도 산의 골수로 흘러 내려와 뿌리와 그루 밑을 파서 무진장 끝이 없다네! 용광로에 녹여 부으니 녹은 쇳물은 불에 달구면 양문(陽紋)이요, 물에 달구면 음만(陰縵)인 것을, 솜씨 익은 대장쟁이 쇠망치로 백번 천 번 두드리니 시퍼런 화살촉(鏃), 날카로운 작은 살촉(鏑)과 창도 치고, 방패, 갑옷, 칼로 치고 긴 창도 치며, 화로와 백철, 호미와 괭이도 치며, 솥도 치고 물통도 쳐내니 그릇으론 집안 용품이요, 병기로써 전쟁에 쓴다네!

계림(雞林=慶州)과 영가(永嘉=安東)엔 뽕나무도 우거졌네, 봄날에 누에칠 때 한 집에 만박(萬箔)이요, 여름에 실 짜니 한 손에 백타래(百絡)라, 얼킨 실은 갈피 내여 틀에 엊어 짜어 낼제, 북(梭)을 치는 우뢰소리, 바디치는 벼락소리, 비단, 명주, 무늬비단, 삼베, 모시, 연기처럼 가볍고, 이슬인양 엷은 천, 눈같이 희고 서리처럼 백색이요, 푸르고, 누렇고,

---

11) 뽕나무 가지에 매여서 살아나듯 : 「주역」 경문(經文)편에 "운이 막혀가는 때를 반전시켜서 대인(大人)은 좋으리라 「망할 것이다, 망할 것이다 하여 탄탄한 뽕나무 뿌리에 잡아맨다.」(休否 大人吉 其亡其亡 擊于苞桑)라는 말은 망할듯 하면서도 뿌리가 든든해서 살아남는다는 뜻.
12) 쇠의 명산지 : 고려 때는 충주 및 해주가 쇠(鐵)의 생산지였던 모양이다.

爲錦綺爲繡纈 公卿以衣 士女以服 樞曳絺綵
위금기위수힐 공경이의 사녀이복 추예최채

披拂赩赫 是誠天府 國寶錯落
피불혁혁 시성천부 국보착락

大夫曰
대부왈

尺璧非寶 矧伊金帛
척벽비보 신이금백

叟曰
수왈

詞人墨客 比肩林林 紅情綠意 繡口錦心 咀冰
사인묵객 비견임림 홍정녹의 수구금심 저빙

嚼雪 琢玉彫金 筆一走也 驚雷迅電 難以況其捷
작설 탁옥조금 필일주야 경뢰신전 난이황기첩

疾 詩多態也 澄江絕壁 不足譬其高深 圓熟陳言
질 시다태야 징강절벽 부족비기고심 원숙진언

不踐於古 冷生新語 別出於今 武夫猛士 則衣短
불천어고 냉생신어 별출어금 무부맹사 즉의단

後纓縵胡 佩蛇劍握龍刀 蹻踊攪搏 鬪虓咆哮 熊
후영만호 패사검악용도 굴굴막박 함효포효 웅

挐虎攫 鶻掠猿超 瞋目語難 掉臂輕趫騎射一發
나호확 골략원초 진목어난 도비경교기사일발

聯的三中 杖手一弄 飛毬百繞是所謂 國之寶歟
연적삼중 장수일롱 비구백요시소위 국지보여

大夫曰
대부왈

非也 彫蟲亂力 君子不取 況弄毬之巧
비야 조충난력 군자불취 황농구지교

叟曰
수왈

設官分職 內千外萬
설관분직 내천외만

붉으며, 새파란 직물들이 금수(錦繡)로 만들어져 공경(公卿)의 옷감이요, 사녀(士女)의 옷이려니 이야말로 하늘이 주신 고장 보물이 가득 찼네!"

대부가 말하되

"한 자(尺)의 구슬로 보배가 아니라 했거늘, 하물며 쇠붙이와 비단이랴!"

늙은 말쟁이 말하되

"시인과 묵객이 어깨를 나란히 수풀처럼 많은데 붉은 정에 푸른 뜻 수놓은 입으로 얼음과 눈발을 씹는 듯, 금과 옥을 새기는 듯, 붓 한번 달린다 하면 우뢰, 번개 같고, 시를 썼다 하면 맑은 강 절벽으로도 그 높고 깊음을 견주지 못하네.

원숙한 용어라도 옛 것이면 그대로는 쓰지 않고, 새로운 시어를 이제 따로 창조하네!

이 나라의 무사(武士)와 맹사(猛士)들은 뒷자락이 짧은 옷에 만호(縵胡) 갓끈 조여매고 용도(龍刀) 쥐고 사검(蛇劍) 차고 이리저리 분주하게 눈 부릅뜨고 웨치다가 곰처럼 움켜잡고, 범처럼 할퀴며, 매처럼 덮치며, 원숭이처럼 날렵하게, 눈 무섭게 크게 뜨고 무서운 행색으로 앞으로 내 닫는다네!

말 타고 활을 쏘되 과녁에 3발 3중이요, 구봉(球捧)을 한번 손에 놀리면 장대 끝에서 공이 백번은 돈다네! 이것이야말로 나라의 보배가 아닌가?"

대부가 말하되

"아니로다, 조충(雕蟲)의 작은 재주[13]와 폭력을 자주 씀은 군자가 취할 바가 아니니 하물며 공을 희롱하는 재주쯤을 이를 것이랴!"

늙은 말쟁이

"관직을 말한다면 내관(內官)이 천이오, 외직(外職)이 만이라

---

13) 조충(雕蟲)의 작은 재주 : 조충전각(雕蟲篆刻)을 말하며 자질구레한 시문 주석이나 하는 소기(小技), 조충소기(雕蟲小技)라고도 함.

激濁揚淸 擧無懲溷 歲命春官 選登賢儁 靑紫滿
격탁양청 거무대혼 세명춘관 선등현준 청자만

朝 紳垂笏搢 出爲廉察 或典州郡 莫不以冰淸玉潔
조 신수홀진 출위염찰 혹전주군 막불이빙청옥결

爲己之任 不通水火之利 況受苞苴之贈 斷帶爲燈
위이지임 불통수화지리 황수포저지증 단대위등

投錢以飮 門羅雀以寂寥 食無魚兮冷淡 人服其名
투전이음 문나작이적요 식무어혜냉담 인복기명

自負無玷 謂欲威民 必用苛慘 細察纖微 曲照幽
자부무점 위욕위민 필용가참 세찰섬미 곡조유

暗 吹刮而求 瘢瑕莫掩 於是乎振縲絏揚繩檢 扑
암 취괄이구 반하막엄 어시호진유설양승검 박

之則百杖不厭 絞之則重索猶慊 吏不完肢體 民
지즉백장불염 교지즉중색유겸 이불완지체 민

盡落肝膽 肅肅凌凌 慄慄懍懍 咄嗟而諸難卽辨
진낙간담 숙숙능릉 율률늠름 돌차이저난즉변

叱吒而群猾亦震 歲增賦而不爲重 月進膳而不爲
질타이군활역진 세증부이불위중 월진선이불위

謟 急徵征稅 若督戶斂 漕轉陸輸 火疾電閃 用儲峙
도 급징정세 약독호렴 조전육수 화질전섬 용저치

乎國廩 則其勤公利國之功 言所不盡
호국름 즉기근공이국지공 언소부진

大夫曰
대부왈

詐淸苛慘民之蠹 爲害也甚 叟曰 公卿列弟 聯垣十里
사청가참민지두 위해야심 수왈 공경열제 연환십리

흐린 것은 밝혀내고 맑은 것을 치켜 올려 등용에 공평무사 춘관
은 어질고, 청의(靑衣)와 자의(紫衣)의 공경(公卿)은 조정에 가득
하여 신사와 홀 잡은 이(선비)가 조정에 가득하니 밖으로 나가서
는 염찰사나 고을 수령이요, 모조리 청백(淸白)으로 그 구실 삼
으니 샘물이나 등불 같은 이익도 받지 않거든[14] 황차 뇌물이랴!
　해어진 띠실 풀어 등잔심지 삼고 샘물도 돈 주고 마시며 문 앞
에는 참새 그물 적막하며 밥상엔 생선 없어 냉담하다네. 사람들
은 그 이름만 들어도 탄복하니 자신도 깨끗하다고 자부한다네!
백성에겐 위엄 부려 가혹해야 한다 여겨 작은 일도 꼼꼼히 사찰
하되 어두운 구석 없이 때를 씻고 곤장으로 다스리니 있는 허물
가리우며 백도의 곤장 앞에 제 감히 숨길 것이며 목 벨 범죄는
밧줄은 겹으로 쓰고도 부족하니 태형 맞아 온 몸이 성한데 없어
백성은 간담이 서늘하여 쉬쉬 입 다물고 와들와들 떨 적에 별안
간 시비가 가려져 부정배들은 자복한다네.
　해마다 조세를 늘여도 중세(重稅)가 아니요, 달마다 나라에 선
물을 바쳐도 의심을 안품으며 급하게 독촉해서 집집이 거둬다가
수로와 육로로 성화(星火)같이 운반해 가서 국고(國庫)와 관가의
곳간을 채워주니 그 유공함은 말로 다 못하리라.”
　대부가 말하되
　“간사한 청렴으로 가혹을 저지르면 백성을 좀먹는 일이니 그
해독함이 심하고녀!”
　늙은이 말하되
　“공경(公卿)들의 저택은 그 담장이 10리에 뻗었는데

---

[14] 샘물이나 등불 같은 이익도 받지 않는다 ; 관리가 공것을 절대로 받지 않는 청렴을
　　말하는데, 옛 양(梁)나라 태수(太守) 하원(何遠)이 민가의 맑은 샘물을 마셨는데 민
　　가에서 물값을 안받으니 그러면 샘물을 안 먹는다 한 고사가 있다.

豐樓傑閣 鳳舞螭起 滾軒燠室 鱗錯櫛比輝映金
풍루걸각 봉무이기 양헌욱실 인착즐비휘영금

碧 森列朱翠 緹繡被木 彩毯鋪地 珍木異卉 名花
벽 삼렬주취 제수피목 채담포지 진목이훼 명화

佳藕 春榮夏實 綠稠紅蓿 敷香布蔭 爭妍竟媚
가위 춘영하실 녹조홍수 부향포음 쟁연경미

後房佳麗 雲衣霞帔 盡態極艷 列陪環侍 玳筵綺
후방가려 운의하피 진태극염 열배환시 대연기

席 笙歌鼓吹 九醞波漫 千疊屹峙 如易之需若詩
석 생가고취 구온파만 천뢰흘치 여역지수약시

旣醉 駞峯熊掌 龍肝鳳髓 錦簇瓊堆 厭飫唾棄
기취 타봉웅장 용간봉수 금족경퇴 염어타기

至於士庶 桑門釋子 居必華屋 食必兼味 極耳
지어사서 상문석자 거필화옥 식필겸미 극이

目之娛 誇服飾之異 庸奴賤隷 胥然僭擬 峩其冠
목지오 과복식지이 용노천예 서연참의 아기관

戴其幞 觭其帶鈒其履 衣輕服緻 爭相耀侈 雖雍
대기복 과기대삽기리 의경복치 쟁상요치 수옹

洛靡麗之盛 莫我敢齒
낙미려지성 막아감치

　大夫曰
　대부왈

　噫 舊都之流離盖以此
　희 구도지유리개이차

　於是西北二客
　어시서북이객

　奮髯作色 且怒且恧
　분염작색 차노차육

　曰　走等終日言而大夫皆折之 願聞江都之說
　왈　주등종일언이대부개절지 원문강도지설

엄청 큰 누각은 봉황이 춤추는 듯 서늘한 마루 따뜻한 방이 줄지어 갖춰있고 금벽은 휘황찬란 단청이 이어졌네. 비단으로 기둥 싸고 채전(彩氈)으로 바닥 깔고, 온갖 진기한 나무, 이름난 화초들이 봄에는 꽃피고 여름엔 열매 맺고 푸른 잎 붉은 새싹이 그윽히 향기 뿜고 서늘한 그늘 지어 곱고도 아양 떨고, 뒷방의 미인들은 구름 옷에 안개 배자(帔) 온갖 아양 떨며 섰네! 꽃방석 비단 요에 노래가 흥겨운데 천 잔에 붓는 술은 신선의 구하주(九霞酒)요, 주역(周易)의 수(需)괘요, 시경(詩經)의 기취(旣醉)편[15]이던가?

팔진미(八珍味)로 말하면, 낙타 등심, 곰의 발바닥, 용의 간, 봉의 골수가 비단처럼 모이고 구슬처럼 쌓여도 입에 물려 뱉을 지경이요, 사족(士族), 평민, 승려도 그 사는 가옥이 화려하고 수륙진미 모두 먹고 귀와 눈은 늘 즐거우며 사치스런 옷으로 단장, 종과 천한 족속마저 다투워 분수없이 멋 부리니 높은 갓과 복두(幞頭) 쓰고 각대(角帶) 띠며 가벼운 옷, 꽃무늬 신발로 사치를 자랑하니 저 중국 장안인 낙양(洛陽)의 화려로도 우리의 사치 풍속을 못 당할지고"

대부가 말하되

"아아! 우리 옛 서울 송도(松都)의 몰락이 대개 그런 것 때문이 아닐까?"

이에 이르러 서도(西都 ; 평양)와 북도(北都 ; 송도)의 두 손님이 수염을 곤두세우고 정색을 하면서 한편 노한 듯, 한편 부끄러운 듯 말하기를

"저희들이 종일 말하되 그러나 대부께서 모두 이를 꺾어 버리니 그러면 강도(江都)[16]의 이야기를 들어보고저 하노라."

---

15) 주역(周易) 수(需)괘와 시경의 기취(旣醉)편 : 주역 십익(十翼)편 수(需)괘는 "비가 오기 전에 구름이 하늘로 올라가는 모습처럼 군자는 그 모습처럼 음식으로 그 기운과 몸을 유지하고 잔치하고 즐거워하면서 마음과 뜻을 평화롭게 한다는 괘이다. 시경의 대아(大雅)편 기취(旣醉)장에는 "술에 이미 취했는데 덕에 이미 배불렀네, 군자께선 만년토록 큰 복 누리시기 빈다네.(旣醉以酒 旣飽以德 君子萬年 介爾景福)"라 했다.

16) 강도(江都) : 경기도 강화군의 옛 이름이니 고려 고종 19년(1232 A.D.) 몽고의 내침을 피하여 왕경을 강화도에 피난하여 동왕 37년(1250 A.D.)에 중성(中城)을 주회(周回) 2960여 간(間)을 쌓았고 원종 원년(1260 A.D.)에 환도하였으니 28년간 왕도(王都)로 지냈다.

大夫曰
대부왈

二客豈亦曾聞江都之事乎 略擧一緒
이객개역증문강도지사호 약거일서

揚攉而議 夫東海之大 凡九江八河 呑若一芥
양확이의 부동해지대 범구강팔하 탄약일개

蕩雲沃日 洶湧澎湃 中有花山 金鰲屹戴 涯凌葉擁
탕운옥일 흉용팽배 중유화산 금오흘대 애릉엽옹

渚岬枝附麗其枝葉而沙散碁布者 江商海賈漁
저비지부여기지엽이사산기포자 강상해고어

翁塩叟之編戸也 神岳蘂開 靈丘萼捧 架其蘂萼
옹염수지편호야 신악예개 영구악봉 가기예악

而暈飛鳥簦者 皇居帝室公卿士庶之列棟也 內據
이운비조용자 황거제실공경사서지열동야 내거

摩利穴口之重匝 外界童津白馬之四塞 出入之
마리혈구지중잡 외계동진백마지사색 출입지

誰何則岬 華關其東 賓入之送迎則楓浦舘其北 兩
수하즉갑 화관기동 빈입지송영즉풍포관기북 양

華爲閾 二崤爲樞 眞天地之奧區也 於是乎內繚以
화위역 이효위추 진천지지오구야 어시호내료이

紫壘外包以粉堞 水助縈回 山爭岌嶪 俯臨慄乎
자루외포이분첩 수조영회 산쟁급업 부림율호

淵深 仰觀愁於壁立 鳧鴈不能盡飛 犴虎不能窺闖
연심 앙관수어벽립 부안불능진비 시호불능규틈

一夫呵噤 萬家高枕 是金湯萬世帝王之都也
일부가금 만가고침 시금탕만세제왕지도야

대부 말하되

"두 분이 어찌 일찍이 강도(江都)의 이야기를 듣지 못했는고? 대강 한 가지 실마리를 들어 이야기 하리로다. 동해 바다의 크기는 아홉 강(九江) 여덟 하수(八河)를 겨자씨처럼 삼켜, 구름과 해를 뿜듯 삼키듯이 출렁이고 그 가운데 화산(花山)[17]은 금오(金鰲; 금자라)가 떠받친 모양, 물가와 기슭은 잎처럼 싸돌고 혹은 가지마냥 뻗었으니 그 잎과 가지에는 강상(江商), 해고(海賈), 어옹(漁翁), 염수(塩叟)의 저택들이 들어차고, 신악(神岳)은 꽃술 속에 영구(靈丘)는 꽃받침 위에 날아갈 듯 그 위에 솟아있는 황실, 궁궐, 공경과 사서(士庶)들의 저택이 즐비하고 안으로는 마니산(摩尼山), 혈구산(穴口山)은 첩첩이 도사리고 밖으로는 동진(童津; 通津山), 백마산(白馬山)이 사면의 요새 되고, 출입을 단속하기엔 동편의 갑화관(岬華關)이요, 외빈을 맞고 보내기에는 북쪽의 풍포관(楓浦館)이니 두 화(華)가 문턱이요, 두 효(嶠;문틀)는 지도리 되어 있으니 참으로 천하의 오구(奧區)이다. 이에다 안으로는 자줏빛 성을 둘러쌓고 밖으로는 분첩(粉堞;석회 성가퀴)으로 쌌으니 물은 서로 돌아 둘렀고 산은 다투어 높이 솟아 호(壕)구덩이 굽어보는 절벽이라. 오리, 기러기도 못 날아들고, 늑대나 호랑이도 엿보지 못할지니 한 사람만 가금(呵禁)해도 만 사람이 편히 자고 본즉, 이 바로 금성탕지(金城湯池)라 만세 제왕의 도읍이라네."

---

17) 화산(花山) : 한국에 화산이란 지명은 여러 군데이지만, 여기서는 강화도의 중심부에 있는 산을 말함.

二客曰
이 객 왈

固國不以山河 在德不在險
고 국 불 이 산 하　재 덕 부 재 험

大夫曰
대 부 왈

城市卽浦 門外維舟 篘往樵歸 一葉載浮 程捷於
성 시 즉 포　문 외 유 주　추 왕 초 귀　일 엽 재 부　정 첩 어

陸 易採易輸 庖炊不匱 廐秣亦周 人閑用足 力小
륙　역 채 역 수　포 취 불 궤　구 말 역 주　인 한 용 족　역 소

功優 商舩貢舶 萬里連帆 艤重而北 棹輕而南 檣
공 우　상 선 공 박　만 리 연 범　의 중 어 북　도 경 이 남　장

頭相續 舳尾相銜 一風頃刻 六合交會 山宜海錯
두 상 속　축 미 상 함　일 풍 경 각　육 합 교 회　산 의 해 착

靡物不載 擣玉舂珠 累萬石以磈碓 苞珍裹毛 聚八
미 물 부 재　도 옥 용 주　누 만 석 이 외 위　포 진 이 모　취 팔

區而菴藹 爭來泊而纜碇 倏街塡而巷隘 顧轉移之
구 이 암 애　쟁 래 박 이 남 정　숙 가 전 이 항 애　고 전 이 지

孔易 何駄負之賽倩 爾乃手挈肩擔 往來跬步 堆積
공 역　하 태 부 지 새 청　이 내 수 설 견 담　왕 래 규 보　퇴 적

于公府 流溢於民戶 匪山而巍 如泉之溥 菽粟陳陳
우 공 부　유 일 어 민 호　비 산 이 외　여 천 지 부　숙 속 진 진

而相腐 孰與大漢之富饒
이 상 부　숙 여 대 한 지 부 요

二客曰
이 객 왈

至富非蓄積 宜鑑鉅橋
지 부 비 축 적　의 감 거 교

大夫曰
대 부 왈

佛法流於海東尙矣 至於今日尤爲信篤 像設而
불 법 유 어 해 동 상 의　지 어 금 일 우 위 신 독　상 설 이

歸依 則鎔金塑土 琢石刻木 或線縷以繡
귀 의　즉 용 금 소 토　탁 석 각 목　혹 선 루 이 수

두 손이 말하기를

"나라를 굳게 함은 산하의 아름다움에 있지 않고 임금의 덕에 있고 산천의 험함에 있지 않도다."[18]

하니 다시 대부가 말하기를

"성시(城市)가 곧 항구이어서 문 밖이 바로 배이니 풀 베러 가거나 땔감 나무 해올 때도 일엽편주에 둥실 실어서 육지보다 빠르고, 땔감 걱정, 마소 먹이 걱정 없어 씀씀이 넉넉하고, 장사 배와 조공(朝貢) 배가 만 리에서 돛대를 이어오니 배꼬리(船尾) 연이어 순식간에 팔방사람 모여들며 산해진미 안 가져오는 사람 없으며 옥(玉)같은 쌀이 만 섬으로 쌓여 우뚝하고 주옥과 털가죽 꾸러미는 사방에서 모여든다.

뭇 배들 와서 닻 내리자 거리마다 골목마다 팔고 사는 사람 붐비고 말짐, 소짐 필요없이 손에 들고 어깨 메고 몇 걸음에 관가에 쌓여지고 민가에 흘러들어 산처럼 높직하고 샘처럼 넘치니 온갖 곡식 묵어서 썩을 지경, 한대(漢代)의 부요(富饒)와 어느 것이 낫겠는가?"

두 손이 말하기를

"지극한 부(富)는 축적(蓄積)이 아니니 거교(鉅橋)[19]를 거울 삼을지니라"

대부가 말하기를

"불법(佛法)이 우리 해동(海東)에 온 지 오래지만 오늘날에 신앙은 더욱 두터워 불상 만들어 불법으로 귀의함엔 쇠를 녹이고 흙을 빚고 돌을 쪼고 나무에 새겨서 부처를 만들며 혹은 실로 떠서 수불(繡佛)을 만들거나

---

18) "나라를 굳게 함은 산하의 미와 산천의 험함에 있지 않고 덕에 있다 : 전국시대 위무후(魏武侯)가 서하에서 선유(船遊)할 때 시종하던 오기(吳起)가 한 말이다.
19) 거교(鉅橋) : 은(殷)의 주(紂)가 백성의 고혈을 착취하며 곡식창고를 지었던 땅 이름. 나중에 주(周)나라 무왕(武王)이 주를 쳐 없애고 거교의 창고 조를 백성에게 나눠줬다.

畵繪以貌　睟乎端嚴　儼若視矍　法寶之弘揚　則經
화회이모　수호단엄　엄약시확　법보지홍양　즉경

律論章　禪書祖訣　板印墨寫　泥金刺血　黃卷赤軸
률논장　선서조결　판인묵사　이금자혈　황권적축

琅函綦帕　若開風藏　委積磊落　禪藍敎刹公寺私堂
낭함기파　약개풍장　위적뇌락　선람교찰공사사당

或社或庵　日齋日房　矗不知乎幾千萬坊　香火之
혹사혹암　왈재왈방　촉부지호기천만방　향화지

氣連熏於萬里　鍾磬之聲相聞於四方於是乎厖
기연훈어만리　종경지성상문어사방어시호방

眉橉袍　碧眼菊裳　南叢北林　竹葦成行　龍象爭蹴
미심포　벽안국상　남총북림　죽위성행　용상쟁축

金毛竟吼　千燈續焰於心心　衆海翻瀾於口口　朝
금모경후　천등속염어심심　중해번란어구구　조

焚祝聖之香　夕點鎭災之炷　猶以爲未足　特創精
분축성지향　석점진재지주　유이위미족　특창정

廬於輦下　遠邀方外之道伴　靑山白雲　逃身而出
려어연하　원요방외지도반　청산백운　도신이출

紫陌紅塵　來垂手段　搥拂而風雷動　捧喝而雨雹散
자맥홍진　내수수단　추불이풍뢰동　봉갈이우박산

殺活自在　頭頭必斷
살활자재　두두필단

　越前歲因大難　君臣盆復痛願　一集諸家
　월전세인대난　군신익복통원　일집제가

遞日作梵　念佛唱神之　音激切而山岳盡動
체일작범　염불창신지　음격절이산악진동

종이에 부처 얼굴 그려[※] 단정하고 장엄한 그 표정 엄연하며, 법
보(法寶)를 들날리는 데는 경(經)과 율(律)의 논(論), 장(藏)들고
선가서(禪家書), 조사결(祖師訣) 등을 판(板)에 찍고 필사하되 이
금(泥金)이나 혈서(刺血)로 써서 누런 책 붉은 축(軸)에 주옥 함
(函)과 비단에 싸두니 천 권인가 만 권인가 더미더미 쌓였구나.

　선방(禪房)과 교찰(敎刹)이며 공사(公寺) 혹은 사당(私堂)있어
사(社)니 암(庵)이니 재(齋) 또는 방(房)이라 하여 우뚝 솟아 몇
천만 곳, 재 올리는 향화(香火) 기운은 만 리에 훈훈하고, 종경
(鍾磬) 소리는 사방에서 정정 울리며, 긴 눈썹에 오디 빛 가사 입
은 푸른 눈동자와 국화빛 잠상들이 남북의 총림(叢林)처럼 대와
갈대 서듯 줄지었고, 용상(龍象) 같은 고승은 사자후(獅子吼)처
럼 설법을 하니, 천 등불이 마음과 마음으로 이어져 아침에는 성
수만세(聖壽萬歲)를 비옵는 향화(香火), 저녁에는 재앙을 막으려
는 소재도량문(消災道場文)을 외면서 심지(炷)에 불 댕긴다. 그
것도 미흡하여 대궐 안에 정사(精舍)를 지어 놓고, 먼 곳의 도승
을 맞아들여서 그 들은 푸른 산 흰 구름에서 몸을 떨치고 나와서
거리의 자맥홍진(紫陌紅塵)[20]에서 불법을 설(說)한다네!

　선사들이 금추 방망이를 한번 두드리자 바람, 우뢰가 일고, 봉
갈(棒喝)[21] 한 마디에 우박이 쏟아져 살리고 죽임이 자유자재라
머리머리 똑똑 부러지누나.

　전년에 큰 난리[22] 겪을 때는 군신이 지원(至願)으로 불사를 일
으켜 여러 종파(宗派)를 모아 하루 건너 불사에 힘 쏟으니 염불
(念佛)과 창신(唱神)의 소리 높아 산악(山岳)이 흔들흔들

---

20) 자맥홍진(紫陌紅塵) : 자맥은 왕도 즉 서울거리, 홍진은 부처에 대해 중생의 사회.
21) 봉갈(棒喝) : 불가에서 깨닫지 못한 사람을 벌 주는 꾸지람. 당두봉갈(當頭棒喝)이라
　　고도 함.
22) 전년에 큰 난리 : 1232년(고종 19) 몽고가 내침했던 사건. 고려시대에 몽고의 침략
　　으로 국난을 당한 사건은 이루 말할 수 없는 민족의 수난이었고, 그중에서 고종 19
　　년(1232)의 재침 때 전 국토를 점령 당해서 수도는 강화도로 피난 간 사건은 일제
　　가 침략했던 36년간보다 몇 십 배나 큰 수난의 비극이었다.

燃頭燒指之煙紛布而日月無光　精勤苦倒如此其
연두소지지연분포이일월무광　정근고도여차기

極　報應攝護必不可量
극　보응섭호필불가량

　二客曰
이 객 왈

古今奉浮圖莫若梁　何促危亡
고금봉부도막약양　하촉위망

大夫曰
대부왈

方今主上躬儉而厚下
방금주상궁검이후하

二客　卽愕然失容　避席而跪曰
이객　즉악연실용　피석이궤왈

大夫毋多言　只此一言　足以知大平極理之美　凡政
대부모다언　지차일언　족이지대평극리지미　범정

理淸平　皆由儉始　儉則習俗歸厚　胡皇天不佑胡基
리청평　개유검시　검즉습속귀후　호황천불우호기

祚不長久哉　向者走等喎嘐呌呌　祇自彰國累耳
조불장구재　향자주등주교잘잘　지자창국누이

　大夫曰
대부왈

二子聽之　吾以古爲的　昔周家忠厚　享年八百　漢
이자청지　오이고위적　석주가충후　향년팔백　한

文衣綈履革　其臣多敦厚長者　垂祚罔極　唐文皇尙
문의제이혁　기신다돈후장자　수조망극　당문황상

儉　欲營一殿　鑒秦而止　維時房魏不以理安爲喜
검　욕영일전　감진이지　유시방위불이리안위희

故垂統三百餘祀
고수통삼백여사

사람들은 연두소지(燃頭燒指)[23]의 그 연기에 휩싸이고 해와 달은 빛을 잃었다네. 정성과 고행(苦行)이 이처럼 지극하니 보응과 가호가 끝없으리."

두 손님이 말하기를

"고금에 부처를 신봉하기는 양(梁)나라 만한 곳이 없었는데 어찌 그리 빨리 망했는가?"

대부가 말하되

"방금 주상께서 몸소 검소하시고 백성에게 도타우시니…"

하자, 두 손님이 이 말 대목에서 깜짝 놀라며 얼굴빛을 고치고 앉은 자세 고치고 꿇어 앉으며 하는 말이

"대부는 더 이상 많은 말씀 마소서! 주상이 검소하시다는 이 한 마디로 성대(聖代)의 지극한 정치를 알리로다!

무릇 정치가 밝고 공정함이 모두 검박함에서 비롯되는 것이니, 검박하면 풍속이 후덕하므로 하늘이 어찌 돕지 않으며 국운이 어찌 길지 않으리오! 아까 저희들이 장난끼로 떠든 것은 나라의 누만 될 뿐이오."

대부가 말하되

"두 손님은 들으시오. 나는 옛 역사를 거울 삼소. 옛날 주(周)나라 황실은 충후(忠厚)하여 8백 년을 누리었고, 한실(漢室)은 번쩍거리는 비단옷과 두꺼운 천 신발을 개혁하니 신하들도 돈후(敦厚)한 장자가 많아서 국조(國祚)가 그지없었으며 당(唐)나라 문황(文皇)은 검박함을 숭상하여 대궐을 지으려다 진(秦)나라를 거울삼아[24] 그만두었고, 이때에 현신 방현령(房玄齡), 위징(魏徵)[25]이 편안히 다스려진다고 방심하지 않았으니 3백여 년 국통을 이루었네!

---

23) 연두소지(燃頭燒指) : 불교 신자가 자기 머리를 태우며 혹은 손가락을 지지면서 부처님께 공양하는 일. 이때 지지는 연기가 자욱했다는 뜻이다.

24) 진(秦)나라를 거울삼아 : 진나라 시황(始皇)은 아방궁(阿房宮) 등 큰 궁궐을 지었으나 곧 망한 사실을 교훈 삼다. 우리나라 김부식(金富軾)은 『화려한 궁궐을 꾸미네(結綺宮)』라는 시를 지어 놀려주었다.

25) 방현령(房玄齡), 위징(魏徵) : 두 사람은 모두 당나라의 어진 신하로 역사에 규범이 되는 인물들이다.

洪惟本朝 風化掩古 畏天之威 樂天之道 以小事大
홍유본조 풍화엄고 외천지위 낙천지도 이소사대

于時保之 物不疵癘 元元暭暭 歎之不足 申其義而
우시보지 물부자려 원원호호 탄지부족 신기의이

作歌 曰
작가 왈

邈自陶唐兮 下至宋康
막자도당혜 하지송강

雖文質沿革之不同兮 靡不由奢儉而興亡
수문질연혁지부동혜 미불유사검이흥망

西柳兮 以淫而顚覆
서류혜 이음이전복

北松兮由侈以流移(西都号柳京)
북송혜유치이류이 (서도호유경)

煌煌江都 惟德之基
황황강도 유덕지기

順天事大
순천사대

風俗淳熙 於萬斯年 安不忘危.
풍속순희 어만사년 안불망위

거룩하다 우리 국조(國朝) 옛 풍화 품 안에서 하늘을 외경(畏敬)하고, 하늘의 도를 즐기어 작은 것으로써 큰 것을 섬기며[26] 이로써 보전하니 만물이 탈이 없고, 만민이 넉넉하다. 탐복함도 부족하니 그 뜻을 거듭 펴는 노래 한 수 지으리라.”

노래(歌)

“아득히 요순부터 당송(唐宋)에 이름이여!

문질(文質)과 연혁(沿革)은 달랐으되 망한 것은 사치요, 검박은 흥성했네!

서경(西京)의 버들은 음탕 속에 엎어지고,

송경(松京)의 소나무는 사치로 유리(流離)했네.

휘황찬연 강도(江都)의 덕빛(德光)이여!

천명에 따르고 큰 이름 섬김이로다.

풍속은 순박하고 나라 편안히

만년토록 나라 백성 잊지 마소서!”

---

26) 큰 것을 섬기다 : 보통 큰 나라를 섬긴다라고 풀이하나, 사대(事大)의 뜻을 큰 나라로만 해석하는 것은 좁은 생각인듯하다.
　　이가원(李家源) 교수는 그의 한국한문학사(韓國漢文學史)에서 “왕양(汪洋), 호한(浩汗)한 거편(鉅篇)”이라고 감탄하면서도 “한부(漢賦)의 유향(遺響)”이라고 했는데 작품 이름이 같다고 좌사(左思)의 「삼도부」가 끼친 영향으로 생각하는 것도 좁은 견해다.

2) 한 양 가
漢 陽 歌

텬디 天地	개벽ᄒ니 開闢	일월이 日月	삼겨셰라
셩신이 星辰	광휘ᄒ니 光輝	오힝이 五行	되여셰라
쵸목곤충 草木昆蟲	삼겨날제	인물이 人物	번셩ᄒ다 繁盛
오악이 五嶽	용발ᄒ고 聳拔	亽독이 四瀆	광활ᄒ다 廣闊
곤륜산 崑崙山	일지믹이 一支脈	동ᄒ로 東海	드러올제
힝뇽은 行龍	긔만니며 幾萬里	구뷔는	멧구빈고
빅두산 白頭山	긔봉ᄒ야 起峰	함경도 咸鏡道	넘어셔셔
강원도 江原道	니다라셔	경긔도 京畿道	도라들제
북극을 北極	밧쳣는듯	부용을 芙蓉	깍가는듯
도봉의 道峰	머물너셔	층층이 層層	오는긔셰 氣勢
군션이 群仙	모혀는듯	아홀이 牙笏	버러는듯
삼각산 三角山	긔봉할제 起峰	쳔년을 千年	경영인가 經營

---

1) 셩신(星辰) : 별들과 별자리. 셩은 사방의 중성(中星), 신은 해와 달이 만나는 곳. 그러나 일월과 함께 들어 말할 때는 뭇별.
2) 오행(五行) : 만물을 생기게 하는 5원소인 금(金), 목(木), 수(水), 화(火), 토(土). 이 다섯 원소의 상생(相生)과 상극(相剋)작용으로 만물은 생, 멸한다고 믿음.(書經, 洪範外)
3) 오악(五嶽) : 다섯 큰 산. 우리나라에서는 금강산(동), 묘향산(서), 지리산(남), 백두산(북), 삼각산(중) 이곳은 명산이라 하여 국가에서 제사를 지냈다. 여기서는 중국의 다섯 영산(靈山)인 동의 태산(泰山), 서의 화산(華山), 남의 형산(衡山), 북의 항산(恒山), 중앙의 숭산(崇山)을 말한다.

한 양 가

하늘과땅	처음열려	해와달이	생겼었네
별들[1]이	빛을낼때	오행[2]이	되었구나
초목곤충	생겨날때	인물들이	번성했다
오악[3]이	우뚝솟고	사독[4]이	즐편하다
곤륜산[5]의	한줄기가	동해로	뻗어들때
행룡[6]은	몇만리며	그구비는	몇구비뇨
백두산이	솟아나서	함경도를	넘어뻗어
강원도	내려지나	경기도로	돌아드니
북극성을	떠받들듯	연꽃을	조각한듯
도봉산에	머물렀다	층지어	오는기세
선녀들이	모인모양	아홀[7]을	벌려놓듯
삼각산이	솟아남은	천년을	점지했나

---

4) 사독(四瀆) : 국제를 지내던 4대 강이니 우리의 낙동강(동), 대동강(서), 한강(남), 용
   흥강(북)인데, 여기서는 중국의 양자강(楊子江), 회수(淮水), 제수(濟水), 황하(黃河)
   를 말하고 있다.
5) 곤륜산(崑崙山) : 중국 서쪽에 있다고 상상하는 산으로 이곳에 서왕모(西王母;신선)
   가 있으며, 미옥(美玉)이 난다는 곳. 서쪽의 낙토로 여겼음.
6) 행룡(行龍) : 산맥줄기가 용이 달리듯 줄지어 뻗어 내린 모습.
7) 아홀(牙笏) : 상아(象牙)로 만든 홀이니, 옛적 관원이 관복을 입고 임금께 뵙거나, 큰
   제사 때 제복을 입고 오른손에 잡는 패를 홀이라 하며, 관등계급에 따라 아홀과 목홀
   (木笏)의 구분이 있다.

만년을	경영인가	호거룡반	긔이하다
萬年	經營	虎踞龍盤	奇異
북악이	입슈되고	종남순	안산이라
北岳	入首	終南山	案山
청룡은	타락뫼요	빅호는	길마지라
靑龍	駝駱	白虎	
강원도	금강산은	외청룡	되여잇고
江原道	金剛山	外靑龍	
황히도	구월산은	외빅호	되여잇고
黃海道	九月山	外白虎	
제쥬의	한나산은	외안이	되여잇고
濟州	漢拏山	外案	
적셩의	감악산은	후장이	되여잇고
積城	紺岳山	後墻	
두미월계	나린물이	룡산삼개	한강되고
斗尾月溪		龍山麻浦	漢江
그물쥴기	흘너니려	오두지	합금ᄒ야
		鰲頭	合襟
강화의	마리산이	도슈구	되여셰라
江華	摩尼山	都水口	
하늘이	니신왕도	히동의	웃씀이라
	王都	海東	
국호는	조션이요	도읍은	한양이라
國號	朝鮮	都邑	漢陽
단군의	구족이요	긔즈의	유풍이라
檀君	舊族	箕子	遺風

---

8) 호거용반(虎踞龍盤) : 산 모양 등이 범이 쭈그리고 앉은 모양과 용이 도사리고 앉은 모양처럼 우람한 기세.

9) 입수(入首) : 명당자리(묏자리나 집터 등)가 북쪽을 등지고 정남향으로 앉을 때(子坐午向)의 뒤쪽을 머리 둔다 해서 이르는 말.

10) 종남산(終南山) : 지금의 남산.

11) 안산(案山) : 명당자리의 앞산.

12) 청룡(靑龍) : 풍수설에서 명당자리는 좌청룡(左靑龍=東), 우백호(右白虎=西)가 좋다고 했고, 「예기」의 곡례(曲禮)편에서는 사신(四神)을 좌청룡(左靑龍), 우백호(右白虎), 전주작(前朱雀), 후현무(後玄武)라고 했다.
여기서는 뒤쪽을 입수(入首) 또는 후장(後墻), 앞쪽은 안산(案山)으로 표현했다.

만년두고　　　점지했나　　　호거용반[8]　　　신기하다

북악산이　　　입수[9]되고　　　남산[10]이　　　안산[11]이요

청룡[12]은　　　낙산이고　　　백호[13]는　　　무악재라

강원도　　　금강산은　　　외청룡이　　　되어있고

황해도　　　구월산은　　　외백호　　　되었으며

제주도　　　한라산은　　　외안산이　　　되어있고

적성군의　　　감악산은　　　후장[14]이　　　되었으며

두미월계[15]　　　내린물이　　　용산마포　　　한강되고

그물줄기　　　흘러내려　　　오두내[16]와　　　합금[17]하여

강화도의　　　마니산이　　　도수구[18]가　　　되었구나

하늘이　　　내신왕도　　　동방에서　　　으뜸이라

나라이름　　　조선이요　　　도읍은　　　한양이네

단군의　　　자손이요　　　기자[19]의　　　좋은풍속

---

13) 백호(白虎) : 우백호(右白虎), 즉 서쪽 방위.(전주 12 참조)

14) 후장(後墻) : 뒤쪽, 즉 북쪽 방위.(전주12 참조)

15) 두미(斗尾), 월계(月溪) : 한강 상류에 있는 물줄기로 두미는 양주와 광주, 월계는 양평과 광주 사이로 흐르는 물줄기.

16) 오두내 : 경기도 파주에 있는 오두산(鰲頭山) 밑을 흐르는 물줄기.

17) 합금(合襟) : 강물이 옷깃을 여미듯 합수하는 모습.

18) 도수구(都水口) : 고대의 관명이지만 여기의 도수구는 명당자리는 물이 앞을 가리어주는 터라는 풍수설, 오는 물은 안 보이고 가는 물이 앞을 즐펀히 막아 흘러야 좋다고 한다.

19) 기자유풍(箕子遺風) : 우리 민족의 아름다운 예의 풍속을 기자가 와서 다스리던 풍속이라고 하나, 사학자들은 기자조선(箕子朝鮮)을 인정하지 않는다.

의관도	화려ᄒ고	문물도	거륵ᄒ다
衣冠	華麗	文物	
여염은	억만가요	셩텹은	ᄉ십니라
閭閻	億萬家	城堞	四十里
동편은	종묘되고	셔편은	ᄉ직이라
東便	宗廟	西便	社稷
경복궁	창덕궁과	창경궁	큰뎐각이
景福宮	昌德宮	昌慶宮	殿閣
반공의	소ᄉ스니	만호천문	깁플셰라
半空		萬戶千門	
인뎡뎐	근뎡뎐은	치민ᄒᄂ	뎡뎐이요
仁政殿	勤政殿	治民	正殿
희뎡당	디됴뎐은	지밀쳐쇼	도여셔라
熙政堂	大造殿	至密處所	
영화당	셕거각은	춘당디	임ᄒ엿고
暎花堂	石渠閣	春塘臺	臨
옥류천	깁픈고즌	별유천지	되여셰라
玉流川		別有天地	
쥬ᄂ라	령디령소	못보와도	녀기로다
周	靈臺靈所		

---

20) 성가퀴 : 원문에서는 성첩(城堞)이라 했으니 성위에 나지막하게 쌓아 만든(주로 모
서리에) 옥탑. 그러나 여기서는 성 전체를 말한다.

21) 종묘(宗廟) : 역대 임금과 왕후의 영정 또는 신주를 모셔놓고 제사지내는 곳.

22) 사직(社稷) : 임금이 신하와 함께 통치하는 집이란 뜻이니 중국 고대에서는 농사를
맡아보는 직관(稷官)이 으뜸 벼슬이었기에 사직이라는 말이 생겼다.
※ 제정(祭政)이 곧 통치였으므로 "종묘사직"은 한 숙어로 붙어 다녔다.

23) 경복궁(景福宮) : 지금의 경복궁. 이태조 4년(1395)에 준공. 임진왜란 때 불탔고 고
종 4년(1867)에 재건했다.

24) 창덕궁(昌德宮) : 조선조 역대 왕이 다스리고 상주하던 궁전. 처음 태조가 태상왕으
로 거처하였고(1408년까지), 이후 고종 때까지(1907) 여러 임금이 거처하면서 사
건과 분란을 수없이 겪어오던 궁전이며 지금은 창경원과 나뉘어져 있다.

25) 창경궁(昌慶宮) : 오늘의 창경원 그 자리이니 처음 정종 14년(1483)에 건립되고, 임
진왜란 때 소실됐다가 광해군 8년(1616)과 순조 33년(1833)에 중수했으나 일본인
이 들어오면서 여기에다 동물원, 식물원 등을 만들었다.

26) 만호천문(萬戶千門) : 일만 집과 천의 문, 즉 도읍에 집들이 가득한 표현.

27) 인정전(仁政殿) : 임금이 거처하면서 백성을 다스리던 정전으로 창덕궁 안에 있고
현 건물은 순조 4년(1804)에 다시 지은 집.
※ 정전이란 정식으로 정치하던 궁전.

의관도	화려하고	문화유물	거룩하다
백성집은	억만가요	성가퀴[20]는	사십리네
동쪽편은	종묘[21]되고	서쪽편이	사직[22]이요
경복궁[23]과	창덕궁[24]과	창경궁[25]의	큰전각이
하늘높이	솟았으니	만호천문[26]	깊을시고
인정전[27]	근정전[28]은	임금계신	정전이요
희정당[29]	대조전[30]은	지밀처소[31]	되었도다
영화당[32]	석거각[33]은	춘당대[34]를	바라보고
옥류천	깊은곳은	별유천지	되었었네
주나라의[35]	영대영소[36]	안보아도	여기로다

---

28) 근정전(勤政殿) : 경복궁에 있는 정전으로 지금 건물은 고종 4년(1867)에 대원군이 혈세를 강징해서 준공했다.

29) 희정당(熙政堂) : 창덕궁 안에 있는 임금의 거처. 이곳에서 일상 생활하다가 치민할 때는 정전으로 나가신다.

30) 대조전(大造殿) : 창덕궁 안에 있는 왕비의 처소로도 쓰던 재래식 건물. 물론 임금도 거처했다.

31) 지밀처소(至密處所) : 임금과 왕비가 거처한다고 해서 구중궁궐의 그윽한 곳이라는 장소.

32) 영화당(映花堂) : 창덕궁 뒤뜰에 있는 시설물의 하나. 꽃이 비춘다는 명소.

33) 석거각(石渠閣): 창덕궁 뒤뜰에 있는 석거문인 돌로 구축된 문각.

34) 춘당대(春塘臺) : 창덕궁 뒤뜰의 넓은 뜰 이름. 여기서 과거시험을 치뤘다.

35) 주나라의 : 중국 고대 왕조(B.C. 1100경~256)로 문왕(文王)과 무왕(武王)이 폭군인 은(殷)나라 주왕(紂王)을 치고 세운 모범적인 왕국.

36) 영대영소(靈臺靈所) : 신령스럽고 그윽한 누대와 장소란 뜻. 「시경」 대아(大雅)의 '문왕지습(文王之什)'에 '영대(靈臺)' 장이 있으니, 여기서는 주나라 문왕이 노니는 유락도 올바르고 백성이 기뻐 따랐다는 노래이다. 「한양가」는 이 장에서 주나라 일을 많이 인용하여 노래했다.

금원의　　　　긔하이쵸　　　구즁의　　　봄느졋다
禁苑　　　　　奇花異草　　　九重

빅죠는　　　　학학ᄒ고　　　우록은　　　유복이라
白鳥　　　　　鶴鶴　　　　　麀鹿　　　　攸伏

어슈당　　　　말근연못　　　오인어약　　ᄒ는구나
魚水堂　　　　　　　　　　　於牣魚躍

란뎐봉누　　　쳡쳡ᄒ고　　　학관인각　　층층ᄒ다
鸞殿鳳樓　　　疊疊　　　　　鶴館麟閣　　層層

아로싴인　　　들보들과　　　푸른부연　　불근기동
　　　　　　　　　　　　　　　　附椽

춘쳡시를　　　부쳐스니　　　그글의　　　ᄒ여스되
春帖詩

틱평틱평　　　우틱평의　　　여시여시　　부여시라
太平太平　　　又太平　　　　如是如是　　復如是

셜미살창　　　싴인문과　　　좁고좁은　　셰슬분합
　　　　　　　　門　　　　　　　　　　　分閤

벽방금뎐　　　영롱ᄒ고　　　쥬란슈렴　　번화ᄒ다
碧房金殿　　　玲瓏　　　　　朱欄繡簾　　繁華

---

37) 기화요초(奇花瑤草) : 신기한 꽃과 아름다운 풀. 원문에서는 "기화이초(異草)"라 했
　　으니 색다른 풀이라는 뜻.
38) 봄은 간다 : 원문에서는 "봄 느꼈다"라고 했으니, 봄날은 한가롭게 흐르고 있다는
　　평화로운 분위기를 말함.
39) 백조는 살쪄있고 : 원문에서는 "백조(白鳥)는 학학(鶴鶴)하고" 즉 백조는 살쪄서 윤
　　기나고,라고 한 말이니, 이 말도 「시경」의 대아편 '문왕지습' 의 '영대' 장에서 인용
　　한 말이다.
40) 암사슴은 한가롭다 : 원문의 '우록(麀鹿)은 유복(攸伏)' 이니, 역시 「시경」 '문왕지
　　습' 의 '영대' 장에서 "암사슴은 한가롭게 누워있다"는 구절을 인용한 말.
41) 어수당(魚水堂) : 연못가에 지은 정자로 창덕궁 안에 있는 명소. 「시경」의 '영소(靈
　　沼' (전계 영대장)를 상기시킨 대목이다.
42) 오인어약(於牣魚躍) : 연못에서 물고기가 뛰노는 평화로움을 노래한 대목으로 이
　　귀절도 「시경」 '대아' 의 '문왕지습의 영대장' 의 귀절을 인용한 말이니 "아아! 가득
　　찬 연못에서는 고기가 뛰노네!"(王在靈沼 하시니 於牣魚躍 하는구나)라고 했다.
43) 난전봉루(鸞殿鳳樓) : 난새를 그린 전각과 봉황새를 새긴 누각이란 말로 임금이 계
　　시는 화려한 전각이나 누각을 말함.
44) 학관인각(鶴館麟閣) : 학을 그린 전각과 기린을 그린 전각. 즉 임금이 쓰는 전각을
　　말함. 여기서 말하는 단청한 관과 각들은 창덕궁 안에 있었다.

깊은궁궐	기화요초[37]	구중궁궐	봄은간다[38]
백조는	살쪄있고[39]	암사슴은	한가롭다[40]
어수당[41]	맑은연못	오인어약[42]	하는구나
난전봉루[43]	겹겹높고	학관인각[44]	층층솟네
조각한	대들보[45]와	푸른부연[46]	붉은기둥[47]
춘첩시[48]를	붙였으니	그글에	말했으되
태평태평	또태평이	이같이	또되시라[49]
설미살창[50]	새긴문과	좁고좁은	세살분합[51]
벽방금전[52]	찬란하고	주란수렴	번화하다

---

45) 대들보 : 원문에서 '들보' 라 한 말이니, 한옥의 가장 중심 역할하는 곳이 대들보이
   다. 그래서 한나라가 가정의 중심 위치에 있는 사람도 대들보라 하여 대들보 위에
   다 마룻대를 얹는 일을 상량(上樑)이라 한다.

46) 푸른 부연(附椽) : 서까래 끝에 높이 이어 댄 서까래가 부연(附椽 또는 婦椽)이고,
   여기에다 푸른빛 단청을 한 것.

47) 붉은 기둥 : 붉은 단청을 입힌 기둥.

48) 춘첩시(春帖詩) : 정월 입춘(立春) 때 대궐 기둥에다 써 붙인 시귀. 사가에서는 '입
   춘방' 이라고 한다.

49) 여시여시부여시(如是如是復如是) : 이와 같이 되고 또 되라는 축수. 기도하는 말.
   사가의 '입춘방' 은 대개 '입춘대길(立春大吉)' 혹은 '소문만복래(笑門萬福來)' 등을
   써 붙인다.

50) 설미살창 : 설미(雪眉)는 흰빛으로 된 살창, 곧 흰 나무 가락이나 가는 쇠로 창살을
   만든 창문.

51) 세살분합(分閤) : 문살이 가는 분합문. 분합문은 안방 앞 대청쪽으로 달아 놓은 덧
   문으로 평소에는 문을 위쪽으로 달아 올려 건다. 따라서 문 돌쩌귀는 문틀 위에
   달려있다.

52) 벽방금전(碧房金殿) : 푸른 단청한 방과 금빛 찬란한 전각. 금전옥루(金殿玉樓)란
   말이 있는데 화려 찬란한 궁전을 말한다.

금천교 禁川橋	셕난간은 石欄干	부용모란 芙蓉牧丹	싁여잇고
장츈각 長春閣	나무다리	무지기	모양으로 貌樣
은하를 銀河	걸쳐눈듯	옥경을 玉京	통히눈듯 通
첩첩한 疊疊	익각복도 翼閣複道	우이굴곡 逶迤屈曲	긔빅간고 幾百間
낫고노푼	층층화계 層層花堦	빙문이 氷紋	긔이하다 奇異
어로 御路	흔가온디	쌍봉공작 雙鳳孔雀	싁여셔라
뎐각마다 殿閣	흔가온대	세층보탑 寶榻	놉히무고
중앙의 中央	닷집무어	아로싁여	단청하고 丹靑
오봉산 五峰山	일월병풍 日月屏風	히도눈 海島	멋만린고 萬里
오봉이 五峰	쇼스스니	히가돗고	달돗눈다
한편의	보불병풍 黼黻屏風	엄위흔 嚴威	그린독긔
졔간거흉 除奸去凶	흐눈긔상 氣像	뎨왕의 帝王	위엄이요 威嚴

---

53) 금천교(禁川橋) : 임금이 건너는 다리. 창덕궁 안에 있는 돌다리.

54) 부용모란(芙蓉牧丹) : 연꽃과 모란꽃. 금천교 돌 난간에 조각한 꽃들.

55) 장춘각(長春閣) : 창덕궁 안에 있던 목조 정자.

56) 옥경(玉京) : 도가에서 말하는 옥황상제가 산다는 상상 속의 서울.

57) 익각복도(翼閣複道) : 대문간 좌우 쪽에 붙여 지은 집의 마루. 곧 익랑(翼廊)의 복도.

58) 몇 백간 : 원문의 기백간(幾百間)이니 한옥의 크기의 단위는 칸(間)으로 세 칸 집은
아주 못사는 작은 집이요, 백 칸 집은 대궐같이 큰 부잣집이다.

59) 빙문(氷紋) : 화단 등의 경계표시. 원문의 화개(花堦)는 화단이고 그 경계석이 네모
나게 얼음 깎은 모양 같대서 하는 말.

60) 어로(御路) : 임금이 다니는 전용도로.

61) 세층 보탑(寶榻) : 3층 보탑. 보탑은 임금이 앉는 자리. 곧 옥좌를 말함.

금천교[53] 돌난간은 부용모란[54] 새겨놓고

장춘각[55] 나무다리 무지개 모양으로

은하수에 걸쳤는듯 옥경[56]에 통하는듯

겹겹깊은 익각복도[57] 구불구불 몇백간[58]고

낮고높은 층층화단 빙문[59]한번 기이하다

어로[60]의 한가운데 쌍봉공작 새겨있고

전각마다 한가운덴 세층보탑[61] 높게쌓고

중앙에 닫집쌓아[62] 아로새겨 단청하고

오봉산[63] 일월병풍[64] 바닷섬[65]은 몇만리냐

다섯봉이 솟았으니 해가돋고 달돋는다

한폭의 보불병풍[66] 엄위하게 그린도끼

제간거흉[67] 하는기상 제왕의 위엄이요

---

62) 닫집 쌓아 : 닫집은 임금이 앉는 옥좌나 절간 대웅전의 불좌 위에 장식으로 만들어
  놓은 장식물.
63) 오봉(五峰) : 오봉은 함경남도 장진에 있지만, 여기서는 강원도 회양에 있는 오봉산
  을 말하며, 오봉산은 기암절벽이 다섯 봉우리로 동해에서 해 뜨는 광경이 절품이다.
64) 일월병풍(日月屛風) : 해와 달을 그린 병풍인데 임금님 옥좌 뒤에 펴 두른 병풍이니
  만큼 특별이 해와 달을 그려 넣은 병풍이다.
65) 해도(海島) : 바다의 섬을 말하나, 여기서는 「사기(史記)」의 "해도 중의 서민을 지켜
  주소서"(請爲庶人海島中)〈사기(史記)의 전담전(田儋傳)〉.
66) 보불병풍(黼黻屛風) : 옛적 임금의 대례복 치마에 꾸며 놓은 자수. '보'는 흑백색으
  로 도끼 모양의 수. '불'은 흑청색 亞 꼴을 수놓은 치마.
67) 제간거흉(除奸去凶) : 간신을 물리치고 흉한 일을 배제한다는 일종의 벽사문(僻邪文).

한편병풍 屏風	그러스되	칠월편 七月篇	경직도를 耕織圖
주셰이 仔細	그러스니	시민여상 視民如傷	흐는덕퇵 德澤
구즁궁궐 九重宮闕	깁흔곳에	어이아라	그리셧노
기동마다	명두부쳐 明斗	달스총 達四聰	흐시는고
쌍방검 尙方劍	틱아검은 太阿劍	빅일뇌정 白日雷霆	위엄이라 威嚴
스지흔 事知	닉시들은 內寺	승뎐츠지 承傳次知	장번일다 長番
건장흔 健壯	무예쳥은 武藝廳	즈지군복 紫地軍服	남젼디의 藍纏帶
십팔기예 十八技藝	쥬장흐니 主掌	긔상이 氣像	효용흐다 豪勇
밤이면	호피두건 虎皮頭巾	호피군복 虎皮軍服	솜모장의 三　杖
파슈마다 把守	안져스니	호분군 虎賁軍	도여잇고

---

68) 칠월편(七月篇) :「시경」의 7월 편인데, 시경 국풍의 빈풍(豳風)장 7월 편은 농가의
월령을 읊은 시이니, 임금이 농가정치의 중요함을 말한 것.

69) 경직도(耕織圖) :「시경」 7월 편의 제3, 4귀절은 농사와 아울러 잠사(蠶事)에 관한
노래로 나오는데 이를 그림으로 보여 농가진흥을 꾀한 왕실 그림.

70) 시민여상(視民如傷) : 임금이 백성을 가슴 아프게 여긴다는 말이니,「맹자」에 "문왕
시민여상(文王視民如傷)"이라 했다 함.

71) 명두(明斗)붙여 : 원말은 명도(明圖)이며, 무속에서 무당이 수호신으로 쓰고 있는
청동(靑銅)제 거울.

72) 달사총(達四聰) : 견문을 넓혀 천하를 다스린다는 명사목(明四目). 달사총(達四聰)
이란 말이 있다.「서경」 순전(舜傳).

73) 상방검(尙方劍) : 말목을 자를 수 있는 점, 즉 상방잠마검(尙方暫馬劍)의 준말이니
이는 아첨하는 간신의 목을 벨 때 쓴다 했다.

74) 태아검(太阿劍) : 불충한 신하를 다스리는 정의의 보검(寶劍). 용천검(龍泉劍)과 함
께 쌍검이라 했다.

75) 백일뇌정(白日雷霆) : 위엄과 노기가 당당해서 맑은 날에 벼락치듯 무섭다는 말.

76) 내시(內侍)들 : 궁중의 내시부(內侍府)의 관원들, 이들은 식사, 전령, 문지기, 청소
등을 맡아보며 대개 환관(내시)들로 구성되어 있다.

한병풍엔	그렸으되	칠월편[68]	경직도[69]를
자세히	그렸으니	시민여상[70]	하는덕택
구중궁궐	깊은곳에	어찌알랴	그렸는가
기둥마다	명두붙여[71]	달사총[72]	하시는가
상방검[73]	태아검[74]은	백일뇌정[75]	위엄이요
알아익은	내시들[76]은	승전차지[77]	장번[78]이네
건장한	무예청[79]은	자지군복[80]	남색전대[81]
십팔기예[82]	주장하니	기상이	호용하다[83]
밤되면	호피두건[84]	호피군복	세모뭉치[85]
파수마다	앉았으니	호분군[86]이	되어있고

---

77) 승전(承傳) 차지(次知) : 승전은 임금의 어명을 전달하는 내시부의 관직명이고, 차
지는 각 궁에서 사무를 맡아보는 직책임.

78) 장번(長番) : 내시부에서 장기간 근무하는 관원.

79) 무예청(武藝廳) : 궁궐을 경비하는 무관들의 관청. 궁궐 경비의 본부.

80) 자지군복(紫地軍服) : 자줏빛 바탕의 군복. 즉 무예청 관원들은 자줏빛 군복을 입었
다는 것.

81) 남색전대(藍色纏帶) : 남색의 전대. 전대는 허리나 어깨에 매고 다니는 주머니 모양
의 띠.

82) 십팔기예(十八技藝) : 중국에서 전수받은 열여덟 가지의 무술. 조선시대에서는 중
국의 무술인 육도삼략(六韜三略)이니, 무예육기(武藝六技) 등을 배워서 군사훈련에
썼다.

83) 호용(豪勇)하다 : 호걸스럽고 용감한 모습.

84) 호피두건(虎皮頭巾) : 범가죽으로 만든 두건. 두건은 본래 초상 때 상주들이 머리에
쓰는 굴건(屈巾) 등을 말하나, 여기서는 군인들이 모자처럼 쓰는 것을 말함.

85) 세모뭉치 : 원문의 삼모장(三모杖)이니, 군인들이 들고 다니는 세모로 된 방망이.
지휘봉이나 죄인을 다스릴 때 사용함.

86) 호분군(虎賁軍) : 조선조 군대조직인 오위부(五衛部)의 우위(右衛)로 호분위(虎賁
衛)가 설치되고 다시 5부로 나뉘어 전국을 수호하게 하였다. 지금의 국방부 격이라
하겠다.

밑시잇는　뎐별감은　이팔청춘　아희로다
　　　　　殿別監　　二八靑春

당당홍의　즈지두건　남광다위　널분씌를
堂堂紅衣　紫地頭巾　藍廣多繪

가슴의　　눌너씌고　빗쵸흔　　순금동곳
　　　　　　　　　　　　　　　純金

큰딕즈　　싁여니여　모양죠케　쏘자잇고
大字　　　　　　　　貌樣

모딕흔　　스알스약　융복흔　　무감통장
帽帶　　　司謁司鑰　戎服　　　武監統長

별감무감　영통ㅎ여　합문의　　등딕ㅎ고
別監武監　領統　　　閤門　　　等待

각쳐쇼　　닉인들은　안일을　　감아ᄂ딕
各處所　　內人

지밀침방　슈방이며　싱것방　　쇼쥬방이
至密針房　繡房　　　　房　　　燒廚房

빅각ᄉ　　각각마타　아춤져역　문안이며
百各事　　各各　　　　　　　　問安

의딕슈문　침션이며　슈라진찬　직분일다
衣襨酬問　針線　　　水刺進饌　職分

맵시좋은   전별감⁸⁷⁾은   이팔청춘   아이구나

당당홍의⁸⁸⁾   자주두건⁸⁹⁾   남광다회⁹⁰⁾   넓은띠를

가슴에   눌러띠고   빛좋은   순금동곳⁹¹⁾

큰대자로   새겨내어   모양좋게   꽂았었고

모대한⁹²⁾   사알사약⁹³⁾   융복⁹⁴⁾입은   무감통장⁹⁵⁾

별감무감⁹⁶⁾   통솔하여   합문에   등대하고

각처소   나인⁹⁷⁾들은   안의일을   감았는데⁹⁸⁾

지밀침방⁹⁹⁾   수방¹⁰⁰⁾이며   생것방¹⁰¹⁾   소주방¹⁰²⁾이

백각사를   각각맡아   아침저녁   문안이며

의대수문¹⁰³⁾   침선¹⁰⁴⁾이며   수라진찬¹⁰⁵⁾   직분이리

---

94) 융복(戎服) : 군복의 한 가지인데, 큰 소매가 달린 겉옷(철릭=天翼)과 붉은 벙거지 (朱笠)를 썼다.
95) 무감(武監) 통장(統長) : 무예청을 통솔하는 우두머리 벼슬. 여기의 통(統)은 조선시 대의 오가작통(五家作統)의 통의 관습임.
96) 별감(別監) 무감(武監) : 액정서(掖庭署)에 속한 직책 중 무예별감의 하급직. 원소속 은 무예청.
97) 나인(內人) : 궁중의 내명부(內命婦)와 궁인, 궁녀, 여시(女侍) 등을 통털어 말함.
98) 감았다 : 맡아 하다.
99) 지밀침방(至密針房) : 궁중 내전에서 바느질하는 처소.
100) 수방(繡房) : 궁중 내전에서 수를 놓던 방.
101) 생것방 : 궁중에서 날것 음식을 맡아 보던 처소.
102) 소주방(燒廚房) : 대궐 안에서 요리를 만들던 주방. 임금의 '수라상'은 여기서 만 든다.
103) 의대수문(衣襨 酬問) : 임금의 옷 맞춤 일.
104) 침선(針線) : 바느질. 옷 짓기.
105) 수라진찬(水剌進饌) : 수라상 차려 올리기.

윤쥬라 犰紬羅	모단너울 毛緞	두록디단 豆綠大緞	드림이며
홍융ᄉ 紅絨絲	유쇼미돕 流蘇	빗죠케	느러지고
남쇼화쥬 藍蘇花紬	긴너울은	누른화판 花瓣	죠밀ᄒ다 稠密
셜한단 雪漢緞	남치마와 藍	불빗모단 毛緞	족도리며
어여머리	느즌낭ᄌ	오두줌 烏頭簪	금쥭졀과 金竹櫛
긴원숨 圓衫	ᄊᆞ른당의 唐衣	요지연 瑤池宴	뫼셧ᄂᆞᆫ닷
분디도 粉黛	졀등ᄒ고 絕等	쥬취도 朱翠	화려ᄒ다 華麗
항아가 姮娥	젹강ᄒ가 謫降	쇽틱도 俗態	젼여업늬 全然
나마는	무슈리는	져근머리	긴져구리
아쳥무명 鴉靑	널분씌의	문뛰를 門牌	빗기초고

---

106) 윤쥬라(犰紬羅) : 북방에서 난다는 발이 고운 비단.
107) 모단너울 : 털 비단 너올. 너올은 여자들의 얼굴 가리는 쓰개.
108) 두록대단(豆綠大緞) : 초록색 중국산 비단. 대단(大緞)하면 한단(漢緞), 즉 중국산을 뜻한다.
109) 드림 : 천으로 늘어뜨리는 것. 여기서는 비단 너울을 말함.
110) 홍융사(紅絨絲) : 붉은빛 비단 실. 장식용 매듭에 씀.
111) 유소(流蘇)매듭 : 매듭의 한 가지로 유소는 깃발이나 교자등에 달던 오색 찬란한 술.
112) 남소화주(藍蘇花紬) : 남색 꽃무늬 비단. 주로 중국산.
113) 노란 화판(花瓣) : 노란 꽃잎. 꽃잎 무늬.
114) 설한단(雪漢緞) : 중국산 흰 비단.
115) 불빛 모단(毛緞) : 중국산 불빛 털 비단.
116) 어여머리 : 부인들이 예복 입을 때 얹는 큰 머리. 검은 천과 구슬을 장식한 일종 관 같은 치장.
117) 늦은 낭자 : 늘어진 낭자머리. 여자의 예복 때 머리를 땋은 위에 덧 쪽진 머리. 낭자(娘子)머리는 본래 땋은 머리.
118) 오두잠(烏頭簪) : 비녀의 한 가지로 여자들이 평소에 꽂았다.

윤주라[106]   모단너울[107]   두록대단[108]   드림[109]이며

홍융사[110]   유소매듭[111]   빛좋게   늘어지고

남소화주[112]   긴너울은   노란화판[113]   빽빽하다

설한단[114]   남치마와   불빛모단[115]   족두리며

어여머리[116]   늦은낭자[117]   오두잠[118]   금죽즐[119]과

긴원삼[120]   짧은당의[121]   요지연[122]에   모셨는듯

분대[123]도   월등하고   주취[124]도   화려하다

항아[125]가   내려왔나   세속모습   전연없네

나의많은   무수리[126]는   작은머리   긴저고리

아청무명[127]   넓은띠에   문패[128]를   빗겨차고

---

119) 금죽즐(金竹櫛) : 부인들의 빗으로 대나무에 금색 입힌 빗.
120) 긴 원삼(圓衫) : 부녀자의 예복의 한 가지니 비단이나 명주로 된 천에다 연두빛 깃
    에 자줏빛 깃을 달고 색동소매로 만든 겉옷(두루마기).
121) 짧은 당의(唐衣) : 귀부인들이 입는 예복. 중국에서 건너온 옷이라 하여 당(唐)옷이
    며, 소매가 넓고 양 옆은 트였으며 앞자락은 짧고 뒷자락이 긴 옷으로 겉은 초록비
    단, 안은 다홍천으로 지어졌다.
122) 요지연(瑤池宴) : 잔치를 미화한 말. 요지는 서왕모가 산다는 신선세계.
123) 분대(粉黛) : 여자의 화장. 또는 그 도구. 분은 얼굴에 분 바르는 일. 대는 눈썹 그
    리는 일.
124) 주취(朱翠) : 붉은빛과 비취색. 여기서는 여자가 분칠하고 눈썹 그린 모습을 뜻함.
125) 항아(姮娥) : 달 속 월궁에 있다는 선녀. 신선.
126) 무수리 : 대궐에서 심부름하는 계집종.
127) 아청(鴉靑)무명 : 검푸른 빛 무명. 조선조 서민이나 절간 중들은 '반물색'이라 하
    여 무명옷에 검푸른 물을 들여 입었다.
128) 문패(門牌) : 문패의 본래의 뜻은 대문에 주소, 성명을 써 다는 패이지만, 여기서
    는 대궐의 각 문을 통과할 때 보이던 출입증과 같은 패.

각궁노ㅈ　　　모양드른　　　벙거지　　　널분갓ᄃ
各宮奴子　　　貌樣
두로마기　　　반물드려　　　쇼미길게　　ᄒ여입고

니병죠　　　　근장군ᄉ　　　문문이　　　직혀잇셔
內兵曹　　　　近仗軍士　　　門門
금잡인　　　　춍출ᄒ니　　　가죽등치　　숀의들고
禁雜人　　　　總察　　　　　藤
이리쒸며　　　져리쒸니　　　긔상이　　　호륵ᄒ다
　　　　　　　　　　　　　　氣像　　　　豪勒

정원의　　　　뉵승지ᄂᆞᆫ　　후셜지신　　되여잇셔
政院　　　　　六承旨　　　　喉舌之臣
궐ᄂᆡ의　　　　디쇼ᄉ와　　　빅각ᄉ　　　모단일을
闕內　　　　　大小事　　　　百各事
니외공ᄉ　　　혼딕ᄒ여　　　계쳥계파　　일솜으니
內外公事　　　　　　　　　　啓請啓罷
영귀도　　　　갸륵ᄒ고　　　쇼임도　　　즁딕ᄒ다
榮貴　　　　　　　　　　　　所任　　　　重大
옥당각신　　　한쥬네ᄂᆞᆫ　　쥬경야딕　　일이로다
玉堂閣臣　　　翰注　　　　　晝經夜對
년소한　　　　어린명ᄉ　　　공명이　　　명환일다
年少　　　　　　　　　名士　　功名　　　名宦
별군직　　　　션젼관은　　　보기죠흔　　비단군복
別軍職　　　　宣傳官　　　　　　　　　　緋緞軍服

---

129) 각궁노자(各宮奴子) : 궁궐 안에는 정전을 비롯하여 여러 궁이 있고, 각 궁에는 여러 사람의 심부름하는 노복이 있다. 단, 남자는 고자(㕙)야 한다.

130) 반물 들여 : 엷은 회색. 흔히 무명에 드리는 빛. '검은 남색'은 잘못된 해석.

131) 내병조(內兵曹) : 궁중에서 경비, 수호, 의장 등을 맡아보던 부서.

132) 근장군사(近仗軍士) : 각 궁의 문과 임금 거동 때 가까이에서 경비 보호하는 군사.

133) 가죽등(藤)채 : 가죽 채찍. 등채(藤鞭)는 본래 등나무 종류로 만든 채찍.

134) 호륵(豪勒)하다 : 세차고 엄격하다. 기세가 무서운 모습.

135) 정원(政院) : 왕명에 따라 출납을 맡은 관청이 승정원(承政院)이니 줄여서 정원이라 했다. 정3품의 왕의 비서직이다.

136) 육승지(六承旨) : 조선조에서 왕명에 따라 출납을 맡아보던 승정원(承政院)에는 여섯 승지가(정3품) 배속되어 도승지(都承旨)는 이방(吏房)을, 좌승지는 호(戶)방을, 우승지는 예(禮)방, 좌부승지는 병(兵)방, 우부승지는 형(刑)방, 동부승지는 공(工)방을 각각 맡아보는 중직이다.

각궁노자[129]　　모양들은　　벙거지　　넓은갓끈

두루마기　　반물들여[130]　　소매길게　　하여입고

내병조[131]　　근장군사[132]　　문마다　　지켜섰고

잡인출입　　지키느라　　가죽등채[133]　　손에들고

이리뛰며　　저리뛰니　　기세가　　호특하다[134]

정원[135]의　　육승지[136]는　　후설지신[137]　　되어있어

궐내의　　대소사와　　백각사　　모든일을

내외공사　　한데모아　　계청계파[138]　　일삼으니

영화도　　갸륵하고　　소임도　　중대하다

옥당각신[139]　　한주[140]네는　　주경야대[141]　　일이로다

연소한　　어린명사　　공명이　　소망일리

별군직[142]　　선전관[143]은　　보기좋은　　비단군복

---

137) 후설지신(喉舌之臣) : 목구멍이나 혀는 가장 중요한 구실을 하는 것처럼 중요한 직
　　책의 벼슬을 말함.
138) 계청계파(啓請啓罷) : 임금에게 아뢰고 끝나면 물러간다고 아뢰는 일. 시종과 진퇴
　　가 분명하다는 뜻.
139) 옥당각신(玉堂閣臣) : 옥당은 조선조의 홍문각(弘文閣)의 다른 이름. 각신은 규장
　　각(奎章閣)의 제학(提學)을 말함.
140) 한주(翰注) : 한림원(翰林院)과 주서(注書), 한림원은 임금의 명을 받아 문서를 꾸
　　미는 일을 맡은 관청이고, 주서는 승전원에 소속된 정7품의 관직.
141) 주경야대(晝經夜對) : 임금이 낮에는 시강관(侍講官)에게서 경서의 강의를 듣고,
　　밤에는 거꾸로 경서를 강의한다. 이를 경연청(經筵廳) 정4품의 응교(應敎)가 하며,
　　"주경연 야소대(晝經筵 夜김對)"가 원말이다.
142) 별군직(別軍職) : 임금의 호위와 간신을 잡아내던 별군직청(別軍職廳) 무관.
143) 선전관(宣傳官) : 행차 앞에서 깃발 들고 북 치고(形名), 나팔 불고 부신(符信)의
　　출납을 관장하던 '선전관청' 의 벼슬아치.

다홍디단 茶紅大緞	홍수달고 紅袖	슌금밀화 純金蜜花	쌍단초며 雙
그우희	갑ᄉ관디 甲紗冠帶	슈박빗시	고흘시고
오위장 五衛將	츙익장과 忠翊將	문부장 門部將	수문장은 守門將
호반의 虎班	벼슬이라	관디쇽의 冠帶	군복입고 軍服
뉵빅금군 六百禁軍	호위군관 扈衛軍官	니슴쳥의 內三廳	번을드러 番
무예도 武藝	갸륵ᄒ고	치마도 馳馬	날시도다
의뎡부 議政府	ᄉ상네ᄂᆞᆫ 三相	이민하ᄉ 愛民下士	ᄒᄂᆞᆫ모양 貌樣
평교ᄌ 平轎子	느즌즐의	나즌키	별구즁이 別驅從
고이며여	가오실제	호피쏘리 虎皮	짜를쁜다
디로겨른	파쵸션을 芭蕉扇	히빗을	반즘가려
벽졔도 辟除	크지안코	힝보도 行步	완완하다 緩緩

---

144) 다홍대단(茶紅大緞) : 붉은빛 비단.

145) 홍수(紅袖) : 붉은 소매. 옛적 직급 높은 무관들은 군복 소매에 붉은 비단 소매깃을 달았던 모양.

146) 순금밀화(純金蜜花) : 순금 호박 보석(단추).

147) 갑사관대(甲紗冠帶) : 고급 얇은 비단으로 만든 관복.

148) 오위장(五衛將) : 군대 조직 5위의 으뜸 관직. 종2품 직급. 5위는 의흥위(義興衛=중앙), 용양위(龍驤衛=좌위), 호분위(虎賁衛=우위), 충좌위(忠佐衛=전위), 충무위(忠武衛=후위) 등 다섯 위가 중앙과 각도를 맡아 방위했다. 직급은 정3품.

149) 충익장(忠翊將) : 충익위의 장수. 정3품 직품. 충익위는 공신들의 일을 보던 곳.

150) 문부장(門部將) : 도성(都城)의 문을 지키던 5위의 무관의 한 직책 종6품. 수문장은 궐문과 성문을 지키는 5위의 무사.

151) 호반(虎班) : 군사의 반열이니 5위에 속한 무사.

152) 육백금군(六百禁軍) : 용호영(龍虎營)에 예속된 내금위(內禁衛), 겸사복(兼司僕), 우림위(羽林衛)의 무관 600명, '용호영'은 궁궐을 수위하며 임금을 호위하는 무관들.

다홍대단[144]   홍수[145]달고   순금밀화[146]   쌍단추며

그위에   갑사관대[147]   수박빛이   곱도곱다

오위장[148]   충익장[149]과   문부장[150]   수문장은

호반[151]의   벼슬이라   관대속에   군복입고

육백금군[152]   호위군관[153]   내삼청[154]에   번을들어

무예도   갸륵하고   말타기도   날쌔도다

의정부[155]   삼상[156]네는   애민하사   하는모양

평교자[157]   늦은줄에   낮은키   별구종[158]이

곱게매어   가오실제   호피꼬리   땅을쓴다

대로엮은   파초선[159]을   햇빛을   반쯤가려

벽제[160]도   크지않고   행보도   완완하다

---

153) 호위군관(扈衛軍官) : 호위청(扈衛廳)의 정3품의 군관. '호위청'은 궁중을 지키는
　　 군영.
154) 내삼청(內三廳) : 임금의 호위를 담당한 금군청의 내금위(內禁衛), 겸사복(兼司
　　 僕), 우림위(羽林衛)를 말한다.
155) 의정부(議政府) : 국가 최고 행정기구인 내각. 조선조 국말에는 총리대신과 좌우찬
　　 성이 있었다.
156) 삼상(三相) : 의정부(議政府)의 3정승으로 영의정(領議政), 좌의정, 우의정을 말함.
157) 평교자(平轎子) : 종1품 이상 영상과 기로소(耆老所)의 당상관이 타는 4인교(가
　　 마).
158) 별구종(別驅從) : 벼슬아치나 교자꾼을 시중드는 하인.
159) 파초선(芭蕉扇) : 파초잎 모양의 부채. 의정(議政)의 고관들이 외출할 때 머리를 가
　　 리는 부채.
160) 벽제(辟除) : 임금이나 귀인이 행차할 때 잡인들을 물리치는 일. 앞장 선 나졸들이
　　 "물렀거라" 소리치면 임금의 경우는 길가에 엎드려 머리를 못든다. 특히 임금의
　　 행차 앞을 지나갈 때는 범필(犯蹕)했다 하여 중죄로 다스렸다.

거륵다	셔불장기 (暑不張蓋)	샹위의 (相位)	도리로다 (道理)
이호례 (吏戶禮兵)	병형공은 (刑工)	뉵경이 (六卿)	되여셰라
호긔잇는 (豪氣)	디스마는 (大司馬)	빅보밧게 (百步)	인비셰고 (引陪)
건장훈 (健壯)	뇌즈긔슈 (奴子旗手)	원앙진 (鴛鴦陣)	죽디ㅎ여 (作隊)
쌍쌍이 (雙雙)	벽제소릭 (辟除)	날닉고도	영열ㅎ다 (英烈)
외박휘	놉흔쵸헌 (軺軒)	키큰	구죵드리 (驅從)
손을드러	미러갈졔	좌우의 (左右)	식구견비 (色鷗牽陪)
호한훈 (豪悍)	별비드리 (別陪)	날기로	버러셔셔
세층	벽졔소릭 (辟除)	긔구도 (器具)	엄위홀ㅅ (嚴威)
무쟝네 (武將)	모양드른 (貌樣)	은안쥰마 (銀鞍駿馬)	죠흔말게
셰그어	놉히안져	흉허복실 (胸虛腹實)	마샹모양 (馬上貌樣)
웅호의 (熊虎)	긔샹이오 (氣像)	진변훌 (鎭邊)	장슈로다 (將帥)
도감은 (都監)	오쳔병마 (五千兵馬)	수영문 (首營門)	되여잇셔

---

161) 서불장개(暑不張蓋) : 더위도 교자의 차일 덮개를 펴지 않음. 곧 겸손과 절약을 뜻함.

162) 육경(六卿) : 육조판서를 높여서 이르는 말. 육조는 이조(吏曹), 호조(戶曹), 예조(禮曹), 병조(兵曹), 형조(刑曹), 공조(工曹)의 조선조 정무기관이며 그 수장이 판서이다.

163) 대사마(大司馬) : 병조판서(兵曹判書)를 높여서 이르는 말.

164) 인배(引陪) : 행차 때 앞장서서 인도하며 보위하는 일. 대개 정3품 이상의 관원이나 임금의 행차 때 관노가 인배한다.

165) 노자기수(奴子旗手) : 노복(奴僕). "마지기"라 불렀다.

166) 원앙진(鴛鴦陣) : 행차 때의 대형이 원앙새 깃발을 들고 원앙새 대형으로 행진하는 모습.

167) 높은 초헌(軺軒) : 일륜차(一輪車). 즉 외바퀴 수레는 높다. 대개 종2품 이상의 관원이 타던 수레.

거룩하다 서불장개[161] 정승의 도리로다

이호예병 형공은 육경[162]이 되었어라

호기있는 대사마[163]는 백보밖에 인배[164]세고

건장한 노자기수[165] 원앙진[166] 대열지어

쌍쌍이 물렀거라 날래고도 엄하구나

외바퀴 높은초헌[167] 키가 큰 구종들[168]이

손을들어 밀고갈때 좌우의 색구견배[169]

씩씩한 별배[170]들이 날개처럼 벌려서서

세번의 벽제소리 장비도 엄숙하다

무관장군 모양들은 은안장한 좋은말에

으시대며 높이앉아 흉허복실[171] 말탄모습

곰과범의 기상같아 진변[172]할 장수구나

도감[173]은 오천병마 으뜸영문 되어있어

---

168) 구종(驅從)들 : 관원들을 따라다니는 하인, 즉 종복.
169) 색구견배(色鷗牽陪) : 높은 벼슬아치에 딸린 종복의 우두머리. 하인배 중에도 지휘
    자가 있었다.
170) 별배(別陪) : 벼슬아치 집에 딸린 종복.
171) 흉허복실(胸虛腹實) : 가슴은 홀쭉하고 배는 살찐 무관의 말 탄 모습. 믿음직하다
    는 뜻.
172) 진변(鎭邊) : 나라의 변경, 즉 국경을 지키는 일. 조선조의 북방 변경 수비대는 중
    대하여 막강해야 했다.
173) 도감(都監) : 훈련도감을 말하며, 훈련도감은 5군영의 하나로 수도의 경비와 군사
    훈련을 하는 훈국(訓局).

대명젹 大明	복식으로 服色	모단젼건 毛緞戰巾	젓게쓰고
션긔디 善騎隊	날닌군ㅅ 軍士	일검증당 一劍曾當	빅만ㅅ라 百萬師
젼쥬작 前朱雀	되여잇셔	몸긔는 旗	불근긔요 旗
금위영 禁衛營	숨쳔병마 三千兵馬	별무ㅅ가 別武士	건장ㅎ다 健壯
좌쳥룡 左靑龍	되여잇셔	몸긔난 旗	푸른긔요 旗
어영쳥 御營廳	숨쳔병마 三千兵馬	가젼별쵸 駕前別哨	도여잇고
우빅호 右白虎	되여잇셔	몸긔는 旗	흰긔로다 旗
충융쳥 摠戎廳	숨쳔병마 三千兵馬	무예는 武藝	무젹일다 無敵
북현무 北玄武	되엿스니	몸긔는 旗	거문긔오 旗
룡호영 龍虎營	호위군관 扈衛軍官	빅발빅즁 百發百中	ㅎ는구나
즁앙이 中央	되엿스니	몸긔는 旗	누른긜다 旗
좌포장 左捕將	우포장은 右捕將	금난치젹 禁亂治賊	일을숨고

---

174) 백만사(百萬師) : 백만이나 되는 군사(軍師)란 말이니 "한 칼로써 백만 군사를 당하는(一劍曾當)" 장수들.

175) 전주작(前朱雀) : 앞. 즉 남쪽의 붉은 봉황을 뜻하며 풍수지관은 관(棺)의 남쪽에 남쪽 별을 상징하는 주작을 그려놓고 그래서 북은 현무(玄武;검은 거북), 동쪽은 좌청룡(左靑龍;푸른 용), 서쪽은 우백호(右白虎;오른쪽의 흰 범)을 명당자리로 여겼으니, 이는 또한 중앙과 동서남북 하늘의 별을 의미하며 그곳을 지키는 신령을 의미했다.

176) 붉은 기 : 주작(朱雀)을 수놓은 붉은 기. 수도를 수비하는 본대를 상징하는 깃발.

177) 금위영(禁衛營) : 5위영 중의 하나로 수도를 호위하는 군문의 하나.

178) 별무사(別武士) : 5위영 중 훈련도감, 금위영, 어영청에서 마병(馬兵)으로 승급된 병졸.

179) 건장하다 : 금위영, 마병, 졸병들이 씩씩하고 장한 모습.

180) 좌청룡(左靑龍) : 명당자리의 왼쪽. 즉 동쪽의 태세신을 상징한 푸른 용(전주 175 참조)

대명때의   복장으로   모단모자   잦혀쓰고

말잘타는   날랜군사   한칼에   백만사[174]라

전주작[175]   되어있어   몸 기는   붉은기[176]요

금위영[177]   삼천병마   별무사[178]가   건장하다[179]

좌청룡[180]   되어있어   몸 기는   푸른기요

어영청[181]   삼천병마   가전별초[182]   되어있고

우백호[183]   되어있어   몸 기는   흰기로다

총융청[184]   삼천병마   무예는   무적일세

북현무[185]   되었으니   몸 기는   검은기요

용호영[186]   호위군관   백발백중   하는구나

중앙[187]이   되었으니   몸 기는   누른기네

좌포장[188]   우포장[189]은   난리막는   일을 삼고

---

181) 어영청(御營廳) : 서울에 있던 3군영의 하나.
182) 가전별초(駕前別哨) : 임금 행차 때 어가 앞에서 호위 인도하는 호위병.
183) 우백호(右白虎) : 명당자리의 오른쪽인 서쪽 방위의 금(金)기운을 상징하는 흰 범.(전주 175 참조)
184) 총융청(摠戎廳) : 군영의 하나로 서울에 있으면서 주변의 내외 2청이 수원, 광주, 양주, 장단 등 진을 맡아보았다.
185) 북현무(北玄武) : 북방을 표상하는 신으로 검은 거북으로 나타냈으며, 관(棺)의 뒤쪽 곧 북쪽에 그렸다.
186) 용호영(龍虎營) : 궁궐의 숙위(宿衛)와 호종(扈從)을 담당하던 군영(軍營).
187) 중앙(中央) : 5방위에서 중앙은 황제(黃帝), 즉 누런빛으로 상징한다.
188) 좌포장(左捕將) : 도둑이나 범죄자를 잡는 포도청은 좌우청으로 나뉘어져 있는데 좌포도청의 대장(종2품).
189) 우포장(右捕將) : 우포도청의 대장.

오부의 五部	부관원은 部官員	수숑이 詞訟	직분이요 職分
경죠부 京兆部	평시셔난 平市署	치민평시 治民平市	호눈구나
의금부 義禁府	숨당상과 三堂上	도수눈 都事	열이로다
츈츄필법 春秋筆法	가지구셔	금고찬비 禁錮竄配	일숨으니
팔십명 八十名	나장이는 羅將	갈도의 喝道	눈을박아
상토곳히	졋계쓰고	천익우희 天翼	아청작의 鴉靑鵲衣
흰실노	쥴을노아	임군왕즈 王字	써셔입고
젼옥은 典獄	슈도부라 首都部	약법숨장 約法三章	일을숨고
호죠눈 戶曹	판탁지라 判度支	부셰젼곡 賦稅錢穀	마타잇셔
삼당상 三堂上	뉵낭청의 六郎廳	벼례방이 別例房	쥬장이오 主掌

---

190) 오부(五部) : 한성에 설치했던 행정구역과 관청. 동부, 서부, 남부, 북부, 중부로
　　　나누어 설치하여 구역 내의 소송, 방화, 도로, 택지 등의 일을 처리했다.

191) 사송(詞訟) : 소송사건에 관한 일. 주로 민사에 관한 소송사건에 대한 일처리.

192) 경조부(京兆部) : 한성부(漢城府)의 별칭으로 지금의 서울시청과 같은 관청.

193) 평시서(平市署) : 한양부 소속 시장의 도량형(度量衡)을 관리, 검사하는 관청.

194) 치민(治民) 평시(平市) : 백성을 다스리고, 시장을 균형있게 지도하는 일.

195) 의금부(義禁府) : 왕명을 받들어 국문(鞫問)하는 일을 관장하던 사법기관. 일명 의
　　　금사(義禁司)라고도 함.

196) 삼당상(三堂上) : 당상관은 직급이 정3품 이상을 말하며, 여기서는 의금부의 당상
　　　관으로 판서(判書=종1품) 1명과, 동지사(同知事=종2품과 3품) 2명을 말함.

197) 도사(都事) : 의금부의 종5품 벼슬. 의금부 등 각부에 소속되어 지방관리의 율법을
　　　감찰하고 과거시험을 맡아보았다.

198) 춘추필법(春秋筆法) : 준엄한 사관(史官)의 논법.

199) 금고찬배(禁錮竄配) : 법에 따라 징역, 파직, 귀양 보내는 일.

200) 나장(羅將) : 의금부의 하급 관원. 각 군아(郡衙)의 사령(使令)들도 나졸이라 함.

201) 갈도(喝道) : 높은 사람 행차 전위(前衛)에서 "물렀거라" 외치며 길을 정리하는 일
　　　또는 그 나졸.

오부[190]의	부관원은	사송[191]이	직분이요
경조부[192]	평시서[193]는	치민평시[194]	하는구나
의금부[195]	삼당상[196]과	도사[197]는	열이로다
춘추필법[198]	가지고서	금고찬배[199]	일삼으니
팔십명	나장[200]이는	갈도[201]에	눈을박아
상투끝에	젖혀쓰고	천익[202]위에	아청작의[203]
흰실로	수를놓아	임금왕자	써서입고
전옥[204]은	수도부라	약법삼장[205]	일을삼고
호조[206]는	판탁지[207]라	부세전곡[208]	맡아있어
삼당상[209]	육낭청[210]의	별례방[211]이	주장이요

---

202) 천익(天翼) : 무관이 입는 관복. 철릭. 허리에 주름이 잡히고 소매가 넓으며 당상관은 남색, 당하관은 붉은색이다. 첩리(帖裡) 또는 천익(天益)이라고도 했다.

203) 아청작의(雅靑鵲衣) : 검푸른 빛의 까치 옷으로 철릭 위에 걸쳐 입었다.

204) 전옥(典獄) : 죄인을 가두는 곳. 또는 그 책임관원인 승지와 주부. 전옥서(典獄署) 소속.

205) 약법삼장(約法三章) : 간편하게 주린 3장의 법. 중국 한(漢)나라 고조(高祖) 때 정해졌다는 법으로, 즉 "살인자는 죽이고 상인과 도적한 자는 죄로 다스림(殺人者死傷人及盜抵罪…)"(史記 高祖紀)

206) 호조(戶曹) : 육조의 하나로 호구(戶口). 공물(貢物)과 세금, 환곡(還穀) 등의 일을 맡아보던 관청. 조선조의 통치기구는 6조로 분할되었으니, 이조(吏曹), 호조(戶曹), 예조(禮曹), 형조(刑曹), 병조(兵曹), 공조(工曹)가 각각 군왕 밑에서 행정을 분담했다.

207) 판탁지(判度支) : 호조를 조선말기 고종 때의 명칭.

208) 부세전곡(賦稅錢穀) : 세무(稅務)와 환곡(還穀).

209) 삼당상(三堂上) : 호조의 세 당상관(정3품 이상)은 판서(判書;정2품), 참판(參判;종2품), 참의(參議;정3품)의 관직.

210) 육낭청(六郎廳) : 호조의 정5품관 여섯 직관. 즉 별례방(別例房), 세폐색(歲幣色), 응판색(應辦色), 은색(銀色), 요록색(料綠色), 잡물색(雜物色).

211) 별례방(別例房) : 육낭청의 하나인 경비사(經經費司), 정5품직관.

호계ㅎ눈　계스들은　도필지니　되여잇고
會計　　計士　　刀筆之吏

공죠눈　슈형부라　각쇡장쇡　총찰ㅎ여
工曹　　水衡府　　各色匠色　總察

응역ㅎ기　일솜으니　와셔선공　미여잇고
應役　　　　　　　瓦署繕工

레죠눈　남궁이라　션왕뎨레　본바다셔
禮曹　　南宮　　　先王制禮

군왕의　진퇴변졀　죵스산천　뎨향이며
君王　　進退變節　宗社山川　祭享

져례작악　일솜으니　통례원　거ㄴ리고
制禮作樂　　　　　通禮院

병이죠　동셔편은　퇵문퇵무　추려ㄴ여
兵吏曹　東西便　　擇文擇武

니직이며　외직이며　정경아경　도빅유슈
內職　　外職　　　正卿亞卿　道伯留守

쥬셔한림　각신들과　옥당승지　디간이며
注書翰林　閣臣　　　玉堂承旨　臺諫

---

212) 계사(計士) : 호조에 소속된 계리사. 일명 산원(算員), 종8품직.

213) 도필지리(刀筆之吏) : 문안(文案)이나 편지 등 문필을 담당한 말단직. 「사기」에서
는 "진나라 때 도필사로 녹록하게 전에 없던 기절을 이루었다.(于秦時爲刀筆史錄
錄未有奇節)"(蕭相國世家)라고 하였다.

214) 공조(工曹) : 육조의 하나로 공업분야와 산택(山澤)과 영선(營繕) 등을 맡아보던 부서.

215) 수형부(水衡府) : 중국 한(漢)나라 때 관명으로 주로 서울의 하천과 산림 및 세무를
관장했다. 우리나라의 경우 공조의 한 부서로 이 같은 일을 맡아보았다.(「사기」 平
準書).

216) 각색장색(各色匠色) : 육낭청의 여섯 분야.(전주 210 참조)

217) 응역(應役) : 군역이나 부역 등 공역(公役)에 응하는 일이니, 여기서는 공조의 수형
부의 일에 응한다는 말.

218) 와서선공(瓦署繕工) : 도자기를 만들며 공요(公窯)와 토목과 영선(營繕)을 맡은 선
공감(繕工監).

219) 예조(禮曹) : 조선조 통치기구 육조 중 하나로, 임금 밑에서 예악(禮樂), 제례(祭
禮), 연형(宴亨), 사신업무(朝覲), 학교, 과거 등의 일을 관장했다.

220) 남궁(南宮) : 예조의 다른 이름. 남쪽에 있기에 붙인 명칭. 「사기」에는 "남궁주작
(南宮朱雀)"(天宮書)이라고 했음.

221) 종사산천(宗社山川) : 예조에서 맡아하던 종묘사직과 명산과 큰 강에 제사지내는 일.

222) 제례작악(制禮作樂) : 예조가 하는 일로서 예법(禮法)을 제정하고 아악(雅樂)을 만
드는 일.

회계하는   계사²¹²⁾들은   도필지리²¹³⁾   되어있고

공조²¹⁴⁾는   수형부²¹⁵⁾라   각색장색²¹⁶⁾   총찰하여

응역²¹⁷⁾하기   일삼으니   와서선공²¹⁸⁾   매여있고

예조²¹⁹⁾는   남궁²²⁰⁾이라   선왕법도   본받아서

군왕의   진퇴범절   종사산천²²¹⁾   제향이며

제례작악²²²⁾   일삼으니   통례원²²³⁾   거느리고

병이조²²⁴⁾   동서편은   택문택무²²⁵⁾   추려내어

내직²²⁶⁾이며   외직²²⁷⁾이며   정경아경²²⁸⁾   도백유수²²⁹⁾

주서한림²³⁰⁾   각신²³¹⁾들과   옥당승지²³²⁾   대간²³³⁾이며

---

223) 통례원(通禮院) : 예조의 소속으로 국가의 의식을 맡아보던 관청. 관원으로는 정3
품의 좌우통례(左右通禮) 각 1명 이하 20여명이고, 홀기(笏記=식순)를 목청 좋게
부르는 사람을 선호했다.
224) 병이조(兵吏曹) : 6조 중 병조와 이조.
225) 택문(擇), 택무(擇武) : 이조에서는 문관을, 병조에서는 무관을 뽑아 고른다는 것.
226) 내직(內職) : 육조인 중앙의 관직.
227) 외직(外職) : 지방 즉 서울 이외의 외관직.
228) 정경(正卿), 아경(亞卿) : 정경은 정2품 이상 직관인 각조의 참판, 판서, 판윤 등
벼슬, 아경은 종2품관인 각조의 좌윤, 우윤을 말함.
229) 도백(道伯), 유수(留守) : 도백은 각 도지사인 관찰사, 유수는 주요 시군을 다스리
던 종2품관이니, 예를 들면 개성, 강화, 수원, 광주, 춘천, 전주 등의 특수지방의
행정관. 유상(留相), 유사(留司)라고도 했다.
230) 주서(注書), 한림(翰林) : 주서는 승정원에서 문헌을 주석하던 정7품직 관료요, 한
림은 예문관에 소속된 문서 찬주 등을 맡던 정9품직 관료.
231) 각신(閣臣) : 각 부처의 신하 즉 관료들.
232) 옥당(玉堂), 승지(承旨) : 옥당은 홍문관(弘文館)의 별칭 또는 부제학 이하 교리,
부교리, 수찬, 부수찬을 통털어 말하며, 승지는 승전원에 속해 있어 왕명의 출납
을 맡았던 정3품관.
233) 대간(臺諫) : 감찰행정을 맡은 사헌부와 사간원에 소속된 관료들.

묘스뎐궁 廟社殿宮	관원이며 官員	능참봉 陵參奉	슈봉관과 守奉官
봉스직장 奉事直長	감역이며 監役	동몽교관 童蒙敎官	부도스와 副都事
군즈판스 軍資判事	광흥슈와 廣興守	능영이며 陵令	선혜낭쳥 宣惠郎廳
각스제죠 各司提調	부제죠며 副提調	이죠젼낭 吏曹銓郞	홍문뎡즈 弘文正字
병스슈스 兵使水使	방어스며 防禦使	영장즁군 營將中軍	통졔스며 統制使
쳠스만호 僉使萬戶	병우후며 兵虞侯	스도참군 四道參軍	권관이며 權管
션젼관 宣傳官	부장들과 部將	별군직 別軍職	슈문장과 守門將

---

234) 묘사(廟社) 전궁(殿宮) : 묘사는 종묘사직을 말하며, 전궁은 여기서는 영희전(永禧殿)과 경모궁(景募宮)을 말함.

235) 능참봉(陵參奉) : 능과 원(園)을 맡아 지키던 종9품직 벼슬. 현재는 무급직함.

236) 수봉관(守奉官) : 능원을 지키던 종9품의 말단직. 경기도 양주에 있는 순강원(順康園)과 소령원(昭寧園)에 각각 2명씩 있었다 함.

237) 봉사(奉事), 직장(直長) : 봉사는 종8품직으로 동반(東班)의 문관에 소속된 하급직. 직장은 종7품직으로 의금부(議禁府), 상서원(尙瑞院) 등 중앙부서에 있던 관직.

238) 감역(監役) : 선공감(繕工監)의 종2품관. 감역관(監役官)의 약칭.

239) 동몽교관(童蒙敎官) : 동몽훈도라고도 하여 어린이를 가르치는 교관으로 재직기간이 450일로 되었음.

240) 부도사(副都事) : 오위도총부(五衛都摠府)나 의금부 등에 소속된 '관리규찰의 직책관'의 버금 벼슬. 도사는 종5품직.

241) 군자판사(軍資判事) : 군수품의 저장, 출납을 맡아보던 군자감의 종5품직 우두머리.

242) 광흥수(廣興守) : 관원의 녹봉에 관한 사무를 맡아보던 광흥창(廣興倉)의 수령직 정4품관.

243) 능령(陵令) : 왕릉을 지키는 수령. 「후한서」에는 "…황조, 황고 묘를 창릉으로 하고 능령을 두고 지키게 했다(…以皇祖皇考墓爲昌陵置陵令守祖)"(城陽恭王祉傳)고 함.

244) 선혜(宣惠), 낭청(郎廳) : 대동미 등을 출납하던 선혜청과 낭청은 비변랑(備邊郎)으로 군 기밀을 맡아보던 비변사의 종6품관들(12명).

245) 각사(各司), 제조(提調) : 각사는 서울에 있는 경각사(京各司)로 경사(京司) 또는 각사(各司)라 불렀고, 제조는 각 사(司)나 청(廳)의 종1품 벼슬직.

246) 부제조(副提調) : 내의원(內醫院)이나 승문원(承文院)에 소속된 제조 밑의 정3품 관직.

묘사전궁[234]	관원이며	능참봉[235]	수봉관[236]과
봉사직장[237]	감역[238]이며	동몽교관[239]	부도사[240]와
군자판사[241]	광흥수[242]와	능령[243]이며	선혜낭청[244]
각사제조[245]	부제조[246]며	이조전랑[247]	홍문정자[248]
병사수사[249]	방어사[250]며	영장중군[251]	통제사[252]며
첨사만호[253]	병우후[254]며	사도참군[255]	권관[256]이며
선전관[257]	부장들[258]과	별군직[259]	수문장[260]과

---

247) 이조전랑(吏曹銓郎) : 이조의 정랑(正郎)인 정5품과 좌랑(佐郎) 정6품을 말함.
248) 홍문정자(弘文正字) : 홍문관, 승문원(承文院), 교서관(校書館) 등에서 문헌의 경연을 맡은 정9품직.
249) 병사(兵使), 수사(水使) : 병마절도사(兵馬節度使)와 수군절도사(水軍節度使)를 말하며, 종2품과 정3품의 당상관이었다.
250) 방어사(防禦使) : 지방의 외관직으로 각도에 배속되어 국가의 요지를 방어하는 종2품의 요직. 병마절도의 다음가는 중직.
251) 영장(營將), 중군(中軍) : 영장은 진영장(鎭營將) 지방군대의 관리를 위하여 설치했던 진영의 장관(將官)이고, 중군은 군영의 대장 또는 절도사 다음가는 장관(將官).
252) 통제사(統制使) : 삼도통제사를 말하니, 경상도, 전라도, 충청도의 수군을 통솔하던 무관직. 충청도에는 수군절도사, 경상도와 전라도에는 각각 좌·우로 수군절도사를 두어 국방의 외직으로 최고의 무관직이었다.
253) 첨사(僉使), 만호(萬戶) : 첨사는 절도사가 관할하던 정3품의 무관 관직. 만호는 지방 각도의 모든 진(鎭)에 소속되었던 종4품의 무관직.
254) 병우후(兵虞侯) : 병사(兵使)와 우후(虞侯)를 줄여서 하는 말로, 병사는 병마절도사로 각 지방에서 병마를 통솔, 지휘하던 종2품직 무관. 우후는 각 도에 둔 병마절도사와 수군절도사를 보좌하는 무관.
255) 사도참군(四道參軍) : 개성, 강화, 광주, 수원에 두었던 정7품직 군관.
256) 권관(權管) : 작은 진보(鎭堡)에 두었던 종9품직 수장(守將).
257) 선전관(宣傳官) : 선전관청의 선전관, 정3품에서 종9품까지의 관직.
258) 부장(部將)들 : 오위(五衛)의 종6품의 무관직.
259) 별군직(別軍職) : 별군직청(別軍職廳)에 소속되어 임금의 시위(侍衛)와 간신을 잡던 무관직.
260) 수문장(守門將) : 수문장청에 소속되어 궁궐문의 수위를 맡아보던 관리를 말하며, 참상관(參上官=종6품)과 참하관(종9품)의 구분이 있었다.

훈련판ᄾ (訓練判事)	쥬부들과 (主簿)	도춍도ᄉ (都摠都事)	경역이며 (經歷)
닉금장 (內禁將)	오위장과 (五衛將)	창검쵸관 (槍劍哨官)	협연쵸관 (挾輦哨官)
문음무 (文蔭武)	열읍슈령 (列邑守令)	비쳔이며 (秘薦)	병이빗슬 (兵吏)
퇵인비망 (擇人備忘)	일솜으니	임디칙즁 (任大責重)	ᄒ여셔라
형죠는 (刑曹)	딕ᄉ구라 (大司寇)	포장을 (捕將)	영통ᄒ여 (領統)
각ᄉᆡ금난 (各色禁亂)	죠률ᄒ니 (照律)	긔강이 (紀綱)	거륵ᄒ다
ᄉ복의 (司僕)	닉승쥬부 (內乘主簿)	됴졔죠며 (都提調)	부졔죠라 (副提調)
거덜이며	견마부는 (牽馬夫)	쵸립의 (草笠)	널분갓ᄯᆫ
누른ᄉ (紗)	더그레며	푸른긴옷	벙거지며
이마와 (理馬)	마의드른 (馬醫)	말게는	빅낙일다 (伯樂)

---

261) 훈련판사(訓練判事) : 훈련원에 속한 종5품의 훈련 판관직.
262) 주부(主簿) : 각 부처의 정랑(정5품)과 좌랑(정6품)의 낭관(郎官)의 다른 칭호.
263) 도총(都摠), 도사(都事) : 도총은 오위도총부(五衛都摠府)의 종5품직인 도총관을 말하며, 도사는 오위도청부의 종5품직 관리.
264) 경력(經歷) : 중추부(中樞府)나 오위도총부 등에 소속된 종4품직 관리로 한때는 지방관찰사의 서울 사무도 맡아보았다.
265) 내금장(內禁將) : 내금위장(內禁衛將)의 줄인 말로 금군청(禁軍廳)의 정3품직.
266) 오위장(五衛將) : 군대 편제인 오위도총부의 정3품의 장수.
267) 창검초관(槍劍哨官) : 금위영(禁衛營)의 종9품 무관으로 초소를 지키는 직책.
268) 협련초관(挾輦哨官) : 훈련도감에 소속된 종9품의 무관인데 임금이나 고위관직자가 행차할 때는 연(輦=가마)을 호위하는 군사.
269) 문음무(文蔭武) : 과거(科擧)에서 문과를 거치고 벼슬한 선비와, 조상의 음덕으로 벼슬한 사람과, 무과 과거급제한 무관 등을 이르는 말.
270) 열읍수령(列邑守令) : 지방 여러 군(郡), 현(縣)의 군수와 현령.
271) 비천(秘薦) : 의정대신(議政大臣)이 천거하여 관직에 임명하는 일. 비천(備薦)이라고도 함.
272) 병리(兵吏) 빛 : 병조와 이조의 색리(色吏). 색리란 정5,6품직. 지금의 계장(係長)급.

훈련판사[261]　　　　주부[262]들과　　　　도총도사[263]　　　경력[264]이며

내금장[265]　　　　　오위장[266]과　　　　창검초관[267]　　　협련초관[268]

문음무[269]　　　　　열읍수령[270]　　　비천[271]이며　　　　병리빛[272]을

택인비망[273]　　　　일삼으니　　　　　임무막중　　　　　하였어라

형조[274]는　　　　　　대사구[275]라　　　　포장[276]을　　　　　통솔하여

각종난리　　　　　　방비하니　　　　　기강이　　　　　　엄격하네

사복[277]의　　　　　내승주부[278]　　　도제조[279]며　　　　부제조며

거덜이[280]며　　　　견마부는　　　　　초립에　　　　　　넓은갓끈

누런비단　　　　　　더그레[281]며　　　　푸른긴옷　　　　　벙거지며

이마[282]와　　　　　마의[283]들은　　　　말에게는　　　　　백락[284]이리

---

273) 택인비망(擇人備忘) : 관원을 선발하기 위한 비망록. 즉 인선을 위한 자료집.
274) 형조(刑曹) : 육조의 하나로 법관, 송사, 선악판단, 노비에 관한 일을 맡은 통치기구.
275) 대사구(大司寇) : 형조의 으뜸 벼슬. 형조판서 정2품. 법무부의 장관격.
276) 포장(捕將) : 포도대장(捕盜大將)의 줄인 말. 포도청에서 죄인을 잡던 종2품직 대장.
277) 사복(司僕) : 사복시(司僕寺)를 줄인 말이니, 임금이 타는 수레나 말(輿馬), 궁중
　　　복장에 관한 일을 맡은 관서.
278) 내승주부(內乘主簿) : 내사복시(內司僕寺)에서 수레나 말에 관한 일을 맡아보던
　　　종6품직.
279) 도제조(都提調) : 승문원(承文院)이나 각 시(寺)나 각사(各司)나 전(殿)에서 의정
　　　(議政)이나 의정을 지낸 사람에게 임명했던 직책.
280) 거덜이 : 한문자로 취음하여 거달(巨達)이라 했지만 '일을 거든다' 해서 음편(音
　　　便)한 말로, 사복시(司僕寺)에서 말 먹이는 일을 하던 하급 용원.
281) 더그레 : 호의(號衣)라 하여, 여기서는 각 영문의 군사가 입던 옷.
282) 이마(理馬) : 사복시에서 말을 관리하던 정6품직 관원.
283) 마의(馬醫) : 사복시에서 말의 병을 고치던 마의사복(馬醫司僕)인 잡직.
284) 백락(伯樂) : 중국 주(周)나라 때 말을 잘 알던 사람, 말에 대해선 백락이라 했다.

빅춍마 白驄馬	쳥춍마며 靑驄馬	오츄마 烏騅馬	ᄌ류마며 紫騮馬
연스라	추마말과 騘馬	돈졈춍이 點驄	어승마다 御乘馬
동셔간 東西間	너른마구 馬廏	계마쳔필 繫馬千匹	ᄒ엿구나
문국부 問國富	이마디라 以馬對	쳔승지국 千乘之國	장ᄒᆞᆯ시고 壯
하로날	닷시날은	늬외구마 內外廏馬	흐디모야
죠마거동 調馬擧動	훌젹이면	한편의논	명금ᄒ고 鳴金
한편의논	명고ᄒ며 鳴鼓	말을경계 警戒	ᄒ여갈제
노량이며	ᄂᆞᆫ품은 品	힝운유슈 行雲流水	모양일다 貌樣
장악원 掌樂院	협률낭은 協律郎	습악ᄒ기 習樂	일삼으니
이원뎨즈 梨園弟子	쳔여명이 千餘名	무동악공 舞童樂工	되여셔라
뎨악의 祭樂	긴곡죠ᄂᆞᆫ 曲調	신명이 神明	오시ᄂᆞᆫ닷

---

285) 연비단 : 원문의 "연사라"의 '연'은 접두어 연(軟) "연사과" "연시(軟柿)" 등 부드
  럽다는 뜻이고, 사라(紗羅)는 엷은 비단, 또는 발 고운 비단.

286) 추마(騘馬)말 : 빛이 고운 말. 곧 흰바탕에 검고, 갈색과 적색무늬가 섞인 말로
  "털이 고운 말"의 형용사로 쓰였음.

287) 점총이 : 엽전처럼 동그란 점이 총총 박힌 무늬 말.

288) 어승마(御乘馬) : 임금이 타는 전용 말.

289~290) 문국부이마대(問國富以馬對) : 나라가 부자냐 물으면 말의 필수로 대답한다
  는 말.

291) 천승지국(千乘之國) : 천 필의 탈 말을 가진 나라. 옛적 중국의 제후국(諸侯國) 규
  모의 나라.

292) 명금(鳴金) 하다 : 매달 몇 차례 씩 임금이 타는 말을 조마사가 거리로 행진시켜
  〈조마거동(調馬擧動)〉 훈련 또는 위험을 보일 때 박자 맞추어 징을 치던 일.

293) 명고(鳴鼓) 치다 : 매달 '조마거동' 때 박자 맞춰 북을 치던 일.

294) 놀면서 : 행진할 때의 모습으로 원문의 "노량이며"를 풀이한 말.

흰얼룩말   푸른얼룩   검은말과   자줏빛말

연비단[285]   추마말[286]과   점총이[287]   어승마[288]네

동서간   너른마구   천필말이   매였구나

문국부[289]   이마대[290]라   천승지국[291]   장하구나

하루ㅅ날   닷새ㅅ날은   모든말을   한데모아

조마거동   할적이면   한편에는   명금하고[292]

한편에선   명고치며[293]   말을훈련   하여갈때

놀면서[294]   나는모습   행운유수[295]   모양같네

장악원[296]   협률랑[297]은   음악공부   일삼으니

이원제자[298]   천여명이   무동악공[299]   되었구나

제악[300]의   긴곡조는   천지신령   오시는듯

---

295) 행운유수(行雲流水) : 떠가는 구름. 흐르는 물과 같다는 표현이니, 조마거동 때 놀
     아가며 행진하는 모습.
296) 장악원(掌樂院) : 궁중에서 연주하던 음악을 맡아보던 관서로 전악서(典樂署)나
     아악서(雅樂署) 등으로도 불렸고 최고의 관원은 정3품직이었다.
297) 협률랑(協律郎) : 나라에서 베푸는 제사나 잔치 때 주악을 연주하기 위하여 장악
     원에서 차출되는 임시직 악사.
298) 이원제자(梨園弟子) : 교방(敎坊)의 여러 악사. 교방은 아악을 맡는 좌방(左坊)과
     속악을 맡는 우방으로 나뉘었고, 이원이란 본래 중국 당(唐)나라 현종(玄宗)이 배
     우를 가르치던 곳에서 유래함.
299) 무동(舞童) 악공(樂工) : 무동은 나라 연형 때 춤추던 아이요, 악공은 연주하던 장
     악원의 잡직이다.
300) 제악(祭樂) : 나라에서 베푸는 제사 때 연주하는 아악(雅樂)으로, 그 곡조가 길고
     느리므로 엄숙함을 더해준다는 것이다.

여민낙 與民樂	보허스는 步虛詞	여민동낙 與民同樂	한이업다 限
포고락 抛毬樂	북츔이며	학츔이며 鶴	몽금쳑과 夢金尺
징강츔	비쪄누기	화려도 華麗	거륵ᄒ다
그중의 中	쳐용무는 處容舞	경쥬로셔 慶州	왓다ᄒ니
오ᄉᆡᆨ빗 五色	운화의에 雲霞衣	복도를 幞頭	ᄇ로쓰고
너른쇼미	긴한숨을 汗衫	곡죠마다 曲調	느붓길졔
불근얼골	봉의눈은 鳳	반즘웃는 半	모양일다 貌樣
천관이 天官	ᄒ림ᄒ가 下臨	보기의	신긔ᄒ다 神奇
션혜쳥은 宣惠廳	전곡부라 錢穀府	츈츄딕동 春秋大同	전셰들과 田稅
죠운비 漕運	강의딕고 江	각읍식니 各邑色吏	호위ᄒ여 護衛
말게실고	쇠게실고	큰슈례의	잠쑥실어
션머리는 先	드러오나	긋머리는	강의잇다 江

301) 여민악(興民樂) : 아악의 한 가지로 궁중대사 때 연주했으며 「용비어천가」의 1, 2, 3, 4, 125장을 작곡해서 부른 노래.
302) 보허사(步虛詞) : 보허자(步虛子)라고도 하며, 주로 왕세자가 거동할 때나 궁중의 식 때 연주하던 악곡.
303) 포구락(抛毬樂) : 궁중에서 포구놀이를 할 때 맞히면 작약하며 부르는 노래.
304) 몽금척(夢金尺) : 춤곡의 하나로 이태조가 임금되기 전 천사에게서 금척을 받았다 해서 부른 노래, 또는 그 금척.
305) 쟁강춤 : 춤의 한 가지이니 내용은 미상.
306) 배따라기 : 원문의 '배떠나기'로 이선가(離船歌)를 말하며, 어부가 고기 잡으러 떠나는 뱃노래를 말한다. 춤곡의 한 가지.
307) 처용무(處容舞) : 신라 때의 '처용가'에 맞춰서 추는 춤으로 악귀를 쫓는 '구나의(驅儺儀)' 때 추는 춤.
308) 운하의(雲霞衣) : 춤출 때 입는 안개 옷. 무용수 여자가 겉옷으로 엷고, 반투명의 옷을 입고 춤추는 일은 예나 지금이나 같은 모습이다.

여민악³⁰¹⁾   보허사³⁰²⁾는   여민동락   한이없다

포구락³⁰³⁾   북춤이며   학춤이며   몽금척³⁰⁴⁾과

쟁강춤³⁰⁵⁾   배따라기³⁰⁶⁾   화려함도   거룩하다

그중의   처용무³⁰⁷⁾는   경주에서   왔다하네

오색빛   운하의³⁰⁸⁾에   복두³⁰⁹⁾를   바로쓰고

너른소매   긴한삼이   곡조마다   나부낄때

붉은얼굴   봉의눈은   반쯤웃는   모양이네

신선이   내려왔나   보기에도   신기하다

선혜청³¹⁰⁾은   전곡부³¹¹⁾라   춘추대동³¹²⁾   전세³¹³⁾들과

조운배³¹⁴⁾   강에대고   각읍색리³¹⁵⁾   호위하여

말에싣고   소에싣고   큰수레에   가득실어

앞머리는   들어오나   끝머리는   강에있다

---

309) 복두(幞頭) : 머리에 쓰는 벙거지의 한 가지. 대개 과거 합격한 사람이 홍패를 앞
    에 들고 복두 쓰고 접지를 받았다.
310) 선혜청(宣惠廳) : 곡물을 세납하는 대동미(大同米)나 포(布)나 전(錢)의 출납을 맡
    아보던 관청.
311) 전곡부(錢穀府) : 돈과 곡식을 보관, 출납하는 관부.
312) 춘추대동(春秋大同) : 논, 밭에 물리던 조세인 전결(田結)에 따라 봄, 가을에 쌀과
    무명 등을 걷어들이는 법이 대동법(大同法)으로 이로 인해 조선조 후기 백성들은
    가렴주구(苛斂誅求)로 도탄에 빠졌었다.
313) 전세(田稅) : 논, 밭에 대한 부세(쌀과 무명 등으로 바쳤다).
314) 조운(漕運)배 : 세곡(稅穀), 세포(稅布) 등을 지방에서 서울로 운반하는 것을 조운
    이라 하고 그 배를 말함.
315) 각읍(各邑) 색리(色吏) : 각 고을의 아전. 곧 각 고을 감영(監營)이나 군아(郡衙)에
    서 돈과 곡물을 출납하던 하급 관원.

풍등디유 豊登大有	ᄒᆞ여스니	국가의	복죠로다 福祚
십년지곡 十年之穀	져츅ᄒᆞ니 貯蓄	진진상인 陣陣相仍	ᄒᆞ여셔라
즁츄부 中樞府	영판부ᄂᆞᆫ 領判府	츄밀ᄉᆞ 樞密事	되여잇고
홍문관 弘文館	디제학은 大提學	문장졔슐 文章製述	문형이요 文衡
셩균관 成均館	디ᄉᆞ셩은 大司成	국ᄌᆞ션싱 國子先生	되여잇고
ᄉᆞ간원 司諫院	ᄉᆞ헌부ᄂᆞᆫ 司憲府	직언극간 直言極諫	엄슉ᄒᆞ다 嚴肅
ᄉᆞ시뎨향 四時祭享	봉상시며 奉常寺	우양고시 牛羊羔豕	젼싱셔며 典牲署
어보차지 御寶	상셔원과 尙瑞院	의디진비 衣襨進排	상의원과 尙衣院
슈라빅미 水刺白米	ᄉᆞ도시와 司導寺	금은보픿 金銀寶貝	닉탕고며 內帑庫
긔용병장 器用屛帳	닉슈ᄉᆞ와 內需司	각식지속 各色紙屬	장흥고와 長興庫

316) 중추부(中樞府) : 처음은 숙위(宿衛)와 군기(軍機)를 맡았다가 뒤에 무임소(無任所) 당산관의 관청이 된 부서.

317) 영판부(領判府) : 영중추부(領中樞府)의 정1품관과 판중추부(判中樞府)의 종1품관을 합쳐 말한 것.

318) 추밀사(樞密事) : 영판부의 소임으로 군사나 정무(政務)에 관한 중요 사무를 맡아 보던 부서.

319) 홍문관(弘文館) : 옥당(玉堂)의 다른 이름. 경학서적, 문한(文翰)의 처리 및 임금의 각종 자문에 응답하던 관서. 삼사(三司)의 하나.

320) 대제학(大提學) : 홍문관과 예문관의 으뜸직인 정2품 선비 관직.

321) 문형(文衡) : 대제학의 다른 이름인 문평(文評)직.

322) 성균관(成均館) : 조선조에서 대학교와 맞먹는 교육기관으로 주로 유학을 강의했다. 태학(太學), 국자감(國子鑑)이라고도 했다.

323) 대사성(大司成) : 성균관의 정3품 벼슬의 교육 관직.

324) 사간원(司諫院) : 임금에게 간쟁(諫爭)이나 탄핵(彈劾)에 관한 일을 밝히어 아뢰던 관청. 삼사(三司)는 사헌부, 홍문관, 사간원의 하나로 막강한 직언 기관.

325) 사헌부(司憲府) : 임금에게 정치나 풍속을 바로잡는 일을 극간으로 아뢰된 삼사(三司)의 하나.

326) 직언(直言), 극간(極諫) : 임금께 바른말로 꿋꿋하게 말해 올림. 눈치나 사리에 얽매이지 않음.

큰풍년이   되었으니   국가의   복록이네

십년곡식   싸였으니   묵은양곡   가득하네

중추부[316]   영판부[317]는   추밀사[318]   되어있고

홍문관[319]   대제학[320]은   문장짓는   문형[321]이요

성균관[322]   대사성[323]은   태학선생   되어있고

사간원[324]   사헌부[325]는   직언극간[326]   엄격하다

사시제향   봉상시[327]며   우양고시[328]   전생서[329]며

옥새간수   상서원[330]과   의대진배[331]   상의원[332]과

수라백미[333]   사도시[334]와   금은보패[335]   내탕고[336]며

기용병장[337]   내수사[338]와   각색지속[339]   장흥고[340]와

---

327) 봉상시(奉常寺) : 사계절의 제향(祭享)과 시호(諡號)내리던 일을 맡아보던 관청으로 태상시(太常寺), 전의시(典儀寺)라고도 했다.
328) 우양고시(牛羊羔豕) : 옛적 제사 때 희생으로 쓰던 네 가지 제수이니, 소와 양, 염소, 돼지를 말한다.
329) 전생서(典牲署) : 제사에 쓸 희생물을 기르며 맡아보던 관서.
330) 상서원(尚瑞院) : 궁중의 옥쇄, 보물, 패(牌), 절(節) 등을 맡아보던 관서.
331) 의대진배(衣襨進排) : 궁중에서 옷을 마르고 물품 등을 바치는 일. 궁중의 제복과 용품을 맡는 일.
332) 상의원(尚衣院) : 임금의 옷과 궁중의 의복을 만들고, 궁중의 재물이나 보물 등을 간수, 관리하던 관아, 일명 상의사(尚衣司), 중상(中尚), 상방(尚方)이라고도 했다.
333) 수라(水剌), 백미(白米) : 임금의 진지인 수라용 백미.
334) 사도시(司導寺) : 궁중의 식료품 등을 맡아보던 곳이니 비용사(備用司)라고도 했다.
335) 금은보패(金銀寶貝) : 돈과 보물이니, 여기서는 내탕고가 보관, 출납하던 곳.
336) 내탕고(內帑庫) : 임금의 사사로운 재물을 보관하는 창고, 임금이 백성에게 쓸 때는 내탕금이라 했다.
337) 기용(器用), 병장(屏帳) : 그릇 종류와 병풍, 포장 등 궁중 내수사에서 장만, 보관, 출납하던 물품.
338) 내수사(內需司) : 궁중에서 쓰는 식품, 기구, 노비 등을 맡아보던 관아.
339) 각색지속(各色紙屬) : 각종 종이류와 문방구 등, 여기서는 장흥고(長興庫)가 맡아보던 종이류.
340) 장흥고(長興庫) : 궁중에서 문필구와 자리 등을 보관, 출납하던 곳과 그 부서.

치소공상 菜蔬供上	스포셔며 司圃署	히몰공상 海物供上	스지감과 司宰監
실과진비 實果進排	장원셔와 掌苑署	등유진비 燈油進排	닉셥시며 內贍寺
약물디령 藥物待令	약방이며 藥房	각싁공상 各色供上	공상청과 供上廳
지목마튼 材木	슈어청과 守禦廳	군량마튼 軍糧	량향청과 糧餉廳
의장긔명 儀杖器皿	제용감과 濟用監	스긔어션 砂器御膳	스옹원과 司饔院
빅관반녹 百官頒祿	광흥창과 廣興倉	군병방뇨 軍兵放料	군즈감과 軍資監
제자시셔 諸子詩書	승문원과 承文院	쳑신공의 戚臣功議	돈령부며 敦寧府
시지즈문 試紙呈文	됴지셔며 造紙署	측스디졉 勅使待接	레빈시며 禮賓寺
천문퇵일 天文擇日	관상감과 觀象監	민간질병 民間疾病	활인셔며 活人署

---

341) 채소공상(菜蔬供上) : 무, 나물 등 채소를 올린다는 일로, 여기서는 사포서(司圃署)가 취급하는 채소나 과일.

342) 사포서(司圃署) : 궁중의 과일이나 채소류를 보관, 출납하던 부서.

343) 해물공상(海物供上) : 해산물, 수산물 등 생선류를 바친다는 것으로, 여기서는 사재감(司宰監)이 취급하던 물품.

344) 사재감(司宰監) : 궁중에서 쓰는 해산물, 육류, 연료 등을 수급, 출납하던 관청.

345) 장원서(掌苑署) : 과일과 오이, 수박(瓜匏), 화초 등을 맡아보던 관아.

346) 내섬시(內贍寺) : 궁중과 육조의 등유 및 고관에게 하사하는 술, 하사품 일본인, 여진족에게 주는 음식이나 천 따위를 맡아보던 관아.

347) 약방(藥房) : 여기서는 궁중과 관아에 챙겨주는 약물과 진료를 맡아보던 곳으로 내의원(內醫院)이라고도 불렀다.

348) 공상청(供上廳) : 생선종류와 채소 등을 공급하던 궁내부의 한 관청.

349) 수어청(守禦廳) : 남한산성(南漢山城)을 지키던 군영. 인조 4년에 설치되어 산성 주변을 지켰다.

350) 양향청(糧餉廳) : 훈련도감 안에서 군량미 등 군수품을 취급하던 관청.

351) 제용감(濟用監) : 의장(儀仗)용품, 각종 천과 비단, 인삼 등을 바치는 일을 맡은 관아.

352) 사옹원(司饔院) : 궁궐에서 음식을 맡은 관아로 상식(尙食), 주원(廚院)이라고도 했음.

353) 백관(百官), 반록(頒祿) : 임금이 백관 관료에게 녹봉(祿俸)을 내려주는 일.

채소공상[341]   사포서[342]며   해물공상[343]   사재감[344]과

과일챙긴   장원서[345]와   등유관리   내섬시[346]며

약품준비   약방[347]이며   각색공상   공상청[348]과

재목맡은   수어청[349]과   군량맡은   양향청[350]과

의장기명   제용감[351]과   사기어선   사옹원[352]과

백관반록[353]   광흥창[354]과   군병방료[355]   군자감[356]과

제자시서[357]   승문원[358]과   척신공의[359]   돈령부[360]며

시지자문[361]   조지서[362]며   칙사대접[363]   예빈시[364]며

천문택일   관상감[365]과   민간질병   활인서[366]며

---

354) 광흥창(廣興倉) : 관리들의 녹봉에 대한 사무를 맡아보던 관청으로 사록관(司祿館), 혹은 대창서(大倉署)라고도 했다.
355) 군병(軍兵), 방료(放料) : 군사에게 지급하던 식료(食糧) 등을 방출하는 일.
356) 군자감(軍資監) : 군수품의 출납을 맡아보던 관청.
357) 제자(諸子) 시서(詩書) : 제자백가, 즉 중국 고대의 뛰어난 학자들과 「시경」과 「서경」.
358) 승문원(承文院) : 국가의 외교나 문서를 맡아보던 관청으로 괴원(槐院)이라고도 했다.
359) 척신공의(戚臣功議) : 임금의 인척에 대한 공과를 논의하던 일. 조선조에서 임금의 인척이 행한 공과는 심각한 것이 있었다.
360) 돈령부(敦寧府) : 왕실의 친척모임으로 그 친목을 도모하던 관청.
361) 시지(試紙) 자문(咨文) : 시지는 과거시험 때 쓰이는 종이류. 일명 명지(名紙) 혹은 정초(正草). 자문은 중국과 왕복하던 외교 문서.
362) 조지서(造紙署) : 종이 만드는 일을 맡았던 관서.
363) 칙사대접(勅使待接) : 칙사는 임금의 명을 받든 사신을 말하는데, 여기서는 '극진한 대우를 받는다' 는 뜻.
364) 예빈시(禮賓寺) : 외빈 접대나 종실 및 재상들의 연형(宴亨) 때 음식을 장만해내던 곳.
365) 관상감(觀象監) : 천문과 지리 택일과 기상정보 및 누각(漏刻) 등을 맡아보던 기상청과 같은 관서.
366) 활인서(活人署) : 서울에서 의료의 일을 맡아보던 곳으로, 일명 대비원(大悲院)이라고도 했다. 민간의 질병을 주로 보았다.

청학왜학 스력원과 의학쥬장 뎐의감과
淸學倭學 司譯院 醫學主掌 典醫監

동실션파 동친부와 도위첨위 의빈부며
宗室璿派 宗親府 都尉僉尉 儀賓府

불망공신 츙훈부와 양노죠신 기로셔라
不忘功臣 忠勳府 養老朝臣 耆老署

셜관분직 ᄒ여스니 임현스능 거륵ᄒ다
設官分職 　 任賢使能

스학이 분비ᄒ여 유학을 교훈ᄒ니
四學 分排 儒學 敎訓

명뉸당 딕셩뎐은 우리ᄂ라 반궁이라
明倫堂 大成殿 　 泮宮

일빅명 틱학스눈 부즈위픠 뫼셔잇고
一百名 太學士 夫子位牌

힝단의 느진츔은 연비여쳔 ᄒ눈구나
杏壇 　 鳶飛戾天

국가의 근본이오 쵸현ᄒ눈 도리로다
國家 根本 招賢 道理

---

367) 청학(淸學), 왜학(倭學) : 청나라 학문과 일본의 학문이지만, 여기서는 주로 청나라 말. 일본말을 번역하는 기관을 말한다.

368) 사역원(司譯院) : 동역과 회화 번역을 맡아보던 곳으로 이때 외국어는 중국어, 일본어, 몽고어, 여진어 등이었다.

369) 전의감(典醫監) : 궁중에서 의약(醫藥)을 맡아보던 관아로, 일명 태의감(太醫監) 또는 사의서(司醫署)라고도 했다.

370) 종실(宗室) 선파(璿派) : 임금의 종친들과 이씨 왕조의 종파. 이씨 왕족은 본래 전주(全州) 이씨였으나 왕족들만은 선원(璿源) 이씨로 분파했다.

371) 종친부(宗親府) : 왕실의 계보와 초상화를 보존하며 의대(衣帶)를 만들며 종친들을 통솔하던 관아.

372) 도위(都尉), 첨위(僉尉) : 도위는 공주나 옹주(翁主)의 남편인 부마도위(駙馬都尉)를 말하고, 첨위는 왕세자의 서녀(庶女)인 외명부, 즉 현주(縣主)에게 장가든 사람에게 임명하던 의빈부(儀賓府)의 정3품 벼슬.

373) 의빈부(儀賓府) : 부마도위와 첨위 등 임금이나 왕세자의 사위들이 모인 관부.

374) 충훈부(忠勳府) : 의정부에 속하여 공신(功臣)들의 공훈을 기록하고 밝히는 일을 담당한 관청. 충훈사(忠勳司)를 고친 이름인데, 나중에 기공국(記功局)으로 바뀌었다.

375) 기로서(耆老署) : 관료들이 고령이 되면 모이는 경로당(敬老堂)의 하나이며 조선조 초기에 경로와 그 예우(禮遇)를 목적으로 70세 이상의 정2품관 이상의 문관이 들어가 초상화로 그려서 게시했다. 때로 연로한 나라 임금도 참여했다.

376) 설관(設官), 분직(分職) : 제도상의 관직 외에 사람을 보고 관직을 만들고, 직책도 나누어주던 일.

청학왜학[367]   사역원[368]과   의학맡은   전의감[369]과

종실선파[370]   종친부[371]와   도위첨위[372]   의빈부[373]며

불망공신   충훈부[374]와   양로조신   기로서[375]라

설관분직[376]   하였으니   임현사능[377]   거룩하다

사학[378]이   나뉘어져   유학을   가르치니

명륜당[379]   대성전[380]은   우리나라   반궁[381]이라

일백명   태학사는   부자위패[382]   뫼셔있고

행단[383]의   늦은춤은   연비여천[384]   하는구나

국가의   근본이요   초현[385]하는   도리로다

---

377) 임현사능(任賢使能) : 어진 사람을 등용하여 능히 부릴 수 있다는 인사권리의 중용성.

378) 사학(四學) : 인재를 양성하려고 서울에 설치했던 네 곳의 교육기관이니 중은 중학교(中學), 동학(東學), 남학(南學), 서학(西學)을 말하며, 고려 때는 5부학당으로 시작했고 조선조에서는 '학당'으로 운영되고, 처음은 소학부터 가르치고 생원시에 합격하면 졸업되었다.

379) 명륜당(明倫堂) : 서울은 성균관(成均館), 지방은 향교(鄕校) 안에 있던 공부자(孔夫子)의 학인 유학을 강의하고 공부하던 학당.

380) 대성전(大成殿) : 성균관이나 향교의 정전(正殿)으로 공자의 사진이나 위패를 모시고 삭(朔), 망(望)으로 향제하였다.

381) 반궁(泮宮) : 성균관과 공자 사당인 문묘(文廟)를 합쳐서 이르는 말.

382) 부자위패(夫子位牌) : 공자를 높여서 공선생이라는 뜻으로 공부자라 부르고 그 상징으로 패를 만들어 신주처럼 모셨다. 성균관이나 향교에서는 필수적 위패다.

383) 행단(杏壇) : 공부자의 학문을 공부하는 곳을 이르니 중국 산동성(山東省)에 공자의 강의소로 '행단'이란 유지(遺趾)에서 유래된 말.

384) 연비여천(鳶飛戾天) : 솔개미가 가을하늘을 유유히 맴도는 모습이니, 행단에서 공부하는 선비들의 느릿느릿 유유히 추는 춤의 형용이다.

385) 초현(招賢)하다 : 어진 사람을 초빙한다는 뜻. 옛날 중국 연(燕)나라 소왕(昭王)이 "어진 사람을 구하는데 신분이 낮은 사람이라도 후하게 대우하면서 어진 이를 구했다(…卑身 厚帶 以招賢者)"라고 했다.

존경각　　노픈집의　　만권셔　　쏘아노코
尊經閣　　　　　　　萬卷書

쥬숑　　　야강ᄒ니　　셩현의　　풍도로다
晝誦　　　夜講　　　　聖賢　　　風度

츄로지방　분명ᄒ고　　졍쥬지학　장ᄒ도다
鄒魯之鄕　分明　　　　程朱之學　壯

남편은　　슝례문과　　동편은　　흥인문과
南便　　　崇禮門　　　東便　　　興仁門

셔편은　　쇼의문과　　북편은　　창의문이
西便　　　昭義門　　　北便　　　彰義門

ᄉ관이　　되여스니　　슈문장　　호군부장
四關　　　　　　　　　守門將　　護軍部長

슈문군　　영통하며　　칼을쏫고　신측ᄒ다
守門軍　　領統　　　　　　　　　申飭

팔노를　　통하엿고　　연경일본　다아구나
八路　　　通　　　　　燕京日本

우리나라　소산들로　　붓그럽지　안컷마는
　　　　　所産

타국물화　교합ᄒ니　　빅각전　　장홀시고
他國物貨　交合　　　　百各廛　　壯

칠픠의　　싱션젼의　　각식싱션　다잇구나
七牌　　　生鮮廛　　　各色生鮮

민어셕어　셕수어며　　도미준치　고도어며
民魚石魚　石首魚　　　　　　　　高刀魚

낙지소라　오젹어며　　죠기시우　젼어로다
　　　　　烏賊魚　　　　　　　　鱣魚

---

386) 존경각(尊經閣) : 성균관 안에 있던 경서(經書)를 주로 쌓아놓은 장서각이니 성종 때 짓고, 중종 때 불타서 인조 때(1626)에 재건했다.

387) 추로지향(鄒魯之鄕) : 추(鄒)는 맹자의 출생지, 노(魯)는 공자의 출생지니 곧 공자와 맹자의 학문을 뜻한다.

388) 정주지학(程朱之學) : 중국 송(宋)나라 때 저명학자인 정호(程顥)와 정이(程頤) 두 사람과 주희(朱熹)의 학문을 말함.

389~392) 숭례문(崇禮門)…창의문 : 서울의 경복궁(景福宮)을 중심으로 4대문의 이름을 동서남북이 4덕인, 인(仁), 의(義), 예(禮), 지(智)로 명명하니, 동은 흥인문(興

존경각[386]　　　　높은집에　　　　만권장서　　　　쌓아놓고

낮에외고　　　　밤에배워　　　　어진선비　　　　풍도구나

추로지향[387]　　　분명하고　　　　정주지학[388]　　　장하도다

남쪽은　　　　　숭례문[389]과　　　동쪽은　　　　　흥인문[390]과

서쪽은　　　　　소의문[391]과　　　북쪽은　　　　　창의문[392]이

사관[393]이　　　되었으니　　　　수문장과　　　　호군부장[394]

수문군을　　　　통솔하며　　　　칼을꽂고　　　　신칙[395]한다

팔도를　　　　　통달하고　　　　북경일본　　　　닿았구나

우리나라　　　　소산물로　　　　부끄럽지　　　　않건마는

타국물화[396]　　뒤섞이니　　　　백각전[397]　　　장할시고

칠패[398]의　　　생선가게　　　　각색생선　　　　다있구나

민어 석어[399]　　석수어[400]며　　　도미 준치　　　고등어며

낙지 소라　　　　오징어며　　　　조개 새우　　　전어로다

仁門), 서는 소의문(昭義門), 남은 숭례문(崇禮門), 북은 창의문(彰義門)으로 했다
는 것인데 북쪽의 경우는 맞지 않는다.
393) 사관(四關) : 네 관문. 관은 빗장의 뜻.
394) 호군부장(護軍部長) : 오위도총부(五衛都摠府)의 정4품 무관벼슬.
395) 신칙(申飭) : 간곡히 타일러 경계시킴.
396) 타국물화(他國物貨) : 다른 나라 물품. 즉 외래품.
397) 백각전(百各廛) : 백 개의 상점. 아주 많은 점포.
398) 칠패(七牌) : 지명이니 지금의 용산구 청파동 일대, 예전엔 여기서 생선류 어시장
　　이 열렸다.
399) 민어(民魚), 석어(石魚) : 민어와 조기.
400) 석수어(石首魚) : 큰 조기. 예전에는 조기를 구분해서 취급했던 것 같다.

남문안 南門	큰모젼의 毛廛	각식실과 各色實果	다잇구나
청실뇌	황실뇌	건시홍시 乾柿紅柿	죠홍시며 早紅柿
밤디됴	잣호도며 胡桃	포도경도 葡萄瓊桃	외얏시며
셕류유즈 石榴柚子	복셩와며	룡안여지 龍眼荔枝	당디츌다 唐大棗 ;대추
샹미젼 上米廛	좌우가가 左右假家	십년지량 十年之糧	쓰아셔라
하미즁미 下米中米	극상이며 極上米	찹쌀좁쌀	기장쌀과
록두쳥티 綠豆靑太	적두팟과 赤豆	마티즁티 馬太中太	기름틸다 太
되를드러	즈랑ᄒ니	민무긔식 民無飢色	죠흘시고
슈각가리 水閣	너머셔니	각식상젼 各色商廛	버러셔라
면빗참빗	어레빗과	씀지즙치	허리쒸며
츙젼보료 氈	모담즈며 毛毯子	간지쥬지 簡紙周紙	당쥬질다 唐周紙
큰광통교 廣通橋	너머셔니	뉵쥬비젼 六注比廛	여긔로다

---

401) 남문(南門)안 : 남대문 안. 지금의 남대문 시장.

402) 큰 모전(毛廛) : 큰 과일 점포.

403) 청실뇌, 황실뇌 : 겉이 푸른 배와 누런 배. 청실뇌 조산종 배.

404) 용안(龍眼), 여지(荔枝) : 용안은 열대지방의 과일 종류. 여지는 유자 비슷한 일 년초 열매. 일명 여주.

405) 상미전(上米廛) : 쌀 파는 싸전. 종로 서쪽에 있었다 함.

406) 좌우가가(左右假家) : 가가는 '가게' 의 원말. 좌우에 늘어선 쌀가게를 말함.

407) 녹두(綠豆), 청태(靑太) : 녹두와 푸르대 콩. 콩의 상품질.

408) 기름태 : 기름콩. 즉 콩나물 기르는 콩.

409) 민무기색(民無飢色) : 굶는 백성 없다는 표정. 풍요로운 장사꾼의 모습을 말함.

410) 수각(水閣)다리 : 청계천 수표교(手標橋)를 말하는 듯. 지금은 외환은행 본점 옆 청계천 다리.

411) 면빗 참빗 : 가는 빗이니 주로 귀밑 머리털을 빗을 때 씀.

남문안⁴⁰¹⁾   큰모전⁴⁰²⁾에   각색과일   다있구나

청실뇌 ·   황실뇌⁴⁰³⁾   건시 홍시   조홍시며

밤 대추   잣과호도   포도경도   오얏이며

석류 유자   복숭아며   용안여지⁴⁰⁴⁾   당대추네

상미전⁴⁰⁵⁾   좌우가가⁴⁰⁶⁾   십년양곡   쌓았어라

하미 중미   극상미며   찹쌀 좁쌀   기장쌀과

녹두 청태⁴⁰⁷⁾   적두팥과   마태중태   기름태⁴⁰⁸⁾네

되를들고   자랑하니   민무기색⁴⁰⁹⁾   좋을시고

수각다리⁴¹⁰⁾   넘어서니   각종상점   벌렸었네

면빗참빗⁴¹¹⁾   얼레빗⁴¹²⁾과   쌈지줌치⁴¹³⁾   허리띠며

총전보료⁴¹⁴⁾   모담자⁴¹⁵⁾며   간지주지⁴¹⁶⁾   당주지⁴¹⁷⁾ㄹ세

큰광통교⁴¹⁸⁾   넘어서니   육주비전⁴¹⁹⁾   여기로다

---

412) 얼레빗 : 빗살이 성근 나무 빗. 반달 모양으로 생긴 빗. 일명 얼게 빗.

413) 쌈지, 줌치 : 쌈지는 지갑의 다른 말. 줌치는 주머니의 옛말. 베줌치는 포대(布袋).

414) 총전, 보료 : 총전은 말총으로 짠 담요. 보료는 방 깔개의 일종으로 솜이나 짐승털을 속에 넣어 만든 요 종류.

415) 모담자(毛毯子) : 짐승 털로 만든 담요.

416) 간지(簡紙), 주지(周紙) : 간지는 편지지. 대개 장지(한지)의 두터운 고급품으로 만듦. 주지는 두루마리 종이.

417) 당주지(唐周紙) : 중국산 두루마리. 어두에 당(唐)이 붙은 말은 당나라에서 전래된 것.

418) 큰 광통교(廣通橋) : 대광통교(大廣通橋)이니, 지금의 남대문로 1가에 있던 다리. '광교다리'.

419) 육주비전(六注比廛) : 광교 너머에 있던 큰 시장인 여섯 전문 상점을 말하니 ① 비단을 파는 선전(縇廛), ② 무명과 은(銀)을 전매하는 면포전(綿布廛), ③ 명주를 전매하는 명주전(明紬廛), ④ 종이를 전매하는 지전(紙廛), ⑤ 모시류를 전매하는 저포전(苧布廛), ⑥ 해산물 전매는 어물전(魚物廛)이었는데, 이 밖에도 과일을 전매하는 청과전(靑菓廛)과 삼베를 전문하는 베전(廛)이 더 있어서 팔주비전(八注比廛)이라고도 했다.

일아는　　　열립군과　　　물화마튼　　　젼시졍은
　　　　　　列立軍　　　　物貨　　　　　廛市井

큰창옷셰　　갓슬스고　　　쇼창옷셰　　　한숨달고
　　　　　　　　　　　　　　　　　　　　汗衫

스람불너　　흥졍홀졔　　　경박ᄒ기　　　측양업다
　　　　　　　　　　　　　輕薄　　　　　測量

빅목젼　　　각싴방에　　　무명이　　　　쓰여셔라
白木廛　　　各色房

강진목　　　히남목과　　　고양ᄂ니　　　강ᄂ이며
康津木　　　海南木　　　　高陽　　　　　江

상고목　　　군포목과　　　공물목　　　　무녀포와
商賈木　　　軍布木　　　　貢物木　　　　巫女布

쳔은이며　　졍은이며　　　셔양목과　　　셔양쥬라
天銀　　　　丁銀　　　　　西洋木　　　　西洋紬

지젼을　　　술펴보니　　　각싴죠희　　　다잇구나
紙廛　　　　　　　　　　　各色

빅지장지　　디호지며　　　셜화지　　　　쥭쳥지며
白紙壯紙　　大好紙　　　　雪花紙　　　　竹靑紙

션익지　　　화쵸지며　　　ᄭᅴᆺ홀ᄉ　　　빅면지며
蟬翼紙　　　花草紙　　　　　　　　　　　白綿紙

---

420) 열립군(列立軍) : 열입군(閱入軍)으로도 쓰나, 원말은 "여리꾼"으로 상점 앞에서
　　호객(呼客)하여 벌어먹는 사람들.
421) 물화(物貨) : 각 점포에서 판매할 화물(상품).
422) 전시정(廛市井) : 시장에서 상품의 보관과, 들고 나는 일을 맡아보던 곳. 상품보관
　　소와 같음.
423) 큰 창옷 : 큰 중치락. 곧 소매 넓은 두루마기. 외출용 겉옷.
424) 소 창옷 : 두루마기 종류로 겨드랑이 딴 폭이 없는 외출복.
425) 한삼(汗衫) : 예복이나 여자의 저고리의 소매 끝에 덧대어 손을 가리게 하는 덧소
　　매 또는 궁중에서 입던 속적삼. 여기서는 전자를 말함.
426) 백목전(白木廛) : 무명을 파는 면포전(綿布廛)의 다른 이름. '육주비전'의 하나.
427) 강진목(康津木) : 전라남도 강진에서 나는 무명 천.
428) 해남목(海南木) : 전라남도 해남에서 나는 무명 천.
429) 고양(高陽)낳이 : 경기도 고양산 무명. 낳이는 생산의 산(産).
430) 강(江)낳이 : 한강 유역에서 생산하는 무명.
431) 상고목(商賈木) : 상품으로 수입한 무명.

일을아는   열립군⁴²⁰⁾과   물화⁴²¹⁾맡은   전시정⁴²²⁾은

큰창옷⁴²³⁾에   갓을쓰고   소창옷⁴²⁴⁾에   한삼⁴²⁵⁾달고

사람불러   흥정할제   경박하기   측량없다

백목전⁴²⁶⁾   각색방에   무명이   쌓였어라

강진목⁴²⁷⁾   해남목⁴²⁸⁾과   고양낳이⁴²⁹⁾   강낳이⁴³⁰⁾며

상고목⁴³¹⁾   군포목⁴³²⁾과   공물목⁴³³⁾   무녀포⁴³⁴⁾와

천은⁴³⁵⁾이며   정은⁴³⁶⁾이며   서양목⁴³⁷⁾과   서양주⁴³⁸⁾라

종이전을   살펴보니   각색종이   다있구나

백지장지⁴³⁹⁾   대호지⁴⁴⁰⁾며   설화지⁴⁴¹⁾   죽청지⁴⁴²⁾며

선익지⁴⁴³⁾   화초지⁴⁴⁴⁾며   깨끗할사   백면지⁴⁴⁵⁾며

---

432) 군포목(軍布木) : 군포로 바친 포목. 군포는 군역(軍役)가는 대봉으로 나라에 바치
던 포목이 흘러나와 육비전에서 팔렸다.
433) 공물목(貢物木) : 백성이 세금조로 바치던 포목들이 육비전에서 팔렸다.
434) 무녀포(巫女布) : 무당에게서 세금조로 징수한 포목.
435) 천은(天銀) : 순은(純銀) 화폐로 순금(純金)과 순은이 있었다.
436) 정은(丁銀) : 품질이 낮은 은.
437) 서양목(西洋木) : 당목(唐木)을 말함.
438) 서양주(西洋紬) : 서양사(西洋紗)를 말하며 명주의 한 가지.
439) 백지(白紙), 장지(壯紙) : 백지는 보통 쓰는 흰 종이이고, 장지는 한지의 품질 좋은
종이. 창호지보다 두껍고, 매끈한 종이.
440) 대호지(大好紙) : 한지의 한 가지로 보통 붓글씨 연습용이나 한지 책으로 쓰였다.
441) 설화지(雪花紙) : 얇은 백지로 난초 칠 때나 그림 그릴 때 흔히 쓴다.
442) 죽청지(竹青紙) : 얇고 단단한 한지의 일종.
443) 선익지(蟬翼紙) : 매미 날개 무늬가 있는 얇은 종이.
444) 화초지(花草紙) : 화초 무늬의 흰 종이.
445) 백면지(白綿紙) : 무늬 없이 백색의 고급 종이.

상화지 ᄌ문지며 쵸도지 상쇼지며
霜花紙 咨文紙 初塗紙 上疏紙

천년지 모토지와 모면지 분당지와
川連紙 毛土紙 毛綿紙 粉唐紙

궁젼지 시츅지와 각식능화 고흘시고
宮箋紙 詩軸紙 各色菱花

뵈젼을 슬펴보니 각식마포 드러첫다
廛 各色麻布

농포셰포 즁산치며 함흥오승 심의포며
農布細布 中山 咸興五升 襑衣布

뉵진쟝포 안동포와 계츄리 히남포와
六鎭長布 安東布 海南布

왜뵈당뵈 싱계츄리 문포죠포 영츈포며
倭　唐 門布造布 永春布

길쥬명쳔 가ᄂ뵈ᄂ 바리안의 드ᄂ뵐다
吉州明川

쳥포젼 슬펴보니 당물화가 버러잇다
靑布廛 唐物貨

---

446) 상화지(霜花紙) : 윤이 나고 질긴 한지. 전라도 순창에서 만든 질 좋은 종이. 일명 상화지(霜華紙).
447) 자문지(咨文紙) : 외국과 문서로써 교관하던 때 쓰던 용지로 두껍고 질기다.
448) 초도지(初塗紙) : 초배지. 도배할 때 벽에 먼저 바르는 질이 나쁜 종이.
449) 상소지(上疏紙) : 임금께 상소문 쓸 때의 종이로 깨끗하고 질이 좋은 종이.
450) 천련지(川連紙) : 편지 용지로 쓰던 중국산 종이.
451) 모토지(毛土紙) : 중국산 종이의 한 가지.
452) 모면지(毛綿紙) : 중국산 질 낮은 막종이.
453) 분당지(粉唐紙) : 중국산 종이로 희고 얇음.
454) 궁전지(宮箋紙) : 궁중에서 쓰는 편지 용지.
455) 시축지(詩軸紙) : 시를 쓰는 두루마리 용지로 주로 시축(詩軸)용으로 쓰는 종이.
456) 각색능화(各色菱花) : 각종 마름모꼴 무늬 종이. 흔히 도배지나 천정지는 마름모를 맞춰 배열하여 이음새가 보이지 않게 만든다.
457) 베전(베廛) : 8주 비전의 하나인 삼베전, 주로 삼베를 파는 상가.
458) 농포(農布), 세포(細布) : 농군들의 옷감인 굵은 삼베가 농포요, 가는 모시베가 세포이다.
459) 중산(中山)치 : 삼베의 한 가지로 함경남도 갑산에서 생산하는 베(중산(中山)은 갑산에 있는 산).

상화지[446]　　자문지[447]　　초도지[448]　　상소지[449]며

천련지[450]　　모토지[451]와　　모면지[452]　　분당지[453]와

궁전지[454]　　시축지[455]와　　각색능화[456]　　고울시고

베전[457]을　　살펴보니　　각색삼베　　들어찼다

농포세포[458]　　중산치[459]며　　함흥오승[460]　　심의포[461]며

육진장포[462]　　안동포[463]와　　계추리[464]　　해남포[465]와

왜베당베[466]　　생계추리[467]　　문포조포[468]　　영춘포[469]며

길주명천[470]　　가는베는　　바리안에[471]　　들정도라

청포전[472]　　살펴보니　　당제품이　　벌려있네

---

460) 함흥오승(咸興五升) : 함흥에서 나는 다섯 새 베. 베를 짤 때 잉아에 40날을 거는
　　 것을 1승이라 하니 베의 넓이를 가늠하는 용어이다.
461) 심의포(襑衣布) : 초상 때 쓰는 삼베. 수의나 상복용으로 쓰는 베.
462) 육진장포(六鎭長布) : 육진(함경남도를 말함)에서 나는 필로 된 긴 베.
463) 안동포(安東布) : 경상도 안동에서 나는 발 고운 베.
464) 계추리 : 경상북도에서 나는 가는 삼으로 짠 베. 즉 모시, 일명 황저포(黃紵布).
465) 해남포(海南布) : 전라남도 해남에서 나는 발 가는 베.
466) 왜베, 당베 : 일본산 베와 중국산 베.
467) 생계추리 : 삶지 않고 만든 계추리, 즉 생모시. 경상도에서 나는 생계추리나 황저
　　 포가 유명했다.
468) 문포(門布), 조포(造布) : 문포는 중국 책문(柵門)지방에서 나는 삼베요, 조포는 올
　　 이 촘촘하고 너비가 좁은 함경도산 삼베.
469) 영춘포(永春布) : 충북 단양의 영춘면에서 짜서 낸다는 삼베.
470) 길주(吉州), 명천(明川) : 길주와 명천은 함경북도에 있는 지명인데, 여기서는 발
　　 이 가는 베가 생산된다.
471) 바리 안에 : 놋쇠 밥그릇인 바리 안에 한 필의 베가 들어갈만큼 가늘고 보드랍다는
　　 길주와 명천산 베.
472) 청포전(靑布廛) : 국내외에서 나는 모직물(毛織物)을 전문으로 팔던 육주전의 하나.

즁침셰침　　슈바날과　　다홍슴승　　쳥슴승과
中針細針　　繡　　　　　茶紅三升　　靑三升

녹젼홍젼　　분홍젼과　　삼승고약　　공단고약
綠氈紅氈　　粉紅氈　　　三升膏藥　　貢緞膏藥

감토모즈　　회회포와　　민강ㅅ당　　오화당과
　　　　　　回回布　　　閩薑沙糖　　五花糖

연환당　　　옥츈당과　　가진당속　　버러잇다
軟環糖　　　玉春糖　　　　糖屬

션젼은　　　슈젼이라　　돈마흔　　　시졍드리
縇廛　　　　首廛　　　　　　　　　　市井

호사도　　　홀난ᄒ고　　인물도　　　쥰슈ᄒ다
豪奢　　　　混亂　　　　人物　　　　俊秀

각식비단　　버러스니　　화려도　　　장ᄒ시고
各色緋緞　　　　　　　　華麗　　　　壯

공단디단　　ㅅ단이며　　궁쵸싱쵸　　셜한쵸며
貢緞大緞　　紗緞　　　　宮綃生綃　　雪漢綃

금계졔파　　일륜홍ᄒ니　날도닷다　　일광단과
金鷄啼破　　一輪紅　　　　　　　　　日光緞

일년명월　　금쇼다ᄒ니　달이발근　　월광단과
一年明月　　今宵多　　　　　　　　　月光緞

---

473) 중침(中針), 세침(細針) : 수놓은 바늘의 중간 침과 가는 침으로, 중침으로 뜬 모직은 중간쯤 촘촘하고 가는 침으로 뜨면 가늘고 보드랍다는 뜻.

474) 다홍삼승(茶紅三升) : 엷은 붉은빛 삼승(석세) 가는 모직 천.

475) 청삼승(靑三升) : 푸른 빛 석세 모직 천.

476) 녹전(綠氈), 홍전(紅氈) : 녹두색 털 담요와 붉은색 털 담요.

477) 삼승(三升), 고약(膏藥) : 석세 베에 바른 고약 베.

478) 공단고약(貢緞膏藥) : 고약 냄새나는 두꺼운 고급 비단. 여기서 삼승고약과 공단고약을 약(藥)으로 보는 시각도 있으나 '베 파는 상점'에서 고약을 팔 리가 없고, 이는 석세 베와 공단의 일종으로 보아야 마땅하다.

479) 감투, 모자 : 감투는 말총 따위로 만들어 머리에 쓰는 옛 벼슬아치들의 의관. 벼슬의 상징어로도 씀. 모자는 서구에서 전래한 머리에 쓰는 종류들.

480) 회회포(回回布) : 몽고풍을 회회(回回)라고 했는데 그것은 몽고침략 때 회회교도가 많이 왔었기 때문인데 몽고에서 나는 천을 회회포라 했다.

481) 민강사당(閩薑沙糖) : 생강을 넣어 만든 중국산 과자(사탕)
　　※ 베전 안에는 과자가게도 있었던 모양이다.

482) 오화당(五花糖) : 5색으로 만든 따리 사탕.

483) 연환당(軟環糖) : 중국산 부드러운 과자.

중침세침[473]   수바늘과   다홍삼승[474]   청삼승[475]과

녹전홍전[476]   분홍전과   삼승고약[477]   공단고약[478]

감투모자[479]   회회포[480]와   민강사당[481]   오화당[482]과

연환당[483]   옥춘당[484]과   온갖사탕   벌여있다

선전[485]은   수전[486]이라   돈많은   시민들이

사치함도   혼란[487]하고   인물도   뛰어났다

각색비단   벌였으니   화려함도   장하구나

공단대단[488]   사단[489]이며   궁초생초[490]   설한초[491]며

금계제파[492]   일륜홍하니[493]   날돋았다   일광단[494]과

일년명월[495]   금소다하니[496]   달이밝은   월광단[497]과

---

484) 옥춘당(玉春糖) : 쌀가루로 각색 빛깔과 모양으로 만든 과자 종류.
485) 선전(縇廛) : 비단을 전문으로 팔던 점포가로, 6주 비전의 으뜸이요, 서울에서 역
    사가 가장 오랜 유분전(有分廛)이라 했다. 일명 선전(線廛).
486) 수전(首廛) : 으뜸 점포가(店鋪街). 가장 크고 역사가 오래된 점포가.
487) 혼란(混亂) : 비단전은 눈부시고 어지럽다는 뜻.
488) 공단(貢緞), 대단(大緞) : 공단은 무늬 없이 두터운 비단. 대단은 중국산 비단, 즉
    한단(漢緞)을 말함.
489) 사단(紗緞) : 엷은 천으로 짠 비단. 엷은 비단.
490) 궁초(宮綃), 생초(生綃) : 궁초는 엷고 둥근 무늬가 있는 생사비단으로 흔히 댕기
    감으로 많이 쓴다. 생초는 생사(生絲)로 얇게 짠 비단 종류로 여름 옷감으로 많이
    쓰인다.
491) 설한초(雪漢綃) : 하얀 중국산 생사 비단. 초(綃) 종류는 생사인 명주로 된 얇은 천.
492~493) 금계제파(金鷄啼破) 일륜홍(一輪紅)하니 : 금닭이 울고 난 뒤 해 돋는다(일륜
    홍은 한 개의 둥그런 붉은빛)라는 말로 다음의 일광단을 말하려는 일종의 메김 말.
494) 일광단(日光緞) : 햇빛처럼 반짝이는 비단 종류.
495~496) 일년명월(一年明月) 금소다(今宵多) 하니 : 한해에 가장 밝은 추석 달빛이
    밤에 쏟아지는 모양같이(월광단을 말하려는 메김 말).
497) 월광단(月光緞) : 달빛처럼 환한 비단.

츄운담담　　영유유ᄒ니　　보기죠흔　　운문듸단
秋雲淡淡　　暎悠悠　　　　　　　　　　雲紋大緞

춘풍도리　　화긔야ᄒ니　　번화로운　　도리불슈
春風桃李　　花開夜　　　　繁華　　　　桃李佛手

미화만국　　쳥모젹ᄒ니　　미쥭문　　　가계쥬며
梅花萬國　　聽暮笛　　　　梅竹紋　　　　　紬

룡귀호동　　운유습ᄒ니　　홀난홀ᄉ　　룡문갑ᄉ
龍歸虎洞　　雲猶濕　　　　焜爛　　　　龍紋甲紗

상ᄉ불견　　이늬마음　　　임그리온　　상ᄉ단과
相思不見　　　　　　　　　　　　　　　相思緞

은한셩희　　일도통ᄒ니　　통히쥬　　　일흠짓고
銀漢星稀　　一道通　　　　通海紬

명괘금방　　졔일인ᄒ니　　장원쥬　　　되여잇고
名掛金榜　　第一人　　　　壯元紬

산쳔쵸목　　번셩ᄒ니　　　년츌진　　　포도듸단
山川草木　　繁盛　　　　　　　　　　　葡萄大緞

만경창파　　죠기비단　　　보기죠흔　　금션단과
萬頃蒼波　　　　緋緞　　　　　　　　　金線緞

부화부슌　　만ᄉ셩ᄒ니　　양화단　　　일흠짓고
夫和婦順　　萬事成　　　　兩和緞

팔월구월　　쳔긔링ᄒ니　　셜ᄉ빙ᄉ　　되여잇고
八月九月　　天氣冷　　　　雪紗氷紗

498~499) 추운담담(秋雲淡淡) 영유유(暎悠悠) 하니 : 가을 구름처럼 산뜻하게 천천히
　　　흐르는 듯한(운문대단을 형용한 메김 말).

500) 운문대단(雲紋大緞) : 구름무늬가 있는 중국산 비단.

501~502) 춘풍도리(春風桃李) 화개야(花開夜) 하니 : 봄바람에 복숭아꽃, 살구꽃 핀 듯
　　　한(도리불수 비단의 형용사 메김 말).

503) 도리(桃李), 불수(佛手) : 복숭아꽃, 살구꽃 무늬 비단. 일명 도리사(桃李紗)와 불
　　　수감(佛手柑) 열매 무늬의 비단.

504~505) 매화만국(梅花萬國) 청모적(聽暮笛) 하니 : 매화꽃 활짝 핀 저녁에 피리소리
　　　듣는 듯한(도리, 불수 비단을 형용한 메김 말).

506) 매죽문(梅竹紋) : 매화와 대나무 무늬의 비단. 매죽단.

507) 가계주(紬) : 한자로는 가계주(家雞紬)라 하여 아롱다롱한 생사로 짠 중국산 비단.

508~509) 용귀호동(龍歸虎洞) 운유습(雲猶濕) 하니 : 용은 호랑이 골짝에 들고 구름이
　　　습습하니(용문, 갑사를 형용한 메김 말).

510) 용문갑사(龍紋甲紗) : 용무늬로 된 갑사 천.

추운담담[498]　　영유유하니[499]　　보기좋은　　　운문대단[500]

춘풍도리[501]　　화개야하니[502]　　번화로운　　　도리불수[503]

매화만국[504]　　청모적하니[505]　　매죽문[506]　　　가계주[507]며

용귀호동[508]　　운유습하니[509]　　혼란쿠나　　　용문갑사[510]

상사불견[511]　　이내마음　　　　임그리운　　　상사단[512]과

은한성희[513]　　한길뚫려　　　　통해주[514]라　　이름짓고

명괘금방[515]　　첫째되니　　　　장원주[516]　　　되어있고

산천초목　　　번성하니　　　　넝쿨지은　　　포도대단[517]

만경창파　　　조개비단[518]　　보기좋은　　　금선단[519]과

부화부순[520]　　만사성[521]하니　　양화단[522]　　이름짓고

팔월구월　　　공기차니　　　　설사빙사[523]　　되어있고

---

511) 상사불견(相思不見) : 서로 사랑하지만 만나지 못함(상사단 비단의 메김 말).
512) 상사단(相思緞) : 비단의 이름.
513) 은한성희(銀漢星稀) : 은하수에 별이 드믄데, 한길이 뚫렸다는(통해주의 메김 말).
514) 통해주(通海紬) : 외래품 명주 천.
515) 명괘금방(名掛金榜) : 장원급제 금방명에 올랐다는(장원주의 메김 말).
516) 장원주(壯元紬) : 으뜸간다는 명주 천.
517) 포도대단(葡萄大緞) : 포도무늬의 중국산 비단.
518) 조개비단 : 조개무늬의 고운 비단.
519) 금선단(金線緞) : 금빛 줄의 무늬 비단.
520) 부화부순(夫和婦順) : 남편은 화평하고 아내는 순종한다는 양화단의 메김 말.
521) 만사성(萬事成) : 가화만사성, 즉 집안이 화목하면 만사가 모두 뜻대로 된다는 말.
522) 양화단(兩和緞) : 부부화목하다며 선전하는 비단의 한 종류.
523) 설사(雪紗), 빙사(氷紗) : 눈같이, 얼음처럼 희고 맑은 모시.

틱상노군	호로단과	쳔셰만셰	만슈단과
太上老君	皓老緞	千歲萬歲	萬壽緞
역발산	긔기셰논	쵸한적	우단일다
力拔山	氣蓋世	楚漢	羽緞
얼녹덜녹	광월스며	알숑달숑	아롱단과
	光月紗		緞
한양두양	팔양쥬며	한쌍두쌍	쌍문쵸며
兩　兩	八兩紬	雙　雙	雙紋綃
슈건감	흑져스며	이불감	남츄라며
手巾	黑紵紗		藍縐羅
볼기감	즈지상직	휘양감	거문궁쵸
	紫芝常織	揮項	宮綃
어물젼	술펴보니	각싴어물	버려잇다
魚物廛		各色魚物	
북어관목	쏠독어며	민어셕어	통딕구며
北魚貫目	骨獨魚	民魚石魚	大口
광어문어	가오리며	젼복히삼	가즈미며
廣魚文魚		全鰒海蔘	
곤포메욱	다스마며	파리김	우무가시
昆布	多士麻		
도즈젼	마로져지	금은보픠	노여구나
刀子廛		金銀寶貝	

---

524) 태상노군(太上老君) : 노자(老子)를 이르는 말(중국산 호로단의 메김 말).

525) 호로단(皓老緞) : 중국산 흰 비단. 노인들 옷감으로 많이들 썼다.

526) 만수단(萬壽緞) : 만수를 누린다는 비단. 비단 종류와 분량이 많다보니 온갖 유객적인 상품명을 붙이는 풍습은 예나 지금이나 다르지 않다.

527) 기개세(氣蓋世) : 중국 고대 서초(西楚) 패왕(覇王)이던 항우(項羽)의 "세상을 덮을 만한 기세". 그리고 힘은 "산을 뽑을(力拔山)"만 했다고 한다.(우단의 메김 말)

528) 우단(羽緞) : 거죽에 털이 곱게 돋은 비단, 벨벳 천, 여자들 외투용 천.

529) 광월사(光月紗) : 무늬져서 얼룩얼룩한 얇은 비단.

530) 아롱단(緞) : 무늬가 아롱다롱 여러 빛깔로 된 비단.

531) 팔량주(八兩紬) : 한 필에 여덟 량 한다는 중국산 명주 천.

532) 쌍문초(雙紋綃) : 중국산 쌍무늬 생사 천.

533) 흑저사(黑紵紗) : 수건감으로 쓰는 검은 모시류 천.

534) 남추라(藍縐羅) : 남색 천으로 잔주름이 잡힌 천. 예전 왜정 때 '지지미(ちぢみ)' 라고 하던 베.

태상노군[524] 호로단[525]과 천세만세 만수단[526]과

역발산 기개세[527]는 초한시절 우단[528]이네

알록달록 광월사[529]며 알쏭달쏭 아롱단[530]과

한냥두냥 팔량주[531]며 한쌍두쌍 쌍문초[532]며

수건감 흑저사[533]며 이불감 남추라[534]며

볼끼감[535] 자지상직[536] 휘양감[537] 검은궁초[538]

어물전[539] 살펴보니 각색어물 벌여있다

북어관목[540] 골독어[541]며 민어조기 통대구[542]며

광어문어 가오리며 전복해삼 가자미며

곤포미역 다사마며 파래와김 우뭇가시[543]

도자전[544] 마로져재[545] 금은보패 놓였구나

---

535) 볼끼감 : 추위를 막기 위해 볼을 싸는 것을 볼끼라 하는데 그 재료로 쓰는 천을 말
함. 특히 자줏빛 필육을 사용했다는 것.
536) 자지상직(紫芝常織) : 자줏빛 나는 보통 직물.
537) 휘양감 : 휘양 만드는 천. 휘양은 휘항(揮項)으로 머리에 방한용으로 쓰는 남바우
같은 것.
538) 검은 궁초(宮綃) : 댕기 감으로 쓰는 검은색 생사 천.
539) 어물전(魚物廛) : 해산물 점포. 육주비전의 하나.
540) 북어(北魚), 관목(貫目) : 명태를 말리면 북어요, 청어(비웃)를 말리면 건청어, 즉
관목이다.
541) 골독어(骨獨魚) : 꼴뚜기. 낙지과에 속하는 연체 해물. 생선 망신준다는 하급 생선.
542) 통대구 : 속만 빼고 말린 대구.
543) 우뭇가시 : 우뭇가사리라고 하는 해초의 한 가지. 우무의 원료가 되는 바다 풀. 일
명 석화채(石花菜).
544) 도자전(刀子廛) : 작은 칼 종류와 패물류를 파는 상가.
545) 마로져재 : 마루로 된 가게.

룡줌봉줌 龍簪鳳簪	셔복줌과 瑞福簪	간화줌 間花簪	창포줌과 菖蒲簪
압뒤비녀	민듁졀과	기고리안친	쪽비녀며
은가락지	옥가락지	보기죠흔	밀화지환 密花指環
금퓌호박 錦貝琥珀	가락지와	갑만흔	슌금지환
노리기	볼작시면	디숨작과 大三作	쇼숨작과 小三作
옥나뷔 玉	금벌이며 金	손호가지 珊瑚	밀화불슈 蜜花佛手
옥장도 玉	디모장도 玳瑁粧刀	빗죠흔	슘쇠실노
쏜슐푼슐	가진매돕	번화ᄒ기	측냥업다
광통교 廣通橋	아리가기	각식그림	걸녀구나
보기죠흔	병풍ᄎ의 屏風次	빅ᄌ도 百子圖	요지연과 瑤池宴
곽분양 郭汾陽	힝락도며 行樂圖	강남금릉 江南金陵	경직도며 耕織圖

---

546) 용잠(龍簪), 봉잠(鳳簪) : 비녀 앞 머리쪽이 용의 모양이면 용장 비녀요, 봉황새 모양이면 봉잠이다.

547) 서복잠(瑞福簪) : 상서롭고 복이 온다는 비녀인데 비녀 앞머리에 나비나 꽃을 새겨 넣었음.

548) 간화잠(間花簪) : 비녀의 사이사이에 꽃무늬를 새겨 넣은 비녀.

549) 창포잠(菖蒲簪) : 비녀의 사이사이에 창포잎을 새겨 넣은 비녀. 창포와 여자의 머리는 깊은 관계가 있다.

550) 민죽비녀 : 원문에는 '민죽절(竹櫛)'이라 했는데, 아무 무늬도 없는 대나무로 만든 빗.

551) 개구리 앉힌 : 쪽비녀에 개구리 모양 장식한 것.

552) 밀화(密花) 지환(指環) : 밀화는 호박보석과 같이 누런 빛나는 광물성 보석인데, 지환은 반지나 가락지.

553) 소삼작(小三作) : 대삼작(大三作)이나 소삼작은 노리개를 말하며, 각종 보석이나 금으로 만들어 수실을 달아서 부녀자들이 옷고름 등에 노리개로 차고 다님.

554) 밀화(蜜花), 불수(佛手) : 밀화보석으로 만든 불수감 열매 모양의 장신구.

용잠봉잠[546]　서복잠[547]과　간화잠[548]　창포잠[549]과

앞뒤비녀　민죽절[550]과　개구리앉힌[551]　쪽비녀와

은가락지　옥가락지　보기좋은　밀화지환[552]

금패호박　가락지와　값나가는　순금지환

노리개를　볼량이면　대삼작과　소삼작[553]과

옥나비와　금벌이며　산호가지　밀화불수[554]

옥장도와　대모장도[555]　빛좋은　삼색실로

꼰술푼술[556]　갖은매듭　번화롭기　측량없네

광통교[557]　아래가게　각색그림　걸렸구나

보기좋은　병풍차[558]에　백자도[559]와　요지연[560]과

곽분양[561]의　행락도[562]며　강남금릉[563]　경직도[564]며

---

555) 대모장도(玳瑁粧刀) : 대모는 거북을 말하며, 거북뼈로 만든 장신구 칼(장도).
556) 꼰술, 푼술 : 실로 꼬거나 풀거나 하여 만든 술. 옷이나 장신구 또는 집안 포장에
　　　장식하는 수로 짠 술.
557) 광통교(廣通橋) : 청계천 광교 다리. 지금의 남대문로 1가에 있었다.
558) 병풍차(屛風次) : 병풍을 장식한 그림을 풀이한 글씨. 여기의 차(次)란 제화(題畵)
　　　나 제자(題字)와 같은 뜻.
559) 백자도(百子圖) : 제자백가(諸子百家)를 그린 그림.
560) 요지연(瑤池宴) : 신선세계에서 베푸는 잔치(그림).
561) 곽분양(郭汾陽) : 중국 당(唐)나라 때 안녹산(安祿山)의 난을 잘 막아서 분양왕(汾
　　　陽王)으로 봉해진 곽자의(郭子儀)를 말하며, 그는 부귀와 영화를 잘 누린 팔자 좋
　　　은 인물이라 하여 곧잘 그림의 소재가 되었다.
562) 행락도(行樂圖) : 위의 곽분양의 행락도를 말함.
563) 강남(江南), 금릉(金陵) : 강남은 중국 양자강(揚子江) 이남으로 더운 지방, 금릉은
　　　중국 남경(南京)의 옛 이름.
564) 경직도(耕織圖) : 농사 짓고 길쌈하는 풍경을 그린 민속도.

한가훈	쇼상팔경 瀟湘八景	산슈도	긔이ㅎ다
다락벽	계견 수호 雞犬獅虎	장지문	어약룡문 魚躍龍門
히학반도 海鶴蟠桃	십장생과 十長生	벽장문ㅊ 壁欌門次	미쥭난국 梅竹蘭菊
횡츅을 橫軸	볼죽시면	구운몽 九雲夢	셩진이가 性眞
팔션녀	희롱ㅎ여	투화셩쥬 投花成珠	ㅎ는모양
쥬나라 周	강틱공이 姜太公	궁팔십의 窮八十	노옹으로 老翁
스립을 絲笠	슉녀쓰고	고든낙시	물의너코
씨오기만	기다릴제	쥬문왕 周文王	착ㅎ임군
어진스룸	어드려고	손죠와셔	보는거동 擧動
한ㄴ라 漢	상산수호 商山四皓	갈건야복 葛巾野服	도인모양 道人貌樣

---

565) 소상팔경(瀟湘八景) : 중국 호남성(湖南省)의 명승지 팔경을 그린 명화이니 동정호(洞庭湖)의 남쪽 소강(瀟江)과 상강(湘江) 일대는 경치가 좋아 팔경(八景)이라 일러오는데 ① 모랫벌에 기러기 내리고(平沙落雁), ② 먼데서 돛단배 돌아오고(遠浦歸帆), ③ 산중의 저자에 맑은 바람(山市晴嵐), ④ 어촌의 저녁 노을(漁村夕照), ⑤ 물가 하늘의 저녁 노을(江天暮雲), ⑥ 동정호의 가을 밝은 달(洞庭秋月), ⑦ 소강, 상강의 밤비(瀟湘夜雨), ⑧ 안개 낀 절간의 저녁종(煙寺晚鍾)의 팔경.

566) 계견사호(雞犬獅虎) : 닭과 개. 사자와 범 그림을 다락벽에 그려 걸었다.

567) 어약용문(魚躍龍門) : 물고기 뛰놀고 용이 오르는 그림을 장지문에 걸었다.

568) 해학(海鶴) 반도(蟠桃) : 바다에 사는 신선의 학과 3천 년에 한 번씩 연다는 신선의 복숭아. 이들은 십장생에 든다고 했는데, 보통 십장생은 해, 산, 물, 돌, 구름, 소나무, 불로초, 거북, 학, 사슴 등이다.

569) 십장생(十長生) : 장생불사하는 자연이나 동물.(위의 주를 참조)

570) 벽장문차(壁欌門次) : 벽장문에 걸어놓은 그림 화제.

571) 매죽난국(梅竹蘭菊) : 사군자인 매란국죽.

572) 횡축(橫軸) : 가로로 걸도록 꾸민 족자. 보통 족자는 세로로 드리우기 마련돼 있다.

573) 구운몽(九雲夢) : 조선조 숙종 때 김만중(金萬重;1637~1692)이 지은 국문 소설.

574) 성진(性眞)이 : 구운몽 소설의 남자 주인공 이름.

575) 투화성주(投花成珠) : 꽃을 던지니 구슬이 되었다. 성진이 팔선녀를 희롱하기 위하여 천상의 도화(桃花)가지를 꺾어서 던졌더니 여덟 봉오리 꽃이 구슬이 되었다는 이야기.

한가한   소상팔경⁵⁶⁵⁾   산수한번   기이하다

다락벽엔   계견사호⁵⁶⁶⁾   장지문엔   어약용문⁵⁶⁷⁾

해학반도⁵⁶⁸⁾   십장생⁵⁶⁹⁾과   벽장문차⁵⁷⁰⁾   매죽난국⁵⁷¹⁾

횡축⁵⁷²⁾을   볼량이면   구운몽⁵⁷³⁾속   성진이⁵⁷⁴⁾가

팔선녀를   희롱하여   투화성주⁵⁷⁵⁾   하는모양

주나라⁵⁷⁶⁾   강태공⁵⁷⁷⁾이   팔십다된   노옹으로

사립⁵⁷⁸⁾을   숙여쓰고   곧은낚시⁵⁷⁹⁾   물에넣고

때오기만   기다릴제   주문왕⁵⁸⁰⁾   착한임금

어진사람   얻으려고   손수와서   뵙는모습

한나라⁵⁸¹⁾   상산사호⁵⁸²⁾   갈건야복⁵⁸³⁾   도인모양

---

576) 주(周)나라 : 고대 중국의 모범국가(B.C.1046~B.C.771), 은(殷)나라 폭군 주왕(紂王)을 치고 문왕(文王)이 창건한 나라.

577) 강태공(姜太公) : 주나라 때 사부(師父)역이던 태공망(太公望)이 세월을 기다리며 미끼 없는 곧은 낚시를 물에 넣고 앉아있다가 주문왕이 와서 도와달라기에 나가서 큰 공을 세웠다.

578) 사립(絲笠) : 실로 짠 삿갓. 흔히 명주실로 짠다.

579) 곧은 낚시 : 굽지 않고 밋밋해서 고기가 물어도 걸리지 않도록 되어 있는 낚시. 세월을 낚으려 함이고, 고기를 낚으려는 것이 아니라는 말.

580) 주문왕 : 은(殷)나라 폭군 주왕(紂王)을 정벌하고 주(周)나라를 세운 임금. 이름은 발(發 ; 재위 B.C. 1122~1116).

581) 한(漢)나라 : 중국 고대의 5족의 하나였던 황제(黃帝)의 자손으로 가장 융성했던 나라. 유방(劉邦)이 세우고 24대 422년간(B.C. 202~A.D. 220)의 봉건국가로 우리나라에 문화적 영향을 많이 끼쳤다.

582) 상산사호(商山四皓) : 고대 중국 한고조(漢高祖) 때 난리를 피하여 상산(商山)에 들어가 살았던 네 늙은이〈동원공(東園公), 기리계(綺里季), 하황공(夏黃公), 각리선생(角里先生)〉의 네 은자는 눈썹과 수염이 모두 하얗다 해서 사호(四皓)라고 했다.

583) 갈건야복(葛巾野服) : 칡으로 엮은 건(巾)과 초야에서 사는 사람의 옷. 곧 은자의 거친 옷. 상산사호의 옷.

네늘근이	바독둘제	제세안민 濟世安民	경영일다 經營
남양의 南陽	제갈공명 諸葛孔明	쵸당의 草堂	잠을겨워
형익도 荊益圖	거러노코	평싱을 平生	아ᄌᆞ지라 我自知
한쇼렬 漢昭烈	유황슉이 劉皇叔	솜고쵸려 三顧草廬	ᄒᆞ는모양
진쳐스 晉處士	도연명은 陶淵明	오두미 五斗米	마다ᄒᆞ고
핑퇴령 彭澤令	하직ᄒᆞ고 下直	무고숑이 撫孤松而	반환이라 盤桓
당학스 唐學士	니퇴빅은 李太白	쥬스쳥누 酒肆靑樓	취ᄒᆞ여셔 醉
쳔즈호러 天子呼來	불상션을 不上船	역역히 歷歷	그려스며
문의부칠 門	신장들과 神將	모딕ᄒᆞ 帽帶	문비드를 門裸
진치멱여 眞彩	그려스니	화려ᄒᆞ기 華麗	측양업다 測量

---

584) 제세안민(濟世安民) : 백성을 편안하게 하려는 궁량과 책략. 곧 안민제세책.

585) 제갈공명(諸葛孔明) : 중국 고대 촉한(蜀漢)의 명성 높은 재상인 제갈량(諸葛亮;
181~234), 삼국(三國) 중 촉한의 유비(劉備)에게 초빙되어 출사했다. 공명(孔明)
은 그의 자이다.

586) 형익도(荊益圖) : 중국의 삼국시대 형주(荊州)와 익주(益州)의 지도.(경륜도)

587) 아자지(我自知) : 나의 앞일은 내 스스로가 안다는 뜻.

588) 한소열(漢昭烈) : 중국 고대 촉한의 '소열황제'인 유비(劉備; 161~223), 자는 현
덕(玄德), 제갈량을 만나 황건족을 쳐서 촉한을 세우고 성도(成都)에 도읍했다.

589) 유황숙(劉皇叔) : 촉한의 소열황제인 유비(劉備)를 높여서 일컫는 말.

590) 삼고초려(三顧草廬) : 인재를 찾기 위해 왕이 은자의 집을 세 번이나 찾아가 나와
달라고 사정하는 일. 곧 현덕 소열황제가 남양(南陽)에 숨어사는 은자인 제갈공명
을 세 번이나 찾아간 일.

591) 도연명(陶淵明) : 중국 고대 진(晉)나라의 시인인 도잠(陶潛; 365~427), 호는 오
류선생(五柳先生), 일명 도연명, 그는 일찍이 팽택령(彭澤令)으로 있을 때 상급 관
원에게 허리를 굽힌 일이 있었는데 그때 녹봉이 쌀 5두였다.

592) 오두미 마다하고 : 그까짓 쌀 닷 말로 허리를 굽히겠는가 하고 팽택령을 집어 던
지고 귀거래 했다.

네늙은이   바둑둘제   제세안민[584]   궁리일세

남양의   제갈공명[585]   초당에서   잠에겨워

형익도[586]   걸어놓고   평생을   아자지[587]라

한소열[588]   유황숙[589]이   삼고초려[590]   하는모양

진처사   도연명[591]은   오두미   마다하고[592]

팽택령[593]을   하직하고   무고송이   반환[594]이라

당학사   이태백은   주사청루   취하여서[595]

천자호래   불상선[596]을   역력히   그렸으며[597]

문에붙일   신장[598]들과   모대한[599]   문비[600]들을

진채먹여[601]   그렸으니   화려하기   측량없다

---

593) 팽택령(彭澤令) : 팽택은 중국 강서성(江西省)에 있는 한(漢)나라 때 고을(縣)이었
    고, 현령은 현의 수령.
594) 무고송이반환(撫孤松而盤桓) : 도연명이 귀거래 한 뒤 한 말인데 '외로운 소나무
    만 어루만지며 방황하노라' 라고 「귀거래사(歸去來辭)」에서 썼다.
595) 주사청루(酒肆靑樓)에 취하여 : 당나라 시인 이태백, 성명은 이백(李白; 701~762)
    이 벼슬을 마다하고 승지를 주유하면서 술로 세월을 보냈기에 주선(酒仙)이라고
    도 했다.
596) 천자호래(天子呼來) 불상선(不上船) : 이백의 시에 감탄한 당현종(唐玄宗)이 벼슬
    을 주려고 했지만 사양하고 받지 않았던 사실임.
597) 역력히 그리다 : 삼고초려 장면과 귀거래사 장면을 그린 그림을 말함.
598) 신장(神將) : 악귀를 쫓는 신령스러운 장수. 그림 그려 대문에 붙이면 벽사(辟邪)
    가 된다 하여 그려 붙인다.
599) 모대(帽帶)한 : 모자를 두른. 머리에 벙거지 쓰고 허리에 띠 두름.
600) 문비(門裨) : 대문을 지키는 신장(神將)의 화상 그림.
601) 진채 먹여 : 진채(眞彩)는 진한 채색, 먹여는 물감 칠함.

구리기   좌우집의   신롱유업   써부치고
                左右   神農遺業

각식약이   다잇구나   슈세졔즁   흐리로다
各色藥   壽世濟衆

인슴亽슴   현슴이며   황연황금   황빅이며
人蔘沙蔘   玄蔘   黃蓮黃芩   黃栢

진피쳥피   더복피며   감쵸즈쵸   하고쵸며
陳皮靑皮   大腹皮   甘草紫草   夏枯草

우황타황   구황이며   웅담구담   亽담이며
牛黃佗黃   狗黃   熊膽狗膽   蛇膽

침향졍향   당亽향과   룡뇌룡안   룡골이며
沈香丁香   唐麝香   龍腦龍眼   龍骨

쇼합환   광졔환과   틱을환   쇼침환과
蘇合丸   廣濟丸   太乙丸   燒鍼丸

쳥심환   안신환과   포룡환   만응환과
淸心丸   安神丸   抱龍丸   萬應丸

---

602) 구리개 : 옛적 서울의 동현(銅峴). 지금의 을지로.
603) 신농유업(神農遺業) : 중국 고대 신농씨가 끼친 업종인데 농업의 신, 한약의 신으
　　로 여기서는 한약전(漢藥廛)을 말한다.
604) 수세제중(壽世濟衆) : 장수케 하여 백성을 건짐. 즉 한약으로 백성을 구한다는 뜻.
605) 인삼(人蔘). 사삼(沙蔘) : 인삼과 더덕.
606) 현삼(玄蔘) : 현삼과(玄蔘科)에 속하는 다년초 풀로 한방에서는 해열제나 소염제
　　로 씀. 일명 원삼(元蔘).
607) 황련(黃蓮), 황금(黃芩) : 황련은 흔히 '깽깽이 풀의 뿌리'라 하는 약초로 맛은 쓰
　　고 성질은 더운 약초. 눈병이나 설사 등의 약재로 쓴다. 황금은 '속서근풀의 뿌
　　리'로 성질이 차기 때문에 한방에서는 해열제로 쓴다. 꿀풀과의 다년초 뿌리.
608) 황백(黃栢) : 황백피(黃栢皮)로 성질이 차서 열로 인해 생긴 내과나 외과의 치료약
　　으로 씀.
609) 진피(陳皮), 청피(靑皮) : 진피는 말린 귤껍질이니 위장이나 땀 내는데 쓰고, 청피
　　는 청귤피이니 기체나 옆구리 통증 등에 씀.
610) 대복피(大腹皮) : 야자과에 속하는 빈랑(檳榔)의 한가지로 그 껍질은 토사곽란이나
　　부종의 약재로 씀.
611) 감초(甘草), 자초(紫草) : 자초는 지치과에 속하는 다년초의 자색 뿌리로 성질이 차
　　서 이뇨제나 청혈제로 쓴다. 일명 자근(紫根).
612) 하고초(夏枯草) : 제비꿀(풀)의 줄기와 잎으로 한약재, 특히 자궁병 등에 쓴다.
613) 우황(牛黃), 타황(佗黃) : 우황은 소 쓸개가 병으로 뭉쳐진 덩어리인데 청심환 등
　　약재로 쓴다. 타황은 낙타의 쓸개.
614) 구황(狗黃) : 개의 쓸개. 웅담을 비롯해서 동물의 쓸개는 거의 모두 약재로 썼다.

구리개[602]   좌우가게   신농유업[603]   써붙이고

각색약이   다있구나   수세제중[604]   하리로다

인삼사삼[605]   현삼[606]이며   황련황금[607]   황백[608]이며

진피청피[609]   대복피[610]며   감초자초[611]   하고초[612]며

우황타황[613]   구황[614]이며   웅담구담[615]   사담[616]이며

침향정향[617]   당사향[618]과   용뇌용안[619]   용골[620]이며

소합환[621]   광제환[622]과   태을환[623]   소침환[624]과

청심환   안신환[625]과   포룡환[626]   만응환[627]과

---

615) 웅담(熊膽), 구담(狗膽) : 곰 쓸개와 개 쓸개.
616) 사담(蛇膽) : 뱀 쓸개.
617) 침향(沈香), 정향(丁香) : 침향은 팥꽃나무과에 속하는 상록 교목인데 인도나 동남
    아 식물로 나무 상처나 수피(樹皮)를 상처 내이 흐르는 수액(樹液)으로 향료나 약
    재로 썼는데 곽란이나 복통 약으로 썼다. 정향은 정향나무의 꽃봉오리로 성질이
    덥고 독이 없어 복통이나 구토 등에 쓴다.
618) 당사향(唐麝香) : 중국산 사향으로 사향노루의 사향낭에서 얻어지는 향료. 성감을
    촉발하는 향료.
619) 용뇌(龍腦), 용안(龍眼) : 용뇌는 용뇌수 나무에서 채취한 향료로 입에 쓰는 구강
    제나 방충제로도 쓰고, 용안은 무환자과 상록수의 열매로 용안육(龍眼肉)이라 하
    여 날로 먹거나 말려서 약재로 쓰는 향료다.
620) 용골(龍骨) : 고생대(古生代)에 살던 코끼리 종류의 뼈가 화석된 것으로 한방에서
    는 강장제로 쓴다.
621) 소합환(蘇合丸) : 조롱나무과인 낙엽 교목의 수지(樹脂)로 만든 약재와 향료. 소합
    유(蘇合油)가 있다.
622) 광제환(廣濟丸) : 한약의 한가지로 광제 중생한다고 붙인 이름.
623) 태을환(太乙丸) : 태을은 음양가들이 말하는 신령스러운 별을 말하는데, 따라서
    신령스러운 환약이라고 해서 붙인 이름.
624) 소침환(燒鍼丸) : 젖먹이 어린애가 토사나 경기 날 때 쓰는 좁쌀같이 자잘한 알약.
625) 안신환(安神丸) : 심기 불안할 때 쓰는 환약.
626) 포룡환(抱龍丸) : 신열로 경풍 등이 일 때 쓰는 환약.
627) 만응환(萬應丸) : 만병통치라 해서 만든 환약.

운모고　　　우황고며　　　오독고　　　신이고며
雲母膏　　　牛黃膏　　　　五毒膏　　　神異膏

제즁단　　　옥츄단과　　　벽온단　　　ᄌ금단과
濟衆丹　　　玉樞丹　　　　辟瘟丹　　　紫金丹

옥셜금셜　　진쥬셜과　　　은박금박　　호박셜과
玉屑金屑　　眞珠屑　　　　銀箔金箔　　琥珀屑

민강귤병　　금젼병과　　　녹용고　　　경옥골다
閩薑橘餠　　金箋餠　　　　鹿茸膏　　　瓊玉膏

샹빅쵸　　　제만민은　　　염뎨시　　　공덕일셰
嘗百草　　　濟萬民　　　　炎帝氏　　　功德

물즁지디　　장홀시고　　　졔왕의　　　도읍일다
物重地大　　壯　　　　　　帝王　　　　都邑

화려가　　　이러홀졔　　　노린들　　　업슬쇼냐
華麗

장안쇼년　　유협긱과　　　공ᄌ왕손　　ᄌ상ᄌ뎨
長安少年　　遊俠客　　　　公子王孫　　宰相子弟

부샹디고　　젼시졍과　　　다방골　　　졔갈동지
富商大賈　　廛市井　　　　　　　　　　諸葛同知

---

628) 운모고(雲母膏) : 운모(雲母)를 고아서 만든 고약으로 옴이나 등창에 쓴다.

629) 우황고(牛黃膏) : 우황으로 만든 고약으로 강장의 효과나 경기가 있을 때 요소에 붙이는 약.

630) 오독고(五毒膏) : 다섯 가지 독충에 물렸을 때 쓰는 고약. 5독충은 뱀, 전갈, 호랑이 등.

631) 신이고(神異膏) : 신기한 효과를 낸다는 고약으로 주로 등창이나 종기 등의 환부에 붙이는 고약.

632) 제중단(濟衆丹) : 두루 쓰이는 단(丹)종류인데 지금의 은단처럼 입안 청향제로 쓴다.

633) 옥추단(玉樞丹) : 옛날 임금이 하사하던 구급약의 한가지.

634) 벽온단(辟瘟丹) : 황달병에 쓰는 단약.

635) 자금단(紫金丹) : 자금산(紫金散)과 같은 약으로 자금초(紫金草)로 만들고 벤 상처에 직효.

636) 옥설(玉屑), 금설(金屑) : 옥설은 옥의 가루로 만든 불사약이라 하여 오장을 보하는데와 소아의 병에 쓴다. 금설은 황금가루로 만든 명약.

637) 진주설(眞珠屑) : 진주채(眞珠茱)로 만든 가루약. 진주를 본초강목(本草綱目)에서는 진주(珍珠) 또는 방주(蚌珠) 또는 빈주(蠙珠)라고 한다고 했으니 그 가루로 병을 고친 것.

운모고[628]　　　우황고[629]며　　　오독고[630]　　　신이고[631]며

제중단[632]　　　옥추단[633]과　　　벽온단[634]　　　자금단[635]과

옥설금설[636]　　진주설[637]과　　　은박금박[638]　　호박설[639]과

민강귤병[640]　　금전병[641]과　　　녹용고[642]　　　경옥고[643]네

상백초[644]　　　제만민[645]은　　　염제씨[646]의　　　공덕일세

물중지대[647]　　장할시고　　　　　제왕의　　　　　　도읍일세

화려함이　　　　이같으니　　　　　놀이인들　　　　　없을손가

장안소년　　　　유협객과　　　　　공자왕손　　　　　재상자제

부상대고[648]　　전시정[649]과　　　다방골[650]　　　제갈동지

---

638) 은박(銀箔), 금박(金箔) : 은박은 은을 얇은 종이처럼 늘여서 만든 약으로 본초강목에서는 주로 장식용으로 쓰되 오래되면 검은빛으로 변색한다 하였고, 금박은 황금을 얇은 종이처럼 늘여서 만든 것으로 한방에서는 경기나 간질병에 쓴다.

639) 호박설(琥珀屑) : 호박 보석의 가루로 눈병이나 경기에 쓴다.

640) 민강귤병(閩薑橘餅) : 중국 복주산(福州産) 생강과 귤껍질을 가루 내여 만든 전병(부꾸미), 혹은 귤을 꿀이나 설탕에 절여 만든 중국산 보약.

641) 금전병(金箋餅) : 금가루를 넣어서 만든 부꾸미로 묘약으로 쓴다.

642) 녹용고(鹿茸膏) : 녹용으로 만든 고약.

643) 경옥고(瓊玉膏) : 중국산 보약으로 피를 돕는다 함.

644) 상백초(嘗百草) : 중국 고대 신농씨(神農氏) 곧 염제(炎帝)가 백 가지 풀을 맛보고 백성을 구했다는 전설.

645) 제만민(濟萬民) : 만민을 제도하여 구함.

646) 염제씨(炎帝氏) : 중국 고대 전설 속의 신으로 불의 신이며, 여름의 신 신농씨(神農氏)라고도 한다.

647) 물중지대(物重地大) : 생산물이 많고 땅이 넓음.

648) 부상(富商) 대고(大賈) : 돈 많은 큰 장사꾼.

649) 전시정(廛市井) : 점포 주인.

650) 다방골: 다동(茶洞). 지금의 무교동.

별감무감 別監武監	포도군관 捕盜軍官	정원스령 政院使令	나장이라 羅將
남북촌 南北村	한량드리 閑良	각식노름 各色	장홀시고 壯
션비의	시츅노름 詩軸	한량의 閑良	셩쳥노름 成廳
공물방 貢物房	션유노름 船遊	포교의 捕校	셰츤노름 歲饌
각스셔리 各司書吏	슈유노름 受由	각집겸죵 各　傔從	화류노름 花柳
장안의 長安	편스노름 便射	장안의 長安	호걸노름 豪傑
지상의 宰相	분부노름 吩咐	빅셩의 百姓	중포노름 中脯
각식노름 各色	버러지니	방방곡곡 坊坊曲曲	노리철다 處
노리쳐 處	어드멘고	누딕강산 樓臺江山	죠흘시고
죠양누 朝陽樓	셕양누며 夕陽樓	명션누 明宣樓	츈슈루와 春水樓
홍엽정 紅葉亭	노인정과 老人亭	숑셕원 松石園	싱화정과 生花亭

---

651) 별감(別監), 무감(武監) : 별감은 궁중 액정서의 별감직, 혹은 좌수 다음가는 향청의 벼슬 등이고, 무감은 궁중에서 왕을 호위하는 무관.

652) 포도군관(捕盜軍官) : 포도청에서 근무하는 무관.

653) 정원사령(政院使令) : 승정원에서 호위를 맡은 무관.

654) 나장(羅將) : 의금부 하급직인 무관.

655) 시축(詩軸)놀음 : 술 순배 도는 사이 시 한 수 짓기 놀음.

656) 성청(成廳)놀음 : 세도가 하인들이 패지어 노는 놀음.

657) 공물방(貢物房) : 조선 후기 한양에서 공물을 대신 바치고 그 비용과 이자까지 받던 중간 착취기관.

658) 선유(船遊)놀음 : 배 타고 기생 싣고 노는 호화로운 놀이로, 주로 착취기관인 공물방 사람들의 놀이이다.

659~660) 포교(捕校)의 세찬(歲饌)놀음 : 포도청 부장들이 세찬 받아 챙기는 놀이.

661) 각사서리(各司書吏) : 경각사(京各司)의 아전, 경각사란 서울에 있는 각 기관, 곧 각사(各司) 또는 경사(京司).

662) 수유(受由)놀음 : 말미놀음. 말미란 휴가이니, 여기서 놀음이란 놀이가 아니고 여러 가지 작태(作態)를 비아냥해서 하는 말. 즉 눈꼴사나운 모양들.

별감무감[651]	포도군관[652]	정원사령[653]	나장[654]이라
남북촌의	한량들이	각색놀음	장관일세
선비들의	시축놀음[655]	한량들의	성청놀음[656]
공물방[657]	선유놀음[658]	포교의[659]	세찬놀음[660]
각사서리[661]	수유놀음[662]	각집겸종[663]	화류놀음[664]
장안의	편사놀음[665]	장안의	호걸놀음[666]
재상의	분부놀음[667]	백성의	중포놀음[668]
각종놀음	벌어지니	방방곡곡	놀이털세
놀이터가	어디던가	정자강산	좋을시고
조양루[669]	석양루[670]며	명선루[671]	춘수루[672]와
홍엽정[673]	노인정과	송석원[674]	생화정[675]과

663) 각 집 겸종(傔從) : 각 집의 하인. 각 큰집에 붙어사는 족속.
664) 화류(花柳)놀음 : 꽃놀이, 즉 화류계 출입. 큰집 종복들이 분수없이 기방 출입함을
    희롱하는 말.
665) 편사(便射)놀음 : 활쏘기대회를 편 갈라 하는 모임.
666) 호걸(豪傑)놀음 : 호걸스러움을 견주어 우열을 가리는 놀이.
667) 분부(吩咐)놀음 : 재상이 아랫것에 분부하는 흉내놀이.
668) 중포(中脯)놀음 : 나라의 대제 때 쓰는 어육의 포를 만드는 행사인 듯.
669) 조양루(朝陽樓) : 종로구 효제동에 있던 누각이니, 효종이 세자 때 살던 곳으로 일
    명 용흥궁루(龍興宮樓)라고도 했다 함.
670) 석양루(夕陽樓) : 인평대군(麟坪大君)이 거처했던 곳의 누각. 현 이화장 앞에 있었
    고 뒤에 장생전(長生殿)으로 바뀜.
671) 명선루(明宣樓) : 위치 미상.
672) 춘수루(春水樓) : 지금의 쉐라톤워커힐 자리인듯하다.
673) 홍엽정(紅葉亭) : 남산 기슭 남창동에 있던 백사(白沙) 이항복(李恒福)의 정자였다 함.
674) 송석원(松石園) : 서울 옥인동에 있던 풍치 좋던 곳으로 위항시인들이 모여 송석
    원시사(松石園詩社)를 두어 활동하던 곳.
675) 생화정(生花亭) : 정자 이름. 위치 미상.

영파졍	츈쵸졍과	장유헌	몽답졍과
暎波亭	春草亭	壯猷軒	夢踏亭
필운딕	샹션딕와	옥유동	도화동과
弼雲臺	上仙臺	玉流洞	桃花洞
창의문밧	니다라셔	탕츈딕	셰검졍과
彰義門		蕩春臺	洗劍亭
옥쳔암	셕경누와	한븍문	진관이며
玉川庵	石逕樓	漢北門	津寬
경강졍	니다라셔	창랑졍	압구경과
景江亭		滄浪亭	求景
죡한졍	탁영졍과	별영안	읍쳥눌다
足閑亭	濯纓亭	別營	挹淸樓
구경가즈	구경가즈	승젼노름	구경가즈
求景	求景	承傳	求景
북일영	군즈졍의	죠흔노름	버러구나
北一營	君子亭		
눈빗갓튼	흰휘장과	구름갓흔	노푼차일
	揮帳		遮日

---

676) 영파정(暎波亭) : 인평대군의 집 앞 정자. 이화동 이화장 앞.

677) 춘초정(春草亭) : 둔촌동 근처에 있던 정자로 백호(白湖) 임제(林悌)의 시가 있다.

678) 장유헌(壯猷軒) : 누각 위치 미상.

679) 몽답정(夢踏亭) : 창경궁 후원 선원전(璿源殿) 옆에 있던 정자. 청장관(靑莊館) 이덕무(李德懋)가 즐겨 찾고 시도 읊었다.

680) 필운대(弼雲臺) : 필운동의 배화(培花)여고 서쪽에 있던 누대로 선비들이 모여 놀던 곳. 이곳에 새겨진 글씨는 백사(白沙) 이항복(李恒福)이 썼다.

681) 상선대(上仙臺) : 남산 서북쪽의 용두암(龍頭岩) 밑에 있던 대사(臺榭)로 정조 때 무예를 수련하던 곳.

682) 옥류동(玉流洞) : 종로구 옥인동에 있던 명승지대. 송석원시사 옆에 있어서 선비들이 많이 모였음.

683) 도화동(桃花洞) : 복숭아꽃 골짝으로 성북동에 있고, 북사동(北寺洞)이라고도 한다.

684) 창의문(彰義門) : 경복궁 중심으로 4대문 중 서쪽 문. 혹은 자하문(紫霞門)으로도 전함.

685) 탕춘대(蕩春臺) : 장안 서쪽 탕춘대성(蕩春臺城) 안에 있던 대사(臺榭).

686) 세검정(洗劍亭) : 자하문 밖의 명소인 세검정 맑은 물이 흘러 시인과 묵객이 모여 즐겼다.

687) 옥천암(玉川庵) : 동대문구 청량리에 있던 조선조 정통 사찰. 또 광진구 구의동에도 있었다 함.

영파정[676]	춘초정[677]과	장유헌[678]	몽답정[679]과
필운대[680]	상선대[681]와	옥류동[682]	도화동[683]과
창의문[684]밖	내달아서	탕춘대[685]	세검정[686]과
옥천암[687]	석경루[688]와	한북문[689]	진관[690]이며
경강정[691]	내달아서	창랑정[692]앞	여러구경
족한정[693]	탁영정[694]과	별영안	읍청루[695]네
구경가자	구경가자	승전놀음[696]	구경가자
북일영[697]	군자정[698]에	좋은놀음	벌였구나
눈빛같은	흰빛휘장[699]	구름같은	높은차일[700]

---

688) 석경루(石徑樓) : 누각 이름. 위치 미상.
689) 한북문(漢北門) : 세검정 상명대학교 앞에 세운 수문으로 홍지문(弘智門)으로 숙
   종 친필 현판이 있던 북문이다.
690) 진관(津寬) : 진관사(津寬寺)를 말하며 은평구 진관외동에 있는 서울 근교 4대 사
   찰의 하나.
   ※ 동쪽은 불암사, 서쪽에는 진관사, 남쪽에는 삼막사, 북쪽에는 승가사가 있었다.
691) 경강정(景江亭) : 정자 이름. 위치 미상.
692) 창랑정(滄浪亭) : 서강가에 있던 정자 이름이니 지금은 없어진 추억의 명소. 유진
   오(俞鎭午)의 「창랑정기」란 단편소설이 있어서 유명하다.
693) 족한정(足閑亭) : 정자 이름. 위치 미상.
694) 탁영정(濯纓亭) : 마포구 당인동 와우산 밑에 있었던 정자로 정자 밑에는 고인 물
   이 있어서 발 씻기 좋았던 모양이다.
695) 읍청루(挹淸樓) : 지금의 마포에 있던 누각이니 군자감(軍資監) 별고(別庫)에 둘러
   싸여 있다고 했다.
696) 승전(承傳)놀음 : 이어받아 전하기 놀이, 혹은 임금 분부를 이어받아 전달하기 놀음.
697) 북일영(北一營) : 훈련도감(訓練都監)의 분영(分營)이니 경희궁 북쪽에 있던 군영.
698) 군자정(君子亭) : 훈련도감에 속해 있는 활터인 듯.
699) 흰빛 휘장(揮帳) : 옆으로 둘러치게 만든 장막.
700) 높은 차일(遮日) : 차일은 햇볕을 가리기 위해 만든 장막.

차일아리 遮日	유둔치고 油芚	마로슺히	보계판과 補階板
아로싁인	셕가리의	각영문 各營門	亽촉롱을 紗燭籠
뷘틈업시	다라노코	좁슬구슬	화초등과 花草燈
보기조흔	양각등을 羊角燈	추례잇게 次例	거러노코
난간밧게 欄干	춘화가화 春花假花	불근비단 緋緞	허리매여
빙문진 氷紋	유리병의 琉璃瓶	가득이	쓰즈노코
각싁츙젼 各色髮氈	몽고젼과 蒙古氈	만화등미 滿花	담방셕의 毯方席
빅통타구 白銅唾具	옥타구며 玉唾具	빅통요강 白銅尿缸	은지쎠리 銀
왜찬합과 倭饌盒	당찬합과 唐饌盒	아로싁인	교즈상과 交子床
모란병풍 牡丹屛風	영모병풍 翎毛屛風	산슈병풍 山水屛風	글시병풍 屛風
홍융亽 紅絨紗	구영쑤러	이리저리	얼거미고
별감의 別監	거동보쇼 擧動	난번별감 番別監	빅여명이 百餘名

---

701) 유둔(油芚) : 두터운 유지(油紙)로 차일 밑에 펴 두른 장막.

702) 보계판(補階板) : 마루에 이어댄 마루판. 잔치나 큰 행사 때 좌석용으로 만든 마루판.

703) 사촉롱(紗燭籠) : 얇은 깁으로 만든 초롱. 호화 초롱.

704) 화초등(花草燈) : 화초무늬로 발라진 초롱. 호화 초롱.

705) 양각등(羊角燈) : 양의 뿔을 고아서 만든 투명하고 얇은 껍질을 씌운 등. 일본산이
　　　많음.

706) 춘화(春花), 가화(假花) : 봄꽃과 조화. 난간 밖을 장식한 꽃들.

707) 빙문(氷紋)진 : 얼음이 무늬져서 비추는 모양. 유리병의 수정처럼 빛난 모양.

708) 각색(各色) 종전(髮氈) : 각종 짐승의 털로 짠 천.

709) 몽고전(蒙古氈) : 북방 몽고에서 짜낸 털 필육(천).

710) 만화(滿花), 등메 : 만화는 만화석, 즉 꽃무늬 가득한 왕골 돗자리요, 등메는 헝겊
　　　으로 가장자리 선을 두르고 뒤에 부들자리를 대서 꾸민 돗자리니, 일명 강화화문
　　　석(江華花紋席)으로도 통한다.

차일아래   유둔[701]치고   마루끝에   보계판[702]과

아로새긴   서까래에   각영문   사촉롱[703]을

빈틈없이   달아놓고   좁쌀구슬   화초등[704]과

보기좋은   양각등[705]을   질서있게   걸어놓고

난간밖에   춘화가화[706]   붉은비단   허리매어

빙문진[707]   유리병에   가득히   꽂아놓고

각색종전[708]   몽고전[709]과   만화등메[710]   담방석[711]에

백통타구[712]   옥타구[713]며   백통요강   은재떨이

왜찬합[714]과   당찬합[715]과   아로새긴   교자상[716]과

모란병풍[717]   영모병풍[718]   산수병풍   글씨병풍

홍융사[719]   구멍뚫어   이리저리   얽어매고

별감[720]의   행동보면   난번별감[721]   백여명이

---

711) 담방석(毯方席) : 짐승의 털로 짠 방석.
712) 백통타구(白銅唾具) : 백통으로 만든 침 뱉어 담는 그릇[타기(唾器)]. 백통은 하얗고
    질 좋은 주석.
713) 옥타구(玉唾具) : 옥으로 만든 타기. 기방(妓房)의 고급 타기.
714) 왜찬합(倭饌盒) : 일본제 찬합이니 반찬이나 술안주 등을 담는 여러 층으로 된 목제
    그릇을 찬합이라고 한다.
715) 당찬합(唐饌盒) : 중국산 찬합.
716) 교자상(交子床) : 여럿이 마주앉아 식사하도록 되어있는 상. 잔치 때나 궁중음식 차
    림에 흔히 쓴다.
717) 모란병풍(牡丹屛風) : 모란꽃을 그려 넣은 화려한 병풍.
718) 영모병풍(翎毛屛風) : 새 종류나 짐승을 그려 넣은 병풍.
719) 홍융사(紅絨紗) : 붉은 융천 종류. 융은 보드라운 털 달린 천.
720) 별감(別監) : 궁중 액정서(掖庭署)의 종사자, 또는 좌수(座首) 다음가는 자리.
721) 난 번별감(番別監) : 당직 마치고 나오는 별감. 든번[入直]의 반대인 난번인 하번(下番).

밀시도 　　　 잇거니와 　　　 치장도 　　　 놀ᄂᆞ올ᄉᆞ
　　　　　　　　　　　　　　　 治粧

편월상토 　　　 밀화동곳 　　　 디ᄌ동곳 　　　 셕거쏫고
片月 　　　　　 蜜花 　　　　　 大字

곱게쓴 　　　　 평양망건 　　　 외졈바기 　　　 ᄃᆡ모관ᄌ
　　　　　　　　 平壤網巾 　　　　　　　　　　 玳瑁貫子

상의원 　　　　 ᄌ지팔ᄉ 　　　 쵸립밋히 　　　 팔괘노코
尙衣院 　　　　 紫芝八絲 　　　 草笠 　　　　　 八卦

남융ᄉ 　　　　 즁두리의 　　　 오동입식 　　　 쎠셔달고
藍絨絲 　　　　　　　　　　　　 烏銅笠飾

숀펵갓튼 　　　 슈ᄉ갓ᄯᆫ 　　 귀를가려 　　　 숙여쓰고
　　　　　　　　 繡紗

다홍싱쵸 　　　 고흔홍의 　　　 숙쵸창의 　　　 바쳐입고
茶紅生綃 　　　　　　　 紅衣 　 熟綃氅衣

보라누비 　　　 져구리의 　　　 외올쓰기 　　　 누비바지

양싁단 　　　　 누비비ᄌ 　　　 젼비ᄌ 　　　　 바쳐입고
兩色緞 　　　　　　　 褙子 　　　 氈褙子

금향슈쥬 　　　 누비토슈 　　　 젼토슈 　　　　 바쳐찌고
錦香繡紬 　　　　　　 土手 　　　 氈土手

즁동치례 　　　 볼작시면 　　　 우단디단 　　　 도리불슈
　　　　　　　　　　　　　　　　 羽緞大緞 　　　 桃李佛手

---

722) 편월(片月)상투 : 반달모양으로 쪽진 상투.

723) 밀화(蜜花)동곳 : 밀화는 호박(琥珀)의 한 종류인 보패종류이니 밀화로 만든 동곳. 동곳은 머리를 상투 틀고 이지러지지 않고 곧추서게 꽂는 보패류.

724) 평양망건(平壤網巾) : 평양제 망건. 망건은 갓을 쓰기 위해 이마에 두르는 건으로 주로 말총 등으로 이마 수건처럼 짠 것.

725) 대모관자(玳瑁貫子) : 대모갑으로 만든 망건 고리. 대모갑은 바다거북의 등뼈.

726) 상의원(尙衣院) : 궁중에서 의상을 조달하고 재정이나 보물을 맡아 보던 관청.

727) 자지(紫芝) 팔사(八絲) : 자줏빛 팔사 매듭. 자지는 영지(靈芝)버섯의 뜻도 있으나 여기서는 자줏빛.

728) 팔괘(八卦)놓고 : 동자의 벙거지 밑에다 여덟 가닥으로 꼬아 단 노끈을 드리우고, 여기서 팔괘는 사상팔괘(四象八卦)와 다른 뜻.

729) 남융사(藍絨絲) : 남색의 융 깃. 융은 털이 보송보송한 천.

730) 즁두리 : 여기서는 전두리를 말하며, 초립 둘레를 말함. 중두리는 오지 그릇의 한 가지.

맵시도   있거니와   치장도   놀랍구나

편월상투[722]   밀화동곳[723]   대자동곳   섞어꽂고

곱게 뜬   평양망건[724]   외점박이   대모관자[725]

상의원[726]   자지팔사[727]   초립밑에   팔괘놓고[728]

남융사[729]   중두리[730]에   오동입식[731]   껴서달고

손뼉같은   수사갓끈[732]   귀를가려   숙여쓰고

다홍생초   고운홍의   숙초창의[733]   받쳐입고

보라누비   저고리에   외올로뜬   누비바지

양색비단   누비배자   전배자[734]   받쳐입고

금향수주[735]   누비토수[736]   전토수[737]   받쳐끼고

중동치레[738]   볼짝시면   우단대단[739]   도리불수[740]

---

731) 오동입식(烏銅笠飾) : 검붉은 구리로 만든 초립 장식.

732) 수사(繡紗)갓끈 : 수 깃으로 만든 갓끈.

733) 숙초(熟綃) 창의(氅衣) : 삶아진 명주로 만든 창의. 창의는 관원의 겉옷으로 소매
    가 넓고 뒷솔기가 갈라진 옷.

734) 전배자(氈褙子) : 털 깃으로 만든 여자들의 겉옷. 조끼 같은 옷(배자).

735) 금향수주(錦香繡紬) : 금색으로 된 수 비단.

736) 누비 토수(土手) : 누비어 만든 토수. 토수는 추울 때 손목에 끼는 것으로 원말은
    투수(套袖) 또는 토시.

737) 전토수(氈土手) : 털로 짠 깃으로 만든 토수.

738) 중동치레 : 허리의 치장, 즉 주머니, 띠 따위로 허리 부분을 치장하는 옷치레.

739) 우단(羽緞), 대단(大緞) : 우단은 거죽에 고운 털이 돋게 짠 비단, 일명 벨벳 천. 대
    단은 중국산 비단.

740) 도리(桃李), 불수(佛手) : 도리는 도리사(桃李紗)로 중국산 여름 옷감 비단. 불수는
    불수감(佛手柑)을 말하나, 여기서는 남쪽의 비단을 말하는 듯.

각식즘치　　묘이졉어　　남의미돕　　별민돕의
各色　　　　妙

파리미돕　　도릐미돕　　식식이로　　쉬여츠고
　　　　　　　　　　　色色

오싴비단　　괴불즙치　　약낭향낭　　셕거츠고
五色緋緞　　　　　　　藥囊香囊

이궁젼　　　디방젼과　　금ᄉ향　　　즈기향을
　　　　　　　　　　　金絲香　　　　　香

고름마다　　거러츠고　　디모장도　　셔장도며
　　　　　　　　　　　玳瑁粧刀　　犀粧刀

밀화장도　　빅옥장도　　안팟그로　　빗기츠고
蜜花粧刀　　白玉粧刀

솜승보션　　슌혹파셔　　밉시잇게　　ᄒ여신고
三升

제제창창　　안즌모양　　졀ᄎ도　　　거룩ᄒ다
濟濟蹌蹌　　　　　貌樣　節次

금긱가긱　　모야구나　　거문고　　　임종철이
琴客歌客　　　　　　　　　　　　林宗哲

노리의　　　양ᄉ길이　　계면의　　　공득이며
　　　　　　梁四吉　　　界面　　　孔得伊

오동복판　　거문고는　　줄골나　　　셰워노코
梧桐腹板

---

741) 각색 줌치 : 각색 주머니.

742) 별 매듭 : 별난 매듭. 매듭은 각색 실로 매고 꼬는 수예품.

743) 도래매듭 : 두 줄을 어긋나게 맞추어서 두 층으로 겹쳐 맺는 매듭.

744) 괴불 줌치 : 괴불주머니로 어린 아이들이 돈이나 장난감을 넣고 차고 다니던 오색
　　　주머니.

745) 약낭(藥囊), 향낭(香囊) : 약주머니와 향 넣는 주머니. 곧 구급약 등을 넣고 차고
　　　다니던 주머니와 사향 등 향을 넣고 차고 다니던 주머니로 주로 여자, 특히 기생
　　　들의 주머니.

746) 이궁전 : 왕세자 동궁전의 다른 이름.

747) 대방전 : 중국산 향의 일종이라 함. 여기의 향은 향수를 말함.

748) 금사향(金絲香) : 장신구(裝身具)의 한 가지니 향주머니로 은으로 가늘게 새긴 직
　　　사각의 갑을 만들고는 겉에 도금을 한 뒤 그 속에 한충향(漢沖香)을 넣어 차고 다
　　　녔다.

749) 자개향(香) : 자개로 꾸민 향낭. 정철의 「사미인곡」에서는 '자개로 수놓은 공후' 라
　　　했다.

각색줌치[741]　　　묘히접어　　　나비매듭　　　별매듭[742]에

파리매듭　　　도래매듭[743]　　　색색으로　　　꿰어차고

오색비단　　　괴불줌치[744]　　　약낭향낭[745]　　　섞어차고

이궁전[746]　　　대방전[747]과　　　금사향[748]　　　자개향[749]을

옷고름에　　　걸어차고　　　대모장도[750]　　　서장도[751]며

밀화장도[752]　　　백옥장도　　　안팎으로　　　비껴차고

삼승버선[753]　　　수눅파서[754]　　　맵씨좋게　　　꾸며신고

제제창창[755]　　　앉은모양　　　예의절차　　　거룩하다

금객가객[756]　　　모였구나　　　거문고엔　　　임종철[757]이

노래에는　　　양사길[758]이　　　계면[759]에는　　　공득이[760]며

오동복판[761]　　　거문고는　　　줄골라서　　　세워놓고

---

750) 대모장도(玳瑁粧刀) : 거북 등뼈로 만든 장도. 장도는 여자들이 차고 다니는 장식
　　　품이지만 때로 수절용으로도 썼다.
751) 서장도(犀粧刀) : 물소 뿔로 만든 장도 칼.
752) 밀화장도(蜜花粧刀) : 밀화는 호박(琥珀) 보석의 한 가지니 밀화를 장식한 장도.
753) 삼승(三升)버선 : 석새로 짠 천으로 만든 버선. 삼승은 몽고산 성근 베.
754) 수눅 파다 : 수눅은 버선의 꿰맨 솔기니, 솔기가 깊은 버선, 즉 맵씨 있게 만든 버선.
755) 제제창창(濟濟蹌蹌) : 정좌하여 위엄있게 나란히 앉은 모습. 질서정연하게 나란히
　　　앉은 모양.
756) 금객가객(琴客歌客) : 거문고 명수와 노래 잘 부르는 사람.
757) 임종철(林宗哲) : 조선조 후기의 거문고 명수 이름.
758) 양사길(梁四吉) : 조선조 후기의 가객 이름.
759) 계면(界面) : 계면조(界面調)이니 국악에서 선법의 하나로 슬프고 애타는 듯한 슬
　　　픈 음조.
760) 공득이(孔得伊) : 조선조 후기의 거문고의 명수 이름. 이상 세 사람은 당대의 명수
　　　들인듯 하나 상세한 인물기록은 없다.
761) 오동복판(梧桐腹板) : 오동나무로 만든 거문고 밑판. 거문고, 비파 등 악기는 주로
　　　오동나무로 만든다.

치장ᄎ린 治粧	시양금은 洋琴	쎠ᄂᆞ나뷔	안쳐구나
싱황퉁쇼 笙簧(簫)	쥭장고며 竹杖鼓	피리져	ᄒᆡ금이며 奚琴
시로갈인	큰장구를	청셔피 靑鼠皮	시굴네의
홍융ᄉ 紅絨絲	룡두머리 龍頭	단단이	죠야메고
틱극그린 太極	큰북가의	쌍룡을 雙龍	그려구나
왕디를 王	가로질너	흰무명	십여쳑을 十餘尺
고리쯰여	미여달고	다홍상모 茶紅象毛	긴북칠다
각ᄉᆡ기ᄉᆡᆼ 各色妓生	드러온다	예ᄉᆞ로은 例事	노름의도
치장이 治粧	놀납거든	허물며	승젼노름 承傳
별감의 別監	노름인디	범연이 氾然	치장ᄒᆞ랴 治粧
어름갓튼	누른젼모 氈帽	자지갑ᄉ 紫芝甲紗	ᄭᅳᆫ을달고
구름갓튼	허튼머리	반달갓튼	ᄲᅡᆼ어레로
쇌쇌빗겨	고이빗겨	편월죠케 片月	ᄶᅡ아언고

---

762) 새 양금(洋琴) : 새로 전해진 서양식 거문고로 청악(淸樂)에 쓰이던 악기. 39현 줄 악기.

763) 생황(笙簧), 퉁소 : 생황은 아악에 쓰이던 관악기의 하나로 대로 만든 악기. 퉁소는 세로로 부는 대나무 여섯 구멍의 악기.

764) 청서피(靑鼠皮) : 날다람쥐 가죽. 장구에 쓰이는 굴레, 즉 조임 장치는 날다람쥐 가죽으로 했다는 것.

765) 홍융사(紅絨絲) : 붉은 융 비단 실.

766) 용두(龍頭)머리 : 장고 머리 용머리 모양 부분. 여기에다 홍융사로 조여 맨다.

치장차린   새양금[762]은   뜨는나비   앉혔구나

생황퉁소[763]   죽장고며   피리와저   해금이며

새로바꾼   큰장구를   청서피[764]   새 굴레에

홍융사[765]   용두머리[766]   단단히   죄어매고

태극그린   큰북가엔   쌍룡을   그렸구나

왕대[767]를   가로질러   흰무명   십여척을

고리꿰어   매어달고   다홍상모[768]   긴 북채라

각색기생   들어온다   예사로운   놀음에도

치장이   화려커든   하물며   승전놀음[769]

별감들의   놀음인데   예사롭게   치장하랴

얼음같은   누른전모[770]   자주갑사   끈을달고

구름같이   허튼머리   반달같은   쌍얼레로

솰솰빗겨   고이빗겨   반달같이   땋아얹고

---

767) 왕대 : 굵은 대나무. 큰 대나무.
768) 다홍상모(茶紅象毛) : 깃발이나 벙거지 꼭지나 북채머리에 다는 다홍빛 술. 일명 삭모(槊毛)라고도 한다.
769) 승전(承傳)놀음 : 이어받아 전하는 놀음. 특히 임금의 뜻을 이어받아 전하는 놀이.
770) 누른 전모(氈帽) : 옛적 여자들이 나들이나 비올 때 쓰던 자루 없는 삿갓. 대나무로 살을 만들어 기름종이 등을 발라서 만들었다. 여기서는 고급 삿갓. 누른은 눌러쓴 모양을 말함.

모단슴승　　　가리마를　　　압흘덥퍼　　　숙여쓰고
毛緞三升

산호줌　　　　밀화비녀　　　은비녀　　　　금봉ᄎ를
珊瑚簪　　　　蜜花　　　　　銀　　　　　　金鳳釵

이리꼿고　　　져리꼿고　　　당가화　　　　샹가화를
　　　　　　　　　　　　　唐假花　　　　常假花

눈을가려　　　ᄌ쥬꼿고　　　도리불슈　　　모쵸단을
　　　　　　　　　　　　　桃李佛手　　　毛綃緞

웃져구리　　　지여입고　　　양쇡단　　　　쇽져구리
　　　　　　　　　　　　　兩色緞

가진픠물　　　쒜여ᄎ고　　　남갑ᄉ　　　　은죠ᄉ며
　　佩物　　　　　　　　　藍甲紗　　　　銀條紗

화갑ᄉ　　　　긴치마를　　　허리죨나　　　동여입고
花甲紗

빅방슈쥬　　　쇽쇽것과　　　슈갑ᄉ　　　　단쇽것과
白紡水紬　　　　　　　　　繡甲紗

장원쥬　　　　너른바지　　　몽고슴승　　　것버션과
壯元紬　　　　　　　　　　蒙古三升

안동상전　　　슈운혜를　　　밀시잇게　　　신어두고
安洞商廛;床廛　繡雲鞋

빅만교티　　　다푸이고　　　모양죠케　　　드러온다
百萬嬌態

닉의녀　　　　침션비며　　　공죠라　　　　혜민셔며
內醫女　　　　針線婢　　　　工曹　　　　　惠民署

---

771) 모단삼승(毛緞三升) : 중국산 털 비단으로 발이 성긴 천. 비로드의 한 가지.

772) 가르마 : 머리카락을 양쪽으로 갈라 빗을 때 생기는 금. 여기서는 여자의 큰머리
　　앞쪽 위를 덮은 검은 헝겊조각을 말함.

773) 산호잠(珊瑚簪) : 산호로 만든 비녀.

774) 금봉차(金鳳釵) : 금으로 봉황새를 새긴 비녀.

775) 당가화(唐假花) : 중국산 조화.

776) 상가화(常假花) : 일상 쓰는 보통 조화.

777) 도리(桃李) 불수(佛手) : 비단의 한 가지로 도리화와 불수감 무늬의 비단. 여기서
　　는 모초단이라 했다.

778) 모초단(毛綃緞) : 중국산 비단으로 가는 날에 굵은 올로 짠 무문, 유문의 비단.

모단삼승[771]   가르마[772]를   앞을덮어   숙여쓰고

산호잠[773]   밀화비녀   은비녀   금봉차[774]를

이리꽂고   저리꽂고   당가화[775]   상가화[776]를

눈을가려   자주꽂고   도리불수[777]   모초단[778]을

웃저고리   지어입고   양색비단   속저고리

온갖패물   꿰어차고   남색갑사   은갑사와

화초갑사   긴치마를   허리졸라   동여입고

백방수주[779]   속속곳과   수갑사[780]   단속곳[781]과

장원주[782]   넓은바지   몽고삼승[783]   겉버선과

안동상점   수운혜[784]를   맵시있게   신어두고

온갖애교   다 피우며   모양좋게   들어온다

내의녀[785]   침선비[786]며   공조[787]와   혜민서[788]며

---

779) 백방수주(白紡水紬) : 흰 고치만으로 실을 뽑아 짠 명주. 일명 백방사주(白紡絲
紬).
780) 수갑사(繡甲紗) : 수놓은 갑사 천. 갑사는 모시종류로 여름 옷감에 씀.
781) 단속곳 : 여자들이 치마 속에 덧입는 바지 같은 속옷.
782) 장원주(壯元紬) : 여자들의 넓은 바지 옷감. 명주의 한 가지.
783) 몽고삼승(蒙古三升) : 몽고산 굵은 베.
784) 수운혜(繡雲鞋) : 구름무늬를 수놓아 만든 여자용 갓신.
785) 내의녀(內醫女) : 내의원 혜민서(惠民署)의 여자 종으로 의술을 배운 기녀.
786) 침선비(針線婢) : 궁중 상의원(尙衣院)에서 바느질을 맡던 비녀(무수리).
787) 공조(工曹) : 육조(六曹)의 하나로 공업과 산림, 하천, 영선 등을 맡아 보던 관서.
788) 혜민서(惠民署) : 가난한 서민의 병을 무료로 고쳐주고, 또한 침술 등을 가르쳐 주
던 관청(의료기관).

늘근기싱　　　졀문기싱　　　명기동기　　　드러온다
　妓生　　　　　　妓生　　　名妓童妓

오동량월　　　반근달의　　　발고발근　　　츄월이며
梧桐良月　　　　　　　　　　　　　　　　　秋月

츈리편시　　　도화슈라　　　벽도홍도　　　드러온다
春來片時　　　桃花樹　　　　碧桃紅桃

셜만장안　　　학정홍ᄒ니　　외료올ᄉ　　　일졈홍이
雪滿長安　　　鶴頂紅　　　　　　　　　　　一點紅

졍부만리　　　슈타향ᄒ니　　바라볼ᄉ　　　관산월이
征夫萬里　　　戍他鄕　　　　　　　　　　　關山月

잉젼고지　　　연입루ᄒ니　　쇼리죠흔　　　연잉이며
鶯囀高枝　　　燕入樓　　　　　　　　　　　燕鶯

쳥쳔삭츌　　　금부용ᄒ니　　의졋흔　　　　부용이며
靑天削出　　　金芙蓉　　　　　　　　　　　芙蓉

쳔리잉졔　　　녹영홍ᄒ니　　탈싁홀ᄉ　　　영산홍이
　　　鶯啼　　禄暎紅　　　　奪色　　　　　暎山紅

구봉침　　　　잠간보니　　　화려할ᄉ　　　치봉이며
九鳳枕　　　　暫間　　　　　華麗　　　　　彩鳳

옥츌곤강　　　금싱려슈　　　보비로운　　　금옥이며
玉出崑岡　　　金生麗水　　　　　　　　　　金玉

션셩지슈　　　홀ᄉ양ᄒ니　　신긔롭다　　　쵸션이며
蟬聲在樹　　　忽斜陽　　　　神奇　　　　　貂蟬

---

789) 오동양월(梧桐良月) : 오동나무에 달뜨는 좋은 때로 이는 기생 추월을 부르려는
　　　메김귀이다.
790) 추월(秋月) : 기생 이름.
791) 춘래편시(春來片時) : 봄 오는 좋은 한때.
792) 도화수(桃花樹) : 복숭아꽃 나무. 이는 벽도, 홍도를 부르려는 메김귀이다.
793) 벽도(碧桃), 홍도(紅桃) : 기생 이름들. 벽도는 푸른 복숭아 꽃.
794) 설만장안(雪滿長安) : 눈 가득 내린 장안에.
795) 학정홍(鶴頂紅) : 학 목의 붉은 점.
796) 일점홍(一點紅) : 기생 이름.
797) 정부만리(征夫萬里) : 수자리 보러 만 리 길 떠난 님.
798) 수타향(戍他鄕) : 고향 떠나 수자리 보러간 임을 바라보듯, 기생 관산월의 메김 말.
799) 관산월(關山月) : 기생 이름. 국경의 달이라는 뜻으로 붙인 이름.
800) 앵전고지: 꾀꼬리는 높은 가지에서 노래하듯.
801) 연입루(燕入樓) : 제비는 누각으로 날아들며 지저귀듯 한.

늙은기생	젊은기생	명기 동기	들어온다
오동양월[789]	밝은달에	밝고밝은	추월[790]이며
춘래편시[791]	도화수[792]라	벽도홍도[793]	들어온다
설만장안[794]	학정홍[795]에	외로울사	일점홍[796]이
정부만리[797]	수타향[798]하니	바라볼사	관산월[799]이
앵전고지[800]	연입루[801]하니	소리좋은	연앵[802]이며
청천삭출[803]	금부용[804]하니	의젓한	부용이며
천리앵제	녹영홍[805]하니	탈색할사	영산홍이
구봉침[806]	잠간보니	화려할사	채봉이며
옥출곤강	금생려수[807]	보배로운	금옥이며
선성재수	홀사양[808]하니	신기롭다	초선이며

---

802) 연앵(燕鶯) : 기생 이름. 제비, 꾀꼬리같이 노래 잘 부른다 하여 붙인 이름.

803) 청천삭출(靑天削出) : 푸른 하늘에 깎은 듯 솟았으니.

804) 금부용(金芙蓉) : 금 연꽃 같은 기생. 부용(芙蓉), 이 대목은 이백(李白)의 '여산오로봉(廬山五老峰)' 시에서 인용한 귀절.

805) 천리앵제(千里鶯啼) 녹영홍(綠映紅) : 곳곳에서 꾀꼬리 울어대는 푸른 잎, 붉은 꽃은 서로 비추네! 이는 기생 영산홍(映山紅)의 꾸밈말이다. 여기 祿映紅은 綠映紅의 잘못. 중국 두목(杜牧)의 '강남춘시(江南春詩)'에 '천리앵제녹영홍, 수촌산곽주기풍(千里鶯啼綠映紅, 水村山郭酒旗風)'이라 했다.

806) 구봉침(九鳳枕) : 구봉은 북극천궤(北極天櫃)에 있다는 아홉 사람 얼굴에 새의 몸을 한 신(神)이니, 그 구봉을 수놓은 베개. 장수를 기원하는 베개로 기생 채봉(彩鳳)을 꾸미는 말.

807) 옥출곤강(玉出崑岡), 금생여수(金生麗水) : 옥은 곤륜산에서 나고, 금은 중국 운남성의 여수에서 난다고 했다. 이는 보배로운 금옥(金玉) 기생을 꾸민 말.

808) 선성재수(蟬聲在樹) 홀사양(忽斜陽) : 매미소리는 아직 나무숲에서 나는데, 어느덧 해가 저문다 하여 기생 초선(貂蟬)이라고 했다.

낙양장안 洛陽長安	봄느덧다	번화로운 繁華	만졈홍이 滿點紅
강셩오월 江城五月	낙미화ᄒᆞ니 落梅花	향긔로흔 香氣	미향이며 梅香
녹죽의의 綠竹猗猗	쳥고졀ᄒᆞ니 靑高節	졀긔잇는 節槪	죽엽이며 竹葉
경슈무풍 鏡水無風	야ᄌᆞ파ᄒᆞ니 也自波	곱고고흔	빅능팔다 白凌波
운빈화안 雲鬢華顔	금보요ᄒᆞ니 金步搖	셜부화모 雪膚花貌	참치시라 參差時
추례로 次例	느러안져	노름을	지쵹흔다
화려흔 花麗	거문고는	안죡을 雁足	옹겨노코
문무현 文武絃	다스리니	롱현쇼리 弄絃	더욱죠타
한만흔 汗漫	져다스림	길고길고	구슬푸다
피리는	츔을밧고	히금은 奚琴	숑진글고 松津
장고는	굴네죄여	더덕을	크게치니

---

809) 낙양(洛陽), 장안(長安) : 낙양은 옛 중국의 도읍지이지만, 여기서는 장안과 함께 '서울장안' 이란 말처럼 쓴 어휘.

810) 만졈홍(滿點紅) : 기생 이름이니 늦은 봄의 활짝 핀 꽃이라는 명칭.

811) 낙매화(落梅花) : 매화꽃이 떨어짐이니 기생 매향(梅香)을 꾸미는 말.

812) 청고절(靑高節) : 대나무의 푸른 절개. 곧 기생 죽엽(竹葉)의 꾸밈말.

813) 야자파(也自波) : 앞 귀의 경수무풍(鏡水無風)은 거울 같은 고요한 물이 물결도 잔 잔하다는 뜻이니, 중국 하지장(賀知章)의 '채련곡(採蓮曲)'에 '계산파무울차아 경수무풍야자파(稽山罷霧鬱嵯峨 鏡水無風也自波)' 라고 했으니, '야자파'는 물결 또한 잔잔한 뜻으로 기생 백능파(白凌波)의 꾸밈말.

814) 운빈화안(雲鬢華顔) 금보요(金步搖) : 구름같이 얹은 머리와 고운 얼굴에 아름답게 걷는 모습. 백거이(白居易)의 '장한가(長恨歌)'에 '운빈화안금보요 부용장난도춘소(雲鬢華顔金步搖 芙蓉帳暖度春宵)' 라 하여 중국 고대 미인 양귀비(楊貴妃)의 모습을 그렸지만, 여기서는 조선 후기의 기생들의 꽃다운 모습이다.

낙양장안[809]　　　봄늦었다　　　번화로운　　　만점홍[810]이

강성오월　　　낙매화[811]하니　　　향기로운　　　매향이며

녹죽의의　　　청고절[812]하니　　　절개있는　　　죽엽이며

경수무풍　　　야자파[813]하니　　　곱고고운　　　백능파라

운빈화안　　　금보요[814]하니　　　설부화모[815]　　　참치시[816]라

차례로　　　늘어앉아　　　놀음을　　　재촉한다

화려한　　　거문고는　　　안족[817]을　　　옮겨놓고

문무현[818]　　　다스리니　　　농현[819]소리　　　더욱좋다

늘어진　　　튀김소리　　　길고길어　　　구슬프다

피리는　　　침을뱉고　　　해금[820]은　　　송진긁고

장구는　　　굴레죄고　　　더덕[821]을　　　크게치니

---

815) 설부화모(雪膚花貌) : 눈같이 흰 피부에 꽃처럼 아름다운 얼굴.
816) 참치시(參差時) : 고르지 않은 때. 즉 기생들의 고운 모습과 맵시들이 가지각색임
　　　을 말함. 곧 참치부제(參差不齊)임.
817) 안족(雁足) : 거문고나 가야금의 줄 받침. 마치 기러기발처럼 생겨서 안족이다.
818) 문무현(文武絃) : 거문고의 제1현(첫 번째 줄)을 문현(文絃)이라 하고 제6현을 무
　　　현(武絃)이라고 한다. 저음줄(低音絃)과 고음줄(高音絃)을 말한다.
819) 농현(弄絃) : 현악기를 연주하기 전에 음조를 고르기 위해 튕겨보는 일. 대개 왼손
　　　으로 줄을 짚고 흔들어서 여러 가지 꾸밈음을 내어본다. 일명 요농(搖弄) 또는 요
　　　현(搖絃).
820) 해금(奚琴) : 민속악기로 속칭 깡깡이라고도 부르는 두 줄 현악기. 일명 혜금(嵇
　　　琴)이라고도 한다.
821) 더덕 : 장구 치는 방법이니 '더더러' 라고도 하며 장구 칠 때 엄지와 검지로만 채를
　　　잡고 채편에다 굴리면서 왼손과 오른손을 동시에 치는 것을 '덩(떵)', 오른손 채로
　　　만 치는 것을 '닥(딱)', 왼손으로만 치는 것을 '쿵' 이라고 하여 '쿵 떵 딱' 하는 장
　　　구소리를 내는 것을 더덕 친다고 한다.

관현의(管絃) 죠흔쇼리 심신이(心身) 황홀ᄒ다(慌惚)
거상죠(擧床調) 느린후에(後) 쇼리ᄒ는 어린기싱(妓生)
한손으로 머리밧고 아미를(蛾眉) 반즘슉여
우죠라(羽調) 계면이며(界面) 쇼용이(搔聳) 편락이며(編樂)
츈면곡(春眠曲) 쳐ᄉ가며(處士歌) 어부ᄉ(漁夫詞) 상ᄉ별곡(相思別曲)
황계타령(黃雞打令) 미화타령(梅花打令) 즙가시죠(雜歌時調) 듯기죠타
츔츄는 기싱드른(妓生) 머리의 슈건미고(手巾)
웃영손(靈山) 느진츔의 즁영손(中靈山) 츔을모라
잔영손(靈山) 입츔츄니 무산선녀(巫山仙女) 나려온다

---

822) 거상조(擧床調) : 잔치상 들기 전에 취주하는 곡조로 이때 가객들은 시조인 계면
조를 불렀다.

823) 아미(蛾眉) : 미인의 눈썹을 말함. 때로는 미인을 말하니, 백거이(白居易)의 '연자
루시(燕子樓詩)'에 "황금불석매아미 간득여화사오매(黃金不惜買蛾眉 揀得如花四
五枚)"라 했다.

824) 우조(羽調) : 5음계의 하나, 즉 궁(宮), 상(商), 각(角), 치(徵), 우(羽)의 5성과 혹은
악조명이니 가곡에서 연주되는 청황종(淸黃鍾)을 중심으로 하는 악조로 여기서는
악조명으로 쓰였다. 가야금산조 때는 계면조와 함께 쓰인다.

825) 계면(界面) : 계면조를 말하며 주로 판소리에서 연주되는 슬프고 애타는 느낌의
느린 곡조.

826) 소용(搔聳) : 가곡의 한 가지로 조선조 숙종 때 박후웅(朴後雄)이 전래의 희악(戲
樂)을 본떠서 지었다고 하며 주로 시조나 판소리 때 부른다.

827) 편락(編樂) : 낙시조를 엮은 가곡으로 흥청거리는 곡풍을 띠고 창하는 낙시조(樂
時調)임.

828) 춘면곡(春眠曲) : 작자 미상의 가곡으로 봄의 흥취를 읊은 우리나라 고대 열두 가
사의 하나로 꼽힌다.

829) 처사가(處士歌) : 작자 미상의 가사로 벼슬을 단념하고 초야에 묻혀 사는 처사를
노래한 십이 가사의 하나임.

관현의	좋은소리	심신이	황홀하다
거상조[822]	내린후에	소리하는	어린기생
한손으론	머리받고	아미[823]를	반쯤숙여
우조[824]와	계면[825]이며	소용[826]이며	편락[827]이며
춘면곡[828]	처사가[829]며	어부사[830]와	상사별곡[831]
황계타령[832]	매화타령[833]	잡가시조[834]	듣기좋다
춤추는	기생들은	머리에	수건매고
웃영산[835]	늦은춤에	중영산[836]에	춤을몰아
잔영산[837]	입춤[838]추니	무산선녀[839]	내려온다

---

830) 어부사(漁夫詞) : 작자 미상의 조선조 십이 가사의 하나로 백발 노부의 불가에서
　　사는 즐거움을 노래한 가곡. 조선 초 이현보(李賢輔)의 '어부사' 가 유명하다.

831) 상사별곡(相思別曲) : 작자 미상의 조선조 십이 가사의 하나로 남녀 간의 그리는
　　마음을 읊은 가사.

832) 황계타령(黃雞打令) : 작자 미상의 십이 가사의 하나로 황계사(黃雞詞)를 타령조
　　로 부른 가곡. 내용은 이별한 낭군이 그리운 여인의 심정이다.

833) 매화타령(梅花打令) : 작자미상의 십이 가사의 하나로 매화가(梅花歌)를 타령조로
　　부른 노래.

834) 잡가(雜歌), 시조(時調) : 잡가는 정악(正樂)에 대해 잡된 노래를 말하나, 여기서는
　　조선조 말기에 평민들이 지어 창곡화하여 부르던 노래로 경기잡가, 서도잡가, 남
　　도잡가 등이 있다. 시조는 시조창을 말함.

835) 윗영산(靈山) : 아악(雅樂)의 한 가지로 석가여래(釋迦如來)가 설법하던 영산회(靈
　　山會)의 불보살을 찬양한 악곡으로 「영산회상곡(靈山會上曲)」을 말하는데 윗 영산
　　과 중영산, 잔 영산의 세 가지 악과 춤이 있다.

836) 중영산(中靈山) : 영산회상의 상영산(上靈山)의 두 번째 곡조를 말함.

837) 잔영산(靈山) : 영산회상곡의 세 번째 곡.

838) 입춤 : 기생 두 사람이 마주서서 추는 춤으로 주로 무용의 자세를 익힐 때 춘다.

839) 무산선녀(巫山仙女) : 신선이 산다는 무산의 선녀. 무산(巫山)은 중국 사천성(四川
　　省)에 있다 하는데 신선이 사는 곳이라 가볼 수 없다 함.

비쎠ㄴ기　　　북춤이며　　　딩무남무　　　다츈후의
　　　　　　　　　　　　　對舞男舞　　　　　後

안올린　　　　벙거지의　　　셩셩젼　　　　증두리의
　　　　　　　　　　　　　猩猩氈

쥬먹가튼　　　밀화증ᄌ　　　미암이　　　　쇡여달고
　　　　　　　蜜花鐠子

갑ᄉ군복　　　홍슈다라　　　남슈화쥬　　　긴젼딩를
甲紗軍服　　　紅袖　　　　　藍繡花紬　　　　纏帶

허리를　　　　잔득미고　　　상모단　　　　노는칼을
　　　　　　　　　　　　　象毛

두숀의　　　　빗기쥐고　　　잔영산　　　　모는시면
　　　　　　　　　　　　　　靈山　　　　　　三絃

항장의　　　　츔일넌가　　　가슴이　　　　셔를ᄒ다
項莊

보기의　　　　번화ᄒ고　　　듯기의　　　　신긔ᄒ다
　　　　　　　繁華　　　　　　　　　　　　神奇

츈셩ᄉ빅　　　구십교와　　　딩도청루　　　십이즁의
春城三百　　　九十橋　　　　大道靑樓　　　十二重

집집이　　　　관현이요　　　거리거리　　　노릐로다
　　　　　　　管絃

년풍히젼　　　가가쥬요　　　츈만강셩　　　쳐쳐화라
年豊海甸　　　家家酒　　　　春滿江城　　　處處花

---

840) 배떠나기 : 일명 배따라기이니, 이선악(離船樂)으로 ① 서도악부의 열두 가지 춤
　　의 하나이니 중국으로 가는 사신 길의 무사를 비는 춤으로 동기(童妓)들이 나와서
　　춤추며 노래한다. ② 이선악으로 서도잡가의 하나. 여기서는 ① 춤추는 배따라기
　　를 말함.
841) 북춤 : 여기서는 이선악을 부르며 북을 치며 추는 동기들의 춤을 말함.
842) 대무(對舞), 남무(男舞) : 서로 맞서서 추는 기생춤이 대무요, 남빛 창의(氅衣)를
　　입고 추는 기생춤. 때로는 남자가 추는 춤도 남무라 했다.
843) 성성전(猩猩氈) : 성성의 털로 짠 붉은빛 피륙. 성성은 큰 원숭이 일종.
844) 밀화증자(蜜花鐠子) : 보석의 한 가지인 호박(琥珀) 종류의 밀화로 만든 전립(戰
　　笠) 등의 꼭지로 쓴 꾸밈새. 전립꼭지의 재료는 직급에 따라 금, 은, 옥 등 구별이
　　있다.
845) 홍수(紅袖) : 붉은 소매로 갑사천 군복에 달았다.
846) 남수화주(藍繡花紬) : 남빛으로 수놓은 꽃무늬 명주.

배떠나기[840] 북춤[841]이며 대무남무[842] 다춘후에

안을올린 벙거지의 성성전[843] 전둘레에

주먹같은 밀화증자[844] 매미를 새겨달고

갑사군복 홍수[845]달아 남수화주[846] 긴전대[847]를

허리를 잔뜩매고 상모[848]달아 노는칼[849]을

두손에 비껴쥐고 잔영산[850] 모는삼현[851]

항장[852]의 춤이런가 가슴이 서늘하다

보기에는 번화하고 듣기에는 신기하다

춘성삼백 구십교[853]와 대도청루 십이중[854]에

집집마다 거문고요 거리마다 노래로다

연풍해전[855] 집집이술 춘만강성[856] 곳곳에꽃

---

847) 긴 전대(纏帶) : 허리에 두르는 자루 모양의 귀중품 주머니. 옛적에는 돈이나 귀중
    품을 허리주머니로 차고 다녔다.
848) 상모(象毛) : 깃대나 창 따위의 꼭지로 다는 붉은빛 깃털. 일명 삭모(槊毛).
849) 노는 칼 : 칼춤에 쓰는 칼로 칼날이 칼자루에서 좌우, 상하로 흔들어 댄다는 뜻.
850) 잔 영산(靈山) : 영산회상곡의 세 번째 곡(전계 837 참조).
851) 모는 삼현(三絃) : 잔 영산곡을 연주하는 삼현이란 뜻이니, 삼현은 거문고, 가야
    금, 당비파의 세 가지 현악기.
852) 항장(項莊) : 항장이 패공(沛公)을 죽이려고 칼춤극을 벌였다는 고사. 「사기(史
    記)」의 항우기(項羽記)에 나온다.
853) 춘성(春城) 삼백구십교(三百九十橋) : 봄날 서울 장안의 놀만한 많은 다리.
854) 대도청루(大道靑樓) 십이중(十二重) : 큰길마다 기생집은 열두 겹 서있다는 뜻.
855) 연풍해전(年豊海甸) : 풍년들다. 해전은 해안지대.
856) 춘만강성(春滿江城) : 봄이 무르익은 강가 궁성, 즉 한양.

동도부　　셔도부며　　임고딕　　제경편과
東都部　　西都部　　臨高臺　　帝京編

제왕국도　　지은글이　　번화가　　장ᄒ건만
帝王國都　　　　　　　繁華　　　壯

자성제인　　어린쇼견　　우리한양　　제일일다
子誠齊人　　　所見　　　漢陽　　　第一

임ᄌ는　　그뉘신고　　하놀이　　닉신인군

젹덕빅년　　태됴대왕　　홍무의　　등극ᄒᄉ
積德百年　　太祖大王　　洪武　　　登極

례악법도　　쇼즁화라　　션니건곤　　거륵ᄒ다
禮樂法度　　小中華　　　仙李乾坤

계계승승　　셩ᄌ신숀　　질겁구나　　우리셩듀
繼繼承承　　聖子神孫　　　　　　　聖主

어질기는　　요슌이요　　효롭기는　　문무로다
　　　　　　堯舜　　　孝　　　　文武

쥬ᄂ라　　구여시와　　한ᄂ라　　ᄉ즁가는
周　　　九如詩　　　漢　　　四重歌

아마도　　우리나라　　슈뮤죡도　　즐겁구나
　　　　　　　　　　手舞足蹈

히마다　　정월이면　　티묘ᄉ직　　단이신후
　　　　　正月　　　太廟社稷　　　後

---

857) 동도부(東都部) : 중국의 옛 동한(東漢)의 서울이던 낙양(洛陽)을 말함.

858) 서도부(西都部) : 중국의 옛 서한(西漢)의 서울이던 장안(長安)을 말함.

859) 임고대(臨高臺) : 중국 한(漢)나라 때 악부곡(樂府曲)의 한 가지로 임고대에서 내려다보는 경치를 노래했다.

860) 제경편(帝京編) : 황도(皇都)의 뛰어난 경치를 노래한 한무제(漢武帝)의 「추풍사(秋風辭)」인듯.

861) 제왕국도(帝王國都) : 제왕국의 수도, 즉 중국 황제의 나라 서울을 자랑한 글을 뜻함. 옛적 사대모화(事大慕華)주의에서 중국은 제왕국이요, 우리는 소화(小華)의 군주(君主)의 나라라 했다.

862) 자성제인(子誠齊人) : 견문이 좁고 고루한 사람을 이르는 말. 옛 중국의 제나라 공손추(公孫丑)에게 맹자(孟子)가 '그대는 참으로 제인(齊人)이로다' 라고 한 말에서 유래함. 여기서 「한양가」 작자가 자기를 낮추어 하는 말.

863) 적덕백년(積德百年) : 덕을 쌓은 지 백 년. 오랫동안 좋은 일을 베풀어 왔음.

864) 홍무(洪武)에 : 이태조 이성계(李成桂)가 홍무 25년(1392)에 왕이 되었다.

865) 예악법도(禮樂法度) : 궁중의 예의범절. 종묘제악과 윤리규범.

동도부[857]　서도부[858]며　임고대[859]　제경편[860]과

제왕국도[861]　지은글에　번화한번　장하지만

자성제인[862]　어린소견　우리한양　제일좋다

임자는　뉘시던가　하늘이　내신임금

적덕백년[863]　태조대왕　홍무에[864]　등극하사

예악법도[865]　소중화[866]라　선리건곤[867]　거룩하다

계계승승　성자신손[868]　즐겁구나　우리성군

어질기는　요순[869]이요　효롭기는　문무로다[870]

주나라　구여시[871]와　한나라　사중가[872]는

아마도　우리나라　수무족도[873]　즐겁구나

해마다　정월이면　태묘사직[874]　다니신후

---

866) 소중화(小中華) : 중국에 대해 우리나라를 비하하여 하는 말이니, '작은 중국'이
　　　라는 뜻으로 사대사상에서 나온 말.
867) 선리건곤(仙李乾坤) : 신선인 이씨 조선의 하늘과 땅에 가득함.
868) 계계승승(繼繼承承) 성자신손(聖子神孫) : 대대로 성자와 신손들이 이어져 내려간
　　　다는 뜻.
869) 요순(堯舜) : 중국 고대 요임금 때와 순임금 때는 백성이 자유롭고 세금도 없이 규
　　　제받지 않고 살아서 후세사람이 부러워한다.
870) 문무(文武)로다 : 옛 중국 주(周)나라의 문왕(文王)과 무왕(武王)은 효도의 모범이
　　　되어 있다.
871) 구여시(九如詩) : 축송하는 뜻으로 쓴 시이니 「시경」 소아편(小雅編) 천보장(天保
　　　章)에 '여산여부(如山如阜)' 등 아홉 가지 여(如)자가 나오는데서 이르는 말.
872) 사중가(四重歌) : 중국 고대 한(漢)나라 때의 아악(雅樂)의 하나로 사시무(四時舞)
　　　로 춤추는 아악.
873) 수무족도(手舞足蹈) : 손으로 춤추고 발로는 도약하는 것이니, 손으로 추면 춤이
　　　요, 발로 뛰면 무도이다.
874) 태묘사직(太廟社稷) : 선왕의 사당과 국가. 사직은 토지신과 곡식의 신이니, 곧 국
　　　가임.

능힝령 陵幸令	느리시니	남도거동 南道擧動	되신다늬
남도눈 南道	화셩부라 華城府	두능을 陵	뫼셔스니
건능과 健陵	현륭원의 顯隆園	츈뎐알 春展謁	령이낫다 令
병판은 兵判	군령디령 軍令對令	각영문 各營門	장신네는 將臣
군장졈고 軍裝點考	신측ᄒ고 申飭	빅각ᄉ 百各司	관원드른 官員
군복융복 軍服戎服	치장ᄒ고 治粧	빅각ᄉ 百各司	하인드른 下人
릉힝복식 陵幸服色	지쵹ᄒ니	틱일은 擇日	삼월이라 三月
릉힝도 陵幸	ᄒ시면셔	츈셩경 春省耕	ᄒ시련다
호죠의 戶曹	별례방은 別例房	계ᄉ를 計士	영통ᄒ여 領統
각싁장싁 各色匠色	거ᄂ리고	능쇼로 陵所	밧비가고

---

875) 능행령(陵幸令) : 임금이 몸소 선왕의 능(陵)으로 행차하신다는 분부.

876) 남도거동(南道擧動) : 남쪽의 도현으로 행차함. 여기서는 화성(華城=水原)의 능으로 행차하는 일.

877) 화성부(華城府) : 수원을 말하며 여기에 두 능(陵)을 모신 뒤에 부(府)로 승격됨.

878) 두 능(陵) : 건릉(健陵)과 융릉(隆陵)으로 수원의 화산(華山)에 있다.

879) 건릉(健陵) : 조선조 22대왕 정조(正祖; 재위 1776~1800)와 왕비 효의왕후(孝懿王后)의 무덤.

880) 현륭원(顯隆園) : 장헌세자(莊獻世子; 사도세자, 1735~1762)의 무덤이었다가 뒤에 정조가 장조(莊祖)로 추존하고 융릉(隆陵)이라 고쳤다.

881) 춘전알(春展謁) : 봄철에 임금의 능(陵)이나 원(園)을 참배하는 일.

882) 병판(兵判) : 육조(六曹)의 하나인 병조의 판서(判書). 정2품직.

883) 장신(將臣)네 : 궁문(宮門)과 도성(都城)을 지키는 각 영문의 무관들.

884) 군장점고(軍裝點考) : 군관들의 장비와 질서를 점검함.

885) 신칙(申飭)하다 : 엄하게 따져보며 타이르다.

886) 백각사(百各司) : 많은 각사. 각사는 경각사(京各司)의 줄인 말로, 경각사란 서울에 있는 관아의 총칭으로 조선조 초기에는 80개의 경각사가 있었고, 태종 이후 6조로 편성한 뒤로는 그 수가 엄청 많았다.

능행령[875]　　내리시니　　남도거동[876]　　되신다네

남도는　　화성부[877]라　　두능[878]을　　모셨으니

건릉[879]과　　현륭원[880]의　　춘전알[881]의　　영내렸다

병판[882]은　　군령대령　　각영문　　장신네[883]는

군장점고[884]　　신칙하고[885]　　백각사[886]　　관원들은

군복융복[887]　　치장하고　　백각사　　하인들은

능행복색[888]　　재촉하니　　택일은　　삼월이라

능행[889]도　　하시면서　　춘성경[890]　　하시련다

호조[891]의　　별례방[892]은　　계사[893]를　　영통[894]하여

각색장색[895]　　거느리고　　능원으로　　바삐가며

---

887) 군복(軍服), 융복(戎服) : 군인의 옷이 군복이요, 철릭과 붉은 모자로 된 옷이 융복
　　이니 때로 문신도 전시나 임금님 호위 때 입는다.
888) 능행복색(陵幸服色) : 능행하는 행차 차림.
889) 능행(陵幸) : 임금의 능원 행차.
890) 춘성경(春省耕) : 임금이 농민의 봄갈이를 살피는 행사.
891) 호조(戶曹) : 조선조 육조(六曹)의 하나로 나라의 호구(戶口), 공물(貢物)과 부세
　　(賦稅), 전곡(錢穀) 등을 맡아보던 관아.
892) 별례방(別例房) : 호조에 소속된 경비사(經費司)의 다른 이름이니 장안에 있는 각
　　관청의 경비(經費)와 왜인(倭人)의 양식에 관한 일을 맡아보았다.
893) 계사(計士) : 별례방, 즉 경비사에서 일보는 산원(算員)과 산사(算士)로 대개 종8
　　품직들이다.
894) 영통(領統) : 부하를 통솔함.
895) 각색장색(各色匠色) : 각종의 장인(匠人). 장인은 조선조의 사농공상(士農工商)의
　　셋째 계급에 속했던 부류. 제조업을 일삼음.

쥬교딕장	젼령ᄒ여	쥬교를	신측ᄒ다
舟橋大將	傳令	舟橋	申飭
젼셰딕동	실는비와	두딕박이	외딕박이
田稅大同
당도리며	먼졍이며	즁거로	낙거로를

십니장강	너른물의	머리맛게	느러셰고
十里長江
션장이며	지위목슈	쥬야로	일을ᄒᆞᆯ졔
船匠	指揮木手	晝夜
쥬교별장	군복ᄒ고	이리가며	져리가며
舟橋別將	軍服
등픾를	영통ᄒ여	결곤신측	일을몬다
等牌	領統	結綑申飭
비우희	장숑쌀고	장숑우희	박숑쌀고
	長松	長松	薄松
그우희	모릭펴고	모릭우희	셰ᄉᆞ퍼고
			細砂
그우희	황토쌀고	좌우희	난간ᄊᆞ고
	黃土	左右	欄干
팔둑갓튼	쇠ᄉᆞ슬노	비머리를	거러믹고

양ᄉᆞᆺ히	홍젼문과	한가은딕	홍젼문의
	紅箭門		紅箭門

---

896) 주교대장(舟橋大將) : 주교사(舟橋司)의 대장. 주교는 배다리로 조선조에서 한강
    에 부교를 설치하여 임금의 행차길을 만들거나, 호남과 영남의 조운(漕運; 세곡
    운송의 뱃길)을 위해 설치된 주교사를 말한다.
897) 전령(傳令) : 상급명령을 전달하는 일. 또는 연락병.
898) 전세대동(田稅大同) : 양호남에서 올라오는 세곡(稅穀)인 대동미(大同米)를 싣는
    배를 말함.
899) 두대박이 : 배에 돛대 두 개를 세운 경우. 한 개를 세우면 외대박이라 함.
900) 당도리 : 바다로 다니는 큰 목조선. 일명 당두리.
901) 먼정이 : 큰 나룻배인 만장이의 옛말.
902) 중거루 : 중간 거룻배. 즉 사람이나 짐을 실어 나르는 갑판 없는 배.
903) 낚거루 : 낚싯배. 일명 낚싯거루.
904) 선장(船匠) : 배를 만드는 목수(장인).

주교대장[896)] 전령[897)]내려 주교를 명령한다

전세대동[898)] 싣는배와 두대박이[899)] 외대박이

당도리[900)]며 먼정이[901)]며 중거루[902)] 낚거루[903)]를

십리장강 넓은물에 머리맞게 늘어세고

선장[904)]이며 지휘목수 주야로 일을할제

주교별장[905)] 군복하고 이리가며 저리가며

등패[906)]를 영통하여 결곤신칙[907)] 일을몬다

배위에 장송깔고[908)] 장송위에 박송[909)]깔고

그위에 모래펴고 모래위에 세사[910)]펴고

그위에 황토깔고 좌우에 난간짜고

팔뚝같은 쇠사슬로 뱃머리를 걸어매고

양끝에 홍전문[911)]과 한가운데[912)] 홍전문에

---

905) 주교별장(舟橋別將) : 주교사(舟橋司)의 무관직.

906) 등패(等牌) : 역사(役事)를 추진할 때 일꾼을 감독하는 사람.

907) 결곤(結綑) 신칙(申飭) : 배다리를 이어 매는 일을 엄격하게 당부 지시한다. 풀리면 배가 떠내려가니 낭패 본다.

908) 장송(長松) 깔고 : 배를 이어 맨 위에다가 큰 송판(널빤지)을 깐다.

909) 박송(薄松) : 얇은 송판.

910) 세사(細砂) : 가는 모래, 즉 고운 모래. 여기 배다리는 전국의 배들을 징발하여 한강의 용산과 노량진 사이에다 모아 엮어놓고 단단히 묶은 뒤에, 배와 배 사이를 큰 송판을 깔고 그 위에 얇은 널빤지를 덧깔고는 굵은 모래를 깔고 그 위에 가는 모래를 깔고, 그 위에다 황토 깔고는 좌우에 난간을 짜고는 문을 만든 뒤 임금이 어가를 타고 한번 왕래하면 그만이니 조선조 후기 백성들의 고역이 이러했다.

911) 홍전문(紅箭門) : 홍살문. 여기서는 문교 양쪽에 세운 지붕 없는 홍살의 문이다.

912) 한가운데 : 주교 한가운데. 홍전문에는 또 붉은 홍기를 높이 꽂는다.

홍긔를 紅旗　　놉히솟고　　좌우의 左右　　비ᄉ공은 沙工

청의청건 靑衣靑巾　　남전ᄃᆡ의 藍纏帶　　오ᄉᆡ긔 五色旗　　손의들고

십리쥬교 十里舟橋　　버러스니　　쳔승군왕 千乘君王　　위의로다 威儀

쥬교ᄃᆡ장 舟橋大將　　쥬교별장 舟橋別將　　신측호령 申飭號令　　엄위ᄒᆞ다 嚴威

유도ᄃᆡ장 留都大將　　영군ᄒᆞ고 領軍　　죵노마로 鐘路　　흔가온ᄃᆡ

차일을 遮日　　놉히치고　　차일밋ᄒᆡ 遮日　　유둔치고 油芚

유둔아ᄅᆡ 油芚　　군막치고 軍幕　　군즁의 軍中　　호령ᄒᆞ다 號令

신시의 申時　　취군ᄒᆞ여 聚軍　　돈화문밧 敦化門　　다모인다

경야를 經夜　　ᄒᆞ려ᄒᆞ고　　어한제구 禦寒諸具　　가져구나

길마지　　한봉화의 烽火　　남산봉화 南山烽火　　응ᄒᆞ여셔 應

일제이 一齊　　네ᄌᆞ로가　　변방무ᄉᆞ 邊方無事　　보ᄒᆞ엿다 報

쵸졋삼경 三更　　인졍쇼리 人定　　이십팔슈 二十八宿　　응ᄒᆞ엿고 應

---

913) 뱃사공 : 여기서는 정조가 원행의궤(園行儀軌)에서 보였던 임시 뱃사공.

914) 청의(靑衣) 청건(靑巾) : 푸른 옷과 푸른 건.

915) 남전대(藍纏帶) : 남색 전대. 여기서는 뱃사공의 복식은 원행(園行) 때 만든 의궤용
이다.

916) 유도대장(留都大將) : 임금이 능행 때 비운 서울을 지키는 무관.

917) 영군(領軍)하고 : 군대를 거느리고.

918) 차일(遮日) : 햇볕을 가리는 장치. 채양과 같음.

919) 유둔(油芚) : 유지로 만든 천막으로 차일 밑에 둘러친다.

920) 군막(軍幕) : 군인들이 모여 있는 천막. 때로는 병사(兵舍)로도 쓴다.

921) 신시(申時)에 취군(聚軍) : 신시는 오후 3시~5시 사이. 취군은 군사를 불러모으는 일.

922) 돈화문(敦化門) 밖 : 창경궁(昌慶宮)의 정문이다.

923) 경야(經夜) : 밤을 새움. 밤에 자지 않고 지키는 일.

924) 어한제구(禦寒諸具) : 추위를 막는 여러 장비. 방한 제구.

홍기를　　　높이꽂고　　　좌우의　　　뱃사공[913]은

청의청건[914]　　남전대[915]에　　오색기　　　손에들고

십리주교　　　벌였으니　　　천승군왕　　위의로다

주교대장　　　주교별장　　　신칙호령　　엄숙하다

유도대장[916]　영군하고[917]　종로마루　　한가운데

차일[918]을　　높이치고　　　차일밑에　　유둔[919]치고

유둔아래　　　군막[920]치고　　군중에　　　호령한다

신시에　　　　취군[921]하여　　돈화문밖[922]　다모인다

경야[923]를　　하려하고　　　어한제구[924]　가졌구나

길마재[925]　　한봉화[926]에　　남산봉화[927]　응하여서

일제히　　　　네자부가　　　변방무사[928]　알리었다

초겻삼경[929]　인경소리[930]　이십팔수[931]　응하였고

---

925) 길마재 : 홍제동의 무악재. 이 산꼭대기에 봉화대가 있었다.
926) 봉화(烽火) : 급변사항이 있을 때 올리는 신호 횃불.
927) 남산봉화(南山烽火) : 길마재에서 횃불 피우면 바로 남산의 봉화대로 이어지는 신호체계였다.
928) 변방무사(邊方無事) : 이때의 봉화는 국경지대가 무사하다는 신호였던 모양이다.
929) 초겻삼경(三更) : 초겻은 초경(初更)으로 오후 6시 전후이고, 삼경은 밤 12시 전후를 말함. 밤 시간을 5경으로 구분했다.
930) 인정(人定)소리 : 인경소리로 조선조 때 야간통행을 규제하려고 치던 종이니 서울의 종각이나 경주의 봉덕사 등에서 밤 10시경에 대개 28번을 치고 새벽 4시경에 파루(罷漏) 인경을 33번을 치는 것이 준례였다.
931) 이십팔수(二十八宿) : 고대 별자리를 구분한 수이니, 달의 공전하는 주기가 대개 28개 구역으로 나뉘는 것에 착안한 성수(星宿)이다. 여기서는 통행금지 인경을 28번 치는 것을 말함.

전루를　　　모라쳐셔　　　오경이　　　발셔되니
傳漏　　　　　　　　　　　五更

셜흔세번　　파루쇼리　　　긋치면셔　　쵸엄치고
　　　　　　罷漏　　　　　　　　　　　初嚴

지엄치고　　숨엄치니　　　묘졍숨각　　되여구나
再嚴　　　　三嚴　　　　　卯正三刻

통례원　　　좌통례가　　　승례를　　　쳥ᄒ엿다
通禮院　　　左通禮　　　　乘輿　　　　請

부도가　　　압도가며　　　한셩부　　　쏙뒤도가
部導駕　　　　導駕　　　　漢城府　　　　導駕

ᄉ헌부　　　도가긋히　　　션진이　　　동군ᄒ다
司憲府　　　導駕　　　　　先陣　　　　動軍

긔디장　　　압흘셔니　　　마군의　　　머리로다
騎大將　　　　　　　　　　馬軍

오마디　　　마군드른　　　항오가　　　엄슉ᄒ다
五馬隊　　　馬軍　　　　　行伍　　　　嚴肅

별디마병　　션긔디며　　　쳔총파총　　긔총이며
別隊馬兵　　善騎隊　　　　千摠把摠　　騎摠

각쵸쵸관　　모양드른　　　졔방위식　　물을디려
各哨哨官　　貌樣　　　　　　方位色

---

932) 전루(傳漏) : 조선시대에 장안에서 순찰군사가 시각을 알리는 북이나 징을 치던 일.

933) 파루(罷漏) : 통행금지 해제시각을 말하며, 이때는 33차례 종을 쳤다.

934) 초엄(初嚴)치다 : 군대가 행군할 때의 호령의 하나이니 초엄에 군대가 정렬하고, 재엄에 무기를 정돈하고, 삼엄에 행진했다.

935) 묘정(卯正) 삼각(三刻) : 묘시(卯時) 정각, 곧 새벽 6시 정각. 삼각은 셋째 시각으로 45분의 시간. 여기서는 6시 45분.

936) 통례원(通禮院) : 국가의 의식을 맡아보던 관청으로 주로 조회(朝會)나 제례(祭禮) 의식을 맡았던 정3품직 이하의 관원이었고, 고종 때는 장례원(掌隷院)으로 고쳤다.

937) 좌통례(左通禮) : 통례원의 으뜸 관직이니 정3품 관직이었다.

938) 승여(乘輿) : 임금이 타는 수레나 가마.

939) 부도가(部導駕) : 임금이 행차할 때 앞길을 다듬는 일. 때로 행차 길에 황토를 펴 깔기도 하였다.

940) 앞도가(導駕) : 부도가를 말함. 앞길을 쓸고 다듬는다해서 앞도가라 한 것.

941) 한성부(漢城府) : 서울시의 조선조 때 명칭. 이태조가 천도한 이래 국말까지 500여 년간의 수도 서울시를 말함.

942) 꼭뒤도가(導駕) : 뒤에 선 도가. 꼴찌로 가란 뜻.

전루[932]를	몰아쳐서	오경이	벌써되니
서른세번	파루[933]소리	그치면서	초엄치고[934]
재엄치고	삼엄치니	묘정삼각[935]	되었구나
통례원[936]	좌통례[937]가	승여[938]를	청하였다
부도가[939]	앞도가[940]며	한성부[941]	꼭뒤도가[942]
사헌부[943]	도가끝에	선진[944]이	행군한다
기대장[945]	앞을서니	마군[946]의	머리로다
오마대[947]	마군들은	행오[948]가	엄숙하다
별대마병[949]	선기대[950]며	천총파총[951]	기총[952]이며
각초초관[953]	모양들은	제 방위색[954]	물을들여

---

943) 사헌부(司憲府) : 조선조 삼사(三司; 사헌부, 사간원, 홍문관)의 하나로 주로 언론
    과 정치와 풍속을 바로잡는 관청.
944) 선진(先陣) : 앞장선 군대.
945) 기대장(騎大將) : 조선조 금위영(禁衛營)의 대장으로 무관직 종2품 이상직.
946) 마군(馬軍) : 기마군. 곧 기마대.
947) 오마대(五馬隊) : 기마병이 다섯 줄로 일렬 횡대 지어 나가는 대오.
948) 행오(行伍) : 군대의 대열. 항오라고도 하며 앞으로 가는 줄을 행이라 하고, 옆으
    로 다섯이 서는 줄을 오라고 한다.
949) 별대마병(別隊馬兵) : 금위영(禁衛營), 즉 지금의 수도경비사령부와 같은 구실을
    하는 기마병.
950) 선기대(善騎隊) : 말잘 타는 기사의 부대.
951) 천총(千摠) 파총(把摠) : 각 영문(營門)의 정3품의 무관직을 천총이라 하고, 각 군
    영의 종4품직 무관을 파총이라 했다.
952) 기총(騎摠) : 각 군영의 별기대의 기마대장.
953) 각초초관(各哨哨官) : 각각 한 초소를 거느리던 종9품직 무관.
954) 제 방위색(方位色) : 여러 방향을 표시하는 빛깔로 오행의 5색에는 계절과 방위를
    표시하는 색상이 있다.

더그레며	슈긔쥐고 手旗	원앙진 鴛鴦陣	보군작뎌 步軍作隊
젼쵸후쵸 前哨後哨	좌쵸우쵸 左哨右哨	젼ᄉ후ᄉ 前司後司	좌ᄉ우ᄉ 左司右司
삼항으로 三行	힝군ᄒ니 行軍	쵸긔가 哨旗	압흘셧니
범갓고	곰갓트니	군상이 軍像	웅위ᄒ다 雄威
도감이 都監	션상이라 先廂	뒤장의 大將	긔구보쇼 器具
젼건쓴 戰巾	겹젼비의 前陪	영긔슌시 令旗巡視	곤장쥬장 棍杖朱杖
쳥도긔 淸道旗	압흘셔고	뒤긔치 大旗幟	버러셧다
관이영젼 貫耳令箭	승긔젼의 神機箭	월도든 月刀	휘ᄌ슈며 劊子手
금안쥰마 金鞍駿馬	죠흔말게	상모달고 象毛	쥬락달고 珠絡

---

955) 더그레 : 영문군사나 의금부 나장들의 단령의 안에 받치는 감, 또는 그런 군복.

956) 수기(手旗) : 손에 쥔 깃발. 신호용 깃발.

957) 원앙진(鴛鴦陣) : 군사 진열의 하나로 원앙처럼 두 사람씩 짝을 지운 진법.

958) 보군작대(步軍作隊) : 보병의 대열 지음이니 원앙진의 대열.

959) 전초(前哨), 후초(後哨) : 전방 초병, 즉 초소의 전방을 지키는 병사, 또는 초소. 후 초는 부대 뒤쪽의 초소 혹은 지키는 병사.

960) 전사(前司), 후사(後司) : 군진에서 학의 앞줄을 전사라 하고, 후사는 뒷줄, 양쪽 다리를 좌사 또는 우사라 했다. 이때 석 줄로 행진한다.

961) 초기(哨旗) : 군대가 행군할 때 앞에 선 군진의 깃발.

962) 도감(都監) : 왕조의 국혼이나 국상, 혹은 능행이나 궁궐축조 등 중대사가 있을 때 임시로 두었던 관청으로 권설직(權設職)이다. 또는 훈련도감(訓練都監)을 말할 때 도 있으나 여기서는 전자를 말한다.

963) 선상(先廂) : 임금의 행차 때 앞장선 호위군의 대장. 여기서는 도감이 선상 섰다고 했다.

964) 전건(戰巾) : 군인이 쓰는 건(巾). 일종의 군모(軍帽).

965) 겹전배(前陪) : 임금이나 벼슬아치가 행차할 때 앞을 인도하던 관료나 하인이 겹 겹으로 섰던 일.

966) 영기순시(令旗巡視) : 군대 명령을 전달하는 '령(令)' 자를 새긴 깃발이 이리저리 순찰함.

더그레[955]며   수기[956]쥐고   원앙진[957]   보군작대[958]

전초후초[959]   좌초우초   전사후사[960]   좌사우사

석줄로   행군하니   초기[961]가   앞을섰네

범같고   곰같으니   군대모습   거창하다

도감[962]이   선상[963]이라   대장의   차림보면

전건[964]쓴   겹전배[965]의   영기순시[966]   곤장주장[967]

청도기[968]가   앞을서고   대기치[969]로   벌여섰다

관이영전[970]   신기전[971]에   월도[972]든   회자수[973]며

금안준마[974]   좋은말에   상모달고[975]   주락달고[976]

---

967) 곤장(棍杖), 주장(朱杖) : 죄인의 볼기를 치던 막대기. 죄의 경중에 따라 막대기 크
　　기가 달랐으니 소곤(小棍), 중곤(中棍), 대곤(大棍), 중곤(重棍), 치도곤(治盜棍)이
　　있었다.
968) 청도기(淸道旗) : 임금 행차 길을 미리 청소하는 부대의 깃발.
969) 대기치(大旗幟) : 군대 행진 때 방향을 알리는 큰 깃발.
970) 관이영전(貫耳令箭) : 군율을 어긴 중죄자의 두 귀에 꿰어 여러 군인에게 보이던
　　화살.
971) 신기전(神機箭) : 군대에서 신호로 쏘던 화살. 야간엔 불 댕겨 쏘았다. 또는 세종
　　때 만든 무기의 일종인 화살. 여기서는 전자의 경우이다.
972) 월도(月刀) : 옛 무예 십팔기(十八技)의 하나로 검술의 일종이니 칼 모양이 반달형
　　인 큰 칼.
973) 회자수(劊子手) : 사형수의 목 자르는 칼잡이.
974) 금안준마(金鞍駿馬) : 금 안장으로 장식한 천리마.
975) 상모(象毛)달고 : 깃대나 창, 벙거지 꼭지에 다는 술이니, 해오라기 털이나 종이를
　　오려 만든 장식임. 일명 삭모(槊毛).
976) 주락(珠絡)달고 : 임금이나 높은 벼슬아치가 타는 말의 갈기에 붉은 줄, 붉은 털로
　　꾸민 치레. 곧 주락상모(珠絡象毛).

흰무명	된밀치며	흰무명	마혁달고 馬革
안올인	벙거지의	상모의 象毛	공작우며 孔雀羽
비단군복 緋緞軍服	우단요디 羽緞腰帶	환도츠고 還刀	등치집고
밀부병부 密符兵符	쪄셔츠고	동기의	미젼쏫고 尾箭
다홍디단 茶紅大緞	큰슈긔의 手旗	숨군스명 三軍司命	네큰즈를 字
두려시	쇡여니여	보기죠케	쪄셔쏫고
그뒤의	문무낭쳥 文武郎廳	그뒤의	즁군셔고 中軍
교련관 敎鍊官	집스드리 執事	뒤를막아	호위훈다 扈衛
그담은	룡호영이 龍虎營	표긔밋히 標旗	병죠판셔 兵曹判書
루른슈긔 手旗	불근글즈	본병이즈 本兵二字	쪄쪄들고

---

977) 된밀치 : 소의 길마나 말의 안장을 얹을 때 앞쪽으로 몰리지 않게 마소의 볼기쪽
으로 돌려대는 띠. 여기서는 말 볼기에 흰 무명을 달았다고 했다.

978) 마혁(馬革) : 말안장 양쪽에 꾸밈새로 늘어뜨린 가죽 고삐.

979) 안을 올린 : 안쪽을 말아 올린 것. 벙거지의 안쪽 모양.

980) 공작우(孔雀羽) : 공작새 털로 꾸민 붉은 벙거지의 장식이니 방우(傍羽)라고도 한다.

981) 우단(羽緞) 요대(腰帶) : 우단은 벨벳 천, 요대는 허리띠니 단순 끈이 아니고 보온
용 벨벳 천으로 만들어 두르는 복식류.

982) 환도(還刀) : 군복에 갖추어 차던 군도(軍刀).

983) 등채 : 무관이 군복차림 때 손에 잡던 채찍이니, 일명 등편(藤鞭). 손가락 굵기만
한 막대기에 손잡이엔 초록빛 털 깃을 두르고 청홍색 깃을 늘어뜨렸다.

984) 밀부(密符), 병부(兵符) : 조선조에서 군대를 동원할 때 임금이 내린 병부(兵符)이
니 유수(留守), 관찰사(觀察使), 수어사(守禦使), 통제사(統制使), 절도사(節度使),
방어사(防禦使), 감사(監司), 수사(水使) 등이 차던 밀부(密符), 병부(兵符)도 같은
밀부로 발병부(發兵符)라 하여 군대를 동원하는 권한이 있다는 믿음표.

985) 동개 : 무장할 때 활과 화살을 꽂아 넣어 등에 매는 장비로, 일명 고건(櫜鞬) 또는
동아(筒兒)라고 했다. 여기서는 말 등에 실었다.

986) 미전(尾箭) : 큰 깃털이 달린 화살처럼 생긴 살.(홍대용(洪大容)의 「담헌설총(湛軒
說叢)」의 병기 조항)에 소상하다.

흰무명	된밀치[977]며	흰무명	마혁[978]달고
안을올린[979]	벙거지에	상모의	공작우[980]며
비단군복	우단요대[981]	환도[982]차고	등채[983]집고
밀부병부[984]	껴서차고	동개[985]에	미전[986]꽂고
다홍대단	큰수기[987]에	삼군사명	네큰글자[988]
뚜렷이	새겨내어	보기좋게	써서꽂고
그뒤에	문무낭청[989]	그뒤에	중군[990]서고
교련관[991]	집사[992]들이	뒤를막아	호위[993]한다
그다음은	용호영[994]이	표기[995]밑에	병조판서[996]
누런수기	붉은글자	본병두자[997]	써서들고

---

987) 큰 수기(手旗) : 조선조 때 군대를 인솔하는 지휘관의 직책을 표시하는 사령기(司
令旗). 손에 든 수기도 있음.

988) 네 큰 글자 : 사령기에 새겨진 '삼군사명(三軍司命)'의 네 글자.

989) 문무낭청(文武郎廳) : 문관, 무관의 당하관들 또는 낭관이 집무하던 관아. 대개 종
친부의 종9품직.

990) 중군(中軍) : 조선조 때 군영의 대장. 또 사(使)의 다음가는 장관(將官)벼슬.

991) 교련관(敎鍊官) : 군대에서 군인들을 가르치고 훈련시키는 무관.

992) 집사(執事) : 귀인(貴人)을 높여서 하는 말. 여기서는 조선 후기 동학농민운동 때
의 자치기구의 한 명칭.

993) 호위(扈衛) : 여기 호위는 궁성을 지키는 호위군.

994) 용호영(龍虎營) : 궁궐의 숙위(宿衛)나 임금의 호위를 맡아보던 군영(軍營)으로 내
삼청(內三廳) 또는 금군청(禁軍廳)이라고도 했고, 영조 때에 독립군영으로 개편하
면서 용호영이 됐다.

995) 표기(標旗) : 여기서 표기는 병조(兵曹)를 표시하는 깃발.

996) 병조판서(兵曹判書) : 육조(六曹)의 하나인 병조의 수석관으로 정2품직이다.

997) 본병이자(本兵二字) : 병조를 표징하는 깃발은 누런 수기에 붉은 글자로 '본병(本
兵)'이라고 썼다고 했다.

단정이 端正	가는모양 貌樣	디ᄉ마 大司馬	원슈로다 元帥
금려ᄉ령 禁旅使令	금군별장 禁軍別將	뉵번금군 六番禁軍	작디ᄒ고 作隊
어젼긔치 御前旗幟	느러셧다	쳥도일쌍 淸道一雙	압션후의 後
좌쳥롱 左靑龍	우빅호며 右白虎	남쥬죽 南朱雀	북현무며 北玄武
동남각 東南角	남동각과 南東角	동북각 東北角	북동각과 北東角
셔남각 西南角	남셔각과 南西角	셔북각 西北角	북셔각과 北西角
홍신문 紅神門	흑신문과 黑神門	쳥신문 靑神門	빅신문과 白神門
황신문 黃神門	황신긔며 黃神旗	홍고쵸 紅高招	쳥고쵸며 靑高招
빅고쵸 白高招	흑고쵸며 黑高招	황고쵸 黃高招	등ㅅ긔며 螣蛇旗
남신장 南神將	북신장과 北神將	동신장 東神將	셔신장과 西神將

---

998) 대사마(大司馬) : 병조판서를 예스럽게 하는 말로 이런 명칭은 중국 고대 주(周)나
라 때에 쓰던 말이다.

999) 원수(元帥) : 군인 최고의 직급. 장수의 최고 직책이니, 여기서는 병조판서가 그
직책이다.

1000) 금려사령(禁旅使令) : 금군청(禁軍廳)에서 연락병으로 심부름하는 병사.

1001) 금군별장(禁軍別將) : 용호영(龍虎營)의 주장(主將)으로 임금의 군사를 통솔하던
무관직 종2품.

1002) 육번금군(六番禁軍) : 임금 경호군인 금군에서 힘센 3천 명을 뽑아 6번으로 편제
했던 부대 편성.

1003) 청도일쌍(淸道一雙) : 임금이 행차할 때 앞길을 청소하는 일을 감독하던 두 무관.
금군 앞에 섰던 무관직.

1004) 좌청룡(左靑龍) : 풍수학에서 주산(主山)의 왼쪽인 동(東)을 말하는데 이에 준해
서 널리 쓰이는 말이니, 서쪽은 우백호(右白虎), 남쪽은 남주작(南朱雀), 북쪽은
북현무(北玄武). 곧 용, 범, 공작, 거북으로 표현했다.

단정하게 　가는모양 　대사마[998]의 　원수[999]로다

금려사령[1000] 　금군별장[1001] 　육번금군[1002] 　대열짓고

어전깃발 　늘어섰는 　청도일쌍[1003] 　앞선뒤에

좌청룡[1004] 　우백호며 　남주작 　북현무며

동남각[1005] 　남동각과 　동북각 　북동각과

서남각 　남서각과 　서북각 　북서각과

홍신문[1006] 　흑신문과 　청신문 　백신문과

황신문 　황신기[1007]며 　홍고초[1008] 　청고초며

백고초 　흑고초며 　황고초 　등사기[1009]며

남신장[1010] 　북신장과 　동신장 　서신장과

1005) 동남각(東南角) : 방위를 8방(八方)으로 구분할 때의 동동남(東東南), 즉 동남향 15도 각, 이하 남동각은 남남동이니 동남향 30도이고, 정남(正南)은 45도, 동서 남북 1주 하면 180도이다.

1006) 홍신문(紅神門) : 남쪽방향에 있는 문이니 5신문의 하나. 흑신문(黑神門)은 북문, 청신문은 동문, 백신문은 서문, 황신문(黃神門)은 중앙에 있는 문.(「태극신경(太極新經」에서 나온 말)

1007) 황신기(黃神旗) : 조선시대 군기의 하나로 누런 바탕에 여러 신상(神像)과 구름무늬를 하여 중앙에 세우던 중오방기(中五方旗).

1008) 홍고초(紅高招) : 군진의 남쪽에 세웠던 군기(軍旗). 고초(高招)란 중국말로 무술의 절묘한 동작에서 유래. 청고초(靑高招)는 군영의 동쪽.… 황고초(黃高招)는 군영의 중앙에 세웠음.

1009) 등사기(螣蛇旗) : 대오방기(大五方旗)의 하나로 진영의 중앙에 세워놓고 중군(中軍) 등을 지휘하는 표식임.

1010) 남신장(南神將) : 남쪽에서 신병(神兵)을 지휘하는 명장이니 동서남북의 신장이 있었다.

칠셩긔　　　　표미긔며　　　　쵸요긔　　　　금고긔라
七星旗　　　　豹尾旗　　　　招搖旗　　　　金鼓旗

물싴도　　　　죠커니와　　　　오군미목　　　분명ᄒ다
物色　　　　　　　　　　　　　五軍眉目　　　分明

삼힝분입　　　완힝으로　　　　ᄂᆞ호쇼ᄅᆡ　　연ᄒ엿ᄂᆡ
三行分立　　　緩行　　　　　來呼　　　　　連

가젼의　　　　죠흔복싴　　　　교룡긔　　　　옹위ᄒ고
駕前　　　　　　　　服色　　　交(蛟)龍旗　　擁衛

둑담의　　　　양산셔고　　　　좌우의　　　　슈졍졀월
纛　　　　　　陽繖　　　　　左右　　　　　水晶節鉞

은증ᄌ　　　　금증ᄌ며　　　　은몽동이　　　금몽동이
銀鐕子　　　　金鐕子　　　　銀　　　　　　金

각싴의장　　　버려셔니　　　　션부의　　　　복싴일셰
各色儀仗　　　　　　　　　仙府　　　　　服色

관약지음　　　난만ᄒ고　　　　우모지미　　　현란ᄒ다
管籥之音　　　爛熳　　　　　羽毛之尾　　　眩亂

호륵ᄒᆞᆫ　　　어젼전비　　　　ᄌᆞ긔창　　　시위ᄒ고
豪勒　　　　　御前前陪　　　　　槍　　　　施威

모단젼건　　　홍덩그레　　　　화약통　　　　남갈기며
毛緞戰巾　　　　　　　　　火藥筩

오라스슬　　　칼의걸고　　　　힝보죠케　　　가ᄂᆞ구나
　　　　　　　　　　　　　　行步

1011) 칠성기(七星旗) : 오방기 중 하나로 북두칠성을 그린 군기.

1012) 표미기(豹尾旗) : 비단에 표범무늬를 그린 군영의 의장기(儀仗旗).

1013) 초요기(招搖旗) : 전진(戰陳)에서나 행군할 때 대장이 장수들을 부르고 지휘할 때 쓰는 깃발이니, 북두칠성이 그려져 있고 대장의 직품에 따라 크기가 달랐다.

1014) 금고기(金鼓旗) : 군대에서 취타수가 동작을 지휘하던 삼각형 군기로 황색 운문 비단에 적색 테를 둘렀다. 지금의 의장대기.

1015) 오군미목(五軍眉目) : 오군문 병사와 군기의 밝은 모습. 오군은 조선조의 훈련도 감, 금위영, 어영청, 수어청, 총융청을 말한다.

1016) 교룡기(交(蛟)龍旗) : 임금이 거동할 때나 몸소 열병할 때, 각 영의 군대를 지휘하 는데 쓰는 대장기로서 누런 바탕에 용틀임과 구름무늬가 있다.

1017) 독(纛)다음 : 둑(纛)을 말하니 임금의 대가나 군대의 행렬 앞에 세우던 대장기. 그 뒤에 교룡기가 섰다.

1018) 양산(陽繖) : 볕을 가리기 위해 쓰는 우산은 일산(日傘)이고 의식용으로 가장자리 에 꼬리장식이 달린 산이 양산이다.

칠성기[1011]   표미기[1012]며   초요기[1013]와   금고기[1014]라

물색도   좋거니와   오군미목[1015]   분명하다

석줄로   완행하니   걷는호령   이어졌네

어가앞의   좋은복장   교룡기[1016]가   지켜싸고

독 다음[1017]에   양산[1018]서고   좌우에   수정절월[1019]

은증자[1020]   금증자며   은몽둥이[1021]   금몽둥이

각색의장[1022]   벌려 서니   신선고장   복장이네

관약지음[1023]   난만하고   우모지미[1024]   현란하다

호륵한[1025]   어전전배[1026]   자개창[1027]   시위하고

모단전건[1028]   홍덩그레[1029]   화약통[1030]   남갈개[1031]며

오라줄을   칼에걸고   행보좋게   가는구나

1019) 수정절월(水晶節鉞) : 수정으로 장식한 절부(節符)와 부월(斧鉞)이니 임금이 지방
     관서 수장이나 출전하는 장수에게 내려주던 깃발과 도끼이니, 신뢰의 상징임.
1020) 은증자(銀鐺子) : 은으로 만든 전립(戰笠) 고달. 금으로 만들면 금 고달.
1021) 은 몽둥이 : 은 칠한 군봉(軍棒). 높은 급은 금칠을 한 군봉을 찬다.
1022) 각색의장(各色儀仗) : 각색, 각 모양의 의장대 차림.
1023) 관약지음(管籥之音) : 생황이나 단소 등 국악에서 입으로 부는 악기의 소리.
1024) 우모지미(羽毛之尾) : 날개깃과 털로 꾸민 장식들.
1025) 호륵(豪勒)하다 : 웅장하고 사나운 모습.
1026) 어전전배(御前前陪) : 임금 행차 앞에 선 관원 인도의 하급 군속.
1027) 자개창(槍) : 자개로 장식한 의전용 창.
1028) 모단전건(毛緞戰巾) : 털 비단으로 짠 군사들의 모자. 즉 건(巾).
1029) 홍덩그레 : 붉은 덩그레. 덩그레는 갓이 높은 융복.
1030) 화약통(火藥筒) : 화약이나 탄환을 넣는 통. 또는 무기함.
1031) 남갈개 : 남색 갈개. 갈개는 미상.

다홍디단	홍령긔눈	곤장쥬장	셕고셔고
茶紅大緞	紅令旗	棍杖朱杖	
금헌화	디답쇼리	보보이	령젼혼다
禁喧嘩	對答	步步	令傳
어젼등롱	홍스쵸롱	신젼이며	월도로다
御前燈籠	紅紗籠	信箭	月刀
션젼관	별군직과	별운검	총관들과
宣傳官	別軍職	別雲劍	摠管
별감무감	닉시와	무례쳥	통장들과
別監武監	內侍	武藝廳	統將
협연쵸관	창검쵸관	금헌낭쳥	닉금장과
俠輦哨官	槍劍哨官	禁喧廊廳	內禁將
닉구마	외구마는	법안지여	압희셔고
內廐馬	外廐馬	法鞍	
경긔감영	셰퓌드른	홍쳔익	공작우의
京畿監營	細牌	紅天翼	孔雀羽

1032) 다홍대단(茶紅大緞) : 다홍색 중국 비단.

1033) 홍령기(紅令旗) : 붉은색 영기로 군진(軍陣)에서 군령(軍令)을 전하는 깃발.

1034) 곤장(棍杖), 주장(朱杖) : 죄인을 문초할 때 볼기치는 몽둥이. 죄질에 따라 길이
의 차등이 있다. 주장은 붉은 칠을 한 몽둥이로 의장용으로 차고 다닌다.

1035) 금훤화(禁喧嘩) : 떠들지 말라고 호령치는 소리, 즉 "물렀거라" 등.

1036) 어전등롱(御前燈籠) : 임금 행차 앞에 선 초롱.

1037) 홍사초롱(紅紗초籠) : 붉은 비단으로 등옷 입힌 초롱.

1038) 신전(信箭) : 임금이 성 밖으로 거동할 때 선전관이 각영(各營)에 군령(軍令)을 전
하려고 쏘는 화살.

1039) 월도(月刀) : 무예 18기나 24반의 하나로 검술 이름. 같은 말로 언월도(偃月刀),
또는 청룡(靑龍)언월도라고도 했다. 「무예도보통지(武藝圖譜通誌)」에서는 무예
24기의 언월도를 사용하는 도보기(徒步技)라고 했다.

1040) 선전관(宣傳官) : 조선시대 선전청(宣傳廳)에 속해 있어 임금의 시위, 전령, 부신
의 출납 등을 맡아보던 무관직인 승지급.

1041) 별군직(別軍職) : 임금을 시위(侍衛)하는 일과 간신(奸臣)을 잡아내는 일을 맡던
무관직으로 대개가 종6품직이며 효종이 심양(瀋陽)에 인질로 다녀올 때 시작된
직제이다.

1042) 별운검(別雲劍) : 임금이 거동할 때 운검(雲劍)을 차고 임금의 좌우에 서서 호위
하던 임시직. 운검은 의장에 쓰던 큰 칼.

1043) 총관(摠管) : 오위도총부(五衛都摠府)의 도총관(정2품)과 부도총관(종2품)을 함
께 하는 말.

1044) 별감무감(別監武監) : 무예별감(武藝別監)을 이르는 말로 궁궐 문 옆에서 숙직하
며 임금을 호위하던 무관 또는 그 관청.

다홍대단[1032]   홍령기[1033]는   곤장주장[1034]   섞어서고

금훤화[1035]   대답소리   걸음마다   전해간다

어전등롱[1036]   홍사초롱[1037]   신전[1038]이며   월도[1039]로다

선전관[1040]   별군직[1041]과   별운검[1042]   총관[1043]들과

별감무감[1044]   내시[1045]들과   무예청[1046]   통장[1047]들과

협련초관[1048]   창검초관[1049]   금훤낭청[1050]   내금장[1051]과

내구마[1052]   외구마[1053]는   법안[1054]얹어   앞에서고

경기감영[1055]   세패[1056]들은   홍철릭[1057]   공작우[1058]의

1045) 내시(內侍) : 궁중에서 임금의 시중을 들거나 숙직 등을 맡아보던 벼슬아치로, 고
　　　려 때는 재능과 용모가 뛰어난 자가 맡았으나 문제가 많자 조선시대는 내시부에
　　　소속시켜 거세한 환관(宦官)으로 바꿨다.
1046) 무예청(武藝廳) : 무예별감이니 임금을 호위하는 일을 맡아보던 무관의 관청.
1047) 통장(統將) : 무예별감의 으뜸 장수.
1048) 협련초관(俠輦哨官) : 임금의 어가를 호위하는 훈련도감에 소속되어 한 초소를
　　　거느리던 무관직(종9품직).
1049) 창검초관(槍劍哨官) : 금위영에 소속된 초관직 군관(종9품직).
1050) 금훤낭청(禁喧郞廳) : 궁중에서 질서를 문란케 하는 사람을 다스리기 위하여 병
　　　조(兵曹)의 낭관직 중에서 임시로 임명한 군관.
1051) 내금장(內禁將) : 내금위장(內禁衛將)의 줄임말로 종2품의 무관직.
1052) 내구마(內廐馬) : 궁궐의 마구간과 어가를 관리하는 내사복시(內司僕寺)에 있는 말.
1053) 외구마(外廐馬) : 조선시대 관료들이 타는 말인 외사복시(外司僕寺)에서 관리하
　　　는 말.
1054) 법안(法鞍) : 궁중의 관리들이 타는 말에 얹던 안장.
1055) 경기감영(京畿監營) : 경기도를 맡아 다스리던 행정관청. 지금의 경기도청과 같
　　　음. 조선시대는 서울시 광화문 앞에 청사가 있었다.
1056) 세패(細牌) : 어가의 후미에서 호위하던 역졸로 붉고 푸른 옷에 벙거지를 썼다고
　　　했다. 소위 행차 뒤의 나졸이다.
1057) 홍철릭(紅天翼) : 조선시대 무신이 입던 공식 복장으로 직령(直領) 또는 천익(天
　　　翼)이라고도 하며 붉은 천으로 저고리와 치마로 되어 있다.
1058) 공작우(孔雀羽) : 공작 깃으로 만든 꾸밈새. 여기서는 감영(監營), 세패(細牌)들의
　　　벙거지 꼭지에 다는 장식깃을 말한다.

가는쇼리	권마셩이 勸馬聲	말고도	고을시고
숭례문밧 崇禮門	ㄴ오시니	계라추지 啓螺差知	션젼관이 宣傳官
자쥬거러	긔여와셔	취타를 吹打	쳥흔후의 請　後
겸늬취 兼內吹	픠두불너 牌頭	취타령 吹打令	ㄴ려오니
겸늬취 兼內吹	거동보쇼 舉動	쵸립우희 草笠	젹우꼿고 雀羽
누른쳔릭	남젼딕의 藍纏帶	명금슴셩 鳴金三聲	흔년후의 然後
고동이 鼓動	셰번울며	군악이 軍樂	이러나니
엄위흔 嚴威	라발이며 喇叭	이원흔 哀怨	호젹이라 胡笛
졍긔눈 旌旗	표표하고 飄飄	금고눈 琴鼓	당당ᄒ다 堂堂
한가온딕	취고슈눈 吹鼓手	흰한슴 汗衫	두북치를
일시의 一時	슈십명이 數十名	힝고를 行鼓	가치치니

1059) 권마성(勸馬聲) : 임금이나 고관들이 탄 말이나 수레 앞에 선 호위사복이나 역졸
　　　들이 외치는 소리. 대개의 경우 '어가 행차하신다! 물렀거라!' 라고 외쳤다.

1060) 숭례문(崇禮門) : 남대문의 정식 명칭. 경복궁을 중심으로 장안 4대문을 인(仁;
　　　東), 의(義;西), 예(禮;南), 지(智;北)로 이름 지었다.

1061) 계라차지(啓螺差知) : 임금이 행차할 때 취타수(吹打手)를 영솔하던 선전관.

1062) 자주 걸어 : 어가 앞이라 잔걸음으로 조심하여 걷는 선전관의 걸음.

1063) 취타(吹打) : 악기(樂器)를 불고 치는 취타악(吹打樂)이니, 여기서는 군진에서 나
　　　팔이나 소라를 불고 징이나 북을 치는 군악을 말한다.

1064) 겸내취(兼內吹) : 선전관청(宣傳官廳)에 소속되어 어가 앞에서 취타하는 나졸.

1065) 패두(牌頭) : 형조(刑曹)에서 죄인 취조 때 볼기를 치는(笞杖 치는) 사령.

1066) 초립(草笠) : 가는 대나 누런 풀로 엮은 갓으로, 대개 선비나 어린 사내가 쓰던 작
　　　은 삿갓 종류.

1067) 작우(雀羽) : 군인이 쓰는 벙거지에 달던 공작 깃 꾸밈새. 대관(大官) 전립에는 공
　　　작 깃을 달았다.

1068) 누런철릭 : 누런 빛깔로 만든 무신이 입던 공복. 당상관은 푸른빛, 당하관은 붉은
　　　빛, 수문장은 황색이었다고 했다.

가는소리	권마성[1059]이	맑고도	고울시고
숭례문[1060]밖	나오시니	계라차지[1061]	선전관이
자주걸어[1062]	기어와서	취타[1063]를	청한후에
겸내취[1064]	패두[1065]불러	취타하라	분부하니
겸내취의	모양보니	초립[1066]위에	작우[1067]꽂고
누런철릭[1068]	남전대[1069]에	명금삼성[1070]	울린뒤에
고동[1071]소리	세번울려	군악[1072]이	일어나니
위엄스런	나팔이며	가냘픈	호적[1073]이라
정기[1074]는	나부끼고	금고[1075]는	당당하다
한가운데	취고수[1076]는	흰한삼[1077]	두 북채로
일시에	수십명이	행고[1078]를	같이 치니

1069) 남전대(藍纏帶) : 남빛 천으로 만든 전대. 전대는 허리에 매는 주머니의 한 가지로 양쪽이 트인 자루 같은 것.
1070) 명금삼성(鳴金三聲) : 명금은 바라를 쳐서 울림이니 국악 대취타(大吹打)에서 시작의 신호로 징을 세 번 치는 소리임.
1071) 고동(鼓動) : 북 쳐 울리는 소리. 취타악 때 치는 북소리.
1072) 군악(軍樂) : 군대가 연주하는 음악이니, 일명 행군악.
1073) 호적(胡笛) : 일명 '랄라리 또는 ' 태평소 '라고도 하며, 대나무로 만든 관에 여덟 구멍을 내고 아래쪽에는 깔대기 모양의 놋쇠를 대고, 갈대로 만든 혀로 부는 악기로 그 소리가 길고 늘어져서 애상적이다.
1074) 정기(旌旗) : 정(旌)과 기(旗)를 아울러 말함이니, 정은 깃대 끝을 장목으로 꾸민 깃발.
1075) 금고(琴鼓) : 해금(奚琴)과 북으로 길 군악 때 켜고 치는 군악.
1076) 취고수(吹鼓手) : 입으로 부는 취주악사(吹奏樂士)와 북 치는 고수(鼓手).
1077) 흰 한삼(汗衫) : 손을 감추기 위해 두루마기나 저고리의 소매에 이어 댄 흰 덧소매.
1078) 행고(行鼓) : 행군할 때 보조 맞추기 위해 치는 북.

듯기의도	죠커니와	보기의도	엄위ᄒ다 嚴威
압히ᄂ	공가교요 空駕轎	뒤의ᄂ	타신가교 駕轎
무예청 武藝廳	호위ᄒ고 扈衛	그밧게	별감무감 別監武監
모도다	홍쳔릭의 紅	공젹우 孔雀羽	쏘ᄌᄉ며
가교의 駕轎	ᄂ옵시니	홍양산은 紅陽纖	압히셧다
그밧게	협연군이 挾輦軍	ᄌ기창 槍	뒤를막고
그밧게	나장이ᄂ 羅將	쥬장들고 朱杖	시위ᄒ고 施威
디령포교 待令捕校	ᄉ오명은 四五名	빅의로 白衣	슈가ᄒ고 隨駕
약방닉각 藥房內閣	졍원옥당 政院玉堂	군복ᄒ고 軍服	슈가ᄒ고 隨駕
위외의 衛外	산반드른 散班	쳔릭으로	비죵ᄒ고 陪從
후상은 後廂	금위디장 禁衛大將	솜쳔병마 三千兵馬	춍독ᄒ고 摠督
원앙진 駕鴦陣	힝군ᄒ여 行軍	솜십팔면 三十八面	디긔치의 大旗幟

1079) 공가교(空駕轎) : 위장용으로 쓰던 빈 수레. 임금이 탄 어가보다 앞서 가게 한 빈 어가.

1080) 공작우(孔雀羽) : 무신이 융복(戎服)차림 때 주립(朱笠)에 달던 공작 깃 장식품.

1081) 가교(駕轎) : 임금이 장거리 행차 때 타던 수레로 두 필의 말이 끌었다.

1082) 홍양산(紅陽纖) : 붉은 일산(日傘). 청색, 붉은색, 황색이 있었다.

1083) 협련군(挾輦軍) : 국왕의 어가를 호위하는 군사들. 이들은 모두 긴 창날 옆에 갈고리가 달린 마늘 창을 들고 있다.

1084) 나장(羅將) : 병조에 속해 있는 하급 직원으로 나졸(羅卒)이라고도 하며, 칠반천인(七般賤人)의 하나로 고급관원의 시종과 죄인 문초, 압송 등을 맡아 보았다.

1085) 주장(朱杖) : 붉은 칠한 몽둥이. 보통 곤장(棍杖)과는 달리 의장용(儀仗用)으로 차고 다닌다.

1086) 대령포교(待令捕校) : 영을 기다리는 포도부장(捕盜部將).

1087) 수가(隨駕) : 임금 행차 수레를 따라감. 백의종군과 같은 뜻.

1088) 약방내각(藥房內閣) : 대궐 안에서 의약에 관한 일을 맡아보던 관아. 곧 내약방(內藥房)과 규장각(奎章閣). 이들도 의료진으로 수가했다.

듣기에도	좋거니와	보기에도	엄숙하네
앞에는	공가교[1079]요	뒤에는	타신어가
무예청이	호위하고	그밖에는	별감무감
모두 다	홍철릭에	공작우[1080]를	꽂았으며
가교[1081]가	나옵시니	홍양산[1082]은	앞에섰다
그밖에	협련군[1083]이	자개창	뒤를막고
그밖에	나장[1084]이는	주장[1085]들고	시위하고
대령포교[1086]	사오명은	백의로	수가[1087]하고
약방내각[1088]	정원옥당[1089]	군복하고	수가하고
위외[1090]의	산반[1091]들은	철릭입고	배종[1092]하고
후상[1093]은	금위대장[1094]	삼천병마	통솔하고
원앙진[1095]	행군하여	삼십팔면[1096]	대기치[1097]에

1089) 정원옥당(政院玉堂) : 정원은 승정원(承政院). 옥당은 홍문관(弘文館)의 다른 명칭들.
1090) 위외(衛外) : 호위군에 들지 않고 어가를 따르는 산반 등.
1091) 산반(散班) : 일정한 관직은 없고 다만 품계만을 보유하고 있는 관원. 일명 산관(散官).
1092) 배종(陪從) : 어가를 모시고 따라감.
1093) 후상(後廂) : 임금이 행차할 때 뒤쪽을 호위하는 군대. 후군(後軍) 또는 후진(後陣). 훈련도감이 선상(先廂)에 선다.
1094) 금위대장(禁衛大將) : 조선 후기 오군영(五軍營)의 하나인 금위영(禁衛營)의 주장(主將)이니, 약칭 금장(禁將)이라고도 하고 때로 병조판서가 겸임할 때도 있었으나 대개 종2품의 무신(武臣)이 맡았다.
1095) 원앙진(鴛鴦陳) : 군진을 지을 때 두 사람이 짝을 지어 이룬 6가지 무기를 쓰는 12명의 전투진.
1096) 삼십팔면(三十八面) : 대기치(大旗幟)가 표시하는 38방향.
1097) 대기치(大旗幟) : 진중에서 방위를 표시하던 군기, 청도기(淸道旗) 등 10여 기치를 진영의 문에다 세웠다.

난후취　　취타ᄒ고　　후진되여　　가는구나
攔後吹　　吹打　　　後陣

돌모로　　지나셧다　　로량을　　　당ᄒ엿네
　　　　　　　　　　露梁　　　當

쥬교디장　결진하고　　강물을　　　굿게막아
舟橋大將　結陣　　　　江

나는시를　건녈쇼냐　　힝보죠흔　　션젼관이
　　　　　　　　　　行步　　　宣傳官

표신을　　숀의쥐고　　홍영긔　　　압셰우고
標信　　　　　　　　紅令旗

쥬교령　　드러가셔　　표신을　　　젼호후의
舟橋營　　　　　　　標信　　　傳　後

방포슘셩　진문열고　　디가가　　　드으신다
放砲三聲　陣門　　　　大駕

명금취타　디진ᄒ니　　어룡이　　　다놀는다
鳴金吹打　大振　　　　魚龍

언긔고　　신긔젼의　　삼군이　　　호령ᄒ니
偃旗鼓　　神機箭　　　三軍　　　號令

풍운이　　변화ᄒ고　　룡ᄉ가　　　비등혼다
風雲　　　變化　　　　龍蛇　　　飛騰

규규흔　　무부드른　　공후간셩　　되여셔라
赳赳　　　武夫　　　　公侯干城

군졔가　　정슉ᄒ고　　항오가　　　정졔ᄒ다
軍制　　　整肅　　　　行伍　　　整齊

1098) 돌모로 : 한강 북쪽에 있던 돌모(石隅)란 동네 이름. 홍수로 지금은 백사장으로
　　　변했다 함.

1099) 결진(結陣) : 진을 치는 일. 여기서는 주교(舟橋)의 진을 치는 일.

1100) 행보(行步) 좋은 : 여기서는 선전관(宣傳官)이 이리저리 뛰느라고 걸음이 빠르다
　　　는 뜻.

1101) 표신(標信) : 궁중 또는 군영(軍營)에 급변을 전할 때 문을 통과하는 출입증. 궁성
　　　의 대문을 열고 닫을 때 사용하는 개문표신, 폐문표신의 표가 있다.

1102) 주교영(舟橋營) : 배다리를 설치하는 일을 맡아보던 관청.

1103) 방포삼성(放砲三聲) : 총이나 대포 쏘는 소리니, 여기서는 어가가 드실 때 진문
　　　(陣門)을 열라!는 세 방의 대포 소리.

1104) 대가(大駕) : 임금이 타신 수레. 어가(御駕).

1105) 대진(大振) : 여기서는 징이나 바라 또는 취주악기와 북을 치는 소리가 크게 울림
　　　을 말함. 대진은 크게 떨치다, 또는 요란하다는 말.

난후취를	불고치고	후진되어	가는구나
돌모로[1098]	지나셨다	노량진에	당도했네
주교대장	결진[1099]하고	강물을	굳게막아
나는새를	건넬소냐	행보좋은[1100]	선전관이
표신[1101]을	손에쥐고	홍령기를	앞세우고
주교영[1102]	들어가서	표신을	전한후에
방포삼성[1103]	진문열고	대가[1104]가	드오신다
명금취타	대진[1105]하니	어룡[1106]이	다놀란다
언기고[1107]	신기전[1108]의	삼군이	호령하니
바람구름	변화하고	용과뱀이	뛰노누나
규규[1109]한	군사들은	공후간성[1110]	되었어라
군제가	정숙[1111]하고	항오가	정제[1112]하다

1106) 어룡(魚龍) : 물속의 고기와 잠긴 용. 크게 놀랄 때 하는 말.

1107) 언기고(偃旗鼓) : 어가 행차가 끝났을 때 군기를 눕히고 북을 쉬운다는 언기식고(偃旗息鼓)를 말하며, 여기서는 정조(正祖)의 '을묘(1795)원행(乙卯園幸)'의 경우를 들어 서술하고 있다.
※참고; 「원행을묘정리의궤(園幸乙卯整理儀軌)」가 전한다.

1108) 신기전(神機箭) : 불놀이나 비상 신호로 쏘아 올리는 화살이니, 여기서는 원행하는 어가가 무사 통과함을 축하하는 불놀이 화살.

1109) 규규(赳赳)한 : 용감한 무사. 규규무사(赳赳武士)라고도 함.

1110) 공후(公侯), 간성(干城) : 공작(公爵)과 후작(侯爵)으로 나라의 굳은 성이 된다는 뜻.

1111) 정숙(整肅) : 군사조직이 바르고 엄숙함.

1112) 정제(整齊) : 군사의 항(行)과 오(伍)가 정돈되고 고르다. 항(行)은 군대편제에서 앞으로 가는 줄 25명이고, 오(伍)는 옆으로 5명이다.

하로지나　　　이틀지나　　　숨일만의　　　환궁ㅎㅅ
　　　　　　　　　　　　　　三日　　　　　還宮
별단시상　　　ㅎ신후의　　　과거령　　　　나리시니
別單施賞　　　　後　　　　　科擧令
알셩의　　　　룡호방이　　　한덕로　　　　뵈신다니
謁聖　　　　　龍虎榜
잇씨는　　　　어늬썬고　　　춘삼월　　　　호시졀의
　　　　　　　　　　　　　　春三月　　　　好時節
춘풍이　　　　화려ㅎ고　　　만화방창　　　ㅎ여셔라
春風　　　　　華麗　　　　　萬化方暢
금쳔교　　　　버들빗슨　　　벽라만ㅅ　　　드리온닷
禁川橋　　　　　　　　　　　碧羅萬絲
옥류쳔　　　　두견빗슨　　　홍금쳔폭　　　가리온닷
玉流川　　　　杜鵑　　　　　紅錦千幅
쳔ㅈ만록　　　방비ㅎ니　　　가지가지　　　봄빗실다
千紫萬綠　　　芳菲
금셩류싁　　　쳔문효요　　　옥동도화　　　만슈츈을
金城柳色　　　千門曉　　　　玉洞桃花　　　萬壽春
운리뎨셩　　　빵봉궐의　　　우즁츈슈　　　만인가를
雲裡帝城　　　雙鳳闕　　　　雨中春水　　　萬人家
츈당딕　　　　노픈언덕　　　영화당　　　　너른쓸의
春塘臺　　　　　　　　　　　暎花堂

1113) 별단시상(別單施賞) : 임금에게 올리는 문서에 덧붙이던 문서나 인명부를 별단이
　　　라 하고, 원행이 잘 끝났으므로 상을 주는 일.
1114) 알셩(謁聖) : 임금이 성균관 공자묘에 참배하는 일을 말하나 따로 과거제도에서
　　　임금이 알성한 뒤 치루는 과거.
1115) 용호방(龍虎榜) : 과거시험에서 문과나 무과에 합격한 사람의 이름을 게시하던 나
　　　무판. 후에는 종이에 써 붙였다.
1116) 금천교(禁川橋) : 함부로 건너지 말라는 다리 형태로 대한문 후면의 하마석 자리
　　　와 세조의 광릉 재실 앞에도 있었다. 여기서는 궁궐 앞 금천교.
1117) 벽라만사(碧羅萬絲) : 푸른 비단실과 같은 많은 버들가지.
1118) 옥류천(玉流川) : 창경궁(昌慶宮) 안에 있던 개울.
1119) 두견(杜鵑)빛 : 진달래꽃 빛과 같은 붉은빛. 두견은 진달래의 다른 이름.
1120) 홍금천폭(紅錦千幅) : 붉은 비단 천 폭을 편 듯 진달래가 무리지어 만발한 모습.
1121) 천자만록(千紫萬綠) : 많고 많은 붉은 꽃과 푸른 잎.
1122) 방비(芳菲)하다 : 향기롭고 꽃다운 봄의 화초들.

하루지나	이틀지나	삼일만에	환궁하사
별단시상[1113]	하신후에	과거령을	내리시니
알성[1114]시험	용호방[1115]이	한꺼번에	뵈신다네
이때는	어느땐고	춘삼월	호시절에
춘풍이	화창하고	온갖꽃이	피었구나
금천교[1116]	버들빛은	벽라만사[1117]	드리운듯
옥류천[1118]	두견빛[1119]은	홍금천폭[1120]	가리운듯
천자만록[1121]	방비하니[1122]	가지가지	봄빛일세
금성유색	천문효요[1123]	옥동도화	만수춘[1124]을
운리제성	쌍봉궐[1125]에	우중춘수	만인가[1126]를
춘당대[1127]	높은언덕	영화당[1128]	넓은뜰에

1123) 금성유색(金城柳色), 천문효(千門曉)요 : 금성, 즉 한양의 버들 빛에 천 집의 새벽
　　이 밝아오고.
1124) 옥동도화(玉洞桃花), 만수춘(萬壽春) : 신선이 산다는 옥동의 복숭아꽃은 만년토
　　록 봄이라네. 이백(李白)의 시에 "옥동도화 만수춘"이라 했다.
1125) 운리제성(雲裡帝城) 쌍봉궐(雙鳳闕) : 구름 속 깊이 감추인 궁성은 쌍봉황 궁궐집
　　이요.
1126) 우중춘수(雨中春水), 만인가(萬人家)를 : 봄비 속에 흐르는 물은 만백성 마을에
　　질펀하네.
　　※ 이상 주 1123부터 4귀절은 궁성을 중심으로 한 한양의 봄 풍경을 읊은 7언율
　　시이다. 대개 이백(李白)의 시귀절을 인용했다.
1127) 춘당대(春塘臺) : 창경궁(昌慶宮) 안에 있는 과거시험을 보이던 대 이름.
1128) 영화당(暎花堂) : 창경궁 비원(秘苑) 안에 있는 건물로 문무백관을 이곳에서 시험
　　보였다.

비셜방 排設房	군ᄉ들과 軍士	어군막 御軍幕	방직이가 房直
삼층 三層	보계판을 補階板	광딕ᄒ게 廣大	널이무고
십칠냥 十七椺	어치일을 御遮日	반공의 半空	놉히치고
흰휘장 揮帳	둘너치고	다홍공단 茶紅貢緞	어군막을 御軍幕
유둔밋히 油芚	바쳐치고	오봉산 五峰山	일월병풍 日月屛風
룡상우희 龍床	교의노코 交椅	룡문셕 龍紋席	어포진을 御鋪陣
광하쳔간 廣廈千間	널이깔고	층층셤돌 層層	어로의ᄂ 御路
힝보셕 行步席	느러펴고	쓸아릐	큰북노코
북우희	안탑무고	한편의	향노노코 香爐
식스러온 色	어ᄉ화며 御賜花	보기죠흔	거문기며 蓋
록의홍상 綠衣紅裳	무동드른 舞童	쌍쌍이 雙雙	늘어셧다

1129) 배설방(排設房) : 궁궐 안에서 연회장 등 제반 설비를 준비 설치하는 일을 하는 장소.

1130) 어군막(御軍幕) : 임금이 행차할 때 군막을 설치하는 무관이 머물던 임시 장소.

1131) 보계판(補階板) : 마루 앞에다 임시로 잇대어 만드는 자리(가무대)에 쓰는 널빤지.

1132) 십칠량(十七椺) : 열일곱 대들보를 세워 짠 큰 차일. 여기서는 임금이 머물던 곳의 차일.

1133) 어차일(御遮日) : 조선시대 어군막(御軍幕)에 설치하던 햇볕 가리개(차일).

1134) 어군막(御軍幕) : 임금이 행차 도중에 잠시 머무르던 군막.

1135) 유둔(油芚) : 비 올 때 쓰기 위하여 유지를 이어붙인 차일 밑에 쓰는 용품. 어가 행차 때의

1136) 오봉산(五峰山) : ① 강원도 춘천과 화천 사이에 있는 다섯 봉우리의 산. ② 경남 함양에 있는 산. ③ 전남 완도에 있는 산. 여기서는 강원도에 있는 산의 일월도(日月圖)인듯.

1137) 일월병풍(日月屛風) : 해와 달을 그린 병풍. 용상 뒤에 두른 병풍.

1138) 용상(龍床) : 임금이 제신들을 모아놓고 통치할 때 앉는 교의 밑 평상.

1139) 의자 : 평상 위에 높은 의자. 용상의 의자.

배설방[1129]　　군사들과　　어군막[1130]　　방직이가

삼층의　　　보계판[1131]을　　광대하게　　넓게짜고

십칠량[1132]　　어차일[1133]을　　반공에　　　높이치고

흰 휘장을　　둘러치고　　　다홍공단　　어군막[1134]을

유둔[1135]밑에　받쳐치고　　　오봉산[1136]　　일월병풍[1137]

용상[1138]위에　의자[1139]놓고　　용문석[1140]　　어포진[1141]을

광하천간[1142]　널리깔고　　　층층섬돌[1143]　어로[1144]에는

행보석[1145]　　늘여펴고　　　뜰아래　　　큰북놓고

북위에　　　안탑[1146]무고　　　한편에는　　향로놓고

빛갈좋은　　어사화[1147]며　　보기좋은　　검은개[1148]며

녹의홍상[1149]　무동[1150]들은　　쌍쌍이　　　늘어섰다

1140) 용문석(龍紋席) : 용상 밑에 까는 용 무늬의 돗자리.
1141) 어포진(御鋪陣) : 임금이 용상 밑에 까는 자리, 방석.
1142) 광하(廣廈) 천간(千間) : 넓은 결방 집 천간 크기.
1143) 층층(層層)섬돌 : 층지어 쌓은 섬돌. 섬돌은 집터에서 마당으로 오르내리기 위해
　　　쌓은 돌층계.
1144) 어로(御路) : 임금이 다니는 전용도로.
1145) 행보석(行步席) : 임금의 전용도로에 깔아놓은 돗자리. 신랑, 신부를 맞을 때도
　　　쓴다.
1146) 안탑 : 안탑(雁塔)인듯하나 미상.
1147) 어사화(御賜花) : 임금이 내리는 꽃이니 과거시험에서 문과나 무과에 급제한 사
　　　람에게 내려준 꽃.
1148) 검은 개(蓋) : 갑사로 만든 의장용 일산 종류로 청개(青蓋), 홍개(紅蓋), 황개(黃
　　　蓋), 흑개(黑蓋)의 여러 종류가 있었다.
1149) 녹의홍상(綠衣紅裳) : 연두색 저고리에 분홍치마로 젊은 여자의 의상.
1150) 무동(舞童) : 춤추는 아이. 무용수 동녀들.

선비의　　　거동보쇼　　　반물드린　　　모시쳥포
　　　　　　　舉動　　　　　　　　　　　　青袍
거문씌　　　눌너씌고　　　유건의　　　붓쥬머니
　　　　　　　　　　　　　儒巾
젹셔복즁　　　ᄒᆞ여스니　　　슈면앙비　　　ᄒᆞ는구나
積書腹中　　　　　　　　　粹面盎背
긔상이　　　쳥슈ᄒᆞ고　　　모양이　　　죠촐ᄒᆞ다
氣像　　　　　淸秀　　　　　貌樣
집츈문　　　월근문과　　　통화문　　　홍화문의
集春門　　　月覲門　　　　通化門　　　弘化門
부문을　　　ᄒᆞ는구나　　　건장ᄒᆞᆫ　　　션졉군이
赴門　　　　　　　　　　　　健壯　　　　　先接軍
짜른도포　　　졔쳐미고　　　우산의　　　공셕쓰고
　　　道袍　　　　　　　　　雨傘　　　　　空席
말독이며　　　말장이며　　　디로만든　　　등을들고
　　　　　　　　　　　　　　　　　　　　　　燈
각ᄉᆡᆨ글ᄌᆞ　　　표을ᄒᆞ여　　　등을보고　　　묘야셧다
各色　　　　　標　　　　　　燈
밤즁의　　　문을여니　　　각ᄉᆡᆨ등이　　　드러온다
　　　　　　　門　　　　　　各色燈
쥴불이　　　펼쳐ᄂᆞᆫ닷　　　시벽별이　　　흐르ᄂᆞᆫ닷

긔셰ᄂᆞᆫ　　　빅젼일셰　　　쌔르기도　　　슬갓도다
氣勢　　　　　白戰

1151) 반물들인 : 검은빛을 띤 짙은 남색으로, 주로 무명에 물들여 농촌 여자들 치마나 중들이 경제색 옷으로 물들여 입었다. 여기서는 모시천에 물들였음.

1152) 모시청포(青袍) : 모시천으로 만든 푸른 도포.

1153) 유건(儒巾) : 유생들이 쓰는 건(巾)으로 검은빛 베로 만든 예관(禮冠)인데 극히 간소 청렴해 보인다. 일명 민짜건(民子巾)이라 함.

1154) 적서복중(積書腹中) : 뱃속에 책이 쌓였다는 말로, 선비의 뱃속엔 글이 꽉 찼다는 뜻.

1155) 수면앙배(粹面盎背) : 순수한 얼굴과 군건한 어깨, 즉 선비의 때묻지 않고 강직한 모습.

1156) 집춘문(集春門) : 창덕궁 내 어영청(御營廳)의 분청인 집춘영(集春營)의 문. 성균관으로 통하는 문.

1157) 월근문(月覲門) : 창경궁의 홍화문(弘化門) 북쪽에 있던 문으로 정조가 초하루면 경모궁으로 참배할 때 드나든 문이므로 붙인 이름.

선비들의 　　거동보소 　　반물들인[1151] 　　모시청포[1152]

검은띠 　　눌러띠고 　　유건[1153]에는 　　붓주머니

적서복중[1154] 　　하였으니 　　수면앙배[1155] 　　하는구나

기상은 　　맑고높고 　　모양은 　　조촐하다

집춘문[1156] 　　월근문[1157]과 　　통화문[1158] 　　홍화문[1159]에

부문[1160]을 　　하는구나 　　건장한 　　선접군[1161]이

짜른도포[1162] 　　젖혀매고 　　우산에 　　공석쓰고[1163]

말뚝[1164]이며 　　말장[1165]이며 　　대로만든 　　등을들고

각색글자 　　표를하여 　　등을보고 　　모여섰다

밤중에 　　문을여니 　　각색등이 　　들어온다

줄 불이 　　펼쳤는듯 　　새벽별이 　　흐르는듯

기세는 　　백전[1166]이요 　　빠르기도 　　살같구나

1158) 통화문(通化門): 창경궁 안에 있던 문으로 죄인의 통로로 사용되었다. 그러나 여기서는 과거보러 들던 문.

1159) 홍화문(弘化門) : 창경궁의 정문으로 한양도성의 4소문의 하나로 동소문(東小門)이라고도 한다.

1160) 부문(赴門) : 문에 이르렀다는 말이지만, 여기서는 서생들이 과거보러 들어가는 문이다.

1161) 선접군(先接軍) : 과거볼 때 힘센 무인이 좋은 자리로 인도하던 무리. 과거가 문란해져서 매수된 앞잡이꾼들을 말한다.

1162) 짜른도포(道袍) : 도포는 유생(儒生)들의 보통 때의 예복이지만, 여기서는 선접군들의 옷을 말함.

1163) 공석(空席)쓰다 : 우산에다 쓴 빈자리 표시.

1164) 말뚝 : 과거장 안내 표시 말뚝.

1165) 말장 : 막대기로 과거장 안내 말뚝.

1166) 백전(白戰): 군사들이 무기없이 싸우는 백병전하듯 서생들이 과거시험장에서 시문을 겨루는 일.

현제판밋 懸題板	셜포장의 設布帳	말독박고	우산치고 雨傘
휘장치고 揮帳	등을꼿고 燈	슈죵군이 隨從軍	느러셔셔
접마다 接	직히면셔	엄포가	ᄉᆞᄂᆞ올ᄉ
그외의 外	약혼션비 弱	장원봉 壯元峰	기슬이며
궁장밋 宮墻	싱강밧히 生薑	잠복치고	안져스니
등불이 燈	죠요ᄒ니 照耀	ᄉ월팔일 四月八日	모양일다 貌樣
동동일츌 曈曈日出	디명궁ᄒ니 大明宮	오ᄉᆞᆨ운즁 五色雲中	가뉵룡을 駕六龍
창검군 槍劍軍	압흘셔고	션진이 先陣	느러셨다
총관각신 摠管閣臣	모딘빅관 百官	거러셔	비죵ᄒ다 陪從
의장이 儀仗	압흘셔고	양산이며 陽繖	교룡긔며 交龍旗

1167) 현제판(懸題板) 밋 설포장(設布帳) : 과거의 시험문제를 내거는 판때기 아래에는 포장을 쳤던 것.

1168) 수종군(隨從軍) : 따라다니며 시중드는 사람을 말하지만, 여기서는 과거 때마다 권문세가의 자제들을 부정합격시키려고 매수 동원한 협잡군을 말한다.

1169) 접(接)마다 : 과거볼 때 몇 사람씩 묶어서 접으로 구성하는데, 그 접의 대표자를 접장(接長)이라 불렀고, 나중에 시골 서당 훈장도 접장이라 불렀다.

1170) 엄포가 사나울사 : 권문세가들이 매수한 수종군들이 시험장에 들어와 일반 수험생을 협박해서 과거시험을 잡치게 하던 일.

1171) 장원봉(壯元峰) : 장원급제가 많이 났다고 해서 붙인 각처에 있는 봉우리인데, 여기서는 약한 선비들이 시험장에 못들어가서 진치고 앉은 모습.

1172) 궁장(宮墻) 밑 : 과거시험 보는 왕궁의 담장 밑.

1173) 생강밭 : 과거시험장 담장 밑에는 생강밭이 있었던 모양인데, 과장에서 밀려난 유생들이 몰려앉은 비참한 모습.

1174) 잠복치고 : 잠복은 숨어서 엿보는 모양이니, 나약한 서생들이 과장에 못들어가서 웅크린 모습들.

※ 참고 : 다산(茶山) 정약용(丁若鏞)의 『오학론(五學論)』 중 "과거지학(科擧之學)"에 그 폐단이 소상하다.

현제판밑	설포장[1167]에	말뚝박고	우산치고
휘장치고	등을꽂고	수종군[1168]이	늘어서서
접마다[1169]	지키면서	엄포가	사나울사[1170]
그외의	약한선비	장원봉[1171]	기슭이며
궁장밑[1172]	생강밭[1173]에	잠복치고[1174]	앉았으니
등불이	밝게비춰	초파일의	모양같네
동동일출[1175]	대명궁하니[1176]	오색운중[1177]	가육룡을[1178]
창검군[1179]	앞을서고	앞엣진이	늘어섰다
총관각신[1180]	모든백관	걸어서	배종[1181]한다
의장[1182]이	앞을서고	양산이며	교룡기[1183]며

1175~1176) 동동일출(曈曈日出) 대명궁(大明宮)하니 : 밝은 해가 떠올라 큰 궁궐을 비추니.

1177~1178) 오색운중(五色雲中) 가육룡(駕六龍)을 : 오색의 구름 속에 달리는 6룡 수레 같구나! 6필 말의 어가가 아침 밝은 빛에 달리는 모습이니, 백거이(白居易)의 「단가행(短歌行)」에 "동동태양여화색, 상행천리하일각(曈曈太陽如火色, 上行千里下一刻)"이라 했다.

1179) 창검군(槍劍軍) : 창과 검을 들고 호위하는 군사. 어가의 앞에서 호위한다.

1180) 총관각신(摠管閣臣) : 총관은 오위도총부의 무관직인 도총관(都摠管;정2품)과 부총관(종2품), 각신은 규장각(奎章閣) 관료.

1181) 배종(陪從) : 어가를 모시고 뒤따름.

1182) 의장(儀仗) : 의식에 쓰는 장비로 임금의 위의를 보이는 부(斧), 월(鉞), 모(茅), 개선(蓋扇) 등이 있었다.

1183) 교룡기(交龍旗) : 임금행차 때 군대행렬의 다음에서는 큰 기. 바른 표기는 교룡기(蛟龍旗)로 용트림하는 용의 무늬가 있다.

병죠판셔　　금헌낭쳥　　오위장　　우림장과
兵曹判書　　禁喧郎廳　　五衛將　　羽林將

가젼의　　시위쇼리　　길고도　　느러진다
駕前　　侍衛

장악원　　일등악싱　　다홍관디　　야ᄌ디의
掌樂院　　一等樂生　　茶紅冠帶　　也字帶

션악을　　길게니니　　여민동락　　화홀시고
仙樂　　　　　　與民同樂　　和

옥교로　　오오실제　　양산이　　히를가려
玉轎　　　　　　陽繖

비슥이　　바드시고　　뒤의논　　현무션을
　　　　　　　　　　玄武扇

츙의가　　들어스며　　키큰　　봉두별감
忠毅　　　　　　　　奉導別監

가진시위　　경필쇼리　　갸륵ᄒ고　　엄위ᄒ다
　　施威　　警蹕　　　　嚴威

협연시위　　무례쳥은　　고기슉여　　ᄒ논쇼리
俠輦施威　　武藝廳

듯기의도　　쳥슉ᄒ고　　보기의도　　경돈ᄒ다
　　　　淸肅　　　　敬尊

쳥양문　　나아실제　　디답쇼리　　웅장ᄒ다
靑陽門　　　　　　對答　　雄壯

1184) 금훤낭청(禁喧郎廳) : 임금이 정좌할 때나 거동할 때 함부로 뛰어들어 떠드는 사
　　　람을 단속하는 낭관. 낭관은 6조의 5, 6품직의 정랑(正郎)과 좌랑(左郎)을 말함.
1185) 오위장(五衛將) : 오위도총부에 딸린 군사를 거느리던 종2품직 수장이며, 오위는
　　　평상시에는 주로 입직(入直)과 순찰을 하였다.
1186) 우림장(羽林將) : 우림위를 통솔하던 정3품의 무관직이니 금군청(禁軍廳)이 되면
　　　서 금군 2백명을 거느렸다.
1187) 장악원(掌樂院) : 아악(雅樂)과 향악(鄕樂) 등 음악에 관한 일을 맡아보던 관아.
1188) 일등악생(一等樂生) : 장악원의 제일 잘하는 악사.
1189) 다홍관대(茶紅冠帶) : 붉은색으로 만든 벼슬아치 관복.
1190) 야자대(也字帶) : 관복의 띠 모양이 느슨해서 늘어진 모양이 야(也)자 형으로 보였
　　　기에 붙인 이름이니, 여기서는 과거에서 성적이 우수한 선비에게 입혔던 사모관
　　　대의 모습.
1191) 선악(仙樂) : 본래의 뜻은 신선의 음악이지만, 여기서는 영선악(迎仙樂) 등 과거급
　　　제생을 축하하는 음악.

병조판서 금휜낭청[1184] 오위장[1185] 우림장[1186]과

어가앞의 시위소리 길고도 늘어진다

장악원[1187] 일등악생[1188] 다홍관대[1189] 야자대[1190]에

선악[1191]을 길게내니 여민동락[1192] 화하누나

옥교[1193]로 납시실때 양산이 해를가려

비스듬히 받드시고 뒤에는 현무선[1194]을

충의[1195]가 들었으며 키 큰 봉도별감[1196]

갖은시위 경필소리[1197] 갸륵하고 엄격하다

협련시위[1198] 무예청[1199]은 고개숙여 하는소리

듣기에도 청숙하고 보기에도 경존[1200]하다

청양문[1201] 나가실제 대답소리 웅장하다

1192) 여민동락(與民同樂) : 백성과 함께 즐긴다는 말이니, 여기서는 여민악(與民樂)을 연주한 듯.
1193) 옥교(玉轎) : 임금이 타는 가마.
1194) 현무선(玄武扇) : 북방을 의미하는 거북 그림의 부채.
1195) 충의(忠毅) : 충훈부(忠勳府)와 종친부(宗親府)의 벼슬아치. 대개 정5품의 무관.
1196) 봉도별감(奉導別監) : 어가의 앞길을 인도하며 경계하는 액정서의 하인.
1197) 경필(警蹕)소리 : 어가 행차 때 앞길 통행을 금지하는 웨침 소리. 대개 "물렀거라!"라고 소리친다.
1198) 협련시위(俠輦施威) : 어가 행차 때 수레 곁에서 호위하는 무예청 나졸들.
1199) 무예청(武藝廳) : 무예별감을 관장하던 관청으로 주로 임금을 호종하거나 대궐문의 수직을 담당했다.
1200) 경존(敬尊) : 경건하고 높아보이다.
1201) 청양문(靑陽門) : 창경궁 동쪽의 곁문인데 그 안은 춘당대(春塘臺)로 후원이 된다.

관풍각 觀豊閣	지나시고	관덕졍 觀德亭	지나셔셔
보탑의 寶榻	젼좌ㅎᄉ 殿座	군병방위 軍兵方位	졍ᄒ후에 定　後
어악이 御樂	이러ᄂ며	모딕ᄒ 帽帶	환시네가 宦侍
어제를 御題	고이들고	현졔판 懸題板	임ᄒ여셔 臨
홍마삭 紅麻索	ᄭᅳᆫ을믹여	일시의 一時	올녀다니
만장즁 滿場中	션비드리	붓슬들고	다라ᄂ다
각각제졉 各各　接	츳져가셔	칙힝담 册行擔	여러노코
히제를 解題	ᄉᆡᆼ각ᄒ여 生覺	풍우갓치 風雨	지여닉니
글ᄒᄂ	거벽드른 巨擘	귀귀이 句句	을퍼닉고
글시쓰ᄂ	ᄉ슈드른 寫手	시각을 時刻	못머문다
글글시	업ᄂ션비	슈죵군 隨從軍	모양으로 貌樣
공셕의도 空席	못안고도	글한장을	이걸ᄒ다 哀乞

1202) 관풍각(觀豊閣) : 창경궁 안에 있던 과거시험장으로 쓰던 곳. 왕비가 친잠하던 잠탑(蠶塔) 남쪽에 있었고, 이곳에서 활쏘기와 군사훈련도 하였다.

1203) 관덕정(觀德亭) : 창경궁 안 관풍각 곁에 있는 정자이니, 여기서 과거시험을 보았고, 같은 이름의 정자는 조선8도에 여러 군데 있었다.

1204) 보탑(寶榻) : 임금이 앉는 자리. 곧 옥좌(玉座).

1205) 군병방위(軍兵方位) : 궁궐에서 군병들이 줄 서는 방향. 그때그때 방위를 정하는 데 이때 어악이 일어난다.

1206) 어악(御樂) : 임금 앞에서 연주하던 궁중 아악.

1207) 모대(帽帶)한 : 머리에 쓰는 사모(紗帽)와 허리에 두르는 각대(角帶).

1208) 환시(宦侍) : 임금 곁에서 시중드는 내시, 일명 환관(宦官).

1209) 어제(御題) : 임금이 출제하는 과거시험 문제. 특별히 알성시(謁聖試) 때는 어제로 출제한다.

관풍각[1202]	지나시고	관덕정[1203]	지나셔서
보탑[1204]에	전좌하사	군병방위[1205]	정한후에
어악[1206]이	일어나며	모대한[1207]	환시[1208]네가
어제[1209]를	고이들고	계시판에	다달아서
홍마삭[1210]	끈을매어	일시에	올려다니
만장한	선비들이	붓을들고	뛰어간다
자기접을	찾아가서	책행담[1211]	열어놓고
해제[1212]를	생각하여	풍우같이	지어내니
글잘아는	거벽[1213]들은	귀귀절절	읊어내고
글씨쓰는	사수[1214]들은	한시각을	못머문다
글재주	없는선비	수종군[1215]	모양으로
빈자리에	못앉고도	글한장을	애걸한다[1216]

1210) 홍마삭(紅麻索) : 붉은빛 베끈이니 과거시험 문제를 써서 매달던 노끈.

1211) 책행담(册行擔) : 책 행리(行李), 책이나 문방구를 넣고 다니는 행장.

1212) 해제(解題) : 책머리에 쓰는 머리말인 책의 요지 글이지만, 여기서는 과거시험 문제를 풀어 해답을 쓴다는 뜻.

1213) 거벽(巨擘) : 학식이 뛰어난 대가. 일반적으로는 큰 대가라는 말.

1214) 사수(寫手) : 글을 베껴쓰는 명수를 말하나, 여기서는 과거시험장에서 잘 쓴 거벽의 답안지를 금방 베껴써서 세도가의 자제 답안지와 바꿔치기하는 사기꾼 필사(筆士)이다.

1215) 수종군(隨從軍) : 따라다니며 시중드는 하인.

1216) 애걸한다 : 답안지를 써달라고 애걸함. 학식 없이 과거보는 난장판 모습이다.

부모션싱（父母先生）　권학홀제（勸學）　이런토심（吐心）　모로던가
경각의（頃刻）　션장드러（先場）　위장군（衛將軍）　외는구나
혼장들고（張）　두장들어（張）　츠츠로（次次）　드러간다
빅장이（百張）　너머셔는　일시의（一時）　드러오니
승긔전（神機箭）　모양이요（貌樣）　빅셜이（白雪）　분분ㅎ다（紛紛）
슈건슈（收卷數）　멧장인고（張）　언덕갓고　뫼갓구나
소알소약（司謁司鑰）　무감별감（武監別監）　정원소령（政院使令）　우장군이（衛將軍）
열장식（張）　작츅ㅎ여（作軸）　젼즈관（塡字官）　젼즈ㅎ고（塡字）
쥬문명관（主文命官）　시관압히（試官）　슈업시（數）　갓다놋닉
츠례로（次例）　쏘놀적의　비졈치고（批點）　관별ㅎ다（貫別）
그외의（外）　낙고지는（落考紙）　짐짐이　져셔넌다

1217) 권학(勸學)할제 : 공부시킬 때.

1218) 이런 토심(吐心) : 이같은 창피스러운 몰골. 토심은 남에게 어색한 마음을 보이는 표정.

1219) 선장(先場)들어 : 과거시험 때 장중(場中)에서 남보다 먼저 답안지를 내는 일.

1220) 위장군(衛將軍) : 임금의 경호와 궁궐의 수비 등을 맡던 고위직 무관.

1221) 신기전(神機箭) : 변괴의 신호나 불꽃놀이 때 쏘아 올리는 불화살.

1222) 사알(司謁) 사약(司鑰) : 궁중 액정서(掖庭署)의 잡직인 정6품직. 단지 사약은 수문군보다 주서(注書)나 엄고수(嚴鼓手)처럼 편한 역할을 맡았다. 여기서는 과거시험을 거드는 일을 맡고 있다.

1223) 무감(武監) 별감(別監) : 무예별감을 말하며, 훈련도감의 군사 중에서 궁궐문 옆에서 호위와 숙직을 맡은 무사들이다. 여기서는 과거시험 답안지를 정리하고 있다.

1224) 정원사령(政院使令) : 승정원(承政院)에서 일직이나 주번의 책임 장교, 여기서는 과거 답안지 처리하는 일을 돕고 있다.

부모선생	권학할제[1217]	이런토심[1218]	모르던가
경각에	선장들어[1219]	위장군[1220]	외는구나
한장들고	두장들어	차차로	들어가서
백장이	넘어서는	일시에	들어오니
신기전[1221]	모양이요	백설이	휘날리듯
모인답안	몇장인고	언덕같고	뫼같구나
사알사약[1222]	무감별감[1223]	정원사령[1224]	위장군[1225]이
열장씩	축을지어	전자관[1226]이	전자하고[1227]
주문명관[1228]	시관[1229] 앞에	수없이	갖다놓네
차례로	채점할때	비점치고[1230]	관별한다[1231]
그외의	낙고지[1232]는	짐짐이	져서낸다

1225) 위장군(衛將軍) : 임금의 경호와 궁궐수비를 맡은 고위직 무관이나 여기서는 과 거시험 답안지 정리하는 일을 맡고 있다. 이상에 열거한 궁궐 주변 벼슬아치들은 과거의 부정시험에 관련된 자들이므로 열거하고 있다.

1226) 전자관(塡字官) : 과거시험 답안지가 모여지는 대로 순번을 써서 정리하던 이조 (吏曹)의 당상관들.

1227) 전자(塡字)하고 : 과거시험 답안지에 이조 당상관이 순번을 써 넣는 일.

1228) 주문명관(主文命官) : 과거시험관의 대표 관료. 대개 대제학(大提學)이 맡아 보았다.

1229) 시관(試官) : 과거시험 감독관. 여기서는 채점관.

1230) 비점(批點)치다 : 시나 문장의 잘된 부분 옆에다가 방점을 찍어 표시하는 시문 평론법.

1231) 관별(貫別)한다 : 시나 문장의 잘된 부분에 붓으로 가늘게 그어서 표시하는 일. 즉 관주(貫珠).

1232) 낙고지(落考紙) : 과거시험에서 급제에 들지 못한 답안지, 낙제한 답안지.

학고의（學考） 오른글장 먹으로 등을쓰네（等）

글시는 명필이요（名筆） 지은글은 문장이라（文章）

니두의（李杜） 글일넌가 희지의（羲之） 글시런가

이갓치 공부홀제（工夫） 장원이（壯元） 못될쇼냐

과거를（科擧） 다본후의（後） 션비의 거동보쇼（擧動）

우산접어（雨傘） 둘너메고 공셕쓰셔（空席） 엽히끼고

장원봉（壯元峰） 언덕우희 잠복이 모야셔셔

방나기（榜） 기달일제 보계판을（補階板） 바라보니

시관들과（試官） 뉵방승지（六房承旨） 어젼의셔（御前） 탁방혼다（坼榜）

셜포장（設布帳） 지우고셔 졍원스령（政院使令） 불너니여

셩명숨ᄌ（姓名三字） 쎠셔주니 졍원스령（政院使令） 거동보쇼（擧動）

쟛쥬름 방픠쳔릭（防牌天翼） 통양갓（統凉） 졋게쓰고

다람박질 ᄂᆞ려올제 만장즁（滿場中） 션비마음

1233) 학고(學考)에 오른 : 과거시험의 급제급에 오르다. 즉 합격선에 이르다.

1234) 글장 : 합격된 답안지.

1235) 등(等)을 쓰네 : 성적 순서를 쓰다. 등수를 쓰다.

1236) 이두(李杜) : 중국 당(唐)나라 때 유명했던 시인인 이백(李白;701~762)과 두보(杜甫;712~770).

1237) 희지(羲之) : 옛 중국 진(晋)나라 때 명필이던 왕희지(王羲之).

1238) 장원봉(壯元峰) : 장원봉은 전국 각처에 장원급제한 선비의 고장마다 있지만, 여기서는 상징적으로 붙인 언덕 이름.

1239) 보계판(補階板) : 행사 때 임시로 마루 끝에 잇대어 꾸민 좌판.

학고에 　　　　오른[1233]글장[1234]　　　먹으로 　　　　등을쓰네[1235]

글씨는 　　　　명필이요 　　　　지은글은 　　　　명문이라

이두[1236]의 　　　　글이런가 　　　　희지[1237]의 　　　　글씨런가

이같이 　　　　공부할제 　　　　장원이 　　　　못될소냐

과거를 　　　　다본뒤에 　　　　선비들의 　　　　거동보소

우산접어 　　　　둘러메고 　　　　자리말아 　　　　옆에끼고

장원봉[1238]　　　　언덕위에 　　　　가득하게 　　　　모여서서

방나기 　　　　기다릴제 　　　　보계판[1239]을 　　　　바라보니

시관들과 　　　　육방승지[1240]　　　어전에서 　　　　탁방한다[1241]

설포장[1242]　　　지우고서 　　　　정원사령[1243]　　　불러내어

이름석자 　　　　써서주니 　　　　정원사령 　　　　거동보소

잔주름[1244]　　　　방패천릭[1245]　　　통량갓[1246]　　　젖혀쓰고

달음박질 　　　　내려올제 　　　　가득모인 　　　　선비마음

1240) 육방승지(六房承旨) : 승정원(承政院) 산하의 육방(이방, 호방, 예방, 병방, 형방, 공방)의 동승지와 승지(정3품직).
1241) 탁방(坼榜)한다 : 과거에 급제한 사람의 이름을 써 붙임. 합격자 발표 명록.
1242) 설포장(設布帳) : 집 밖에다 포장을 치는 일.
1243) 정원사령(政院使令) : 승정원에 딸린 장교로 주로 일직이나 주번 책임 무관이지만, 여기서는 과거의 일을 보고 있다.
1244) 잔주름 : 옷 등 속에 잡힌 잔다란 주름.
1245) 방패(防牌), 천릭(天翼) : 적의 공격을 막는 무기와 문신의 공복인 직령(直領).
1246) 통량(統凉)갓 : 경남 통영(統營)에서 만든 갓이 유명했다.

심독희(心獨喜)	자부ᄒ여(自負)	가마니	듯는구나
여러시	묵거질너	셩명숨즈(姓名三字)	호명한다(呼名)
젹덕한(積德)	뉘집즈숀(子孫)	글용한	어늬션비
십년등하(十年燈下)	죽을공부(工夫)	금일등과(今日登科)	하엿는고
밧비불너	올나갈졔	망건을(網巾)	고쳐쓰고
도포를(道袍)	가라입고	여긔잇다	소리ᄒ니
슈십명(數十名)	원령드리(院令)	일시에(一時)	달녀드러
부익ᄒ고(扶腋)	올나가니	어약룡문(魚躍龍門)	되여구나
등과흔(登科)	신은드를(新恩)	ᄎᄎ로(次次)	불너올녀
어젼의(御前)	례방승지(禮房承旨)	진퇴를(進退)	식히고셔
ᄉ온ᄉ비(司醞三盃)	ᄒ신후의(後)	얼골의	희묵ᄒ고(戲墨)
몸의ᄂᆫ	홍삼이오(紅衫)	머리의ᄂᆫ	어ᄉ화라(御賜花)
좌우의(左右)	빅관드리(百官)	금관의(金冠)	금줌꼿고(金簪)

1247) 심독희(心獨喜) : 기대감으로 혼자서 은근히 마음속으로 기뻐함.

1248) 묶어질러 : 여럿이 함께 소리 질러. 합창하듯이.

1249) 십년등하(十年燈下) : 과거공부로 고심하던 10년간 등잔 밑의 공부.

1250) 금일등과(今日登科) : 오늘의 과거급제, 즉 천신만고 고생 끝에 오늘의 영광이라는 뜻.

1251) 원령(院令)들 : 승정원의 사령직들.

1252) 부액(扶腋)하다 : 겨드랑이를 끼고 부축하는 일. 높이 모시는 일.

1253) 어약용문(魚躍龍門) : 물고기가 뛰어서 용의 문에 오른다는 말이니 크게 출세하는 일.

1254) 신은(新恩)들 : 새로 알성급제하여 은총을 입은 사람. 신래(新來)라고도 한다.

심독희[1247]　　자부하며　　가만히　　듣는구나

여럿이　　묶어질러[1248]　　이름석자　　호명한다

덕을쌓은　　뉘집자손　　글잘아는　　어느선비

십년등하[1249]　　죽을공부　　금일등과[1250]　　하였는가

바삐불려　　올라갈제　　망건을　　고쳐쓰고

도포를　　갈아입고　　여기있다　　소리치니

수십명　　원령[1251]들이　　일시에　　달려들어

부액하고[1252]　　올라가니　　어약용문[1253]　　되었구나

급제한　　신은[1254]들을　　차례대로　　불러올려

임금앞의　　예방승지[1255]　　진퇴를　　시키고서[1256]

사온삼배[1257]　　하신후에　　얼굴에　　희묵하고[1258]

몸에는　　홍삼[1259]이요　　머리에는　　어사화[1260]라

좌우의　　백관들이　　금관에　　금잠꽂고[1261]

1255) 예방승지(禮房承旨) : 승정원 예방의 도승지와 좌우 부승지들.
1256) 진퇴(進退)를 시키다 : 임금 앞에서 나아가고 물러서는 행보를 가르치는 일.
1257) 사온삼배(司醞三盃) : 임금이 내려주는 과거급제 축하 술 석 잔. 이는 하나의 의
　　　식이었다.
1258) 희묵(戲墨)하다 : 과거급제생 얼굴에 먹으로 환을 그리는 장난기 풍습이 있었다.
1259) 홍삼(紅衫) : 붉은 빛깔 바탕에 검은 선을 두른 겉옷으로 조복의 한 가지이니, 여
　　　기서는 과거급제생에게 입힌 옷이다.
1260) 어사화(御賜花) : 과거급제(장원)의 축하로 임금이 꽃을 내려주었고, 이를 머리에
　　　꽂는 풍습이 있었다.
1261) 금잠(金簪)꽂고 : 금비녀 꽂고, 여기서는 조선조 관리들이 금관에 꽂던 비녀.

홍황나 紅亢羅	고은죠복 朝服	금환후슈 金環後垂	다라스며
냥엽히 兩	픠옥쇼리 佩玉	거름마다	징징ᄒ다 琤琤
시위군병 施威軍兵	갑쥬ᄒ고 甲冑	츈당디 春塘臺	너른쁠의
득인진하 得人陳賀	되는구나	통례원 道禮院	인의드리 引儀
산호를 山呼	놉히ᄒ니	쳔셰쳔셰 千歲千歲	쳔쳔셰라 千千歲
구경도 求景	장홀시고 壯	문물도 文物	거륵ᄒ다
장원낭 壯元郎	기를쥬고 蓋	그남은	신은들은 新恩
스복마 司僕馬	죠흔말계	무동쥬어 舞童	닉보니니
궐문밧 闕門	ㄴ올져게	긔구도 器具	장ᄒ도다 壯
아츰의	션비러니	져역의	션달이라 先達
화류츈풍 花柳春風	디도샹의 大道上	셰마치	길군악의 軍樂

1262) 홍항라(紅亢羅) : 붉은빛의 항라 천으로 만든 옷. 항라는 명주, 모시, 무명실 따위로 성글게 짠 여름 옷감.

1263) 금환후수(金環後垂) : 뒷머리에 드리우는 금고리, 조복에 갖추는 치장.

1264) 패옥(佩玉) : 벼슬아치의 금관조복(金冠朝服)의 좌우에 늘여 차던 구슬.

1265) 쟁쟁(琤琤) : 옥을 굴리거나 서로 부딪치는 소리가 매우 맑음.

1266) 갑주(甲冑)하다 : 갑옷과 투구를 갖춘 시위군병(施威軍兵).

1267) 춘당대(春塘臺) : 창경궁 안 북쪽에 있는 대이니, 여기서 과거시험을 보였다.

1268) 득인진하(得人陳賀) : 새로 인재를 얻어 기뻐서 벌리는 잔치.

1269) 통례원(通禮院) : 조선조에서 조하(朝賀)나 제사 등 예식을 맡아보던 관청.

1270) 인의(引儀) : 통례원(道禮院)의 종6품 관직으로 의식에서 식순에 따라 구령을 웨치는 일을 맡아보던 무관 벼슬.

1271) 산호(山呼) : 임금의 만수무강을 웨치는 산호만세(山呼萬歲)이니 "천세(千歲)! 천세! 천만세!"라고 웨친다. 지금의 구호(口呼·口號) 웨치 듯했다.

1272) 장원랑(壯元郎) : 과거시험에서 장원급제(1등 급제)한 사람, 가장 영광된 남자.

홍항라[1262]　　　고운조복　　　금환후수[1263]　　　달았으며

양옆에　　　　패옥[1264]소리　　　걸음마다　　　쟁쟁[1265]하다

시위군병　　　갑주하고[1266]　　춘당대[1267]　　　넓은뜰에

득인진하[1268]　　되는구나　　　통례원[1269]　　　인의[1270]들이

산호[1271]를　　　높이웨쳐　　　천세천세　　　천천세라

구경도　　　　장할시고　　　문물도　　　　거룩하다

장원랑[1272]　　　개를주고[1273]　　그남은　　　　신은들은

사복마[1274]　　　좋은말에　　　무동주어[1275]　　내보내니

대궐문밖　　　나올적에　　　차림새도　　　장하도다

아침에는　　　선비더니　　　저녁에는　　　선달[1276]이라

화류춘풍[1277]　　대도상에　　　세마치[1278]　　　길군악[1279]에

1273) 개(蓋)를 주다 : 기(旗)처럼 생긴 의장(儀仗)의 한 가지로 사포(紗布)로 일산(日傘)같이 만들어서 색깔(청, 홍, 황, 흑)에 따라 상하급이 구별된다. 여기서는 장원급제한 남자에게 주고 있다.

1274) 사복마(司僕馬) : 궁중의 사복시(司僕寺)에서 취급하는 말.

1275) 무동(舞童)주다 : 궁중잔치 때 춤추고 노래 부르던 사내아이로, 여기서는 장원랑 말 앞에서 춤추며 간다.

1276) 선달(先達) : 알성시의 문, 무과에서 급제한 사람이 아직 관직에 임명되기 전의 호칭, 특히 무과 출신에게 부르는 호칭.

1277) 화류춘풍(花柳春風) : 꽃 피고 버들가지 한들거리는 봄바람, 아주 즐겁고 평화로운 봄날.

1278) 세마치 : 대장간에서 달군 쇠를 다듬을 때 세 사람이 번갈아 망치로 치는 것을 세마치라 하는데, 여기서는 장원랑 말 앞에서 신나게 두드리는 북소리를 말함.

1279) 길군악(軍樂) : 취타곡(吹打曲)의 하나로 임금의 행차 때나 군대의 행진 때 연주하던 군악, 일명 행군악(行軍樂).

무동은　춤을츄고　벽제소리　웅장ᄒᆞ다
舞童　　　　　　　辟除　　雄壯

츈풍득의　마제질ᄒᆞ니　탐화랑　되여셔라
春風得意　馬蹄疾　　　探花郎

남녀노쇼　관광ᄒᆞ고　누가아니　층찬ᄒᆞ리
男女老少　觀光　　　　　　　　稱讚

세샹선비　드러보쇼　음슈독셔　어려말쇼
世上　　　　　　　飲水讀書

정셩쇼도　금셕투ᄂᆞᆫ　옛말이　그를숀가
精誠所到　金石透

슈문슈덕　면강ᄒᆞ며　셩경현젼　슈심ᄒᆞ여
隨問隨得　勉強　　　聖經賢傳　修心

츙군효친　근본숨고　졔셰안민　지죠닥가
忠君孝親　根本　　　濟世安民　才操

발룡부봉　현달ᄒᆞ여　입신양명　ᄒᆞ게ᄒᆞ쇼
攀龍附鳳　顯達　　　立身揚名

례악법도　이러ᄒᆞ니　거룩ᄒᆞᆯᄉᆞ　한양일다
禮樂法度　　　　　　　　　　　漢陽

어화　　　벗님너야　한양구경　가ᄌᆞ셔라
　　　　　　　　　　漢陽求景

한양은　어듸면고　우리나라　국도로셰
漢陽　　　　　　　　　　　國都

하후시　도산도슈　시획구쥬　ᄒᆞ셔스니
夏禹氏　導山導水　始劃九州

1280) 벽제(辟除)소리 : 어가 앞이나 귀인의 행차 앞에서 앞길을 정리하던 "물렀거라!" 를 웨치는 소리.

1281~1282) 춘풍득의(春風得意) 마제질(馬蹄疾)하니 : 봄바람에 신이 나서 말 타고 달리니(멋진 풍경).

1283) 탐화랑(探花郎) : 꽃 찾는 사나이. 과거급제생의 멋진 모습.

1284) 음수독서(飲水讀書) : 물 마시며 글을 읽다. 곧 빈한한 중에서 열심히 공부한다는 말.

1285) 금석투(金石透) : 정성을 다한다면 무쇠나 돌도 뚫는다는 격언(格言)임.

1286) 수문수득(隨問隨得) : 모르는 것은 묻는 대로 얻어진다는 한자말, 묻는 자만이 알아진다는 뜻.

1287) 면강(勉强) : 공부를 열심히 한다는 말. 정성을 다하여 공부한다는 뜻.

1288) 성경현전(聖經賢傳) : 옛 성인의 가르침과 어진 이의 전기. 옛 과거공부란 이것이 전부였다.

1289) 수심(修心)하다 : 마음을 닦는 일. 청소년의 공부란, 마음 닦는 일과 몸을 단련시키는 일이 전부임.

무동은	춤을추고	벽제소리[1280)	웅장하다
춘풍득의[1281)	마제질하니[1282)	탐화랑[1283)	되었어라
남녀노소	구경하고	누가아니	칭찬하리
세상선비	들어보소	음수독서[1284)	마다마오
정성소도	금석투[1285)란	옛말이	그를손가
수문수득[1286)	면강[1287)하며	성경현전[1288)	수심하여[1289)
충군효친[1290)	근본삼고	제세안민[1291)	재주닦아
반룡부봉[1292)	현달하여	입신양명[1293)	하게하소
예악법도[1294)	이러하니	거룩할사	한양이네
어화	벗님네야	한양구경	가잤구나
한양은	어디멘고	우리나라	국도로세
하우씨[1295)	도산도수[1296)	시획구주[1297)	하셨으니

1290) 충군효친(忠君孝親) : 임금 곧 나라에 충성을 다하고 부모에게 효도를 다하는 일.
　　　이것을 이륜(二倫)이라 한다.
1291) 제세안민(濟世安民) : 세상을 잘 다스리고 백성을 편안케 하는 일.
1292) 반룡부봉(攀龍附鳳) : 용을 잡고 올라가듯. 봉황새에 붙어서 날아가듯 잘 되어 간
　　　다는 뜻.
1293) 입신양명(立身揚名) : 성공 출세하여 이름을 세상에 떨침.
1294) 예악법도(禮樂法度) : 예악은 예의도덕과 음악 예능이고, 법도는 윤리규범, 즉 문
　　　화예술과 윤리도덕.
1295) 하우씨(夏禹氏) : 중국 고대 전설상의 최초의 왕조로 순(舜)임금의 선(禪)을 받아
　　　임금이 됨. 성은 사씨(姒氏), 호가 우(禹)이다.
1296) 도산도수(導山導水) : 산을 다스리고 물을 다스리는 치산치수(治山治水)와 같은
　　　말이니 나라 다스리는 근본을 말한다.
1297) 시획구주(始劃九州) : 중국의 태고적 전 국토를 아홉으로 나누었다는 『서경(書
　　　經)』 우공(禹貢)장의 옛 역사. ※이 구주 설은 중국 고서 『이아(爾雅)』 석지(釋地)
　　　장에 먼저 나왔다.

데요데슌	도읍터는	평양포판	그아니며
帝堯帝舜	都邑	平陽蒲坂	
문왕무왕	도읍터는	기산풍호	그아닌가
文王武王	都邑	岐山豊鎬	
동셔한의	ㄴ려와셔	낙양장안	동셔경은
東西漢		洛陽長安	東西京
고됴의	창업이요	광무의	즁흥이라
高祖	創業	光武	中興
강남금능	번화지지	당숑국도	되여셔라
江南金陵	繁華之地	唐宋國都	
력디뎨왕	전슈ᄒ니	즁국의	싸이로다
歷代帝王	傳受	中國	
싱어동방	ᄒ여스니	동국이나	알리로다
生於東方		東國	
강우틱빅	단목ᄒ여	여요병입	단군이며
降于太白	檀木	與堯並立	檀君
봉긔ᄌ우	조션ᄒᄉ	각일쳔연	평양이라
封箕子于	朝鮮	各一千年	平壤

1298) 제요제순(帝堯帝舜) : 중국 고대 전설상의 임금. 요순시절, 태평성대의 표본.

1299) 평양포반(平陽蒲坂) : 평양은 요(堯)임금이 도읍한 고장 이름, 포반은 순(舜)임금 이 도읍했던 지명. 모두 명소 이름임.

1300) 문왕무왕(文王武王) : 중국 고대 주(周)나라(B.C. 1122~A.D. 960)의 무왕과 그 아버지 문왕. 문왕은 이름이 창(昌)이니 강태공(姜太公)을 모사로 들여 나라의 터 전을 잡고, 무왕은 이름이 발(發)이니 문왕의 아들로 여상(呂尙)을 태사로 삼아서 주나라를 세웠다. 우리나라로서는 최고로 숭상하는 왕조이다.

1301) 기산풍호(岐山豊鎬) : 기산은 주(周)문왕이 나라의 터전을 닦던 지명이고, 풍호는 주(周)무왕이 나라의 도읍으로 잡았던 지명이다.

1302) 동서한(東西漢) : 동한(東漢)과 서한(西漢)이니, 서한은 전한(前漢)으로 유방(劉邦 =高祖)이 진(秦)을 쳐서 멸하고 장안(長安)에 도읍했던 왕조(14왕 214년)를 말하 고, 동한은 후한(後漢)으로 전한 말 왕망(王莽)에게 빼앗겼던 왕조를 유수(劉秀) 가 되찾아 중흥한 때부터 14대 195년간을 말한다.

1303) 낙양(洛陽) 장안(長安) : 낙양은 지금의 중국 하남성(河南省) 낙양현(洛陽縣)으로, 옛날 동주(東周), 후한(後漢), 위(魏), 서진(西晋), 북위(北魏=南北朝), 당(唐) 등 역대의 도읍이었고, 장안은 지금의 섬서성(陝西省) 장안현(長安縣) 부근에 위치 한 곳으로 옛적 전한(前漢), 수(隋), 당(唐)의 도읍지였다.

1304) 동서경(東西京) : 낙양은 서쪽 후한의 도읍지요, 장안은 동쪽 전한의 서울이었다.

1305) 고조(高祖) : 여기서는 당(唐)의 고조 유방(劉邦 ; B.C. 256~B.C. 195)을 말함.

제요제순[1298]　도읍터는　　평양포판[1299]　그아니며

문왕무왕[1300]　도읍터는　　기산풍호[1301]　그아닌가

동서한[1302]에　내려와서　　낙양장안[1303]　동서경[1304]은

고조[1305]의　창업이요　　광무[1306]의　중흥이라

강남금릉[1307]　번화지지　　당송국도[1308]　되었더라

역대제왕　전수한일　　중국땅　일이로다

동방에서　태어나니　　우리역사　알아두자

강우태백　단목하여[1309]　여요병립[1310]　단군이며

봉기자[1311]우　조선하사　　각일천년[1312]　평양이라

1306) 광무(光武) : 후한(後漢)을 되찾은 광무제 유수(劉秀)의 연호.
1307) 강남금릉(江南金陵) : 강남은 양자강(揚子江) 이남을 말하나, 여기서는 초(楚)나라 월(越)나라를 말하고, 금릉은 강소성(江蘇省) 남경(南京)의 땅으로 옛적에는 월(越)과 초(楚)의 땅이었으나 뒤에 진(晋), 송(宋), 제(齊), 영(梁), 진(陳)의 국도였다. 일명 말릉(秣陵).
1308) 당송국도(唐宋國都) : 당나라 서울과 송(宋)나라 서울이니 강남(江南)과 금릉(金陵)을 말한다.
1309) 강우태백(降于太白) 단목(檀木)하다 : 단군성조(檀君聖祖)가 태백산에 하강하시어 박달나무 밑에서 홍익인간(弘益人間)을 선포하신 일.
　※ 참고 ;『단군신화(檀君神話)』
1310) 여요병립(與堯並立) : 단군성조가 하강 성군이 된 때는 중국 고대의 요(堯)임금 되던 일과 같은 때 같은 사적이라 했다.
1311) 봉기자(封箕子) : 조선에다 기자(箕子)를 봉해서 기자조선(箕子朝鮮)이 되어 예ㆍ악ㆍ문ㆍ물이 제도화 하였다는 전설적 이야기인데, 최근 학계에서는 이를 부인하고 있다. 기자는 중국 고대 은(殷)나라 폭군 주왕(紂王)의 숙부인데 주왕의 폭정을 말리다가 듣지 않음으로 피해 있었다고 중국 문헌에 전하고, 지금 평양에는 기자묘(箕子廟), 기자릉(箕子陵) 등이 있지만 모두 후세 사람들이 조작한 것으로 논증되고 있다.
1312) 각일천년(各一千年) : 단군조선 1천 년, 기자조선 1천 년이라는 말이지만, 기자조선이 낭설이니 믿을 수 없는 연수이다.

솜한적은　　그만두고　　아국도셩　　여긔로다
三韓　　　　　　　　　　我國都城

딕명홍무　　임신연의　　亽기국호　　죠션ᄒ亽
大明洪武　　壬申年　　　賜改國號　　朝鮮

정정한양　　ᄒ셔스니　　즁희누흡　　ᄒ여셔라
定鼎漢陽　　　　　　　　重熙累洽

금쳑의　　　길몽이요　　옥쳡의　　　샹셔로다
金尺　　　　吉夢　　　　玉牒　　　　祥瑞

오만亽년　　누릴도읍　　한양셩즁　　거록ᄒ다
於萬斯年　　　都邑　　　漢陽城中

산쳔누딕　　셩곽지당　　웃글의　　　ᄒ여스니
山川樓臺　　城郭池塘

다시홀말　　아니로딕　　례의동방　　장ᄒ시고
　　　　　　　　　　　禮義東方　　壯

원싱고려　　혼단말은　　즁원亽름　　말이로셰
願生高麗　　　　　　　　中原

츄ᄎ언이　　관지ᄒ면　　제일강산　　가지로다
推此言而　　觀之　　　　第一江山　　可知

산악슈긔　　바다ᄂ니　　츙효인물　　츙츙ᄒ다
山嶽秀氣　　　　　　　　忠孝人物　　蔥蔥

범졀이　　　이러ᄒ니　　천하졔국　　제일일다
凡節　　　　　　　　　　天下諸國　　第一

1313) 대명홍무(大明洪武) 임신년(壬申年) : 대명은 조선조 사대주의 풍조에서 중국 명
　　　(明)나라를 일컫는 말이요, 홍무(洪武)는 명나라 태조(太祖)의 연호이며, 임신은
　　　1392년 이태조(李太祖)가 조선조를 개국(開國)한 해이다.

1314) 사개국호(賜改國號) : 고려조가 망하고 조선왕조가 새로 서는 데는 대국〈大國 ;
　　　당시는 명(明)〉의 승인이 있어야 했고, 이를 승인해 내려주신다고 해서 베풀어 줄
　　　사(賜)자를 썼던 굴욕적인 시기가 있었다.

1315) 정정한양(定鼎漢陽) : 한양에다가 나라를 세웠다. 정정(定鼎)은 솥을 걸어 놓는다
　　　는 말이지만, 도읍을 정한다는 말로 쓰임.

1316) 중희누흡(重熙累洽) : 밝은 빛이 거듭하여 은덕이 널리 퍼진다는 말이니, 역대 임
　　　금이 빛나서 태평성대가 계속됐다는 뜻.

1317) 금척(金尺)의 길몽(吉夢) : 이태조가 임금되기 전에 꿈에서 금척(金尺)을 받았다
　　　는데서 뒤에 몽금척(夢金尺)이라는 아악곡도 생겼다. 『용비어천가(龍飛御天歌)』
　　　에서는 "부연몽(負椽夢 ; 꿈에 서까래 셋을 졌는데 그것을 무학대사는 사람이 서

삼한적은	그만두고	아국도성	여기로다
대명홍무	임신년[1313)]에	사개국호[1314)]	조선하사
정정한양[1315)]	하셨으니	중희누흡[1316)]	하였더라
금척의	길몽[1317)]이요	옥첩의	상서[1318)]로다
어만사년[1319)]	누릴도읍	한양성중	거룩하다
산천누대[1320)]	성곽지당[1321)]	윗글에서	말했으니
다시할말	아니므로	예의동방	장할시고
원생고려[1322)]	한단말은	중원사람[1323)]	말이로세
추차언이[1324)]	볼양이면	제일강산	알리로다
산악수기[1325)]	받아나니	충효인물[1326)]	총총하다
범절이	이러하니	천하제국	제일이네

서 서까래 세 개를 겼으니, 임금 왕(王)자가 분명하다고 해몽해서 안변(安邊)에다 가 석왕사(釋王寺 ; 임금으로 해석한 절)를 지어 치성을 드렸다"고 전한다.

1318) 상서(祥瑞) : 반갑고 경사로운 조짐.

1319) 어만사년(於萬斯年) : 만년토록 이 해 같이. 이런 세월 만년토록(축수하는 용어).

1320) 산천누대(山川樓臺) : 자연이 내려준 산과 내, 그리고 사람들이 이룩한 누각과 대 와 정.

1321) 성곽지당(城郭池塘) : 쌓은 성과 파 놓은 연못. 아름다운 문화유산.

1322) 원생고려(願生高麗) : 고려국, 즉 조선땅에 태어났으면 좋겠다고 하는 중국인의 소원.

1323) 중원(中原)사람 : 중국 사람. 중원은 중국 대륙의 지칭.

1324) 추차언이(推此言而) : 이런 말로 미루어본다면 '미루워 짐작건대'의 사자성어.

1325) 산악수기(山嶽秀氣) : 산악과 같이 굳센 정신과 뛰어난 기상. 조선민족의 뛰어난 넋과 재주.

1326) 충효인물(忠孝人物) : 충성스럽고 효도에 정성된 인물이 많다.

천시지리　　어더스며　　인화죠차　　되여셔라
天時地理　　　　　　　　人和

현숑지음　　부졀ᄒᆞ니　　슈ᄉᆞ지풍　　분명ᄒᆞ고
絃誦之音　　不絶　　　　洙泗之風　　分明

인의지도　　찬연ᄒᆞ니　　셩현지국　　되여셔라
仁義之道　　燦然　　　　聖賢之國

삼왕적　　　일월이요　　오제적　　　건곤이며
三王　　　　日月　　　　五帝　　　　乾坤

문무적　　　문명이오　　한당적　　　문치로다
文武　　　　文明　　　　漢唐　　　　文治

포판이　　　아니되면　　기산이　　　여긔로다
蒲坂　　　　　　　　　　岐山

북악의　　　긔린놀고　　죵남의　　　봉황운다
北岳　　　　麒麟　　　　終南　　　　鳳凰

경셩은　　　명요ᄒᆞ고　　경운은　　　슴담ᄒᆞ다
景星　　　　明瞭　　　　慶雲;景雲

틱고시졀　　못보거든　　우리셰계　　ᄌᆞ셰보쇼
太古時節　　　　　　　　世界　　　　仔細

이런국도　　이런셰샹　　ᄌᆞ고급금　　ᄯᅩ잇스랴
　　國都　　　　世上　　自古及今

업듸여　　　비나이다　　북극젼의　　비나이다
　　　　　　　　　　　　北極前

1327) 천시지리(天時地理) : 하늘이 내려준 덕과 태어난 땅이 좋다는 복. 즉 천생의 복덕.

1328) 현숑지음(絃誦之音) : 음악소리와 글 읽는 아름다운 소리들.

1329) 수사지풍(洙泗之風) : 수사학(洙泗學)의 풍도로, 공자(孔子)가 여기서 시(詩), 서(書), 예(禮), 악(樂)을 가르쳤기 때문에 붙여진 말이다. 수사는 수수(洙水)와 사수(泗水)로 중국 산동성(山東省)에 있는 두 강 이름. 그래서 '수사학'이라고 한다.

1330) 인의지도(仁義之道) : 일반적인 말뜻은 4덕(四德)인 인(仁), 의(義), 예(禮), 지(智)와 5상(五常)인 신(信)까지를 말하는데, 유학(儒學)에서는 공자(孔子)의 '어짐'의 정신과 맹자(孟子)의 '의로움'의 행동을 뜻한다.

1331) 삼왕(三王) : 여기서는 중국 고대 전설적인 임금이던 삼황(三皇)인 복희씨(伏羲氏), 신농씨(神農氏), 여와씨(女媧氏) 등을 말함.

1332) 일월(日月) : 해와 달이라는 말이지만, 여기서는 세상 또 한 시대라는 뜻으로 썼다.

1333) 오제(五帝) : 중국 고대 전설상의 황제로 황제(黃帝), 전욱(顓頊), 제곡(帝嚳), 요(堯), 순(舜)의 다섯 임금.

1334) 건곤(乾坤) : 하늘과 땅, 여기서는 천하(天下)라는 의미.

1335) 문무(文武)적 : 중국 고대 주(周)나라의 문왕(文王 ; 이름은 창(昌), 주무왕의 아버

천시지리[1327] 얻었으며   인화조차   되었어라

현송지음[1328] 부절하니   수사지풍[1329] 분명하고

인의지도[1330] 찬연하니   성현나라   되었었네

삼왕[1331]적   일월[1332]이요   오제[1333]적   건곤[1334]이며

문무적[1335]   문명[1336]이요   한당적[1337]   문치[1338]로다

포판[1339]이   아니되면   기산[1340]이   여기로다

북악산에   기린놀고   종남산에   봉황운다

경성[1341]은   명료하고   경운[1342]은   또렷하다

태고적은   못보지만   우리세상   자세보소

이런국도   이런세상   예나오늘   또있으랴

엎드려   비나이다   북극전[1343]에   비나이다

지)로 주의 기반을 닦고 초대왕 무왕(武王 ; 이름은 발(發) 재위 B.C. 1122~B.C. 1115)을 이르는 말로 공자(孔子)는 가장 질서있고 문물이 밝은 나라로 인식했다.

1336) 문명(文明) : 문화와 덕망이 열리고 사람들의 예지가 밝은 일 또는 그 시대, 여기서는 주나라 문물, 정치, 문화를 말한다.

1337) 한당(漢唐)적 : 중국 고대 문화국인 한(漢 ; 유방(劉邦)이 세운 왕조 B.C. 202~A.D 220)과 시문이 융성했던 당(唐 ; 이연(李淵)이 세운 나라로 20세대 189년간 618~908)을 말한다.

1338) 문치(文治) : 한(漢)과 당(唐)은 시문이 융성했던 문화로 다스린 나라라고 했다.

1339) 포판(蒲坂) : 중국 고대 순(舜)임금이 도읍했다던 지명.

1340) 기산(岐山) : 주(周)나라 문왕(文王)이 나라의 기초를 닦던 땅 이름.

1341) 경성(景星) : 반갑고 상서로운 조짐을 비추는 별. 경사스러운 때 나타나 보인다는 별. 일명 덕성(德星) 또는 서성(瑞星).

1342) 경운(慶雲) : 상서로운 구름. 일명 서운(瑞雲).

1343) 북극전(北極前) : 북극성(北極星)을 말하며, 소원을 빌 때 조물주의 표상이 되는 별.

우리나라   우리인군   본지빅셰   무강휴를
                 本枝百世   無疆休

여천지로   히로ㅎ게   비ᄂ이다   비ᄂ이다
與天地   偕老

셰저갑진계츈 한산거ᄉ져
歲在甲辰季春 漢山居士著

1344) 무강휴(無疆休) : 끝없이 빛나는 일. 여기의 휴(休)는 아름답고 빛난다는 뜻.
1345) 해로(偕老)하다 : 부부가 함께 천수를 누리게 하여 달라고 비는 말이니, 여기서는
     이씨 왕가의 무궁한 번영을 비는 말.

| 우리나라 | 우리임금 | 본지백세 | 무강휴[1344]를 |
| 여천지로 | 해로하게[1345] | 비나이다 | 비나이다 |

세재갑진계춘 한산거사저[1346]

1346) 세재갑진계춘 한산거사저(歲在甲辰季春 漢山居士著) : 이 한양가를 저술한 때와
저자를 말한 끝대목인데, 때는 1844년 곧 헌종(憲宗) 10년 갑진 3월이며, 저자는
다만 '한산거사' 라고만 했으니, 「한양가」를 번역한 제가들은 퇴락한 양반이거나
야인(野人)으로 추정하고 있지만 가사 중에는 "기운 재산 부자소리 소문나서 기
만량(幾萬兩)을 기부했다"는 말도 있으니 양반급의 지방유지로 보인다.
끝머리에서 "우리나라 우리인군 본지백세(本枝百世) 무강휴(無疆休)를 여천지
(與天地)로 해로하게 비나이다 비나이다"로 간절히 비는 것으로 보아 이씨 왕가
의 피붙이 선비인듯하다.

3) 한 양 오 백 년 가
漢 陽 五 百 年 歌

슬푸다	친구님네 親舊	이가사 歌辭	들어보소
어느가사 歌辭	지었난고	한양가를 漢陽歌	지었어라
이가사를 歌辭	보시오면	한양사적 漢陽事蹟	자세아리 仔細
오백년 五百年	지난사적 事蹟	흥망성쇠 興亡盛衰	여기잇소
이십팔왕 二十八王	치국하신 治國	선불선이 善不善	모도있다
장할시고 壯	우리대왕 大王	놀랍도다	우리대왕 大王
장략도 將略	장할시고 壯	문필도 文筆	유여하다 有餘
아들이	팔형제니 八兄弟	복력이 福力	더욱좋다
이십에 二十	등과하자 登科	삼십이 三十	못되어서
처음벼살	무엇인고	총무대장 總撫大將	하였어라
이때가	어느때뇨	공양왕의 恭讓王	말년이라 末年

---

1) 한양가(漢陽歌)는 한산거사(漢山居士)가 헌종 10년(1844)에 지었다고 하였다. 그러
  나 이 한양오백년가는 가사 내용으로 보아 고종(高宗) 때까지(1911년 9월) 사적과 사
  실이 읊어졌다. 그리고 창작동기나 주제상으로도 전혀 다른 작품이다.

2) 28왕 : 이씨 조선 임금은 실제로 고종(高宗)까지 26왕이지만 연산군(燕山君)과 광해
  주(光海主)는 쫓겨난 임금이므로 24왕인데 여기에 추존왕인 덕종(德宗 ; 세조의 세
  자, 성종의 생부)과 원종(元宗 ; 선조의 세자, 인조의 생부), 진종(眞宗 ; 영조의 세자
  인 경의군(敬義君)), 익종(翼宗 ; 순조의 세자, 헌종의 생부)까지 28왕으로 되어 있고
  융희황제(隆熙皇帝)는 여기에 언급되지 않았으니 그 이전의 가사로 간주된다.

3) 태조(太祖;1335~1408), 재위 1392~1398, 조선조 초대왕, 이름은 성계(成桂), 자는
  중결(仲潔), 호는 송헌(松軒), 전주 이씨 이자춘(李子春)의 둘째 아들, 형은 원계(元
  桂), 함남 영흥(永興)에서 출생하여 무용(武勇)이 뛰어나 일찍부터 여러 전투에서 공
  을 세우고 중앙무대에 진출했고 명(明)나라가 요동(遼東)에 철령위(鐵嶺衛)를 설치할

한 양 오 백 년 가

슬프구나	여러분네	이가사를	들어보오
어떤가사	지었는가	한양가를	지었었네[1]
이가사를	보시오면	한양역사	자세알리
오백년	지난사적	흥망성쇠	여기있고
이십팔왕[2]	다스리신	잘잘못이	모두있오
장할씨고	우리태조[3]	놀랍도다	우리대왕
장략도	장할씨고[4]	글솜씨도	넉넉하다
아들이	팔형제[5]니	자식복이	더욱좋다
이십에	급제하고	삼십이	못되어서
처음벼슬	뭣이던가	총무대장[6]	하였더라
이때가	어느땐가	공양왕의	말년이라

　때 이를 막으려고 북벌군을 이끌고, 최영(崔瑩)은 팔도도통사(八道都統使)가 되고 우군도통사(右軍都統使)로서 함께 진군하다가 위화도(威化島)에서 최영을 제거하고 회군하여 이지란(李之蘭), 조준(趙浚) 등의 도움을 받아 1392년에 조선왕조를 건국하고 태조(太祖)가 되었다.

4) 장략(將略)이 장하다 : 이태조의 장한 무용담은 「용비어천가」에 많이 기록되고 또 함흥(咸興)의 명승, 고적과 지명에도 많이 남아 있다.

5) 팔형제(八兄弟) : 이태조는 두 왕비를 두어 8남 3녀를 낳았으니, 신의왕후(神懿王后) 한(韓)씨 소생으로 (1) 방우(芳雨), (2) 방과(芳果;정종), (3) 방의(芳毅), (4) 방간(芳幹), (5) 방원(芳遠;태종), (6) 방연(芳衍) 그리고 경신공주(慶愼公主), 경선(慶善)공주와 신덕왕후(神德王后) 강(康)씨 소생으로, (7) 방번(芳蕃), (8) 방석(芳碩) 그리고 경순(慶順)공주이다.

6) 총무대장(總撫大將) : 고려말 서반(西班) 벼슬, 종 3품.

정포은은   정승이오   권양촌은   판서로다
鄭圃隱   政丞   權陽村   判書

황방촌은   보국이오   길야은은   주서로다
黃厖村   輔國   吉冶隱   注書

조정은   씩씩하나   임금이   혼암하니
朝廷   昏闇

그나라를   보전하며   그사직을   지킬손가
  保全   社稷

왕건태조   전한사직   사백칠십   오년이라
王建太祖   傳 社稷   四百七十   五年

퉁두란은   상장이오   정삼봉은   모사로다
佟豆蘭   上將   鄭三峰   謀士

일조예   반정하야   수창궁에   등극하니
一朝   反正   壽昌宮   登極

이때가   어느때뇨   임신칠월   열엿셋날
    壬申七月

등극하신   칠일만에   태평과를   보이신들
登極   七日   太平科

포은을   두려하야   어느누가   과거보리
圃隱   科擧

---

7) 정포은(鄭圃隱) : 고려의 충신인 정몽주(鄭夢周 ; 1337~1392)의 호이며, 삼은(三隱)의 한 사람, 가장 절개 굳고 규범적 인물로 민족적 숭배를 받는 인물이다.

8) 권양촌(權陽村) : 고려말과 조선초기의 문신이며 학자인 권근(權近 ; 1352~1409)의 호이다. 자는 가원(可遠) 또는 사숙(思叔), 본관은 안동, 시호는 문충(文忠).

9) 황방촌(黃厖村) : 고려말 조선초의 문신이요, 명상(名相)인 황희(黃喜 ; 1363~1452)의 호, 자는 구부(懼夫) 본관은 장수(長水), 시호는 익성(翼成), 너그럽고 청렴한 재상으로 많은 일화를 남겼다. 그는 영의정(領議政)까지 지내면서 보국숭록대부(정1품)의 대우를 받았다.

10) 길야은(吉冶隱) : 고려말 충신이요, 삼은(三隱)의 한 사람인 길재(吉再 ; 1353~1419)의 호이다. 자는 재보(再父). 금오산인(金烏山人)으로도 불렀고 본관 해평, 시호는 충절(忠節), 시조 "오백년 도읍지를 필마로 돌아오니…"란 작품으로 널리 알려졌다.

11) 주서(注書) : 고려말의 문하부(門下府)의 정7품의 직책. 정식 직명은 문하주서 혹은 첨의(僉議) 주서임.

12) 왕건태조(王建太祖) : 고려 건국왕. 성명이 왕건(王建 ; 877~943 재위 918~943), 자는 약천(若天), 본관은 개성, 금성태수(金城太守) 융(隆)의 아들. 895년에 부친을 따라 궁예(弓裔 ; ?~918)의 휘하에 들어가 신라말기에 일어났던 여러 반란을 궁예와 함께 평정하고 궁예가 태봉왕(泰封王)이 되었을 때 난신 견훤(甄萱 ; ?~936, 후백제왕(後百濟王))의 군사를 격파하면서 피해지방의 황폐를 구휼하여 민심을 얻고

정포은[7]은　　정승이요　　　권양촌[8]은　　판서였고

황방촌[9]은　　보국이요　　　길야은[10]은　　주서[11]였다

조정은　　　씩씩하나　　　임금이　　　혼매하니

그나라를　　보전하며　　　그사직을　　지킬손가

왕건태조[12]　전한사직　　　사백칠십　　오년이요

퉁두란[13]은　상장이요　　　정삼봉[14]은　　모사였다

한아침에　　뒤집혀서　　　수창궁[15]에　　등극하니

이때가　　　어느때뇨　　　임신칠월　　열엿셋날[16]

등극하신　　칠일만에　　　태평과[17]를　　보이신들

포은선생　　두려워서　　　어느누가　　과거보리

　　파진찬(波珍粲 ; 신라 때 17등급 중 5등급)이 되었다가 918년에 3국을 통일하고 고려를 건국했다.

13) 퉁두란(佟豆蘭 ; 1331~1402) 후에 이름을 이지란(李芝蘭)으로 바꿈. 본래 여진인(女眞人)으로 본성은 퉁(佟), 본명은 쿠룬투란 티므르(kurunturan Timur ; 古倫豆蘭帖木兒) 무술이 뛰어난 장수로 이성계와 결의(結義)한 사이로 협력하여 이씨조선을 건국한 공로가 크다.

14) 정삼봉(鄭三峰) : 정도전(鄭道傳 ; 1337~1398)의 호이니 고려말 조선초의 문신이요, 학자로, 자는 종지(宗之) 본관은 봉화(奉化), 형부상서 운경(云敬)의 아들. 정치적으로도 능력가로서 이씨조선을 건국하는데 공로가 커서 개국공신이 되었으나 이태조 서자 방석(芳碩)을 옹호했다고 해서 이방원에게 맞아죽었다. 이태조 때 벼슬은 동북면 도선무순찰사(東北面都宣撫巡察使)까지 올랐고, 정총(鄭摠) 등과 함께 「고려사(高麗史) 37권을 찬진했다. 저서로 대동시화(大東詩話) 삼봉집(三峰集) 등이 있다. 시호는 문헌(文憲)이다.

15) 수창궁(壽昌宮) : 고려조의 정궁(正宮). 제8대 현종(顯宗 ; 1010~1031) 때부터 입어(入御)했고, 이성계는 여기서 즉위하였다고 했다.

16) 임신칠월(壬申七月十六日) : 조선 이씨 왕조가 시작된 1392년 음 7월 16일을 말함.

17) 태평과(太平科) : 과거시험의 하나로 국가나 황실에서 경사가 났을 때 특별히 보이던 인재 등용의 과거시험.

칠십이현 七十二賢	충신들은 忠臣	두문동에 杜門洞	들어가고
야은선생 冶隱先生	어대가고	금오산성 金烏山城	찾어가니
포은선생 圃隱先生	혼자있어	복위를 復位	어이하랴
태조대왕 太祖大王	거동보소 擧動	선죽교 善竹橋	다리우에
포은선생 圃隱先生	불러내여	국사를 國事	다툴적에
들으면	벼살주고	안들으면	죽이리라
조영규 趙英珪	철퇴들고 鐵鎚	좌편에 左便	세워두고
동정을 動靜	보난양이 樣	주해력사 朱亥力士	철퇴들고 鐵鎚
진비를 晋鄙	엿보난듯	박낭사중 博浪沙中	창해력사 滄海力士
진시황을 秦始皇	마친다시	이렇타서	위급하니 危急
장할시고 壯	포은선생 圃隱先生	태산같이 泰山	굿게앉아
일월같이 日月	밝은충성 忠誠	송죽같이 松竹	구든절개 節介

---

18) 칠십이현(七十二賢) : 고려조의 충신으로 이씨조선 건국을 마다하고 두문동에 들어가 항거하던 신규(申奎), 임선미(林先味), 신혼(申琿), 신우(申瑀), 신현(申晌), 조의생(曹義生), 서중보(徐仲輔) 등 72명의 절개지키던 열사들, 두문동(杜門洞)은 경기도 개풍군 광덕면 광덕산(光德山) 서쪽 기슭에 있던 고장인데 이름 그대로 문을 막고 살면서 절개만은 지키겠다며 버티다가 조선조 이방원(李芳遠 ; 태종)은 군사를 끌고가서 불 질러서 잿더미 됐고 72현들은 거의다 타죽었다.

19) 야은(冶隱)선생 : 길재(吉再 ; 1353~1419)의 호, 포은 정몽주, 목은 이색과 더불어 3은의 한 사람, 자는 재부(再夫), 고려조의 문하주서. 시호는 충절(忠節).

20) 금오산성(金烏山城) : 금오산은 경상북도 금릉과 칠곡 사이에 있는 명산, 길재(吉再)는 이씨조선 건국 후 이곳에서 숨어 살았다.

21) 선죽교(善竹橋) : 개성(開城)에 있는 다리. 정몽주(鄭夢周)가 이방원(李芳遠 ; 太宗)에게 철퇴로 맞아 죽은 뒤로는 적죽교(赤竹橋)라고 불렀다.

칠십이현[18]　충신들은　　두문동에　들어가고

야은선생[19]　어디갔나　　금오산성[20]　찾아갔네

포은선생　혼자있어　　고려회복　어찌하랴

태종대왕　행동보소　　선죽교[21]　다리위에

포은선생　불러내어　　나랏일을　다툴적에

들으면　　벼슬주고　　안들으면　죽이리라

조영규[22]　철퇴들고　　좌편에　　세워두고

눈치를　　보는꼴이　　주해역사[23]　철퇴들고

진비[24]를　엿보는듯　　박랑사중　창해역사

진시황을　맞힌듯이[25]　이렇듯이　위급하다

장할시고　포은선생　　태산같이　굳게앉아

일월같이　밝은충성　　송죽같이　굳은절개

---

22) 조영규(趙英珪 ; ?~1395) 처음 이태조의 문객이었는데 이방원(李芳遠 ; 태종)과 함
　　께 선죽교에서 정몽주(鄭夢周)를 격살하고는 조선조의 개국공신이 되었다.
23) 주해역사(朱亥力士) : 중국 전국시대 위(魏)나라 장사. 도사(屠肆 ; 푸주간)에 숨어
　　살다가 용맹으로 기용되어 진(秦)의 군사가 조(趙)를 포위하자 진비(晉鄙)를 격살하
　　고 조나라를 살린 일이 있는데 이방원의 조영규와 비슷해서 인용함.
24) 진비(晉鄙) : 전국시대 위(魏)나라 장군. 10만대군을 이끌고 갔다가 주해(朱亥)에게
　　서 격살됐다.
25) 진시황(秦始皇)을 마친 듯 : 진시황제(秦始皇帝 ; B.C.259~B.C.210) 중국 춘추전
　　국시대 천하를 통일한 제왕. 천하를 개혁, 사회제반을 혁신했으나 욕심이 과해서
　　일찍 장량(張良)의 역사(力士)에게서 저격당했다.

죽난것도	모르거든	철퇴보고 鐵椎	두려하랴
태조대왕 太祖大王	거동보소 擧動	포은보고 圃隱	하난말이
성황당 城隍堂	저궁궐이 宮闕	퇴락한지 頹落	오래오니
중수함이 重修	어떠하오	포은선생 圃隱先生	대답하되 對答
백번죽고 百番	죽고죽어	죽고또한	죽어저서
백골이 白骨	가루되여	진토가 塵土	될지라도
절개는 節介	못변할세 變	조영규 趙英珪	거동보소 擧動
삼십근 三十斤	쇠방망치	소매속에	들어내여
눈우에	번적들어	포은머리 圃隱	한번치니
두골이 頭骨	파쇄하고 破碎	유혈이 流血	낭자하다 狼藉
선죽교 善竹橋	다리우엔	혈흔이 血痕	점점하다 點點
풍마우세 風磨雨洗	오백년에 五百年	지금까지	흔적있어 痕迹
충절을 忠節	전했으니 傳	장할시고 壯	선생충절 先生忠節
천지로 天地	통포하고 同胞	일월로 日月	쟁광이라 爭光
태조대왕 太祖大王	거동보소 擧動	정삼봉을 鄭三峰	분부하고 吩咐

---

26) 태조대왕 : 여기의 등장인물은 이방원 즉 태종이어야 한다. 잘못되어 있다.
27) 절개는 못변할세 : 이 대목은 이방원의 시조로 전하는 '하여가(何如歌)'와 정몽주의 시조 '단심가(丹心歌)'를 주고받던 장면이다.

죽는것도　　　모르거든　　　철퇴보고　　　두려우랴

태종대왕[26]　　행패보소　　　포은보고　　　하는말이

성황당　　　　저궁궐이　　　무너진지　　　오래오니

중수함이　　　어떠하오　　　포은선생　　　대답하되

백번죽고　　　죽고죽어　　　죽고또한　　　죽어져서

백골이　　　　가루되어　　　먼지흙이　　　될지라도

절개는　　　　못변할세[27]　　조영규　　　　작태보소

삼십근　　　　쇠방망치　　　소매속에　　　드러내어

눈위에　　　　번쩍들어　　　포은머리　　　한번치니

머리뼈가　　　박살나며　　　유혈이　　　　낭자하여

선죽교　　　　다리위엔　　　피흔적이　　　붉게나서

비바람　　　　오백년에　　　지금까지　　　흔적있어[28]

충절을　　　　전해오니　　　장할씨고　　　포은충절

천지로　　　　동포삼고　　　해와달로　　　빛다투네[29]

태조대왕　　　행동보소　　　정삼봉[30]을　　분부하고

---

28) 지금까지 흔적있어 : 정몽주의 흘린 피로 다리가 붉어졌다하여 후세에 적죽교(赤竹橋)로 불리었다.

29) 일월로 쟁광 : 해와 달과 빛을 다툼. 영원히 빛나는 공적 또는 충혼.

30) 정삼봉(鄭三峰) : 정도전(鄭道傳 ; 1342~1398)의 호이며, 고려 유신중에서 변절하고 이태조를 도왔다하여 세상사람이 곱게 보지 않았는데 오히려 이방원에게 습격당해 죽었다.

무학을(無學)	불러다가	왕도로(王都)	정할적에(定)
임진강(臨津江)	얼른건너	삼각산(三角山)	일지맥에(一枝脈)
대궐터를(大闕)	잡아노니	대궐좌향(大闕坐向)	어찌할고
무학이는(無學)	해좌사향(亥坐巳向)	정삼봉은(鄭三峰)	자좌오향(子坐午向)
둘이서로	다툴적에	정삼봉(鄭三峰)	하난말이
네모른다	이중놈아	해좌사향(亥坐巳向)	노치마라
유도는(儒道)	간대없고	불도만(佛道)	흥성한다(興盛)
무학이(無學)	하난말이	여보시오	서방님아(書房)
아난체	너무마오	자좌오향(子坐午向)	노아보오
다섯번	온난리와(亂離)	열두번	놀낼일을
무엇으로	막아내리	잡말말고(雜)	이리하오
정삼봉(鄭三峰)	하난말이	미련하다	이무학아(無學)
막난법(法)	여게있소	진방이(辰方)	허하기로(虛)
그두가지	있을줄은	말안해도	나도안다

---

31) 무학(無學) : 무학대사(無學大師 ; 1327~1405) 고려말 조선초의 승려. 속성은 박(朴) 이름은 자초(自超), 호가 무학, 18세에 출가하여 승려가 된 후 오대산(五臺山) 등에서 수도하면서 나옹화상(懶翁和尙)을 만나 수도를 쌓았다. 이성계(李成桂)가 아직 용잠 때 '부연몽(負椽夢)'을 꾼 것을 무학이 왕이 될 꿈이라고 해몽한 뒤 안변(安邊)에 석왕사(釋王寺)를 짓고 "이성계 왕 되라" 축원하면서 절친하게 지냈다.

32) 일지맥(一枝脈) : 산 줄기가 뻗어내린 한가닥 줄기.

33) 해좌사향(亥坐巳向) : 터의 방향이 북북서(北北西 ; 亥坐)를 등지고 남남동(南南東 ; 巳向)을 바라보고 앉는 좌향(坐向).

무학³¹⁾을　　불러다가　　서울을　　정할적에

임진강　　얼른건너　　삼각산　　일지맥³²⁾에

대궐터를　　잡아놓니　　대궐좌향　　어찌할까

무학이는　　해좌사향³³⁾　　정삼봉은　　자좌오향³⁴⁾

둘이서로　　다툴적에　　정삼봉　　하는말이

네모른다　　이중놈아　　해좌사향　　놓지마라

유도³⁵⁾는　　간데없고　　불도만　　흥성한다

무학이　　하는말이　　여보시오　　서방님³⁶⁾아

아는체　　너무마오　　자좌오향　　놓아보오

다섯번　　큰난리와　　열두번　　놀랄일을

무엇으로　　막아내리　　잡말말고　　이리하오

정삼봉　　하는말이　　미련하다　　이무학아

막는법　　여기있소　　진방³⁷⁾이　　허하기로

그두가지　　있을줄은　　말안해도　　나도안다

---

34) 자좌오향(子坐午向) : 터의 좌향이 북을 등지고(子坐) 남쪽을 바라보는 방향(午向).
　　옛적에는 풍수(風水)나 지관(地官)들의 용어였으나 지금은 생활용어가 되었다.
35) 유도(儒道) ; 유교사상. 조선조 3도는 유도, 불도(佛道), 선도(仙道)가 있었다.
36) 서방(書房)님 : 서방님은 본래 글방에 다니는 도련님을 뜻하는 말이었으나 어느새
　　상전 샌님이나 남편을 부르는 말이 되었다.
37) 진방(辰方) : 간지(干支)로 동남동(東南東) 방향이니 우리 민족은 지정학적으로 진
　　방을 경계하는데 바로 일본이 있는 방향이다.

동대문	현판쓸때	날치한자	노았으면
東大門	懸板		
아무걱정	없을이니	자좌오향	노아보자
		子坐午向	
무학이	분을내여	동대문박	썩나서서
無學	忿	東大門	
왕십리	찾아가서	대궐터를	도라보고
往十里		大闕	
한치깊이	파고보니	석함이	들었거늘
		石函	
깨트리고	자세보니	석함에	하였으되
	仔細	石函	
요망한	중무학아	그릇찾아	예왔도다
妖妄	無學		
무학이	자탄하고	그길로	다라나서
無學	自歎		
강원도라	금강산에	토굴을	무더놓고
江原道	金剛山	土窟	
불도를	숭상하고	세월을	보내더라
佛道	崇尙	歲月	
정삼봉의	거동보소	대궐을	지을적에
鄭三峰	擧動	大闕	
남산잠두	주작되고	무학재가	현무로다
南山蠶頭	朱雀	無學	玄武
광한루가	수궁되고	임진강이	인후로다
廣寒樓	水宮	臨津江	咽喉
남한산성	청룡되고	용산삼개	백호로다
南漢山城	靑龍	龍山	白虎

---

38) 갈지한자 : 이 대목은 "갈지(之)한자"를 잘못쓴 오식이니 그 뜻은 동대문은 인의예지신(仁義禮智信)의 5상으로 볼 때 인으로서 그 이름이 흥인문(興仁門)인데 지자 한자를 더하면 "흥인지문"이 되어서 더 좋았겠다는 말.

39) 석함(石函) : 땅에 묻었던 돌함인데 언제 누가 묻었는지는 알 수 없다.

40) 남산(南山) 잠두(蠶頭) : 본래 이름은 목멱산(木覓山)인데 누에 머리처럼 생겼으므로 잠두라 했다.

동대문　　　　현판쓸때　　　갈지한자[38]　　놓았으면

아무걱정　　　없으리니　　　자좌오향　　　놓아보자

무학이　　　　화가나서　　　동대문밖　　　썩나아가

왕십리　　　　찾아가서　　　대궐터를　　　돌아보고

한치깊이　　　파고보니　　　석함[39]이　　　들었거늘

깨뜨리고　　　자세보니　　　석함속에　　　하였으되

요망한　　　　중무학아　　　그릇찾아　　　예왔도다

무학이　　　　자탄하고　　　그길로　　　　달아나서

강원도라　　　금강산에　　　토굴을　　　　묻어놓고

불도를　　　　숭상하고　　　세월을　　　　보내더라

정삼봉의　　　모양보소　　　대궐을　　　　지을적에

남산잠두[40]　주작[41]되고　　무학재[42]가　현무로다

광한루[43]가　수궁되고　　　임진강이　　　인후[44]로다

남한산성　　　청룡되고　　　용산삼개[45]　백호로다

---

41) 주작(朱雀) : 방향을 말할 때 남쪽은 주작, 즉 붉은 봉황. 북쪽은 현무(玄武) 즉 거
　　북, 동쪽은 청룡(靑龍). 서쪽은 백호(白虎). 그래서 좌청룡, 우백호라 하는데 이들은
　　28수 별자리로서 대개 무덤의 관을 중심으로 써온 방향이다.
42) 무학(無學)재 : 지금은 서대문에서 홍제동으로 넘어가는 고개. 본래 이름은 무악(毋
　　岳)이었다.
43) 광한루(廣寒樓) : 광나루를 말하는 듯. 수궁(水宮)은 물속에 있다고 상상하는 궁전.
44) 인후(咽喉) : 목구멍인데 여기서는 아주 중요한 부분을 말함.
45) 용산(龍山) 삼개 : 삼개는 마포(麻浦)의 옛 지명.

이렇타시　　　향배놓고　　　동서남북　　　사대문을
　　　　　　　向背　　　　東西南北　　　四大門
인의예지　　　네글자로　　　서로연해　　　지어노니
仁義禮智　　　　　　　　　　連
동대문은　　　흥인이오　　　서대문은　　　돈의로다
東大門　　　　興仁　　　　　西大門　　　　敦義
남대문은　　　숭례문　　　　북대문은　　　광지문
南大門　　　　崇禮門　　　　北大門　　　　廣智門
좌우궁장　　　널리싸고　　　삼천궁궐　　　지어노니
左右宮墻　　　　　　　　　　三千宮闕
동관대궐　　　제일좋다　　　영측궁　　　　만수궁은
東關大闕　　　第一　　　　　令勅宮　　　　萬壽宮
웅장하고　　　치려하다　　　근정전　　　　신정전은
雄壯　　　　　侈麗　　　　　勤政殿　　　　申政殿
청아하고　　　선명하다　　　덕수궁　　　　장덕궁은
淸雅　　　　　鮮明　　　　　德壽宮　　　　長德宮
황홀하고　　　정쇄하다　　　흥인각　　　　청련각은
恍惚　　　　　精灑　　　　　興仁閣　　　　淸蓮閣
능란하고　　　명낭하다　　　수창궁　　　　죽동궁은
綾爛　　　　　明朗　　　　　壽昌宮　　　　竹東宮
장원하고　　　유벽하다　　　계월궁　　　　경화궁은
長遠　　　　　幽僻　　　　　桂月宮　　　　景花宮

---

46) 인의예지(仁義禮智) : 사람이 지켜야 할 4덕. 서울의 동서남북 큰 문 이름은 이 네 글자에 따라 지어졌는데 동대문은 흥인문(興仁門), 서대문은 돈의문(敦義門), 남대문은 숭례문(崇禮門), 북대문은 광지문(廣智門)이었다.

47) 영칙궁(令勅宮) : 지금 창덕궁 정전(正殿)인 인정전(仁政殿)인 듯. 어떤 책에는 영덕궁(靈德宮)으로 되어있다.

48) 만수궁(萬壽宮) : 창덕궁에 있던 마수전인 듯하다. 이 두 궁전은 웅장(雄壯)하고, 사치스럽고, 아름답다(侈麗)고 하였다.

49) 근정전(勤政殿) : 경복궁(景福宮)에 있는 정전(正殿). 보통 아침 하례를 받던 정전이었다.

50) 신정전(申政殿) : 경복궁에 있는 사정전(思政殿)인 듯. 이 두 궁전은 맑고(淸雅), 산뜻(鮮明)하다고 하였다.

51) 덕수궁(德壽宮) : 현재 시청 앞에 있는 대한문(大漢門) 사적 124호, 조선 성종 때 지었고 그 안에 석조전(石造殿)이 있다. 옛 이름은 경운궁(慶運宮).

이와같이　　배치하고　　동서남북　　사대문을

인의예지[46]　네글자로　　서로연해　　지어놓니

동대문은　　흥인이요　　서대문은　　돈의로다

남대문은　　숭례문　　　북대문은　　광지문

좌우궁담　　널리쌓고　　삼천궁궐　　지었으니

동관대궐　　제일좋다　　영칙궁[47]　만수궁[48]은

웅장하고　　치려하다　　근정전[49]　신정전[50]은

청아하고　　선명하다　　덕수궁[51]　장덕궁[52]은

황홀하고　　정쇄하다　　흥인각[53]　청련각[54]은

찬란하고　　명랑하다　　수창궁[55]　죽동궁[56]은

길게늘어　　외져있다　　계월궁[57]　경화궁[58]은

---

52) 장덕궁(長德宮) : 창덕궁인 듯, 이 두 궁전은 황홀하고 맑고 깨끗(精灑)하다고 했다.

53) 흥인각(興仁閣) : 동대문, 즉 흥인지문(興仁之門)의 다른 이름.

54) 청련각(淸蓮閣) : 고려 때 경연(經筵)하는 곳으로 쓰던 청연각(淸讌閣)인 듯하다. 위 두 전각은 비단처럼 능란(綾爛)하고 명랑하다고 했다.

55) 수창궁(壽昌宮) : 본래는 고려 때의 궁궐로 연경궁(延慶宮)이 홍두적으로 불타서 궁궐로 사용하다가 이태조가 여기서 즉위식을 하였으니 개성에 있었겠으나 한양에서도 그 제도를 따라 지은 궁전인듯하나 위치는 미상.

56) 죽동궁(竹東宮) : 일명 죽동궁(竹洞宮)이라고도 했고 지금 관훈동의 종로예식장의 그 자리. 이 두 궁궐은 내력이 길고 멀며(長遠) 그윽하고 한적(幽僻)하다고 했다.

57) 계월궁(桂月宮) : 계동궁(桂洞宮)인 듯. 계동궁은 고종 때 대원군의 조카인 이재원의 저택이었다.

58) 경화궁(景花宮) : 경우궁(景祐宮)을 말하는 듯. 조선 순조의 생모인 수빈(綏嬪) 박씨의 사당(1824년 계동에 지음)이 경우궁이다. 이 두 궁은 놀랍고 장하다고 했다.

놀랍고   장하도다   집춘문   월근문은
     壯   集春門   月覲門

지형이   험구하다   춘당대   경무대는
地形   險嶇   春塘臺   景武臺

높고도   널벗스니   과거보기   더욱좋다
        科擧

남별궁은   좋커니와   음침하야   귀궐이라
南別宮   陰沈   鬼闕

이렇타시   좋은궁궐   태조대왕   등극하니
      宮闕   太祖大王   登極

그왕비는   뉘시든고   안변한씨   부인이오
  王妃   安邊韓氏   夫人

부원군은   뉘시든고   안변사람   한경이라
府院君   安邊   韓卿

둘째왕비   뉘시든고   곡산강씨   부인이오
  王妃   谷山康氏   夫人

부원군은   뉘시든고   곡산사람   윤성이라
府院君   谷山   允成

임금이   어지시와   궁정을   선치하니
       宮廷   善治

왕비도   어즈시고   부원군도   착하도다
王妃   府院君

치국하신   칠년만에   창업공덕   장할시고
治國   七年   創業功德   壯

세화년풍   태평이오   국태민안   이아닌가
歲和年豊   太平   國泰民安

---

59) 집춘문(集春門) : 창덕궁 북쪽에 있는 문루. 성균관으로 통하고 문묘 사이의 임금의
   거동길이었다.

60) 월근문(月覲門) : 창경궁에 있는 문루로 정조가 사도세자의 사당인 경모궁으로 절
   하러 가기 위해 만든 문. 이 두 문은 창경궁 뒷산쪽이므로 지형이 험하고 가파롭다.

61) 춘당대(春塘臺) : 창경원 뒷쪽에 있는 영화당(暎花堂) 앞 광장으로, 여기서 과거시
   험을 자주 치뤘다.

62) 경무대(景武臺) : 지금의 청와대는 전의 경무대를 바꿔 부른 명칭. 이곳에는 넓은
   광장이 있어서 과거시험장으로 쓰기 좋았다.

놀랍고	장하도다	집춘문[59]	월근문[60]은
지형이	험구하다	춘당대[61]	경무대[62]는
높고도	넓었으니	과거보기	더욱좋다
남별궁[63]은	좋거니와	음침하여	귀궐이라
이렇듯이	좋은궁궐	태조대왕	임금되니
그왕비[64]는	뉘시던가	안변한씨	부인이오
부원군은	뉘시던가	안변사람	한경이네
둘째왕비[65]	뉘시던가	곡산강씨	부인이오
부원군은	뉘시던가	곡산사람	윤성이라
임금이	어지시어	왕비들을	잘다스려
왕비도	어지시고	부원군도	착하구나
치국하신	칠년[66]만에	창업공덕	장하셨네
세화연풍[67]	태평이오	국태민안[68]	이아닌가

---

63) 남별궁(南別宮) : 지금의 소공동 조선호텔 자리에 있었고, 조선 태종 때 경정공주 (慶貞公主)에게 지어준 별궁인데 지금은 조선호텔이 들어서 있다. 이 자리는 음침해서 귀신궁궐(鬼闕)같다고 하였다.

64) 태조왕비(太祖王妃) : 안변한씨(安邊韓氏) 한경(韓卿)의 따님인 신의왕후(神懿王后).

65) 둘째 왕비 : 곡산강씨(谷山康氏) 윤성(允成)의 따님인 신덕왕후(神德王后). 여기 부원군(府院君)은 조선조의 임금의 장인이나 일품 공신의 작호임.

66) 치국하신 7년 : 이태조 이성계는 개국하고 7년만에 아들 정종에게 왕위를 물려주고 상왕(上王)으로 유유자적했다.

67) 세화연풍(歲和年豊) : 세상이 화평하고 풍년들어 태평세월.

68) 국태민안(國泰民安) : 나라가 태평하고 국민이 평안하다는 뜻.

요지일월(堯之日月) 밝아오니 순지건곤(舜之乾坤) 이아닌가
공양왕의(恭讓王) 모진정사(政事) 어이그리 모지든고
걸주만(桀紂) 못할손가 요순같다(堯舜) 우리대왕(大王)
연로하니(年老) 어이할고 재위하신(在位) 칠년만에(七年)
정종에게(定宗) 선위하고(禪位) 상왕위에(上王位) 계시거늘
십년을(十年) 지낸후에(後) 만수궁에(萬壽宮) 전좌하사(殿座)
정사를(政事) 바리시고 서리추풍(秋風) 백발이라(白髮)
정종대왕(定宗大王) 등극하니(登極) 그왕비는(王妃) 뉘시든고
경주김씨(慶州金氏) 부인이오(夫人) 부원군은(府院君) 뉘시든고
문하시중(門下侍中) 천서로다(天瑞) 등극하신(登極) 십년후에(十年後)
태종대왕(太宗大王) 거동보소(擧動) 창업공을(創業功) 의논컨댄(議論)
나의공이(功) 제일이라(第一) 태종대왕(太宗大王) 분을내여(忿)
조회에(朝會) 들어갈제 용상앞에(龍床) 업드려서

---

69) 요지일월(堯之日月) : 중국 고대 요나라 세월 같다. 요와 순임금 때는 통치자가 필요없는 태평시절이었다는 것.

70) 순지건곤(舜之乾坤) : 순임금의 태평천하. 요임금은 성군(聖君)으로 순임금은 효자임금으로 태평세월의 대명사가 되고 있다.

71) 공양왕(恭讓王) : 고려 마지막 임금(재위 1389~1392). 고려는 34왕 475년만에 이성계에게 망하고 공양왕은 원주(原州)로 유배. 간성(杆城)으로 옮겨진 뒤 피살.

72) 걸주(桀紂) : 중국 고대 포악무도한 군주들. 걸왕은 하(夏)나라 마지막 왕으로 은(殷)의 탕왕(湯王)에게 쫓겨났고, 주왕(紂王)은 은(殷)나라 마지막 왕(B.C.845~B.C.813)으로 달기(妲己)에게 매혹됐다가 주무왕(周武王)에게 멸망됐다. 이들은 폭군의 대명사.

요지일월[69]　　밝아오니　　　　순지건곤[70]　　이아닌가

공양왕[71]의　　모진정치　　　　어찌그리　　　모질던가

걸주[72]만　　　못할쏜가　　　　요순같다　　　우리대왕

연로하니　　　어이할꼬　　　　재위하신　　　칠년만에

정종에게　　　선위[73]하고　　　상왕[74]위에　　계시기를

십년을　　　　지낸후에　　　　만수궁에　　　앉아계셔

정사를　　　　버리시고　　　　서리바람　　　백발되어

정종대왕　　　등극하니　　　　그왕비는　　　뉘시던가

경주김씨　　　부인이오　　　　부원군[75]은　　뉘시던가

문하시중　　　천서로다　　　　등극하신　　　십년후에

태종대왕[76]　행태보소　　　　창업공로　　　의론할때

나의공이　　　제일이라　　　　태종대왕　　　흥분하여

조회에　　　　들어가서　　　　용상앞에　　　엎딘모습

---

73) 선위(禪位) : 살아있으면서 임금자리를 물려주는 일. 고대 임금들은 대개가 선왕(先
　　王)이 죽거나 패망하고나서야 임금이 되는데 어진 임금은 스스로 선양(禪讓)했다.
74) 상왕(上王) : 임금 위에 앉은 왕, 태상왕(太上王).
75) 정종(定宗)의 부원군(府院君) : 정종은 이씨조선 제2대 임금(1398~1400)이고 장인
　　(丈人)은 문하시중 김천서(金天瑞)로 본관 경주(慶州), 호는 송은(松隱) 증(贈), 월성
　　부원군(月城府院君).
76) 태종대왕(太宗大王) : 이씨조선 제3대 임금인 이방원(李芳遠). 이태조의 다섯째 아
　　들로 정종을 선위시키고 이복 동생인 방번(芳蕃)과 방석(芳碩)을 살해하고 임금이
　　되었다.(재위 1400~1418) 골육상쟁의 폭군으로 전해지고 있다.

눈치가　수상하니(殊常)　정종왕비(定宗王妃)　눈치아라

정종을(定宗)　권한말이(勸)　그위를(位)　내어주오

골육상쟁(骨肉相爭)　되오리다　이때에　태종대왕(太宗大王)

골육상쟁(骨肉相爭)　무엇인고　방연방석(芳衍芳碩)　죽일때라

정종대왕(定宗大王)　그말듣고　태종에게(太宗)　선위하니(禪位)

태종대왕(太宗大王)　등극하여(登極)　그왕비는(王妃)　뉘시든고

여주민씨(驪州閔氏)　부인이오(夫人)　부원군은(府院君)　뉘시든고

여주사람(驪州)　민제로다(閔齊)　태종대왕(太宗大王)　등극후에(登極後)

정종대왕(定宗大王)　거동보소(擧動)　완월궁에(玩月宮)　피해앉아(避)

심신이(心神)　불평하야(不平)　아바님께　고한말삼(告)

태종대왕(太宗大王)　마음보면　무삼일을　못하릿가

태조대왕(太祖大王)　분을내여(忿)　옥쇄를(玉璽)　빼서갈새

함흥으로(咸興)　나려가서　탕목궁에(湯沐宮)　홀노앉아

한양소식(漢陽消息)　영격하니(永隔)　태종대왕(太宗大王)　거동보소(擧動)

등극은(登極)　하였으나　옥쇄가(玉璽)　간대없다

---

77) 정종왕비(定宗王妃) : 월성부원군의 따님, 정안왕후(定安王后 ; 1355~1412)
78) 태종대왕 왕비(王妃) : 원경왕후(元敬王后), 여주(驪州) 민제(閔齊)의 따님.
79) 민제(閔齊) : 태종대왕 부원군(1339~1409), 호는 어은(漁隱), 총명절인(聰明絶人)
　　하여 경제육전(經濟六典)을 수찬한 바 있음.

눈치가　　　　수상하니　　　　정종왕비[77]　　　눈치알아

정종에게　　　권한말이　　　　그왕위를　　　　내어주오

골육상쟁　　　되오리다　　　　이때에　　　　　태종대왕

골육상쟁　　　무엇인고　　　　방연방석　　　　죽일때라

정종대왕　　　그말듣고　　　　태종에게　　　　물려주니

태종대왕　　　임금되어　　　　그왕비[78]는　　　뉘시던가

여주민씨　　　부인이오　　　　부원군은　　　　뉘시던가

여주사람　　　민제[79]로다　　　태종대왕　　　　왕된뒤에

정종대왕　　　모습보소　　　　완월궁[80]에　　　피해앉아

심신이　　　　불평하여　　　　아버님께　　　　아뢰기를

태종대왕　　　마음보면　　　　무슨일을　　　　못하리까

태조대왕　　　격분하여　　　　옥새를　　　　　뺏어갈제

함흥으로　　　내려가서　　　　탕목궁[81]에　　　홀로앉아

한양소식　　　영격[82]하니　　　태종대왕　　　　모습보소

등극은　　　　하였으나　　　　옥새가　　　　　간데없네

---

80) 완월궁(玩月宮) : 송도(松都)에 있는 인덕궁(仁德宮)인듯하다. 정종은 1419년 인덕
　　궁에서 승하하였다.
81) 탕목궁(湯沐宮) : 탕목궁은 따로 없고, 중국 주(周)나라 때 천자에게서 내린 탕목읍
　　(湯沐邑)이 있는데, 탕은 몸을 씻고 목은 머리를 감는다는 뜻으로 세상의 어지러운
　　때를 씻어버린다는 의미로 쓴듯하다.
82) 영격(永隔) : 오래도록 소식이 끊김.

옥쇄없난   임금이니   무삼자미   있을손가
玉璽   滋味

태종대왕   거동보소   부원군이   들어가니
太宗大王   擧動   府院君

태종대왕   하신말삼   옥쇄없어   어이할고
太宗大王   玉璽

부원군   하신말삼   옥쇄같이   중한물건
府院君   玉璽   重 物件

사람마다   보내릿가   함흥을   뉘가갈고
                   咸興

조서해   이원태를   상소하고   보내보소
詔書   李元泰   上疏

상소를   뉘가쓸고   글잘하난   조순태가
上疏   趙順泰

한림으로   있을때라   조순태로   상소지어
翰林   趙順泰   上疏

이원태를   사자보내   함흥으로   나려가서
李元泰   使者   咸興

상소를   올리오니   태조대왕   분을내여
上疏   太祖大王   忿

불문곡즉   덥허놓고   한양서   왔다하니
不問曲直   漢陽

한양사자   목비여라   태종대왕   거동보소
漢陽使者   太宗大王

옥쇄를   바래더니   옥쇄난   아니오고
玉璽   玉璽

이원태만   주젓구나   그후에   또보내니
李元泰   後

오난대로   목을비여   함흥이   어대던고
                 咸興

한번가면   다시올가   염나국이   여게로다
                  閻羅國

---

83) 조서(詔書) : 임금이 백성에게 내리는 글.
84) 이원태(李元泰) : 미상.

옥새없는　　　임금이니　　　무슨재미　　　있을건가

태종대왕　　　행태보소　　　부원군이　　　들어가니

태종대왕　　　하는말이　　　옥새없어　　　어찌할꼬

부원군이　　　하는말이　　　옥새같이　　　중한인장

사람마다　　　보내리까　　　함흥을　　　　누가갈꼬

조서[83]내려　　이원태[84]를　　상소시켜　　　보내소서

상소를　　　　누가쓸까　　　글잘하는　　　조순태[85]가

한림으로　　　있을때라　　　조순태로　　　상소지어

이원태를　　　사자보내　　　함흥으로　　　내려가서

상소를　　　　올리오니　　　태조대왕　　　화를내어

불문곡직　　　덮어놓고　　　한양서　　　　왔다하니

한양사자　　　목베어라　　　태종대왕　　　모양보소

옥새를　　　　바라더니　　　옥새는　　　　아니오고

이원태만　　　죽었구나　　　그후에　　　　또보내니

오는대로　　　목을베어　　　함흥이　　　　어디던고

한번가면　　　다시못올　　　염라국[86]이　　여기구나

---

85) 조순태(趙順泰) : 미상.
86) 염라국(閻羅國) : 죽어서 간다는 저승세계.

이런고로 　　이런말이 　　한번가고 　　아니오면

함흥차사 　　이것일세 　　태종대왕 　　즉위한지
咸興差使 　　　　　　　　太宗大王 　　卽位

삼년을 　　　지나도록 　　옥쇄없이 　　정치하니
三年 　　　　　　　　　　玉璽 　　　　政治

국사도 　　　창망하고 　　사직이 　　　자미없네
國事 　　　　蒼茫 　　　　社稷 　　　　滋味

부원군과 　　의론하되 　　옥쇄를 　　　받드자면
府院君 　　　議論 　　　　玉璽

몇사람이 　　죽을넌지 　　퉁두란 　　　찾아가서
　　　　　　　　　　　　佟豆蘭

태종대왕 　　하신말슴 　　우리부자 　　창업함은
太宗大王 　　　　　　　　　父子 　　　創業

선생이 　　　아난바라 　　이옥쇄를 　　찾자하면
先生 　　　　　　　　　　　玉璽

선생이 　　　아니시고 　　다른사람 　　보낼진댄
先生

무죄한 　　　사람목숨 　　수없이 　　　죽을지니
無罪 　　　　　　　　　　數

선생이 　　　생각하야 　　한번행차 　　하여주소
先生 　　　　　　　　　　　行次

퉁두란이 　　이말듣고 　　앙천대소 　　하난말이
佟豆蘭 　　　　　　　　仰天大笑

전하미워 　　하신일을 　　소인간들 　　주시릿가
殿下 　　　　　　　　　小人

태종대왕 　　하신말삼 　　선생은 　　　한번가면
太宗大王 　　　　　　　　先生

옥쇄를 　　　가저오리 　　사양말고 　　가서보소
玉璽 　　　　　　　　　辭讓

퉁두란의 　　거동보소 　　좋은말 　　　다버리고
佟豆蘭 　　　舉動

---

87) 함흥차사(咸興差使) : 태종(太宗 ; 李芳遠)이 옥쇄를 달라고 부왕인 태조에게 사람을
　　보내는데 가는 족족 죽여버리니, 가고 돌아오지 못하는 경우를 함흥차사라고 했다.

이런고로　이른말이　한번가고　아니오니

함흥차사[87]　이것일세　태종대왕　즉위한지

삼년을　지나도록　옥새없이　정치하니

나라정치　창망[88]하고　사직[89]이　재미없네

부원군과　의논하되　옥새를　받자오면

몇사람이　죽을는지　퉁두란을　찾아가서

태종대왕　하는말이　우리부자　창업함은

선생이　아는바라　이옥새를　찾자하면

선생이　아니시고　다른사람　보낼진댄

무죄한　사람목숨　수없이　죽을지니

선생이　생각하여　한번행차　하여주소

퉁두란이　이말듣고　앙천대소　하는말이

전하미워　하신일을　소인간들　주시리까

태종대왕　하신말씀　선생은　한번가면

옥새를　가져오리　사양말고　다녀오소

퉁두란의　모양보소　좋은말은　다버리고

---

88) 창망(蒼茫) : 멀고 아득함.
89) 사직(社稷) : 왕조의 중심, 종묘사직은 제왕의 사당과 왕이 통치하는 곳.

색기가진 저말한필 안장지어 타고가네
　　　　　匹　　　鞍裝

함흥으로 나려가서 태조대왕 찾아가니
咸興　　　　　　太祖大王

태조대왕 거동보소 퉁두란을 얼른보고
太祖大王 擧動　　佟豆蘭

손을잡고 들어가며 선생보기 의웨로다
　　　　　　　　先生　　意外

이번행차 어인일고 풍진세계 마다하고
　行次　　　　　風塵世界

별유천지 찾아가서 적송자와 논다더니
別有天地　　　　赤松子

천태산을 자내봤나 무릉도원 여게있다
天台山　　　　　武陵桃源

부자불목 나를찾아 어이이리 와섯난고
父子不睦

노퇴하야 볼것없난 이사람을 찾아왔나
老退

궁여불너 술부어라 이술먹고 나와노새
宮女

서로권해 마실적에 사오배 마신후에
　　勸　　　　　四五杯　　　　後

퉁두란의 거동보소 태조앞에 엎드려서
佟豆蘭　擧動　　太祖

슬피울며 하난말이 대왕님 하신일이
　　　　　　　　大王

어이그리 장하신고 그아니 괴로신가
　　　　　壯

공양왕의 모진정사 한번들어 소멸하고
恭讓王　　　　政事　　　　消滅

---

90) 새끼 가진 말 : 이 대목은 퉁두란(佟豆蘭)이 아니고, 박순(朴淳)의 "마자풍간(馬子諷
諫)" 즉 새끼 달린 말로써 부자간의 정으로 간청했다는 이야기인데, 마지막 함흥차
사로 판부사(判府事) 박순이 갔는데 새끼 달린 말을 타고 가서 태조의 태종에 대한
마음을 움직이긴 했지만 태조의 추종자에게 박순도 죽고 말았다는 사화(史話)이다.

새끼달린   저말한필[90]   안장지어   타고가네

함흥으로   내려가서   태조대왕   찾아가니

태조대왕   표정보소   퉁두란을   얼른보고

손을잡고   들어가며   선생보기   의외로다

이번행차   웬일인가   풍진세계   마다하고

별난세상   찾아가서   적송자[91]와   논다더니

천태산[92]을   자네봤나   무릉도원   여기있네

부자간에   사이나쁜   나를찾아   웨왔는가

늙어서   볼것없는   이사람을   찾아왔나

궁녀불러   술부어라   이술먹고   나와노세

서로권해   마실적에   사오배   마신후에

퉁두란[93]의   거동보소   태조앞에   엎드려서

슬피울며   하는말이   대왕님   하신일이

어이그리   장하시고   그아니   괴로신가

공양왕의   모진정치   한번들어   엎어놓고

---

91) 적송자(赤松子) : 선인(仙人). 중국 고대 신농(神農) 때의 우사(雨師)였다가, 곤륜산
   (崑崙山)에 들어가 신선이 되었다는 전설.
92) 천태산(天台山) : 중국에 있는 산으로 이 산속에 지상낙원인 무릉도원(武陵桃源)이
   있다고 했다.
93) 퉁두란(佟豆蘭) : 이 대목도 박순(朴淳)이어야 맞는 사실(史實)이다.(전출 90 참조)

억조창생 億兆蒼生	건저내니	이일을	비하건댄 比
하걸의 夏桀	모진정사 政事	탕임금이 湯	소멸하고 消滅
상주의 商紂	모진정사 政事	무왕이 武王	벌지하고 伐之
진시황의 秦始皇	우모가정 牛毛苛政	한태조가 漢太祖	소멸하고 消滅
왕망의 王莽	모진정사 政事	광무황제 光武皇帝	곤치였고
수양제의 隋煬帝	망한정사 亡　政事	당태종이 唐太宗	평복하니 平復
대왕의 大王	창업하신 創業	이제와서	생각하면
이에서	못할손가	멋백년 百年	왕가사업 王家事業
일조에 一朝	바리시고	이궁에 宮	혼자앉아
후세에 後世	우슴되니	전하하심 殿下	이를진대
한심치 寒心	아니하며	애통치 哀痛	아니실가
부자불목 父子不睦	고사하고 姑捨	팔도창생 八道蒼生	불상하오

---

94) 하걸(夏桀)의 모진 정사 : 중국 하(夏)나라의 마지막 임금인 걸왕(桀王)의 정치가 포악해서 탕(湯)나라 임금이 쳐서 없애버렸다는 고사.(전출 72 참조)

95) 상주(商紂)의 모진 정사 : 상나라 마지막 왕 주(紂)의 모진 정치를 주무왕(周武王)이 격멸했다.(전출 72 참조)

96) 진시황(秦始皇) : 중국 진(秦)나라 시황제(始皇帝 ; B.C.259~B.C.210) 진나라 통일의 황제, 지나친 개혁과 규제로 반발이 많다가 49세로 일찍 죽었다.(전출 25 참조)

97) 우모가정(牛毛苛政) : 우모는 소털의 가느다람인데, 미세한 법령으로 백성을 괴롭히는 정치, 즉 진시황의 가혹한 통치를 말함.

98) 한태조(漢太祖) : 한(漢)을 건국한 한고조 유방(劉邦 ; B.C.256~B.C.195)이 진나라 2세를 격파하고 제왕이 되었다.

99) 왕망(王莽) : 신(新)이란 나라를 만들어 거짓 왕이 된 한실(漢室)의 외척(外戚). 그는 한의 평제(平帝)를 죽이고 황제노릇하다가 후한(後漢)의 광무황제(B.C.5~A.D.57)에게 멸망 당했다.

억조창생	건져내니	이일을	견준다면
하걸의	모진정사[94]	탕임금이	쳐없애고
상주의	모진정사[95]	무왕이	쳐서막고
진시황[96]의	우모가정[97]	한태조[98]가	쳐없애고
왕망[99]의	모진정사	광무황제[100]	고치었고
수양제[101]의	망한정사	당태종[102]이	평복[103]하니
대왕께서	건국한일	이제와서	생각하면
이에서	못하리까	몇백년	건국사업
하루아침	버리시고	별궁에	혼자앉아
후세에	웃음되니	전하께서	하신일이
한심치	아니하며	애통치	아니실까
부자불목[104]	고사하고	팔도백성	불쌍하오

---

100) 광무황제(光武皇帝) : 후한을 세운 시조인 유수(劉秀). 그는 참왕(僭王)인 왕망(王莽)을 쳐서 낙양(洛陽)에 도읍하고 한실(漢室)을 부흥시키고 천하를 통일하고 적폐를 일신하여 사회를 쇄신했다.
101) 수양제(隋煬帝) : 수(隋)나라 2대왕인 광(廣;재위 605~616)이니 아버지를 살해하고 왕이 되어 호화를 좋아하고 고구려를 원정하다가 양만춘(楊萬春)에게 패하였고 당(唐)나라 태종에게 멸망된 황제.
102) 당태종(唐太宗) : 당나라 태종 이세민(李世民;재위 627~649). 선정을 베풀었으나 침략을 좋아하여 고구려를 침공하다 안시성(安市城)에서 양만춘 성주에게 참패당했다.
103) 평복(平復) : 평상(平常)대로 회복됨.
104) 부자불목(父子不睦) : 이태조와 이방원(태종)의 갈등과 원한은 적보다 더해서 그 혈육살상으로 팔도(八道 ; 당시는 전국 팔도라 했다) 전국이 도탄에 빠졌었다.

슬피울고　일어앉아　다시하난　말삼보소

창업하심(創業)　생각하면　소신과(小臣)　함께나서

사생을(死生)　같이하여　천행으로(天幸)　성사하여(成事)

군신지의(君臣之義)　맺아두고　창업공신(創業功臣)　되잣더니

원통할사(怨痛)　대왕님은(大王)　이것이　왼일인고

옛적에　요ㅅ임금(堯)　만승천자(萬乘天子)　높은위를(位)

사우에게　전해주고(傳)　순임금의(舜)　착한마음

장인에게(丈人)　받은위를(位)　우임금에(禹)　주었거늘

하물며　대왕님은(大王)　대왕님이(大王)　하신위를(位)

아들에게　전하시고(傳)　이다지도　노하실까(怒)

여차등설(如此等說)　말할적에　문박게(門)　매인말이

슬푸게도　우는구나　태조대왕(太祖大王)　들으시고

저말이　무삼일노　저렁타시　슬피우나

퉁두란이(佟豆蘭)　대답하되(對答)　저말우난　그연고를(緣故)

아뢰거던　들으소서　그말이　색기뗀지

---

105) 군신지의(君臣之義) : 임금과 신하간의 의리. 삼강과 오륜에서는 군신유의(君臣有義)를 강조하며 인간의 근본율로 삼고 있다.

106) 요(堯)임금 : 중국 고대(B.C.2367)의 태평천하 때의 성군(聖君). 요임금은 재위 50년에 아들 단주(丹朱)가 있었으나 어리석다 하여 사위인 순(舜)에게 선위(禪位)했고 순임금은 곤(鯀)의 아들 우(禹)임금에게 선위하니 하(夏)나라이다.

슬피울고　　　일어앉아　　　다시하는　　　말씀보소

창업하심　　　생각하면　　　소신과　　　　함께나서

사생을　　　　같이하며　　　천행으로　　　성사하면

군신지의[105]　맺어두고　　　창업공신　　　되잤더니

원통할싸　　　대왕님은　　　이것이　　　　웬일이오

옛적에　　　　요임금[106]은　만승천자　　　높은위를

사위에게　　　전해주고　　　순임금의　　　착한마음

장인에게　　　받은위를　　　우임금께　　　주었거늘

하물며　　　　대왕님은　　　대왕님이　　　하신임금

아들에게　　　전하시고　　　이다지도　　　노하실까

이런저런　　　말할적에　　　문밖에　　　　매인말[107]이

슬프게도　　　우는구나　　　태조대왕　　　들으시고

저말이　　　　무슨일로　　　저렇듯이　　　슬피우나

퉁두란이　　　대답하되　　　저말우는　　　그연고를

아뢰거든　　　들으소서　　　그말이　　　　새끼뗀지

---

107) 문 밖에 매인 말 : 박순(朴淳)의 마자풍간(馬子諷諫)의 이야기인데, 박순은 이태조
　　가 아들 방원(태종)에 대한 앙심을 풀려고 새끼 달린 말을 타고 가서 천륜(天倫)을
　　느끼도록 했는데 그 뜻은 적중하여 태조의 마음은 바꿔놓았으나 태조의 추종자들
　　에 의해서 용흥강(龍興江)을 건너다가 목잘려 죽으니 후세 사람들이 "반재선상 반
　　재강중(半在船上 半在江中), 즉 반신은 배에 있고 반신은 강중에라고 했다. 여기에
　　등장한 퉁두란은 박순을 잘못 알고 한 말이다.

석달을　　지낫스되　　그색기를　　생각하야

죽주어도　　아니먹고　　꼴주어도　　아니먹고

밤낮으로　　우난말이　　오날까지　　저리우니

저말을　　두고보면　　아모리　　짐생이나

모자간의　　그린정이　　사람만　　못할손가
母子間　　　　情

한나라　　소중낭이　　북해상에　　있을적에
漢　　　　蘇中郎　　　北海上

호첩을　　정했더니　　아달둘을　　나아두고
胡妾　　　定

십구년　　고생타가　　고국을　　도라올때
十九年　　苦生　　　故國

어려서　　못다리고　　어미에게　　두었더니

칠년을　　지난후에　　호첩의　　거동보소
七年　　　　後　　　胡妾　　舉動

두아달　　앞세우고　　한양교　　저문날에
　　　　　　　　　漢陽橋

이별하고　　우난눈물　　점점히　　떠러저서
離別　　　　　　　點點

아해이마　　다젖난다　　그어미　　하난말이

모별자　　자별모난　　인간에　　못할노라
母別子　　子別母　　人間

모자간　　인정이나　　부자간　　인정이나
母子間　　人情　　　父子間　　人情

천륜은　　일반이라　　어찌하야　　전하마님
天倫　　　一般　　　　　　　殿下

석달을　　지났으되　　그새끼를　　생각하여

죽주어도　　아니먹고　　꼴주어도　　아니먹고

밤낮으로　　우는말이　　오늘까지　　저리우니

저말을　　두고보면　　아무리　　짐승이나

모자간의　　그린정이　　사람만　　못하리까

한나라　　소중랑[108]이　　북해[109]상에　　있을적에

호첩[110]을　　정했더니　　아들둘을　　낳아두고

십구년　　고생타가　　고국으로　　돌아올때

어려서　　못데리고　　어미에게　　두었더니

칠년을　　지난후에　　호첩의　　하는모습

두아들　　앞세우고　　한양교[111]　　저문날에

이별하고　　우는눈물　　점점이　　떨어져서

아이이마　　다적시니　　그어미　　하는말이

모별자　　자별모[112]는　　인간으로　　못할리라

모자간　　인정이나　　부자간　　인정이나

천륜[113]은　　일반인데　　어찌하여　　전하께선

---

111) 한양교(漢陽橋) : 중국 한수(漢水) 북쪽 한양에 있는 다리. 한양으로 들어가는 관문.
112) 모별자 자별모(母別子 子別母) : 어미와 자식이 서로 이별하는 아픔을 뜻함.
113) 천륜(天倫) : 부모와 자식, 형제는 하늘이 맺어준 어길 수 없는 관계이며 떳떳한 도리.

부자간　　중한인정　　사년을　　돈절하요
父子間　　重　人情　　四年　　頓絕
태조대왕　이말듣고　　자연히　　회심되여
太祖大王　　　　　　自然　　回心
흔연히　　하난말이　　한양가는　길차려라
欣然　　　　　　　　漢陽
치도관을　분부하야　　칠백칠십　먼먼길을
治道官　　吩咐　　　七百七十
곳곳이　　닥가노니　　바르기　　터럭같다

안성을　　얼는건너　　송도를　　다다르니
安城　　　　　　　　松都
공양왕의　사든터에　　소슬한풍　가련하다
恭讓王　　　　　　　蕭瑟寒風　可憐
파주를　　다지내고　　임진강을　건너서서
坡州　　　　　　　　臨津江
효자원이　어데런고　　무악재가　여기로다
孝子院　　　　　　　母岳
경기감영　들어가니　　연추문이　반갑도다
京畿監營　　　　　　延秋門
태종대왕　거동보소　　태조오심　소문듣고
太宗大王　舉動　　　太祖　　所聞
무학관에　차일치고　　백관으로　영접할제
舞鶴舘　　遮日　　　百官　　迎接
태조대왕　거동보소　　무학관에　좌정하니
太祖大王　舉動　　　舞鶴舘　　坐定
의위도　　장할시고　　국세가　　자별하다
儀威　　　壯　　　　國勢　　自別
오기는　　오섯으나　　태종의　　하는일을
　　　　　　　　　　太宗

---

114) 돈절(頓絕) : 왕래를 끊어버림.
115) 치도관(治道官) : 임금의 행차길을 다스리는 벼슬아치.
116) 칠백칠십리 : 서울에서 함흥까지의 거리.
117) 안성(安城)을 지나 : 여기서 말하는 이태조의 귀경(歸京)길은 방향감각이 잘못되어
　　한 마디로 오락가락 하고 있다. 안성이 아니고 평양을 말함이 옳음.

부자간	중한인정	네해를	돈절[114]하오
태조대왕	이말듣고	자연히	회심되어
기뻐하며	하는말이	한양가는	길차려라
치도관[115]을	분부하여	칠백칠십	먼먼길[116]을
곳곳마다	닦아놓니	바르기	터럭같다
안성을	얼른지나[117]	송도에	다다르니
공양왕의	살던터에	찬바람이	가련하다
파주를	다지나고	임진강을	건너서서
효자원[118]이	어디던고	무악재가	여기로다
경기감영[119]	들어가니	연추문이	반갑도다
태종대왕	거동보소	태조오는	소문듣고
무학관[120]에	천막치고	백관으로	영접할제
태조대왕	거동보소	무학관에	좌정하니
위풍도	장하시고	나라위신	표가난다
오기는	오셨으나	태종의	하는일을

---

118) 효자원(孝子院) : 무악재 너머에 있던 홍제원(弘濟院)인듯하다. 여기 무학(無學)재
는 무악재(毋岳峴), 즉 서대문에서 녹번동으로 넘는 고개.
119) 경기감영(京畿監營) : 지금의 경기도청과 같은 기관, 옛날엔 서대문 네 거리에 있
었다가 일정 때 광화문 중앙청 앞(지금의 미국대사관 자리)으로 옮겼고 다시 수원
으로 옮겼다.
120) 무학관(舞鶴舘) : 지금 서대문 독립관 자리에 있던 모화관(慕華館)인듯하다.

좌정후에(坐定後) 생각하니 가련코도(可憐) 절통하다(絶痛)

아해둘을 죽이고서 형의위를(兄 位) 아섰으니

임금도 좋거니와 골육이(骨肉) 중치않나(重)

골육상쟁(骨肉相爭) 이러하고 국사가(國事) 장원할가(長遠)

그아들 생각하니 여분이(餘憤) 상존이라(尚存)

오호궁에(烏號弓) 활을매여 무릎우에 얹어놓고

산악같이(山岳) 앉았으니 이때에 태종대왕(太宗大王)

태조보로(太祖) 오시다가 활메운 거동보고(擧動)

태종같은(太宗) 긔안에도 용포자락(龍袍) 떠난구나

놀랍도다 권대구야(權大求) 충성도(忠誠) 장커니와(壯)

간담이(肝膽) 늠늠하다(凜凜) 태종을(太宗) 뫼시고서

함께가며 하난말이 추호도(秋毫) 전하마음(殿下)

두려하지 마옵소서 죽난대도 신이죽고(臣)

살을마자 상한대도(傷) 신의몸이(臣) 대신가며(代身)

옥체에난(玉體) 안가리니 천년하게(天然) 가옵소서

---

121) 국사(國事)가 장원(長遠) : 임금으로 나라 정치가 오래 지속되는 일.

122) 여분(餘憤) : 남아있는 분통. 당시 이방원이 두 동생을 죽이고 임금된데 대한 분통.

123) 오호궁(烏號弓) : 옛날 황제(黃帝)가 쏘았다고 하는 백발백중의 좋은 활.

124) 용포(龍袍) : 임금이 입는 곤룡포. 대개 황색과 적색으로 되어있고 가슴에 용이 새
　　겨져 있다.

좌정후에　생각하니　가련코도　원통하다

아우들을　죽이고서　형의왕위　앗았으니

임금도　좋거니와　골육이　중하잖나

골육상쟁　이러하고　나랏일이　장원[121]할까

그아들　생각하니　여분[122]이　가시잖아

오호궁[123]에　살을메어　무릎위에　얹어놓고

큰산같이　앉았으니　이때에　태종대왕

태조보러　오시다가　활메운　모습보고

태종같은　간담에도　용포[124]자락　떠는구나

놀랍도다　권대구[125]야　충성도　장커니와

간담이　늠름하다[126]　태종을　모시고서

함께가며　하는말이　추호도　전하마음

두려워　마옵소서　죽는대도　신이죽고

살을맞아　상한대도　신의몸이　대신가며

옥체에는　안가리니　천연하게　가옵소서

---

125) 권대구(權大求) : 이 대목은 이태조가 환궁할 때 태종 이방원이 환영하는 의식을
　　베풀던 장면인데 권대구는 미상의 인물이고, 실제의 역사는 하륜(河崙)이 태종 이
　　방원을 일깨워 식장 기둥을 굵은 나무로 하고 옥쇄는 직접 받지 말고 시종을 시키
　　는 등하여 죽음을 면케 했다는 이야기가 사실이다.
126) 간담이 늠름하다 : 간과 담이 커서 용기 있어 보이는 모습.

태조대왕(太祖大王) 거동보소(擧動) 깍지손을 한번떼니
유성같이(流星) 가난살이 나난다시 나올적에
권대구의(權大求) 충성보소(忠誠) 태종앞에(太宗) 썩나서서
그살을 받고죽네 이것을 볼작시면

군의신충(君義臣忠) 이아닌가 태조대왕(太祖大王) 거동보소(擧動)
옥쇄를(玉璽) 내던지며 노기로(怒氣) 하신말삼
이것이 놀라우냐 태종대왕(太宗大王) 거동보소(擧動)
용포자락(龍袍) 펼처놓고 옥쇄를(玉璽) 주어싸며
황공하여(惶恐) 하신말삼 옥쇄전수(玉璽傳授) 하옵신다
영덕궁에(永德宮) 태종있고(太宗) 만수궁에(萬壽宮) 태조계셔(太祖)
정사를(政事) 상의하니(相議) 부자유친(父子有親) 새롭도다
세월이(歲月) 여류하야(女流) 태조춘추(太祖春秋) 칠십사라(七十四)
승피백운(乘彼白雲) 구름타고 무자년에(戊子年) 승하하니(昇遐)
팔역에(八域) 창생들이(蒼生) 여상고비(如喪考妣) 애통하다(哀痛)

---

127) 깍지손 : 활시위를 당길 때 손가락에 끼는 골무.
128) 살을 받고 죽다 : 실제 역사에서는 권대구도 없었고, 이때 옥쇄 받는 장면에서 죽
     은 사람도 없었다. 이때 태조는 천명이라 생각하고 옥쇄꾸러미를 내어 던졌다.
129) 군의신충(君義臣忠) : 오륜에서는 군신유의(君臣有義)라 했고, 관자(管子)에서는
     군덕신충(君德臣忠)이라고 했다.
130) 영덕궁(永德宮) : 경복궁인듯하니, 태종은 경복궁에서 등극하고 태조는 상왕으로
     주로 창덕궁에 계셨다. 여기 만수궁은 개성에 있던 만수전(萬壽殿)을 말하는 듯.

태조대왕	거동보소	깍지손[127]을	한번떼니
유성같이	가는살이	나는듯이	나올적에
권대구의	충성보소	태종앞에	썩나서서
그살을	받고죽네[128]	이것을	볼짝시면
군의신충[129]	이아닌가	태조대왕	거동보소
옥새를	내던지며	노기로	하신말씀
이것이	놀라우냐	태종대왕	거동보소
용포자락	펼쳐놓고	옥새를	주워싸며
황송하여	하신말씀	옥새전수	하옵신다
영덕궁[130]에	태종있고	만수궁에	태조계셔
정사를	상의하니	부자유친	새롭도다
세월이	여류하여	태조춘추[131]	칠십사라
승피백운[132]	구름타고	무자년에	승하하니
팔역[133]의	백성들이	여상고비[134]	애통하네

---

131) 태조춘추(太祖春秋) : 태조의 연세. 나이를 높임말로 '춘추' 라 말하며, 태조는 74
　　세로 돌아가셨다.
132) 승피백운(乘彼白雲) : 흰구름 타고 하늘나라로 올라갔다는 말.
133) 팔역(八域) : 8도라는 말. 옛날에 조선이 8도였다.
134) 여상고비(如喪考妣) : 애통함이 부모의 초상당한 일처럼 슬퍼한다는 말. 고(考)는
　　돌아가신 아버지, 비(妣)는 돌아가신 어머니의 존댓말.

양주땅   십삼리에   건원능이   그능이오
楊州   十三里   健元陵   陵

개성땅   이백리에   왕비능은   제능이라
開城   二百里   王妃陵   齊陵

양주땅   시오리에   둘째왕비   정능이라
楊州   十五里   王妃   貞陵

기해년   구월달에   정종대왕   승하하니
己亥年   九月   定宗大王   昇遐

춘추가   얼마신가   육십삼이   분명하다
春秋   六十三   分明

개성땅   이백리에   후능이   그아닌가
開城   二百里   厚陵

왕비능은   어데던고   후능과   한능이라
王妃陵   厚陵   陵

태종대왕   옥쇄들고   정치를   하실적에
太宗大王   玉璽   政治

태종역시   성군이라   만조가   화락하고
太宗亦是   聖君   滿潮   和樂

백관이   사양하야   임금을   도우시서
百官   辭讓

백성은   노래하고   국사는   자연이라
百姓   國事   自然

태종대왕   후궁처남   아마구가   혹독하여
太宗大王   後宮妻男   酷毒

대신을   해케하고   충신을   살해하니
大臣   害   忠臣   殺害

장할시고   맹사성이   태종께   고달하고
壯   孟思誠   太宗   告達

철퇴를   둘러메고   아마구를   박살하니
鐵鎚   撲殺

---

135) 건원릉(健元陵) : 남양주의 구리시에 있는 이태조의 능이다. 한씨 왕비릉은 제릉
    (齊陵)이니 경기도 개풍군 상도면에 있고 강씨 왕비릉은 정릉(貞陵)으로 서울시 성
    북구에 있다. 이하 왕릉과 왕비릉에 대하여는 1995년 이상용(李相鎔)이 펴낸 『왕
    릉』이란 사진판 책자를 참조 바람.

양주땅　　　십삼리에　　　건원릉[135]이　　그능이요

개성땅　　　이백리에　　　왕비 능은　　　제릉이며

양주땅　　　시오리에　　　둘째왕비　　　정릉이네

기해년　　　구월달에　　　정종대왕　　　승하[136]하니

춘추가　　　얼마신가　　　육십셋이　　　분명하다

개성땅　　　이백리에　　　후릉이　　　　그아닌가

왕비능은　　어디던가　　　후릉과　　　　한능이라

태종대왕　　옥새들고　　　정치를　　　　하실적에

태종역시　　성군이라　　　온조정이　　　화락하고

백관이　　　사양하여　　　임금을　　　　도우시사

백성은　　　노래하고　　　나랏일이　　　자연이라

태종대왕　　후궁처남　　　아마구[137]가　혹독하여

대신들을　　해케하고　　　충신을　　　　살해하니

장할씨고　　맹사성[138]이　태종께　　　고발하여

철퇴를　　　둘러메고　　　아마구를　　　박살하니

---

136) 정종대왕 승하 : 1419년에 정종(定宗)이 63세로 승하하니 개성땅 200리인 황해북
　　도 개풍군 영정리에 있는 후릉(厚陵)에 왕비와 함께 쌍릉으로 모셨다.
137) 아마구 : 미상이다. 글 뜻으로 보아 붙이들. 이 등 뒤에서 세도를 부린다는 의미.
138) 맹사성 : 좌의정 맹사성(孟思誠 ; 1360~1438) 자는 성지(誠之), 호는 동포(東浦),
　　겸손청백한 대신. 시조「강호사시가」로 이름난 문신.

만조백관 萬朝百官	어느뉘가	맹사성을 孟思誠	그릇알가
태종대왕 太宗大王	즉위후에 卽位後	십팔년을 十八年	정치하사 政治
세종에게 世宗	전위하고 傳位	상왕위에 上王位	계시더니
사오년을 四五年	지나다가	오십육세 五十六	승하하니 昇遐
덕택도 德澤	높으시고	복력도 福力	장하시다 壯
광주땅 廣州	사십리에 四十里	현능이 獻陵	그능이오 陵
왕비능도 王妃陵	한능이라 陵	세종대왕 世宗大王	등극하니 登極
그왕비는 王妃	누시든고	청송심씨 靑松沈氏	부인이오 夫人
부원군은 府院君	누구든고	청송사람 靑松	심온이라 沈溫
심왕비 沈王妃	나실적에	이상하고 異常	긔이하다 奇異
청텬백일 靑天白日	밝은날에	난대없는	무지개가
한끝은	대궐있고 大闕	또한끝은	청송있어 靑松
삼일이 三日	지나도록	완연히 宛然	비치거늘
세종대왕 世宗大王	거동보소 擧動	무지개가	기이하다 奇異

---

139) 세종에게 전위(傳位) : 태종은 1419년에 셋째 아들 세종에게 전위하고 상왕으로
    앉았다가 1422년(세종 4)에 승하하니 56세였고, 경기도 광주군 대왕면 내곡리에
    모시니 헌릉(獻陵)이고 왕비와 한 능이라 했다.

140) 세종대왕 등극 : 세종(1397~1450)은 태종의 셋째 아들로 이름은 도(裪), 자는 원
    정(元正), 시호는 장헌(莊憲)으로 21세에 태종의 왕위를 계승하여 32년간 재위하
    면서 불후의 업적을 남긴 명군이다.

만조백관　　　어느누가　　　맹사성을　　　글다할까

태종대왕　　　즉위후에　　　십팔년을　　　정치하사

세종에게　　　전위[139]하고　　　상왕위에　　　계시더니

사·오년을　　　지내다가　　　오십육세　　　승하하니

덕택도　　　　높으시고　　　복력도　　　　장하시다

광주땅　　　　사십리에　　　헌릉이　　　　그능이오

왕비능도　　　한능이라　　　세종대왕　　　등극[140]하니

그왕비는[141]　　뉘시던고　　　청송심씨　　　부인이오

부원군은　　　누구던고　　　청송사람　　　심온[142]이라

심왕비　　　　나실적에　　　이상하고　　　기이하다

청천백일　　　밝은날에[143]　　난데없는　　　무지개가

한끝은　　　　대궐있고　　　또한끝은　　　청송있어

삼일을　　　　지나도록　　　완연히　　　　비치거늘

세종대왕　　　보시고서　　　무지개가　　　기이하다

---

141) 왕비는 : 청송(靑松) 심온(沈溫)의 따님인 소헌왕후(昭憲王后).

142) 심온(沈溫 ; 1375~1418) 조선초 문신. 세종의 장인. 청천부원군(靑川府院君). 벼슬은 영의정에 올랐으나 사사된 뒤 안효(安孝)라고 시호함.

143) 청천백일 밝은 날에 : 세종비가 출생할 때 맑은날에 흰 무지개가, 한끝은 청송(경상북도) 한끝은 대궐에 있었다는 기이한 징조.

군관을   보내시사   무지개를   추종하니
                                         追從
청송으로   나려가서   호박골을   들어가니
靑松   琥珀
그집이   누집인고   심이방의   집이로다
                        沈吏房
궁관을   보내시사   왕비로   모셔오니
宮官   王妃
이아니   천연이며   그아니   이상한가
          天緣   異常
복력좋은   세종대왕   삼십이년   재위하사
福力   世宗大王   三十二年   在位
국가창업   무사하고   시화세풍   이때로다
國家創業   無事   時和歲豊
중원서   패문나와   문장명필   부르거늘
中原   牌文   文章名筆
글잘하는   성삼문과   글씨잘씬   광평군이
          成三問   廣平君
둘이함께   들어가서   천자전정   올라가서
                        天子殿廷
배례하고   앉았으니   천자께서   하신말삼
拜禮   天子
짐에게   있난병풍   화제가   없엇기로
朕   屛風   畵題
천하에   광고하여   문장명필   다왔으니
天下   廣告   文章名筆
아모라도   이병풍에   화제를   써서내라
          屛風   畵題

---

144) 중원(中原) : 중국 황하유역 지방, 또는 중국의 통칭. 사대주의적 호칭임.
145) 패문(牌文) : 중국 명(明)나라 때 하부 관청에 내리는 공문서. 숭명사상의 언어이다.
146) 성삼문(成三問) : 조선조의 문신이요, 학자이며 사육신의 한 사람(1418~1456). 자는
     근보(謹甫), 호는 매죽헌(梅竹軒), 집현전 학사로 훈민정음 창제에 공로가 컸고 세종
     대왕의 고명(顧命) 신하로 단종의 복위를 위해 노력하다가 세조에게 참살당했다.

궁관을　　　보내시사　　　무지개를　　　추종하니

청송으로　　　내려가서　　　호박골로　　　들어가니

그집이　　　뉘집인가　　　심이방의　　　집이로다

궁관을　　　보내시사　　　왕비로　　　모셔오니

하늘이　　　맺아주신　　　기연이　　　아니신가

복력좋은　　　세종대왕　　　삼십이년　　　통치하며

나라정치　　　무사하고　　　평화롭고　　　풍년드네

중원[144]서　　　패문[145]나와　　　문장명필　　　부르거늘

글잘하는　　　성삼문[146]과　　　글씨잘쓴　　　광평군[147]이

둘이함께　　　들어가서　　　천자전정[148]　　　올라가서

배례하고　　　앉았으니　　　천자께서　　　하신말씀

짐에게　　　있는병풍　　　화제가　　　없었기로

천하에　　　광고하여　　　문장명필　　　다왔으니

아무라도　　　이병풍에　　　화제[149]를　　　써서내라

---

147) 광평군(廣平君) : 세종대왕의 제5남. 여(璵 ; 1425~1444), 자는 환지(煥之). 호학의 왕
　　자였으나 요절하였다. 글씨 잘 쓴 왕자는 세종대왕의 셋째 아들 용(瑢 ; 1418~1453)
　　인 안평대군이니 바뀐 듯하다.
148) 천자(天子) 전정(殿庭) : 여기 천자는 중국 명(明)나라 황제요, 명황제의 궁전뜰이다.
　　이 대목은 뭔가 착각하고 있는 것 같다. 광평군은 병환 끝에 만 19세로 요절했다.
149) 화제(畵題) : 병풍 등 그림에 그림의 주제나 내용을 설명한 글귀와 글씨.

서촉선비　　하난말이　　소인이　　쓰오리다
西蜀　　　　　　　　　　小人

저선비의　　거동보소　　붓대잡아　　써서내니
　　　　　　舉動

천자보고　　대노하사　　저선비를　　꾸즈시되
天子　　　　大怒

네어이　　　당돌하게　　그문필을　　가지고서
　　　　　　唐突　　　　文筆

문필한다　　자랑하고　　짐에게　　　쏘기나냐
文筆　　　　　　　　　　朕

즉시에　　　추고하니　　이좌석이　　어떠한가
卽時　　　　推敲　　　　座席

성삼문　　　거동보소　　화제를　　　지어내니
成三問　　　舉動　　　　畵題

광평군　　　붓을잡아　　일필휘지　　써올니니
廣平君　　　　　　　　　一筆揮之

천자보고　　탄복하여　　글과글씨　　칭찬하사
天子　　　　歎服　　　　　　　　　稱讚

천금상사　　후의하고　　대찬하야　　가라사대
千金賞賜　　厚　　　　　大讚

아모래도　　조선국이　　소중화가　　분명하다
　　　　　　朝鮮國　　　小中華　　　分明

이렇코야　　문장이오　　저리해야　　명필이지
　　　　　　文章　　　　　　　　　名筆

화제를　　　살펴보니　　글씨에　　　하였으되
畵題

　　　일수개화색부동　　　　난장차의문동풍
　　　一樹開花色不同　　　　難將此意問東風

　　　기간앵무능언어　　　　설도심홍영천홍
　　　其間鸚鵡能言語　　　　説道深紅映淺紅

---

150) 서촉(西蜀) : 중국 사천(四川)에 있던 지명. 중국 서쪽에 있던 나라 이름.

151) 일필휘지(一筆揮之) : 한 번 붓을 들어 휘둘러 쓴다는 뜻. 거침없이 갈겨쓰는 명필
　　　의 글씨 솜씨.

152) 소중화(小中華) : 작은 중국. 사대모화(事大慕華)의 극치의 대목이다.

서촉[150]선비　하는말이　　소인이　　쓰오리다

저선비의　모양보소　　붓대잡아　써서내니

천자보고　대로하사　　저선비를　꾸짖으되

네어이　　당돌하게　　그문필을　가지고서

글을한다　자랑하고　　나에게　　속이느냐

즉시에　　고쳐쓰니　　이좌석이　어떠할까

성산문　　거동보소　　화제를　　지어내고

광평군　　붓을잡아　　일필휘지[151]　써올리니

천자보고　탄복하여　　글과글씨　칭찬하사

천금시상　후히하고　　칭찬하여　말씀하되

아무래도　조선국이　　소중화[152]가　분명하다

이렇고야　문장이요　　저러해야　명필이지

화제를　　살펴보니　　글씨에　　하였으되

　　　　일수개화색부동　　　　난장차의문동풍

　　　　기간앵무능언어　　　　설도심홍영천홍[153]

---

153) 화제의 글(번역)
　　"한 나무에 꽃이 피되 빛깔이 같지 않아
　　이 뜻을 동풍에게 묻기도 난처해
　　그런 사이 앵무새가 제법 말해 가로되
　　진홍색과 엷은 붉은색 비추는 차이라네."

이병풍   어떠한고   매화를   그렸으되
屛風   梅花

한가지는   매우붉고   한가지는   덜붉것네

말잘하는   앵무새는   그가운데   그렷거늘
           鸚鵡

그격에   맞게하니   어이아니   어려우랴
   格

이글뜻을   들어보소   아니용코   어떠하오

한나무가   어찌하여   빛이같지   아니한고

이뜻을   가저다가   동풍다려   못무를다
                        東風

다행하다   그사이에   말잘하난   앵무새가
多幸   鸚鵡

깊히붉은   저꽃빛이   엷게붉은   이꽃빛에

서로빛이   그러하니   이리하야   그런거야

이러한   두르문필   중국까지   일음낫내
           文筆   中國

그후로   세종대왕   선비를   불러드려
   後   世宗大王

성균관에   공부시켜   글공부를   권하시니
成均館   工夫   勸

문장도   많거니와   명필도   많이난다
文章   名筆

과거를   보이시되   문필보고   과거주니
科擧   文筆   科擧

팔역사방   방방곡곡   불철주야   공부로다
八域四方   坊坊曲曲   不撤晝夜   工夫

---

154) 빛이 : 영(映)의 풀이니 '비쳐' 가 맞을 듯.

이병풍　　　어떠한고　　　매화를　　　그렸으되

한가지는　　　매우붉고　　　한가지는　　　덜붉었네

말잘하는　　　앵무새는　　　그가운데　　　그려져서

그품격에　　　맞게하니　　　어이아니　　　어려우랴

이글뜻을　　　들어보소　　　아니용코　　　어떠하오

한나무가　　　어찌하여　　　그꽃잎　　　같지않아

이뜻을　　　가져다가　　　동풍더러　　　물어보랴

다행히　　　그사이에　　　말잘하는　　　앵무새가

깊이붉은　　　저꽃빛과　　　엷게붉은　　　이꽃빛이

서로빛이[154]　　　같지않아　　　그리하여　　　그런거야

이러한　　　둘의문필[155]　　　중국까지　　　이름났네

그후로　　　세종대왕　　　선비를　　　불러들여

성균관에　　　공부시켜　　　글공부를　　　권하시니

문장가도　　　많거니와　　　명필도　　　많이난다

과거를　　　보이시되　　　문필보고　　　급제주니

팔역사방　　　방방곡곡　　　불철주야　　　공부로다

---

155) 이러한 둘의 문필 : 이 대목은 저자가 꾸며낸 이야기이다.

이십팔왕 二十八王	제왕중에 諸王中	복력좋고 福力	편하시기 便
세종대왕 世宗大王	제일이라 第一	세종대왕 世宗大王	등극후에 登極後
국사를 國事	두고보면	추호도 秋毫	일이없다
요순세계 堯舜世界	흡사하며 恰似	하우천지 夏禹天地	안부럽네
경오년 庚午年	이월달에 二月	오십사에 五十四	승하하고 昇遐
여주땅 驪州	백오십리 百五十	영능이 英陵	그능이오 陵
왕비능도 王妃陵	한능이라 陵	문종대왕 文宗大王	등극하니 登極
그왕비는 王妃	누시든고	안동권씨 安東權氏	부인이라 夫人
부원군은 府院君	누구든고	안동사람 安東	권전이라 權專
문종대왕 文宗大王	거동보소 擧動	단종을 端宗	늦게두고
국사는 國事	창망한데 蒼茫	골육상쟁 骨肉相爭	쉬우리라
가련하다 可憐	권왕비는 權王妃	단종을 端宗	나으시고
강보의 襁褓	아들두고	이십사에 二十四	승하하니 昇遐

156) 요순세계 : 중국 고대 요임금과 순임금 때를 후세 사람들이 동경하는 이유는 그때는 구속과 제재가 없고 따라서 세금이 없는 자유로운 세상. 그래서 "내게 임금이 무슨 필요인가?" 했던 사회였다.

157) 하우천지(夏禹天地) : 중국 고대 하나라 초대 임금. 성은 사(姒)씨, 호는 우(禹), 순(舜)의 선(禪)을 받아 임금이 되어 정치를 잘해서 태평성대를 이룸.

158) 경오년(庚午年) : 1450년(세종 32년) 2월 세종대왕이 돌아가신 날. 능은 경기도 여주(驪州)에 있는 영릉(英陵). 왕비능과 한 능이라 함.

이십팔왕　　제왕중에　　복력좋고　　편하시기

세종대왕　　제일이라　　세종대왕　　등극후에

나라정치　　두고보면　　조금도　　　탈이없다

요순세계[156]　비슷하며　　하우천지[157]　안부럽네

경오년[158]　　이월달에　　오십사로　　승하하니

여주땅　　　백오십리　　영릉이　　　그능이요

왕비능도　　한능이다　　문종대왕[159]　등극하니

그왕비는　　뉘시던가　　안동권씨　　부인이요

부원군은　　누구던가　　안동사람　　권전이라

문종대왕　　모양보소　　단종을　　　늦게두고

나라정치　　창망[160]한데　골육상쟁[161]　쉬우리까

가련하다　　권왕비[162]는　단종을　　　낳자마자

강보[163]의　　아들두고　　이십사에　　승하하니

---

159) 문종대왕(文宗大王) : 이씨조선 5대 임금(1414~1452) 재위 1450~1452, 휘는 향(珦), 자는 휘지(輝之). 세종대왕의 원자로 호학관달(好學寬達) 하였으나 일찍 승하하고 왕비는 안동(安東) 권전(權專)의 따님인 현덕왕후(顯德王后).

160) 국사창망(國事蒼茫) : 나라 정치, 아득해 멀고 분명치 않음.

161) 골육상쟁(骨肉相爭) : 집안 혈육끼리 싸우며 살륙전이 벌어짐. 조선 이씨 왕조는 태종 이방원 때부터 500년간 왕권 다툼으로 골육상쟁의 연속이었다.

162) 가련한 권왕비 : 문종의 왕비(현덕왕후 권씨)는 단종을 낳자마자 24세로 승하하니 능은 양주(지금은 경기도 구리시 인창동 산6-3)에 있는 현릉(顯陵)이다.

163) 강보(襁褓) : 어린 애기 포대기. 갓난아기를 뜻함.

양주땅   삼십리에   현능이   그능이오
楊州   三十里   顯陵   陵
여한이   무궁하여   영혼이   있었구나
餘恨   無窮   靈魂
문종대왕   거동보소   춘추가   높지안해
文宗大王   擧動   春秋
환후가   자조계셔   병침에   들었도다
患候   病枕
시시로   혼자앉아   국사를   생각하니
時時   國事
아들은   어리시고   환후는   그러하니
                            患候
아모리   생각해도   국사가   위태하다
                            國事   危殆
박팽년   성삼문과   하위지   유응부와
朴彭年   成三問   河緯地   俞應孚
이개와   유성원과   김시습   이맹전과
李塏   柳誠源   金時習   李孟專
조려와   남효온과   성담수   원호등을
趙旅   南孝溫   成聃壽   元昊等
시시로   불러드려   군신이   서로앉아
時時   君臣
국사를   의론할때   문종대왕   하신말삼
國事   議論   文宗大王
열두신하   경등에게   유주를   부탁하니
   臣下   卿等   幼主   付托
옛적에   주공같이   성왕을   보전하소
              周公   成王   保全
아마내가   죽은후에   저아들이   위태하니
              後   危殆

---

164) 환후(患候) : 병환의 높임말. 여기서는 문종의 병환.

165) 국사가 위태 : 나랏일이 위태롭다. 이때 수양대군(문종의 동생 ; 세조)이 왕위를노
    리고 무서운 흉계를 꾸미고 있었다.

166) 박팽년, 성삼문… : 여기 열거한 12명은 단종 복위 활동 사건 때 살해되었거나(사6
    신), 발각되어 벌 받은(생6신) 충신들인데 실제로 문종의 고명(顧命)신하는 아니고
    세종 때 고명했다.

양주땅　　　삼십리에　　　현릉이　　　그능이요

품은한이　　너무많아　　　영혼이　　　있었구나

문종대왕　　모습보소　　　춘추가　　　높지않아

병환이　　　자주계셔　　　병상에　　　들었어라

때때로　　　혼자앉아　　　나랏일을　　생각하니

아들은　　　어리시고　　　환후[164]는　　위중하니

아무리　　　생각해도　　　국사가　　　위태[165]롭다

박팽년　　　성삼문과　　　하위지　　　유응부와

이개와　　　유성원과　　　김시습　　　이맹전과

조려와　　　남효온과　　　성담수　　　원호[166]등을

시시로　　　불러들여　　　군신이　　　서로앉아

나랏일을　　의론할때　　　문종대왕　　하신말씀

열두신하　　여러분께　　　유주[167]를　　부탁하니

옛적에　　　주공같이　　　성왕[168]을　　보전하소

아마내가　　죽은후에　　　저아들이　　위태하니

---

167) 유주(幼主) : 나이 어린 임금. 여기서는 단종인데 문종이 돌아가자 13세에 왕위에
올랐다.

168) 주공(周公)과 성왕(成王) : 주공은 중국 고대 주무왕(周武王)의 동생이며 무왕과 함
께 주(紂)를 치고 주(周)를 세웠고, 무왕이 죽은 뒤에는 어린 조카인 성왕(成王)을
보좌하여 총재(冢宰)로 7년. 후에 왕사(王師)로 일했다. 「용비어천가」에서는 주
(周)나라를 본받아 이씨 조선이 건국되었다고 노래했다.

옥침에 뜻난눈물 　점점이 피가된다
玉枕 　　　　　點點

열두신하 그말듣고 　일시에 일어서서
　臣下 　　　　　一時

임금과 같이우니 　비온다시 흐른눈물

조복사매 다젖는다 　문종대왕 거동보소
朝服 　　　　　文宗大王 擧動

옥수로 눈물닦고 　가긍케 하신말삼
玉手 　　　　　可矜

경등은 여게앉아 　과인말삼 들어보소
卿等 　　　　　寡人

만일에 약차하면 　경등은 어찌하랴
萬一 若此 　　　卿等

저신하들 거동보소 　나중은 모르오나
　臣下 擧動

약차하고 여차하면 　신등의 마음이야
若此 如此 　　　臣等

백골이 진토된들 　추호나 변하릿가
白骨 塵土 　　　秋毫 變

슬푸다 죽음이여 　삼황오제 저임금도
　　　　　　　三皇五帝

죽음을 면치못해 　우주청산 무덤되니
　　　免 　　　宇宙靑山

문종대왕 어이하리 　임신년 오월달에
文宗大王 　　　　壬申年 五月

지우제향 승하하니 　춘추가 사십구라
至于帝鄕 昇遐 　　春秋 四十九

---

169) 옥침(玉枕) : 임금이 베는 베개의 높임말.
170) 조복(朝服) : 조하(혹은 조례) 때에 입는 임금의 정복.
171) 과인(寡人) : 임금이 자신을 낮춰 말할 때 쓰는 말. 그러나 궁중에서는 보통 통용어
　　가 되어 있었다.
172) 백골이 진토되다 : 죽어서 백골이 먼지나 흙이 되더라도 신의는 변치 않는다는 뜻.

옥침[169]에　　흘린눈물　　점점이　　피가된다

열두신하　　그말듣고　　일시에　　일어서서

임금과　　같이우니　　비오듯이　　흐른눈물

조복[170]소매　　다젖는다　　문종대왕　　모습보소

손으로　　눈물닦고　　불상하게　　하신말씀

여러분은　　여기앉아　　과인[171]말을　　들어보오

만약에　　여차하면　　여러분은　　어찌하랴

저신하들　　태도보소　　나중은　　모르오나

약차하여　　변괴나면　　신등의　　마음이야

백골이　　진토된들[172]　　조금인들　　변하리까

슬프다　　죽음이여　　삼황오제[173]　　저임금도

죽음을　　면치못해　　푸른산속　　무덤되니

문종대왕　　어이하리　　임신년　　오월[174]달에

지우제향[175]　　승하하니　　춘추가　　사십구라

---

173) 삼황오제(三皇五帝) : 삼황은 중국 고대 전설상의 임금인 천황(天皇), 지황(地皇), 인황(人皇), 혹은 수인씨(燧人氏), 복희씨(伏羲氏), 신농씨(神農氏), 또는 복희씨, 신농씨, 황제(皇帝) 등의 여러 설이 있고, 오제는 역시 중국 전설적인 성군인 소호(小昊), 전욱(顓頊), 제곡(帝嚳), 요(堯), 순(舜)이고 사기에서는 소호 대신 황제(黃帝)를 들고 있다.

174) 임신 5월 : 문종이 승하한 1452년(임신) 5월이니 재위 2년만에 어린 단종(13세)을 두고 49세로 세상을 뜨니 능은 구리시에 있는 현릉(顯陵)에 왕비와 한 능이다.

175) 제향(帝鄉) : 하느님이 머물러 있다는 곳. 또는 제왕의 출생지. 여기서는 전자임.

창천이　　　　욕모하고　　　　백일에　　　　무광이라
蒼天　　　　　欲暮　　　　　　白日　　　　　無光

양주땅　　　　삼십리에　　　　왕비능과　　　　한능이라
楊州　　　　　　　　　　　　　王妃陵　　　　　陵

단종대왕　　　거동보소　　　　십삼세에　　　　등극하니
端宗大王　　　舉動　　　　　　十三歲　　　　　登極

그왕비는　　　누시던고　　　　여산송씨　　　　부인이오
王妃　　　　　　　　　　　　　礪山宋氏　　　　夫人

부원군은　　　누구든고　　　　여산사람　　　　송현수라
府院君　　　　　　　　　　　　礪山　　　　　　宋玹壽

열두신하　　　충성보소　　　　혈심으로　　　　임금섬겨
臣下　　　　　忠誠　　　　　　血心

삼년을　　　　지내오니　　　　춘추가　　　　　십오세라
三年　　　　　　　　　　　　　春秋　　　　　　十五歲

어질기난　　　요순이요　　　　재조는　　　　　창일이라
　　　　　　　堯舜　　　　　　才操　　　　　　蒼頡

구중궁궐　　　깊은집에　　　　여가여가　　　　공부하여
九重宮闕　　　　　　　　　　　餘暇餘暇　　　　工夫

시서백가　　　육경글을　　　　무불통지　　　　아르신다
詩書百家　　　六經　　　　　　無不通知

단종대왕　　　거동보소　　　　잡패도　　　　　시를지어
端宗大王　　　舉動　　　　　　雜戲　　　　　　詩

구구히　　　　문장이오　　　　자자히　　　　　주옥이라
句句　　　　　文章　　　　　　字字　　　　　　珠玉

지은글을　　　들어보소　　　　그글에　　　　　하였으되

산월섬섬하동방　　　　　　방문한기직성장
山月纖纖下洞房　　　　　　房門寒綺織成章

십년원별하용이　　　　　　천리소광시재양
十年鴛別何容易　　　　　　千里昭光始在陽

---

176) 창천욕모백일무광(蒼天欲暮白日無光) : 초상났을 때 흔히 쓰는 집구(集句)로 뜻은
　　　"푸른 하늘은 저물려 하고 흰 해는 빛이 없구나!"

177) 단종대왕 : 13세에 등극. 왕비는 여산(礪山) 송현수(宋玹壽)의 따님 송씨부인.(행
　　　적은 가사에 자세함)

178) 창힐(蒼頡) : 중국 고대 황제(皇帝) 때, 문자를 만들었다는 머리 좋은 인물. 지능이
　　　좋은 사람의 비유에 쓰는 말.

창천이　　　　욕모하고　　　　백일이　　　　무광[176]하다

양주땅　　　　삼십리에　　　　왕비릉과　　　　한능이오

단종대왕[177]　　모양보소　　　　십삼세에　　　　임금되니

그왕비는　　　뉘시던가　　　　여산송씨　　　　부인이오

부원군은　　　누구던가　　　　여산사람　　　　송현수네

열두신하　　　충성보면　　　　피맺히게　　　　임금섬겨

삼년을　　　　지내오니　　　　임금나이　　　　십오세라

어질기는　　　요순이요　　　　재주는　　　　　창힐[178]이라

구중궁궐　　　깊은집에　　　　틈틈이　　　　　공부하여

시서백가[179]　　육경[180]글을　　　모르는게　　　　없이아네

단종대왕　　　재주보소　　　　잡희[181]로　　　　시를짓되

글귀마다　　　문장이요　　　　글자마다　　　　구슬같네

지은글을　　　들어보소　　　　그글에　　　　　하였으되

　　　　산월섬섬하동방　　　　　　　방문한기직성장

　　　　십년원별하용이　　　　　　　천리소광시재양

편심수첩홍라상 　　　　장몽수군자수장
片心隨妾紅羅裳 　　　**長夢隨君紫繡粧**

팔자미수무협녀 　　　　일지화우두가랑
八字眉壽武峽女 　　　**一枝花雨杜家娘**

빈상수비소랭상 　　　　건중미문합환향
鬢上誰悲蕭冷霜 　　　**巾中未聞合歡香**

맥두양류쟁춘색 　　　　화곡단삼증육랑
陌頭楊柳爭春色 　　　**華谷單衫贈六郎**

| 이글뜻을 | 들어보소 | 아니용코 | 어떠하오 |

산머리에　　돋난달이　　　동방으로　　나려온다
山　　　　　　　　　　　　洞房

방문에　　　고은비단　　　짜서내니　　필이된다
房門　　　　　　緋緞　　　　　　　　　　正

십년에　　　원앙이별　　　어이그리　　용이한고
十年　　　　鴛鴦離別　　　　　　　　　容易

천리에　　　맑은봄이　　　비로소　　　빛치나네
千里

한쪼각　　　첩의마음　　　홍나상을　　직혀있고
　　　　　　妾　　　　　　紅羅裳

길고긴　　　그대꿈은　　　자수장을　　따라간다
　　　　　　　　　　　　　紫繡粧

팔자아미　　고흔얼골　　　무산선녀　　수심이오
八字蛾眉　　　　　　　　巫山仙女　　愁心

일지화우　　봄바람에　　　두가낭의　　이별이라
一枝花雨　　　　　　　　杜家娘　　　離別

빈상에　　　서리빛을　　　그누가　　　슬퍼한가
鬢上

---

182) 여기의 7언시는 단종의 작품일수는 없고 후세 누군가가 단종의 그때의 처지를 생
　　각하여 지은 시일 것임. 곧 이 한양5백년가의 작자들이 꾸민 시일 것임.
183) 필(疋) : 한 필의 비단의 단위. 우리 민속에서는 명주 한 틀분을 짜서 도투마리에
　　감아 낸 분량을 필이라 했다.
184) 홍라상(紅羅裳) : 붉은 비단치마.
185) 자수장(紫繡粧) : 붉은 수로 꾸민 화장대.
186) 팔자아미(八字峨眉) : 八자형으로 생긴 미인의 눈썹. 미인의 수식어.

편심수첩홍라상　　　　　장몽수군자수장

팔자미수무협녀　　　　　일지화우두가랑

빈상수비소랭상　　　　　건중미문합환향

맥두양류쟁춘색　　　　　화곡단삼증육랑[182]

이글뜻을　들어보소　　아니용코　어떠하오

산머리에　돋는달이　　방안으로　내려온다

방문에다　고운비단　　짜서내니　필[183]이되네

십년동안　부부이별　　어찌그리　쉽다던가

천리먼곳　맑은봄이　　비로소　　빛이나네

한조각　　첩의마음　　홍라상[184]을　치켜입고

길고긴　　그대꿈은　　자수장[185]을　따라간다

팔자아미[186]　고운얼굴　　무산선녀[187]　수심인가

일지화우[188]　봄바람에　　두가랑[189]의　이별이네

귀밑머리　서릿빛[190]을　　그누가　　슬퍼하나

---

187) 무산선녀(巫山仙女) : 무산은 전설속의 상상의 선계(仙界). 중국 송옥(宋玉)의 「고
　　당부(高唐賦)」에는 꿈에 본 선녀 이야기가 나온다. 흔히 선녀는 무산에 산다고 생
　　각하고 있다.
188) 일지화우(一枝花雨) : 꽃잎이 허무하게 비오듯 떨어지는 모양.
189) 두가랑(杜家娘) : 두보(杜甫) 집안의 여자란 뜻. '두가시명(杜家詩名)'이란 두보 문중의
　　이름 높은 시문가들을 말함인데, 여기서는 단종이 단종비를 두고 읊은 시라고 했다.
190) 귀밑머리 서릿빛 : 빈(鬢)은 귀밑머리니 나이 많아 귀밑머리가 눈처럼 하얘짐.백
　　발(白髮).

수건안에 手巾	합환향은 合歡香	향기조차 香氣	안들리네
언덕우에	버드나무	봄빛을	돗트난듯
화곡단삼 華谷單衫	비단치마 緋緞	육랑을 六郎	주엇도다
성삼문이 成三問	글을보고	박팽년과 朴彭年	하난말이
우리대왕 大王	지은글이	기상이 氣像	처량하다 凄凉
아마도	생각하니	수편이 壽便	부족하오 不足
박팽년 朴彭年	하난말이	그글보고	어찌하리
성삼문 成三問	하난말이	슬푸다	박인슈야 朴仁叟
수요궁달부귀빈천 壽夭窮達富貴貧賤		글월보고	아나니라
그글을	자세보소 仔細	귀귀마다 句句	가련하다 可憐
말이야	올컨마는	자자히 字字	처량하다 凄凉
구중궁궐 九重宮闕	마다하고	웨로히	계실로다
아마도	생각하니	십상팔구 十常八九	정녕하다 丁寧
박팽년 朴彭年	이말듣고	깜짝놀라	이러앉아
성삼문 成三問	여보시오	이말이	웬말인고

---

191) 합환향(合歡香) : 결혼식 첫날밤의 합환주 그 향기.
192) 화곡(華谷) : 중국 산서성에 있는 골짜기.
193) 육랑(六郎) : 중국 당(唐)의 양육랑(楊六郎). 그는 여섯째 아들로 인물 좋고, 행실이 올발라서 연꽃에 비유됐고 시에 자주 인용된다.

수건속에   합환향¹⁹¹⁾은   향기조차   안비끼네

언덕위엔   버드나무   봄빛을   다투는듯

화곡¹⁹²⁾단삼   비단치마   육랑¹⁹³⁾을   주었구나

성삼문이   글을보고   박팽년과   하는말이

우리대왕   지은글이   기상이   처량하다

아마도   생각하니   수편¹⁹⁴⁾이   부족하오

박팽년   하는말이   그글보고   어찌알리

성삼문   하는말이   슬프다   박인수¹⁹⁵⁾야

　　수요궁달부귀빈천¹⁹⁶⁾   글월보고   아느니라

그글을   자세보소   귀귀마다   가련하다¹⁹⁷⁾

말이야   옳건마는   글자마다   처량하다

구중궁궐   마다하고   외로이   계실로다

아마도   생각하니   십중팔구   그럴께다

박팽년   이말듣고   깜짝놀라   일어앉아

성삼문   여보시오   이말이   웬말이오

---

194) 수편(壽便) : 수명 쪽, 즉 오래사는 쪽이 부족하다, 단명한다는 뜻.

195) 박인수(朴仁叟) : 박팽년의 자. 호는 취금헌(醉琴軒).

196) 수요궁달부귀빈천 : 수요(壽夭)는 오래 살고 일찍 죽고, 궁달(窮達)은 궁색하든지, 잘되든지, 부귀와 빈천의 대비.

197) 귀귀마다 가련하다 : 이 시는 저자가 사후에 독자 중 누군가 꾸며낸 것.

국정이　　　　요란하여　　　　만분이나　　　　위태커날
國政　　　　　擾亂　　　　　　萬分　　　　　　危殆
자네말과　　　　같을진대　　　　단종대왕　　　　어이하리
　　　　　　　　　　　　　　　端宗大王
미구에　　　　　우리나라　　　　국사가　　　　　말아닐세
未久　　　　　　　　　　　　　　國事
둘이서로　　　　눈물흘여　　　　이렇타시　　　　말하드니

일조에　　　　　반정하여　　　　을해년　　　　　십이월에
一朝　　　　　　反正　　　　　　乙亥年　　　　　十二月
단종대왕　　　　내처다가　　　　영월이라　　　　청영포에
端宗大王　　　　　　　　　　　　寧越　　　　　　清冷浦
절벽에　　　　　집을짓고　　　　거게앉처　　　　두었으니
絕壁
그아니　　　　　절박하며　　　　이아니　　　　　가련한가
　　　　　　　　切迫　　　　　　　　　　　　　　可憐
궁노하나　　　　궁녀열을　　　　함께보내　　　　두엇도다
宮奴　　　　　　宮女
십오세　　　　　어린임금　　　　오작히　　　　　가긍한가
十五世　　　　　　　　　　　　　　　　　　　　可矜
청영포　　　　　보낸후에　　　　소식이　　　　　돈절하니
清冷浦　　　　　　　後　　　　　消息　　　　　　頓絕
사백리　　　　　영월까지　　　　어느누가　　　　찾아갈가
四百里　　　　　寧越
우에난　　　　　절벽이요　　　　아래는　　　　　대강이라
　　　　　　　　絕壁　　　　　　　　　　　　　　大江
듣기싫다　　　　저강물아　　　　무심소회　　　　그리깊이
　　　　　　　　　　　　　　　　　　所懷
만경창파　　　　푸른물이　　　　주야불식　　　　흘러가노
萬頃蒼波　　　　　　　　　　　　晝夜不息

---

198) 을해년(乙亥年) : 단종 3년(1455) 12월에 단종은 숙부인 수양대군(세조)에게 왕위
　　를 찬탈당하고 영월로 귀양갔다.
199) 청랭포(清冷浦) : 단종이 유배갔다가 동강에 던져져서 죽음을 당한 곳. 강원도 영
　　월(寧越)에 있었다.

나라정치　흔들리어　만에하나　위태로워

자네말과　같을진대　단종대왕　어찌하리

얼마안가　우리나라　나랏일이　말아닐세

둘이서로　눈물흘려　이렇듯이　말하더니

한바탕　뒤집어져　을해년[198]　십이월에

단종대왕　내쳐다가　영월이라　청랭포[199]에

절벽에　집을짓고　거기앉혀　두었으니

그아니　절박하며　이아니　가련한가

궁노하나　궁녀열을　함께보내　두었었네

십오세　어린임금　오죽이나　불상한가

청랭포　보낸후에　소식이　끊겨져서

사백리　영월까지　어느누가　찾아갈까

위에는　절벽이요　아래는　큰강이라

듣기싫다　저강물아　무슨원한　그리깊어

만경창파[200]　푸른물이　주야불식[201]　흘러가노

---

200) 만경창파(萬頃蒼波) : 일만 밭이랑처럼 물결 넘실거리는 넓은 푸른 바다.
201) 주야불식(晝夜不息) : 밤낮으로 쉬지 않음.

공산락월   깊은밤에   슬피우는   저두견은
空山落月   杜鵑
황총에   피를뿌려   불여귀를   일삼으니
荒塚   不如歸
너의심사   생각하니   나와정형   같을지라
    心思   情形
적막강산   절벽집에   촛불앞에   홀로앉아
寂寞江山   絕壁
현능송백   바라보니   꿈가운데   푸르렀다
顯陵松栢
두견소래   슬피듣고   심회를   정치못해
杜鵑   心懷   定
자규시를   지어내니   그글에   하였으되
子規詩

일자원금출제궁   고신척영벽산중
一自寃禽出帝宮   **孤身隻影碧山中**

가면야야면무가   궁한연년한불궁
假眠夜夜眠無假   **窮恨年年恨不窮**

성단효잠잔월백   혈류춘곡낙화홍
聲斷曉岑殘月白   **血流春谷落花紅**

천성상미문애소   하내수인이독총
天聲尚未聞哀訴   **何奈愁人耳獨聰**

열두신하   충성보소   서로앉아   의론하되
    臣下   忠誠   議論
지하에   도라간들   문종대왕   어이보리
地下   文宗大王

---

202) 공산명월(空山明月) : 밤은 비어 고요하고 달만 혼자 밝게 비춘 쓸쓸한 분위기.
203) 황총(荒塚) : 거칠어져 쓸쓸한 무덤.
204) 불여귀(不如歸) : 소쩍새. 그 이름이 여러 가지니 자규(子規), 두견(杜鵑), 두우(杜宇), 소쩍당 등.
205) 적막강산(寂寞江山) : 쓸쓸한 강과 산, 공동묘지 등 무덤 분위기를 말함.
206) 현릉(顯陵) : 문종과 문종비를 함께 모신 능. 즉 여기서는 단종의 부모의 능.
207) 자규시(子規詩) : 단종의 7언율시인 '자규루시(子規樓詩)'를 말함.

공산명월[202] 깊은밤에　　슬피우는　　저두견은

황촉[203]에　　피를뿌려　　불여귀[204]를　　일삼으니

너의심사　　생각하니　　나와정녕　　같을지라

적막강산[205]　　절벽집에　　촛불앞에　　홀로앉아

현릉[206]송백　　바라보니　　꿈가운데　　푸르렀다

두견소리　　슬피듣고　　심회를　　정치못해

자규시[207]를　　지어내니　　그글에　　하였으되

　　일자원금출제궁　　　　고신척영벽산중

　　가면야야면무가　　　　궁한연년한부궁

　　성단효잠잔월백　　　　혈류춘곡낙화홍

　　천성상미문애소　　　　하내수인이독총[208]

열두신하　　충성보소　　서로앉아　　의론하되

지하에　　돌아간들　　문종대왕　　어찌보리

---

208) 「자규루시」(단종 작)를 풀이하면 다음과 같다.
　　　원한 많은 두견새 한번 제궁 나왔으니
　　　푸른 산속 그 신세가 외롭고 처량쿠나
　　　밤마다 잠 청해도 잠은 못 이루고
　　　서러운 이몸 해마다 한만 쌓이네
　　　새벽골짝 우는 두견 달빛 아직 하얀데
　　　계곡에서 봄꽃은 피흘리듯 떨어지고
　　　애끓는 하소연을 하늘에는 못들리며
　　　어찌하여 나홀로 그 하소연 들어야 하나

병침에 하신유언 귀에아즉 완연하다
病枕 遺言 宛然

세조대왕 거동보소 반정하고 들어앉아
世祖大王 擧動 反正

만조백관 조회할제 열두신하 아니오니
滿潮百官 朝會 臣下

세조대왕 대노하야 국청을 배설하고
世祖大王 大怒 鞫廳 排設

차례로 잡아다가 엄형중벌 하난구나
嚴刑重罰

성삼문 박팽년과 하위지 유응부와
成三問 朴彭年 河緯地 俞應孚

이개와 유성원은 죽으러 들어가고
李塏 柳誠源

김시습 이맹전과 쪼려와 남효온과
金時習 李孟專 趙旅 南孝溫

성담수 원호등은 그길로 다라나서
成聃壽 元昊

팔송정에 모여앉아 밤낮으로 의론한들
八松亭 議論

운수가 당해오니 의론해도 쓸때없다
當 議論

성삼문을 잡아내여 세조대왕 하신말씀
成三問 世祖大王

백관이 조회하되 너의들은 조회없늬
百官 朝會 朝會

성삼문 대답하되 불사이군 충신마음
成三問 對答 不事二君 忠臣

평생에 지키다가 내섬기는 그임금이
平生

사지에 계섰으니 내임금을 찾아가서
死地

---

209) 유언(遺言) : 여기서는 문종의 고명(顧命).
210) 국청(鞫廳) : 궁중에다 죄인 취조를 위해 임시로 마련한 고문청.

병석에서　　하신유언[209]　　귀에아직　　완연하다

세조대왕　　행태보오　　왕위뺏고　　들어앉아

백관모여　　조회할때　　열두신하　　아니오니

세조대왕　　크게노해　　국청[210]을　　설치하고

차례로　　잡아다가　　엄한중벌　　하는구나

성삼문　　박팽년과　　하위지　　유응부와

이개와　　유성원은　　죽으러　　들어가고

김시습　　이맹전과　　조려와　　남효온과

성담수　　원호등은　　그길로　　달아나서

팔송정[211]에　　모여앉아　　밤낮으로　　의론한들

운명이　　끝나오니　　의론해도　　쓸데없다

성삼문을　　잡아내어　　세조대왕　　하는말이

온신하가　　조회하되　　너희들은　　조회없나

성삼문　　대답하되　　불사이군[212]　　충신마음

평생에　　지키다가　　내섬기는　　그임금이

사지에　　계셨으니　　내임금을　　찾아가서

---

211) 팔송정(八松亭) : 생육신들이 모여앉아 단종의 복위를 모의하던 정자. 팔송정은 전국 여러 곳에 있다.
212) 불사이군(不事二君) : 곧은 사람은 두 임금을 섬기지 않는다.

지하에(地下) 섬길게라 뉘를보고 조회하리(朝會)
세조대왕(世祖大王) 그말듣고 분기가(憤氣) 탱천하여(撐天)
삼문아들(三問) 삼형제를(三兄弟) 일시에(一時) 잡아들여
맞아들 버히면서 이러해도 항복안늬(降服)

성삼문(成三問) 하는말이 자식이(子息) 놀라우냐
둘째아들 죽이면서 이러해도 항복안늬(降服)

성삼문(成三問) 하난말이 삼족을(三族) 멸한대도(滅)
평생에(平生) 먹은마음 추호나(秋毫) 변할손가(變)
세살먹은 셋째아들 전정앞에(殿庭) 박살하니(撲殺)

성삼문(成三問) 거동보소(擧動) 눈물을 지우거늘
세조대왕(世祖大王) 하는말이 어린자식(子息) 죽난대는
네가이놈 눈물지니 그것은 무삼일고

장성한(長成) 두아들은 죽음즉한 일인줄
제가알고 죽거니와 세살먹은 어린자식(子息)

무삼일로 죽난줄을 제가어찌 알고죽나

그러므로 울엇노라 세조대왕(世祖大王) 분을내여(憤)

---

213) 탱천(撐天) : 하늘을 찌름.

지하에　　　섬길게라　　　뉘를보고　　　조회하리

세조대왕　　그말듣고　　　분기가　　　탱천[213]하여

삼문아들　　삼형제를　　　일시에　　　잡아들여

맏아들　　　목베면서　　　이리해도　　　항복않냐

성삼문　　　하는말이　　　자식이　　　놀라우냐

둘째아들　　죽이면서　　　이리해도　　　항복않냐

성삼문　　　하는말이　　　삼족[214]을　　　멸한대도

평생에　　　먹은마음　　　조금인들　　　변할쏜가

세살먹은　　세째아들　　　궁전앞에　　　쳐죽이니

성삼문　　　모습보소　　　눈물을　　　흘리거늘

세조대왕　　하는말이　　　어린자식　　　죽는데는

네가이놈　　눈물지니　　　그것은　　　무슨일고

장성한　　　두아들은　　　죽음직한　　　일인줄

제가알고　　죽거니와　　　세살먹은　　　어린자식

무슨일로　　죽는줄을　　　제가어찌　　　알고죽나

그러므로　　울었노라　　　세조대왕　　격분하여

---

214) 삼족(三族) : 부모와 형제와 처자 또는 부계(父系)가족. 모계(母系) 즉 외가가족,
　　처가가족의 3족. 조선조 당쟁 때나 반정이 일어나면 먼저 집권하던 집단의 3족 심
　　지어는 9족을 몰살시켰다.

성삼문 成三問	부모들을 父母	성화같이 星火	잡아들여
전정에 殿庭	끌러놓고	지성으로 至誠	이른말이
너도항복 降服	못하겠나	성삼문 成三問	부모말이 父母
죽이면	죽일게지	무슨욕설 辱說	그리하노
세조대왕 世祖大王	분을내여 憤	일시에 一時	다죽인후
사지를 四肢	각각비여	거열순시 車裂巡示	하였었네
박팽년 朴彭年	잡아내여	소부쇠	불에달과
전신을 全身	당금하니	박팽년	하난말이
오히려	이쇠차니	다시달과	가저오라
세조대왕 世祖大王	하는말이	종묘제사 宗廟祭祀	그날밤에
네독한줄 毒	내아랐다	박팽년 朴彭年	하는말이
향로쇠 香爐	달근것이	네짓인줄	내아랐다
손톱밑에	기름냄은	네보랏고	그리했다
박팽년 朴彭年	자손잡아 子孫	일시에 一時	죽일적에
궁관이 宮官	나려가서	권속을 眷屬	사살하니 射殺

---

215) 거열순시(車裂巡示) : 차에다 몸을 매고 당기면서 찢어 죽이는 형벌로 여러 사람에
　　게 보이는 형벌.
216) 소부쇠 : 불에 뻘겋게 달군 쇠인두. 중죄인을 고문할 때 지지는 문초도구.
217) 단근 : 단근형(斷筋刑)을 말하며, 조선 11대 중종 이전에 불에 달군 쇠뭉치로 손발
　　의 힘줄을 끊던 고문.(악법)

성삼문　　　부모들을　　　불나케　　　잡아들여

궁마당에　　　꿇여놓고　　　지성으로　　　이른말이

너도항복　　　못하겠나　　　성삼문　　　부모말이

죽이면　　　죽일게지　　　무슨욕설　　　그리하노

세조대왕　　　격분하여　　　일시에　　　다죽인후

팔과다리　　　각각베어　　　거렬순시[215]　　　하였었네

박팽년　　　잡아내어　　　소부쇠[216]　　　불에달궈

전신을　　　단근[217]하니　　　박팽년　　　하는말이

오히려　　　이쇠차니　　　다시달궈　　　가져오라

세조대왕　　　하는말이　　　종묘[218]제사　　　그날밤에

네독한줄　　　내알았다　　　박팽년　　　하는말이

향로쇠　　　달군것이　　　네짓인줄　　　내알았다

손톱밑에　　　기름냄은　　　네보라고　　　그리했다

박팽년　　　자손잡아　　　일시에　　　죽일적에

궁관이　　　내려가서　　　권속[219]을　　　사살하니

---

218) 종묘(宗廟) : 역대 임금님의 신주(위패)를 모신 곳을 종묘라 하고, 현 왕권을 행사
　　하는 곳을 사직(社稷)이라 함. 여기서는 종묘제사 때 세조와 박팽년의 사건이 있었
　　던 것 같다.
219) 권속(眷屬) : 집안 식구들. 일가 친족들.

박팽년집　　종어미　　　이말을　　　얼른듣고
朴彭年

제자식을　　대신주고　　상전아기　　다려다가
　子息　　　代身　　　上典

젖먹여　　　길러내여　　상전뒤를　　이어내니

장할시고　　이런종은　　만고충비　　이아닌가
　　　　　　　　　　　萬古忠婢

사육신　　　여섯집에　　박팽년　　　그한집이
死六臣　　　　　　　　朴彭年

혈손으로　　나려오니　　종의덕을　　입음이라
血孫　　　　　　　　　　德

하위지를　　잡아들여　　말밤쇠를　　까라놓고
河緯地

버선벗고　　들어오라　　하위지의　　거동보소
　　　　　　　　　　　河緯地　　　舉動

두버선　　　훨훨벗고　　발을번적　　높이들어

모래같이　　발바오니　　말밤쇠에　　발이밀려

발등을　　　뚫고올라　　찔인굼게　　피가흘러

자욱마다　　뜻난구나　　세조대왕　　하신말삼
　　　　　　　　　　　世祖大王

너도항복　　못하겠나　　하위지의　　거동보소
　　降服　　　　　　　河緯地　　　舉動

앙천대소　　하난말이　　충신을　　　욕보임도
仰天大笑　　　　　　　忠臣　　　　辱

그죄가　　　안적으니　　사속히　　　죽여다고
　罪　　　　　　　　　斯速

듣기도　　　나는싫고　　보기도　　　나는싫다

---

220) 만고충비(萬古忠婢) : 만년 세월에 그 이름 길이. 남을 충성스런 노비 어미.(사육
　　신 중 후사가 남은 일화이다.)

박팽년집　　　종어미가　　　이말을　　　　얼른듣고

제자식을　　　대신주고　　　상전아들　　　데려다가

젖먹여　　　　길러내어　　　상전뒤를　　　이어내니

장할씨고　　　이런종은　　　만고충비[220]　　이아닌가

사육신　　　　여섯집에　　　박팽년　　　　그한집이

혈손으로　　　내려오니　　　종의덕을　　　입었구나

하위지를　　　잡아들여　　　말밤쇠[221]를　　깔아놓고

버선벗고　　　들어오라　　　하위지의　　　모양보소

두버선　　　　훨훨벗고　　　발을번쩍　　　높이들어

모래같이　　　밟아오니　　　말밤쇠에　　　발이찔려

발등을　　　　뚫고올라　　　찔린굵에[222]　　피가흘러

자국마다　　　뜯는구나　　　세조대왕　　　하는말씀

너도항복　　　못하겠나　　　하위지의　　　거동보소

크게웃고　　　하는말이　　　충신을　　　　욕보임도

그죄가　　　　적잖으니　　　일빠르게　　　죽여다오

듣기도　　　　나는싫고　　　보기도　　　　나는싫다

---

221) 말밤쇠 : 표준말은 '마름쇠' 이니, 도적이나 적군을 막기 위해 마름꼴 날카로운 쇠
　　붙이를 설치해 놓은 것. 밟으면 발바닥이 박살나 망가진다.
222) 굵에 : 구멍에의 옛 표기법. 원문의 '굼게' 를 부각시키려고 '굵에' 로 주석함.

세조대왕　　분을내여　　당장에　　　파살하고
世祖大王　　憤　　　　　　　　　　　破殺
유응부를　　잡어들여　　기름가마　　쌀물적에
俞應孚
가마속에　　부은기름　　구비구비　　끌난구나

세조대왕　　하는말이　　네가한번　　항복하면
世祖大王　　　　　　　　　　　　　　降服
좋은벼살　　시킬테니　　항복을　　　못할소냐
　　　　　　　　　　　　降服

유응부　　　거동보소　　두눈을　　　부르뜨고
俞應孚　　　舉動
고성대질　　하난말이　　윤기모를　　너소래를
高聲大叱　　　　　　　　倫紀
충신은　　　고사하고　　범인들도　　듣기싫다
忠臣　　　　姑捨　　　　凡人
세조대왕　　거동보소　　역적놈의　　유응부야
世祖大王　　舉動　　　　逆賊　　　　俞應孚
사속히　　　저가마에　　옷을벗고　　들어가라
斯速

유응부의　　거동보소　　상하의복　　얼른벗고
俞應孚　　　舉動　　　　上下衣服
끌는가마　　들어가기　　삼복증염　　더운날에
　　　　　　　　　　　　三伏蒸炎

거렁물에　　들어가듯　　추호나　　　겁낼소냐
　　　　　　　　　　　　秋毫

이개를　　　잡아드려　　세조대왕　　하는말이
李塏　　　　　　　　　　世祖大王
이개야　　　들어바라　　자고급금　　두고보면
李塏　　　　　　　　　　自古及今

---

223) 파살(破殺) : 찢어 죽임.
224) 고성대질(高聲大叱) : 소리 높여 크게 꾸짖다.

세조대왕　　격분하여　　당장에　　파살[223]하고

유응부를　　잡아들여　　기름가마　　삶을적에

가마속에　　부은기름　　굽이굽이　　끓는구나

세조대왕　　하는말이　　네가한번　　항복하면

좋은벼슬　　시킬테니　　항복을　　못하겠나

유응부　　태도보소　　두눈을　　부릅뜨고

고성대질[224]　　하는말이　　윤기[225]모를　　네소리를

충신은　　고사하고　　범인들도　　듣기싫다

세조대왕　　작태보소　　역적놈의　　유응부야

얼른빨리　　저가마에　　옷을벗고　　들어가라

유응부의　　행동보소　　상하의복　　얼른벗고

끓는가마　　들어가기　　삼복증염[226]　　더운날에

도랑물에　　들어가듯　　조금인들　　겁낼쏘냐

이개를　　잡아들여　　세조대왕　　하는말이

이개야　　들어봐라　　옛날부터　　두고보면

---

225) 윤기(倫紀) : 원문의 기(氣)는 기(紀)로 해야 옳다. 윤리와 기강.
226) 삼복증염(三伏蒸炎) : 삼복의 찌는 더위. 우리나라는 여름 초복, 중복, 말복 사이
　　가 가장 덥다.

충신렬사(忠臣烈士)　자손(子孫)있나
일흠은　전(傳)했으되
백이숙제(伯夷叔齊)　두고보면
채미(採薇)하고　죽었으니
이윤(伊尹)같이　어진이도
너어이　고집(固執)하야
단종(端宗)이　내족하니
사직(社稷)을　두고보면
족하위(位)를　삼촌(三寸)하니
한자손(子孫)　한혈육(血肉)에
일월(日月)같은　너의충성(忠誠)
충신(忠臣)일흠　일반(一般)이니
이개(李塏)의　거동(舉動)보소
자고(自古)로　두고보면

왕자비간(王子比干)　일흠나도
자손(子孫)은　끈어젓다
수양산(首陽山)　깊흔곳에
그무었이　쓸대있나
하사비군(何事悲君)　섬겼으니
이윤(伊尹)을　뺏밧잣나
삼촌(三寸)되고　못할소냐
불사이군(不事二君)　하랐으나
두임금이　어이되나
분간(分揀)이　별로없다
나도역시(亦是)　아난배라
부대한번　항복(降服)하라
호령(呼令)하야　하난말이
삼촌(三寸)으로　족하죽여

---

227) 왕자비간(王子比干) : 중국 고대 은(殷)의 주(紂)가 숙부인 비간이 음란을 말린다
　　고 죽여서 그 심장을 열어보았다는 고사가 있다.
228) 백이숙제(伯夷叔齊) : 중국 은(殷)나라 때 절개 굳은 두 사람. 은이 망하고 주(周)
　　가 서자 주나라의 곡식도 안먹는다고 수양산에 들어가서 고사리를 캐먹다가 굶어
　　죽었다. 후세 사람들이 절개 굳은 의로운 사람의 표본이 되고 있다.
229) 채미(採薇) : 고사리를 캐다(뜯다).

충신열사	자손있나	왕자비간[227]	이름나도
이름은	전했으되	자손은	끊어졌다
백이숙제[228]	두고보면	수양산	깊은곳에
채미[229]하고	죽었으니	그무엇이	쓸데있나
이윤[230]같이	어진이도	하사비군[231]	섬겼으니
너어이	고집하여	이윤을	본받잖나
단종이	내조카니	삼촌되고	못할쏘냐
왕가를	두고보면[232]	불사이군	하랬으나
조카왕위	삼촌받아	두임금이	아니잖나
한자손	한혈육에	분간이	따로없다
일월같은	너의충성	나도역시	아는바라
충신이름	같을지니	부디한번	항복하라
이개의	태도보소	호령하여	하는말이
예부터	살펴보면	삼촌으로	조카죽여

---

230) 이윤(伊尹) : 중국 은나라 때의 어진 재상으로 처음 밭가는 농부였다가 탕(湯)왕의 부름을 받고 현명한 재상이 되었다. 임금 가리지 않고 어진 재상되던 표본.
231) 하사비군(何事悲君) : 원인모를 슬픈 군주. 이는 「선철총담(先哲叢談)」을 인용한 대목인듯하다.
232) 왕가를 두고 보면 : 이씨 왕조를 두고 보면 단종의 왕위를 삼촌인 수양대군이 찬탈했다고 해서 불사이군의 상황이 아니라는 억지소리이다.

그위를
位
이윤이
伊尹
형의뒤를
兄
금수와
禽獸
사속히
斯速
이칼로
삼척검
三尺劍
입에문

유성원을
柳誠源
다섯놈은
너는욕설
辱說
너와나와
충신을
忠臣
네가정영
丁寧
효성있난
孝誠
너이부모
父母

뺏난임군
섬긴임금
어이끊고
같을지라
죽여다오
너죽어라
입에물고
저칼보소

잡아들여
무례하야
無禮
못하리라
세의있서
世宜
말할진대
충신이면
忠臣
그자식이
子息
살여낸일

누구누구
골육상쟁
骨肉相爭
내욕심을
欲心
더러운말
세조대왕
世祖大王
이개의
李塏
앞으로
뒷통수로

세조대왕
世祖大王
욕설하고
辱說
예전일을
인정이
人情
효자문에
孝子門
효성이
孝誠
부모를
父母
너도정영
丁寧

보앗느냐
임금이냐
생각하니
다시말라
분을내여
憤
거동보소
擧動
엎허지니
뚫고난다

하는말이
죽었으니
생각하면
두터워라
구한다니
求
있을지라
생각하리
알것이라

그위를　　뺏는임금　　누구누구　　보았느냐

이윤이　　섬긴임금　　골육상쟁　　하였더냐

형의뒤를　어찌끊고　　내욕심만　　생각하니

금수와　　같은지라　　더러운말　　다시마라

얼른빨리　죽여다오　　세조대왕　　격분하여

이칼로　　너죽어라　　이개의　　　독한행동

삼척검　　입에물고　　앞으로　　　엎어지니

입에문　　저칼끝이　　뒤통수로　　뚫고난다

유성원을　잡아들여　　세조대왕　　하는말이

다섯놈은　무례하여　　욕설하고　　죽었으니

너는욕설　못하리라　　예전일을　　생각하면

너와나와　세의[233]있어　인정이　　　두터워라

충신을　　말할진대　　효자문에　　구한다니

네가정녕　충신이면　　효성이　　　있을지라

효성있는　그자식이　　부모를　　　생각하리

너의부모　살려낼일　　너도정녕　　알것이라

---

233) 세의(世宜) : 대대로 이어온 우의·세의(世誼)가 바른 말.

유성원 柳誠源	대답하되 對答	나의부모 父母	살인일을
나의선고 先考	생각하고	나의신명 身命	생각하니
그때에	못죽어서	누명을 陋名	들었으니
은혜는 恩惠	고사하고 姑捨	네가내게	원수로다 怨讐
내선고 先考	죽은백골 白骨	그일로	안쉮난다
세조대왕 世祖大王	분을내여 憤	무사를 武士	재촉하야
한발나무	쇠찍개로	두손으로	벌여들어
유성원 柳誠源	살덩이를	점점이 點點	찌저내니
유성원 柳誠源	하난말이	아모리	형벌한들 刑罰
원수를 怨讐	원수라지 怨讐	할말을	못할소냐
내형벌을 刑罰	못이겨서	부모원수 父母怨讐	말안할가
장하도다 壯	육신이여 六臣	이렇타시	말을하니
열두신하 臣下	곧은절개 節槪	여차하면 如此	다그렇지
죽은신하 臣下	여섯이오	산신하 臣下	여섯이라
사육신 死六臣	생육신이 生六臣	이때에	나섯도다
생육신 生六臣	여섯중에 中	다섯신하 臣下	함께가서

유성원　　대답하되　　나의부모　　살린일을

나의선친　　생각하고　　나의신명[234]　　생각하니

그때에　　못죽어서　　누명을　　들은일을

은혜는　　고사하고　　네가 내게　　원수로다

내선친　　죽은백골　　그일땜에　　못썩는다

세조대왕　　격분하여　　무사를　　독촉하여

한발넘는　　쇠집게로　　두손으로　　벌려들어

유성원　　살덩이를　　점점이　　찢어내니

유성원　　하는말이　　아무리　　형벌한들

원수를　　원수라지　　할말을　　못할소냐

네형벌을　　못이겨서　　부모원수　　말못할까

장하도다　　육신이여　　이렇듯이　　말을하니

열두신하　　곧은절개　　이와같이　　한결같다

죽은신하　　여섯이요　　산 신하가　　여섯이라

사육신　　생육신이　　이때에　　나셨도다

생육신　　여섯중에　　다섯신하　　함께가서

---

234) 신명(身命) : 몸과 목숨. 온 생명.

팔송정에 八松亭	모여앉아	원호난 元昊	혼자가서
만학강 萬壑江	강물가에	가련정을 可憐亭	지어놓고
단종대왕 端宗大王	소식몰라 消息	편지왕래 便紙往來	서로할제
하인을 下人	못부리고	조고만한	표주박을
만학강에 萬壑江	띄워놓고	편지써서 便紙	담아주니
표주박의	거동보소 擧動	강물을	따라흘러
조고만한	표주박이	군신편지 君臣便紙	전해주네 傳
청영포 淸冷浦	가련정에 可憐亭	삼십오리 三十五里	상간이라 相間
삼십오리 三十五里	강수상에 江水上	표주박이 瓢	왕내하니 往來
나려갈때	순류로되 順流	올라갈때	역수로다 逆水
순류는 順流	쉽거니와	역수는 逆水	어렵도다
다섯신하 臣下	동포하고 同胞	한신하난 臣下	소식아라 消息
옥체를 玉體	문안하니 問安	그아니	장할손가 壯
충성이 忠誠	지극하면 至極	하늘이	모르리요
하늘이	아르시고	표주박이 瓢	역수하네 逆水

---

235) 팔송정(八松亭) : 실제로 있는 정자가 아닌 듯, 이 사육신, 생육신 이야기는 저자
들이 꾸며낸 허구성이 많다.(전출 211 참조)
236) 만학강(萬壑江) : 충북 단양에 있는 매포강(梅浦江)인 듯.
237) 가련정(可憐亭) : 충북 제천의 관란정(觀瀾亭)인 듯. 생육신 중 원호(元昊;1397~
1463)는 자가 자허(子虛), 호는 관란(觀瀾) 원주인으로 수양대군 세조와는 인척이
지만 단종을 위해 청랭포(단종의 유배지) 상류 절벽에 초막(나중에 관란정이 됨)

팔송정[235]에　　모여앉아　　　원호는　　　　혼자가서

만학강[236]　　강물가에　　　가련정[237]을　지어놓고

단종대왕　　소식몰라　　　편지왕래　　서로할제

하인을　　　못부리고　　　조그마한　　표주박을

만학강에　　띄워놓고　　　편지써서　　담아주니

표주박의　　모양보소　　　강물을　　　따라흘러

조그마한　　표주박이　　　군신편지　　전해주네

청령포　　　가련정에　　　삼십오리　　거리인데

삼십오리　　강물길을　　　표주박이　　왕래하니[238]

내려갈땐　　순류로되　　　올라갈땐　　역류로다

순류는　　　쉽거니와　　　역류는　　　어려웠다

다섯신하　　함께살고　　　한신하는　　소식알아

옥체를　　　문안하니　　　그아니　　　장할손가

충성이　　　지극하면　　　하늘이　　　모르리오

하늘이　　　알으시고　　　표주박이　　역류했네

을 짓고 어린 임금이 있는 곳을 바라보며 은둔생활로 일생을 보냈다.

238) 표주박이 왕래하다 : 단종이 노산군으로 강등되어 다시 유배된 곳이 영월의 청랭
　　포요, 원호는 그 위 35리 상거에 관란정을 지어 놓고 단종에게 함지박에다 푸성
　　귀, 과일 등과 편지를 실어 보냈는데, 단종이 이를 받고 다시 그 함지박(여기의 표
　　주박)에다 회답의 글을 써 보냈더니 35리 강물을 거슬러 역류하여 전했다고 한다.

세조대왕(世祖大王) 거동보소(擧動) 힘안들고 등극하니(登極)
그왕비는(王妃) 누시든고 파평윤씨(坡平尹氏) 부인이라(夫人)
부원군은(府院君) 누구든고 파평사람(坡平) 윤번이라(尹璠)
임금이 불인하야(不仁) 억지로 등극하니(登極)
부원군의(府院君) 마음보소 세조를(世祖) 권한말이(勸)
다라난 여섯신하(臣下) 복위하자(復位) 경영이라(經營)
단종을(端宗) 그냥두면 국사가(國事) 분주하리(奔走)
세조대왕(世祖大王) 마음보소 그말을 옳게듣고
약기를(藥器) 보내신다 약기가진(藥器) 사자보소(使者)
약기를(藥器) 가지고서 청영포(淸冷浦) 강가에서
아모리 생각해도 단종대왕(端宗大王) 가련하다(可憐)
앙천통곡(仰天痛哭) 슬피울고 약기를(藥器) 번적드러
강물우에(江) 던지기를 돌같이 던젓구나
던지고 생각하니 왕명으로(王命) 내왔다가
그대로 올라가서 물에넣고 왔다하면
잔학한(殘虐) 세조솜씨(世祖) 육신같이(六臣) 죽일이니

---

239) 파평 윤씨 부인 : 세조의 왕비요, 윤번(尹璠)의 따님.

세조대왕　　작태보소　　힘안들고　　임금뺏아

그왕비는　　뉘시던가　　파평윤씨　　부인[239]이라

부원군은　　누구던가　　파평사람　　윤번이라

임금이　　　어질잖아　　억지로　　　임금되니

부원군의　　마음보소　　세조에게　　권한말이

달아난　　　여섯신하　　단종복위　　꾀할테니

단종을　　　그냥두면　　나라정치　　복잡하리

세조대왕　　마음보소　　그말을　　　옳게듣고

약기[240]를　보내누나　　사약가진　　사자보소

사약그릇　　가지고서　　청령포　　　강가에서

아무리　　　생각해도　　단종대왕　　가련하다

앙천통곡[241]　슬피울고　　약기를　　　번쩍들어

강물위에　　던지기를　　돌던지듯　　던졌으니

던지고　　　생각하니　　왕명으로　　사약길에

그대로　　　올라가서　　물에넣고　　왔다하면

잔학한　　　세조솜씨　　육신같이　　죽일테니

---

240) 약기(藥器) : 단종에게 내린 독이 든 사약(賜藥) 그릇. 이때 단종을 호송한 사자(使
　　者)는 왕방연(王邦衍)이었고, 이때 괴로워 부른 시조가 유명하다.
241) 앙천통곡(仰天痛哭) : 하늘을 쳐다보며 크게 울부짖음. 기막힐 때 우는 통곡.

아서라　　　내목숨을　　　내손으로　　　죽으리라

옷고름에　　차인칼을　　　한손으로　　　얼른빼여

목을찔러　　죽었으니　　　이사람도　　　충신이라
　　　　　　　　　　　　　　　　　　　忠臣

약기사자　　죽은소문　　　시각에　　　　올라가니
藥器使者　　　　　所聞　　時刻

세조대왕　　대노하야　　　약기사자　　　또보낸다
世祖大王　　大怒　　　　　藥器使者

세번사자　　다죽으니　　　단종대왕　　　착한마음
　　　　使者　　　　　　　端宗大王

사자죽는　　소문듣고　　　백이사지　　　생각해도
使者　　　　所聞　　　　　百爾思之

박복한　　　날로하야　　　무죄한　　　　사람들이
薄福　　　　　　　　　　　無罪

몇사람이　　죽겠난지　　　아마도　　　　내가죽어

황천에　　　도라가서　　　부모님　　　　만나보자
黃泉　　　　　　　　　　　父母

아모리　　　생각해도　　　죽을일이　　　맥낭하다
　　　　　　　　　　　　　　　　　　　孟浪

약을먹고　　죽자해도　　　약없어서　　　못죽겠고
藥　　　　　　　　　　　　藥

칼로찔러　　죽자하니　　　칼없어서　　　못죽겠다

중방밑을　　뚤버놓고　　　명주줄　　　　거러놓고
中枋　　　　　　　　　　　明紬

궁노복득　　부르면서　　　복득아　　　　말들어라
宮奴福得　　　　　　　　　福得

어제밤　　　찬바람에　　　감기가　　　　대단하야
　　　　　　　　　　　　　感氣　　　　　大端

---

242) 백이사지(百爾思之) : 백번토록 다시 생각함.
243) 박복(薄福) : 팔자가 사나와 복이 없는 사람.

앗아라　　내목숨을　　내손으로　　죽으리라

옷고름에　　찼던칼을　　한손으로　　얼른빼어

목을찔러　　죽었으니　　이사람도　　충신이라

사약사자　　죽은소문　　순식간에　　올라가니

세조대왕　　크게화내　　사약사자　　또보낸다

세번사자　　다죽으니　　단종대왕　　착한마음

사자죽는　　소문듣고　　백이사지[242]　　생각해도

박복[243]한　　나로하여　　무죄한　　사람들이

몇사람이　　죽겠는지　　아마도　　내가죽어

황천[244]에　　돌아가서　　부모님　　만나보자

아무리　　생각해도　　죽을일이　　맹랑하다

약을먹고　　죽자해도　　약없어서　　못죽겠고

칼로찔러　　죽자하니　　칼없어서　　못죽겠네

중방[245]밑을　　뚫어놓고　　명주줄　　걸어놓아

하인복득　　부르면서　　복득아　　말들어라

어젯밤　　찬바람에　　감기가　　대단하여

---

244) 황천(黃泉) : 죽어서 간다는 저승.
245) 중방(中枋) : 문틀 밑, 중인방.

구미가　절로없어　　취한할길　생각하니
口味　　　　　　　取汗
개밧게　또있나냐　　개한마리　구했스되
　　　　　　　　　　　　　求
내가참아　잡을소냐　　명주줄에　걸려스니
　　　　　　　　　明紬
밖에서서　단기다가　　고만커든　네노아라

복득이놈　거동보소　　두발길로　문턱밀고
福得　　　舉動
명주줄　손에들고　　힘대로　단기더니
明紬
슬푸다　이를적에　　단종대왕　승하하니
　　　　　　　　　端宗大王　昇遐
복득놈　거동보소　　아무리　단기여도
福得
아모말삼　안계시니　　복득이　생각하되
　　　　　　　　　福得
개는정영　죽엇난데　　어찌말삼　없사신고
　　丁寧
고이하여　문을여니　　단종대왕　모양보소
怪異　　　門　　　　端宗大王
죽은모양　말하자니　　애고참아　말못할세

복득이놈　거동보소　　아모리　시켰스되
福得　　　舉動
제손으로　단겻으니　　제가어찌　살가보냐

언덕우에　올라서서　　일성장호　통곡하고
　　　　　　　　　一聲長號　痛哭
크게외여　하난말이　　영월사람　들어보소
　　　　　　　　　　　寧越

입맛이　　절로없어　　감기음식　　생각하니

개밖에　　또있느냐　　개한마리　　구했으니

내가차마　　잡을소냐　　명주줄에　　걸렸으니

밖에서서　　당기다가　　그만커던　　네놓아라

복득이놈　　작태보소　　두발길로　　문턱밀고

명주줄　　손에걸고　　힘대로　　당기더니

슬프도다　　이럴적에　　단종대왕　　승하하니

복득놈　　모습보소　　아무리　　당기어도

아무말씀　　안계셔서　　복득이　　생각하되

개는정녕　　죽었는데　　어찌말씀　　없으신고

괴이하여　　문을여니　　단종대왕　　모양보소

죽은모양　　말하자니　　애고차마　　말못할세

복득이놈　　모습보소　　아무리　　시켰으되

제손으로　　당겼으니　　제가어찌　　살까보냐

언덕위에　　올라서서　　일성장호[246)]　　통곡하고

크게외쳐　　하는말이　　영월사람　　들어보소

---

246) 일성장호(一聲長號) : 외마디 큰소리로 길게 웨침. 분통을 터뜨리는 말.

단종대왕 端宗大王	승하했소 昇遐	단종대왕 端宗大王	승하했소 昇遐
백장넘는 百丈	언덕우에	왈칵뛰여	떠러지니
복득이 福得	죽은모양	돌한덩이	구분다시
둥글둥글	구불려서	청영포 清冷浦	강가까지 江
구불러	나려올제	그모양이	오작할까
두골이 頭骨	깨여지고	수족이 手足	부러지니
열궁녀의 宮女	거동보소 擧動	단종대왕 端宗大王	사체안고 死體
굿뱀같이	우난소래	구곡간장 九曲肝腸	다녹는다
명주줄을 明紬	벗겨놓고	목을만저	우난말이
애고답답	대왕님요 大王	이것이	왼일이요
죽을작정 作定	하신줄을	우리들이	아랏으면
우리열이	다죽어도	대왕님을 大王	말려내지
애고답답	우리대왕 大王	이리할줄	몰라섯소
어질고	착한임금	십칠세에 十七歲	죽단말가
애고답답	어이할고	세조대왕 世祖大王	몹시도다

---

247) 단종대왕 승하했소 : 이는 초상났을 때 웨치는 초혼(招魂)하는 장면.
248) 백장(百丈) : 한 장은 키 한 길이, 높다는 뜻. 일반적으로 초혼은 지붕에 올라가서
　　　죽은 사람 옷을 흔들며 웨친다.

단종대왕　　승하했소[247]　　단종대왕　　승하했소

백장[248]넘는　　언덕위에　　왈칵뛰어　　떨어지니

복득이　　죽은모양　　돌한덩이　　구른듯이

둥글둥글　　구을러서　　청령포　　강가까지

구을러　　떨어질때　　그모양이　　오죽할까

두골이　　깨어지고　　수족이　　부러지니

열궁녀의　　모양보소　　단종대왕　　시체안고

굿뱀같이　　우는소리[249]　　구곡간장[250]　　다녹는다

명주줄을　　벗겨놓고　　목을만져　　우는말이

애고답답　　대왕님요　　이것이　　웬일이오

죽을작정　　하신줄을　　우리들이　　알았으면

우리열이　　다죽어도　　대왕님을　　살려내지

애고답답　　우리대왕　　이러할줄　　몰랐었소

어질고　　착한임금　　십칠세에　　죽단말가

애고답답　　어이할꼬　　세조대왕　　모질도다

---

249) 굿뱀같이 우는 소리 : 땅굴에 모여사는 뱀이 떼가 우는 것처럼 우글거리며 운다는
　　뜻.
250) 구곡간장 : 아홉 구비 창자가 끊어지듯 슬픈 모양과 통곡을 말함.

이족하를 이리하고 무삼복을 받을손가
福

거동은 참혹하고 경상은 가련하다
擧動 慘酷 景狀 可憐

저궁여의 거동보소 목이메여 다못울고
宮女 擧動

열궁녀 하난말이 아모리 아녀자나
宮女 兒女子

심장이야 다를소냐 어질고도 어진임금
心腸

청영포 오신후에 이임금 뫼시고서
淸冷浦 後

두해를 지냈으니 인정인들 없을소냐
人情

군신지간 그렇거날 남녀가 다를소냐
君臣之間 男女

슬푸도다 우리들도 이를적에 함께죽어

지하에 도라가서 단종대왕 모셨으면
地下 端宗大王

문종대왕 뵈옵기가 붓그럽지 아니하리
文宗大王

열궁녀 같이나와 바위우에 올라서서
宮女

녹의홍상 좋은단장 아조필필 날여지니
綠衣紅裳 丹粧

삼월동풍 시내가에 낙화분분 이아닌가
三月東風 落花紛紛

일로두고 볼작시면 궁녀열들 궁노하나
宮女 宮奴

충신열여 이아닌가 그후로 바위일흠
忠臣烈女 後

———

251) 경상(景狀) : 몰골, 정상.

이조카를　　　이리하고　　　무슨복을　　　받을손가

거동은　　　　참혹하고　　　경상251)은　　　가련하다

저궁녀의　　　모양보소　　　목이메어　　　다못울고

열궁녀　　　　하는말이　　　아무리　　　　아녀자나

심장이야　　　다를소냐　　　어질고도　　　어진임금

청령포　　　　오신후에　　　이임금　　　　모시고서

두해를　　　　지냈으니　　　인정인들　　　없을소냐

군신간도　　　그렇거늘　　　남녀가　　　　다를소냐

슬프도다　　　우리들도　　　이럴적에　　　함께죽어

지하에　　　　돌아가서　　　단종대왕　　　모셨으면

문종대왕　　　뵈옵기가　　　부끄럽지　　　아니하리

열궁녀　　　　같이나와　　　바위위에　　　올라서서

녹의홍상252)　　좋은단장　　　아주펄펄　　　날려지니

삼월동풍　　　시냇가에　　　낙화분분253)　　이아닌가

이를두고　　　볼짝시면　　　궁녀열에　　　궁노하나

충신열녀　　　이아닌가　　　그후로　　　　바위이름

---

252) 녹의홍상(綠衣紅裳) : 초록 저고리와 붉은 치마. 아름다운 여자의 모습을 말함.
253) 낙화분분(落花紛紛) : 궁녀들이 꽃이 떨어지듯 강물에 투신하는 모습.

낙화암(落花巖) 되였고나 슬푸고 애닲도다

단종왕비(端宗王妃) 송씨부인(宋氏夫人) 단종소문(端宗所聞) 들었으면

궁녀같이 아니죽고 무삼영화(榮華) 바라고서

팔십세를(八十歲) 산단말가 저궁녀를(宮女) 생각하니

송왕비가(宋王妃) 붓그럽네 실낫같은 그목숨을

알뜰이도 보전하니(保全) 가엽고도 한심하다(寒心)

이제야 생각하니 팔송정에(八松亭) 모인신하(臣下)

복위한다(復位) 하였으나 복위는(復位) 못하고서

다만몇해 더살라고 목숨만 생각하네

단종대왕(端宗大王) 혼령보소(魂靈) 백말한필(白馬 匹) 높히타고

복득이를(福得) 정마들려(征馬) 영월읍내(寧越邑內) 지내갈제

영월백성(寧越百姓) 뭇난말이 대왕행차(大王行次) 어데가오

대왕님(大王) 대답하되(對答) 태백산(太白山) 구경간다(求景)

단종승하(端宗昇遐) 하신말삼 한양성중(漢陽城中) 들어가니

세조대왕(世祖大王) 거동보소(擧動) 영월관에(寧越官) 관자하되(關子)

---

254) 낙화암(落花岩) : 낙화암은 부여 백마강 절벽에 있는데, 여기서는 허구로 끌어온 것.

255) 단종왕비 송씨부인 : 정순왕비(定順王妃)로 단종이 돌아가신 뒤 동대문 밖 정업원
    (淨業院)에서 궁녀 3인을 데리고 앞산 동망봉(東望峰)에 올라 단종의 명복을 빌면서
    82세까지 살았고, 능은 경기도 남양주시 진건읍 사릉리에 있는 '사릉(思陵)' 이다.

낙화암[254] 되었구나 슬프고 애닯도다

단종왕비 송씨부인[255] 단종소문 들으려고

궁녀같이 아니죽고 무슨영화 바라고서

팔십세를 산단말가 저궁녀를 생각하니

송왕비가 부끄럽네 실낱같은 그목숨을

알뜰히도 보전하니 가엾고도 한심하다

이제야 생각하니 팔송정[256]에 모인신하

복위한다 모였으나 단종복위 못하고서

다만몇해 더살것을 목숨만 재촉했네

단종대왕 혼령보소 백마한필 높이타고

복득[257]이를 정마[258]들려 영월읍내 지나갈제

영월백성 묻는말이 대왕행차 어디가오

대왕님 대답하되 태백산 구경간다

단종승하 하신말씀 한양성중 들어가니

세조대왕 작태보소 영월관청 관자[259]하되

---

256) 팔송정(八松亭) : 생육신들이 모여서 단종의 복위를 모의하던 정자이다. 팔송정은
　　　여러 곳에 있다.
257) 복득(福得) : 단종의 심부름꾼. 가상의 인물일 것임.
258) 정마(征馬) : 경마 잡다. 경마 잡히다. 원뜻은 싸움터로 가는 말.
259) 관자(關子) : 관문(官文), 하급기관에 내려보내는 공문서.

단종시체   거둔놈은   삼족을   멸하리라
端宗屍體   三族   滅
이말을   들은후에   어느누가   거두리요
           後
제몸하나   죽난것도   범같이   겁내거든
                                  怯
하물며   삼족이야   말하여   무엇하리
           三族
가엽도다   단종대왕   도라가신   저시체가
           端宗大王   屍體
청영포   삼간집에   사오일을   그저있네
淸泠浦   三間   四五日
장하고도   장하도다   엄흥도의   충성이여
壯   壯   嚴興道   忠誠
엄흥도는   누구든가   영월호장   아전이라
嚴興道   寧越戶長   衙典
이런충신   또있난가   삼족형벌   겁안내고
  忠臣   三族刑罰   怯
대담하고   나서면서   신민되고   그저잇나
大膽   臣民
염수일복   염포등을   낫낫치   갓차두고
殮襲一服   殮布
관가에   들어가서   원에게   하난말이
官家   員
단종대왕   저시체를   어이하야   올으릿가
端宗大王   屍體
영월부사   거동보소   묵묵부답   하고앉아
寧越府使   舉動   默默不答
눈물만   흘이고서   대답이   없섯거널
                      對答

---

260) 엄흥도(嚴興道) : 단종 때 영월의 호장(戶長), 세조가 두려워 아무도 단종(노산군)
의 시체를 수렴(收斂)하여 장사지내지 못했을 때, 위험을 무릅쓰고 강물에 던져진
노산군 시체를 거두어 장사지낸 열사. 그는 영조 때 참판벼슬을 추증받고 정려문
이 세워졌고, 자손들은 생육신의 후손과 같은 녹봉을 받았다.

단종시체　　　거둔놈은　　　삼족을　　　멸하리라

이말을　　　들은후에　　　어느누가　　　거두리오

제몸하나　　　죽는것도　　　범같이　　　겁내거든

하물며　　　삼족이야　　　말하여　　　무엇하리

가엾도다　　　단종대왕　　　돌아가신　　　저시체가

청령포　　　세칸집에　　　사오일을　　　그저있네

장하고도　　　장하도다　　　엄흥도[260]의　　　충성이여

엄흥도는　　　누구던가　　　영월호장　　　아전이라

이런충신　　　또있는가　　　삼족형벌　　　겁안내고

대담하게　　　나서면서　　　신민되고　　　그저있나

염습일복[261]　　　염포[262]등을　　　낱낱이　　　갖춰두고

관가에　　　들어가서　　　원에게　　　하는말이

단종대왕　　　저시체를　　　어이해야　　　옳으리까

영월부사　　　모습보소　　　묵묵부답　　　하고앉아

눈물만　　　흘리고서　　　대답이　　　없었거늘

---

261) 염습일복(殮襲一服) : 시신을 깨끗이 씻고 새옷(대개 베옷)을 입히고, 천으로 묶는
　　　일을 염습이라 하고 이때 입히는 옷 한 벌을 말한다.
262) 염포(殮布) : 염습의 마지막 순서로 베끈으로 묶을 대의 베.

엄충신 嚴忠臣	하난말이	소인이 小人	치러가오
구족을 九族	멸한대도 滅	신민도리 臣民道理	어이하리
하직하고 下直	이러서니	영월부사 寧越府使	거동보소 擧動
버선발로	뛰여나와	엄호장의 嚴戶長	손을잡고
치사하고 致辭	하난말이	장하도다 壯	엄호장아 嚴戶長
자내어찌	호장으로 戶長	충신열사 忠臣烈士	마음가저
내못할일	자내하나	놀랍도다	엄충신아 嚴忠臣
패인관된 佩印官	내마암에	자내보기	붓그럽다
충신열사 忠臣烈士	효자열녀 孝子烈女	지체상관 相關	없난거라
충신충신 忠臣忠臣	엄충신아 嚴忠臣	부대부대	조심하여 操心
청산일곡 靑山一曲	아모대나	안장이나 安葬	잘하시오
엄충신의 嚴忠臣	거동보소 擧動	염습등물 殮襲等物	등에지고
청영포 淸冷浦	배를타고	절벽에 絶壁	올라가서
시체방에 屍體房	들어가니	참혹하고 慘酷	가련하다 可憐
엄충신 嚴忠臣	거동보소 擧動	두주먹을	불끈쥐고

---

263) 구족(九族) : ① 본인 직계로 고조, 증조, 조부, 부, 본인, 아들, 손자, 증손, 현손의 아홉. ② 직계로 조부모, 부모의 넷과 외가로 외조부모 외숙의 셋과 처족으로 처부모의 둘. 조선조에서 정변과 왕의 반정 등이 빈번했고, 특히 당파싸움으로 집권쟁탈전이 치열하여 한번 뒤집어지면 적대파를 적몰 살해하는데 적게는 3족 크게는 9족까지 멸살했다. 그래서 조선왕조는 망하지 않을 수 없었다.

엄충신　　하는말이　　소인이　　치러가오

구족[263]을　　멸한대도　　신민도리　　어이하리

하직하고　　일어서니　　영월부사　　모양보소

버선발로　　뛰어나와　　엄호장의　　손을잡고

치하하고　　하는말이　　장하도다　　엄호장아

자네어찌　　호장으로　　충신열사　　마음가져

내못할일　　자네하나　　놀랍도다　　엄충신아

패인관[264]된　　내마음에　　자네보기　　부끄럽다

충신열사　　효자열녀　　신분상관　　없는거라

충신충신　　엄충신아　　부디부디　　조심하여

청산일곡[265]　　아무데나　　안장이나　　잘하시라

엄충신의　　모양보소　　염습물품　　등에지고

청령포　　배를타고　　절벽에　　올라가서

시체방에　　들어가니　　참혹하고　　가련하다

엄충신　　모습보소　　두주먹을　　불끈쥐고

---

264) 패인관(佩印官) : 관인(官印)을 가지고 있는 벼슬아치. 곧 지방장관.
265) 청산일곡(靑山一曲) : 푸른 산 한 줄기. 능이나 묘를 쓰기 좋은 자리.

문턱을 두다리며 애고애고 대왕님요
大王

춘추가 십칠세에 구중궁궐 어데두고
春秋 十七歲 九重宮闕

어느뉘게 전장하고 청영포 절벽우에
傳掌 淸冷浦 絕壁

삼간집 혼자계서 두해를 고생타가
三間 苦生

이모양 하였으니 이것이 웬일이요
貌樣

문종대왕 계실적에 천하없난 귀한아들
文宗大王 天下 貴

이모양 되실줄을 문종대왕 몰랏든가
貌樣 文宗大王

권왕비 계실때에 조선없난 중한아들
權王妃 朝鮮 重

이지경 되실줄을 권왕비 몰랏든가
地境 權王妃

애닯도다 세조대왕 그형님을 보드래도
世祖大王 兄

족하하나 이리할까 우리는 아전이되
衙典

숙질간에 이런찬소 어허어허 참혹하다
叔姪間 慘酷

볼사록 참혹하다 볼사록 가련하다
慘酷 可憐

구중궁궐 대궐안에 평안히 계시다가
九重宮闕 大闕 平安

팔구십을 산다해도 돌아갈때 가련커든
八九十 可憐

하물며 대왕님은 사사히 생각하니
大王 事事

---

266) 전장(傳掌) : 넘겨주어 걸머쥐게 함. 권한을 넘겨주는 일.
267) 이렇잖소 : 숙질간에 이럴수 없다는 말이니 수양대군(나중의 세조)이 조카 단종을
    죽이는데 사약보냈다 하고 그래서 단종이 자살한 사건으로 이 가사는 픽션하고

문턱을	두드리며	애고애고	대왕님요
춘추가	십칠세에	구중궁궐	어디두고
어느뉘게	전장[266]하고	청령포	절벽위에
세칸집에	혼자계셔	두해를	고생타가
이모양	하였으니	이것이	웬일이오
문종대왕	계실적에	천하없는	귀한아들
이모양	되실줄을	문종대왕	몰랐던가
권왕비	계실때에	조선없는	중한아들
이지경	되실줄을	권왕비	몰랐던가
애닯도다	세조대왕	그형님을	보더라도
조카하나	이리할까	우리는	아전이되
숙질간에	이렇잖소[267]	어허어허	참혹하다
볼수록	참혹하다	볼수록	가련하다
구중궁궐	대궐안에	편안히	계시다가
팔·구십을	산다해도	돌아갈땐	가련커든
하물며	대왕님은	모든일을	생각하니

있지만, 역사기록은 세조가 자살을 강요했고, 그래서 죽었다고 했으나 이광수의 『단종애사』에서는 세조가 사람을 시켜 동강물에 던져 죽인 뒤 시체를 건졌다고 하였다.

기막혀서 내죽겠네 애고애고 슬푸도다

비온다시 흐른눈물 눈물가려 염못할세
殮

임금옥체 염습할제 용포없어 어이하리
玉體 殮襲 龍袍

용포를 지을라니 법수몰라 못지겠네
龍袍 法數

공단비단 어디두고 무명벼로 염을하며
貢緞緋緞 殮

대여소여 어디두고 칠성판에 혼자지네
大輿小輿 七星板

금등옥등 어디두고 죽사마도 간대없다
金鐙玉鐙 竹駟馬

엄호장의 거동보소 육진장포 줄을걸어
嚴戶長 擧動 六鎭長布

두억개에 혼자메고 청영포 절벽길로
淸冷浦 絶壁

근근히 나려와서 산곡으로 드러가니
僅僅 山谷

이때가 어느때요 정축년 십월이라
丁丑年 十月

적설이 만산하니 어느곳에 눈없으리
積雪 滿山

이리가도 눈천지요 저리가도 눈천지라
天地 天地

시체난 등에지고 광이는 손에들고
屍體

---

268) 용포(龍袍) : 임금이 입는 정복인 곤룡포(袞龍袍).
269) 법수(法數) : 짓는 법, 만드는 방법과 치수.
270) 대여, 소여(大輿小輿) : 큰 상여, 작은 상여, 작은 상여는 반혼할 때 쓴다.
271) 칠성판(七星板) : 관의 시체 밑에 까는 널빤지, 북두칠성을 모방해서 일곱 구멍을
     뚫는다 함.
272) 금등옥등(金鐙玉鐙) : 금등자와 옥등자. 등자는 의장용(儀仗用)으로 쓰는 쇠막대
     기 혹은 말에 다는 마구의 일종.

기막혀서　내죽겠네　　애고애고　슬프도다

비온듯이　흐른눈물　　눈물가려　염못할세

임금옥체　염습할제　　용포없어　어이하리

용포²⁶⁸⁾를　지으려니　　법수²⁶⁹⁾몰라　못짓겠네

공단비단　어디두고　　무명베로　염을하여

대여소여²⁷⁰⁾　어디두고　　칠성판²⁷¹⁾을　혼자지네

금등옥등²⁷²⁾　어디두고　　죽사마²⁷³⁾도　간데없다

엄호장의　거동보소　　육진장포²⁷⁴⁾　줄을걸어

두어깨에　혼자메고　　청랭포　절벽길로

겨우겨우　내려와서　　산곡으로　들어가니

이때가　어느때뇨　　정축년　시월²⁷⁵⁾이라

적설이　만산하니　　어느곳에　눈없으리

이리가도　눈천지요　　저리가도　눈천지라

시체는　등에지고　　괭이는　손에들고

---

273) 죽사마(竹駟馬) : 임금이나 왕비의 장례식 때 쓰는 말모양의 제구. 죽산마(竹散馬)
　　라고도 함.
274) 육진장포(六鎭長布) : 육진은 함경북도의 여섯 진인 회령(會寧) 온성(穩城) 등을
　　말하며, 여기서 나는 베의 칫수가 가장 길다고 해서 하는 말.
275) 정축년 시월(丁丑年 十月) : 세조 3년(1457) 10월. 엄흥도가 단종을 장례 모셨다
　　는 때임.

오금이	빠진눈에	거름을	지체하랴 遲滯
두자옥	옴겨가니	엄동설한 嚴冬雪寒	눈천지에 天地
등에난	땀이나고	이마에난	서리친다
이리저리	신고하야 辛苦	능골뒤를 陵	올라가니
하나님이	도우신가	산신령이 山神靈	도우신가
난대없는	노루한필 匹	그곳에	누었다가
사람옴을	놀래여서	뻘떡이러	피해가니 避
엄흥도의 嚴興道	거동보소 擧動	지고오는	대왕시체 大王屍體
눈우에	버서놓고	노루있는	터를보니
금잔듸를	바첫거늘	그터를	의지하야 依支
광이로	광중하여 壙中	시체를 屍體	뫼서내여
하관을 下棺	하올적에	분금좌향 分金坐向	누가보리
봉분을 封墳	지을적에	눈으로	어이하리
눈밑을	헤치고서	여기파고	저기파고
한오품	한산치로	개아미	모내듯이 墓
근근히 僅僅	모아다가	사발만치	무더놓고

---

276) 광중(壙中) : 시신이 들어갈 구덩이.
277) 분금(分金) : 무덤에 관을 놓을 때 그 방향을 보는 일. 대개 지관을 데리고 가서 쇠
   (나침판)를 놓아가며 정한다.

오금까지　　빠진눈에　　걸음을　　지체하랴

두자국　　옮겨가니　　엄동설한　　눈천지에

등에는　　땀이나고　　이마에는　　서리친다

이리저리　　신고하여　　능골뒤를　　올라가니

하느님이　　도우신가　　산신령이　　도우신가

난데없는　　노루한말　　그곳에　　누웠다가

사람옴을　　놀라서　　벌떡일어　　피해가니

엄흥도의　　거동보소　　지고오는　　대왕시체

눈위에　　벗어놓고　　노루있던　　터를보니

금잔디를　　받쳤거늘　　그터를　　의지하여

괭이로　　광중[276)]파고　　시체를　　모셔내어

하관을　　하올적에　　분금[277)]좌향　　누가보리

봉분[278)]을　　지을적에　　눈으로　　어이하리

눈밑을　　헤치고서　　여기파고　　저기파고

한움큼　　한삼치[279)]로　　개미떼　　묘내듯이

겨우겨우　　모아다가　　사발만큼　　묻어놓고

---

278) 봉분(封墳) : 무덤에 흙을 올려 둥글게 쌓는 일.
279) 삼치 : 삼태기.

천수나　　　피케하니　　한없는　　　이설굴에
天水　　　　避　　　　　限　　　　　雪窟
무든일을　　생각하니　　그만하기　　장하도다
　　　　　　　　　　　　　　　　　　壯
엄충신　　　아니드면　　어느누가　　하자하리
嚴忠臣
아모려나　　놀랍도다　　흙으로　　　성분하니
　　　　　　　　　　　　　　　　　　成墳
몇오품　　　글근흙을　　그공덕을　　의논컨대
　　　　　　　　　　　　　功德　　　議論
한줌한줌　　충신이요　　한줌한줌　　고생이라
　　　　　　忠臣　　　　　　　　　　苦生
이리저리　　무든후에　　집으로　　　돌아와서
　　　　　　後
절문안해　　어린자식　　업고지고　　앞세우고
　　　　　　子息
부지거처　　도망하니　　광대한　　　천지간에
不知去處　　逃亡　　　　廣大　　　　天地間
어디간들　　못사리요　　충성이　　　지극하니
　　　　　　　　　　　　忠誠　　　　至極
하나님이　　감동하사　　십사대를　　지내와서
　　　　　　感動　　　　十四代
숙종대왕　　등극후에　　단종사기　　보시다가
肅宗大王　　登極後　　　端宗史記
탄식하고　　하난말이　　우리국가　　큰폐단이
歎息　　　　　　　　　　國家　　　　弊端
골육상쟁　　참혹하다　　영월관에　　관자하사
骨肉相爭　　慘酷　　　　寧越官　　　關子
단종능을　　다시하되　　건원능과　　같이하고
端宗陵　　　　　　　　　建元陵
삭망마다　　참봉내여　　대궐짓고　　분향하니
朔望　　　　參奉　　　　大闕　　　　焚香

---

280) 천수(天水) : 빗물, 천상수(天上水).
281) 설굴(雪窟) : 눈속의 굴. 눈 범벅이 된 무덤.
282) 부지거처(不知去處) : 간 곳을 모름.

천수[280]나　　　피케하니　　　한없는　　　이설굴[281]에

묻은일을　　　생각하니　　　그만하기　　　장하도다

엄충신　　　　아녔더면　　　어느누가　　　하자하리

아무려나　　　놀랍도다　　　흙으로　　　　성분하니

몇움큼　　　　붉은흙을　　　그공덕　　　　의론컨대

한줌한줌　　　충신이요　　　한줌한줌　　　고생이라

이리저리　　　묻은후에　　　집으로　　　　돌아와서

젊은아내　　　어린자식　　　업고지고　　　앞세우고

부지거처[282]　도망하니　　　광대한　　　　천지간에

어디간들　　　못살리오　　　충성이　　　　지극하니

하느님이　　　감동하사　　　십사대를　　　지내와서[283]

숙종대왕　　　등극후에　　　단종사기　　　보시다가

탄식하고　　　하는말이　　　우리국가　　　큰폐단이

골육상쟁　　　참혹하다　　　영월관에　　　관자하사

단종릉을　　　다시하되　　　건원릉과　　　같이하고

삭망마다　　　참봉[284]내어　　　대궐짓고　　　분향하니

---

283) 14대 지나와서 : 엄흥도의 단종 장례 사실이 숙종 때 단종사기 사실로 드러나서
　　　후손이 녹을 받았다는 사실을 말함. 전출 260 참조.
284) 참봉(參奉) : 왕릉이나 종친부, 예빈시 등에서 복무하는 종9품의 벼슬.

영월땅   삼백리에   장능이   그능이요
寧越   三百里   莊陵   陵

왕비능은   어디던고   양주땅   삼십리에
王妃陵   楊州   三十里

사능이   그능이라   장할시고   숙종대왕
思陵   陵   壯   肅宗大王

엄흥도의   자손찾아   벼살시켜   녹을주어
嚴興道   子孫   祿

엄흥도의   종손으로   장능참봉   시켰구나
嚴興道   宗孫   莊陵參奉

좋은돌   가려다가   거울같이   가라내여

주홍대자   사겨스되   조선충신   호장공의
朱紅大字   朝鮮忠臣   戶長公

엄흥도   충절비라   영월읍내   드가는데
嚴興道   忠節碑   寧越邑內

이렇타시   세워놓고   천추에   유전하니
                            千秋   遺傳

그후로   엄씨들이   자자손손   양반되어
  後   嚴氏   子子孫孫   兩班

지금까지   혁혁하니   이런일을   볼작시면
              赫赫

장하도다   엄호장은   충심하나   가젓다가
壯   嚴戶長   忠心

그자손의   시조되어   족보에   웃뜸일세
  子孫   始祖   族譜

슬푸다   단종사적   다하자니   눈물나네
              端宗事蹟

사육신은   죽었으나   생육신은   어디갔나
死六臣   生六臣

김시습은   중이되고   조려난   낙시들고
金時習   趙旅

---

285) 장릉(莊陵) : 강원도 영월에 있는 단종의 능.
286) 사릉(思陵) : 경기도 남양주시 진건읍에 있는 단종비인 정순왕후의 능.

영월땅　　　삼백리에　　　장릉[285]이　　　그능이요

왕비능은　　　어디던가　　　양주땅　　　삼십리에

사릉[286]이　　　그능이라　　　장할씨고　　　숙종대왕

엄흥도의　　　자손찾아　　　벼슬시켜　　　녹을주니

엄흥도의　　　종손으로　　　장릉참봉　　　시켰구나

좋은돌　　　가려다가　　　거울같이　　　갈아내어

주홍글씨　　　새겼으되　　　조선충신　　　호장공의

엄흥도의　　　충절비라　　　영월읍내　　　입구에다

이렇듯이　　　세워놓고　　　천추에　　　유전하니

그후로　　　엄씨들이　　　자자손손　　　양반되어

지금까지　　　빛이나니　　　이런일을　　　본다하면

장하도다　　　엄호장은　　　충심하나　　　가졌다가

그자손의　　　시조되어　　　족보에　　　으뜸일세

슬프다　　　단종사적　　　다하자니　　　눈물나네

사육신은　　　죽었으나　　　생육신은　　　어디갔나

김시습[287]은　　　중이되고　　　조려[288]는　　　낚시들고

---

287) 김시습(金時習 ; 1435~1493) : 사육신, 생육신 일람표 참조.
288) 조려(趙旅 ; 1420~1489) : 사육신, 생육신 일람표 참조.

거령물에[289] 고기잡고 이맹전은[290] 소를몰고
　　　　　　　　　　　李孟專

심산궁곡 들어가서 밭갈기 세월이오
深山窮谷　　　　　　　　　　歲月

남효온은[291] 배를타고 범범중류 높이떠서
南孝溫　　　　　　　　泛泛中流

노중연을[292] 뽄을보다 동해를 발밧는가
魯仲連　　本　　　　東海

성보수는 집에와서 평생을 탈망으로
成輔壽　　　　　　平生　　脫網

두문불출 들어앉어 이웃출입 아니하고
杜門不出　　　　　　　出入

원호난 돌아올때 가련정에 불지르고
元昊　　　　　　可憐亭

망혜를 발에신고 죽장을 손에잡고
芒鞋　　　　　竹杖

압록강 건너서서 부지거처 간곳없다
鴨綠江　　　　　不知去處

세상사람 공론마라 생륙신 여섯신하
世上　　公論　　生六臣　　　臣下

사륙신 갔다해도 이가사 짓난나는
死六臣　　　　　歌詞

지어놓고 생각하니 아마도 생륙신의
　　　　　　　　　　　生六臣

충절을 의론컨데 사륙신과 같을손가
忠節　　議論　　死六臣

사륙신의 사적보면 방가위지 충신이오
死六臣　事蹟　　方可謂之　忠臣

생륙신의 사적보면 불가위지 충신이라
生六臣　事蹟　　不可謂之　忠臣

---

289) 거령물 : 도랑물 사투리.

290) 이맹전(李孟專 ; 1392~1480) : 사육신, 생육신 일람표 참조.

291) 남효온(南孝溫 ; 1454~1492) : 사육신, 생육신 일람표 참조.

292) 노중련(魯仲連) : 중국 전국시대 제(齊)나라의 의로운 사람, 진(秦)나라 군사가 조(趙)나라를 침범할 때 조나라를 구해서 공이 컸지만 벼슬을 사양하고 바다로 도망갔다.

거렁물[289]에　　고기잡고　　　이맹전[290]은　　소를몰고

깊은산속　　　들어가서　　　밭갈기　　　　세월이오

남효온[291]은　　배를타고　　　바다물에　　　높이떠서

노중련[292]을　　본을받아　　　동해를　　　　밟았는가

성담수[293]는　　집에와서　　　평생을　　　　맨머리로

두문불출　　　들어앉아　　　이웃출입　　　아니하고

원호는　　　　돌아올때　　　가련정에　　　불지르고

망혜[294]를　　　발에신고　　　대지팡이　　　손에잡고

압록강　　　　건너가서　　　부지거처　　　간곳없다

세상사람　　　공론마라　　　생육신　　　　여섯신하

사육신　　　　갔다해도　　　이가사　　　　짓는나는

지어놓고　　　생각하니　　　아마도　　　　생육신의

충절을　　　　의론컨대　　　사육신과　　　같을손가

사육신의　　　사적보면　　　방가위지　　　충신[295]이요

생육신의　　　사적보면　　　불가위지　　　충신[296]이라

---

293) 성담수(成聃壽 ; ?~1456) : 사육신, 생육신 일람표 참조.
294) 망혜(芒鞋) : 짚신. 죽장망혜는 짚신 신고 지팡이 짚고 산천을 떠돈다는 뜻.
295) 방가위지충신(方可謂之忠臣) : 실로 충신이라고 말할만한 충신. 진짜 충신.
296) 불가위지충신(不可謂之忠臣) : 충신이라고 말하기 불가한 충신. 단종 시체 못 거
　　둔 신하이므로.

생륙신의(生六臣) 허물보면 단종복위(端宗復位) 하려다가
단종이(端宗) 승하하면(昇遐) 단종시체(端宗屍體) 거두어서
인산은(因山) 못할망정 장사나(葬事) 할것인데
무삼마음 다시먹고 산지사방(散之四方) 흐터지니

단종시체(端宗屍體) 안장후에(安葬後) 단단히(斷斷) 여섯신하(臣下)
일시에(一時) 함께죽어 지하로(地下) 쪼철것을
어찌하여 못죽엇나 그일을 생각하면

사륙신에(死六臣) 비할손가(比) 옛날에 전횡이난(田橫)
한패공을(漢沛公) 마다하고 오백인을(五百人) 거나리고
해도중에(海島中) 있다가서 전횡이(田橫) 죽은후에(後)
오백명(五百名) 그사람이 일시에(一時) 죽었으니
이런사기(史記) 보드래도 생륙신이(生六臣) 무엇인가
장하도다(壯) 권왕비여(權王妃) 청춘에(靑春) 죽은혼령(魂靈)
어이그리 신령한가(神靈) 세조대왕(世祖大王) 꿈가운데
현몽하고(顯夢) 하신말삼 숙숙숙숙(叔叔叔叔) 이숙숙아(叔叔)
임금이 무엇이며 나라가 무엇인고

---

297) 인산(因山) : 임금의 장례식. 즉 국장(國葬).
298) 전횡(田橫) : 중국 진(秦)나라 사람. 제(齊)왕 전씨의 일족으로 한신(韓信)이 제왕
　　을 격파한 뒤 섬에 피란갔다가 권토중래 도중 자결한 사람.
299) 한패공(漢沛公) : 중국 한나라 고조인 유방(劉邦 ; B.C.247~B.C.195).

생육신의　　허물보면　　단종복위　　하려다가

단종이　　　승하하면　　단종시체　　거두어서

인산[297]은　못할망정　　장사나　　　할것이지

무슨마음　　다시먹고　　산지사방　　흩어지니

단종시체　　안장후에　　단단히　　　여섯신하

일시에　　　함께죽어　　지하로　　　좇을것을

어찌하여　　못죽었나　　그일을　　　생각하면

사육신에　　비할손가　　옛날에　　　전횡[298]이는

한패공[299]을　마다하고　　오백인을　　거느리고

해도중에　　가있다가　　전횡이　　　죽은후에

오백명　　　그사람이　　일시에　　　죽었으니

이런사기　　보더라도　　생육신이　　무엇인가

장하도다　　권왕비여　　청춘에　　　죽은혼령

어이그리　　신령한가　　세조대왕　　꿈가운데

현몽[300]하고　하신말씀　　숙숙숙숙　　이숙숙아

임금이　　　무엇이며　　나라가　　　무엇인고

---

300) 숙숙의 현몽 : 숙은 숙부(叔父)이나 숙숙으로 연속하면 '숙쑥'으로 발음되므로 못
　　난이를 의미하는 숙맥을 이르는 말, 현몽은 꿈에 나타남. 꿈에 본 사람이나 사물
　　을 말함. 권왕비는 단종의 생모인 현덕왕후(顯德王后 ; 1418~1441).

족하가　　　임금이면　　　임금삼촌　　　낫부더냐
　　　　　　　　　　　　　　　三寸
옛적에　　　무왕님이　　　어린아들　　　두고죽어
　　　　　　武王
국사가　　　창망커날　　　주공이　　　삼촌으로
國事　　　　蒼茫　　　　周公　　　　三寸
그족하를　　업고앉아　　　제후에게　　　조회마다
　　　　　　　　　　　　諸侯　　　　朝會
국정을　　　돌보다가　　　어린족하　　　장성후에
國政　　　　　　　　　　　　　　　　　長成後
천자위에　　뫼셨으니　　　주공은　　　어찌하야
天子位　　　　　　　　　　周公
형님도　　　생각하고　　　족하도　　　애중하여
兄　　　　　　　　　　　　　　　　　愛重
그족하를　　그랫거든　　　숙숙은　　　무삼마음
　　　　　　　　　　　　叔叔
저다지　　　험악하여　　　그족하를　　죽이여서
　　　　　　險惡
그형님의　　뒤를끊고　　　그형님이　　불상찬나
兄　　　　　　　　　　　　兄
골육상쟁　　한다한들　　　그렇게도　　상쟁할가
骨肉相爭　　　　　　　　　　　　　　相爭
내아들　　　네죽이니　　　네아들　　　내죽인다
이러서서　　하신말삼　　　숙숙아　　　더럽도다
　　　　　　　　　　　　叔叔
낯에다가　　춤밷흐니　　　그춤이　　　떨어져서
백설같이　　피여저서　　　방울마다　　점풍하야
白雪

---

301) 무왕(武王): 여기 무왕은 중국 주나라 무왕(B.C.269~B.C.216)이며 은나라 주왕
　　　(紂王)을 공멸하고 주를 세운 임금.
302) 주공(周公) : 주공단(周公旦) 주무왕의 아우. 주공은 형인 무왕과 함께 은주(殷紂)
　　　를 쳐서 주나라를 세웠지만 어린 무왕의 아들 성왕(成王)을 돌보며 왕사(王師)로서
　　　주의 전통을 세워 존경받는 인물. 수양대군(세조)과는 대조적 역사의 교훈이다.

조카가　　임금이면　　임금삼촌　　나쁘더냐
옛적에　　무왕[301]님이　　어린아들　　두고죽어
국사가　　창망커늘　　주공[302]이　　삼촌으로
그조카를　　업고앉아　　제후에게　　조회받아
국정을　　돌보다가　　어린조카　　장성후에
천자위에　　모셨으니　　주공은　　어찌하여
형님도　　생각하고　　조카도　　애중하여
그조카를　　아꼈거든　　숙숙은　　무슨마음
저다지　　험악하여　　그조카를　　죽이어서
그형님의　　뒤를끊어　　그형님이　　불쌍찮나
골육상쟁　　한다한들　　그렇게도　　살해할까
내 아들　　네 죽이니　　네 아들　　내 죽인다
일어서서　　하신말씀　　숙숙아　　더럽도다
낯에다가　　침뱉으니　　그침이　　떨어져서
백설같이　　튀어져서　　방울마다　　점풍[303]되어

---

303) 점풍 : 몸이 짓물러 두드러기가 생기는 절풍(癤風)인 듯. 세조는 몸에 문둥병처럼
　　　종기가 심해서 사람들이 벌 받았다고 했고, 세조는 온양온천 등을 자주 다녔고,
　　　광덕사(廣德寺)에서 치성도 드렸다. 천안 광덕사에는 그 흔적이 많이 남아 있다.

아모리　　　약을쓴들(藥)　　　원혼으로(寃魂)　　　맷흔춤이

약쓴다고(藥)　　　고칠소냐　　　임종토록(臨終)　　　못곳첫네

세조대왕(世祖大王)　　　깜짝놀래　　　깨다르니　　　꿈이로다

잠을깨여　　　이러앉아　　　몽사를(夢事)　　　생각하니

꿈하고도　　　악몽이라(惡夢)　　　정신이(精神)　　　앗질하여

심신이(心神)　　　불평하야(不平)　　　등촉을(燈燭)　　　발켜놓고

력력히(歷歷)　　　생각하니　　　권왕비의(權王妃)　　　모진혼령(魂靈)

촉하에(燭下)　　　앉았드니　　　이윽고　　　궁문전에(宮門前)

사자가(使者)　　　급히와서(急)　　　황황하게(遑遑)　　　알린말이

세자동궁(世子東宮)　　　위급하오(危急)　　　창졸간에(倉卒間)　　　나신병환(病患)

시각이(時刻)　　　밧부외다　　　세조대왕(世祖大王)　　　창황하야(蒼黃)

대노하여(大怒)　　　하난말삼　　　약쓴다고(藥)　　　못사리라

악귀가(惡鬼)　　　침범하니(侵犯)　　　살기를(殺氣)　　　바라리오

이때에　　　세자동궁(世子東宮)　　　춘추가(春秋)　　　이십이라(二十)

아들은　　　두었으나　　　요수하기(夭壽)　　　원통하다(怨痛)

그럭저럭　　　날이새는　　　세조대왕(世祖大王)　　　분을내여(憤)

---

304) 몽사(夢事) : 꿈에 본 일들. 그러나 세조의 점풍 사실은 실제의 벌 받은 병이었다.
　　　몸에 난 이 점풍은 문둥병이라고 소문났고, 세조는 이를 치료하려고 온양온천에
　　　자주다니면서 천안 광덕사에서 빌었던 기록이 광덕사에 남아 있다.

아무리   약을쓴들   원혼으로   맺힌침이

약쓴다고   나을소냐   죽기까지   못고쳤네

세조대왕   깜짝놀라   깨달으니   꿈이로다

잠을깨어   일어앉아   몽사304)를   생각하니

꿈하고도   악몽이라   정신이   아찔하여

심신이   편치않아   촛불을   밝혀놓고

역력히   생각하니   권왕비의   모진혼령

등불밑에   앉았더니   이윽고   침실앞에

사관이   급히 와서   황황하게   알린말이

세자동궁305)   위급하오   창졸간에   나신병환

시각이   바쁘외다   세조대왕   창황하여

화내며   하는말이   약쓴다고   못살린다

악귀가   침범하니   살기를   바라리오

이때에   세자동궁   춘추가   이십이라

아들은   두었으나   빨리죽기   원통하다

그럭저럭   날이새니   세조대왕   흥분하며

---

305) 세자동궁 : 여기의 세자는 세조의 아들 덕종(德宗 ; 1438~1457)을 말하며 성종
    (成宗)을 낳고 일찍 죽어 나중에 추존왕이 되었다. 왕비는 소혜왕후(昭惠王后) 한
    씨(韓氏)이다. 여기에서 덕종은 세조의 천벌을 받아 급사했다고 기술하고 있다.

군병을(軍兵) 재촉하여 추상같이(秋霜) 호령하되(號令)
현능에(顯陵) 들어가서 권왕비의(權王妃) 능을파고(陵)
시체든(屍體) 관을내여(棺) 한강수에(漢江水) 밀처너니
영혼열백(靈魂烈魄) 놀납도다 널이서서 올라오니
이거동(擧動) 구경하고(求景) 어느누가 겁안낼가
세조대왕(世祖大王) 분부하되(吩咐) 종묘에(宗廟) 들어가서
신주까지(神主) 들어다가 널과같이 뛰어노라
어느궁관(宮官) 거역하리(拒逆) 성화같이(星火) 쪼차가서
종묘문을(宗廟門) 열고보니 신주가(神主) 돌아앉네
장하도다(壯) 권왕비여(權王妃) 놀랍도다 권왕비여(權王妃)
어이그리 맹열하며(猛烈) 어이그리 신령한고(神靈)
생시에도(生時) 그렇더니 사후에도(死後) 무심참네
청천백일(靑天白日) 밝은날에 뇌성소래(雷聲) 대단하다(大端)
아모리 세조대왕(世祖大王) 영걸하고(英傑) 영걸한들(英傑)
유명이(幽明) 현수하니(縣殊) 왕비혼령(王妃魂靈) 못이기어

---

306) 현릉(顯陵) : 단종의 모후인 권왕비(權王妃)의 능.
307) 영혼열백(靈魂烈魄) : 신령스런 영혼과 극렬한 넋.

군병을	독촉하여	추상같이	호령하되
현릉[306)]에	들어가서	권왕비의	능을파고
시체든	관을내어	한강수에	밀쳐넣니
영혼열백[307)]	놀랍도다	관이서서	올라오니
이모습	구경하고	어느누가	겁안낼까
세조대왕	분부하되	종묘에	들어가서
신주까지	들어다가	널과같이	물에넣라
어느궁관	거역하리	성화같이	쫓아가서
종묘문을	열고보니	신주가	돌아앉네
장하도다	권왕비여	놀랍도다	권왕비여
어이그리	맹렬하며	어이그리	신령한가
생시에도	그렇더니	사후에도	무심찮네
청천백일	밝은날에	뇌성[308)]소리	대단하다
아무리	세조대왕	영걸[309)]하고	대담한들
유명[310)]이	전혀다른	왕비혼령	못이기어

---

308) 뇌성(雷聲) : 이때(종묘문을 열 때) 맑은 대낮에 벼락치고 요란했다 함.
309) 영걸(英傑) : 영웅호걸, 뛰어난 인물.
310) 유명(幽明) : 저승과 이승. 죽음의 세상은 어둡고, 이승은 밝은 세상.

마음에　　크게놀라　　다시하인　　분부하여
　　　　　　　　　　　　下人　　吩咐

종묘문을　다시닷고　관을건저　모서다가
宗廟門　　　　　　　棺

능묘를　　환봉하니　아마도　　권왕비는
陵墓　　　還封

생전사후　두고보면　세상에　　드무시다
生前死後　　　　　　世上

요임금때　나섯드면　아황여영　부럽잔코
堯　　　　　　　　　娥皇女英

문왕세계　나섯드면　태임태사　못할손가
文王世界　　　　　　太任太姒

세조대왕　하신일이　팔십향수　어이하리
世祖大王　　　　　　八十享壽

국사도　　창망하다　무자년　　구월달에
國事　　　蒼茫　　　戊子年　　九月

세조대왕　승하하니　춘추가　　얼마신고
世祖大王　昇遐　　　春秋

오십이가　분명하다　칠십리　　양주땅에
五十二　　分明　　　七十里　　楊州

광능이　　그능이요　왕비능은　어대든고
光陵　　　陵　　　　王妃陵

광능과　　한능이라　덕종은　　추숭하니
光陵　　　陵　　　　德宗　　　追崇

덕종왕비　누시든고　청주한씨　부인이요
德宗王妃　　　　　　淸州韓氏　夫人

부원군은　뉘시든고　청주사람　한확이라
府院君　　　　　　　淸州　　　韓確

---

311) 환봉(還封) : 파냈던 무덤을 다시 묻고 봉분하는 일.

312) 아황(娥皇) 여영(女英) : 요(堯)임금의 따님으로 자매가 순(舜)임금의 황후(皇后)와
　　왕비(王妃)가 되어 순임금을 깍듯이 모시다가 순임금이 죽자 함께 소상강(瀟湘江)
　　가에서 죽었다. 동양에서는 가장 규범적인 여인상으로 삼고 있다.

313) 태임(太任) 태사(太姒) : 태임은 주(周)의 문왕(文王)의 어머니. 태사는 문왕의 왕
　　비요, 무왕의 어머니 현부인들로 문모(文母)라는 칭호를 받는다.

314) 무자년(戊子年) 구월 : 1468년(세조 9년) 9월 세조가 52세로 돌아간 때.

마음에 　 크게놀라 　 다시하인 　 분부하여

종묘문을 　 다시닫고 　 관을건져 　 모셔다가

능묘를 　 환봉[311]하니 　 아마도 　 권왕비는

생전사후 　 두고보면 　 세상에 　 드무시다

요임금때 　 나셨더면 　 아황여영[312] 　 부립잖고

문왕세상 　 나셨더면 　 태임태사[313] 　 못할쏜가

세조대왕 　 하신일이 　 팔십장수 　 어이하리

나라정치 　 아득하다 　 무자년 　 구월[314]달에

세조대왕 　 승하하니 　 연세가 　 얼마던가

오십이가 　 분명하다 　 칠십리 　 양주땅에

광릉[315]이 　 그능이오 　 왕비능은 　 어디던가

광릉과 　 한능이라 　 덕종[316]은 　 추숭하니

덕종왕비[317] 　 뉘시던가 　 청주한씨 　 부인이오

부원군은 　 뉘시던가 　 청주사람 　 한확이라

---

315) 광릉(光陵) : 세조와 세조왕비인 정희왕후(貞熹王后) 윤씨(尹氏)의 능. 경기도 남양
　　주시 진접읍 부평리에 있다.
316) 덕종(德宗) : (1438~1457) 세조의 세자, 이름은 장(暲), 자는 원명(原明), 어머니
　　는 정희왕후(貞熹王后) 윤씨, 세자로 책봉되었으나 성종(成宗)을 낳고는 요절하여
　　성종이 즉위하여 부친을 추종왕으로 모셨다. 부인은 「내훈(內訓)」을 저술한 소혜
　　왕후(昭惠王后)이다.
317) 덕종왕비(德宗王妃) : 청주(淸州) 한확(韓確)의 따님인 소혜왕후(昭惠王后)이고 한확
　　은 서원부원군(西院府院君)이다.

예종대왕 睿宗大王	등극하니 登極	그왕비는 王妃	누시든고
청주한씨 淸州韓氏	부인이라 夫人	부원군은 府院君	누구든고
청주사람 淸州	한명회라 韓明澮	둘째왕비 王妃	누시든고
청주한씨 淸州韓氏	부인이요 夫人	부원군은 府院君	누시든고
청주사람 淸州	한백륜이 韓佰倫	예종대왕 睿宗大王	사기보소 史記
무자년 戊子年	등극하야 登極	일년을 一年	병환으로 病患
복약만 服藥	하시다가	기축년 己丑年	십이월에 十二月
이십에 二十	승하하니 昇遐	청춘이 靑春	앗갑도다
국사가 國事	창망하야 蒼茫	국상만 國喪	자조난다
고양땅 高陽	삼십리에 三十里	창능이 昌陵	그능이요 陵
왕비능은 王妃陵	어대든고	파평땅 坡平	육십리에 六十里
공능이 恭陵	그능이요 陵	둘째왕비 王妃	어대든고
고양땅 高陽	삼십리에 三十里	창능과 昌陵	한능이라 陵
성종대왕 成宗大王	등극하니 登極	그왕비는 王妃	누시든고
청주한씨 淸州韓氏	부인이요 夫人	부원군은 府院君	누구든고

---

318) 예종(睿宗) : 조선조 제8대왕(1450~1469, 재위 1468~1469) 휘(이름)는 황(晄), 자
　　는 명조(明照) 또는 평보(平甫). 세조의 둘째 아들. 왕비는 장순왕후(章順王后) 청주
　　한명회(韓明澮)의 따님, 둘째 비는 안순왕후(安順王后) 청주 한백륜(韓佰倫)의 따님.
319) 청주한씨부인 : 첫째 왕비는 한명회(韓明澮)의 따님인데 단명하여 17세에 죽고 능
　　은 파주시 조리읍에 있는 공릉(恭陵)이다. 둘째 왕비는 한백륜(韓佰倫)의 따님인데

예종[318]대왕　　등극하니　　　　그왕비는　　　뉘시던가

청주한씨　　　부인[319]이오　　　부원군은　　　누구던가

청주사람　　　한명회요　　　　둘째왕비　　　뉘시던가

청주한씨　　　부인이오　　　　부원군은　　　뉘시던가

청주사람　　　한백륜이　　　　예종대왕　　　사적보소

무자년에　　　등극하여　　　　일년을　　　　병환으로

복약만　　　　하시다가　　　　기축년　　　　십이월에

이십에　　　　돌아가니　　　　청춘이　　　　아깝구나

나라정치　　　아득하여　　　　임금초상　　　자주난다

고양땅　　　　삼십리에　　　　창릉이　　　　그능이오

왕비능은　　　어디던가　　　　파평땅　　　　육십리에

공릉이　　　　그능이오　　　　둘째왕비　　　어디던가

고양땅　　　　삼십리에　　　　창릉과　　　　한능이라

성종대왕[320]　등극하니　　　　그왕비는　　　뉘시던가

청주한씨　　　부인이오　　　　부원군은　　　누구던가

곧 안순왕후(1445~1498)로 예종의 계비였다가 돌아가니 서오릉 내의 창릉(昌陵)
에 모셨다.
320) 성종대왕 : 조선조 제9대왕(1457~1494, 재위 1469~1494) 추존왕 덕종의 아들
　　모후는 소혜왕후, 휘는 혈(娎) 시호는 강정(康靖), 비는 공혜왕후(恭惠王后) 한씨
　　인 한명회의 둘째 딸, 계비는 정현왕후(貞顯王后) 윤씨인 윤호(尹壕)의 따님.

청주사람　한명회라　둘째왕비　누시든고
淸州　　　韓明澮　　　王妃
파평윤씨　부인이요　부원군은　누구든가
坡平尹氏　夫人　　　府院君
파평사람　윤호로다　한명회의　복역보소
坡平　　　尹壕　　　韓明澮　　福力
따님둘을　나앗다가　맛따님은　길러내여

예종왕비　되시엿고　둘째따님　길러내여
睿宗王妃
성종왕비　되였으니　따님복역　이상하다
成宗王妃　　　　　　福力　　　異常
따님이　　왕비되기　하나도　　어렵거든
　　　　　王妃
하물며　　한명회는　왕비둘을　나앗난가
　　　　　韓明澮　　王妃
유히유사　좋은꿈을　어이그리　잘꿧든가

우리조선　두고보면　부원군　　되난이가
　朝鮮　　　　　　　府院君
몇몇이　　되얏는고　한임금의　부원군도
　　　　　　　　　　　　　　　府院君
되기가　　어렵거든　하물며　　두임금의

부원군이　되였으니　그때호강　오작하리
府院君
예종성종　두임금이　촌수를　　헤아리면
睿宗成宗　　　　　　寸數
예종은　　삼촌되고　성종은　　족하로다
睿宗　　　三寸　　　成宗
덕종자제　분명하니　덕종성종　부자로다
德宗子弟　分明　　　德宗成宗　父子

청주사람　　한명회라　　둘째왕비　　뉘시던가

파평윤씨　　부인이오　　부원군은　　누구던가

파평사람　　윤호로다　　한명회의　　딸복보소

따님둘을　　나았다가　　맏따님은　　길러내어

예종왕비　　되시었고　　둘째따님　　길러내어

성종왕비　　되었으니　　따님복력　　이상쿠나

따님이　　　왕비되기　　하나도　　　어렵거든

하물며　　　한명회는　　왕비둘을　　나았는가

유히유사[321]　　좋은꿈을　　어이그리　　잘꿨던가

우리조선　　두고보면　　부원군　　　되는이가

몇몇이　　　되었는가　　한임금의　　부원군도

되기가　　　어렵거든　　하물며　　　두임금의

부원군이　　되었으니　　그때호강　　오죽하리

예종 성종　두임금의　　촌수를　　　따져보면

예종은　　　삼촌되고　　성종은　　　조카되니

덕종자제　　분명커늘　　덕종성종　　부자된다

---

321) 유히유사 : 길몽을 말한듯하나 미심한 어휘이다. 한 필사본에는 '유자유여(幼子
有餘)' 즉 자식이 많은 꿈으로 되어 있다. 또다른 필사본에는 유자유녀(有子有女)
즉 아들도 낳고 딸도 낳는 좋은 꿈으로 되어 있다.

덕종은	백씨되고	예종은	계씨로다
成宗	白氏	睿宗	季氏
예종왕비	성종왕비	두왕비의	촌수보면
睿宗王妃	成宗王妃	王妃	寸數
친가로	형제되고	시가로	숙질일세
親家	兄弟	媤家	叔姪
국가혼사	이러하나	사가집은	못하리라
國家婚事		私家	
국운이	비색하니	국상이	또나신다
國運	否塞	國喪	
갑인년	십이월에	성종대왕	승하하니
甲寅年	十二月	成宗大王	昇遐
춘추가	얼마시고	삼십팔세	가련하다
春秋		三十八歲	可憐
광주땅	삼십리에	선능이	그능이라
廣州	三十里	宣陵	陵
파주땅	육십리에	왕비능은	순능이라
坡州	六十里	王妃陵	順陵
둘째왕비	어디든고	선능과	한능이라
王妃		宣陵	陵
성종다음	연산주난	십일년을	등극하니
成宗	燕山主	十一年	登極
음행이	불측키로	교동에	내첫도다
淫行	不測	喬洞	
연산주	그배위난	거창신씨	부인이오
燕山主	配位	居昌愼氏	夫人
신승선의	딸이로다	양주땅	해등면에
愼承善		楊州	海等面
연산무덤	거게있고	양주땅	천장산에
燕山		楊州	天藏山

322) 국가혼사 이러하나 : 덕종과 성종은 숙질간으로 부자격이 되지만 덕종비와 성종
　　　비는 한명회의 딸, 형제니 그 촌수가 어찌되며 한명회의 실권농단이 말이 아니었
　　　다는 뜻이다.
323) 국운비색(國運否塞) : 국가운수가 꽉 막혀서 말이 아니라는 뜻.
324) 연산주(燕山主) : 조선 제10대 왕(1475~1506, 재위 1494~1506) 성종의 아들.

덕종은　　　백씨되고　　　예종은　　　아우됐네

예종왕비　　성종왕비　　두왕비　　촌수보면

친가로　　　형제되고　　　시가로는　　숙질일세

국가혼사　　이러하나[322]　사가집은　못하리라

국운이　　　비색[323]하니　국상이　　또나신다

갑인년　　　십이월에　　　성종대왕　승하하니

춘추가　　　얼마신고　　　삼십팔세　가련하다

광주땅　　　삼십리에　　　선릉이　　그능이라

파주땅　　　육십리에　　　왕비능은　순릉이라

둘째왕비　　어디던가　　　선릉과　　한능이라

성종다음　　연산주[324]는　십일년을　등극하니

음란행각　　불측키로　　　교동에　　내쳤도다

연산주　　　그배위는　　　거창신씨　부인이오

신승선[325]의　딸이로다　　양주땅　　해등면에

연산무덤　　거기있고　　　양주땅　　천장산에

　어머니는 폐비인 윤씨, 윤씨의 폐비사건 등으로 많은 신진 사류를 살해하고 음행이 잦았고 악정이 심해서 쫓겨나 강화도 교동(喬洞)에 유폐되었다가 바로 죽었다.
325) 신승선(愼乘善) : 거창(居昌) 신씨부인의 부친. 연산군의 장인. 거창부원군 (1436~1502) 자는 자계(子繼), 원지(元之) 호는 사지당(仕止堂) 사마시에 합격한 후 문과중시에 장원 후 여러 관직을 거쳐 영의정에 이르렀다. 시호는 장성(章成).

부인무덤 夫人	거게있고	중종대왕 中宗大王	반정하야 反正
병인년에 丙寅年	등극하니 登極	그왕비는 王妃	누시든고
거창신씨 居昌愼氏	부인이오 夫人	부원군은 府院君	누시든고
거창사람 居昌	신수근이 愼守勤	둘째왕비 王妃	누시든가
파평윤씨 坡平尹氏	부인이오 夫人	부원군은 府院君	누시든가
파평사람 坡平	윤여필이 尹汝弼	셋째왕비 王妃	누시든고
파평윤씨 坡平尹氏	부인이오 夫人	부원군은 府院君	누구든고
파평사람 坡平	지임이라 之任	이때가	어느땐가
기묘사화 己卯士禍	야단일세 惹端	명현열사 名賢烈士	죽일때라
조정암 趙靜庵	이음애는 李陰崖	철망으로 鐵網	얼거다가
금부에 禁府	고혼되고 孤魂	이선봉	조회곡은

---

326) 중종대왕 : 1488~1544, 재위 1506~1544. 조선조 제11대왕, 이름은 역(懌), 자는
낙천(樂天), 성종의 둘째 아들, 연산군의 동생. 어머니는 정현왕후 윤씨, 비는 좌
의정 거창 신수근(愼守勤)의 따님, 단경왕후(端敬王后), 제1계비는 영돈녕부사 윤
여필(尹汝弼)의 따님인 장경왕후(章敬王后), 제2계비는 영돈녕부사 윤지임(尹之
任)의 따님인 문정(文定)왕후, 중종은 반정(反正)하여 개혁도 많이 했지만 가장 사
화와 정변이 많았던 임금이며 문헌 발간 등 쇄신도 많았다. 왕비 세 사람에게서 9
남 11녀가 태어났다. 능은 서울시 강남구 삼성동에 있는 정릉(靖陵)이다.

327) 파평 윤여필(尹汝弼) : 중종 계비 장경왕후(章敬王后)의 부친(1466~1555) 정국공
신(靖國功臣)이며 판돈녕부사, 을사사화(乙巳士禍) 때 밀려났다가 명종 6년에 풀
려났다. 시호는 정헌(靖憲)이다.

328) 지임(之任) : 윤지임(尹之任 ; 1475~1534) 중종 셋째 계비 문정(文正)왕후의 부친
파산(坡山)부원군, 자는 중경(重卿) 벼슬은 영돈녕부사, 시호는 정평(靖平)이다.

329) 기묘사화(己卯士禍) : 조선조 중종 14년(1519)에 남곤(南袞), 심정(沈貞) 1파가 당
시 신진세력이며 성리학자인 조광조(趙光祖) 일당들을 "주초위왕(走肖爲王)"이라

부인무덤   거기있다   중종대왕[326]   반정하여

병인년에   등극하니   그왕비는   뉘시던가

기창신씨   부인이요   부원군은   뉘시던가

거창사람   신수근이   둘째왕비   뉘시던가

파평[327]윤씨   부인이오   부원군운   뉘시던가

파평사람   윤여필이   셋째왕비   뉘시던가

파평윤씨   부인이오   부원군은   누구던가

파평사람   지임[328]이라   이때가   어느땐가

기묘사화[329]   야단일세   명현열사[330]   죽일때라

조정암[331]   이음애[332]는   철망으로   얽어다가

금부에서   죽어갔고   이선봉   조회곡[333]은

는 날조극을 꾸며서 세력을 뒤집고 몰살시킨 비극, 조선조에는 무오사화(戊午士禍), 갑자(甲子)사화, 기묘(己卯)사화, 을사(乙巳)사화 등이 대표적 사화, 비극으로서 서로 치고받고 하면서 9족까지 멸했으니 망하지 않을 수가 없었고 그 악풍은 지금도 벌어지고 있다.

330) 명현열사(名賢烈士) : 어진 사람과 이름난 절개인들. 조광조 일파를 말함.

331) 조정암(趙靜庵) : 조광조(趙光祖 ; 1482~1519)의 호이며 자는 효직(孝直) 중종 때의 성리학자요, 개혁파 신진 정치가로 한때 집권하여 훈구파(勳旧派)를 몰아냈으나 기묘사화(1519) 때 남곤 심정 1파에게 쫓겨나서 사사당했다. 뒤에 영의정에 추증되고 동방사현(東方四賢)이라고 칭송 받았다.

332) 이음애(李陰崖) : 이자(李耔 ; 1480~1533)의 호, 자는 차야(次野), 음애(陰崖)라는 호도 있다. 중종 때 명현으로 벼슬은 우참찬(右參贊)이었고 조광조와 함께 기묘사화를 만나 충주로 귀양갔다가 거기서 죽었다.

333) 이선봉, 조회곡 : 이들은 기묘사화 때 국문(고문)으로 맞아 죽은 이자(李耔)와 조광조(趙光祖)의 일가붙이로 보인다. 조선조에서 국청이 열렸다하면 죄없는 무수한 인명들이 장살되거나 불에 낙인돼 죽었다.

철퇴에 鐵槌　　마자죽고　　그리자　　여러명현 名賢

천리원정 千里遠程　　정배가서 定配　　배소에서 配所　　죽었도다

지금까지　　신원못해 伸寃　　충혼열백 忠魂烈魄　　싸인혼이 魂

태산같이 泰山　　높아있고　　하해같이 河海　　깊었도다

이것이　　웬일인고　　골육상쟁 骨肉相爭　　우리나라

부자형제 父子兄弟　　숙질간에 叔姪間　　서로죽여　　참혹커든 慘酷

하물며　　군신간에 君臣間　　남남끼리　　서로모여

임금이나　　신하이나 臣下　　존비귀천 尊卑貴賤　　차려놓고

올은말　　하난신하 臣下　　역률로 逆律　　다사리고

고든말　　하난신하 臣下　　삭탈관직 削奪官職　　하난구나

기묘사화 己卯士禍　　볼작시면　　참혹하고 慘酷　　가련하다 可憐

한나라 漢　　환영때도 桓靈　　사화가 士禍　　이러나서

두밀왕장 杜密王壯　　맹빈등도 孟賓等　　원통하게 冤痛　　죽었으니

임금이　　불명하여 不明　　환자화가 宦者禍　　이러나서

---

334) 신원(伸寃) : 맺힌 원한을 푸는 일. 무고한 죄가 밝혀져 신분이나 직책이 회복됨.
335) 충혼열백(忠魂烈魄) : 나라에 충성스러운 넋과 맵게 지조를 지킨 얼.
336) 역률(逆律) : 역적을 다스리는 법률.
337) 삭탈관직(削奪官職) : 벌로 관직을 빼앗고 대개는 유배나 사형에 처했다.

철퇴에	맞아죽고	그러자	여려명현
천리먼곳	귀양가서	유배지에서 流配地	죽어갔고
지금까지	신원[334]못해	충혼열백[335]	쌓인혼이
태산같이	높아있고	하해같이	깊었구나
이것이	웬일인고	골육상쟁	우리나라
부자형제	숙질간에	서로죽여	참혹커든
거기에다	군신간에	남남끼리	서로모여
임금이나	신하간에	백성차별	차려놓고
옳은말	하는신하	역률[336]로	다스리며
곧은말	하는신하	삭탈관직[337]	하는구나
기묘사화	불량이면	참혹하고	가련하다
한나라[338]	환령때도	사화가	일어나서
두밀왕장	맹빈[339]등도	원통하게	죽었듯이
임금이	밝지못해	환자화[340]가	일어나서

---

338) 한(漢)나라 환령(桓靈) : 중국 고대 한나라의 환제(桓帝)와 영제(靈帝) 때
 (147~188) 왕권농락에 따른 살상사건.
339) 두밀(杜密), 왕장(王壯), 맹빈(孟賓) : 이들은 중국 한나라 환제와 영제 때 벼슬한
 사람들로 환자화(宦者禍) 때 원통하게 죽었다 한다. 맹빈은 미상인물인데 일부 필
 사본에서는 "왕장, 맹빈" 부분이 "장영비도"라고 되어 있다.
340) 환자화(宦者禍) : 중국 한나라 환제 때 일어났던 환관들의 변란. 이때 환제의 비인
 두태후(竇太后)가 집권했었다.

국가가 망케되니 임금의 탓이로다
國家 亡

자고급금 두고보면 환자소인 인연하여
自古及今 宦者小人 因緣

참혹하게 죽난 것은 중종대왕 불민하여
慘酷 中宗大王 不敏

환자에게 혹한일과 소인에게 속난일을
宦者 惑 小人

역역히 생각하니 팔년정사 하난것이
歷歷 八年政事

명현만 죽엿도다 슬푸다 세월이여
名賢 歲月

국상이 또나섯다 갑진년 십이월에
國喪 甲辰年 十二月

중종대왕 승하하니 춘추가 얼마신고
中宗大王 昇遐 春秋

오십칠이 분명하다 광주땅 이십리에
五十七 分明 廣州 二十里

정능이 그능이요 그왕비 신씨능은
靖陵 陵 王妃 愼氏陵

양주땅 삼십리에 온능이 그능이라
楊州 三十里 溫陵 陵

둘째왕비 윤씨능은 고양땅 이십리에
王妃 尹氏陵 高陽 二十里

히능이 그능이오 셋째왕비 윤씨능은
禧陵 陵 王妃 尹氏陵

양주땅 삼십리에 태능이 그능이라
楊州 三十里 泰陵

인종대왕 등극하니 그왕비는 누시든고
仁宗大王 登極 王妃

---

341) 팔년정사(八年政事) : 중종이 등극하여 처음 8년간은 조광조(趙光祖) 등 신진세력
    을 얻어 반정(反正)했는데 이때를 말한듯하다.
342) 갑진년(甲辰年) : 중종이 승하한 1544년(중종 39년)이며 이 해 12월에 돌아갔으
    니 춘추는 57세. 재위는 39년간. 능은 서울시 강남구 삼성동에 있는 정릉(靖陵)이
    며 왕비 신씨 능은 경기도 양주시 장흥면 일영리에 있는 온릉(溫陵)이며, 둘째 왕

국가가　　　　망케되니　　　　임금의　　　　탓이로다

예부터　　　　두고보면　　　　환관소인　　　　탓이되어

참혹하게　　　죽는것은　　　　중종대왕　　　　밝지못해

환관에게　　　혹한일과　　　　소인배에　　　　속는일을

역력히　　　　생각하니　　　　팔년정사[341]　　한다는게

명현들만　　　죽였구나　　　　슬프다　　　　　세월이여

국상이　　　　또나셨다　　　　갑진년[342]　　　십이월에

중종대왕　　　승하하니　　　　춘추가　　　　　얼마신고

오십칠이　　　분명하다　　　　광주땅　　　　　이십리에

정릉이　　　　그능이오　　　　그왕비　　　　　신씨능은

양주땅　　　　삼십리에　　　　온릉이　　　　　그능이네

둘째왕비　　　윤씨능은　　　　고양땅　　　　　이십리에

희릉이　　　　그능이오　　　　세째왕비　　　　윤씨능은

양주땅　　　　삼십리에　　　　태릉이　　　　　그능이네

인종[343]대왕　등극하니　　　　그왕비는　　　　뉘시던가

　　비(계비) 윤씨 능은 고양군 덕양구 원당동에 있는 희릉(禧陵)이며 셋째 왕비 윤씨
　　능은 서울시 노원구 공릉동에 있는 태릉(泰陵)이다.
343) 인종(仁宗) : 조선조 12대왕(1515~1545, 재위 1544~1545) 휘는 호(峼), 자는 천
　　윤(天胤) 시호는 영정(榮靖), 재위 8개월 만에 승하했고 왕비는 인성왕후(仁聖王后)
　　박씨이다. 능은 고양시 덕양구 원당동에 있는 효릉(孝陵)이며 왕비도 한 능이다.

라주박씨 부인이오 부원군은 누시던가
羅州朴氏 夫人 府院君

라주사람 박용이라 슬푸다 국가이여
羅州 朴墉 國家

인종대왕 사기보소 갑진년에 등극하여
仁宗大王 史記 甲辰年 登極

을사년 칠월달에 삼십일에 승하하니
乙巳年 七月 三十一 昇遐

정치난 고사하고 청춘이 앗갑도다
政治 姑捨 青春

고양땅 삼십리에 인종능은 효능이라
高陽 三十里 仁宗陵 孝陵

왕비능도 한능이라 명종대왕 등극하니
王妃陵 陵 明宗大王 登極

그왕비는 뉘시든고 청송심씨 부인이오
王妃 青松沈氏 夫人

부원군은 누구든고 청송사람 심강이라
府院君 青松 沈鋼

명종대왕 등극후에 삼년을 우환으로
明宗大王 登極後 三年 憂患

정사를 못하시고 부원군이 섭정하니
政事 府院君 攝政

조정에 칭원있고 백성은 도탄이라
朝廷 稱冤 百姓 塗炭

국운이 어떻런지 국상만 자조난다
國運 國喪

정묘년 유월달에 명종대왕 승하하니
丁卯年 六月 明宗大王 昇遐

춘추가 얼마신가 삼십사가 분명하다
春秋 三十四 分明

---

344) 명종대왕(明宗大王) : 조선조 13대왕(1534~1567, 재위 1545~1567) 휘는 환(峘),
    자는 대양(對陽), 중종의 둘째 아들이며 인종의 아우. 12세에 등극하여 모후인 문
    정왕후(文定王后)가 수렴청정하면서 외척전횡의 시대가 벌어졌고, 외숙인 윤원형
    (尹元衡)과 인종의 어머니의 동생인 윤임(尹任)이 소위 대윤(大尹)과 소윤(小尹)으

나주박씨	부인이오	부원군은	뉘시던가
나주사람	박용이라	슬프다	국운이여
인종대왕	사기보소	갑진년에	등극하여
을사년	칠월달에	삼십일에	승하하니
정치는	고사하고	청춘이	아깝구나
고양땅	삼십리에	인종능은	효릉이고
왕비능도	한능이라	명종대왕[344]	등극하니
그왕비는	뉘시던가	청송심씨	부인이오
부원군은	누구던가	청송사람	심강이라
명종대왕	등극후에	삼년을	병을앓아
정치는	못하시고	부원군이	섭정하니
조정에	원망많고	백성은	곤궁해져
나라운이	왜이런지	국상만	자주난다
정묘년	유월달에	명종대왕	승하하니
춘추가	얼마던가	삼십사가	분명하다

로 분파되어 치고박고 하다가 대윤파가 을사사화(乙巳士禍)를 일으켜서 천하가 난장판이 되었다. 비는 청송(靑松) 심강(沈鋼)의 따님인 인순왕후(仁順王后)이며 명종은 병환과 난세를 겪다가 34세로 승하하니, 능은 서울 노원구 공릉동에 있는 강릉(康陵)이며 왕비도 한 능이다.

양주땅　　　이십리　　　강능이　　　그능이요
楊州　　　　二十里　　　康陵　　　　陵

왕비능도　　한능이라　　어찌하야　　우리국가
王妃陵　　　陵　　　　　　　　　　　　國家

수하시니　　그리없오　　선조대왕　　등극하니
壽　　　　　　　　　　　宣祖大王　　登極

그왕비는　　누시던고　　라주박씨　　부인이오
王妃　　　　　　　　　羅州朴氏　　夫人

부원군은　　누시든고　　라주사람　　응순이라
府院君　　　　　　　　羅州　　　　應順

둘째왕비　　누시든고　　연안김씨　　부인이오
王妃　　　　　　　　　延安金氏　　夫人

부원군은　　누시든고　　연안사람　　제남이라
府院君　　　　　　　　延安　　　　悌男

국운은　　　침체하나　　충신열사　　극성하다
國運　　　　沈滯　　　　忠臣烈士　　極盛

선치는　　　못하시되　　백성은　　　무사터니
善治　　　　　　　　　百姓　　　　無事

이때가　　　어는땐가　　임진년　　　삼월이라
　　　　　　　　　　　壬辰年　　　三月

국운이　　　쇠진한가　　백성이　　　불행턴가
國運　　　　衰盡　　　　百姓　　　　不幸

난리가　　　나난구나　　난리는　　　어대난나
亂離　　　　　　　　　亂離

일본서　　　나온난리　　삼조팔억　　다나온다
日本　　　　　　亂離　　三兆八億

대장군은　　누구든가　　소서와　　　청정이라
大將軍　　　　　　　　小西　　　　淸正

---

345) 선조대왕(宣祖大王) : 조선조 14대왕(1552~1608, 재위 1568~1608) 휘는 균(鈞)
　　또는 연(昖) 시호는 소경(昭敬), 중종의 7남인 덕흥대원군(德興大院君)의 제3자로
　　하성군(河城君)에 봉해졌다가 명종이 승하하자 등극 비는 의인왕후(懿仁王后). 나
　　주 박씨, 둘째 왕비는 인목왕비(仁穆王妃) 김씨, 선조는 등극 후 이퇴계(李退溪),
　　이율곡(李栗谷) 등 명사들을 등용하여 문헌발간 등 문화정책에 힘썼으나 동서의
　　분당이 극심하여 나라는 위태한데다가 일본이 쳐들어와 1592년 3월에 임진왜란
　　이 일어나서 국토는 쑥밭이 되었다.
346) 삼조팔억(三兆八億) : 숙어 미상. 글 뜻으로 보아 "온갖 족속 모두의 왜족"이란 뜻

양주땅	이십리에	강릉이	그능이오
왕비능도	한능이다	어찌하여	우리임금
오래산 이	그리없나	선조대왕[345]	등극하니
그왕비는	뉘시던가	나주박씨	부인이오
부원군은	뉘시던가	나주사람	응순이라
둘째왕비	뉘시던가	연안김씨	부인이오
부원군은	뉘시던가	연안사람	제남이라
나라운이	침체하나	충신열사	많이나와
선치는	못하시되	백성은	무사터니
이때가	어느땐가	임진년	삼월이라
나라운이	끝나던가	백성이	불행턴가
난리가	나는구나	난리는	어디났나
일본에서	나온난리	삼조팔억[346]	다나온다
대장군은	누구던가	소서[347]와	청정[348]이라

으로 간주함. 삼조(三兆)란 원뜻은 전욱(顓頊)의 옥점(玉非) 요제(堯帝)의 기와점(瓦非), 주(周)의 들, 발점(原非) 등 세 번의 점괘란 뜻이고, 팔억(八億)은 억조창생이란 뜻으로 쓴듯하다.

347) 소서(小西) : 소서행장(小西行長 ; 고니시유끼나가, 당시 조선 민간 설화에서는 "쇠섭"이라 불렀음. 임진란 때 왜군의 사령관, 부산에 상륙하여 서쪽을 맡아 평양까지 진격했다가 퇴각함.

348) 청정(淸正) : 가등청정(加藤淸正 ; 가또기요마사) 임진왜란 때 왜군의 사령관. 동쪽으로 진격하여 함경북도까지 진격했다가 격퇴당했다.

중군장은 中軍將	누구든가	한아복과 漢我服	성정노다 成終奴
모사는 謀士	누구든가	평수길이 平秀吉	제일이라 第一
성종로와 成終奴	한아복은 漢我服	백만군병 百萬軍兵	거나리고
동래서 東萊	하륙하야 下陸	언양양산 彦陽梁山	소멸하고 消滅
진주로 晋州	들어가서	단성지경 丹城地境	도륙하고 屠戮
촉석루 矗石樓	좌정하니 坐定	조선장사 朝鮮壯士	삼장사가 三壯士
누구누구	삼장산고 三壯士	김성일 金誠一	유천일과 柳天日
최경회 崔慶會	세사람이	그때의	삼장사라 三壯士
삼장사의 三壯士	거동보소 擧動	진주를 晋州	보전타가 保全
왜진에 倭陳	싸엿거늘	사면을 四面	도라보니
천병만마 千兵萬馬	뒤끓는데	무삼재조	그리있어

349) 한아복(漢我服)과 성종노(成終奴) : 임진왜란 때 왜군의 중군장(中軍將)으로 둘 다 진주(晋州)로 진격했다가 논개(論介)에게 끌려서 물속에 빠져 죽었다고 했는데 그때 진주로 진격했다가 죽은 왜장은 모곡촌문조(毛谷村文助 ; 게야무라후미스께)였다.

350) 평수길(平秀吉) : 임진왜란을 총 지휘한 일본의 장수(1536~1598) 원 성명은 풍신수길(豊臣秀吉 ; 도요도미히데요시) 일본의 막부 오다노부나가(織田信長)의 부하 무관으로 있다가 '오다'가 죽자 그 유업을 계승하여 전국을 통일한 뒤 임진년(1592)과 정유년(1596) 두 차례나 조선을 침공하다가 죽었다. 임진왜란은 1598년 풍신수길이 죽자 왜군이 퇴각하면서 끝났으나 국토와 민생은 말이 아니었다.

351) 도륙(屠戮) : 무찔러 죽여버림.

352) 촉석루(矗石樓) : 진주시 본성동 남강가에 있는 누각 경남문화자료 제8호 고려말의 진주성의 일부이나 논개(論介)의 충절사건으로 유명해졌다.

353) 삼장사(三壯士) : 임진왜란 때 진주(晋州) 싸움 3장사는, 김천일(金千鎰 ; 1539~1593), 최경회(崔慶會 ; 1532~1593), 황진(黃進 ; ?~1593)이니 김성일(金誠一)과 유천일(柳天日)은 잘못된 기술이다.
　*학봉(鶴峰) 김성일(金誠一)은 오히려 임진왜란을 불러 일으킨 민족의 원수짓을 한 이퇴계의 문하생인데, 이 가사에서는 잘못 등장시키고 있다.(주 385 참조)

중군장은　　　누구던가　　　한아복과　　　성종노[349]다

모사는　　　　누구던가　　　평수길[350]이　　제일이라

성종노와　　　한아복은　　　백만군병　　　거느리고

동래서　　　　하륙하여　　　언양양산　　　토벌하고

진주로　　　　들어가서　　　단성지경　　　도륙[351]하고

촉석루[352]　　좌정하니　　　조선장사　　　3장사[353]가

누구누구　　　3장사뇨　　　김성일　　　　유천일과

최경회[354]　　세사람이　　　그때의　　　　삼장사라

삼장사의　　　거동보소　　　진주를　　　　보전타가

왜진에　　　　싸였거늘　　　사면을　　　　돌아보니

천병만마　　　뒤끓는데　　　무슨재주　　　그리있어

---

354) *김천일 : 임진란 때 의병장. 자는 사중(士重), 호는 건재(健齋) 본관은 언양(彦陽), 임진왜란이 일자 부사(府使)를 그만두고 의병을 일으켜 수원, 강화, 양화도 등에서 크게 이기고, 진주싸움에서는 적에게 몰려 세 부족으로 최경회, 황진과 함께 남강물에 몸을 던져 순사(殉死)한 3장사의 한 사람. 시호는 충장(忠壯).
*최경회 : 조선의 무신, 자는 선우(善遇), 호는 삼계(三溪), 본관은 해주(海州) 고경명(高敬命)이 의병을 일으켜 왜병과 싸우자 의병을 일으켜 금산(錦山) 무주(茂朱) 등지에서 왜병과 싸워 크게 이기니 선조께서 듣고 경상우병사(慶尙右兵使)에 임명하고 이어 진주에서 싸우다가 왜병에게 몰려서 항복하느니 남강물에다 몸을 던졌던 3장사의 한 사람. 시호는 충의(忠毅).
*황진(黃進) : 선조 때의 무관. 3장사의 한 사람. 자는 명보(明甫) 본관은 장수(長水) 황희(黃喜)의 5대손. 힘이 세고 날랬으며 무과에 급제하고 동복현감(同福縣監 ; 전남 화순)을 지내다가 왜란이 일자 수원, 상주 등지에서 왜군을 격퇴시키고 진주에 진격하여 진주성을 사수하다가 왜군에 밀려서 적탄에 맞아 죽었다.(일설에는 자결했다고 했다.) 선조께서는 고향에 정문을 세우고 창렬(彰烈)이라는 판액을 내렸고 김천일(金千鎰), 최경회(崔慶會) 등과 함께 사당에 모셨다.

날고기난　　저장수를（將帥）　　서이들어　　이길손가
할수없시　　하난말이　　　　　　우리서이　　장사로대（將士）
항복하기（降服）　원통하야（怨痛）　죽기로　　　작정하니（作定）
국사로（國事）　죽난것이　　　　　죽어도　　　당당하다（堂堂）
술잔을（盞）　서로들고　　　　　　한잔식（盞）　마신후에（後）
글두귀를（句）　지었으니　　　　　그글에　　　하였으되

촉석루상삼장사
矗石樓上三壯士
일배소지장강수
一盃笑指長江水

장강만리유도도
長江萬里流滔滔
파불류혜혼불수
波不流兮魂不收

그글을　　　지어놓고　　　　　　장사서이（壯士）　죽었엇네

논개는（論介）　누구든가　　　　　진주기생（晋州妓生）　논개로다（論介）
최경회의（崔慶會）　첩이되여（妾）　절개있게（節介）　섬기드니
최경회（崔慶會）　죽은후에（後）　　열기만（烈氣）　남앗구나
이때마참　　왜장들이（倭將）　　　촉석루에（矗碩樓）　모여앉아
논개의（論介）　인물들고（人物）　논개를（論介）　불러드려
술을먹고　　춤을출제　　　　　　논개의（論介）　거동보소（擧動）

---

355) 삼장사 시귀풀이 :
　　　"촉석루 위 세 장사는
　　　한잔 들고 긴 강을 웃으며 손짓하네
　　　긴 강물 거침없이 흐르고 흘러가서
　　　물결은 멈추어도 혼백만은 걷지 마라."

날고기는　　저장수를　　셋이들어　　이길손가

할수없이　　하는말이　　우리셋이　　장사로되

항복하기　　원통하여　　죽기로　　　작정하니

나라일로　　죽는것이　　죽어도　　　당당하다

술잔을　　　서로들고　　한잔씩　　　마신후에

글두귀를　　지었으니　　그글에　　　하였으되

　　　촉석루상삼장사[355]　　　일배소지장강수

　　　장강만리유도도　　　　파불류혜혼불수

그글을　　　지어놓고　　장사셋이　　죽었었네

논개[356]는　누구던가　　진주기생　　논개로다

최경회의　　첩이되어　　절개있게　　섬기더니

최경회　　　죽은후에　　애국심만　　남았구나

이때마침　　왜장들이　　촉석루에　　모여앉아

논개의　　　인물듣고　　논개를　　　불러들여

술을먹고　　춤을출제　　논개의　　　행동보소

---

356) 논개(論介) : 임진왜란 때의 의기(義妓)로 성은 주(朱) ?~1593, 장수(長水) 출신 경상우도병마절도사이며 3장사의 한 사람인 최경회(崔慶會)의 첩(일설은 후처) 왜병에게 몰리어 삼장사가 자결한 직후 촉석루에서 왜의 장수에게 술을 따르다가 춤을 추자하고는 끌어안고 남강물에 함께 빠져 죽은 충절의 여인이다.

한손은 종로잡고(終奴)
서이서로 손길잡고
만경창파(萬頃蒼波) 저강물에(江)
내천자로(川字) 누었으니
두장사의(壯士) 거동보소(擧動)
물결을 밀치고서

논개의(論介) 거동보소(擧動)
이를갈고 하난말이
서이함께 죽었으니
범잡은 저장사를(壯士)
두장사를(壯士) 안고죽네
일개기생(一個妓生) 한몸으로
일변은(一邊) 가장위해(家長)
수중고혼(水中孤魂) 되었으니
곽망우당(郭忘憂堂) 장약보소(將略)

한손은 아복잡고(我服)
난간으로(欄干) 돌아갈제
아조서이 풍덩빠저
성조로와(成終奴) 한아복이(漢我服)
몸을떨처 소슬라구
머리를 들고서니

두리손길 점점잡고
죽기전에(前) 못노리라
충열마음(忠烈) 아니오면
섬섬약질(纖纖弱質) 아녀자가(兒女子)
장하도다(壯) 저기생이(妓生)
일변은(一邊) 위국하고(爲國)
이팔청춘(二八靑春) 좋은시절(時節)
열여충신(烈女忠臣) 겸햇도다(兼)
이만군병(二萬軍兵) 거나리고

---

357) 성종노(成終奴)와 한아복(漢我服) : 이들은 왜병의 장수인데, 실제로 논개가 안고
　　빠져 죽은 왜장은 게야무라후미스께(毛谷村文助)였다.
358) 내천자(川字) : 논개가 두 왜장을 양옆에 끼고 죽은 모양을 말함.
359) 섬섬약질(纖纖弱質) : 섬섬은 부드럽고 가느다란 여자의 손. 약질은 약한 체질.

한손은 종노잡고

셋이서로 손길잡고

만경창파 저강물에

내천자[358]로 누웠으니

두장사의 거동보소

물결을 밀치고서

논개의 거동보소

이를갈고 하는말이

셋이함께 죽었으니

범잡은 저장사를

두장사를 안고죽네

일개기생 한몸으로

일변은 남군위해

수중고혼 되었으니

곽망우당[360] 전략보소

한손은 아복[357]잡고

난간으로 돌아갈제

아주셋이 풍덩빠져

성종노와 한야복이

몸을떨쳐 솟으려고

머리를 들고서니

둘의손길 점점잡고

죽기전엔 못놓리라

충렬마음 아니오면

섬섬약질[359] 아녀자가

장하도다 저기생이

일변은 애국하고

이팔청춘 좋은시절

열녀충신 겸했도다

이만군병 거느리고

---

360) 곽망우당(郭忘憂堂) : 곽재우(郭再祐 ; 1552~1617)의 호. 자는 계수(季綏), 속칭
　　하늘에서 내려온 붉은 옷장군(天降紅衣將軍) 임진왜란 때 분연히 떨쳐 일어나 의
　　병을 모집하여 왜병과 싸워 연승하여 공훈이 컸고, 시호는 충익(忠翼)이며 전기
　　「곽재우전」이 유명하다.

화왕산에(火旺山) 진을치고(陣) 왜진을(倭陣) 막을라고
성포성에 불을노아 수천병(數千兵) 죽였으니
그장약이(將略) 오작한가 장할시고(壯) 조중봉은(趙重峯)
오십기를(五十騎) 거나리고 금산대에(錦山臺) 진을치고(陣)
용맹있난(勇猛) 신장사는(申壯士) 육천병마(六千兵馬) 거나리고
탄금대에(彈琴臺) 진을치고(陣) 의사많은(義士) 권화산은(權花山)
사천병을(四千兵) 거나리고 치산개에 진을치고(陣)
충성있난(忠誠) 정경세난(鄭經世) 육천병을(六千兵) 거나리고
상산읍내(尙山邑內) 진을치고(陣) 재조있난 마하백은(麻夏帛)
삼천병마(三千兵馬) 거나리고 남한산성(南漢山城) 진을치고(陣)

---

361) 화왕산(火旺山) : 경남 창원에 있는 산. 높이 757m로 험해서 왜병이 정유재침(丁酉再侵) 때 곽재겸(郭再謙), 곽재우 형제가 왜군을 대파한 전적지.

362) 성포성 : 정읍의 고부(古阜)에 있던 성포(聲浦)의 성인듯하다. 한 필사본에서는 성화성(城火城)이라 했다.

363) 조중봉(趙重峰) : 조헌(趙憲 ; 1544~1592)의 호이며 자는 여식(汝式), 백천(白川) 사람, 전라도 도사(都事)로 정치의 득실을 상소하다가 함경도 길주(吉州)로 귀양 갔다가 풀려나서는 임진란 때 승장(僧將) 영규(靈圭)와 의병을 합류하여 싸우다가 충남 금산(錦山)에서 전사했다. 표충사(表忠祠)에 배향됨.

364) 금산대(錦山臺) : 충남 금산에 있는 대각. 충혼을 기념하는 의총(義塚)이 있다함.

365) 신장사(申壯士) : 신립(申砬 ; 1546~1592) 장군이고, 자는 입지(立之), 본관은 평산(平山), 진주목사, 북병사(北兵使)를 거쳐 임진왜란 때는 도순변사(都巡邊使)로 충주 탄금대(彈琴臺)에서 왜장 고니시유끼나가(小西行長 ; 조선 사람들은 "소섭"이라 했다)와 대결하다가 전사하였다. 후에 영의정을 증직받고 충장(忠壯)의 시호가 내려졌다.

화왕산[361]에   진을치고   왜진을   막으려고

성포성[362]에   불을놓아   수천병   죽였으니

그장략이   오죽한가   장할시고   조중봉[363]은

오십기를   거느리고   금산대[364]에   진을치고

용맹있는   신장사[365]는   육천병마   거느리고

탄금대에   진을치고   의병많은   권화산[366]은

사천병력   거느리고   치산개에   진을치고

충성있는   정경세[367]는   육천병을   거느리고

상산[368]읍내   진을치고   재주있는   마하백[369]은

삼천병마   거느리고   남한산성[370] · 진을치고

---

366) 권화산(權花山) : 권응수(權應銖 ; 1546~1608)의 호이며 백운재(白雲齋)라고도
    호했고 의병장수로 임진왜란 때 큰 공을 세웠다. 방어사, 오위도총관 등을 역임하
    고 화산군(花山君)에 봉해졌다.
367) 정경세(鄭經世) : 조선 인조, 선조 때의 성리학자(1563~1633). 자는 경임(景任),
    호는 우복당(愚伏堂), 본관은 진주(晋州), 좌승지, 경상도 관찰사, 이조판서 대제
    학 역임. 임진왜란 뒤 복구하는 일에 전력하여 공로가 컸다. 시호는 문장(文莊).
368) 상산(尙山) : 경상북도 상주(尙州).
369) 마하백(麻夏帛) : 한 사본에서는 마하백(馬夏栢)으로 표기되고 있는데, 상고컨대
    이순신장군을 도와 명량대전(鳴梁大戰)에서 분투했던 마하수(馬河秀 ; ?~1598)가
    아닌가 생각된다. 그는 임진왜란 때 의병을 일으켜 두 아들과 명량대전 등에서 두
    아들과 함께 싸우다가 전사했다. 자는 선천(先天), 호는 단촌(丹村), 본관은 장흥,
    직책은 주공주부(鑄工主簿)였다.
370) 남한산성(南漢山城) : 경기도 성남에 있는 현 도립공원인데 이 대목은 이치에 맞
    지 않는다. 마하수는 주로 노량대전(露梁大戰)과 명량해전(鳴梁海戰)에서 활약했
    다. 한 필사본에서는 이 대목을 "세마산성(細馬山城)이라고 했는데 이 기록도 미
    심한 점이 많다.

충무대장 忠武大將	이순신은 李舜臣	거북선을 船	모아타고
세류강에 細柳江	잡아두고	죽기모른	김선원은 金仙源
화약고에 火藥庫	불지르고	육도삼약 六韜三略	허봉이는 許篈
길남장군 吉南將軍	되어있고	활잘쏘는	손무사는 孫武士
삼천병마 三千兵馬	거나리고	임진강을 臨津江	막아있고
관운장의 關雲長	호령보소 號令	몇천년을 千年	지났으되
신병을 神兵	거나리고	왜병을 倭兵	거처내니
왜장의 倭將	거동보소 擧動	안보이난	장사나서 壯士
인명을 人命	살해하니 殺害	이것이	신병이라 神兵
즉시에 卽時	백마잡아 白馬	군중에 軍中	피뿌리니
사불범정 邪不犯正	이아닌가	신병이 神兵	다라난다

---

371) 충무대장(忠武大將) : 성웅(聖雄) 충무공 이순신장군(李舜臣將軍 ; 1545~1598) 자는 여해(汝諧), 본관은 덕수(德水)로 우리 민족의 횃불이요 구세주. 임진왜란을 승리로 이끈 충무공.

372) 세류강(細柳江) : 노래의 내용으로 보아 여수만이나 섬진강을 말하는 듯.

373) 김선원(金仙源) : 김상용(金尙容 ; 1561~1637)의 호. 자는 경택(景擇), 대사헌, 형조판서, 우의정 등을 역임하고 병자호란(1636~1637) 때 강화성이 함락 직전 화약으로 자폭했다. 시호는 문충(文忠), 김상용은 임진왜란 때보다 병자호란 때 활동한 인물이다.

374) 육도삼략(六韜三略) : 중국 고대 병서(兵書)로 육도는 태공망(太公望)이 지었다하는 문도(文韜), 무도(武韜), 용도(龍韜), 호(虎)도, 표(豹)도, 견(犬)도의 여섯 가지요, 삼략은 황석공(黃石公)이 지었다고 하는 상, 중, 하 3권의 병략서.

375) 허봉(許篈) : 조선 명선(明宣) 연간의 문신 1551~1588. 자는 미숙(美叔), 호는 하곡(荷谷). 본관은 양천(陽川)「하곡집」, 「하곡쇄어」 등 저서가 있다. 허봉은 임진왜란 이전의 문신이니 이 대목은 허욱을 잘못 말한듯하다.

충무대장[371] 이순신은	거북선을	모아타고
세류강[372]에	잡아두고	죽음모른	김선원[373]은
화약고에	불지르고	육도삼략[374]	허봉[375]이는
길남장군[376]	되어있고	활잘쏘는	손무사[377]는
삼천병마	거느리고	임진강을	막아있고
관운장의	호령[378]보소	몇천년을	지났으되
신병을	거느리고	왜병을	짓쳐내니
왜장의	거동보소	안보이는	장사나서
인명을	살해하니	이것이	신병이라
즉시에	백마잡아	군중에	피뿌리니
사불범정[379]	이아닌가	신병이	달아난다

---

*허욱(許頊 ; 1548~1618) 조선 중기의 명신이며 자는 공신(公愼) 호는 부훤(負暄) 본관은 양천, 호서관찰사로 있으면서 임진왜란 때 굶주린 백성을 위하여 왕명으로 명나라에 가서 구호미를 얻어왔다. 시호는 정목(貞穆).

376) 길남장군(吉南將軍) : 분명치 않다. 아마 허욱(許頊)을 말한듯 한데, 한 필사본에서는 "진남장군(鎭南將軍)으로 표기되어 있다.

377) 손무사(孫武士) : 손인갑(孫仁甲 ; ?~1592)을 말하는 듯하다. 손인갑은 조선 중기의 무신이요, 의병장으로 본관은 밀양(密陽). 훈련원 첨정을 지내다가 임진란 때 합천에서 의병을 일으켜 정인홍(鄭仁弘)의 의병부대와 합류하여 합천과 무계에서 왜병을 크게 무찌르고 초계의 마진(馬津)전투 때는 특출한 전술을 구사했고 낙동강을 항해하던 왜의 선단을 추격하다가 전사했다. 뒤에 병조판서에 추증되었다.

378) 관운장(關雲長)의 호령 : 관운장은 중국 고대 촉한(蜀漢)의 명장인 관우(關羽)의 자이고, 여기서 관우를 인용함은 그의 호령과 같은 드높은 고함, 즉 손인갑의 우뢰같은 호령소리를 대유한 것인 듯.

379) 사불범정(邪不犯正) : 사악한 것은 바른 것을 범하지 못한다는 숙어.

삼조팔억　　　많은군사　　　팔도에　　　　빈틈없이
三兆八億　　　　軍士　　　八道
곳곳이　　　　웨워싸서　　　쌈싸듯이　　　싸는구나

패하나니　　　조선이요　　　죽난것이　　　조선이라
敗　　　　　朝鮮　　　　　　　　　朝鮮
아모리　　　　생각한들　　　하난수가　　　전혀없다
　　　　　　　　　　　　　　　　　　　全

한양성중　　　도륙하니　　　선조대왕　　　거동보소
漢陽城中　　　屠戮　　　　宣祖大王　　　擧動
사직이　　　　위태하고　　　옥체가　　　　경각이라
社稷　　　　危殆　　　　玉體　　　　頃刻
옥쇄만　　　　품에품고　　　말탈여가　　　전혀없어
玉璽　　　　　　　　　　餘暇　　　　全
홋몸으로　　　다라나니　　　대가파천　　　이아닌가
　　　　　　　　　　　　大駕播遷

남한산성　　　올라갈제　　　박한남의　　　등에업혀
南漢山城　　　　　　　　朴漢南
창망하게　　　다라날세　　　왜장의　　　　거동보소
悵惘　　　　　　　　　倭將　　　　擧動
활을메여　　　들어쏘니　　　박한남의　　　귀가마자
　　　　　　　　　　　　朴漢南

활촉끝에　　　떨어지니　　　장할시고　　　한남충성
鏃　　　　　　　　　　壯　　　　　漢南忠誠
충성있난　　　박한남아　　　용맹있난　　　박한남아
忠誠　　　　朴漢南　　　勇猛　　　　朴漢南
좌우로　　　　오난화살　　　빛살같이　　　들어오니
左右
한손으로　　　임금업고　　　한손으로　　　살을빼여

---

380) 삼조팔억(三兆八億) : 억조 창생 무리들. 즉 수많은 사람들.
381) 도륙(屠戮) : 모조리 죽여버림. 살륙함.
382) 경각(頃刻) : 순식간. 매우 위급함.
383) 대가파천(大駕播遷) : 대가는 임금이 탄 수레, 파천은 임금이 피난가다. 즉 임금이 탄
　　가마가 난을 피해 도망가는 일을 말함. 이때 선조는 백성을 버리고 평안북도 의주(義
　　州)까지 도망치듯 피난갔는데 삼공육경과 그 가족을 데리고 가는 몽진 길가에서 백
　　성들이 "우리를 버리고 어디로 가시나이까?"하고 무악재 넘어 길가에 엎드려 울부
　　짖었지만 저희들만 살겠다고 그냥 달아나 버렸다고 전한다.

삼조팔억[380]　　많은군사　　　　팔도에　　　　　빈틈없이

곳곳에　　　　에워싸서　　　　쌈싸듯이　　　　싸는구나

패하느니　　　조선이요　　　　죽는 것이　　　조선이라

아무리　　　　생각한들　　　　하는수가　　　　전혀없다

한양성중　　　도륙[381]하니　　선조대왕　　　　모양보소

사직이　　　　위태하고　　　　옥체가　　　　　경각[382]이라

옥새만　　　　품에품고　　　　말탈여가　　　　전혀없어

홀몸으로　　　달아나니　　　　대가파천[383]　　이아닌가

남한산성　　　올라갈제　　　　박한남[384]의　　등에업혀

창망하게　　　달아날제　　　　왜장의　　　　　거동보소

활을메어　　　들어쏘니　　　　박한남의　　　　귀가맞아

활촉끝에　　　떨어지니　　　　장할씨고　　　　한남충성

충성있는　　　박한남아　　　　용맹있는　　　　박한남아

좌우로　　　　오는화살　　　　빗살같이　　　　들어오니

한손으로　　　임금업고　　　　한손으로　　　　살을빼어

---

384) 박한남(朴漢南) : 미상의 인물이며, 이때 선조의 몽진(蒙塵)길을 호송하다 죽은 사
　　람은 박숭원(朴崇元 ; 1532~1593)이니 박숭원은 조선 중기의 문신으로 자는 상
　　화(尙和), 시호는 충정(忠靖)이고 본관은 밀양(密陽)이며 벼슬은 강원도 관찰사,
　　우부승지 등 역임하다가 임진왜란 때 선조를 모시고 피란가다가 병사하였다. 호
　　성공신(扈聖功臣)에 오르고 좌찬성에 추증되고 밀천군(密川君)에 봉해졌다.
　　그러나 이 대목에서는 병자호란과 혼동하여 기술하고 있다.

살을껵거 버렸으니 그용맹이 오작할가
　　　　　　　　　勇猛

이렇다시 위급할제 계책을 누가낼고
　　　危急　　　計策

학봉선생 김성일과 오성대감 이항복이
鶴峯先生 金誠一 鰲城大監 李恒福

두사람이 서로앉아 의론하야 하난말이
　　　　　　　議論

이러해서 아니될새 청병을 가자서라
　　　　　　　請兵

대국으로 청병가세 둘이동행 함께할새
大國　　　請兵　　　同行

압록강을 건너가서 칠백의 요동들에
鴨綠江　　　　七百　遼東

창망하게 들어갈제 저왜인의 거동보소
蒼茫　　　　　倭人　舉動

청병길을 막을라고 도로에 나렬하니
請兵　　　　道路　羅列

학봉오성 두사람이 군기하나 없었으니
鶴峯鰲城　　　軍器

적수공권 뿐이로다 살한대만 맞았으면
赤手空拳

별말없이 죽겠구나 낮으로난 산에숨고
　　　　　　　　　　山

밤으로 길을가니 이경상이 오작할까
　　　　　　景狀

---

385) 학봉선생 김성일(鶴峯 金誠一) : 조선 중기의 문신(1538~1593) 자는 사순(士純), 호가 학봉(鶴峰). 본관은 의성(義城) 이퇴계의 제자로 경사(經史)와 성리학엔 밝았으나 당시 야당이던 동인(東人)에 속해서 통신부사(通信副使)로 일본에 다녀와서 정사(正使)요, 동인(東人)인 황윤길(黃允吉)과는 반대의 보고를 함으로써 임진왜란이 일자 선조의 분노를 일으킨 민족 수난의 원흉적인 존재가 되었다. 그 허위보고의 책임문제로 중벌을 받을 뻔하다가 역시 이퇴계의 제자인 유성룡(柳成龍)의 변호로 특사되어 초유사(招諭使)의 직을 받고 의병을 모집하다가 임진 다음해에 진주에서 죽었다. 시호는 문충(文忠)이다. 학봉은 원병을 청하러 중국에 간 일이 없고 퇴계 문하생들의 비호로 겨우 목숨을 부지하다가 의병이 되어 진주에서 죽었다. 그러나 이 가사에서는 분수없이 과장하여 부각시켜서 거론하고 있으니 크게 잘못된 노래가사이다.

살을꺾어　　버렸으니　　그용맹이　　오죽할까

이렇듯이　　위급할제　　계책을　　　누가낼꼬

학봉선생　　김성일[385]과　　오성대감　　이항복[386]이

두사람이　　서로앉아　　의론하여　　하는말이

이리해서　　아니될세　　청원병을　　가야겠다

대국[387]으로　청병가세　　둘이동행　　함께할새

압록강을　　건너가서　　칠백리　　　요동들에

창망하게　　들어갈제　　저왜인의　　거동보소

청병길을　　막으려고　　도로에　　　나열하니

학봉오성　　두사람이　　군기하나　　없었으니

적수공권　　뿐이로다　　살한대만　　맞았으면

별말없이　　죽겠구나　　낮으로는　　산에숨고

밤으로　　　길을가니　　그정상이　　오죽할까

---

386) 오성대감 이항복(鰲城大監 李恒福) : 조선 선조 때의 대신이며 문인(1556~1618)
　　으로 자는 자상(子常), 호는 백사(白沙), 본관은 경주(慶州), 임진왜란 때 공로가
　　커서 오성군(鰲城君)에 봉해졌고, 임금을 보호하며 의주에 파천 갔고, 벼슬은 영
　　의정에 이르렀으며, 명나라의 원병을 적극 주장했고, 임진란이 끝난 뒤에는 이정
　　구(李廷龜)를 부사로 거느리고 명나라에 진주사로 다녀왔다.
　　*가사의 이항복 대목에서 학봉 김성일과 함께 명나라로 가는 대목은 전혀 사실이 아
　　니며, 허구라고 해도 너무 황당하다. 학봉 김성일은 원병 청하러 명나라에 간 일이
　　없다. 그는 1593년 4월에 진주에서 죽었다.
387) 대국(大國) : 중국(여기서는 명(明)나라)을 두고 하는 말이니 사대사상에서 나온
　　말이다.

밤으로 가자하니　지형을(地形) 분간할가(分揀)
엿세밤을 가다가서　하로밤은 길을잃고
갈곳을 찾이못해　둘이서로 마조서서
지형을(地形) 둘어보나　피차에(彼此) 처음이라
내가아나 네가아나　이렇다시 애를쓰니
침침칠야(浸浸漆夜) 어두운데　망망대야(茫茫大野) 아득하다
월락오제(月落烏啼) 상만천에(霜滿天)　맛참멀이 바라보니
일점등화(一點燈火) 불이있어　사람을 인도하니(引導)
그불을 바라보고　천방지방(天方地方) 찾아가니
평사만리(平沙萬里) 언덕우에　일간두옥(一間斗屋) 집이로다
문밖에 들어서서　주인을(主人) 물어보니
주인이(主人) 문을열고(門)　내다라 하는말이
손님네 어대있소　방으로(房) 드러오소
반갑고 길거워라　신을벗고 들어앉아

---

388) 망망대야(茫茫大野) : 아득히 넓은 들판. 요동평야(遼東平野)의 넓은 모습.
389) 월락오제상만천 : 당(唐)나라 장계(張繼)의 풍교야박(楓橋夜泊) 시의 첫 귀절인데
　　장계는 다음과 같이 읊었다.
　　“단풍진 다리에서 밤을 지내며”
　　　월락오제상만천(月落烏啼霜滿天)
　　　강풍어화대수면(江風漁火對愁眠)
　　　고소성외한산사(姑蘇城外寒山寺)
　　　야반종성도객선(夜半鐘聲到客船)
　　풀이하면 이렇다.

밤으로 가자하니 지형을 분간할까

엿샛밤을 가고가서 하룻밤은 길을잃고

갈곳을 찾지못해 둘이서로 마주서서

지형을 둘러보나 피차에 처음이라

내가아나 네가아나 이렇듯이 애를쓰니

침침철야 어두운데 망망대야[388] 아득하다

월락오제 상만천[389]에 마침멀리 바라보니

일점등화 불이있어 사람을 인도하니

그불을 바라보고 천방지방[390] 찾아가니

평사만리[391] 언덕위에 일간두옥[392] 집이로다

문밖에 들어서서 주인을 물어보니

주인이 문을열고 내달으며 하는말이

손님네 어디있소 방으로 들어오소

반갑고 즐거워라 신을벗고 들어앉아

"달은 지고 까마귀 울며 서리 가득 내리는 밤
강바람 고기잡이 횃불에 잠은 오지 않고
고소성 밖 한산사에서 들려오는
한밤중 종소리는 객선까지 들려오네."
390) 천방지방(天方地方) : 천방지축, 즉 분별없이 날뛰는 모습.
391) 평사만리(平沙萬里) : 평평한 모래펄이 만 리나 이어져 넓음.
392) 일간두옥(一間斗屋) : 한칸짜리 작은 집. 흔히 일간모옥이라 한다.

사면을 四面	살펴보니	가도사벽 四壁	뿐이로다
주인을 主人	다시보니	백발할미 白髮	노구로다 老嫗
이오성 李鰲城	하는말이	주인할미 主人	말좀뭇소
저노구 老嫗	대답하되 對答	서방님네 書房	말들으오
김학봉 金鶴峰	하난말이	이곳이	어데메뇨
말리평사 萬里平沙	너른들에	인가하나 人家	없난곳에
할미혼자	계시난가	주인노구 主人老嫗	거동보소 擧動
한숨짓고	하난말이	천태산 天台山	상상봉에 上上峰
초옥삼간 草屋三間	집을짓고	조고만한	딸다리고
글공부	시키다가	손세가 孫世	부족하여 不足
딸하나	못길러서	거년봄에 去年	죽고없어
화증이 火症	절로나서	집이나	옴겨볼가
이곳을	새로와서	이집을	새로짓고
영감하나 令監	어들나니	나의나이	칠십이라 七十
어느영감 令監	나를보고	사자하리	뉘있으리
할수없이	혼자있소	내일은	이러하나

---

393) 가도 사벽(四壁) : 가도(假道)의 사벽인 듯, 사벽은 네 벽. 가도는 임시로 남의 땅
　　에 지은 집.

394) 천태산(天台山) : 중국의 대승불교인 천태종(天台宗)의 기원이 되는 산. 절강성(浙
　　江省)에 있다.

사면을   살펴보니   가도사벽[393]   뿐이로다

주인을   다시보니   백발할미   노구로다

이오성   하는말이   주인할미   말좀묻소

저할미   대답하되   서방님네   말들으오

김학봉   하는말이   이곳이   어디메뇨

만리평사   너른들에   인가하나   없는곳에

할미혼자   계시는가   주인노구   거동보소

한숨짓고   하는말이   천태산[394]   상상봉에

초옥삼간   집을짓고   조그마한   딸데리고

글공부   시키다가   손세[395]가   부족하여

딸하나   못길러서   거년봄에   죽고없어

화증[396]이   절로나서   집이나   옮겨볼까

이곳에   새로와서   이집을   새로짓고

영감하나   얻으려니   나의나이   칠십이라

어느영감   나를보고   살자할이   뉘있으리

할수없어   혼자있소   내일은   이러하나

---

395) 손세(孫世) : 자손 낳는 복운.
396) 화증(火症) : 홧병.

서방님(書房) 두양반은(兩班) 어느곳에 사르시며

무삼소관(所關) 그리급해 침침칠야(浸浸漆夜) 깊은밤에

종모지모(從某至某) 어데가오 김학봉(金鶴峯) 하는말이

여기온 우리들은 조선국에(朝鮮國) 사옵드니

국운이(國運) 불행하야(不幸) 졸지에(猝地) 난리나서(亂離)

사직이(社稷) 위태하고(危殆) 국가가(國家) 망케되어(亡)

할수할수 전혀없어(全) 대국으로(大國) 청병가오(請兵)

정성이(精誠) 부족한지(不足) 가난길을 찾이못해

노변에서(路邊) 방황터니(彷徨) 불만보고 왔삽드니

불행중(不幸中) 다행으로(多幸) 할미같은 주인맞나(主人)

하로밤을 유숙하고(留宿) 길을물어 가려니와

저녁두상(床) 하여주오 주인노구(主人老軀) 이말듣고

불켜들고 밖에나가 저녁두상(床) 해왔거늘

달게먹고 물러앉아 주인노구(主人老嫗) 다리고서

이윽토록 담화하니(談話) 그노구(老嫗) 하난말이

사사히(事事) 이상하고(異常) 말말이 유리하다(有利)

---

397) 칠야(漆夜) : 칠흑 같이 어두운 밤. 칠흑은 검은 빛.

서방님 두양반은 어느곳에 살으시며

무슨소관 그리급해 침침칠야[397) 깊은밤에

누구따라 어디가오 김학봉 하는말이

여기온 우리들은 조선국에 사옵더니

국운이 불행하여 졸지[398)에 난리나서

사직이 위태하고 국가가 망케되어

할수헐수 전혀없어 대국으로 청병가오

정성이 부족한지 가는길을 찾지못해

노변에서 방황터니 불만보고 왔삽더니

불행중 다행으로 할미같은 주인만나

하룻밤을 유숙하고 길을물어 가려니와

저녁두상 하여주오 주인할미 이말듣고

불켜들고 밖에나가 저녁두상 해왔거늘

달게먹고 물러앉아 주인할미 데리고서

이윽토록 담화하니 그 할미 하는말이

일마다 이상하고 말마다 이롭구나

---

398) 졸지(猝地) : 별안간. 갑작스럽게.

천문도　　　능통하고　　　지리도　　　소연하다
天文　　　　能通　　　　地理　　　　昭然
흥망성쇠　　　고금사를　　　황홀하게　　　말슴하니
興亡盛衰　　　古今事　　　　恍惚
요랑컨데　　　이노구가　　　천태산에　　　있었다니
料量　　　　　老嫗　　　　　天台山
마고선녀　　　이아닌가　　　둘이서로　　　의론터니
麻姑仙女　　　　　　　　　　　　　　　　議論
주인노구　　　하난말이　　　서방님　　　들으시오
主人老嫗　　　　　　　　　書房
조선국에　　　이런난리　　　국운으로　　　난것이라
朝鮮國　　　　　亂離　　　　國運
한탄을　　　　마르시고　　　청병이나　　　잘하시오
恨嘆　　　　　　　　　　　請兵
이렇다　　　　농문열고　　　화상하나　　　내여놓고
　　　　　　　籠門　　　　畵像
저노구의　　　하난말이　　　서방님은　　　화상보소
　老嫗　　　　　　　　　書房　　　　畵像
이화상이　　　어디있나　　　대국에　　　있난게요
畵像　　　　　　　　　大國
대국명장　　　이여송이　　　생화상을　　　그린게요
大國名將　　　李如松　　　生畵像
대국에　　　　들어가서　　　천자를　　　보시거든
大國　　　　　　　　　　　天子
화상을　　　　내여놓고　　　이화상과　　　같은장수
畵像　　　　　　　　　　　畵像　　　　　　將帥
부대부대　　　달라하오　　　이장수를　　　못얻으면
　　　　　　　　　　　　　將帥
천만장사　　　있다해도　　　이번난리　　　쓸대없오
千萬壯士　　　　　　　　　　　亂離

---

399) 마고선녀(麻姑仙女) : 늙은 선녀, 마고는 늙은 할미. 마고소양(麻姑搔痒)이란 사물
　　이 뜻대로 된다는 비유로 씀.
400) 일어나 : 원문의 "이렇다"는 일어나의 오식인 듯. 그러나 이렇다=이렇듯이도 전
　　혀 글뜻에 어긋나는 말은 아닌듯하니 당시의 언어풍습이 어땠는지 모르겠다.

천문도　　　　능통하고　　　　지리도　　　　환히밝다

흥망성쇠　　　　고금역사　　　　놀라웁게　　　　말씀하니

짐작컨대　　　　이할미가　　　　천태산에　　　　있었다니

마고선녀[399]　　이아닌가　　　　둘이서로　　　　의론중에

주인할미　　　　하는말이　　　　서방님　　　　들으시오

조선국에　　　　이번난리　　　　국운으로　　　　난것이라

한탄을　　　　　말으시고　　　　청병이나　　　　잘하시오

일어나[400]　　　농문열고　　　　화상하나　　　　내어놓고

저할머니　　　　하는말이　　　　서방님은　　　　화상보소

이화상이　　　　어디있나　　　　대국에　　　　있는거요

대국명장　　　　이여송[401]의　　생화상을　　　　그린거요

대국에　　　　　들어가서　　　　천자를　　　　보시거든

화상을　　　　　내어놓고　　　　이화상과　　　　같은장수

부디부디　　　　달라하오　　　　이장수를　　　　못얻으면

천만장사　　　　있다해도　　　　이번난리　　　　쓸데없소

---

401) 이여송(李如松) : 중국 명나라 무장(武將 ; ?~1598). 임진왜란 때 중국 원병인 '방
　　해어왜총병관(防海禦倭摠兵官)'으로 와서 평양과 한성을 탈환해주고, 벽제관에서
　　패한 뒤 전사했다. 특히 그의 선조가 조선인이라고 해서 각별히 힘쓰다가 죽었다.

화상값을 畫像	의론컨대 議論	은자삼천 銀子三千	주고가오
이오성과 李鰲城	김학봉이 金鶴峯	둘이서로	돌아보고
행장에 行裝	은자내여 銀子	삼천금을 三千金	주은후에 後
화상받아 畫像	간수하고	목침비고 木枕	누었으니
여러날	노독으로 路毒	홀연히 忽然	잠이온다
한잠자고	깨여보니	동방이 東方	밝았구나
둘이함께	어리앉아	사방을 四方	살펴보니
자든집도	간대없고	노구도 老軀	간대없다
언덕밑에	둘이앉아	기이하여 奇異	하난말이
이것이	무엇인고	귀신인가 鬼神	사람인가
이상하고 異常	기이하다 奇異	행장을 行裝	풀고본즉
화상이 畫像	정영커늘 丁寧	그제야	생각하니
우리성력 誠力	지극키로 至極	천태산 天台山	마고선녀 麻姑仙女
화상주러 畫像	예왔도다	화상을 畫像	살펴보니
은자삼천 銀子三千	여게있고	행장을 行裝	수습하여 收拾
요동을 遼東	다지내고	심양강을 瀋陽江	건너가서

---

402) 은자(銀子) : 은화(銀貨). 은 돈.
403) 행장(行裝) : 여행용 짐꾸러미. 지금의 여행 짐.

화상값을 　 의론커늘 　 은자[402]삼천 　 주고가오

이오성과 　 김학봉이 　 둘이서로 　 돌아보고

행장[403]속 　 은자내어 　 삼천금을 　 건넨뒤에

화상받아 　 간수하고 　 목침베고 　 누웠더니

여러날 　 노독[404]으로 　 홀연히 　 잠이온다

한잠자고 　 깨어보니 　 동방이 　 밝았구나

둘이함께 　 어리앉아[405] 　 사방을 　 살펴보니

자던집도 　 간데없고 　 늙은할미 　 간데없다

언덕밑에 　 둘이앉아 　 기이하여 　 하는말이

이것이 　 무엇인고 　 귀신인가 　 사람인가

이상하고 　 기이하다 　 행장을 　 풀고본즉

화상이 　 분명있어 　 그제야 　 생각하니

우리성심 　 지극키로 　 천태산 　 마고선녀

화상주러 　 예왔도다 　 화상을 　 살펴보니

은자삼천 　 여기있고 　 행장을 　 수습하여

요동을 　 다지나고 　 심양강[406]을 　 건너가서

---

404) 노독(路毒) : 여독(旅毒). 여행하느라 지친 피곤증.
405) 어리앉아 : 문턱. 문지방에 앉아.
406) 심양강(瀋陽江) : 심수(瀋水) 또는 활수라고 하여 요동의 심양현 남부에 있는 강.

연정사에(燕亭舍) 숙소하고(宿所) 장성암을(長城岩) 지내드니
황극정이(皇極亭) 여게로다 천자전정(天子殿廷) 올라가서
고두사죄(叩頭謝罪) 하난말이 조선국왕(朝鮮國王) 이아모난(李)
국운이(國運) 불행하야(不幸) 왜란이(倭亂) 지금나서
사백년(四百年) 지낸사직(社稷) 일조에(一朝) 끊게되니
복원복망(伏願伏望) 황제게서(皇帝) 하해같은(河海) 덕택입어(德澤)
장수하나(將帥) 주옵시면 저날리를(亂離) 소멸하고(消滅)
왕명을(王命) 보전하고(保全) 국운을(國運) 잡사온후(後)
지하에(地下) 돌아가서 선대왕을(先大王) 뵈오리다
황제듣고(皇帝) 하신말삼 너의나라 이번난리(亂離)
국운뿐(國運) 아니로다 천운이(天運) 그러하니
아모리 구원해도(救援) 유익함이(有益) 없을게라
잡말말고(雜) 도라가라 장수줄뜻(將帥) 전혀없다(全)
김성일(金誠一) 정성보소(精誠) 갓벗고 망건버서(網巾)
옥계아레(玉階) 던저두고 천자전에(天子前) 업드려서

---

407) 연정사(燕亭舍), 장성암(長城岩), 황극정(皇極亭) : 이들 숙소나 지명 및 전각의 이
　　름들은 실존한 이름이 아니고 픽션하는 상징적 명칭들이다.
408) 고두사죄(叩頭謝罪) : 고두는 땅에다 이마를 조아리는 일. 여기 사죄는 죄가 있어
　　서가 아니고 어두에 붙어다니는 말.
409) 복원복망(伏願伏望) : 엎드려 바란다는 반복어법이다.

연정사에　　숙소하고　　장성암을　　지나더니

황극정[407]이　　여기로다　　천자궁정　　올라가서

고두사죄[408]　　하는말이　　조선국왕　　이아무는

국운이　　불행하여　　왜란이　　지금나서

사백년　　지낸사직　　일조에　　끊게되니

복원복망[409]　　황제께서　　하해같은　　덕택입어

장수하나　　주옵시면　　저난리를　　평정하고

왕통을　　보전하고　　국운을　　바로잡고

지하에　　돌아가서　　선대왕을　　뵈오리다

황제듣고　　하신말씀　　너희나라　　이번난리

국운뿐　　아니로다　　하늘운이　　그러하니

아무리　　구원해도　　유익함이　　없을게라

잡말말고　　돌아가라　　장수줄뜻　　전혀[410]없다

김성일　　정성보소　　갓벗고　　망건[411]벗어

옥계[412]아래　　던져두고　　천자전에　　엎드려서

---

410) 전혀 : 원문의 "저혀"는 전혀의 오식인 듯.
411) 망건(網巾) : 갓을 쓰기 위해 이마에 두르는 망대. 그물천으로 됐으므로 망건이라
　　　한다.
412) 옥계(玉階) : 황제가 있는 대궐의 섬돌.

머리를　두다리어　유혈이(流血)　낭자하야(狼藉)

옥계아레(玉階)　흘러가니　천자께서(天子)　보시다가

김성일의(金誠一)　정성보고(精誠)　용상을(龍床)　어로만저

탄식하고(歎息)　하는말삼　조선국왕(朝鮮國王)　이아모는(李)

저런충신(忠臣)　두엇구나　짐의조정(朕 朝廷)　돌아보면

저런충신(忠臣)　전혀없네(全)　장수하나(將帥)　명하시되(命)

정서장군(征西將軍)　장덕진을(張德鎭)　압영하야(押領)　주시거늘

김성일의(金誠一)　거동보소(擧動)　화상을(畵像)　내여놓고

지성으로(至誠)　비난말이　황공하고(惶恐)　황공하나(惶恐)

장수하나(將帥)　주시려면　이화상(畵像)　보신후에(後)

이화상과(畵像)　같은얼골　그장수를(將帥)　주옵소서

천자께서(天子)　화상보고(畵像)　대경하여(大驚)　하신말삼

너의들이　이화상을(畵像)　어대서　구했느냐(求)

짐의명장(朕 名將)　이여송이(李如松)　흉노치리(匈奴)　갓난지라

---

413) 낭자(狼藉) : 매우 어지럽게 여기저기 흩어진 모양. 유혈이나 소문 등이 흘러 퍼지
　　는 모양.

414) 용상(龍床) : 임금이 앉는 걸상. 용평상(龍平床)의 준말. 임금이 쓰는 용품은 대게
　　용(龍)자나 옥(玉)자를 쓰고 옷은 곤룡포(袞龍袍)라 한다.

415) 짐(朕) : 임금이나 황제가 자신을 이르는 말, 중국 고대에서는 "나"의 뜻으로 썼으
　　나 진시황제 때에는 천자(天子)에 한해서 쓰게 했다. 그러나 우리나라나 일본의 임
　　금은 보편적으로 써 온 자칭이다.

머리를　　두드리어　　유혈이　　낭자[413]하여

옥계아래　　흘러가니　　천자께서　　보시다가

김성일의　　정성보고　　용상[414]을　　어루만져

탄식하고　　하는말씀　　조선국왕　　이아무는

저런충신　　두었구나　　짐[415]의조정　　돌아보면

저런충신　　전혀없네　　장수하나　　명하시되

정서장군[416]　　장덕진[417]을　　압령[418]하여　　주시거늘

김성일의　　거동보소　　화상을　　내어놓고

지성으로　　비는말이　　황공하고　　황공하나

장수하나　　주시려면　　이화상　　보신후에

이화상과　　같은얼굴　　그장수를　　주옵소서

천자께서　　화상보고　　크게놀라　　하신말씀

너희들이　　이화상을　　어디서　　구했느냐

짐의명장　　이여송이　　흉노[419]치러　　갔는지라

---

416) 정서장군(征西將軍) : 서쪽 정벌을 맡은 장군.
417) 장덕진(張德鎭) : 미상 인물이다. 이때에 명나라에서는 요양부총병(遼陽副總兵) 조
　　　승훈(祖承訓)을 5,000의 병력을 주어 파견하였으나 평양성에서 패하고 돌아간 일
　　　이 있었다.
418) 압령(押領) : 죄인 등을 묶어서 법정으로 송치하는 일.
419) 흉노(匈奴) : 북방의 여러 오랑캐 종족. 중국은 북방족을 북적(北狄)이라 부르고
　　　흉노취급을 했다.

다섯달을 지내도록 지금까지 아니왔다

없어도 못줄게요 있어도 못줄게라

저장수를(將帥) 다려가라 김성일(金誠一) 거동보소(舉動)

신등이(臣等) 오는길에 은정사에(銀正沙) 길을잃고

어찌할줄 모르다가 집을하나 찾아가니

노구하나(老嫗) 앉앗거늘 그노구께(老嫗) 무러보니

천태산에(天台山) 있다하고 이화상을(畫像) 내여주며

여시여시(如是如是) 하온후에(後) 인홀불견(因忽不見) 하온지라

기이하여(奇異) 도라보니 집도없고 사람없어

다만화상(畫像) 뿐이오니 신등은(臣等) 생각컨대

하늘이 도우신듯 신령이(神靈) 도우신듯

이여송(李如松) 불러다가 천자께서(天子) 명령하여(命令)

너의동생 여백보내(如栢) 너의대신 흉노치고(匈奴)

너난지금 조선가서(朝鮮) 왜란을(倭亂) 물이치고

조선국왕(朝鮮國王) 도와주라 이여송의(李如松) 거동보소(舉動)

흉노친지(匈奴) 다섯달에 성공못해(成功) 분을내여(憤)

---

420) 은정사(銀正沙) : 은빛 모래, 즉 사막.

다섯달을 　지내도록 　지금까지 　아니왔다

없어도 　못줄게요 　있어도 　못줄게라

저장수를 　데려가라 　김성일 　거동보소

신등이 　오는길에 　은정사⁴²⁰⁾에 　길을잃고

어찌할줄 　모르다가 　집을하나 　찾아가니

노구하나 　앉았거늘 　그노구께 　물어보니

천태산에 　있다하고 　이화상을 　내어주며

여시여시⁴²¹⁾ 　하온후에 　갑자스레 　사라지니

기이하여 　돌아보니 　집도없고 　사람없어

다만화상 　뿐이오니 　신등은 　생각컨대

하늘이 　도우신듯 　신령이 　도우신듯

이여송 　불러다가 　천자께서 　명령하여

너의동생 　여백⁴²²⁾보내 　너의대신 　흉노치고

너는지금 　조선가서 　왜란을 　물리치고

조선국왕 　도와주라 　이여송의 　거동보소

흉노친지 　다섯달에 　성공못해 　분통터져

---

421) 여시여시(如是如是) : 이러고 저러고의 뜻. 여차여차란 뜻.
422) 여백(如栢) : 이여송(李如松)의 동생 이여백이라고 했다.

나가기를	꺼리거늘	천자께서 天子	강권하니 强勸
나오기는	나왔으되	마음에	앙앙하여 怏怏
까딱해도	반사할까 班師	약간해도 若干	돌아갈가
대국지경 大國之境	다지나고	조선지경 朝鮮之境	다다르니
압록강이 鴨綠江	여기로다	순식간에 瞬息間	건너와서
이여송의 李如松	거동보소 擧動	강두에 江頭	유진하고 留陳
트집내여	하난말이	오늘점심 點心	지을적에
황하수 黃河水	길어다가	점심진지 點心	지어놓고
용의간을 龍 肝	회를해서 膾	소담하게	담아놓고
석간적을 石肝炙	구어노라	추상같이 秋霜	호령하니 號令
이오성 李鰲城	김학봉이 金鶴峰	둘이서서	의론할제 議論
맛참멀리	바라보니	반가와라	반가와라
이한음은 李漢蔭	앞서오고	유서애는 柳西崖	뒤에온다
이여송 李如松	오난소문 所聞	어느편에 便	들었는지

---

423) 앙앙(怏怏)하다 : 마음에 걸려서 만족치 않음. 마음에 꺼리껴 함.

424) 까딱해도 : 까딱하면. 잘못 판단하면.

425) 반사(班師) : 군사를 이끌고 되돌아간다는 뜻.

426) 황하수(黃河水) : 중국 북쪽에 있는 큰 강.

427) 석간적(石肝炙) : 석간은 ① 상산(常山)에 난다는 돌의 일종. 빛이 간과 같다함.
    ② 박쥐의 똥. 여기서는 박쥐의 똥으로 구워 만든 적이라는 뜻이겠음.

나가기를	꺼리거늘	천자께서	강권하니
나오기는	나왔으되	마음에	앙앙하여[423]
까딱해도[424]	반사[425]할까	약간해도	돌아갈까
대국지경	다지나고	조선지경	다다르니
압록강이	여기로다	순식간에	건너와서
이여송의	거동보소	강두에	진을치고
트집내어	하는말이	오늘점심	지을적에
황하수[426]	길어다가	점심진지	지어놓고
용의간을	회를해서	소담하게	담아놓고
석간적[427]을	구워노라	추상같이	호령하니
이오성	김학봉이	둘이서서	의론할제
마침멀리	바라보니	반가와라	반가와라
이한음[428]은	앞서오고	유서애[429]는	뒤에온다
이여송	오는소문	어느편에	들었는지

---

428) 이한음(李漢陰) : 조선 선조 때의 정치가요, 영의정이던 이덕형(李德馨 ; 1561~1613)
　　의 호. 자는 명보(明甫), 본관은 광주(廣州), 양사언(楊士彦)과 절친했고 임진왜란
　　때는 구원병을 청하러 명나라에 갔었고 돌아와서는 이순신장군과 합동하여 소서
　　행장(小西行長)군을 대파한 인물이다. 시호는 문익(文翼)이다.
429) 유서애(柳西崖) : 조선조 선조 때의 재상이던 유성룡(柳成龍 ; 1542~1607)의 호임.
　　자는 이견(而見), 본관은 풍산(豊山), 이퇴계의 제자로서 등용되고 난 뒤 이순신(李
　　舜臣)장군 등을 천거하여 임진왜란을 막는데 공이 컸고 관직은 영의정에 올랐다.
　　시호는 문충(文忠)이다. 학봉(鶴峰) 김성일(金誠一)의 죽을 죄를 변호해 주었다.

영접하러 迎接　오는구나　넷이서로　모여앉아

이한음과 李漢蔭　유서애가 柳西崖　둘이함께　들어가서

이여송을 李如松　치사하되 致辭　황송하오 惶悚　대도독은 大都督

조선나라 朝鮮　위하시와　만리원정 萬里遠程　행차하심 行次

황공하고 惶恐　감사하오 感謝　이여송 李如松　하난말이

그사이에　왜란들려 倭亂　어느지경 地境　되어섰소

유서애 柳西崖　대답하되 對答　거의망케 亡　되었었소

하직하고 下直　돌아나와　너이서로　모여앉아

점심진지 點心　공논할제 公論　황하수를 黃河水　어이할고

이한음 李漢蔭　하는말이　황하수는 黃河水　어렵잔네

압녹강 鴨綠江　상류물이 上流　황하수 黃河水　원류오니 源流

이물길어　지으소서　석간은 石肝　무엇인고

이오성 李鰲城　하는말이　석간적이 石肝炙　어렵잔네

조포가 造脯　그적일세 炙　용의간은 龍肝　어데있나

김학봉 金鶴峰　하난말이　용의간은 龍肝　내구하지 求

그길로　급히나와 急　강가에 江　꿀어앉아

영접하러　오는구나　　넷이서로　모여앉아

이한음과　유서애가　　둘이함께　들어가서

이여송을　치하하되　　황송하오　대도독은

조선나라　위하시와　　만리원정　행차하심

황공하고　감사하오　　이여송　　하는말이

그사이에　왜란들려　　어느지경　되었었소

유서애　　대답하되　　거의망케　되었었소

하직하고　돌아나와　　넷이서로　모여앉아

점심진지　공론할제　　황하수를　어이할꼬

이한음　　하는말이　　황하수는　어렵잖네

압록강　　상류물이　　황하수　　원류오니

이물길어　지으소서　　석간은　　무엇인고

이오성　　하는말이　　석간적이　어렵잖네

조포430)가　그적일세　　용의간은　어디있나

김학봉　　하는말이　　용의간은　내구하지

그길로　　급히나와　　강가에　　꿇어앉아

---

430) 조포(造脯) : 국가대제에 쓰려고 봉상시(奉常寺)에서 크게 만든 편포. 편포는 고기
를 난도질해 만든 제수용 육포.

재배하여　　통곡하며　　두손으로　　비난말이
再拜　　　　痛哭

소소하신　　하나님은　　하감하여　　들으소서
昭昭　　　　　　　　　　下瞰

조선국왕　　위태함은　　조석에　　　달여잇고
朝鮮國王　　危殆　　　　朝夕

억조창생　　여러사람　　시각에　　　달였으니
億兆蒼生　　　　　　　　時刻

명명하신　　덕택으로　　용한마리　　주옵사면
明明　　　　德澤　　　　龍

이여송을　　대접하여　　저난리를　　소멸하고
李如松　　　待接　　　　亂離　　　　消滅

보전하고　　사려니와　　그렇지　　　아니하면
保全

사백년　　　지난사직　　일조에　　　전복하고
四百年　　　　社稷　　　一朝　　　　顚覆

국파군망　　하옵시면　　그아니　　　망극하며
國破君亡　　　　　　　　　　　　　　罔極

이아니　　　원통할가　　방성통곡　　크게우니
　　　　　　寃痛　　　　放聲痛哭

이상하고　　기이하다　　강물이　　　뒤끓터니
異常　　　　奇異　　　　江

난대없난　　용한마리　　물결을　　　허치면서
　　　　　　龍

기동같이　　굴근것이　　강가에　　　뒤처지니
　　　　　　　　　　　　江

김학봉의　　거동보소　　삼척금　　　드난칼로
金鶴峯　　　擧動　　　　三尺劍

배를거려　　간을내고　　용을드려　　물에너니
　　　　　　肝　　　　　龍

용의조와　　이상하다　　물을헤처　　들어가니
龍　造化　　異常

---

431) 억조창생(億兆蒼生) : 억과 조에 이르도록 많은 백성.
432) 명명(明明)하신 : 밝고 환하신.

재배하여 　통곡하며 　두손으로 　비는말이

밝고환한 　하느님은 　굽어보셔 　들으소서

조선국왕 　위태함은 　조석에 　달려있고

억조창생[431] 　여러사람 　시각에 　달렸으니

명명하신[432] 　덕택으로 　용한마리 　주옵시면

이여송을 　대접하여 　저난리를 　소멸하고

보전하고 　살려니와 　그렇지 　아니하면

사백년 　지낸사직 　일조에 　전복하고

국파군망[433] 　하옵시면 　그아니 　망극하며

이아니 　원통할까 　방성통곡[434] 　크게우니

이상하고 　기이하다 　강물이 　뒤끓더니

난데없는 　용한마리 　물결을 　헤치면서

기둥같이 　굵은것이 　강가에 　뒤쳐지니

김학봉의 　거동보소 　삼척검 　드는칼로

배를갈라 　간을내고 　용을들어 　물에넣니

용의조화 　이상하다 　물을헤쳐 　들어가니

---

433) 국파군망(國破君亡) : 나라는 깨어지고 임금은 망함.
434) 방성통곡(放聲痛哭) : 큰 소리 내면서 울음 우는 일.

김학봉(金鶴峯)	도라와서	용의간을(龍肝)	회를치고(膾)
점심진지(點心)	들여가니	이여송의(李如松)	트집보소
점심상을(點心床)	도라보고	또다시	하난말이
용의간을(龍肝)	먹자하면	다른저로(箸)	못먹나니
소상강(瀟相江)	반죽저를(班竹箸)	시각내로(時刻內)	가저오라
점심상을(點心床)	물이거늘	유서애의(柳西崖)	거동보소(舉動)
행전말게(行纏)	손을너어	반죽저를(班竹箸)	빼여내여
두손으로	밧들어서	진지상에	올려노니
이여송의(李如松)	거동보소(舉動)	낙담하고(落膽)	탄식하며(嘆息)
크게칭찬(稱讚)	하는말이	장하도다(壯)	조선신하(朝鮮臣下)
충성도(忠誠)	장커니와(壯)	재조가(才操)	더욱용타
석간적은(石肝炙)	예사로대(例事)	황하수를(黃河水)	어이얻나
황하수도(黃河水)	어렵지만	용의간을(龍肝)	어찌얻나
용의간은(龍肝)	고사하고(姑捨)	반죽저를(班竹箸)	어찌구해(求)
행전속에(行纏)	감찻다가	이렇게도	쉽게내니
할말이	다시없다	그제야	행군하야(行軍)

---

435) 소상강(瀟湘江) : 중국의 소수(瀟水)와 상강(湘江)이 모여 흐르는 강. 옛날 순임금
의 두 부인인 아황(娥皇)과 여영(女英)이 빠져 죽은 강. 그래서 반죽(班竹)이 솟아
났다고 전한다.

김학봉　　　돌아와서　　　용의간을　　　회를치고
점심진지　　　들여가니　　　이여송의　　　트집보소
점심상을　　　돌아보고　　　또다시　　　하는말이
용의간을　　　먹자하면　　　다른저로　　　못먹나니
소상강[435]　　　반죽저를　　　시각내로　　　가져오라
점심상을　　　물리거늘　　　유서애의　　　거동보소
행전[436]말에[437]　손을넣어　　　반죽저를　　　빼어내어
두손으로　　　받들어서　　　진지상에　　　올려놓니
이여송의　　　거동보소　　　낙담하고　　　탄식하며
크게칭찬　　　하는말이　　　장하도다　　　조선신하
충성도　　　장커니와　　　재주가　　　더욱용타
석간적은　　　예사로대　　　황하수를　　　어이얻나
황하수도　　　어렵지만　　　용의간을　　　어찌얻나
용의간은　　　고사하고　　　반죽저를　　　어찌구해
행전속에　　　감췄다가　　　이렇게도　　　쉽게내니
할말이　　　다시없다　　　그제야　　　행군하여

---

436) 행전(行纏) : 정강이 바지를 싸서 감는 각반(脚絆).
437) 말에 : 말이에의 준말이니 말이는 둘둘 말아두는 말이.

의주에   들어오니   천문만호   어데간고
義州   千門萬戶

불질러   다탓구나   한양성중   득달하니
                                漢陽城中   得達

피란가고   없난사람   물에빠저   죽은사람
避亂

총에마저   죽은사람   칼에찔려   죽은사람
銃

불에타서   죽은사람   앉아죽고   서서죽고

태반이나   죽었으니   적벽강   싸흠인가
殆半   赤壁江

조조군사   이게로다   나문사람   몇이든고
曹操軍士

백분일이   어이되리   장안을   돌아보니
百分一   長安

소조막심   가련하다   임금은   어디가고
蕭條莫甚   可憐

남한산성   피란갔네   이여송의   거동보소
南漢山城   避亂   李如松   擧動

군관을   재촉하여   남한산성   올라가서
軍官   南漢山城

선조대왕   모서오라   선조대왕   거동보소
宣祖大王   宣祖大王   擧動

이여송의   소문듣고   급히와서   접대하니
李如松   所聞   急   接待

이여송의   트집보소   선조대왕   얼굴보고
李如松   宣祖大王

---

438) 천문만호(千門萬戶) : 수많은 집들.

439) 적벽강(赤壁江) 싸움 : 적벽강은 중국 양자강 상류에 있고, 여기서 중국 삼국시대
　　의 조조(曹操)가 유비(劉備)와 손권(孫權)의 연합군에게 참패했던 전쟁이 있었다.

440) 조조(曹操) : 중국 삼국시대 후한(後漢) 말기의 영웅(154~220), 본성은 하후(夏
　　候), 자는 맹덕(孟德), 황건(黃巾)의 난리를 평정하고, 위왕(魏王)이 되어 강남의
　　오(吳)와 사천(四川)의 촉한(蜀漢)과 천하를 3분했다. 그러나 조조의 위는 비참하
　　게 망했다.(삼국지)

의주에 　들어오니 　천문만호[438] 　어디간고

불질러 　다탔구나 　한양성중 　도달하니

피란가고 　없는사람 　물에빠져 　죽은사람

총에맞아 　죽은사람 　칼에찔려 　죽은사람

불에타서 　죽은사람 　앉아죽고 　서서죽고

태반이나 　죽었으니 　적벽강 　싸움[439]인가

조조[440]군사 　이게로다 　남은사람 　몇이던고

백분일이 　어이되리 　장안을 　돌아보니

쓸쓸하고 　가련하다 　임금은 　어디가고

남한산성[441] 　피란갔네 　이여송의 　거동보소

군관을 　재촉하여 　남한산성 　올라가서

선조대왕 　모셔오라 　선조대왕 　거동보소

이여송의 　소문듣고 　급히와서 　접대하니

이여송의 　트집보소 　선조대왕 　얼굴보고

---

441) 남한산성(南漢山城) : 지금 성남에 있는 남한산성이니 작자는 황당한 중에도 착각
이 심하니 ① 남한산성에 피난한 임금은 병자호란 때의 중종이고, ② 이여송(李如
松)을 원군으로 데려오는 장면에서 학봉 김성일이 주동적 역할을 하는데, 김성일
은 원병 청하러 간 일도 없으며, ③ 이여송이 거만하고 트집쟁이로 등장하는데 오
히려 이여송은 그의 조상이 조선족이요, 부친 영변백(寧邊伯)인 이성량(李成樑)의
가교(家敎)에 따라 전력분투하다가 귀국하여 토번(吐藩) 공격 때 죽은 인물이니 이
대목도 착각과 혼동이 심하다.

돌아와서　　하는말이　　얼굴보니　　섭섭하오

아무리　　구원해도　　국왕되지　　못할지는
　　　　　救援　　　　國王
오날로　　반사하여　　나는정녕　　갈지어다
　　　　　班師　　　　　　丁寧
이오성　　이말듣고　　궐내에　　들어가서
李鰲城　　　　　　　闕內
대왕께　　엿자오대　　중원대장　　이도독이
大王　　　　　　　中原大將　　李都督
전하천안　　아까보고　　왕자기상　　아니라고
殿下天顏　　　　　　王者氣象
구원하기　　뜻이없어　　오날로　　반사하기
救援　　　　　　　　　　　　班師
결정하고　　이러서니　　어찌해야　　되오릿까
決定
선조대왕　　이말듣고　　크게근심　　하신말삼
宣祖大王
반사를　　하기쉽지　　천생으로　　생긴얼굴
班師　　　　　　　天生
오날날　　고칠소냐　　국운이　　가지로다
　　　　　　　　　國運
이오성　　엿자오되　　좋은도리　　있아오니
李鰲城　　　　　　　　道理
대성통곡　　하옵소서　　선조대왕　　이말듣고
大聲痛哭　　　　　　宣祖大王
대궐문을　　열처놓고　　하늘을　　우러서서
大闕門
크게한번　　울으시니　　곡성이　　웅장커늘
　　　　　　　　　哭聲　　　雄壯
이여송이　　놀래듣고　　이울음은　　누가우나
李如松

---

442) 반사(班師) : 군사를 이끌고 돌아가는 일. 전출 425와 같음. 반사(反師)와 같음.
443) 중원대장이도독(中原大將李都督) : 중국의 대장인 이여송을 말함.
444) 천안(天顏) : 임금님의 얼굴을 높여서 하는 말.

돌아와서　하는말이　얼굴보니　섭섭하오

아무리　구원해도　국왕되지　못할지니

오늘로　반사[442]하여　나는정녕　갈지어다

이오성　이말듣고　궐내에　들어가서

대왕께　여쭈오되　중원대장　이도독[443]이

전하천안[444]　아까보고　왕자기상　아니라고

구원하기　뜻이없어　오늘로　반사하기

결정하고　일어서니　어찌해야　되오리까

선조대왕　이말듣고　크게근심　하신말씀

반사를　하기쉽지　천생으로　생긴얼굴

오늘날　고칠소냐　국운이　가지[445]로다

이오성　여쭈오되　좋은도리　있사오니

대성통곡　하옵소서　선조대왕　이말듣고

대궐문을　열어놓고　하늘을　우러러서

크게한번　울으시니　곡성이　웅장커늘

이여송이　놀라듣고　이울음은　누가우나

---

445) 가지 : "可知"이니 여기에는 한문자를 넣지 않는 것은 "가지" 정도는 당시 우리말
처럼 썼던 까닭이다. 가관(可觀), 가소(可笑)롭다, 가련(可憐) 등은 이미 한국어처
럼 된 한자어이다.

이오성(李鰲城) 하는말이 / 대도독이(大都督) 반사함을(班師)

우리대왕(大王) 드르시고 / 국사를(國事) 생각하니

대성통곡(大聲痛哭) 하나이다 / 이여송(李如松) 이말듣고

대히하야(大喜) 하는말이 / 얼굴을 잠간보니

왕자기상(王者氣像) 못되더니 / 울음소리 들어보니

북해상(北海上) 운무중에(雲霧中) / 창룡의(蒼龍) 소래로다

용의소래(龍) 갖었으니 / 조선국왕(朝鮮國王) 넉넉하다

그제야 대장기를(大將旗) / 금자로(金字) 새겼으되

중원명장(中原名將) 대도독에(大都督) / 이여송의(李如松) 대장기라(大將旗)

장안에(長安) 세워노니 / 바람끝에 펄넝펄넝

장대에(將臺) 높이앉아 / 천기를(天機) 바래보고

분부하여(吩咐) 하난말이 / 남방에(南方) 장성하나(將星)

고령현에(高靈縣) 떨어젓다 / 바삐가서 다려오라

이장수는(將帥) 누구든고 / 김덕령이(金德齡) 이아닌가

---

446) 운무중(雲霧中) : 구름과 안개 속.

447) 창룡(蒼龍) : 푸른 용. 청룡(靑龍).

448) 천기(天機) : 하늘의 조화기밀. 때로 임금의 밀지(密旨)를 말하기도 함.

449) 장성(將星) : ① 모든 사람에게 각각 응하는 별. ② 하괴성(河魁星) : 즉 북두칠성의 둘째 별. ③ 장군들을 높여서 하는 말. 여기서는 ③의 뜻.

450) 고령현(高靈縣) : 경북 성주지방의 옛 이름. 김덕령의 출생지는 광주(光州). 출생지의 착오.

451) 김덕령(金德齡) : 임진왜란 때 전주(全州)에서 의병을 일으켜 왜병을 크게 격파한 인물. 1567~1596, 자는 경수(景樹). 본관은 광산(光山), 고경명(高敬命)의 막하에

이오성   하는말이   대도독이   반사함을

우리대왕   들으시고   국사를   생각하니

대성통곡   하나이다   이여송   이말듣고

대희하여   하는말이   얼굴을   잠깐보니

왕자기상   못되더니   울음소리   들어보니

북해상   운무중[446)에   창룡[447)의   소리로다

용의소리   가졌으니   조선국왕   넉넉하다

그제야   대장기를   금글자로   새겼으되

중원명장   대도독에   이여송의   대장기라

장안에   세워놓니   바람끝에   펄렁펄렁

장대에   높이앉아   천기[448)를   바라보고

분부하여   하는말이   남방에   장성[449)하나

고령현[450)에   떨어졌다   바삐가서   데려오라

이장수는   누구던고   김덕령[451)이   이아닌가

서 전라도 일대의 왜병을 제어하고 선조로부터 형조좌랑의 직함을 받았고, 곽재우(郭再祐)와 함께 권율(權慄)의 휘하에 들어가 영남 서부의 방어임무를 맡았으나 충청도 체철사 종사관 신경행(辛景行) 등의 무고로 고문받다가 죽었다. 시호는 충장(忠壯). ※ 그러나 이 대목은 김응서(金應瑞)와 잘못 혼동하고 있다.

※ 김응서(金應瑞) : 임진왜란 때 무장(1564~1624). 자는 성보(聖甫), 본관은 김해(金海) 김경서(金景瑞)로 개명했고, 시호는 양의(襄毅), 임란 때 별장(別將)으로 이여송군과 합류하여 평양성을 탈환하고, 이어 경상도 좌병사(左兵使)가 되어 부산을 수복했다. 이때 귀순한 왜병이 100명이 넘었다고 전한다. 그 뒤 살이호(薩爾滸) 싸움 때 포로가 되어서 죽었다.

군관이 영을듣고 나난덧이 달려가서
軍官 슈

덕령집을 찾아가서 덕령을 재촉하야
德齡 德齡

한양성중 득달하니 이여송의 거동보소
漢陽城中 得達 李如松 擧動

덕령의 손을잡고 반가이 하난말이
德齡

이같은 난세중에 그대같은 장략으로
亂世中 將略

수간모옥 집가운데 적막하게 누엇는고
數間茅屋 寂寞

조선을 나와보니 난리가 대단하오
朝鮮 亂離 大端

창생은 고사하고 사직이 말아닐세
蒼生 姑捨 社稷

임금이 파천하니 사직이 어렵도다
播遷 社稷

일본대장 소서이는 지모장략 의론컨데
日本大將 小西 智謀將略 議論

사마양저 무가내요 손빈오기 가소롭다
司馬穰苴 無可奈 孫臏吳起 可笑

이렇다시 장한장수 백만군병 거나리고
壯 將帥 百萬軍兵

평양을 도륙하고 연광정에 좌정하야
平壤 屠戮 練光亭 坐定

---

452) 수간모옥(數間茅屋) : 몇 간 안되는 띠집. 조그만 초가집.

453) 파천(播遷) : 임금이 도성을 떠나 난리를 피해 피난 감. 몽진(蒙塵).

454) 소섭(小西)이는 : 왜장 소서행장 곧 고니시유끼나가를 말하는데 '소서'의 주격조
　　사는 '가'여야 하지만 '이'로 된 이유를 살피건대, 우리나라에서는 이 왜장을 '소
　　섭'이라고 불렀던 일이 있기 때문으로 여겨진다. "소섭"장수를 죽인 민간설화가
　　유행되었다. 그러나 '고니시유끼나가'는 일본으로 돌아가서 '세끼가 하라'(関が
　　原) 싸움에서 패하고 1,600년에 죽었다. 이 노래의 작자는 "소섭"의 민간설화를
　　장황하게 픽션하고 있다.

455) 지모장략(智謀將略) : 지혜와 일 꾸밈. 그리고 군사적 전략과 전술.

456) 사마양저(司馬穰苴) : 중국 춘추시대 제(齊)나라 장수. 본성은 전(田)이지만 대사
　　마(大司馬;중국 고대 병조판서) 벼슬을 했기 때문에 사마양저라고 불렀다. 저서에
　　병서(兵書)인 사마법(司馬法)이 있다.

군관이　　영을듣고　　나는듯이　　달려가서

덕령집을　　찾아가서　　덕령을　　재촉하여

한양성중　　도달하니　　이여송의　　거동보소

덕령의　　손을잡고　　반가워　　하는말이

이같은　　난세중에　　그대같은　　장략으로

수간모옥[452]　　집가운데　　적막하게　　누웠는고

조선을　　나와보니　　난리가　　대단하오

백성은　　고사하고　　사직이　　말아닐세

임금이　　파천[453]하니　　사직이　　어렵도다

일본대장　　소섭[454]이는　　지모장략[455]　　의론컨대

사마양저[456]　　무가내[457]요　　손빈[458]오기[459]　　가소롭다

이렇듯이　　장한장수　　백만군병　　거느리고

평양을　　쳐죽이고　　연광정[460]에　　좌정하여

---

457) 무가내(無可奈) : 무가내하, 즉 어찌할 수 없게 됨.

458) 손빈(孫臏) : 중국 고대 제(齊)나라 사람, 「손자병법」의 작자. 처음 위(魏)나라 장수 방연(龐涓)과 함께 병법을 배웠는데 방연이 시기하여 그의 발을 잘랐다. 뒤에 위가 제를 칠 때 손빈의 계교로 위가 패하자 방연은 자결하고 손빈의 인기는 더욱 높아졌다.

459) 오기(吳起) : 중국 전국시대의 위(衛)나라의 전술가요, 병서 「오자(吳子)」의 저자. 오기는 처음 증자(曾子)에게서 병법을 배웠고 나중에 초(楚)나라에 가서 도왕(悼王)을 도와 큰 공을 세웠다.

460) 연광정(練光亭) : 평양 대동강(大同江)변에 있는 유명한 정자. 관광의 명소. 여기서 임진왜란 때 소서행장(小西行長)과 명나라의 심유경(沈惟敬)이 강화조약을 의론했다. 창피한 일이었다.

부도를　　　웅거하니　　　잡기를　　　의론컨대
府都　　　雄據　　　　　　　　　　　議論

그대장략　　아니오면　　　어느뉘가　　잡으리요
　　將略

행장을　　　바삐차려　　　사속히　　　나려가서
行裝　　　　　　　　　　　速

대사를　　　도모하고　　　소서의　　　목을베여
大事　　　圖謀　　　　　小西

나의앞에　　바치여라　　　덕령이　　　청명하고
　　　　　　　　　　　　德齡　　　　聽命

필마단장　　재촉하야　　　나는드시　　나려갈제
匹馬單槍

임진강　　　얼는건너　　　송도를　　　지낸후에
臨津江　　　　　　　　　松都　　　　　　後

말마역　　　숙소하고　　　제주역　　　얼른지나
末馬驛　　　宿所　　　　諸州驛

청강성　　　바삐가서　　　백설령　　　급히넘어
靑江城　　　　　　　　　百雪嶺　　　急

선양점에　　숙소하고　　　모란봉을　　잠깐지나
善陽店　　　宿所　　　　牡丹峰

을밀대에　　잠깐쉬여　　　기린굴을　　바삐지나
乙密臺　　　　　　　　　麒麟窟

패강을　　　얼른건너　　　장림들을　　다지내니
浿江　　　　　　　　　　長林

부벽루가　　어데메뇨　　　연광정이　　여게로다
浮碧樓　　　　　　　　　練光亭

김덕령이　　십구세에　　　평양감사　　비장으로
金德齡　　　十九歲　　　平壤監司　　裨將

---

461) 필마단창(匹馬單槍) : 한 마리 말을 타고 한 자루의 창을 들고 혼자서 적을 무찌르
　　는 용감한 모습.
462) 말마역(末馬驛) : 마지막 말을 바꿔타는 역. 하루 노정의 마지막 역.
463) 제주역(諸州驛) : 여러 고을의 역참.
464) 청강성(靑江城) : 고유명사가 아니고 푸른 강의 성이란 뜻으로 쓴 듯하다.
465) 백설령(百雪嶺) : 흰눈 덮인 고개라는 상징적 명칭이다. 백설(白雪)이어야 맞다.
466) 선양점(善陽店) : 주막이나 객관의 상징적 가명인듯.

전고을을　떱쳤으니　이름잡기　의론컨대

그대장략　아니오면　어느누가　잡으리오

행장을　바삐차려　얼른빨리　내려가서

큰일을　도모하고　소섭의　목을베어

나의앞에　바치어라　덕령이　명을듣고

필마단창[461]　재촉하여　나는듯이　내려갈제

임진강　얼른건너　송도를　지난후에

말마역[462]　숙소하고　제주역[463]　얼른지나

청강성[464]　바삐가서　백설령[465]　급히넘어

선양점[466]에　숙소하고　모란봉[467]을　잠깐지나

을밀대[468]에　잠깐쉬어　기린굴[469]을　바삐지나

패강[470]을　얼른건너　장림[471]들을　다지나니

부벽루[472]가　어디메뇨　연광정[473]이　여기로다

김덕령이　십구세에　평양감사　비장으로

---

467) 모란봉(牡丹峰) : 평양에 있는 산 언덕으로 대동강을 굽어보는 명승지.
468) 을밀대(乙密臺) : 평양 북부에 있는 대동강변의 명승지.
469) 기린굴(麒麟窟) : 평양 모란봉 밑 대동강가에 있는 굴. 고구려 동명왕이 지나면서
　　뚫려졌다는 전설이 있다.
470) 패강(浿江) : 대동강의 옛 이름.
471) 장림(長林) : 긴 수풀. 평양에는 숲이 많았었다.
472) 부벽루(浮碧樓) : 평양의 옛 고적인 누각.
473) 연광정(練光亭) : 평양에 있는 대동강가의 누각. 평양의 명소.

삼년을　　지날적에　　누구를　　친했든고
三年　　　　　　　　　　　　　　親

평양기생　화월이와　은밀한정　맺아두고
平壤妓生　花月　　　隱密　情

백년을　　기약하고　맹서를　　깊이하여
百年　　　期約　　　盟誓

평생을　　잊이말자　일구월심　굳은마음
平生　　　　　　　　日久月深

전라어사　이도령과　남원기생　춘향이와
全羅御史　李道令　　南原妓生　春香

백년기약　맺은듯이　둘이서로　맺았드니
百年期約

김덕령의　거동보소　이런인정　생각하고
金德齡　　擧動　　　　　人情

화월의집　찾아가니　화월어미　춘계말이
花月　　　　　　　　花月　　　春桂

반갑도다　내사위여　질겁도다　내사위여

이내딸　　화월이와　함께죽자　맹서터니
　　　　　花月　　　　　　　　盟誓

행차한번　하신후로　소식조차　돈절하오
行次　　　　　後　　消息　　　頓絕

죽자살자　하든인정　그다지도　매몰하오

사위나는　십구세오　화월나는　십육세라
　　　　　十九歲　　花月　　　十六歲

부벽루　　죽림속에　이별할때　뿌린눈물
浮碧樓　　竹林　　　離別

---

474) 화월(花月) : 평양 의기(義妓) 계월향(桂月香)의 잘못인 것 같고, 구비설화(口碑說
話)로 민간에 유전되던 계월향은 평안도 병마절도사 김응서(金應瑞 ; 1564~1624)
의 애첩으로, ‘소섭’ 즉 소서행장(小西行長)의 부장(副長)에게 몸을 더럽히자 김응
서와 짜고 왜장을 죽인 후 자기도 죽여달라고 간청해서 죽었다는 설화이다. 차상찬
(車相瓚)의 「해동염사(海東艷史 ; 1937刊)에도 나온다.
475) 일구월심(日久月深) : 날이 오래도록, 달이 깊도록 못잊는다는 뜻으로 쓰는 상용
투어(常用套語)이다.

삼년을　　지낼적에　　누구를　　친했던고

평양기생　　화월[474]이와　　은밀한정　　맺어두고

백년을　　기약하고　　맹서를　　깊이하여

평생을　　잊지말자　　일구월심[475]　　굳은마음

전라어사[476]　　이도령[477]과　　남원기생　　춘향이와

백년기약　　맺은듯이　　둘이서로　　맺었더니

김덕령의　　거동보소　　이런인정　　생각하고

화월의집　　찾아가니　　화월어미　　춘계말이

반갑도다　　내사위여　　즐겁도다　　내사위여

이내딸　　화월이와　　함께죽자　　맹서터니

행차[478]한번　　하신후로　　소식조차　　돈절[479]하여

죽자살자　　하던인정　　그다지도　　매몰하오[480]

사위나인　　십구세요　　화월나인　　십육세라

부벽루　　죽림속에　　이별할때　　뿌린눈물

---

476) 전라어사(全羅御史) : 전라도의 암행어사.
477) 이도령(李道令) : 도령은 도련님으로 귀문가 소년을 부르는 애칭. 때로 형수가 시
　　동생을 부를 때도 쓴다. 여기서는 「춘양전」의 이몽룡(李夢龍)을 말한다.
478) 행차(行次) : 길을 간다의 높임말. 여기서는 다녀가셨다는 말.
479) 돈절(頓絕) : 끊어져 막힘. 소식 등이 끊어져 감감한 것.
480) 매몰하오 : 매몰차다. 인정사정 없이 쌀쌀하다.

지금까지　마르잔네　여보여보　나으리요

마오마오　그리마오　사람대접　그리마오
　　　　　　　　　　待接

아무리　천첩인들　인정조차　그리하오
　　　　賤妾　　　人情

비장나리　가신후로　지금까지　몇해시오
裨將　　　　　後

을유년에　매진언약　임진년에　풀로왔소
乙酉年　　　　言約　壬辰年

아모리　언약인들　제몸이　기생이요
　　　言約　　　　　　　　妓生

제나이　청춘이라　이팔청춘　절믄몸이
　　　青春　　　二八青春

독숙공방　홀로앉아　지금까지　수절하니
獨宿空房　　　　　　　　　　守節

기생되고　장하잔소　칠팔년을　수절타가
妓生　　　壯　　　七八年　　守節

금년팔월　보름날에　일본대장　소서이가
今年八月　　　　　　日本大將　小西

위력으로　잡아다가　왜장의　첩이되어
威力　　　　　　　　倭將　　妾

방수들로　들어가고　그후로는　아니왔네
房守　　　　　　　　　後

화월아비　제사날이　오날지나　내일이니
花月　　　祭祀

제사날은　나올게라　그때에나　만나보소
祭祀

덕령의　거동보소　아모리　할미말도
德齡　　擧動

들은후에　생각하니　당연하고　무식하다
　　後　　　　　　　當然　　　無識

지금까지　마르잖네　　여보여보　나으리요

마오마오　그리마오　　사람대접　그리마오

아무리　　천첩인들　　인정조자　그리하오

비장나리　가신후로　　지금까지　몇해시오

을유년에　맺은언약　　임진년[481]에　풀러왔소

아무리　　언약인들　　제몸이　　기생이오

제나이　　청춘이라　　이팔청춘　젊은몸이

독숙공방　홀로앉아　　지금까지　수절하니

기생되고　장하잖소　　칠팔년을　수절타가

금년팔월　보름날에　　일본대장　소섭이가

겁을주며　잡아다가　　왜장의　　첩이되어

방수들려　들어가고　　그후로는　아니왔네

화월아비　제사날이　　오늘지나　내일이니

제사날은　나올게라　　그때에나　만나보소

덕령의　　거동보소　　아무리　　할미말도

들은후에　생각하니　　당연하고　무식하다

---

481) 을유년(乙酉年)과 임진년(壬辰年) : 을유년은 1585년이고 임진년은 1592년, 즉 7
년 만에 왔다는 사설. 임진년은 임진왜란이 일어난 해.

화월어미　　거동보소　　푸닥거리　　한참하고
花月　　　　舉動

후회가　　　돌아나서　　손길잡고　　들어가서
後悔

술부어　　　대접하고　　담배대　　　앞에놓고
　　　　　　待接

이러하나　　저러하나　　제잡담　　　하여놓고
　　　　　　　　　　　　除雜談

아까하든　　할미말을　　노여말고　　분타마소
　　　　　　　　　　　　　　　　　　憤

이같은　　　난세중에　　어찌하여　　여게왔소
　　　　　　亂世中

칠팔년　　　그린얼굴　　아모려나　　반가워라
七八年

김비장　　　하는말이　　장모님　　　내말듣소
金裨將　　　　　　　　　丈母

나도예서　　올라간후　　천지상을　　다당하니
　　　　　　　　　後　　天地喪　　　　當

상신되고　　출입할까　　편지를　　　할라하니
喪身　　　　出入　　　　便紙

기려기　　　얻지못해　　편지도　　　못부치니
　　　　　　　　　　　　便紙

장모님은　　고사하고　　내마음은　　좋을손가
丈母　　　　姑捨

그럭저럭　　황혼되어　　석반상이　　들어온다
　　　　　　黃昏　　　　夕飯床

등불을　　　밝혀놓고　　밥상을　　　살펴보니
　　　　　　　　　　　　床

안호의　　　찰진밥과　　무창의　　　살진고기

---

482) 제잡담(除雜談) : 잡담을랑 그만두고. 잡담을 배제하고.
483) 천지상(天地喪) : 부모님 상을 말함. 천(天)상은 아버지 상. 지(地)상은 어머니 상.
484) 상신(喪身) : 상주된 몸.
485) 기려기 : 기러기는 소식을 전하는 새로 인식되고 있었으니 안서(雁書)란 편지란
　　　뜻이다.

화월어미　거동보소　푸닥거리　한참하니

후회가　돌아나서　손길잡고　들어가서

술부어　대접하고　담뱃대　앞에놓고

이러하나　저러하나　제잡담⁴⁸²⁾　하여놓고

아까하던　할미말을　노여말고　분타마소

이같은　난세중에　어찌하여　여기왔소

칠팔년　그린얼굴　아무려나　반가와라

김덕령　하는말이　장모님　내말듣소

나도예서　올라간후　천지상⁴⁸³⁾을　다당하니

상신⁴⁸⁴⁾되고　출입할까　편지를　하려하니

기러기⁴⁸⁵⁾　얻지못해　편지도　못부치니

장모님은　고사하고　내마음은　좋을손가

그럭저럭　황혼되어　석반상⁴⁸⁶⁾이　들어온다

등불을　밝혀놓고　밥상을　살펴보니

안호의　차진밥⁴⁸⁷⁾과　무창의　살진고기⁴⁸⁸⁾

---

486) 석반상(夕飯床) : 저녁 밥상. 조반상과 반대말.
487) 안호의 차진 밥 : 안호는 지명인듯. 다른 해석본에서는 중국 회하(淮河)유역의 안휘(安徽)인듯하다고 했다.
488) 무창의 살진 고기 : 무창은 중국 〈武昌〉인듯하다. 무창은 양자강 유역에 있는 목축업 명산지.

소담하게　　차렷고나　　덕령의　　　거동보소
　　　　　　　　　　　　德齡　　　舉動

그밥을　　　먹은후에　　그날밤에　　혼자자고
　　　　　　　　後

화월이　　　나오기만　　고대하고　　바라는데
花月　　　　　　　　　苦待

왜나발　　　부는소래　　창밖에　　　들리더니
倭喇叭　　　　　　　　窓

왜군사　　　수십인이　　화월을　　　얼른모서
倭軍士　　　數十人　　花月

춘계집을　　찾아온다　　화월의　　　거동보소
春桂　　　　　　　　　花月　　　　舉動

옥빈홍안　　고은얼굴　　의구하게　　어여뿌고
玉鬢紅顔　　　　　　　依舊

화월어미　　거동보소　　화월보고　　하난말이
花月　　　　舉動　　　花月

고령땅　　　김비장이　　어제날　　　여기왔다
高靈　　　　金裨將

화월이　　　이말듣고　　안색이　　　불평하여
花月　　　　　　　　　顔色　　　　不平

발연하여　　대답하되　　김비장은　　누구신지
勃然　　　　對答　　　金裨將

나모르는　　그사람이　　나의집에　　어찌왔소

가마타고　　들어가며　　어미다려　　이른말이

내일다시　　나오리다　　주육이나　　많이하오
來日　　　　　　　　　酒肉

덕령이　　　생각하니　　계집은　　　헛게로다
德齡

저와나와　　매진언약　　금석같이　　굳엇더니
　　　　　　言約　　　金石

---

489) 옥빈홍안(玉鬢紅顔) : 구슬같이 맑은 귀밑머리와 붉은 얼굴. 젊고 아름다운 여자
　　의 모습.

소담하게　차렸구나　덕령의　거동보소

그밥을　먹은후에　그날밤에　혼자자고

화월이　나오기만　고대하고　바라는데

왜나팔　부는소리　창밖에　들리더니

왜군사　수십인이　화월을　얼른모셔

춘계집을　찾아온다　화월의　거동보소

옥빈홍안[489]　고운얼굴　예와같이　어여쁘고

화월어미　거동보소　화월보고　하는말이

고령땅　김비장이　어젯날　여기왔다

화월이　이말듣고　안색이　불편하여

발연[490]하여　대답하되　김비장은　누구신지

나모르는　그사람이　나의집에　어찌왔소

가마타고　들어가며　어미더러　이른말이

내일다시　나오리다　안주나　많이하오

덕령이　생각하니　계집은　헛게로다

저와나와　맺은언약　금석같이　굳었더니

---

490) 발연(勃然) : 갑자기 벌컥대는 모양. 급변하는 모습.

왜장을(倭將) 친한후에(親後) 네마음이 변했구나(變)
나오기를 기다려서 요년부터 죽이리라

객창한등(客窓寒燈) 찬바람에 심신이(心神) 불평하여(不平)
목침을(木枕) 도듯비고 삼척검(三尺劍) 어루만저
경계하여(警戒) 하는말이 칼아칼아 이내칼아
너도정녕(丁寧) 알거시라 이번거름 여게온일
부대부대 성공하고(成功) 너와나와 함께가자
칼도또한 신이잇서(信) 이번성공(成功) 내못하면
내목숨은 고사하고(姑捨) 국사가(國事) 말안일다
이렇다시 경계하고(警戒) 날새기를 기다리니
오경한창(五更寒窓) 풍우중에(風雨中) 계명성이(鷄鳴聲) 나난구나
동방이(東方) 밝아오매 소슬한창(蕭瑟寒窓) 해가뜨네
아츰상이(床) 들오거늘 밥을먹고 앉았드니
창밖에(窓) 들린소리 화월이(花月) 또나온다
화월이(花月) 들어와서 어미보고 하난말이

---

491) 객창한등(客窓寒燈) : 나그네 숙소의 차디찬 등불. 나그네의 수심겨운 모습.
492) 삼척검(三尺劍) : 석자길이의 검. 몸속에 숨겨서 은밀히 쓰는 검.
493) 오경한창풍우중(五更寒窓風雨中) : 새벽의 나그네 집에 비바람은 흩날린다는 말.
　　여행지에서 몹시 쓸쓸하고 스산한 풍경.

왜장을　친한후에　　네마음이　변했구나
나오기를　기다려서　　요년부터　죽이리라
객창한등[491]　찬바람에　　심신이　불편하여
목침을　돋워베고　　삼척검[492]　어루만져
경계하여　하는말이　　칼아칼아　이내칼아
너도정녕　알것이라　　이번걸음　여기온일
부디부디　성공하고　　너와나와　함께가자
칼도또한　신이있어　　이번성공　내못하면
내목숨은　고사하고　　국사가　말아니다
이렇듯이　경계하고　　날새기를　기다리니
오경한창　풍우중[493]에　　계명성[494]이　나는구나
동방이　밝아오매　　소슬한창[495]　해가뜨네
아침상이　들오거늘　　밥을먹고　앉았더니
창밖에　들린소리　　화월이　또나온다
화월이　들어와서　　어미보고　하는말이

---

494) 계명성(鷄鳴聲) : 닭 우는 소리. 대개 새벽 첫 닭 우는 소리로 쓰는 말.
495) 소슬한창(蕭瑟寒窓) : 쓸쓸한 나그네 집. 한창은 여막의 스산한 창문.

술과고기　　어찌했소　　춘계의(春桂)　　거동보소(擧動)

술병을　　손에들고　　고기그릇　　안고나와

마당에　　포진하고(鋪陳)　　왜졸을(倭卒)　　대접하니(待接)

왜졸의(倭卒)　　거동보소(擧動)　　서로앉아　　짓거리며

고기먹고　　배부르고　　술마시고　　취한후에(醉後)

홍몽천지(鴻濛天地)　　이아니면　　취리건곤(醉裡乾坤)　　이아닐가

홍몽천지(鴻濛天地)　　취한놈이(醉)　　무삼말을　　엿들을가

화월의(花月)　　거동보소(擧動)　　방문열고(房門)　　뛰여드가

덕령의(德齡)　　손길잡고　　일희일비(一喜一悲)　　하난말이

반갑도다　　반갑도다　　비장행차(裨將行次)　　반갑도다

좋을시고　　좋을시고　　낭군행차(郎君行次)　　좋을시고

칠년대한(七年大旱)　　비가온들　　이에서　　좋을손가

죽은부모(父母)　　사라온들　　이에서　　좋을손가

반갑도다　　반갑도다　　천리행차(千里行次)　　반갑도다

멀고멀고　　먼먼길에　　행차나(行次)　　평안했소(平安)

---

496) 포진(鋪陳) : 깔아 벌려 놓음. 자리 방석 등을 깔아 벌려 놓음.
497) 홍몽천지(鴻濛天地) : 홍몽은 천지가 아직 열리지 않은 상태. 아득해서 분간 못하는 상태.

술과고기 어찌했소 춘계의 거동보소

술병을 손에들고 고기그릇 안고나와

마당에 포진[496]하고 왜졸을 대접하니

왜졸의 거동보소 서로앉아 지껄이며

고기먹고 배부르고 술마시고 취한후에

홍몽천지[497] 이아니면 취리건곤[498] 이아닐까

홍몽천지 취한놈이 무슨말을 엿들을까

화월의 거동보소 방문열고 뛰어들어

덕령의 손길잡고 일희일비 하는말이

반갑도다 반갑도다 비장행차 반갑도다

좋을시고 좋을시고 낭군행차 좋을시고

칠년대한[499] 비가온들 이에서 좋을손가

죽은부모 살아온들 이에서 좋을손가

반갑도다 반갑도다 천리행차 반갑도다

멀고멀고 먼먼길에 행차나 평안했소

---

498) 취리건곤(醉裡乾坤) : 술에 취해 분명치 아니한 세상.
499) 칠년대한(七年大旱) : 7년 동안 계속 가뭄들던 일. 중국은 은(殷)나라 탕왕(湯王)
　　때의 사실이지만 아주 오래도록 기다릴 때 쓰는 일반 명사로 되었다.

을유년에(乙酉年) 이별하고(離別) 임진년에(壬辰年) 맛나보니

세월은(歲月) 밧겻스되 얼골은 의구하오(依舊)

낭군이(郎君) 아니라도 평생을(平生) 혼자늙어

첩의몸(妾) 죽은후에(後) 지하에나(地下) 만나볼가

이렇다시 마음먹고 사창에(紗窓) 홀로누어

눈물로 세월보내(歲月) 팔년을(八年) 지내더니

뜻밖에 난리나서(亂離) 왜장이(倭將) 첩을불러(妾)

금수관에 가돠두고 어머니도 못보오니

화월의(花月) 팔자보소(八字) 청춘에(靑春) 가장그려(家長)

독숙공방(獨宿空房) 서른회포(懷抱) 구비구비 맷첫거늘

가장을(家長) 말할진대 천리밖에(千里) 있었으니

원망조차(怨望) 못하나마 곁에있난 첩어미도(妾)

마음대로 못보지요 덕령의(德齡) 거동보소(舉動)

어제날 하난일을 내가보고 분이나서(憤)

너마음이 변했다고(變) 오날날 다시보면

죽이기로 작정하고(作定) 너나오기 바랫더니

---

500) 을유년… 임진년 : 1585… 1592, 7년 간의 이별을 뜻함.

을유년에　　　이별하고　　　임진년[500]에　　　다시보니

세월은　　　　바뀌었으되　　　얼굴은　　　　의구하오

낭군이　　　　아니와도　　　　평생을　　　　혼자늙어

첩의몸　　　　죽은후에　　　　지하에나　　　　만나볼까

이렇듯이　　　마음먹고　　　　사창[501]에　　　홀로누워

눈물로　　　　세월보내　　　　팔년을　　　　지내더니

뜻밖에　　　　난리나서　　　　왜장이　　　　첩을불러

금수관[502]에　가둬두고　　　　어머니도　　　못보오니

화월의　　　　팔자보소　　　　청춘에　　　　가장그려

독숙공방　　　설운회포　　　　굽이굽이　　　맺혔거늘

가장을　　　　말할진대　　　　천리밖에　　　있었으니

원망조차　　　못하나마　　　　곁에있는　　　첩어미도

마음대로　　　못보지요　　　　덕령의　　　　거동보소

어젯날　　　　하는일을　　　　내가보고　　　분이나서

네마음이　　　변했다고　　　　오늘날　　　　다시보면

죽이기로　　　작정하고　　　　너나오기　　　바랐더니

---

501) 사창(紗窓) : 자그마한 창문으로 얇은 비단을 발랐다하여 붙인 이름. 대개 여자가
　　쓰는 방의 대명사 격으로 썼다.
502) 금수관 : 새나 짐승을 가두는 우리. 즉 〈금수관(禽獸館)〉인듯하다.

오날날　　하난일을　　다시보고　　요량하니
　　　　　　　　　　　　　　　　　　　　料量

너보기가　　붓그럽다　　우리둘이　　만날적에

나의나는　　십구세요　　너의나는　　십육세라
　　　　　　十九歲　　　　　　　　十六歲

십육세　　아녀자는　　장부마음　　알것만은
十六歲　　兒女子　　丈夫

십구세　　대장부는　　여자마음　　몰랏스니
十九歲　　大丈夫　　女子

장부되기　　붓그럽고　　여자되기　　앗갑도다
丈夫　　　　　　　　　女子

화월의　　손을잡고　　히히낙낙　　히롱하니
花月　　　　　　　　喜喜樂樂　　戲弄

화월의　　하난말이　　히롱을　　마르시고
花月　　　　　　　　戲弄

진담으로　　하옵시요　　덕령이　　대답하되
眞談　　　　　　　　　德齡　　　對答

이별한　　팔년만에　　너의얼굴　　생각하면
離別　　八年

눈에삼삼　　어려있고　　너의음성　　생각하면
　　森森　　　　　　　　音聲

귀에쟁쟁　　들이난듯　　아모리　　보자한들
　　琤琤

육년초도　　지난후에　　난리를　　또당하니
六年初　　　後　　　　亂離　　　當

무삼여가　　있을이오　　이번에　　여기옴은
　　餘暇

월태화용　　너의얼굴　　다시한번　　보로왔다
月態花容

화월이　　이말듣고　　낫빛을　　다시곤처
花月

---

503) 요량(料量) : 헤아려 짐작함. 잘 생각해서 처리함.

오늘날   하는일을   다시보고   요량[503]하니

너보기가   부끄럽다   우리둘이   만날적에

나의나이   십구세요   너의나이   십육세라

십육세   아녀자는   장부마음   알건마는

십구세   대장부는   여자마음   몰랐으니

장부되기   부끄럽고   여자되기   아깝도다

화월의   손을잡고   희희낙락[504]   희롱하니

화월의   하는말이   희롱을   말으시고

진담으로   하옵시오   덕령이   대답하되

이별한   팔년만에   너의얼굴   생각하면

눈에삼삼   어려있고   너의음성   생각하면

귀에쟁쟁   들리누나   아무리   보자한들

육년초도   지난후에   난리를   또당하니

무슨여가   있으리오   이번에   여기옴은

월태화용[505]   너의얼굴   다시한번   보러왔다

화월이   이말듣고   낯빛을   다시고쳐

---

504) 희희낙락(喜喜樂樂) : 기쁘고 즐거워 어쩔줄 모르는 상태. 즐거워 다른 생각 못하
　　 는 상태.
505) 월태화용(月態花容) : 달처럼 환하고 꽃같이 고운 얼굴.

정색하고 　하난말이 　아직도 　장군님이
正色 　　　　　　　　　　　　　　將軍

나의마음 　모르시고 　농담으로 　히롱하니
　　　　　　　　　　　弄談 　　　戲弄

그아니 　원통하오 　장군님 　이번거름
　　　　冤痛 　　　將軍

대사를 　도모코저 　첩을찾어 　왔었으니
大事 　　圖謀 　　　妾

이일을 　하실진대 　첩아니면 　어찌하리
　　　　　　　　　妾

덕령의 　거동보소 　이말듣고 　대답하야
德齡 　　擧動 　　　　　　　　對答

잡은손목 　다시놓고 　흔연히 　하난말이
　　　　　　　　　　欣然

이내마음 　네아랏다 　과연정녕 　그러하다
　　　　　　　　　果然丁寧

이번에 　내온뜻은 　왜장소서 　잡을라고
　　　　　　　　　倭將小西

용천검 　드는칼을 　갈고갈고 　또가라서
龍泉劍

금사철갑 　칼집속에 　깊이꼽아 　차고왔다
金絲鐵甲

화월이 　이말듣고 　덕령에게 　하는말이
花月 　　　　　　德齡

장군님아 　장군님아 　첩의말을 　들어보소
將軍 　　　將軍 　　　妾

소서의 　하난일을 　낫낫치 　말하리라
小西

사방에 　금줄매고 　칸칸이 　방울다라
四方

바람이 　부는대로 　방울소래 　달랑하면

---

506) 흔연(欣然)히 : 기쁨. 기뻐하는 모양.

정색하고　　하는말이　　아직도　　장군님이

나의마음　　모르시고　　농담으로　　희롱하니

그아니　　원통하오　　장군님　　이번걸음

대사를　　도모코자　　첩을찾아　　왔었으니

이일을　　하실진대　　첩아니면　　어찌하리

덕령의　　거동보소　　이말듣고　　대답하여

잡은손목　　다시놓고　　흔연히[506]　　하는말이

이내마음　　네알았다　　과연정녕　　그러하다

이번에　　내온뜻은　　왜장소섭　　잡으려고

용천검[507]　　드는칼을　　갈고갈고　　또갈아서

금사철갑[508]　　칼집속에　　깊이꽂아　　차고왔다

화월이　　이말듣고　　덕령에게　　하는말이

장군님아　　장군님아　　첩의말을　　들어보소

소섭의　　하는일을　　낱낱이　　말하리라

사방에　　금줄매고　　칸칸이　　방울달아

바람이　　부는대로　　방울소리　　달랑하면

---

507) 용천검(龍泉劍) : 잘 드는 큰 검. 고대 중국에 있었다는 큰 칼.
508) 금사철갑(金絲鐵甲) : 금실로 수놓고 쇠를 두른 칼집.

잠을깨여　　기침하고　　잠자는　　　법을보면
　　　　　　　　　　　　　　　　　　　　法

사흘씩　　　크게잘제　　첫날잠은　　열게들고

잇흔날은　　깊히들어　　사람출입　　모르고서
　　　　　　　　　　　　出入

사흘밤은　　점점깨여　　약간하면　　기침하여
　　　　　　　　　　　　若干

기침하난　　그소래에　　방울이　　　딸낭딸낭

턱밑을　　　만저보면　　돈짝같은　　그비늘이

충충이　　　부터있고　　첩첩이　　　싸고있어
層層　　　　　　　　　　疊疊

구리쇠로　　맨든드시　　시시로　　　용맹나면
　　　　　　　　　　　　時時　　　　勇猛

두주먹을　　불곤쥐고　　기지개를　　쓸대보면

첩첩이　　　박힌비늘　　낫낫치　　　이러나서
疊疊

비늘틈에　　살이뵈니　　그럴때에　　칼로치면

제아모리　　역사라도　　아니죽고　　어찌하리
　　　　　　力士

수잠이　　　들고보면　　두눈을　　　아조깜고

잠이깊이　　들고보면　　두눈을　　　번쩍떠서

사람을　　　보난같고　　소서의　　　하는말이
　　　　　　　　　　　　小西

사람을　　　의심하여　　지금같이　　형용그려
　　　　　　疑心　　　　　　　　　形容

잠을깨어　　기침하고　　잠자는　　법을보면

사흘씩　　크게잘제　　첫날잠은　　엷게들고

이튿날은　　깊이들어　　사람출입　　모르고서

사흘밤은　　점점깨어　　약간하면　　기침하여

기침하는　　그소리에　　방울이　　딸랑딸랑

턱밑을　　만져보면　　돈짝같은　　그비늘이

층층이　　붙어있고　　첩첩이　　싸고있어

구리쇠로　　만든듯이　　시시로　　용맹나면

두주먹을　　불끈쥐고　　기지개를　　쓸때보면

첩첩이　　박힌비늘　　낱낱이　　일어나서

비늘틈에　　살이뵈니　　그럴때에　　칼로치면

제아무리　　역사라도　　아니죽고　　어찌하리

수잠509)이　　들고보면　　두눈을　　아주감고

잠이깊이　　들고보면　　두눈을　　번쩍떠서

사람을　　보는같고　　소섭의　　하는일이

사람을　　의심하여　　지금같이　　형용그려

---

509) 수잠 : 풋잠. 깊이 들지 않은 잠.

등신을 等神	만들어서	서이같이	누웠으니
어느것이	소서인지 小西	얼른보면	모르리다
양편에 兩便	누은것은	등신소서 等神小西	누은게요
그가운데	누은것이	참소서가 小西	분명하니 分明
내일은 來日	이틀재니	큰잠자는	그날이라
부대부대	염려말고 念慮	내일밤에 來日	들어오면
장군님의 將軍	이번대사 大事	성공하고 成功	가오리다
이렇다시	약속하고 約束	화월이는 花月	들어가서
바지솜	빼여들고	그많은	방울궁호
나갈때에	틀어막고	들어오며	다막으니
아무리	출입해도 出入	방울이	소래없다
덕령의 德齡	거동보소 舉動	삼경을 三更	지난후에 後
칼을잡고	들어가니	좌우에 左右	왜졸들은 倭卒
적적히 寂寂	잠을자고	인적이 人跡	고요하다
연광정 練光亭	올라가니	화월의 花月	거동보소 舉動
덕령온줄 德齡	짐작하고	문을열고 門	내달아서

등신[510]을 만들어서 셋이같이 누웠으니

어느것이 소섭인지 얼른보면 모르리다

양편에 누운것은 등신소섭 누운게요

그가운데 누운것이 참소섭이 분명하니

내일은 이틀째니 큰잠자는 그날이라

부디부디 염려말고 내일밤에 들어오면

장군님의 이번대사 성공하고 가오리다

이렇듯이 약속하고 화월이는 들어가서

바지솜 빼어들고 그많은 방울구멍

나갈때에 틀어막고 들어오며 다막으니

아무리 출입해도 방울이 소리없다

덕령의 거동보소 삼경을 지난후에

칼을잡고 들어가니 좌우에 왜졸들은

적적히 잠을자고 인적이 고요하다

연광정 올라가니 화월의 거동보소

덕령온줄 짐작하고 문을열고 내달아서

---

510) 등신(等神) : 나무나 쇠 또는 풀따위로 사람의 형상을 만든 허수아비. 흔히 못난짓
하는 사람을 두고 하는 말. 여기서는 허수아비.

손길잡고　　인도하니　　덕령이　　뒤를따라
　　　　　　引導　　　　德齡

문을열고　　서서보니　　집동같은　　소서이가
　　　　　　　　　　　　　　　　　　小西

서이같이　　누었으니　　알고봐도　　놀랍도다

덕령의　　장략에도　　한번보매　　기가막혀
德齡　　　將略

칼을들고　　혼자말로　　대단할사　　소서이여
　　　　　　　　　　　　大端　　　　小西

듣든말과　　과연같다　　정신을　　다시차려
　　　　　　果然　　　　精神

자난눈을　　살펴보니　　두눈빛이　　경쇠같고

불빛과　　서로빛어　　안광이　　영롱하다
　　　　　　　　　　　眼光　　　玲瓏

노기가　　등등하야　　덕령을　　보난같다
怒氣　　　騰騰　　　德齡

덕령의　　거동보소　　오른발을　　높이들어
德齡　　　擧動

자난놈을　　코를차니　　소서의　　용맹봐라
　　　　　　　　　　　小西　　　勇猛

두주먹　　불끈쥐고　　두팔을　　뻐치고서

지지개　　한참쓸때　　덕령이　　칼을들어
　　　　　　　　　　　德齡

비늘사이　　칼을치니　　칼맛고　　떠러질때

목없난　　저장수가　　설설기며　　칼을찾아
　　　　　　將帥

덕령을　　친다는게　　연광정　　대들보를
德齡　　　　　　　　　練光亭

---

511) 경쇠 : 옥이나 돌로 만든 악기 혹은 판수가 경을 읽을 때 흔들어 울리는 놋쇠 방울.

손길잡고   인도하니   덕령이   뒤를따라

문을열고   서서보니   집통같은   소섭이가

셋이같이   누웠으니   알고봐도   놀랍도다

덕령의   장략에도   한번보매   기가막혀

칼을들고   혼잣말로   대단할사   소섭이여

듣던말과   과연같다   정신을   다시차려

자는눈을   살펴보니   두눈빛이   경쇠[511]같고

불빛과   서로비쳐   안광이   영롱[512]하다

노기가   등등[513]하여   덕령을   보는같다

덕령의   거동보소   오른발을   높이들어

자는놈을   코를차니   소섭의   용맹봐라

두주먹   불끈쥐고   두팔을   뻗치고서

기지개   한참쓸때   덕령이   칼을들어

비늘사이   칼을치니   칼맞고   떨어질때

목없는   저장수가   설설기며   칼을찾아

덕령을   친다는게   연광정   대들보를

---

512) 영롱(玲瓏) : 번쩍번쩍 빛나는 광채. 혹은 금옥 따위가 울리는 맑은소리. 여기서는
    소섭의 안광을 말함.
513) 등등(騰騰) : 기세가 아주 높다랗다. 서슬이 푸르등등하다.

칼날로　　친자취가
목없난　　저장수가
　　　　　將帥
목있을때　용맹보면
　　　　　勇猛
화월이　　곁에서서
花月
죽은몸이　요동없네
　　　　　搖動
버힌머리　싸서들고
칙은하게　하난말이
惻隱
팔년만에　어제와서
八年
갈길이　　바빴스니
난리가　　평정되면
亂離　　　平定
부대부대　너의모녀
　　　　　　母女
화월이　　이말듣고
花月
장군님아　장군님아
將任　　　將軍
살려두고　못가리라
장군님　　드난칼로
將軍
첩의어미　주고가오
妾

지금까지　완연하니
至今　　　宛然
저렇다시　장하거든
　　　　　壯
그용맹이　어떠할가
勇猛
깍지재를　헛첫으니
덕령의　　거동보소
德齡　　　舉動
화월을　　하직할세
花月　　　下直
장하도다　화월이여
壯　　　　花月
이래가기　섭섭하나
지처하기　어렵도다
遲滯
다시한번　볼것이라
잔명이나　보전하라
殘命　　　保全
슬피울며　하난말이
첩의말슴　들어보소
妾
첩의목을　베어주오
妾
첩의목을　베어다가
妾
덕령이　　이말듣고
德齡

칼날로   친자취가   지금까지   완연하니
목없는   저장수가   저렇듯이   장하거든
목있을때   용맹보면   그용맹이   어떠할까
화월이   곁에서서   깍지재514)를   흩였으니
죽은몸이   요동없네   덕령의   거동보소
베인머리   싸서들고   화월을   하직할제
측은하게   하는말이   장하도다   화월이여
팔년만에   어제와서   이래가기   섭섭하나
갈길이   바빴으니   지체하기   어렵도다
난리가   평정되면   다시한번   볼것이라
부디부디   너의모녀   잔명이나   보전하라
화월이   이말듣고   슬피울며   하는말이
장군님아   장군님아   첩의말씀   들어보소
살려두고   못가리라   첩의목을   베어주오
장군님   드는칼로   첩의목을   베어다가
첩의어미   주고가오   덕령이   이말듣고

---

514) 깍지재 : 콩이나 팥 깍지를 태워 만든 재로서 칼로 잘린 몸통이 다시 못 붙게 재를
뿌렸다 했다. 소섭은 잘린 몸이 다시 붙으려 했다는 민간 속설이 떠돌았지만 모두
가 지어낸 말이요, 사실이 아니다.

탄식하고　하난말이　너와나와　동모하야
嘆息　　　　　　　　　　　　　同謀

만고없난　대장머리　한칼로　　베인것은
萬古　　　大將

너의공을　의론컨대　천금상을　준다해도
　　功　　議論　　　千金賞

천금이　　부족하고　만금상을　주드래도
千金　　　不足　　　萬金賞

만금이　　부족이라　상이야　　못줄망정
萬金　　　不足　　　賞

유공한　　그사람을　추호도　　해할손가
有功　　　　　　　　秋毫　　　害

남남에도　못하거든　하물며　　부부간에
　　　　　　　　　　　　　　　夫婦間

내칼로　　네의목을　어찌참아　버히리오

마라마라　그리마라　그런말을　제발마라

살처구장　하는사람　오기바께　또있난가
殺妻求將　　　　　　吳起

인정박대　못하겠다　부대부대　잘있거라
人情薄待

화월이　　이말듣고　진정으로　비난말이
花月　　　　　　　　眞情

오날날　　장군님이　첩과함께　동모하여
　　　　　將軍　　　妾　　　　同謀

왜장을　　죽이고서　장군님　　가고보면
倭將　　　　　　　　將軍

저왜졸의　거동보소　저의장수　죽였다고
倭卒　　　舉動　　　　將帥

---

515) 동모(同謀) : 함께 꾸민 꾀, 공모(共謀).
516) 추호(秋毫) : 가을 새 깃털처럼 가볍다는 뜻. 여기서는 '조금도'로 쓰임.
517) 살처구장(殺妻求將) : 처를 죽이고서 장수를 구함. 이때 장수는 나라를 뜻함.

탄식하고　　하는말이　　너와나와　　동모515)하여
만고없는　　대장머리　　한칼로　　　베인것은
너의공을　　의론컨대　　천금상을　　준다해도
천금이　　　부족하고　　만금상을　　주더라도
만금이　　　부족이라　　상이야　　　못줄망정
유공한　　　그사람을　　추호516)도　　해할손가
남남에도　　못하거든　　하물며　　　부부간에
내칼로　　　너의목을　　어찌차마　　버이리오
마라마라　　그리마라　　그런말을　　제발마라
살처구장517)　하는사람　　오기518)밖에　또있는가
인정박대519)　못하겠다　　부디부디　　잘있거라
화월이　　　이말듣고　　진정으로　　비는말이
오늘날　　　장군님이　　첩과함께　　동모하여
왜장을　　　죽이고서　　장군님　　　가고보면
저왜졸의　　거동보소　　저의장수　　죽였다고

---

518) 오기(吳起) : 중국 춘추전국시대의 위나라 사람. 병법서 「오자(吳子)」를 저술한 사
　　람.
519) 인정박대(人情薄待) : 사람의 떳떳한 감정을 천대한다는 뜻.

첩을먼저 　 죽일게니 　 　 오날밤에 　 장군님이
妾 　 　 　 　 　 　 　 　 　 　 　 　 將軍

첩의목을 　 버히다가 　 　 첩의어미 　 주고가오
妾 　 　 　 　 　 　 　 　 　 妾

첩은이미 　 죽드래도 　 　 첩의어미 　 살아나지
妾 　 　 　 　 　 　 　 　 　 妾

제발덕분 　 장군님요 　 　 첩의목을 　 버혀다가
　 德分 　 　 將軍 　 　 　 妾

가신길에 　 주고가오 　 　 첩의원이 　 이거로다
　 　 　 　 　 　 　 　 　 　 妾 　 願

덕령의 　 거동보소 　 　 한숨짓고 　 하난말이
德齡 　 　 擧動

사정은 　 절박하나 　 　 사세는 　 당연하다
私情 　 　 切迫 　 　 　 事勢 　 　 當然

꼬분칼을 　 다시빼여 　 　 화월의 　 목을버혀
　 　 　 　 　 　 　 　 　 　 花月

나오다가 　 불러주니 　 　 화월어미 　 거동보소
　 　 　 　 　 　 　 　 　 　 花月 　 　 擧動

호초비단 　 치마벌려 　 　 딸의머리 　 받아들고
胡草緋緞

덕령을 　 붓들고서 　 　 슬피울며 　 하는말이
德齡

가련하다 　 화월이여 　 　 불상하다 　 화월이여
可憐 　 　 花月 　 　 　 不祥 　 　 花月

어미를 　 생각하여 　 　 나를두고 　 네가죽나

이런일을 　 생각하니 　 　 화월이난 　 기생이되
　 　 　 　 　 　 　 　 　 　 花月 　 　 妓生

충효열을 　 겸전하니 　 　 후세사람 　 뻔받을세
忠孝烈 　 　 兼全 　 　 　 後世 　 　 本

덕령의 　 거동보소 　 　 필마단기 　 가난행차
德齡 　 　 擧動 　 　 　 匹馬單騎 　 　 行次

---

520) 호초비단(胡草緋緞) : 중국산 비단.

첩을먼저　　죽일게니　　오늘밤에　　장군님이

첩의목을　　베어다가　　첩의어미　　주고가오

첩은이미　　죽더라도　　첩의어미　　살아나지

제발덕분　　장군님요　　첩의목을　　베어다가

가는길에　　주고가오　　첩의원이　　이거로다

덕령의　　　거동보소　　한숨짓고　　하는말이

사정은　　　절박하나　　사세는　　　당연하다

꼽은칼을　　다시빼어　　화월의　　　목을베어

나오다가　　불러주니　　화월어미　　거동보소

호초비단[520]　치마벌려　　딸의머리　　받아들고

덕령을　　　붙들고서　　슬피울며　　하는말이

가련하다　　화월이여　　불쌍하다　　화월이여

어미를　　　생각하여　　나를두고　　네가죽나

이런일을　　생각하니　　화월이는　　기생이되

충효열을　　겸전하니　　후세사람　　본받을세

덕령의　　　거동보소　　필마단기[521]　가는행차

---

521) 필마단기(匹馬單騎) : 혼자서 한 필의 말로 진격함.

대공을(大功) 이루으니 천만고에(千萬古) 히한하다(稀罕)
평양사백(平壤四百) 오십리를(五十里) 사흘만에 득달하여(得達)
소서의(小西) 끊은머리 이여송의(李如松) 대장앞에(大將)
봉한체로(封) 올리오니 이여송의(李如松) 거동보소(舉動)
대히하야(大喜) 이러서서 함을열고(函) 헤처보니
소서의(小西) 죽은머리 두눈이 껌적껌적
함안에(函) 어린피가 오히려 마르잔네
덕령의(德齡) 손을잡고 크게칭찬(稱讚) 하는말이
장하도다(壯) 김장군아(金將軍) 놀랍도다 김장군아(金將軍)
범같은 이장수를(將帥) 혼자서 잡아내니
그대의 용맹보니(勇猛) 중원에(中原) 나섯던들
그용맹과(勇猛) 그도략이(度略) 나에서 백불이라(百不)
이렇타시 충찬하니(稱讚) 덕령이(德齡) 엿자오되
이번에 성공함은(成功) 장군님의(將軍) 덕택이요(德澤)
소장의공(少將 功) 아니오라 그잇흔날 행군할때(行軍)
이여송은(李如松) 대장이요(大將) 김덕령은(金德齡) 아장이라(亞將)

---

522) 도략(度略) : 도량과 책략.

대공을　　　이루우니　　　천만고에　　　희한하다

평양사백　　　오십리를　　　사흘만에　　　득달하여

소섭의　　　끊은머리　　　이여송의　　　대장앞에

봉한채로　　　올리오니　　　이여송의　　　거동보소

대희하여　　　일어서서　　　함을열고　　　헤쳐보니

소섭의　　　죽은머리　　　두눈이　　　끔적끔적

함안에　　　어린피가　　　오히려　　　마르쟎네

덕령의　　　손을잡고　　　크게칭찬　　　하는말이

장하도다　　　김장군아　　　놀랍도다　　　김장군아

범같은　　　이장수를　　　혼자서　　　잡아내니

그대의　　　용맹보니　　　중원에　　　나셨던들

그용맹과　　　그도략[522]이　　　나에서　　　백불이라

이렇듯이　　　칭찬하니　　　덕령이　　　여쭈오되

이번에　　　성공함은　　　장군님의　　　덕택이요

소장의공　　　아니외다　　　그이튿날　　　행군할때

이여송은　　　대장이요　　　김덕령은　　　아장[523]이라

---

523) 아장(亞將) : 대장 밑의 부장(副將).

십만대병　　거나리고　　　동정서벌　　간곳마다
十萬大兵　　　　　　　　　東征西伐

피하난게　　왜졸이오　　　죽난것이　　왜졸이라
　　　　　　倭卒　　　　　　　　　　　倭卒

강홍잎을　　분부하야　　　삼천병마　　거나리고
姜弘立　　　吩咐　　　　　三千兵馬

황해도로　　나려가서　　　서홍련은　　백천막고
黃海道　　　　　　　　　　徐洪鍊　　　白川

김응서를　　불러다가　　　오천병을　　거나리고
金應瑞　　　　　　　　　　五千兵

충청도를　　나려가서　　　충주읍을　　구원하고
忠淸道　　　　　　　　　　忠州邑　　　救援

이여송　　　김덕령이　　　금산진을　　마지하니
李如松　　　金德齡　　　　錦山陣

조중봉을　　전망하고　　　화왕산을　　찾아가니
趙重峰　　　戰亡　　　　　火旺山

곽망우당　　전망하고　　　치산개를　　찾아가니
郭望憂堂　　戰亡

권화산을　　전망하고　　　상주읍을　　들어가니
權花山　　　戰亡　　　　　尙州邑

정우복도　　전망하고　　　충청도로　　도라와서
鄭愚伏　　　戰亡　　　　　忠淸道

---

524) 동정서벌(東征西伐) : 동쪽을 정벌하고, 서쪽을 공략함. 신라통일 전쟁 때는 동쪽
　　일본을 치고, 서쪽 당나라를 공략한 일.

525) 강홍립(姜弘立) : 광해군 때의 문신 출신의 장군(1560~1627), 자는 군신(君信),
　　호는 내촌(耐村), 본관은 진주(晋州) 문과에 급제한 뒤 진주사(陳奏使)의 서장관으
　　로 명나라에 다녀오고는 한성부윤을 지내고 명나라가 후금(後金;淸)을 치기 위해
　　조선에 원병을 요청하자 임진왜란 때의 원병의 보답으로 강홍립을 오도도원수(五
　　道都元帥)로 삼아 출정하였으나 연합군은 부차(富車)에 대패하여 포로가 되었다
　　가 귀국했으나 역신으로 몰려 관직이 삭탈되었다가 죽은 뒤에 복관되었다. 여기
　　서는 임진왜란 때 인물로 쓰고 있으나 잘못이다.

526) 서홍련(徐洪鍊) : 미상 인물임. 오기인듯하다.

527) 백천(白川) : 황해도 연백군에 있다. ‘배천’ 이라 부른다.

528) 김응서(金應瑞) : 임진왜란 때 무장(1564~1624), 자는 성보(聖甫), 본관은 김해
　　(金海), 시호는 양의(襄毅), 전출 451의 ※을 참조.

529) 조중봉(趙重峰) : 임진왜란 때 의병장인 조헌(趙憲;1544~1592)의 호이며, 자는
　　여식(汝式), 본관은 백천(白川), 시호는 문열(文烈). 명종 때 식년문과에 급제, 정
　　자(正字)로 임명되었다가 왕이 절에 향을 하사하는 것을 반대하다가 삭직되었고,

십만대병　　　거느리고　　　동정서벌[524]　　간곳마다

피하는게　　　왜졸이요　　　죽는것이　　　왜졸이라

강홍립[525]을　　분부하여　　　삼천병마　　　거느리고

황해도로　　　내려가서　　　서홍련[526]은　　백천[527]막고

김응서[528]를　　불러다가　　　오천병을　　　거느리고

충청도를　　　내려가서　　　충주읍　　　　구원하고

이여송　　　　김덕령이　　　금산진을　　　맞이하니

조중봉[529]은　　전망하고　　　화왕산을　　　찾아가니

곽망우당[530]　　전망[531]하고　　치산개를　　　찾아가니

권화산[532]은　　전망하고　　　상주읍을　　　들어가니

정우복[533]도　　전망하고　　　충청도로　　　돌아와서

다시 저작(著作)직에 기용되었다가 이어 질정관으로 명나라에 다녀와서는 통진현
감을 지냈고, 그 뒤 삭직, 유배를 겪다가 임진왜란이 일자 옥천(沃川)에서 의병을
일으켜 승병과 합세하여 청주를 탈환하였으나 정부의 관군들이 모략하여 의병들
이 흩어지면서 결국 전사하였다.
530) 곽망우당(郭望憂堂) : 임진왜란 때 의병장 곽재우(郭再祐;1552~1617)의 호이며,
　　자는 계수(季綏), 본관은 현풍(玄風), 시호는 충익(忠翼). 임진왜란 때 의령(宜寧)
　　에서 의병을 일으켜 각지에서 전공이 많았고 경상좌도방어사 등 벼슬도 많았지만
　　주로 은둔생활을 많이 했다. 그의 전공은「곽재우전(郭再祐傳)」에 소상하다.
　　※ 곽재우는 임진왜란 때 전사하지 않았다.
531) 전망(戰亡) : 전사. 싸움에서 사망함.
532) 권화산(權花山) : 미상이다. 혹 권율(權慄;1537~1599)의 잘못이 아닌지? 권률의
　　호는 만취당 또는 모악이다.
533) 정우복(鄭愚伏) : 임진왜란 때 의병을 일으켜 전공을 세운 정경세(鄭經世;1563~1633)
　　의 호. 자는 경임(景任), 다른 호는 일묵(一默). 본관은 진주(晋州) 조선 중기의 문신이
　　요, 학자였다가 임진왜란이 일자 의병을 일으켜 공을 세우고 1599년에 경상도 관찰사
　　가 되었다. 찬성(贊成)에 추증되었다.

탄금대를(彈琴臺) 찾아가니　신장사도(申砬士) 간대없다
이여송(李如松) 김덕령이(金德齡)　도처마다(到處) 왜병치고(倭兵)
왜진을(倭陣) 소멸하니(消滅)　이해가 어느핸고
갑오년(甲午年) 칠월이라(七月)　영남으로(嶺南) 다시나려
성주땅을(星州) 다달아서　무게나룰 얼는건너
한개압을 지나가서　왜병이(倭兵) 모엿거늘
한칼에 뭇찌르고　현풍읍내(玄風邑內) 들어가니
왜장에(倭將) 청정이가(清正)　오천병을(五千兵) 거나리고
대진을(大陣) 막앗거늘　이여송의(李如松) 거동보소(舉動)
한손에 칼을들고　또한손에 창을들고(槍)
억만군중(億萬軍中) 적진중에(敵陣中)　나난듯이 달라들어
가면치고 오면치니　칼끝에 죽는군사(軍士)
몇천명이(千) 죽었으며　창끝에(槍) 죽는군사(軍士)
몇백명이(百) 죽엇난지　죽음이 태산같고(泰山)
피흘러 강수로다(江水)　대병을(大兵) 거나리고

---

534) 신장사(申砬士) : 신립(申砬;1546~1592) 장군을 말함. 자는 입지(立之), 본관은
　　평산(平山), 시호는 충장(忠壯). 조선 중기의 무장으로 이탕개 난을 평정하고 임진
　　왜란 때 충주 탄금대에서 북상하는 왜적과 싸우다가 패하자 자결했다. 관직은 한
　　성부판윤 등을 지냈다.

탄금대를　　찾아가니　　신장사[534]도　　간데없다

이여송　　　김덕령이　　도처마다　　　왜병치고

왜진을　　　소멸하니　　이해가　　　　어느핸고

갑오년　　　칠월[535]이라　영남으로　　　다시내려

성주땅을　　다다라서　　무게나룰　　　얼른건너

한개앞을　　지나가서　　왜병이　　　　모였거늘

한칼에　　　무찌르고　　현풍[536]읍내　들어가니

왜장의　　　청정이가　　오천병을　　　거느리고

대진을　　　막았거늘　　이여송의　　　거동보소

한손에　　　칼을들고　　또한손에　　　창을들고

억만군중　　적진중에　　나는듯이　　　달려들어

가면치고　　오면치니　　칼끝에　　　　죽는군사

몇천명이　　죽었으며　　창끝에　　　　죽는군사

몇백명이　　죽었는지　　죽음이　　　　태산같고

피흘러　　　강수로다　　대병을　　　　거느리고

---

535) 갑오년 칠월 : 여기 갑오년은 1594년(선조 27년) 7월임.
536) 현풍(玄風) : 경상북도 현풍군.

<table>
<tr><td>절라도로
全羅道</td><td>나려가서</td><td>강진나루
康津</td><td>건너가서</td></tr>
<tr><td>십리평사
十里平沙</td><td>넓은들에</td><td>왜장에
倭將</td><td>평수길이
平秀吉</td></tr>
<tr><td>백만군병
百萬軍兵</td><td>진을치니
陣</td><td>진법이
陳法</td><td>엄숙하다
嚴肅</td></tr>
<tr><td>변화불칙
變化不測</td><td>무궁하여</td><td>잡기가</td><td>극난하다
極難</td></tr>
<tr><td>이여송의
李如松</td><td>거동보소
擧動</td><td>덕령을
德齡</td><td>도라보아</td></tr>
<tr><td>급히물어
急</td><td>하난말이</td><td>나는잠간</td><td>쉴것이니</td></tr>
<tr><td>김장군이
金將軍</td><td>들어가서</td><td>저진을
陣</td><td>파하여라
破</td></tr>
<tr><td>덕령의
德齡</td><td>용맹보소
勇猛</td><td>갑옷을</td><td>단속하고
團束</td></tr>
<tr><td>투구끈을</td><td>졸라매고</td><td>삼척검을
三尺劍</td><td>손에들고</td></tr>
<tr><td>말머리를</td><td>뚜다리고</td><td>진중에
陣中</td><td>달려들어</td></tr>
<tr><td>삼십여합
三十餘合</td><td>싸왔으나</td><td>승부를
勝負</td><td>결단못해
決斷</td></tr>
<tr><td>날이이미</td><td>저물거늘</td><td>본진으로
本陣</td><td>도라와서</td></tr>
<tr><td>이여송과
李如松</td><td>상의하되
相議</td><td>평수길의
平秀吉</td><td>재조보소
才操</td></tr>
<tr><td>칼을들어</td><td>목을치니</td><td>맞은목은</td><td>그저잇고</td></tr>
<tr><td>곁에있는</td><td>군사목이
軍士</td><td>대신에
代身</td><td>떠러지니</td></tr>
<tr><td>다시들어</td><td>목을치면</td><td>평수길은
平秀吉</td><td>간대없고</td></tr>
</table>

---

537) 강진(康津) : 전라남도 강진군.

전라도로 내려가서   강진[537]나루 건너가서

십리평사 넓은들에   왜장의   평수길[538]이

백만군병 진을치니   진법이   엄숙하다

변화불측 무궁하여   잡기가   극난하다

이여송의 거동보소   덕령을   돌아보아

급히물어 하는말이   나는잠깐 쉴것이니

김장군이 들어가서   저진을   파하여라

덕령의   용맹보소   갑옷을   단속하고

투구끈을 졸라매고   삼척검을 손에들고

말머리를 두드리고   진중에   달려들어

삼십여합 싸웠으나   승부를   결단못해

날이이미 저물거늘   본진으로 돌아와서

이여송과 상의하되   평수길의 재조보소

칼을들어 목을치니   맞은목은 그저있고

곁에있는 군사목이 대신에   떨어지니

다시들어 목을치면   평수길은 간데없고

---

538) 평수길(平秀吉) : 도요도미히데요시(豊臣秀吉)를 말하는 듯. 그 자는 조선에 오지
   않았다.

말머리 떠러지니 이것이 수상하고
殊常

아마도 생각하니 변화불칙 이아닌가
變化不測

변화가 무엇이냐 둔갑장신 분명하다
變化 遁甲藏身 分明

둔갑장신 저장수를 어이하야 잡으릿가
遁甲藏身 將帥

이여송 하난말이 명일에 다시싸와
李如松 明日

제가만일 명일전에 둔갑장신 또하거든
萬一 明日戰 遁甲藏身

둔갑막난 그법수가 어렵잔코 쉬우리라
遁甲 法數

둔갑을 제하거든 나는먼저 비켜서서
遁甲

을방으로 도라들어 좌편을 먼저치고
乙方 左便

장신을 제하거든 나는먼저 몸을피해
藏身 避

서방으로 도라들어 우편을 먼저치면
西方 右便

제아모리 둔갑해도 둔갑이 쓸때없고
遁甲 遁甲

제아모리 장신해도 장신을 못하나니
藏身 藏身

그럴적에 들어치면 아니죽고 어이하리

덕령이 이말듣고 계교를 배운후에
德齡 計巧 後

이튼날 접전할새 덕령이 칼을들고
接戰 德齡

---

539) 둔갑장신(遁甲藏身) : 갑속에 몸을 감추거나 몸을 숨기는 비법.

말머리	떨어지니	이것이	수상하고
아마도	생각하니	변화불측	이아닌가
변화가	무엇이냐	둔갑장신[539]	분명하다
둔갑장신	저장수를	어이하여	잡으리까
이여송	하는말이	명일에	다시싸워
제가만일	명일전에	둔갑장신	또하거든
둔갑막는	그법수가	어렵쟎고	쉬우리라
둔갑을	제하거든	나는먼저	비켜서서
을방[540]으로	돌아들어	좌편을	먼저치고
장신을	제하거든	나는먼저	몸을피해
서방으로	돌아들어	우편을	먼저치면
제아무리	둔갑해도	둔갑이	쓸데없고
제아무리	장신해도	장신을	못하나니
그럴적에	들이치면	아니죽고	어이하리
덕령이	이말듣고	계교[541]를	배운후에
이튿날	접전할새	덕령이	칼을들고

---

540) 을방(乙方) : 24방위 중 동남간에 자리한 방위. 정동에서 남쪽으로 15도의 위치에 있는 방위.
541) 계교(計巧) : 잘 생각해 낸 꾀.

을방으로 도라드니 수길의 거동보소
乙方　　　　　　　　秀吉　　擧動

어허어허 이장수야 둔갑막는 그방법을
　　　　　　將帥　　　遁甲　　　方法

어제는 모르더니 오늘은 아는구나

수길이 할수없이 필마로 다라난다
秀吉　　　　　　　匹馬

덕령의 거동보소 장수없는 저군사를
德齡　　擧動　　　將帥　　　軍士

한칼로 소멸하니 피흘러 강수로다
　　　　消滅　　　　　　　江水

본진으로 도라오니 이여송이 덕령보고
本陣　　　　　　　　李如松　　德齡

층찬하여 하는말이 아모리나 장군용맹
稱讚　　　　　　　　　　　　　將軍勇猛

맹분오획 다시와도 장군만 못할개오
孟賁烏獲　　　　　　將軍

관우장비 다시나도 장군만 못할로다
關羽張飛　　　　　　將軍

이때가 어느때뇨 정유년 팔월이라
　　　　　　　　　丁酉年　八月

군사를 거나리고 팔도를 평정하니
軍士　　　　　　　八道　　平定

이난리가 오작할까 김해를 드러가니
　亂離　　　　　　金海

수길의 거동보소 다죽고 남은군사
秀吉　　擧動　　　　　　　　軍士

겨우모와 오백명을 둔취하야 진을친다
　　　　五百名　　　屯聚　　陣

---

542) 맹분(孟賁) : 중국 진(秦)나라의 용감한 장사.
543) 오획(烏獲) : 중국 진(秦)의 힘센 장사. 진의 무왕의 사랑받던 용사 중 한 사람.
544) 관우(關羽) : 중국 전국시대 촉한(蜀漢;유비(劉備)의 나라)의 무장. 자는 운장(雲長), 유비와 결의형제로 유비를 도와 촉국을 이루는데 큰 공로를 세웠다. 힘이 장사라서 관우장사라고 부른다.

을방으로	돌아드니	수길의	거동보소
어허어허	이장수야	둔갑막는	그방법을
어제는	모르더니	오늘은	아는구나
수길이	할수없이	필마로	달아난다
덕령의	거동보소	장수없는	저군사를
한칼로	소멸하니	피흘러	강수로다
본진으로	돌아오니	이여송이	덕령보고
칭찬하여	하는말이	아무려나	장군용맹
맹분[542] 오획[543]	다시와도	장군만	못할게요
관우[544] 장비[545]	다시나도	장군만	못할로다
이때가	어느때뇨	정유년[546]	팔월이라
군사를	거느리고	팔도를	평정하니
이난리가	오죽할까	김해를	들어가니
수길의	거동보소	다죽고	남은군사
겨우모아	오백명을	둔취[547]하여	진을친다

---

545) 장비(張飛) : 중국 고대 촉한(蜀漢)의 무장. 자는 익덕(翼德), 관우와 함께 유비를
　　　도와 공을 세웠다. 특히 위(魏;曹操)와 오(吳;孫權)를 쳐서 공이 많았으나 성질이
　　　과격해서 부하에게 살해되었다.
546) 정유년(丁酉年) 팔월(八月) : 1597년(선조 30) 8월이니, 여기서는 왜란이 평정된 것
　　　으로 기사했으나 사실은 이 해 1월에 정유재침(丁酉再侵)으로 왜란은 계속되었다.
547) 둔취(屯聚) : 여러 사람이 한 곳에 모여있는 모습.

이여송의
李如松
수길을
秀吉
오백명
五百名
이여송과
李如松
수길의
秀吉
운무로
雲霧
일월로
日月
이렇타시

김덕령은
金德齡
운무중에
雲霧中
이장수와
將帥
이여송은
李如松
김장군은
金將軍
두장수
將帥
수길이
秀吉
운무가
雲霧

거동보소
舉動
찾아가니
저군사로
軍士
김덕령이
金德齡
거동보소
舉動
진을치고
陣
대장삼고
大將
하엿거늘

뒤에서서
삼장사가
三壯士
저장수가
將帥
칼을들고
칼을들고
서로불러
위급하여
危急
자욱하니

덕령과
德齡
수길의
秀吉
오작진을
오작진에
반공에
半空
성신으로
星辰
무지개로
이여송이
李如松
둘이서로
서이함께
피차서로
彼此
김장군아
金將軍
이도독아
李都督
수길만
秀吉
도망하기
逃亡
검광도
劍光

둘이드러
재조보소
才操
치고잇내
들어가니
솟아올라
군사삼아
軍士
칼을삼아
앞에서고
칼을들고
싸울적에
분별못해
分別
어디있소
어디있소
찾아가니
어렵도다
없서지고

이여송의　거동보소　　덕령과　　둘이들어

수길을　　찾아가니　　수길의　　재조보소

오백명　　저군사로　　오작진[548]을　치고있네

이여송과　김덕령이　　오작진에　들어가니

수길의　　거동보소　　반공에　　솟아올라

운무로　　진을치고　　성신으로　군사삼아

일월로　　대장삼고　　무지개로　칼을삼아

이렇듯이　하였거늘　　이여송이　앞에서고

김덕령은　뒤에서서　　둘이서로　칼을들고

운무중에　삼장사가　　셋이함께　싸울적에

이장수와　저장수가　　피차서로　분별못해

이여송은　칼을들고　　김장군아　어디있소

김장군은　칼을들고　　이도독아　어디있소

두장수　　서로불러　　수길만　　찾아가니

수길이　　위급하여　　도망하기　어렵도다

운무가　　자욱하니　　검광도　　없어지고

---

548) 오작진 : 한 필사본에서는 〈仵作陣〉으로 표기되었으니, 곧 검시(檢屍)할 때 시체
　　를 주워 맞추는 사람인 오작인(仵作人)의 무리를 말한 듯.

칼날이　　서로대여　　실겅실겅　　맛난소래

구름속에　　나난지라　　순식간을　　지날적에
　　　　　　　　　　　　瞬息間

아래있는　　왜군사가　　하늘만　　바라보고
　　　　　　倭軍士

승부를　　바라더니　　머리하나　　떨어지니
勝負

군사들이　　칼을들고　　머리를　　들고보니
軍士

왜장의　　수길이라　　저군사들　　거동보소
倭將　　秀吉　　　　軍士　　舉動

오백명　　우난소래　　천지가　　요란하다
五百名　　　　　　　天地　　搖亂

이여송과　　김덕령이　　수길의　　머리따라
李如松　　金德齡　　秀吉

두리함께　　나려와서　　왜졸을　　소멸하고
　　　　　　　　　　　倭卒　　消滅

팔도에　　남은군사　　씨없이　　뭇찌르니
八道　　　　軍士

삼조팔억　　많은군사　　한사람도　　못사랏다
三兆八億　　　軍士

청정은　　어디가고　　죽은곳이　　없었으니
清正

아마도　　청정이는　　고국으로　　갔단말이
　　　　清正　　　故國

정영하고　　분명하다　　청정이　　들어올때
丁寧　　分明　　清正

방휼시를　　지었으니　　그글에　　하였으되
蚌鷸詩

---

549) 실겅실겅 : 큰 검들이 서로 부딪쳐 맞는 소리.
550) 왜장(倭將) 수길(秀吉) : 도요도미히데요시(豊臣秀吉)를 말하는 듯하나 그는 을유
　　　재란(1597) 때 병으로 죽었다.

칼날이　　　서로닿아　　　실겅실겅[549]　맞는소리

구름속에　　나는지라　　　순식간을　　지날적에

아래있는　　왜군사가　　　하늘만　　　바라보고

승부를　　　바라더니　　　머리하나　　떨어지니

군사들이　　칼을들고　　　머리를　　　들고보니

왜장[550]의　수길이라　　　저군사들　　거동보소

오백명　　　우는소리　　　천지가　　　요란하다

이여송과　　김덕령이　　　수길의　　　머리따라

둘이함께　　내려와서　　　왜졸을　　　소멸하고

팔도에　　　남은군사　　　씨없이　　　무찌르니

삼조팔역　　많은군사　　　한사람도　　못살았다

청정은　　　어디가고　　　죽은곳이　　없었으니

아마도　　　청정이는　　　고국으로　　갔단말이

정녕하고　　분명하다　　　청정이　　　들어올때

방휼시[551]를　지었으니　　그글에　　　하였으되

---

551) 방휼시(蚌鷸詩) : "방합조개와 도요새의 시" 즉 도요새가 방합조개를 쪼았다가 물
　　려서 서로가 오도가도 못할 때 어부가 보고 둘 다 붙잡았다는 어부지리(漁父之利)
　　의 성어. 작자는 일본이 조선을 침략한 임진왜란이 조선과 싸우다가 당시의 명나
　　라에만 불로소득을 주었다는 생각으로 이 시귀를 들어 읊은 것 같다.

대방수양피일한　　휼금하사노상간
大蚌隨陽避日寒　　鷸禽何事怒相看

신이굴택주태손　　족답사장취익잔
身離窟宅朱態損　　足踏沙場翠翼殘

폐구나기개구해　　입두유이출두난
閉口那期開口害　　入頭惟易出頭難

조지구락어인수　　운수비잠각자안
早知俱落漁人手　　雲水飛潛各自安

이글뜻을	드러보소	방휼시가 (蚌鷸詩)	용하잣나
크고큰	저조개가	차운날을	피하야서 (避)
양지를 (陽地)	따라나와	물까에	부텃으니
날아가는	저황새가	무삼일로	성을내여
서로믭게	보았다고	가련하다 (可憐)	저조개난
굴택을 (窟宅)	떠나올제	불근태가 (態)	손상되고 (損傷)
어렵도다	저황세가	사장을 (沙場)	발블적에
풀른나래	쇠잔하다 (衰殘)	불상하다	이조개야
입을막고	있을적에	입을열면	해될줄을 (害)
어이그리	몰랏으며	가엽도다	저황새야
들어오기	쉽건마는	나가기가	우려운줄
네가어이	몰랏더냐	어옹손에 (漁翁)	우리둘이

대방수양피일한　　　　　　휼금하사노상간

신리굴택주태손　　　　　　족답사장취익잔

패구나기개구해　　　　　　입두유이출두난

조지구락어인수　　　　　　운수비잠각자안[552]

이글뜻을　　들어보소　　　방휼시가　　용하잖나

크고큰　　　저조개가　　　추운날을　　피하여서

양지를　　　따라나와　　　물가에　　　붙었으니

날아가는　　저황새가　　　무슨일로　　성을내어

서로밉게　　보았다고　　　가련하다　　저조개는

굴택을　　　떠나올제　　　붉은태가　　손상되고

어렵도다　　저황새가　　　사장을　　　밟을적에

푸른나래　　쇠잔하다　　　불쌍하다　　이조개야

입을막고　　있을적에　　　입을열면　　해될줄을

어이그리　　몰랐으며　　　가엾도다　　저황새야

들어오기　　쉽건마는　　　나가기가　　어려운줄

네가어이　　몰랐더냐　　　어부손에　　우리둘이

---

552) 이 7언율시의 풀이는 가사 속에 있다.

한가지로　　떨어질줄　　일즉이　　아랏든들
나는너는　　구름가고　　잠긴너난　　물에가서
피차서로(彼此)　편할것을(便)　어찌타　　못하여서
후회한들　　쓸데있나　　둘이목숨　　그만일다

기해년에(己亥年)　평정하니(平定)　팔년풍진(八年風塵)　이아닌가
이여송의(李如松)　마음보소　　팔년풍진(八年風塵)　성공하고(成功)
흉한심사(凶 心思)　새로나서　　조선산천(朝鮮山川)　바라보니
산천정기(山川精氣)　유명하여(有名)　인재가(人才)　많이날다
팔도를(八道)　두루도라　　명산대천(名山大川)　찾아가서
쇠말뚝　　치여들고　　곳곳이　　혈을질너(穴)

산천혈을(山川穴)　끓어낼제　　넉달을　　다녓구나
넉달을　　혈지르니(穴)　그해를(害)　의론컨데(議論)
팔년병화(八年兵禍)　더심하다(甚)　슬푸다　　조선풍속(朝鮮風俗)
공신대접(功臣待接)　허무하다(虛無)　팔년공신(八年功臣)　김덕령을(金德齡)
봉후작록(封侯爵祿)　하드래도　　그공을(功)　다못할걸

---

553) 기해년(己亥年) : 1599년 임진왜란이 끝났다는 해. 그러나 전쟁은 1598년 11월에
　　끝났다.
554) 혈(穴)을 지르다 : 풍수지리에서 인물이 난다는 산의 용맥(龍脈)이 모인 곳인 혈
　　(穴)을 막아 훼방하는 행위.

한가지로　　떨어질줄　　일찌기　　알았던들

나는날아　　구름가고　　너는잠겨　　물에가서

피차서로　　편할것을　　어찌타　　못하여서

후회한들　　쓸데있나　　둘의목숨　　그만이리

기해년[553]에　　평정하니　　팔년풍진　　이아닌가

이여송의　　마음보소　　팔년풍진　　성공하고

흉한심사　　새로나서　　조선산천　　바라보니

산천정기　　유명하여　　인재가　　많이날다

팔도를　　두루돌아　　명산대천　　찾아가서

쇠말뚝　　치어들고　　곳곳이　　혈을질러[554]

산천혈을　　끊어낼제　　넉달을　　다녔구나

넉달을　　혈지르니　　그해를　　의론컨대

팔년병화　　더심하다　　슬프다　　조선풍속

공신대접　　허무하다　　팔년공신　　김덕령[555]을

봉후[556]작록　　하더라도　　그공을　　다못할걸

---

555) 팔년공신 김덕령(八年功臣 金德齡) : 거듭 말하거니와 김덕령은 정유재란(丁酉再亂)이 일어나기 전인 1596년(선조 29) 8월에 모함으로 옥사 했으니, 원병인 이여송과 관련된 김덕령은 다른 인물을 착각하고 있다.
556) 봉후(封侯) : 공훈으로 작위와 녹봉을 주는 일. 공신록에 올리는 일.

봉작은 封爵	고사하고 姑捨	함정에든 陷井	범이되니
그신원을 伸冤	누가할고	덕령이만 德齡	죽엇구나
제강산을 江山	맨들라고	풍진을 風塵	소멸하고 消滅
수삼삭을 數三朔	지체하니 遲滯	우리한양 漢陽	국운보소 國運
오백년 五百年	지낼운수 運數	임진년에 壬辰年	마칠소냐
난대없난	초립동이 草笠童	조고마한	노새타고
삼척동자 三尺童子	정마들려 征馬	이여송의 李如松	진전으로 陣前
기탄없이 忌憚	지나가니	이여송이 李如松	대분내여 大憤
군사를 軍士	재촉하니	호령하여 號令	하는말이
당돌하다 唐突	어떤놈이	만진중을 萬陣中	능모하고 凌侮
말을타고	지나가니	죄사무석 罪死無釋	노을소냐
한거름에	바삐가서	속속히 速速	잡아오라
저군사놈 軍士	거동보소 擧動	소털벙치	제처쓰고
군복자락 軍服	흘처매고	바래보고	쪼차가며
숨찬중에 中	외난말이	저게가난	저소년아 少年

---

557) 신원(伸冤) : 원통한 치죄를 풀어 밝혀 억울함을 드러내는 일.
558) 초립동(草笠童) : 허름한 삿갓 쓴 소년.
559) 정마(征馬) : 정마는 전쟁터로 나가는 말이지만 "정마든다"는 윗사람이 탄 말고삐를 잡고 가는 사람을 말함.

봉작은 　고사하고 　함정에든 　범이되니

그신원557)을 　누가할꼬 　덕령이만 　죽었구나

제강산을 　만들려고 　풍진을 　소멸하고

수삼삭을 　지체하니 　우리한양 　국운보소

오백년 　지낼운수 　임진년에 　마칠소냐

난데없는 　초립동558)이 　조그마한 　노새타고

삼척동자 　정마559)들려 　이여송의 　진전으로

기탄없이560) 　지나가니 　이여송이 　크게성내

군사를 　재촉하니 　호령하여 　하는말이

당돌하다 　어떤놈이 　만진중을 　능모561)하고

말을타고 　지나가니 　죄사무석562) 　놓을소냐

한걸음에 　바삐가서 　속속히 　잡아오라

저군사놈 　거동보소 　쇠털벙치563) 　제쳐쓰고

군복자락 　훌쳐매고 　바라보고 　쫓아가며

숨찬중에 　외는말이 　저기가는 　저소년아

---

560) 기탄(忌憚)없이 : 거리낌 없이. 당당하게.
561) 능모(凌侮) : 업신여기다. 교만한 태도로 남을 깔보다.
562) 죄사무석(罪死無釋) : 죽을 죄니 풀어줄 수는 없다.
563) 쇠털벙치 : 소의 털로 짠 벙거지. 옛적 병사들이 쓰던 모자 종류.

거게잠간　머물러라　너잡으러　내가간다

그리소리　급히가니(急)　두발동안　뛰워놓고

초립동과(草笠童)　삼척동자(三尺童子)　들은체도　아니하고

고대중만　뉘여놓고　수십리(數十里)　유인한후(誘引　後)

그소년의(少年)　거동보소(舉動)　반석우에(盤石)　올라앉아

크게호령(號令)　하난말이　너부터　죽일게되

잠깐참아　두거니와　지금당장　바삐가서

네장수를(將帥)　보내여라　저군사놈(軍士)　눈치보니

아마도　귀신이요(鬼神)　사람은　아니로다

군사가(軍士)　도라와서　그연유를(緣由)　아리오니

이여송이(李如松)　이말듣고　마음에　대경하여(大驚)

필마를(匹馬)　타고가니　그소년이(少年)　하는말이

이여송아(李如松)　말들어라　천자명령(天子命令)　네밧들고

왜란을(倭亂)　소멸하고(消滅)　동국을(東國)　보전하니(保全)

대공을(大功)　일웠으면　국왕에게(國王)　하직하고(下直)

네국으로(國)　돌아가서　천자명령(天子命令)　받난것이

거기잠깐　　머물러라　　너잡으러　　내가간다

그리소리　　급히가니　　두발동안　　띄어놓고

초립동과　　삼척동자　　들은체도　　아니하고

그대중564)만　띄어놓고　　수십리　　　유인한후

그소년의　　거동보소　　반석위에　　올라앉아

크게호령　　하는말이　　너부터　　　죽을거되

잠깐참아　　두거니와　　지금당장　　바삐가서

네장수를　　보내어라　　저군사놈　　눈치보니

아마도　　　귀신이요　　사람은　　　아니로다

군사가　　　돌아와서　　그연유를　　알리오니

이여송이　　이말듣고　　마음에　　　대경하여

필마를　　　타고가니　　그소년이　　하는말이

이여송아　　말들어라　　천자명령　　네받들고

왜란을　　　소멸하고　　동국을　　　보전하니

대공을　　　이뤘으면　　국왕에게　　하직하고

네나라로　　돌아가서　　천자명령　　받는것이

---

564) 그대중 : 그 정도. 그 어림잡아 짐작함.

신자도리　　당당커늘　　쇠말둑을　　치여들고
臣子道理　　堂堂

곳곳이　　　혈을질러　　산천기운　　상케하니
　　　　　　穴　　　　山川氣運　　傷

무삼심사　　그러하냐　　그일은　　　고사하고
　　心思　　　　　　　　　　　　　姑捨

천의를　　　모르고서　　범남한　　　뜻을두니
天意　　　　　　　　　氾濫

너의죄를　　네아나냐　　오십근　　　철추들어
　　罪　　　　　　　　五十斤　　　鐵槌

이여송의　　이마우에　　덩그렇게　　거러노니
李如松

이여송의　　거동보소　　황황급급　　이러서서
李如松　　　舉動　　　　遑遑急急

한줄첨배　　땀이나서　　복지사죄　　하난말이
　　　　　　　　　　　　伏地謝罪

오날당장　　가오리다　　절하고　　　이러서니

초립동이　　간곳없고　　반석하나　　남았구나
草笠童　　　　　　　　盤石

초립동은　　뉘기든고　　삼각산　　　신령일세
草笠童　　　　　　　　三角山　　　神靈

이여송이　　돌아와서　　군중에　　　하령하고
李如松　　　　　　　　軍中　　　　下令

선조께　　　하직하니　　선조대왕　　하난말삼
宣祖　　　　下直　　　　宣祖大王

대도독의　　팔년공을　　만분일을　　갑흐릿가
大都督　　　八年功　　　萬分一

삼만리　　　악한경도　　무양하게　　행차하오
三萬里　　　惡　經道　　無恙　　　行次

---

565) 범람(氾濫) : 물이 넘쳐 흐름. 분수 모르고 지나친 행동을 함.
566) 철추(鐵槌) : 쇠몽둥이. 병장기 일종. 쇠방망이.
567) 황황급급(遑遑急急) : 황급히. 정신없이 급하게.

신하도리　　　당당커늘　　　쇠말뚝을　　　치켜들고

곳곳에다　　　혈을찔러　　　산천기운　　　상케하니

무슨심사　　　그러하냐　　　그일은　　　　고사하고

하늘뜻을　　　모르고서　　　범람565)한　　　뜻을두니

너의죄를　　　네아느냐　　　오십근　　　　철추566)들어

이여송의　　　이마위에　　　덩그렇게　　　걸어놓니

이여송의　　　거동보소　　　황황급급567)　일어서서

한출첨배568)　땀이나서　　　복지사죄569)　하는말이

오늘당장　　　가오리다　　　절하고　　　　일어서니

초립동이　　　간곳없고　　　반석하나　　　남았구나

초립동은　　　누구던고　　　삼각산　　　　신령일세

이여송이　　　돌아와서　　　군중에　　　　하령하고

선조께　　　　하직하니　　　선조대왕　　　하는말씀

대도독의　　　팔년공을　　　만분일을　　　갚으리까

삼만리　　　　악한경도570)　무양571)하게　돌아가오

---

568) 한출첨배(汗出沾背) : (부끄럽거나 무서워서) 땀이 흘러 등을 적심.
569) 복지사죄(伏地謝罪) : 땅에 엎드려 사죄함. 쩔쩔매며 사죄함.
570) 경도(徑道) : 거쳐가는 길. 행차하는 길.
571) 무양(無恙) : 탈 없이. 양(恙)은 병 또는 근심.

이여송이　　나왔다가　　대공은　　이뤗스되
李如松　　　　　　　　　大功

마음한번　　잘못먹고　　초립동에　　혼이났다
　　　　　　　　　　　　草笠童　　　魂

이여송이　　들어간후　　조선이　　태평이라
李如松　　　　　後　　　朝鮮　　　太平

선조대왕　　평난하고　　치국하신　　오년만에
　　　　　　平亂　　　　治國　　　五年

서산대사　　사명당이　　상소하여　　하난말이
西山大師　　泗溟堂　　　上疏

낙산사　　　어제밤에　　천기를　　잠간보니
洛山寺　　　　　　　　　天機

임진년에　　패한왜병　　여분을　　풀지못해
壬辰年　　　敗　倭兵　　餘憤

열세해　　　지금까지　　군사군기　　조련하여
　　　　　　　　　　　　軍士軍器　　操鍊

미구에　　　나오기를　　밤낮으로　　경영하니
未久　　　　　　　　　　　　　　　經營

난리나기　　불원하니　　미리막아　　보옵소서
亂離　　　　不遠

선조대왕　　상소보고　　사명당을　　불러보니
宣祖大王　　上疏　　　　泗溟堂

사명당　　　하는말이　　소승은　　생불이라
泗溟堂　　　　　　　　　小僧　　　生佛

소승이　　　한거름에　　일본을　　항복받고
小僧　　　　　　　　　　日本　　　降服

후폐없이　　하오리다　　선조대왕　　대히하여
後弊　　　　　　　　　　宣祖大王　　大喜

사명당　　　보낼적에　　어필로　　친히쓰되
泗溟堂　　　　　　　　　御筆　　　親

---

572) 서산대사(西山大師) : 법명은 휴정(休靜;1520~1604) 임진왜란 때 승병 1,700명
　　을 인솔하여 평양을 탈환하는 등 큰 공을 세운 승병대장이기도 하다.
573) 사명당(泗溟堂) : 승명은 유정(惟政;1544~1610) 서산대사의 제자요, 일명 송운대
　　사(松雲大師), 임진왜란 때 승병을 모집하여 도원수인 권율(權慄)의 휘하에서 스
　　승 서산대사를 도우며 전공을 세우고, 싸움이 끝난 뒤 선조 37년(1604)에 대마도
　　에 건너가 일본국과 정정협정을 맺고 잡혀간 백성 3,500명을 데리고 왔다.

이여송이　　　나왔다가　　　큰공은　　　이뤘으되

마음한번　　　잘못먹고　　　초립동에　　　혼이났다

이여송이　　　들어간후　　　조선이　　　태평이라

선조대왕　　　평란하고　　　치국하신　　　오년만에

서산대사[572)　　　사명당[573)이　　　상소하여　　　하는말이

낙산사　　　어젯밤에　　　천기를　　　잠깐보니

임진년에　　　패한왜병　　　여분[574)을　　　풀지못해

열세해　　　지금까지　　　군사군기　　　조련[575)하여

미구에　　　나오기를　　　밤낮으로　　　경영하니

난리나기　　　불원하니　　　미리막아　　　보옵소서

선조대왕　　　상소보고　　　사명당을　　　불러보니

사명당　　　하는말이　　　소승은　　　생불[576)이라

소승이　　　한걸음에　　　일본을　　　항복받고

후폐[577)없이　　　하오리다　　　선조대왕　　　대희하여

사명당　　　보낼적에　　　어필로　　　친히쓰되

---

574) 여분(餘憤) : 아직 가라앉지 않은 분한 기운. 여한(餘恨).
575) 조련(操鍊) : 훈련. 조정하며 연습시킴.
576) 생불(生佛) : 산 부처로 덕행이 높음. 재주와 조화가 뛰어난 중.
577) 후폐(後弊) : 뒤탈. 후환.

조선국(朝鮮國) 수신사(修信使)
이날길을 떠날적에
사신행차(使臣行次) 소문듣고(所聞)
동내읍내(東萊邑內) 들어가서
동내부사(東萊府使) 송경이난(宋璟)
허다한(許多) 속인두고(俗人)
사명당(泗溟堂) 분을내여(憤)
수죄하여(數罪) 하는말이
벼살만 탐을내고(貪)
너의목을 하나버혀
내아모리 중이라도
만리타국(萬里他國) 들어감은
백성을(百姓) 생각커늘
너소위를(所爲) 생각하면
선참후계(先斬後啓) 하온후에(後)

사명당이(泗溟堂) 생불이라(生佛)
각도열읍(各道列邑) 관장들이(官長)
어느관장(官長) 아니오리
삼일을(三日) 유련하되(留連)
아니오고 하난말이
일개소승(一介小僧) 중보낼가
동내부사(東萊府使) 나입하여(拿入)
너같은 역신들은(逆臣)
국사를(國事) 네모르고
천백을(千百) 증계하리(懲戒)
왕명을(王命) 받들고서
사직을(社稷) 받들고서
너소위(所爲) 거만하니(倨慢)
처참함이(處斬) 맛당하니
배를타고 들어가니

---

578) 수신사(修信使) : 국제간 수교하러 가는 사신. 통신사.
579) 송경(宋璟) : 미상인물.
580) 나입(拿入) : 죄인 등을 잡아들임. 붙잡아 들임.
581) 수죄(數罪) : 죄목을 열거하여 밝힘.

조선국　　　수신사[578]　　　사명당이　　　생불이라

이날길을　　떠날적에　　　각도열읍　　　관장들이

사신행차　　소문듣고　　　어느관장　　　아니오리

동래읍내　　들어가서　　　삼일을　　　　유련하되

동래부사　　송경[579]이는　　아니오고　　　하는말이

허다한　　　속인두고　　　일개소승　　　중보낼까

사명당　　　분을내어　　　동래부사　　　나입[580]하여

수죄[581]하여　하는말이　　　너같은　　　　역신들은

벼슬만　　　탐을내고　　　국사를　　　　네모르고

너의목을　　하나베어　　　천백을　　　　징계[582]하리

내아무리　　중이라도　　　왕명을　　　　받들고서

만리타국　　들어감은　　　사직을　　　　받들고서

백성을　　　생각커늘　　　네소행　　　　거만하니

네소행을　　생각하면　　　처참[583]함이　　마땅하니

선참후계[584]　하온후에　　　배를타고　　　들어가니

---

582) 징계(懲戒) : 벌 주며 나무람. 뉘우치게 벌을 줌.
583) 처참(處斬) : 사형에 처함. 목 베어 죽이는 처벌.
584) 선참후계(先斬後啓) : 군대 등에서 먼저 목 베어 죽인 다음에 임금에게 보고하는
　　　절차.

일본국이   어디메뇨   중궁대궐   이게로다
日本國   中宮大闕

사명당   하는말이   나는조선   생불이라
泗溟堂   朝鮮   生佛

왜왕이   이말듣고   네가정영   생불이면
倭王   丁寧   生佛

못할것이   없을기라   즉시에   분부하야
                                  卽時   吩咐

팔만대장   경문들이   병풍에   써있으니
八萬大藏   經文   屏風   ﹅

그앞으로   지나와서   그글을   다외와라

사명당의   재조보소   말을타고   지나와서
泗溟堂   才操

대장경을   다외온후   두쪽을   안외오니
大藏經   後

왜왕이   하난말이   두편은   안외우나
倭王   篇

사명당   대답하되   안본것을   외오리요
泗溟堂   對答

병풍을   바라보니   바람에   접혓도다
屏風

왜왕의   거동보소   또다시   분부하되
倭王   擧動   吩咐

쇠방석을   드러다가   저물에·   떤저라고

임의로   다녀바라   사명당의   재조보소
任意   泗溟堂   才操

쇠방석을   잡아타고   임의로   왕내하여
                                任意   往來

지남지북   저리가고   지동지서   이리오며
之南之北   之東之西

---

585) 중궁(中宮) 대궐(大闕) : 중궁은 왕후가 거처하는 곤전(坤殿). 여기서는 중앙의 궁
    전을 뜻함.

일본국이　　어디메뇨　　중궁대궐585)　이게로다

사명당　　　하는말이　　나는조선　　생불이라

왜왕이　　　이말듣고　　네가정녕　　생불이면

못할것이　　없을게라　　즉시에　　　분부하여

팔만대장　　경문586)들이　병풍에　　　써있으니

그앞으로　　지나와서　　그글을　　　다외어라

사명당의　　재조보소　　말을타고　　지나와서

대장경을　　다외운후　　두쪽을　　　안외우니

왜왕이　　　하는말이　　두편은　　　안외우나

사명당　　　대답하되　　안본것을　　외우리오

병풍을　　　바라보니　　바람에　　　접혔도다

왜왕의　　　거동보소　　또다시　　　분부하되

쇠방석을　　들어다가　　저물에　　　던져타고

임의로　　　다녀봐라　　사명당의　　재조보소

쇠방석을　　잡아타고　　임의로　　　왕래하여

지남지북587)　저리가고　　지동지서　　이리오며

---

586) 팔만대장경문(八萬大藏經文) : 불경을 엮은 8만 4천 법문. 해인사에 경판(經板)이 있다.
587) 지남지북(之南之北) : 남쪽으로 가고, 북쪽으로 가고. 여기서 〈之〉는 갈지자로 씀.
　　　지동지서도 같음.

팔만대장　　　많은경문　　　고성대독　　　다외우니
八萬大藏　　　　　經文　　　高聲大讀

왜왕이　　　　생각하되　　　아마도　　　　생불이라
倭王　　　　　　　　　　　　　　　　　　生佛

구리쇠로　　　집을짓고　　　사명당을　　　들어보내
　　　　　　　　　　　　　　泗溟堂

그가운데　　　안처놓고　　　사면으로　　　숯을쌓아
　　　　　　　　　　　　　　四面

불을질러　　　부처놓고　　　대풍기로　　　부처낸다
　　　　　　　　　　　　　　大風機

그쇠가　　　　불에녹아　　　불집이　　　　되었구나

왜왕이　　　　하는말이　　　제아모리　　　생불이나
倭王　　　　　　　　　　　　　　　　　　生佛

아니죽고　　　사라날가　　　사명당의　　　재조보소
　　　　　　　　　　　　　　泗溟堂　　　才操

방에는　　　　어름빙자　　　벽에는　　　　눈설자를
房　　　　　　　氷字　　　　壁　　　　　　　雪字

글두자를　　　써붙이고　　　그가운데　　　앉았으니
　字

그이튼날　　　왜졸들이　　　사명당　　　　녹았는가
　　　　　　　倭卒　　　　　泗溟堂

아니죽고　　　사라날까　　　사명당의　　　재조보소
　　　　　　　　　　　　　　泗溟堂　　　才操

이마우에　　　서리치고　　　수염에만　　　어름달려
　　　　　　　　　　　　　　鬚髥

안연히　　　　홀로앉아　　　왜졸을　　　　호령하되
晏然　　　　　　　　　　　　倭卒　　　　　號令

이놈들　　　　불좀여랴　　　왜왕이　　　　크게놀래
　　　　　　　　　　　　　　倭王

황겁히　　　　하난말이　　　이생불을　　　어이하리
遑急　　　　　　　　　　　　生佛

<hr>

588) 고성대독(高聲大讀) : 높은 소리로 크게 읽음. 즉 큰 고함소리로 읽음.

팔만대장　　많은경문　　고성대독[588]　　다외우니

왜왕이　　생각하되　　아마도　　생불이라

구리쇠로　　집을짓고　　사명당을　　들여보내

그가운데　　앉혀놓고　　사면으로　　숯을쌓아

불을질러　　붙여놓고　　대풍기[589]로　　부쳐낸다

그쇠가　　불에녹아　　불집이　　되었구나

왜왕이　　하는말이　　제아무리　　생불이나

아니죽고　　살아날까　　사명당의　　재조보소

방에는　　얼음빙자　　벽에는　　눈설자를

글두자를　　써붙이고　　그가운데　　앉았으니

그이튿날　　왜졸들이　　사명당　　녹았는가

아니죽고　　살아날까　　사명당의　　재조보소

이마위에　　서리치고　　수염에만　　얼음달려

안연[590]히　　홀로앉아　　왜졸을　　호령하되

이놈들　　불좀넣라　　왜왕이　　크게놀라

황급히　　하는말이　　이생불을　　어이하리

---

589) 대풍기(大風機) : 큰 바람 일으키는 기계. 큰 선풍기 또는 재래의 큰 풀무.
590) 안연(晏然)히 : 마음이 안온하고 몸이 편안함.

쇠말을　　　　만드러서　　　숯불에　　　달과내여

사명당을（泗溟堂）　타라하니　　사명당（泗溟堂）　생각하니

하든중에（中）　처음이라　　하늘을　　　우러러서

지성으로（至誠）　비난말이　　소소한（昭昭）　하나님은

조선생불（朝鮮生佛）　위하시사（爲）　일장풍우（一場風雨）　내이소서

시각내로（時刻內）　천둥소래　　강산이（江山）　뒤눕더니

해천이（海天）　막막하야（漠漠）　주룩주룩　　오난비에

가엽도다　　일본국이（日本國）　어별쏘이（魚鼈）　되엿고나

왜왕의（倭王）　거동보소（擧動）　황황급급（遑黃急急）　비난말이

무지한（無知）　과인몸이（寡人）　생불을（生佛）　몰라보고

욕설로（辱說）　대접하니（待接）　만사무석（萬死無惜）　죽여주오

분부대로（吩咐）　하오리라　　사명당의（泗溟堂）　거동보소（擧動）

왜왕다려（倭王）　하난말이　　우리나라　　임금님은

어진덕을（德）　닥근고로（故）　하나님이　　감동하야（感動）

강원도（江原道）　낙산사에（洛山寺）　생불을（生佛）　점지하니

삼년에도（三年）　하나나고　　오년에도（五年）　하나난다

---

591) 쇠말 : 쇠붙이로 만든 말. 철마(鐵馬).
592) 해천(海天) : 바다와 하늘. 즉 온 천지.

쇠말591)을　　만들어서　　숯불에　　달궈내어

사명당을　　타라하니　　사명당　　생각하니

하던중에　　처음이라　　하늘을　　우러러서

지성으로　　비는말이　　소소한　　하느님은

조선생불　　위하시사　　일장풍우　　내리소서

시각내로　　천둥소리　　강산이　　뒤눕더니

해천592)이　　막막하여　　주룩주룩　　오는비에

가엾도다　　일본국이　　어별소593)가　　되었구나

왜왕의　　거동보소　　황황급급　　비는말이

무지한　　과인몸이　　생불을　　몰라보고

욕설로　　대접하니　　만사무석594)　　죽여주오

분부대로　　하오리라　　사명당의　　거동보소

왜왕더러　　하는말이　　우리나라　　임금님은

어진덕을　　닦은고로　　하느님이　　감동하여

강원도　　낙산사에　　생불을　　점지하니

삼년에도　　하나나고　　오년에도　　하나난다

---

593) 어별(魚鼈)소 : 고기와 자라의 물속.
594) 만사무석(萬死無惜) : 만 번 죽어도 아까울 것 없는 죄.

다시한번　　생불오면　　너의나라　　멸망한다
　　　　　　生佛　　　　　　　　　滅亡

삼백장　　　인피벗겨　　년년이　　　조공하라
三百張　　　人皮　　　　年年　　　　朝貢

인피를　　　벗긴대로　　죽은사람　　가죽말고
人皮

산사람　　　벗겨오라　　사명당　　　나온후에
　　　　　　　　　　　　泗溟堂　　　　　　後

삼백장　　　인피벗겨　　년년히　　　조공하니
三百張　　　人皮　　　　年年　　　　朝貢

하다가　　　생각하니　　사람씨가　　없어질세

다시조공　　곤처하되　　주석동철　　대신하니
　　朝貢　　　　　　　　朱錫銅鐵　　代身

경면주사　　삼백근과　　구리쇠　　　삼백근을
鏡面朱砂　　三百斤　　　　　　　　三百斤

인피대신　　조공하니　　국용이　　　탕갈이라
人皮代身　　朝貢　　　　國用　　　　蕩竭

다시비러　　하난말이　　삼백명　　　군사나와
　　　　　　　　　　　　三百名　　　軍士

수자리로　　사오리다　　그리하라　　허락하니
　　　　　　　　　　　　　　　　　　許諾

동래읍내　　초량앞에　　조흔집을　　지어놓고
東萊邑內　　草梁

그리와서　　살림하니　　동네왜관　　그게로다
　　　　　　　　　　　　東萊倭館

무진년　　　이월달에　　선조대왕　　승하하니
戊辰年　　　二月　　　　宣祖大王　　昇遐

---

595) 조공(朝貢) : 종주국에다 때 맞추어 예물을 바치던 일. 우리나라는 역대로 중국에
　　　하례사를 보내면서 바쳐왔다.
596) 삼백장 인피(人皮) : 사람 가죽 벗겨 3백장 즉 300명씩 죽여서 바치라는 것이니
　　　왜놈의 씨를 말려 멸종시키겠다는 뜻이다. 민간 구비(口碑) 설화(說話)에서 유행
　　　하던 이야기이다.
597) 경면주사(鏡面朱砂) : 잘 결정(結晶)된 주사. 주사는 청심환 등에 쓰는 고급 약재임.

다시한번　　　생불오면　　　너의나라　　　멸망한다

삼백장　　　　인피벗겨　　　연년에　　　　조공[595)]하라

인피를　　　　벗긴대도　　　죽은사람　　　가죽말고

산사람　　　　벗겨오라　　　사명당　　　　나온후에

삼백장　　　　인피[596)]벗겨　　연년이　　　　조공하니

하다가　　　　생각하니　　　사람씨가　　　없어질세

다시조공　　　고쳐하되　　　주석동철　　　대신하니

경면주사[597)]　삼백근과　　　구리쇠　　　　삼백근을

인피대신　　　조공하니　　　국용이　　　　탕갈[598)]이라

다시빌어　　　하는말이　　　삼백명　　　　군사나와

수자리[598-1)]로　살으리다　　　그리하라　　　허락하니

동래읍내　　　초량[599)]앞에　　좋은집을　　　지어놓고

그리와서　　　살림하니　　　동래왜관[600)]　그거로다

무진년　　　　이월[601)]달에　　선조대왕　　　승하하니

---

598) 탕갈(蕩竭) : 없어져 바닥남. 모조리 없어짐.
598-1) 수자리 : 나라의 변방을 지키는 일 또는 그 민병(民兵).
599) 초량(草梁) : 현 부산의 초량.
600) 왜관(倭館) : 지금의 경북 칠곡군의 군청 소재지이지만 본래는 조선시대 왜인들이
　　　와서 머물면서 외교, 무역 등 업무를 행하던 관(館)이 있던 곳이니, 그 역사는 조
　　　선초부터 여러 군데로 옮겨지면서 사연이 많다.
601) 무진년(戊辰年) 이월(二月) : 선조가 승하한 해는 무신(戊申;1608)이니 무진은 잘못.
　　　2월에 경운궁(慶運宮)에서 돌아가시고 세자가 즉위했으니 광해주(光海主)이다.

춘추가 春秋	얼마신가	오십칠이 五十七	분명하다 分明
양주땅 楊洲	이십리에 二十里	목능이 穆陵	그능이오 陵
두왕비도 王妃	한능이라 陵	광해군이 光海君	등극하니 登極
그배위는 配位	누구든고	문화유씨 文化柳氏	부인이오 夫人
유자신의 柳自新	딸이로다	열네해를	지내다가
강화로 江華	내첫더니	양주땅 楊洲	진건면에 眞乾面
내웨무덤 內外	여게로다	원종대왕 元宗大王	추숭하니 追崇
그왕비는 王妃	뉘시든고	능성구씨 綾城具氏	부인이라 夫人
부원군은 府院君	누시든고	능성사람 綾城	사맹이라 思孟
김포땅 金浦	칠십리에 七十里	원종능은 元宗陵	장능이오 章陵
왕비능 王妃陵	어데든고	장능과 章陵	한능이라 陵
계해년 癸亥年	삼월달에 三月	인조대왕 仁祖大王	등극하니 登極
그왕비는 王妃	누시든고	청주한씨 淸州韓氏	부인이요 夫人

---

602) 목릉(穆陵) : 선조와 두 왕비의 능으로 경기도 구리시 인창동에 있다.

603) 광해군(光海君) : 조선 15대 임금 선조 제2왕자. 휘는 혼(琿). 재위 1608~1623) 폭군으로 쫓겨났으니 즉위 초에 당론의 폐가 심함으로 이를 광정코자 하였으나 도리어 대북파(大北派), 흉계에 빠져 이복형 임해군(臨海君), 이복동생 영창대군(永昌大君) 등을 역모로 몰아 죽이며 인목대비(仁穆大妃;선조의 계비)를 유폐하는 등 불윤이 심해서 서인(西人)들에게 쫓겨나 폐위되었다. 그러나 치적도 많았다. 묘는 수릉(綏陵) 양주 송릉리.

604) 유자신(柳自新) : 광해주 비인 유씨의 아버지(1533~1612), 자는 지언(止彦), 본관은 문화(文化), 조선조 문신 인조반정 때 관직과 봉호가 추탈되었다.

605) 원종대왕(元宗大王) : 조선 인조 때 추증왕 1580~1619, 선조의 제5자 인조의 아버지. 정원군(定遠君), 휘는 부(琈), 왕위에 오르지 못하고 죽었으므로 인조가 추존왕으로 섬겼다.

춘추가	얼마신가	오십칠이	분명하다
양주땅	이십리에	목릉[602]이	그능이요
두왕비도	한능이라	광해군[603]이	등극하니
그배위는	누구던가	문화유씨	부인이요
유자신[604]의	딸이로다	열네해를	지내다가
강화로	내쳤더니	양주땅	진건면에
내외무덤	여기로다	원종대왕[605]	추숭하니
그왕비는	뉘시던가	능성구씨	부인이라
부원군은	뉘시던가	능성사람	사맹[606]이라
김포땅	칠십리에	원종릉은	장릉[607]이요
왕비능	어디던가	장릉과	한능이라
계해년	삼월[608]달에	인조[609]대왕	등극하니
그왕비[610]는	뉘시던가	청주한씨	부인이요

---

606) 사맹(思孟) : 구사맹(具思孟;1532~1604) 원종비 인헌왕후(仁獻王后) 구씨(具氏;1578~1626)의 생부, 자는 경시(景時), 호는 팔곡(八谷), 본관은 능성(綾城). 벼슬은 이조찬판까지 올랐고 시호는 문의(文懿).
607) 장릉(章陵) : 추존왕 원종(元宗)의 능. 왕비와 한 능. 경기도 김포시 풍무동에 있다.
608) 계해년(癸亥年) 삼월 : 1623년 3월. 인조(仁祖)가 즉위한 때.
609) 인조(仁祖) : 조선조 16대왕, 휘는 종(倧). 추존왕 원종의 아들. 자는 화백(和伯), 왕자 때 호는 송창(松窓;1595~1649 재위 1623~1649) 능양군(綾陽君)으로 있다가 광해주가 쫓겨나자 김류(金瑬), 최명길(崔鳴吉) 등에 의해서 왕으로 등극하여 이괄(李适)의 난을 평정하였으나 정묘호란(丁卯胡亂)과 특히 병자호란(丙子胡亂)의 국가 치욕을 겪은 왕이다.
610) 왕비(王妃) : 인조의 첫 왕비 인열왕후(仁烈王后;1594~1635) 청주 한씨 둘째 왕비 장렬왕후(莊烈王后;1624~1688) 양주 조씨.

부원군은 府院君	누구든고	청주사람 清州	준겸이라 浚謙
둘째왕비 王妃	누시든고	양주조씨 楊洲趙氏	부인이요 夫人
부원군은 府院君	누구든고	양주사람 楊洲	창원이라 昌遠
인조대왕 仁祖大王	거동보소 擧動	즉위하신 卽位	십삼년에 十三年
병자호란 丙子胡亂	나난구나	호천자 胡天子	어사하니
철기오만 鐵騎五萬	거나리고	다섯길	넘는비를 碑
전자로 篆字	비문써서 碑文	나올적에	실고나와
조선을 朝鮮	항복받고 降服	송파에 松坡	세웠으니
아모려나	생각하니	한이가 汗	영웅이라 英雄
호천자 胡天子	들어갈때	인조대왕 仁祖大王	자제서이 子弟
누구누구	잡혀갔나	맏자제는 子弟	인허세자 仁許世子

---

611) 준겸(浚謙) : 인조의 첫 장인 한준겸(韓浚謙), 자는 익지(益之), 호는 유천(柳川), 본
    관은 청주(清州), 벼슬은 오도도원수 영돈녕부사였고, 서원부원군(西原府院君)에
    봉해졌다. 시호는 문익(文翼).
612) 창원(昌遠) : 인조의 둘째 왕비의 부친인 조창원(趙昌遠;1583~1646) 조선조 중기
    의 문신으로, 자는 대형(大亨), 호는 오은(梧隱), 본관이 양주(楊州), 영돈녕부사
    (領敦寧府事)를 지냈고 한원부원군(漢原府院君)에 봉해졌으며 시호는 혜목(惠穆)
    이다.
613) 즉위하신 십삼년 : 인조는 1623년에 즉위했으니 병자호란이 일어난 해인 1636년
    (丙子)까지 13년으로 셈한 햇수이다.
614) 병자호란(丙子胡亂) : 병자년인 1636년에 청(清)나라 군사가 쳐들어 온 오랑캐의
    난리라는 말이니, 임진왜란 겪은지 45년 만에 또 국난이 일어나서 치욕을 당하고
    백성은 4년간 비극을 겪은 난리이다.(이하 생략)
615) 호천자(胡天子) : 청(清)의 태종(太宗)을 말하지만 호(胡)란 오랑캐란 뜻이다.
616) 철기(鐵騎) 오만(五萬) : 철갑옷을 입고 말 탄 군사 5만명이란 뜻이니, 무방비 상태
    에다 당파싸움만 벌리고 있던 당시 조선에서는 속수무책이었고, 인조는 남한산성
    에 도망가 있다가 결국 내려와서 적장에게 머리를 조아리며 항복했다.

부원군은	누구던가	청주사람	준겸[611]이라
둘째왕비	뉘시던가	양주조씨	부인이요
부원군은	누구던가	양주사람	창원[612]이라
인조대왕	모습보소	즉위하신	십삼년[613]에
병자호란[614]	나는구나	호천자[615]	어사하니
철기오만[616]	거느리고	다섯길	넘는비를
전자로	비문[617]써서	나올적에	싣고나와
조선을	항복받고	송파에	세웠으니
아무려나	생각하니	한[618]이가	영웅이라
호천자	들어갈때	인조대왕	자제셋이
누구누구	잡혀갔나	맏자제는	인허세자[619]

---

617) 전자(篆字) 비문(碑文) : 전자체로 새긴 비문이란 뜻이니 곧 「삼전도비(三田渡碑)」
　　를 말하며, 이는 「대청황제공덕비(大淸皇帝功德碑)」였으니, 지금의 송파구 석촌동
　　에 있었고 1639년에 병자호란 항복 후에 세워졌다가 1895년 청일전쟁(淸日戰爭)
　　때 도괴시켰다가 지금 다시 송파나루에 세워놓았다.
618) 한(汗) : 북방의 돌궐(突厥), 몽고(蒙古) 족속의 우두머리란 뜻. 징기스칸(成吉思
　　汗) 등은 진키스 왕이란 뜻.
619) 인허세자(仁許世子) : 인조(仁祖)의 맏자제는 소현세자(昭顯世子)이고 인허라는 사
　　람은 없었다. 병자호란 때 청(淸)나라에 볼모로 잡혀갔던 세 왕자는 맏이인 소현세
　　자, 둘째인 봉림대군(鳳林大君;후에 효종(孝宗)이 됨), 셋째인 인평대군(麟坪大君)
　　3왕자였다.
　　※ 소현세자(昭顯世子 : 1612~1645), 청나라에 볼모로 잡혀갔다가 서역원정에 참
　　　전했고, 서양서적과 천주상(像) 등을 가지고 귀국했으나 바로 죽었다. 여기서
　　　는 인조가 벼루로 이마를 때려 죽였다고 하였다.
　　　인조의 둘째 아들은 효종(孝宗)임.
　　※ 인평대군(1622~1658) : 자는 용함(用涵), 호는 송계(松溪), 시호는 충경(忠敬)
　　　병자호란 때 볼모로 잡혀갔다가 돌아와서는 부왕인 인조를 도와서 청나라에 가
　　　서 공을 세운 바가 컸다. 글씨와 그림이 뛰어났고 시조도 여러 편을 남겼다.

둘째자제	소현세자	셋째자제	효종대왕
子弟	昭顯世子	子弟	孝宗大王
삼형제를	앞세우고	삼학사를	잡아다가
三兄弟		三學士	
삼학사는	누구든고	해주오씨	오달제와
三學士		海州吳氏	吳達濟
남양홍씨	홍익한과	안변윤씨	윤집이라
南陽洪氏	洪翊漢	安邊尹氏	尹集
대유녀	삼천명과	대유마	삼천필을
待留女	三千名	待留馬	三千匹
모두함께	다려다가	구원옥에	가다두고
		九原獄	
삼학사를	죽일적에	기름가마	쌀맛구나
三學士			
삼학사의	충성보소	기름가마	들어앉아
三學士	忠誠		
추상같이	호령하여	구불절성	하는말이
秋霜	號令	口不絕聲	
개와같은	호천자야	네가이놈	무엇이냐
	胡天子		
누루하치	자손으로	대명을	소멸하고
	子孫	大明	消滅
요순우탕	문무주공	사천년	예악문물
堯舜禹湯	文武周公	四千年	禮樂文物

---

620) 소현세자(昭顯世子) : 본 가사에서 둘째가 소현세자라 한 것과, 셋째가 효종대왕 이란 착오이며 둘째인 봉림대군이 효종으로 등극했다.

621) 효종(孝宗) : 조선조 제17대 임금(1619~1659, 재위 1649~1659) 인조의 둘째 아 들 휘는 호(淏), 자는 정연(靜淵), 호는 죽오(竹悟), 병자호란 때 인질로 8년간이나 심양(瀋陽)에 가서 굴욕을 당했기에 임금 된 뒤 북벌정책으로 골몰하다가 이루지 못하고 승하했다. 그러나 송시열(宋時烈), 조준길(趙浚吉) 등을 기용하여 군비를 정비하는 등 국력 신장에 힘썼다. 심양에 볼모로 갔을 때의 심회를 읊은 시조 몇 편이 전한다.

622) 삼학사(三學士) : 병자호란 때 청나라 장수에게 항복을 적극 반대한 세 학자, 즉 오달제(吳達濟), 윤집(尹集), 홍익한(洪翼漢)의 세 사람.

623) 오달제(吳達濟) : 1609~1637, 인조 때 병조좌랑을 지냈고, 정언, 부교리 등 역임 하다가 병자호란 때 항복을 적극 반대하다가 적장에게 끌려가서 굴하지 않다가 죽임을 당한 삼학사의 한 사람, 자는 계휘(季輝), 호는 추담(秋潭), 본관은 해주(海 州), 시호는 충렬(忠烈).

둘째자제　　　소현세자[620]　　　셋째자제　　　효종[621]대왕

삼형제를　　　앞세우고　　　　삼학사[622]를　　　잡아다가

삼학사는　　　누구던가　　　　해주오씨　　　오달제[623]와

남양홍씨　　　홍익한[624]과　　　안변윤씨　　　윤집[625]이라

대류녀　　　　삼천명과　　　　대류마　　　　삼천필을

모두함께　　　데려다가　　　　구원옥[626]에　　　가둬두고

삼학사를　　　죽일적에　　　　기름가마　　　삶았구나

삼학사의　　　충성보소　　　　기름가마　　　들어앉아

추상같이　　　호령하여　　　　구불절성[627]　　하는말이

개와같은　　　호천자야　　　　네가이놈　　　무엇이냐

누르하치[628]　자손으로　　　　대명을　　　　소멸하고

요순우탕　　　문무주공　　　　사천년　　　　예악문물

---

624) 홍익한(洪翼漢) : 1586~1637, 삼학사의 한 사람, 인조 때의 문신, 자는 백승(伯
　　升), 호는 화포(花浦) 또는 운옹(雲翁), 본관은 남양(南陽), 벼슬은 장령(掌令), 청
　　나라 장수에게 끌려가서도 뜻을 굽히지 않고 죽었으나 적들은 감탄하고 삼한삼투
　　(三韓三鬪)라 하여 비석을 세웠다 한다. 문집에 화포집(花浦集), 저서에 북행록(北
　　行錄)과 서정록(西征錄) 등이 있다. 시호는 충정(忠正).
625) 윤집(尹集) : 1606~1637, 삼학사의 한 사람. 조선 인조 때의 문신. 자는 성백(成
　　伯), 호는 임계(林溪), 본관은 남원(南原), 벼슬은 부교리, 병자호란 때 청나라 군
　　사에게 항복을 반대하는 척화론(斥和論)을 적극 주장하다가 적장에게 끌려가서도
　　굴하지 않으므로 적들은 선양 서문 밖에서 사형했다가 나중에 삼한삼투(三韓三
　　鬪)란 비석을 세워주었다 한다. 시호는 충정(忠正).
626) 구원옥(九原獄) : 구원(九原)은 구천(九泉)이니, 여기서는 지옥을 의미하는 듯하다.
627) 구불절성(口不絕聲) : 입에서 말이 끊이지 않음. 계속 말이 이어짐.
628) 누르하치(奴兒哈赤) : 후금(後金)나라 태조(1539~1626), 본래 여진족. 고려 때는
　　납합출(納合出)로 표기했다. 명(明)나라를 멸하고 청(淸)나라를 세움(1616~1912).
　　청(淸)의 태조가 되었다.

일조에(一朝) 다없애고 　　살부대립(殺父代立) 네풍속을(風俗)
삼천리(三千里) 조선강산(朝鮮江山) 　　네속국을(屬國) 맨들라고
금수같은(禽獸) 네무리를 　　몇천명을(千名) 거나리고
강포로(强暴) 행악하여(行惡) 　　무죄한(無罪) 조선인물(朝鮮人物)
저다지 욕을뵈니(辱) 　　천지도(天地) 무심하다(無心)
망으락이 덮어쓰고 　　옥쇄를(玉璽) 전수하기(傳授)
부끄럽도 아니하냐 　　이렇다시 호령하고(號令)
서이함께 죽었으니 　　장하도다(壯) 삼학사여(三學士)
충절이(忠節) 충장하니(充壯) 　　죽은혼이(魂) 말한같다
호천자(胡天子) 앉아듣고 　　묵묵히(默默) 말이없네
인허세자(人許世子) 불러드려 　　너의원은(願) 무엇이냐
인허세자(人許世子) 대답하되 　　폐하앞에(陛下) 있는베루
그것이 원이로다(願) 　　호천자(胡天子) 하는말이
그리하라 벼루주니 　　이벼루가 어떠턴고
조화있는(造化) 용연이라(龍硯) 　　글씨를 쓸라하면
사람의손 아니가도 　　제입으로 물을토해(吐)

---

629) 살부대립(殺父代立) : 아버지를 죽이고 자식이 왕이 되는 오랑캐 풍속.
630) 강포(强暴)로 행악(行惡) : 억지 폭행으로 악독한 짓을 저지름.

일조에　다없애고　　살부대립[629]　네풍속을

삼천리　조선강산　　네속국을　　만들려고

금수같은　네무리를　　몇천명을　　거느리고

억지폭력　행악[630]하여　무죄한　　조선인물

저다지　욕을뵈니　　천지도　　무심하다

망으락이[631]　덮어쓰고　옥새를　　전수하기

부끄럽도　아니하냐　이렇듯이　호령하고

셋이함께　죽었으니　장하도다　삼학사여

충절이　충장[632]하니　죽은혼이　말한같다

호천자　앉아듣고　묵묵히　　말이없네

인허세자　불러들여　너의원은　무엇이냐

인허세자　대답하되　폐하앞에　있는벼루

그것이　원이로다　호천자　　하는말이

그리하라　벼루주니　이벼루가　어떻던고

조화있는　용연[633]이라　글씨를　　쓰려하면

사람의손　아니가도　제입으로　물을토해

---

631) 망으락이 : 자세치 않으나 그물로 엮은 벙거지인듯하다.
632) 충장(充壯) : 장한 기운이 가득함.
633) 용연(龍硯) : 신비로운 벼루, 때로 용이 새겨진 벼룻돌. 여기서는 전자의 뜻.

적도만토　　아니하게　　마치맞게　　토해노니
吐

용의조화　　이아닌가　　보배는　　　보배로다
龍　造化

소현세자　　불러드려　　너의원은　　무엇이냐
昭顯世子　　　　　　　　　願

소현세자　　대답하되　　고국을　　　도라가서
昭顯世子　　對答　　　　故國

부모처자　　만나보기　　그것이　　　원이로다
父母妻子　　　　　　　　　　　　　願

호천자　　　하는말이　　기특하다　　그리하라
胡天子

효종대왕　　불러드려　　너의원은　　무엇이냐
孝宗大王　　　　　　　　願

효종대왕　　하신말삼　　원대로　　　하올진댄
孝宗大王　　　　　　　　願

원을말삼　　하려니와　　그렇지　　　아니하면
願

말하지　　　못할로다　　호천자　　　하는말이
　　　　　　　　　　　胡天子

원대로　　　할것이니　　원을모다　　말하여라
願　　　　　　　　　　　願

효종대왕　　하신말삼　　일구이언　　못하기난
孝宗大王　　　　　　　　一口二言

범인도　　　못하거든　　하물며　　　천자께서
凡人　　　　　　　　　　　　　　　天子

호천자　　　크게웃고　　말하여라　　그리하마
胡天子

효종대왕　　하신말삼　　소인의　　　삼형제와
孝宗大王　　　　　　　　小人　　　　三兄弟

죽은신하　　세사람과　　대유녀　　　삼천명과
　　臣下　　　　　　　待留女　　　三千名

적도많도　아니하게　　마치맞게　토해놓니

용의조화　이아닌가　　보배는　보배로다

소현세자[634]　불러들여　　너의원은　무엇이냐

소현세자　대답하되　　고국을　돌아가서

부모처자　만나보기　　그것이　원이로다

호천자　하는말이　　기특하다　그리하라

효종대왕　불러들여　　너의원은　무엇이냐

효종대왕　하신말씀　　원대로　하올진댄

원을말씀　하려니와　　그렇지　아니하면

말하지　못할로다　　호천자　하는말이

원대로　할것이니　　원을모두　말하여라

효종대왕　하신말씀　　일구이언　못하기는

범인도　못하거든　　하물며　천자께서

호천자　크게웃고　　말하여라　그리하마

효종대왕　하신말씀　　소인의　삼형제와

죽은신하　세사람과　　대류녀　삼천명과

---

634) 소현세자 : 여기 인허세자(仁許世子)는 없는 세자이고, 맏이가 소현세자(昭顯世子), 둘째가 효종대왕(孝宗大王)이다.

대유마 待留馬	삼천필을 三千匹	다다리고	나갓으면
아모원도 願	없나이다	호천자 胡天子	하난말이
일구이언 一口二言	어이하리	다다리고	나가거라
일시에 一時	다나오니	죽은신하 臣下	원통하다 冤痛
장하도다 壯	삼학사여 三學士	삼학사 三學士	죽은혼이 魂
산것같이	호령하니 號令	호천자 胡天子	겁이나서 怯
조선인물 朝鮮人物	두렵도다	한사람도	두기실타
이일을	생각하니	죽은학사 學士	덕이로다 德
단종때 端宗	사륙신과 死六臣	인조때 仁祖	삼학사는 三學士
부조배향 不朝配享	앗갑도다	천추혈식 千秋血食	맞당하다
인조대왕 仁祖大王	거동보소 舉動	인허세자 仁許世子	벼루보고
벼루돌을	둘러미고	인허세자 仁許世子	이마치니
참혹하게 慘酷	죽난고나	부자간 父子間	중한천륜 重　天倫
어이참아	이리할까	인조대왕 仁祖大王	하신말삼
개같은	그놈에게	벼루를	가저오니
네가이놈	사람이냐	한이만도 汗	못하도다

---

635) 부조배향(不朝配享) : 바른 표기는 〈不祧配享〉이니, 즉 나라에 충성과 공훈이 많은 인사를 사당이나 문묘(文廟)에 모셔놓고 오래도록 제사지내는 행사. 묘의 경우는 부조묘(不祧墓)라고 한다.

대류마   삼천필을   다데리고   나갔으면

아무원도   없나이다   호천자   하는말이

일구이언   어이하리   다데리고   나가거라

일시에   다나오니   죽은신하   원통하다

장하도다   삼학사여   삼학사   죽은혼이

산것같이   호령하니   호천자   겁이나서

조선인물   두렵도다   한사람도   두기싫다

이일을   생각하니   죽은학사   덕이로다

단종때   사육신과   인조때   삼학사는

부조배향[635]   아깝도다   천추혈식[636]   마땅하다

인조대왕   거동보소   인허세자   벼루보고

벼룻돌을   둘러메고   인허세자   이마치니

참혹하게   죽는구나   부자간   중한천륜

어이차마   이리할까   인조대왕   하신말씀

개같은   그놈에게   벼루를   가져오니

네가이놈   사람이냐   흉노만도   못하도다

---

636) 천추혈식(千秋血食) : 천년토록 나라가 제사를 지냄. 혈식은 희생(犧牲;소나 양을
    잡아서 익히지 않고 제물로 쓰던 옛 예법)으로 국제를 지내는 제례법.

불공대천　　　큰원수를　　　대보단에　　　기록하라
不共戴天　　　怨讐　　　　大報壇　　　記錄

인조대왕　　　반정할제　　　반정공신　　　원두표는
仁祖大王　　　反正　　　　　反正功臣　　　元斗杓

도끼를　　　　손에들고　　　남대문을　　　깨트리니
　　　　　　　　　　　　　　南大門

이럼으로　　　이른말이　　　도끼정승　　　이아닌가
　　　　　　　　　　　　　　　　政丞

서소문밖　　　이원규는　　　옥쇄를　　　　도적하야
西小門　　　　李元奎　　　　玉璽　　　　　盜賊

등극후에　　　받친고로　　　세속에　　　　숨은공은
登極後　　　　　　故　　　　世俗　　　　　　功

옥쇄판서　　　이아닌가　　　골육상쟁　　　이임금이
玉璽判書　　　　　　　　　　骨肉相爭

벼루가진　　　그허물로　　　아들하나　　　죽엇으니

이일을　　　　볼작시면　　　인조대왕　　　하신일이
　　　　　　　　　　　　　　仁祖大王

올치가　　　　못하오니　　　후복이　　　　장원할가
　　　　　　　　　　　　　　後福　　　　　長遠

슬푸다　　　　국운이여　　　국상이　　　　또나신다
　　　　　　　　國運　　　　國喪

기축년　　　　오월달에　　　인조대왕　　　승하하니
己丑年　　　　五月　　　　　仁祖大王　　　昇遐

춘추가　　　　오십이요　　　교하땅　　　　칠십리에
春秋　　　　　五十　　　　　交河　　　　　七十里

---

637) 불공대천(不共戴天) : 원수가 되어 한 하늘 아래에서 같이 살 수가 없음.

638) 대보단(大報壇) : 명(明)나라 태조(太祖)와 신종(神宗), 의종(毅宗)을 모셔놓고 사
대의례(事大儀禮)를 올리던 것이니 창덕궁(昌德宮) 안에 있던 사우(祠宇)였다. 사
대주의의 극치였다.
※ 여기서 인조가 세자인 맏아들 소현세자(인허(仁許)세자로 잘못 기록했지만)를
벼루로 쳐 죽였다는 기록은 사실과 다르다. 실록에서는 병으로 죽은 것으로 기
술하면서도 인조가 독살했다는 말도 덧붙였고, 세자빈과 세자의 아들들도 유폐
혹은 제주도로 귀양보냈다가 모두 죽었다는 사실이 이러한 사정을 말해준다.

불공대천[637]　큰원수를　　대보단[638]에　기록하라

인조대왕　　반정할제　　반정공신　　원두표[639]는

도끼를　　　손에들고　　남대문을　　깨뜨리니

이러므로　　이른말이　　도끼정승　　이아닌가

서소문밖　　이원규[640]는　옥새를　　　도적하여

등극후에　　바친고로　　세속에　　　숨은공은

옥새판서　　이아닌가　　골육상쟁　　이임금이

벼루가진　　그허물로　　아들하나　　죽였으니

이일을　　　볼짝시면　　인조대왕　　하신일이

옳지가　　　못하오니　　후복이　　　오래갈까

슬프다　　　국운이여　　국상이　　　또나신다

기축년　　　오월[641]달에　인조대왕　　승하하니

춘추가　　　오십이요　　교하땅　　　칠십리에

---

639) 원두표(元斗杓) : 조선조 인조 때 문신(1593~1664), 자는 자건(子建), 호는 탄옹(灘翁), 본관은 원주(原州) 인조반정(仁祖反正)에 참여하여 공을 세워 정사공신(靖社功臣)에 녹훈되고 원평부원군(原平府院君)으로 책봉되었으며 벼슬은 좌의정까지 올랐다. 시호는 충익(忠翼).

640) 이원규(李元奎) : 이원규란 미상의 인물이고 박성의(朴晟義) 교주본에서는 이귀(李貴)가 아닌가 짐작했다. 이귀는(1577~1633) 인조반정 때 공신으로, 자는 옥여(玉汝), 호는 묵재(默齋), 본관은 연안(延安)으로 인조(仁祖)를 추대 옹립하고 호위대장을 지냈고 좌찬성을 거쳤으며 정사공신(靖社功臣)이요, 연평부원군(延平府院君)에 봉해졌다. 시호는 충정(忠正).

641) 기축년오월(己丑年五月) : 인조왕이 승하한 때로 인조 27년(1649) 5월.

장능이 그능이오 두왕비도 한능이라
長陵 陵 王妃 陵

효종대왕 등극하니 그왕비는 누시든고
孝宗大王 登極 王妃

덕수장씨 부인이요 부원군은 누시든고
德水張氏 夫人 府院君

덕수사람 장유로다 효종대왕 등극후로
德水 張維 孝宗大王 登極後

대보단 피여들고 병자일을 생각하니
大報壇 丙子

한의일이 어제같다 심중이 울적하야
汗 心中 鬱寂

이완을 불러들여 군신이 서로앉아
李浣 君臣

복수하기 의론할제 글두귀를 지여내니
復讐 議論 句

드러보소 드러보소 그글에 하였으되

아원장구십만병 추풍웅진구련성
我願長驅十萬兵 秋風雄鎭九連城

지휘축답호노지 가무귀래향옥경
指揮蹴踏胡奴地 歌舞歸來向玉京

자자마다 유리하고 귀귀마다 포한이라
字字 有利 句句 抱恨

원하나니 장군께서 십만대병 거나리고
願 將軍 十萬大兵

---

642) 장릉(長陵) : 인조와 왕비의 능으로 경기도 파주시 탄현면 갈현리에 있다. 옛 교하
(交河)땅이다.

643) 효종대왕(孝宗大王) : 조선조 제17대 임금(1619~1659, 재위 1649~1659), 인조의
둘째 아들, 이름은 호(淏), 자는 정연(靜淵), 호는 죽오(竹梧), 처음 봉림대군(鳳林
大君)에 봉해졌다가 병자호란 때 세 왕자가 볼모로 다녀와서 소현세자가 죽자 왕
위에 올랐고, 재위 10년간 줄곧 청나라를 치려는 북벌 계획에 몰두하다가 승하햇
다. 비는 우의정 장유(張維)의 따님 인선왕후(仁宣王后)이고 능은 여주에 있는 영
릉(寧陵)이며 왕후도 한 능이다. 청나라를 북벌하여 원한을 갚겠다는 시(詩)와 시
조가 여러 편 전한다.

장릉[642]이   그능이요   두왕비도   한능이라

효종대왕[643]   등극하니   그왕비는   뉘시던가

덕수장씨   부인이요   부원군은   뉘시던가

덕수사람   장유[644]로다   효종대왕   등극후로

대보단   피어들고   병자일을   생각하니

한의일이   어제같다   심중이   울적하여

이완[645]을   불러들여   군신이   서로앉아

복수하기   의론할제   글두귀를   지어내니

들어보소   들어보소   그글에   하였으되

　　　아원장구십만병　　　　　추풍웅진구련성

　　　지휘축답호노지　　　　　가무귀래향옥경

글자마다   뜻이깊고   글귀마다   포한[646]이라

원하노니   장군께서   십만대병   거느리고

---

644) 장유(張維) : 효종 때의 문신이며 학자(1587~1638), 자는 지국(持國), 호는 계곡
    (谿谷), 본관은 덕수(德水) 한문4대가의 한 사람. 정묘(丁卯), 병자(丙子) 두 난 때
    인조를 호종했고 효종의 장인이 되어 신풍부원군(新豊府院君)에 봉해겼고 영의정
    에 추증되었다. 시호는 문충(文忠).
645) 이완(李浣) : 조선 효종 때의 무장(1602~1674) 무신으로 효종의 북벌정책에도 크
    게 보필한 정치적 인물. 자는 징지(澄之), 호는 매죽헌(梅竹軒), 본관은 경주, 벼슬
    은 한성부판윤, 형조판서 등을 지냄. 시호는 정익(貞翼).
    ※ 박지원의 「허생전(許生傳)」에서는 변씨의 소개로 허생과 만나서 북벌정책을 논
    　한 일이 있다.
646) 포한(抱恨) : 한을 품는다. 여기서 보인 7언절귀는 효종의 북벌의 의지를 읊은 작
    품. 풀이는 가사에 있다.

소소한 蕭蕭	가을날에	구련성을 九連城	쪼차가서
지휘하여 指揮	호노지를 胡奴地	차버리고	발바내고
노래하고	춤을추며	옥제성에 玉帝城	도라올제
이완이 李浣	엿자으되	지모장사 智謀壯士	길러내고
정한군사 定 軍士	불러드려	연습하고 鍊習	달련하며 鍛鍊
장군의 將軍	갑주등속 甲胄等屬	단단히	단속하야 團束
백만병 百萬兵	거나리고	압록강 鴨綠江	건너서서
중원을 中原	들어가면	한의머리 汗	어대갈까
옥체를 玉體	보전하야 保全	근심을	마옵소서
병자년 丙子年	깊은원수 怨讐	신등이 臣等	갚으리다
삼학사의 三學士	죽은혼령 魂靈	혼백인들 魂魄	무심하리 無心
선대왕 先大王	욕하심과 辱	인허세자 仁許世子	원통함과 冤痛
소현세자 昭顯世子	억울함과 抑鬱	전하의 殿下	분하심을 憤
일조에 一朝	설치하면 雪恥	국가뿐만 國家	아니라
팔도의 八道	창생들이 蒼生	뉘아니	춤추릿까
효종대왕 孝宗大王	들으시고	대히하야 大喜	하신말삼

---

647) 구련성(九連城) : 압록강변 심양(瀋陽)에 있던 옛 고구려의 성.
648) 호노지(胡奴地) : 북쪽 오랑캐가 있는 땅. 즉 몽고(蒙古)지방을 말함.
649) 옥제성(玉帝城) : 옥황상제(玉皇上帝)의 성. 즉 도(道)가에서 말하는 하느님.

쓸쓸한　　가을날에　　구려성[647]을　쫓아가서

지휘하며　　호노지[648]를　　차버리고　　밟아내고

노래하고　　춤을추며　　옥제성[649]에　돌아올제

이완이　　　여쭈오되　　지모장사　　길러내고

정한군사　　불러들여　　연습하고　　단련하며

장군의　　　갑주[650]등속　단단히　　단속하여

백만병　　　거느리고　　압록강　　　건너서서

중원[651]을　들어가면　　한의머리　　어디갈까

옥체를　　　보전하여　　근심을　　　마옵소서

병자년　　　깊은원수　　신등이　　　갚으리다

삼학사의　　죽은혼령　　혼백인들　　무심하리

선대왕　　　욕하심과　　인허세자　　원통함과

소현세자　　억울함과　　전하의　　　분하심을

일조에　　　설치[652]하면　국가뿐만　　아니라

팔도의　　　창생들이　　뉘아니　　　춤추리까

효종대왕　　들으시고　　대희하여　　하신말씀

---

650) 갑주(甲冑) : 군인의 갑옷과 투구.
651) 중원(中原) : 중국 땅을 말할 때 흔히 쓰는 사대주의의 상투어(常套語).
652) 설치(雪恥) : 치욕을 씻음. 수치를 씻어버림. 원수를 갚음.

이완의 　　저장략은 　　만고에 　　짝이없어
李浣 　　　將略 　　　萬古

십삼년 　　싸인분을 　　아마도 　　풀가보다
十三年 　　　憤

효종대왕 　　등극후로 　　십여년을 　　지내도록
孝宗大王 　　登極後 　　十餘年

치국치민 　　생각않고 　　일평생에 　　두난마음
治國治民 　　　　　　一平生

북벌하기 　　위주하사 　　조정에 　　모인신하
北伐 　　　爲主 　　　朝廷 　　　　臣下

국사강론 　　전혀없고 　　북벌의론 　　너무하네
國事講論 　　全 　　　北伐議論

실상으로 　　생각하면 　　효종이 　　망발이라
實狀 　　　　　　　孝宗 　　　妄發

분하심을 　　생각하면 　　당당히 　　그럴게다
憤 　　　　　　　　堂堂

강약을 　　생각하면 　　북벌이 　　당한말가
强弱 　　　　　　　北伐 　　　當

통감초권 　　모르신가 　　연나라 　　태자단이
通鑑初卷 　　　　　　燕 　　　太子丹

일시분을 　　못참어서 　　망발되는 　　마음내서
一時憤 　　　　　　妄發

선광선생 　　불러드려 　　형가를 　　의론하니
先生 　　　　　　　荊軻 　　　議論

번어기의 　　머리버혀 　　함안에 　　담아놓고
樊於期 　　　　　　函

서씨에게 　　비수어더 　　독항도와 　　함께싸서
徐氏 　　　匕首 　　　督亢圖

---

653) 통감(通鑑) : 원명은 「자치통감(資治通鑑)이니 북송(北宋)의 사마광(司馬光)이 엮은
　　중국 주(周)나라 위열왕(威烈王) 때부터 후주(後周)의 세종(世宗) 6년까지 1362년간
　　의 역사를 기록하여 거울로 삼게한 편년사. 우리나라에서는 초학의 필수 도서였다.
654) 연(燕)나라 : 중국 고대 제후국(諸侯國) B.C.?~B.C.222 때의 7웅의 하나. 진(秦)
　　에게 멸망했다.
655) 선광선생(先生) : 미상. 한 필사본에는 "전단선생"이라 썼는데 역시 미상이다.
656) 형가(荊軻) : 중국 고대 춘추전국시대 제(齊)나라 사람으로 연나라 태자 단(丹)의 식
　　객이 되어 진왕(秦王)을 죽이려다가 실패하고 도리어 피살됨. B.C. ?~B.C. 227.

이완의   저 장략은   만고에   짝이없어

십삼년   쌓인분을   아마도   풀까보다

효종대왕   등극후로   십여년을   지내도록

치국치민   생각않고   일평생에   두는마음

북벌하기   위주하사   조정에   모인신하

국사강론   전혀없고   북벌의론   너무하네

실상으로   생각하면   효종이   망발이라

분하심을   생각하면   당당히   그럴게라

강약을   생각하면   북벌이   당한말가

통감⁶⁵³⁾초권   모르신가   연나라⁶⁵⁴⁾   태자단이

일시분을   못참아서   망발되는   마음내서

선광선생⁶⁵⁵⁾   불러들여   형가⁶⁵⁶⁾를   의론하니

번어기⁶⁵⁷⁾의   머리베어   함안에   담아놓고

서씨⁶⁵⁸⁾에게   비수얻어   독항도⁶⁵⁹⁾와   함께싸서

---

657) 번어기(樊於期) : 중국 고대 진(秦)나라의 장수였다가 진에서 죄를 짓고 적국인 연
   (燕)나라에 피해 왔으나, 연나라 단(丹)의 미움을 샀으므로 다시 돌아가려는 기미
   를 알고 단(丹)은 그 머리를 베어 진왕에게 보내면서 진왕을 죽이려 했다. 이 음모
   를 눈치 챈 번어기는 스스로 칼을 물고 죽은 고사다.
658) 서씨(徐氏) : 진시황(秦始皇)을 도모하려는 연(燕)나라 태자 단(丹)에게 비수를 만
   들어준 도장(刀匠) 서부인(徐夫人) 부인은 남자 이름. 조(趙)나라 사람.
659) 독항도(督亢圖) : 독항지도(督亢地圖)를 말하며, 형가(荊軻)가 진왕(秦王)을 죽이
   고자 죄인 반어기의 목과 함께 가져간 연나라 땅의 지도. 형가는 들통나서 오히려
   피살되었다.

형가를(荊軻) 보낼적에　소슬한풍(蕭瑟寒風) 역수상에(易水上)
무양은 짐을지고　형가는(荊軻) 뒤를따라
함양저사(咸陽) 깊은밤에　와렴명일(臥念明日) 봉도하야(奉圖)
아방궁(阿房宮) 제비연에　진시황을(秦始皇) 죽이라고
아모리 칼을뺄들　강약이(强弱) 현수하니(懸殊)
만승천자(萬乘天子) 어찌하리　제다리만 끊었고나
연태자(燕太子) 저도죽고　연나라이(燕) 망했으니(亡)
일로두고 볼작시면　효종대왕(孝宗大王) 가진마음
연태자와(燕太子) 다를소냐　그때에 북벌트면(北伐)
북벌도(北伐) 신기찬코(神奇)　큰일나고 말었으리
지작있는(知覺) 최명길이(崔鳴吉)　혼자들어 간해스니(諫)
그럼으로 병자호란(丙子胡亂)　강화공신(講和功臣) 명길일세(鳴吉)
국운이(國運) 장원키로(長遠)　효종이(孝宗) 요수하야(夭壽)

---

660) 소슬한풍역수상(蕭瑟寒風易水上) : "쓸쓸하게 찬바람은 역수 위로 불어온다"란 뜻이니, 역수(易水)는 중국 역현(易縣)에 있는 물 이름.

661) 무양 : 반어기의 목을 지고 간 사람인데 누군지 불명하다. 다른 필사본에는 "무양 (武恙)은 기름지고"로 되어있는데 가사의 취지에 맞지 않는다.

662) 함양(咸陽) 저사 : 함양은 중국 섬서성(陝西省)에 있고 '저사'는 객사(客舍)를 말 한듯하니, 다른 필사본에서는 "제사(齊舍)" 또는 "정사"로 표기한 곳도 있다.

663) 와념명일봉도(臥念明日奉圖) : 누워서 내일에 받들어 시행할 일을 생각한다는 뜻 이니, 여기서 "받들다"는 연(燕)나라 태자 단(丹)을 받든다는 것으로 해학적인 높 임말이다.

664) 아방궁(阿房宮) : 진(秦)의 시황제의 호화궁전으로 장안(長安)의 서북, 위수(渭水) 의 남쪽인 상림원(上林苑)에다 동서로 3천 척. 남북으로 5백 척의 대궁전이었는데

형가를　　　보낼적에　　　소슬한풍　　　역수상[660]에

무양[661]은　　　짐을지고　　　형가는　　　뒤를따라

함양저사[662]　　　깊은밤에　　　와념명일　　　봉도[663]하여

아방궁[664]　　　제비연에　　　진시황[665]을　　　죽이려고

아무리　　　칼을뺀들　　　강약이　　　현수[666]하니

만승천자[667]　　　어찌하리　　　제다리만　　　끊었구나

연태자　　　저도죽고　　　연나라가　　　망했으니

이를두고　　　볼짝시면　　　효종대왕　　　가진마음

연태자와　　　다를소냐　　　그때에　　　북벌터면

북벌도　　　여의찮고　　　큰일나고　　　말았으리

지각있는　　　최명길[668]이　　　혼자들어　　　간했으니

그러므로　　　병자호란　　　강화공신　　　명길일세

국운이　　　오래려고　　　효종이　　　요수하여

뒤에 항우(項羽)가 불살을 때 계속 석 달 동안을 두고 탔다고 한다. 우리나라 김부식(金富軾)의 「결기궁(結綺宮)」이란 시에서도 이를 비꼬았다.

665) 진(秦)시황(始皇) : 중국을 처음 통일한 진(秦)나라 황제(B.C.259~B.C.210) 처음 주(周)나라 제후국(諸侯國)이였다가 주를 멸하고 전국시대 7웅(雄)이 되었고, 천하를 통일하여 기세를 높였으나 분서갱유(焚書坑儒) 등 폭군짓을 하다가 망했다.

666) 현수(懸殊) : 차이가 크다. 많이 다르다.

667) 만승천자(萬乘天子) : 1만의 병력을 가진 힘센 군주. 보통 천자인 황제를 높여서 하는 말.

668) 최명길(崔鳴吉) : 조선조 인조 때 정치가요, 영의정(1586~1647), 자는 자겸(子謙), 호는 지천(遲川), 본관은 전주(全州), 병자호란 때 화평하기를 주장하여 정국을 수습하고 효종대왕의 북벌계획을 만류하고 국정을 쇄신하는데 공이 컸다. 시호는 문충(文忠).

기해년　오월달에　　효종대왕　승하하니
己亥年　五月　　　　孝宗大王　昇遐

춘추가　삼십일세　　일백팔십　여주땅에
春秋　　三十　　　　一百八十　驪州

영능이　그능이요　　왕비능도　한능이라
寧陵　　陵　　　　　王妃陵　　陵

현종대왕　등극하니　그왕비는　누시든고
顯宗大王　登極　　　王妃

청풍김씨　부인이오　부원군은　누시든고
清風金氏　夫人　　　府院君

청주사람　우명이라　현종대왕　등극후에
清州　　　佑明　　　顯宗大王　登極後

환후가　태심하여　　정사를　전패하고
患候　　太甚　　　　政事　　全廢

궁방에　어의와서　　주야로　복약하니
宮房　　御醫　　　　晝夜　　服藥

어의는　누구든고　　후궁처남　장만석이
御醫　　　　　　　　後宮妻男　張萬石

의술이　유리하야　　평생에　약쓴법이
醫術　　有利　　　　平生　　藥

셋첩이　넘지안네　　현종대왕　거동보소
　貼　　　　　　　　顯宗大王　舉動

효종대왕　국상나서　용포를　아니입고
顯宗大　　國喪　　　龍袍

제복을　입으시니　　대사간　조순이가
祭服　　　　　　　　大司諫　趙純

---

669) 기해년오월(己亥年五月) : 1659년(효종 10년) 5월이며, 효종이 승하한 때 효종은
　　30세로 돌아갔고, 능은 경기도 여주에 있는 영릉(寧陵)인데 왕비도 한 능이다.
670) 현종대왕(顯宗大王) : 조선조 제18대왕(1641~1674, 재위 1659~1674) 효종의 첫
　　째 아들, 휘는 연(櫺), 자는 경직(景直), 왕비는 김우명(金佑明)의 따님 명성왕후
　　(明聖王后)이며, 재위 중 대동법(大同法)을 전라도에 실시하고, 동철제 활자를 주
　　조하였고, 훈련별대를 신설하는 등 치적이 많았다.
　※김우명(金佑明) : 조선 중기의 문신이며 현종의 장인(1619~1675), 자는 이정(以
　　定), 본관은 청풍(清風) 강릉참봉 세마(洗馬)직을 지내다가 현종이 즉위하자 국구
　　가 되면서 청풍부원군(清風府院君)에 봉해졌다. 시호는 충익(忠翼).
671) 환후(患候)가 몹시 심해 : 환후는 병환이니 병의 높임말. 태심은 크게 심하다는 말
　　또는 몹시 위중하다는 말.

기해년   오월[669]달에   효종대왕   승하하니

춘추가   삼십일세   일백팔십   여주땅에

영릉이   그능이요   왕비능도   한능이라

현종대왕[670]   등극하니   그왕비는   뉘시던가

청풍김씨   부인이요   부원군은   뉘시던가

청주사람   우명이라   현종대왕   등극후에

환후가   몹시심해[671]   정사를   전폐하고

궁방[672]에   어의와서   주야로   복약하니

어의[673]는   누구던가   후궁처남   장만석이

의술이   훌륭하여   평생에   약쓴법이

세첩이   넘지않네   현종대왕   거동보소

효종대왕   국상나서   용포[674]를   아니입고

제복[675]을   입으시니   대사간[676]   조순[677]이가

---

672) 궁방(宮房) : 궁중의 임금이 기거하는 방. 임금의 거실.
673) 어의(御醫) : 임금의 의사. 전적으로 궁중의 건강을 맡아보는 의사.
674) 용포(龍袍) : 임금의 정복인 곤룡포(袞龍袍). 누런빛 또는 붉은빛 비단으로 지으며
    가슴과 두 어깨에 발톱 달린 용의 금실 수가 박혀 있다.
675) 제복(祭服) : 제사모실 때 입는 옷. 상복(喪服)이 있고, 흰옷으로 된 제복이 있다.
676) 대사간(大司諫) : 사간원(司諫院)의 으뜸 직책이니 사간원은 간쟁(諫諍)과 논박(論
    駁)을 담당하던 기관이며 조선조의 삼사(三司)의 하나였다.
677) 조순(趙純) : 미상인물이고, 박성의 교수는 조창기(趙昌期;1640~1676)의 잘못이
    아닌가 고증했으니 조창기는 자가 문경(文卿), 호는 조암(槽巖), 현종 원년에 진사
    했다가 나중에 사간(司諫)이 되었다 하니, 여기서는 앞뒤가 맞지 않는다. 다른 필
    사본에서는 이조순(李祚淳)이라고 명기했으나 역시 미상의 인물이다.

업드려   아뢰오되   자고급금   제왕들은
                              自古及今   帝王
임군의   복체에난   흉복이   없아오니

임군의   복례에난   군례가   아니외다
              服禮   君禮
현종대왕   하신말삼   임군은   부모없나
顯宗大王   父母
요순우탕   문무왕도   용포를   버섯으니
堯舜禹湯   文武王   龍袍
임군이   아니던가   기여의   제복입어
                                              祭服
삼년을   지낼적에   옥루가   마르잣네
三年   玉淚
이십팔왕   제왕중에   정치난   의론말고
二十八王   諸王中   政治   議論
인성을   말할진대   요순에   가깝도다
仁性   堯舜
슬푸다   세월이여   십육년   등극으로
              歲月   十六年   登極
약으로   부지타가   편하실때   얼마없어
藥   扶持   便
갑인년   팔월달에   사십사에   승하하니
甲寅年   八月   四十四   昇遐
양주땅   삼십리에   숭능이   그능이요
楊洲   崇陵   陵
왕비능도   한능이라   숙종대왕   등극하니
王妃陵   肅宗大王   登極

678) 흉복(凶服) : 상복을 말함. 임금은 초상 때 상복을 입지 않아도 예의에 어긋나지
     않는다는 법도가 있다.
679) 복례(服禮) :「예기(禮記)」의 복상(服喪)의 법도.
680) 군례(君禮) : 임금이 지켜야 할 예의범절.
681) 갑인년팔월(甲寅年八月) : 1674년(현종 15년) 현종이 승하한 때. 재위 16년간 병으
     로 고생하다 돌아가시고 경기도 구리시에 있는 숭릉(崇陵)에 왕비와 함께 모셨다.
682) 숙종대왕(肅宗大王) : 조선조 제19대왕(1661~1720, 재위 1674~1720) 현종의 아
     들. 자는 명보(明譜), 휘는 순(焞), 비는 김만기(金萬基)의 따님 인경왕후(仁敬王
     后), 계비는 민유중(閔維重)의 따님 인현왕후(仁顯王后), 제2계비는 김주신(金柱

엎드려	아뢰오되	예부터	제왕들은
임금의	복제에는	흉복[678]이	없사오니
임금의	복례[679]에는	군례[680]가	아니외다
현종대왕	하신말씀	임금은	부모없나
요순우탕	문무왕도	용포를	벗었으니
임금이	아니던가	기어이	제복입어
삼년을	지낼적에	눈물이	마르잖네
이십팔왕	제왕중에	정치는	제쳐놓고
인성을	말할진대	요순에	가깝도다
슬프다	세월이여	십육년간	임금되어
약으로	부지타가	편하실때	얼마없어
갑인년	팔월[681]달에	사십사에	승하하니
양주땅	삼십리에	숭릉이	그능이요
왕비능도	한능이라	숙종대왕[682]	등극하니

臣)의 따님인 인원왕후(仁元王后), 즉위하자 두 산성(山城)을 수축 완성하여 정치에도 관심이 많았지만 서인(西人)과 남인(南人)의 당쟁에 휘말리면서 뜻대로 왕권을 행사하지 못한 채 숙원(淑媛) 장씨(張氏)를 총애하여 소의(昭儀)로 승격시켜 왕자를 낳는 등으로 바른말 하는 송시열(宋時烈), 김수항(金壽恒) 등을 유배시키고 왕비인 인현왕후를 폐비시키는 등 분란이 많았고 결국 서인이 득세하자 장희빈(張嬉嬪)을 사사(賜死)하는 등 사건이 많았던 임금이고, 그러나 폐위된 왕후를 복위시키며 대동법(大同法) 시행과 토지정리를 완성하며 화폐주조[常平通寶], 정계비(定界碑)를 세우는 등 업적도 많았다. 문헌편찬에는 특히 공이 많은 군주요, 김만중(金萬重)의 「사씨남정기(謝氏南征記)」로 더욱 유명해진 임금이다. 능은 고양시 덕양구 서오릉 안에 있는 명릉(明陵)이니 두 계비도 한 능이다.

그왕비는　　　누시든고　　　광산김씨　　　부인이요
王妃　　　　　　　　　　　光山金氏　　　夫人
부원군은　　　누시든가　　　광산사람　　　만기로다
府院君　　　　　　　　　　光山　　　　　萬基
둘째왕비　　　누시든고　　　여주민씨　　　부인이오
　　王妃　　　　　　　　　驪州閔氏　　　夫人
부원군은　　　누구든고　　　여주사람　　　유중이라
府院君　　　　　　　　　　驪州　　　　　維重
셋째왕비　　　누시든고　　　경주김씨　　　부인이요
　　王妃　　　　　　　　　慶州金氏　　　夫人
부원군은　　　누구든고　　　경주사람　　　주신이라
府院君　　　　　　　　　　慶州　　　　　柱臣
숙종대왕　　　등극후에　　　정치를　　　　선정하니
肅宗大王　　　登極後　　　　政治　　　　　善政
국태민안　　　한상이오　　　세화년풍　　　이때로다
國泰民安　　　　　　　　　歲和年豊
임금은　　　　성군이요　　　신하는　　　　충신이라
　　　　　　聖君　　　　　臣下　　　　　忠臣

숙종대왕　　　두고보면　　　성군은　　　　성군이되
肅宗大王　　　　　　　　　聖君　　　　　聖君
중전대접　　　잘못하고　　　중첩에게　　　혹하신가
中殿待接　　　　　　　　　衆妾　　　　　惑
혹한첩은　　　누구든고　　　장희빈이　　　이게로다
惑　妾　　　　　　　　　　張禧嬪
장희빈의　　　거동보소　　　인물좋고　　　글잘하고
張禧嬪　　　　舉動　　　　人物
요악하고　　　간사하야　　　이간하기　　　일수로다
妖惡　　　　　奸邪　　　　離間

---

683) 만기(萬基) : 김만기(金萬基;1633~1687), 숙종의 비 인경왕후(仁敬王后;1661~1680)
　　의 부친. 자는 영숙(永淑), 호는 서석(瑞石), 본관은 광산(光山) 영돈녕부사와 대제학
　　을 지내고 숙종의 국구로서 광성부원군(光城府院君)에 봉해졌다. 시호는 문충(文忠)
　　이다.
684) 유중(維重) : 민유중(閔維重;1630~1687) 숙종의 계비인 인현왕후(仁顯王
　　后;1667~1701)의 부친, 자는 지숙(持淑), 호는 둔촌(屯村), 본관은 여흥(驪興), 벼
　　슬은 병조판서를 지냈고 숙종의 국구로 여양부원군(驪陽府院君)에 봉해졌고 시호
　　는 문정(文貞).

그왕비는	뉘시던가	광산김씨	부인이요
부원군은	뉘시던가	광산사람	만기[683]로다
둘째왕비	뉘시던가	여주민씨	부인이요
부원군은	누구던가	여주사람	유중[684]이라
셋째왕비	뉘시던가	경주김씨	부인이요
부원군은	누구던가	경주사람	주신[685]이라
숙종대왕	등극후에	정치를	선정하니
국태민안	한상이요	세화연풍	이때로다
임금은	성군이요	신하는	충신이라
숙종대왕	두고보면	성군은	성군이되
중전대접	잘못하고	여러첩에	빠졌던가
빠진첩은	누구던가	장희빈[686]이	이게로다
장희빈의	거동보소	인물좋고	글잘하고
요악하고	간사하여	이간하기	일쑤로다

---

685) 주신(柱臣) : 김주신(金柱臣;1661~1721), 숙종의 둘째 계비인 인원왕후(仁元王后)의 부친, 자는 하경(厦卿), 호는 수곡(壽谷) 또는 세심재(洗心齋), 본관은 경주(慶州). 벼슬은 장악원제조 호위대장 등을 지내고 숙종의 국구로 경은부원군(慶恩府院君)에 봉해졌고 시호는 효간(孝簡).

686) 장희빈(張禧嬪) : 숙종의 첩이였다가 후에 왕비(王妃)까지 오른 여자(?~1701), 인물이 좋고 글 잘하나 요사스러운 이간질로 인현왕후(仁顯王后)를 폐출시켰다. 경종(景宗)의 어머니로 사사(賜死)되었다.

희빈이 禧嬪	숙종보고 肅宗	이간하야 離間	하난말이
중전께서 中殿	하신말삼	상감입에 上監	악취나매 惡臭
말할적에	민망하다 憫惘	이러하게	이간하고 離間
중전보고 中殿	하난말이	상감께서 上監	하신말삼
중전과 中殿	말할라니	입에서	악취나매 惡臭
말하기가	용열하다 庸劣	요렇게	이간하매 離間
요이간이 離間	이상하다 異常	어느날	숙종께서 肅宗
내전에 內殿	들어가서	중전과 中殿	말삼할제
중전의 中殿	하신말삼	상감께서 上監	하시기를
내입에	악취나서 惡臭	용열타 庸劣	하시드니
악취가 惡臭	황공하야 惶恐	감히앞에 敢	바로앉아
악취를 惡臭	보내리오	이럼으로	도라앉아
하신말삼	대답한다 對答	숙종대왕 肅宗大王	생각하니
희빈의 禧嬪	하는말이	거짓말이	아니로다
이후로 以後	숙종대왕 肅宗大王	중전대접 中殿待接	하시기를
날마다	소박하사 疎薄	인정이 人情	쇠하기를 衰

---

687) 용렬(庸劣) : 못나서 재주 등이 남만 못함을 말함.

희빈이　숙종보고　이간하여　하는말이

중전께서　하신말씀　상감입에　악취나매

말할적에　민망하다　이러하게　이간하고

중전보고　하는말이　상감께서　하신말씀

중전과　말하려니　입에서　악취나매

말하기가　용렬[687]하다　요렇게　이간하매

요이간이　이상하다　어느날　숙종께서

내전에　들어가서　중전과　말씀할제

중전의　하신말씀　상감께서　하시기를

내입에　악취나서　용렬타　하시더니

악취가　황공[688]하여　감히앞에　바로앉아

악취를　보내리오　이러므로　돌아앉아

하신말씀　대답한다　숙종대왕　생각하니

희빈의　하는말이　거짓말이　아니로다

이후로　숙종대왕　중전대접　하시기를

날마다　소박[689]하사　인정이　멀어지길

---

688) 황공(惶恐) : 임금이나 윗어른 앞에서 송구스럽다는 높임말.
689) 소박(疏薄) : 거리를 두면서 박대함.

구시월 九十月	찬바람에	소소낙엽 蕭蕭落葉	이아닌가
도도서수 滔滔逝水	일반정은 一般情	중전신세 中殿身勢	이아닌가
우리조선 朝鮮	두고보면	왕비되난 王妃	그팔자가 八字
부인몸을 夫人	의론컨대 議論	왕비우에 王妃	또있는가
이렇게도	권컨만은	귀한몸도 貴	천해지내 賤
숙종대왕 肅宗大王	거동보소 擧動	밀밀하고 密密	깊은인정 人情
장희빈이 張禧嬪	제일이오 第一	소소막막 蕭蕭寞寞	서른구박 驅迫
민중전에 閔中殿	짝이없내	무자년 戊子年	춘삼월에 春三月
편수궁에 便壽宮	폐비하니 廢妃	슬푸다	중전신세 中殿身勢
적막하고 寂寞	가련하다 可憐	어느궁녀 宮女	하나갈가
어느아들	하나있어	그모친을 母親	찾아갈가
단독일신 單獨一身	중전신세 中殿身勢	일지화수 一枝花樹	분명하다 分明
폐비할때 廢妃	죽은신하 臣下	누구누구	죽었는고
오두인은 吳斗寅	상소하야 上疏	정배가서 定配	죽어지고

---

690) 소소낙엽(蕭蕭落葉) : 쓸쓸한 가을 바람에 잎이 떨어지듯.

691) 도도서수일반정(滔滔逝水一般情) : 도도히 물 흐르듯이 변해가는 세상 인정. 한 필사본에는 이 구절 앞에 "오경한창(五更寒窓) 새는 날에 낙락장송(落落長松)이 아닌가"란 구절이 한 줄 더 있다.

692) 밀밀(密密)하다 : 은밀하게 자주 만남. 남녀 정사의 잦고 은밀함을 이르는 말.

693) 소소막막(蕭蕭寞寞) : 쓸쓸하고 막막할 때 쓰는 말. 스산하고 앞이 캄캄함을 이르는 말.

694) 무자년 춘삼월(戊子年 春三月) : 인현왕후(仁顯王后)가 폐출된 때를 말하고 있으나 이는 잘못된 연기(年紀)이고, 인현왕후 폐출은 숙종 15년(1689)의 기사(己巳)이며, 숙

구시월　　　　찬바람에　　　소소낙엽[690]　　이아닌가

도도서수　　　일반정[691]은　　중전신세　　　이아닌가

우리조선　　　두고보면　　　왕비되는　　　그팔자가

부인몸을　　　의론컨대　　　왕비위에　　　또있는가

이렇게도　　　귀컨마는　　　귀한몸도　　　천해지네

숙종대왕　　　거동보소　　　밀밀[692]하고　　깊은애정

장희빈이　　　제일이요　　　소소막막[693]　설운구박

민중전에　　　짝이없네　　　무자년　　　　춘삼월[694]에

편수궁[695]에　폐비하니　　　슬프다　　　　중전신세

적막하고　　　가련하다　　　어느궁녀　　　하나갈까

어느아들　　　하나있어　　　그모친을　　　찾아갈까

단독일신　　　중전신세　　　일지화수[696]　분명하다

폐비할때　　　죽은신하　　　누구누구　　　죽었는고

오두인[697]은　상소하여　　　정배가서　　　죽어지고

종 때 무자(戊子)는 숙종 34년(1708)임으로 인현왕후가 돌아간 7년이나 뒤인 때다.

695) 편수궁(便壽宮) : 지금의 감고당(感古堂)을 말하는 듯하니, 숙종이 인현왕후의 친
　　정을 위해 지어준 집이지만 고종 때 민비가 붙여준 이름인데 안국동 덕성여중고
　　안에 있다가 지금은 경기도 여주읍에다 옮겨다가 복원했다. 그러므로 '편수궁'이
　　란 모호한 궁명(宮名)이다.

696) 일지화수(一枝花樹) : 한 가지의 외로운 꽃나무. 아슬아슬 위태로운 운명을 이르는 말.

697) 오두인(吳斗寅) : 숙종 때의 충신이며 의사(義士). 1624~1689. 자는 원징(元徵),
　　호는 양곡(陽谷), 본관은 해주(海州), 숙종 때 경기도 관찰사와 공조판서, 형조판서
　　등을 지내다가 인현왕후 폐비를 반대하는 상소를 올렸다가 유배되어 도중에서 죽
　　었다. 시호는 충정(忠貞) 저서에 「양곡집(陽谷集)」이 있다.

이시환은　　　간하다가　　　장배하야　　　죽었으니
李時煥　　　　諫　　　　　　杖配

박태보는　　　전정에서　　　삼일을　　　　다툴적에
朴泰輔　　　　殿庭　　　　　三日

화형으로　　　다사릴때　　　지성으로　　　하는말이
火刑　　　　　　　　　　　　至誠

전하전일　　　하신말삼　　　부부간을　　　의론컨대
殿下前日　　　　　　　　　　夫婦間　　　　議論

생민의　　　　시조되고　　　만복의　　　　근원이라
生民　　　　　始祖　　　　　萬福　　　　　根源

이렇타시　　　말삼터니　　　오날날　　　　하신일은

생민시도　　　간대없고　　　만복원도　　　쓸대없고
生民始　　　　　　　　　　　萬福源

주역을　　　　못보았소　　　천지만물　　　생긴이체
周易　　　　　　　　　　　　天地萬物　　　　　　理致

건곤이짜　　　다를소냐　　　건곤이　　　　웃듬이라
乾坤二字　　　　　　　　　　乾坤

건도는　　　　원기받고　　　곤도는　　　　형기받아
乾道　　　　　元氣　　　　　坤道　　　　　形氣

원형이정　　　천도되고　　　인의예지　　　인도되야
元亨利貞　　　天道　　　　　仁義禮智　　　人道

자천자　　　　지어서인　　　건곤이체　　　서로지켜
自天子　　　　至於庶人　　　乾坤理體

---

698) 이시환(李時煥) : 이세화의 잘못. 이세화(李世華;1630~1701) 숙종 때 청백리, 자
　　는 세화(世華) 또는 군실(君實), 호는 쌍백당(雙栢堂), 인현왕후 폐출을 반대한 삼
　　간관(三諫官)인 오두인(吳斗寅), 박태보(朴泰輔)와 함께 귀양갔다가 풀려나서는
　　각조의 판서를 두루 거쳤다.
699) 장배(杖配) : 곤장(棍杖)으로 때리는 장형에다 귀양보내는 형벌.
700) 박태보(朴泰輔) : 조선조 숙종 때 문신이며 삼간관(三諫官)의 한 사람(1654~1689).
　　자는 사원(士元), 호는 정재(定齋), 본관은 반남(潘南), 벼슬은 파주목사 인현왕후 폐
　　출을 간소(諫疏)하다가 진도(珍島)로 귀양가다가 도중에서 죽었다. 뒤에 영의정에
　　추증되고 시호는 문열(文烈).
701) 생민시(生民始) : 백성을 낳는 시원(始源).
702) 만복원(萬福源) : 만복의 근원.

이시환[698]은　간하다가　　　장배[699]하여　죽었으니

박태보[700]는　전정에서　　　삼일을　　　다툴적에

화형으로　다스릴때　　　지성으로　하는말이

전하전일　하신말씀　　　부부간을　의론컨대

생민의　　시조되고　　　만복의　　근원이라

이렇듯이　말씀터니　　　오늘날　　하신일은

생민시[701]도　간데없고　　　만복원[702]도　쓸데없고

주역을　　못보았소　　　천지만물　생긴이치

건곤[703]두자　따를소냐　　　건곤이　　으뜸이라

건도는　　원기받고　　　곤도는　　형기[704]받아

원형이정[705]　천도되고　　　인의예지[706]　인도되어

천자부터　서민까지　　　건곤이치　서로지켜

---

703) 건곤(乾坤) : 원뜻은 하늘과 땅이지만, 여기서는 「주역(周易)」의 건도(乾道)인 원기(元氣)와 곤도(坤道)인 형기(形氣)를 말한다. 또 건도는 양(陽), 곤도는 음(陰)을 뜻하기도 한다.

704) 원기(元氣)와 형기(形氣) : 「주역」에서 건도(乾道)는 원기(元氣) 받는다고 했는데 이때의 원기는 만물의 정기(精氣)요, 남성의 본능이고, 곤도(坤道)는 형기(形氣) 받는다고 했는데 이때의 형기는 여자의 본능이다.

705) 원형이정(元亨利貞) : 「주역」에서 말하는 천도의 네 가지 원리와 질서. 즉 원(元)은 봄이요, 생겨남이고, 형(亨)은 여름이요, 자라남이고, 이(利)는 가을이요, 이루어짐이며, 정(貞)은 겨울이요, 완성을 의미한다.

706) 인의예지(仁義禮智) : 인륜도덕인 4덕. 즉 어질고 의리있고 예의 바르고 지혜로운 일.

부위처강   달였거늘   편수궁에   내첫으니
夫爲妻綱   便壽宮
국가가   장원하며   복록을   누리릿가
國家   長遠   福祿
건곤이치   상합할제   건이없어   어이되며
乾坤理致   相合   乾
곤이없어   어이되리   군생만물   사는것은
坤   群生萬物
건곤이치   아니오면   춘하추동   사시절에
乾坤理致   春夏秋冬   四時節
춘생추살   못할거니   만물을   생각해도
春生秋殺
폐비를   마옵시고   복위를   하옵소서
廢妃   復位
숙종대왕   거동보소   더욱더욱   대노하야
肅宗大王   擧動   大怒
쇠를달와   들지지니   박태보   거동보소
朴泰輔   擧動
박팽년을   당금할제   이쇠가   차다드니
朴彭年
박태보의   하는말이   박팽년과   같이하니
朴泰輔   朴彭年
박씨들은   어찌하야   뜨거운걸   차다하고
朴氏
충절이   장하온들   오장이   다탓으니
忠節   壯   五臟
충신은   안죽을가   이때에   김익훈은
忠臣   金益勳
상부사로   중원가서   폐비한줄   몰랏드니
上副使   中原   廢妃

---

707) 부위처강(夫爲妻綱) : 사람이 지켜야 할 근본 윤리인 삼강(三綱)의 하나로, 삼강은
　　군신간의 지켜야 할 도리[君爲臣綱], 부자간의 도리[父爲子綱]와 부부간에 지켜야
　　할 도리인 "부위처강"이다.
708) 건곤이치(乾坤理致) : 하늘과 땅, 즉 음양이 생긴 원리. 곧 부부가 되는 이치.
709) 군생만물(群生萬物) : 모든 생물들과 천지간의 모든 물건.
710) 춘생추살(春生秋殺) : 봄에 생겨났다가 가을에 죽는 자연의 이치.

부위처강[707]　　달렸거늘　　　　편수궁에　　내쳤으니

국가가　　　장원하며　　　　복록을　　　누리리까

건곤이치[708]　상합할제　　　　건이없어　　어이되며

곤이없어　　어이되리　　　　군생만물[709]　사는것은

건곤이치　　아니오면　　　　춘하추동　　사시절에

춘생추살[710]　못할거니　　　　만물을　　　생각해도

폐비를　　　마옵시고　　　　복위를　　　하옵소서

숙종대왕　　거동보소　　　　더욱더욱　　대로하여

쇠를달궈　　들지지니　　　　박태보　　　거동보소

박팽년[711]을　단근할제　　　　이쇠가　　　차다더니

박태보의　　하는말이　　　　박팽년과　　같이하니

박씨들은　　어찌하여　　　　뜨거운걸　　차다하고

충절이　　　장하온들　　　　오장[712]이　　다탔으니

충신은　　　안죽을까　　　　이때에　　　김익훈[713]은

상부사[714]로　중원가서　　　　폐비한줄　　몰랐더니

---

711) 박팽년(朴彭年) : 사육신(死六臣). 전출, 사육신 일람 참조.
712) 오장(五臟) : 사람과 동물의 폐장, 심장, 간장, 비장, 신장의 다섯 가지.
713) 김익훈(金益勳) : 숙종 때 어영대장(1619~1589). 자는 무숙(懋叔), 본은 광산(光
山), 경신대출척(庚申大黜陟) 때 공을 세우고 보사공신(保社功臣)에 봉록되고 형조
참판까지 지낸 인물인데, 여기서는 「사씨남정기」의 작자로 등장했으니 크게 잘못
되어 있다. 『사씨남정기』는 김만중(金萬重)이 지었다.
714) 상부사(上副使) : 정사(正使)와 부사(副使).

압록강 鴨綠江	건너서서	중전내침 中殿	듣자옵고
강두에 江頭	유숙할제 留宿	아무리	생각해도
숙종회심 肅宗回心	어렵도다	등촉을 燈燭	밝혀놓고
무삼책을 册	지었는고	사씨남정기 謝氏南征記	이로다
유한림은 劉翰林	숙종되고 肅宗	사부인은 謝夫人	중전되고 中殿
교녀난 喬女	희빈되고 禧嬪	비유하야 譬喻	지어내니
이책뜻이 册	무엇인가	유한림은 劉翰林	가장이오 家長
사씨는 謝氏	정실이요 正室	교녀는 喬女	첩이로다 妾
교녀마음 喬女	요약하야 妖惡	유한림을 劉翰林	뜻을마차
사부인을 謝夫人	모암하야 謀陷	희빈까지 禧嬪	꾀여내니
유한림의 劉翰林	독한마음 毒	사부인을 謝夫人	박대하야 薄待
구축하야 驅逐	내첬으니	건곤이체 乾坤理致	각별커든 各別
하나님이	무심할가 無心	유한림의 劉翰林	어진마음
나날이	후회로다 後悔	봄풀같이	새로나서

---

715) 사씨남정기(謝氏南征記) : 숙종 때 김만중(金萬重;1637~1692)이 지은 명작 국문
소설로 숙종이 인현왕후를 폐출한 일이 부당함을 풍자한 작품으로 사씨(謝氏)가
남편과 그 첩인 교씨(喬氏)의 농간으로 쫓겨나서 온갖 고생을 하다가 나중에 오해
가 풀려서 제자리로 돌아온다는 소설인데, 인현왕후의 폐출과 복위를 보면 아주
흡사한 작품이다.
※ 김만중은 자가 중숙(重淑), 호는 서포(西浦), 본관은 광산(光山), 숙종 때의 문신이
고 소설가로 벼슬은 암행어사, 공조판서, 대제학까지 지냈으나 인현왕후 민씨의

압록강   건너서서   중전내침   듣자옵고

강두에   유숙할제   아무리   생각해도

숙종회심   어렵도다   등촉을   밝혀놓고

무슨책을   지었는고   사씨남정기[715]이로다

유한림[716]은   숙종되고   사부인은   중전되고

교녀는   희빈되고   비유하여   지어내니

이책뜻이   무엇인가   유한림은   가장이요

사씨는   정실[717]이요   교녀는   첩이로다

교녀마음   요사하여   유한림의   뜻을맞춰

사부인을   모함하여   희빈까지   꾀어내니

유한림의   독한마음   사부인을   박대하여

쫓아서   내쳤으니   건곤이치   각별커든

하느님이   무심할까   유한림의   어진마음

나날이   후회마음   봄풀같이   새로나서

폐출사건으로 남해(南海)에 유리 안치되었고, 효성이 지극한 서포는 어머니를 위
해 소설 「구운몽(九雲夢)」을 지어 보냈고, 숙종을 깨우치려고 「사씨남정기(謝氏南
征記)」를 지었다. 그러나 그는 남해에서 56세로 생을 마쳤다. 시호는 문효(文孝).
716) 유한림(劉翰林) : 소설 「사씨남정기」의 남주인공인 유연수(劉延壽)를 말함, 한림
(翰林)은 고려 때는 학자의 총칭, 조선조에서는 예문관(藝文館) 검열(檢閱)의 이칭.
혹은 학자들의 모임 등을 말함.
717) 정실(正室) : 적처(嫡妻), 본처.

사부인을 모서놓고 교녀를 죽였으니
謝夫人 喬女

신기하고 이상하다 이뜻으로 지어내서
神奇 異常

숙종께 드릴적에 숙종대왕 거동보소
肅宗 肅宗大王 舉動

금침을 도드비고 한림사연 드러보니
衾枕 翰林事緣

심신이 불편하야 사부인이 무죄함은
心身 不便 謝夫人 無罪

환연대각 깨다랐다 벌덕일어 앉으면서
渙然大覺

네가요년 교녀로다 주사함을 생각하니
喬女 做事

폐비하다 원통하다 급급히 이러서서
廢妃 冤痛 急急

희빈을 잡아내여 능지하라 하옵시니
禧嬪 陵遲

벌떼같은 저군졸이 일시에 달려드러
軍卒 一時

머리체를 잡아쥐고 궁정앞에 나려서서
宮廷

륜거에 올려놓고 종로로 끌고가니
輪車 鍾路

그아들은 누구든고 경종이 이아닌가
景宗

경종의 거동보소 아모리 요악한들
景宗 舉動 妖惡

어미가 죽난지라 죽난어미 아니볼가

---

718) 금침(衾枕) : 이부자리와 베개. 잠자리.
719) 환연대각(渙然大覺) : 얼음 풀리듯 의혹이 풀려서 크게 깨달음.
720) 주사(做事) : 일을 꾸며 만들다.
721) 능지(陵遲) : 능지처참하는 벌. 머리와 손, 발을 토막쳐서 죽이는 형벌.

사부인을   모셔놓고   교녀를   죽였으니
신기하고   이상하다   이뜻으로   지어내서
숙종께   드릴적에   숙종대왕   거동보소
금침718)을   높혀베고   한림사연   읽어보니
심신이   불편하여   사부인이   무죄함을
환연대각719)   깨달았다   벌떡일어   앉으면서
네가요년   교녀로다   주사720)함을   생각하니
폐비한일   원통하다   급급히   일어서서
희빈을   잡아내어   능지721)하라   하옵시니
벌떼같은   저군졸이   일시에   달려들어
머리채를   잡아쥐고   궁정앞에   내려쳐서
윤거722)에   올려묶고   종로로   끌고가니
그아들은   누구던고   경종723)이   이아닌가
경종의   거동보소   아무리   요악한들
어미가   죽는지라   죽는어미   아니볼까

---

722) 윤거(輪車) : 수레. 옛 화륜거(火輪車)의 준말.
723) 경종(景宗) : 조선조 20대왕(1688~1724, 재위 1720~1724), 숙종의 아들, 생모
는 장희빈(張禧嬪), 휘는 윤(昀), 자는 휘서(輝瑞), 등극하자 노론(老論)과 소론(少
論)의 당파싸움이 치열하여 신임사화(辛壬士禍;1721~1722)를 겪으면서 4년을 견
디다가 돌아가니, 능은 서울 성북구 석관동에 있는 의릉(懿陵)이다.

죽난게나	보려하고	수리앞에	서서오니
희빈의 禧嬪	요악보소 妖惡	경종을 景宗	불은말이
나는이제	죽어가니	모자간에 母子間	영결이라 永訣
영결하는 永訣	오날날에	손이나마	만저보자
경종의 景宗	거동보소 擧動	어미말을	들어보니
처량하고 凄凉	가련하다 可憐	가까이	들어서니
희빈의 禧嬪	모진마음	내목숨을	죽이면서
내몸에	나은자식 子息	저의뒤를	닛게하랴
손길을	얼른대여	남신을 男腎	훔처쥐고
뽀두둑	이를갈며	마음대로	단기면서
나와너와	죽자하니	경종의 景宗	거동보소 擧動
정신이 精神	깜짝하야	실색하고 失色	자빠진다
대궐로 大闕	모서와서	의원불러 醫員	약을쓴들 藥
여전하이 如前	어렵도다	숙종대왕 肅宗大王	성군일까 聖君
후화가 後禍	자심하야 滋甚	희빈을 禧嬪	죽인후에 後
중전을 中殿	복위하고 復位	오두인 吳斗寅	이세화와 李世華

724) 영결(永訣) : 영원히 헤어짐. 사별함.
725) 남신(男腎) : 남자의 성기. 즉 고환(睾丸;불알)
726) 실색(失色) : 정신을 잃음. 또는 기절하여 얼굴빛을 잃음.

죽는거나　　　보려하고　　　수레앞에　　　서서오니

희빈의　　　　요악보소　　　경종을　　　　부른말이

나는이제　　　죽어가니　　　모자간에　　　영결이라

영결[724]하는　오늘날에　　　손이나마　　　만져보자

경종의　　　　거동보소　　　어미말을　　　들어보니

처량하고　　　가련하다　　　가까이　　　　들어서니

희빈의　　　　모진마음　　　내목숨을　　　죽이면서

내몸에　　　　나은자식　　　저의뒤를　　　잇게하랴

손길을　　　　얼른뻗어　　　남신[725]을　　　훔켜쥐고

뽀드득　　　　이를갈며　　　마음대로　　　당기면서

나와너와　　　죽자하니　　　경종의　　　　거동보소

정신이　　　　아찔하여　　　실색[726]하고　자빠진다

대궐로　　　　모셔와서　　　의원불러　　　약을쓴들

여전하기　　　어렵도다　　　숙종대왕　　　성군일까

후화가　　　　자심[727]하여　희빈을　　　　죽인후에

중전을　　　　복위[728]하고　오두인　　　　이세화와

---

727) 자심(滋甚) : 아주 심하다. 더욱 심함.
728) 중전을 복위 : 여기 중전은 민비(閔妃)인 인현왕후(仁顯王后;1667~1701)요, 폐출
　　은 1689년 기사 환국 때이고, 복위는 1694년 갑술옥사 때였다. 장희빈의 자결 사
　　사는 1701년.

박태보(朴泰輔)　　세신하를(臣下)　　충신으로(忠臣)　　표정하고(表旌)

충렬각을(忠烈閣)　　지엇도다　　경자년(庚子年)　　유월달에(六月)

숙종대왕(肅宗大王)　　승하하니(昇遐)　　춘추가(春秋)　　육십이라(六十)

고양땅(高陽)　　삼십리에(三十里)　　명능이(明陵)　　그능이오(陵)

첫째왕비(王妃)　　익능이오(翼陵)　　둘째왕비(王妃)　　셋째왕비(王妃)

명능과(明陵)　　한능이라(陵)　　그아들이　　등극하니(登極)

이임금은　　경종이라(景宗)　　그왕비는(王妃)　　누시든고

청송심씨(靑松沈氏)　　부인이오(夫人)　　부원군은(府院君)　　누구던고

청송사람(靑松)　　심호로다(沈浩)　　둘째왕비(王妃)　　누시든가

함종어씨(咸從魚氏)　　부인이오(夫人)　　부원군은(府院君)　　누구든고

함종사람(咸從)　　유구로다(有龜)　　경종대왕(景宗大王)　　등극후로(登極後)

낫도못한　　낭신으로(囊腎)　　날마다　　복약하사(服藥)

정사하실(政事)　　여가없어(餘暇)　　등극하신(登極)　　오년동안(五年)

---

729) 표정(表旌) : 충신이나 효자, 열녀 등의 충절(忠節)의 공을 칭찬하여 기리는 정문
　　을 세우는 일.

730) 충렬각(忠烈閣) : 충절을 칭찬하여 기리는 비각 집.
　　※ 정문(旌門)과 비각(碑閣)은 다르다.

731) 숙종대왕(肅宗大王) 승하(昇遐) : 숙종(재위 1674~1720)이 나이 60인 경자(更子)
　　년 6월에 돌아가시니, 능은 고양의 서오릉 내에 있는 명릉(明陵)이며 계비인 인현
　　왕후와 인원왕후와 한 능이다.

732) 익릉(翼陵) : 숙종의 첫째 왕비 인경왕후(仁敬王后) 김씨(金氏)의 능이며, 경기도
　　고양시 덕양구의 서오릉(西五陵)의 하나이다.

박태보등　　　세 신하를　　　충신으로　　　표정[729]하고

충렬각[730]을　　　지었도다　　　경자년　　　유월달에

숙종대왕　　　승하[731]하니　　　춘추가　　　육십이라

고양땅　　　삼십리에　　　명릉이　　　그능이요

첫째왕비　　　익릉[732]이요　　　둘째왕비　　　셋째왕비

명릉과　　　한능이라　　　그아들이　　　등극하니

이임금은　　　경종[733]이라　　　그왕비는　　　뉘시던가

청송심씨　　　부인이요　　　부원군은　　　뉘시던가

청송사람　　　심호[734]로다　　　둘째왕비　　　뉘시던가

함종어씨　　　부인이요　　　부원군은　　　누구던가

함종사람　　　유구[735]로다　　　경종대왕　　　등극후로

낫지못한　　　낭신[736]으로　　　날마다　　　복약하다

정사하실　　　여가없어　　　등극하신　　　오년동안

---

733) 경종(景宗) : 조선조 제20대왕(1688~1724, 재위 1720~1724). 전출 686 참조.
734) 심호(沈浩) : 경종의 첫 번째 장인인 청송심씨(靑松沈氏;?~1704), 청은부원군(靑
　　恩府院君)에 봉해졌다.
735) 어유구(魚有龜) : 경종의 두 번째 장인 함종어씨(咸從魚氏;1675~1740), 자는 성
　　칙(聖則), 호는 경재(競齋) 국구가 되자 영돈녕부사(領敦寧府事)가 되고 함원부원
　　군(咸原府院君)에 봉해졌다. 직함은 어영대장 겸 훈련대장.
736) 낭신(囊腎) : 고환(睾丸), 불알.
　※ 경종(景宗)은 생모인 장희빈이 사사(賜死)될 때에 함께 죽어 원수를 갚는다며 경종
　　이 세자 때(13세) 고환을 움켜쥐고 잡아당겨서 병신을 만들었다는 사연이다.

신고만 辛苦	하시다가	갑진년 甲辰年	팔월달에 八月
삼십칠에 三十七	승하하니 昇遐	이십리 二十里	양주땅에 楊州
의능이 懿陵	그능이오 陵	삼십리 三十里	양주땅에 楊州
왕비능은 王妃陵	혜능이오 惠陵	둘째왕비 王妃	어디든고
의능과 懿陵	한능이라 陵	영종대왕 英宗大王	등극하니 登極
그왕비는 王妃	누시든고	달성서씨 達城徐氏	부인이오 夫人
부원군은 府院君	누구던가	달성사람 達城	종제로다 宗悌
둘째왕비 王妃	누시던가	경주김씨 慶州金氏	부인이오 夫人
부원군은 府院君	누구든고	경주사람 慶州	한구로다 漢耉
최후궁에 崔後宮	영종나서 英宗	영종대왕 英宗大王	등극하니
임금은	영걸하나 英傑	망영된 亡靈	조옥천이 趙玉川

---

737) 갑진년 팔월(甲辰年 八月) : 경종이 승하한 때이니 1724년(경종 4년 8월)이며, 당
년 37세로 낭심이 고장나서 자손도 없었고, 능은 서울시 성북구 석관동에 있는 의
릉(懿陵)이며, 계비 선의왕후(宣懿王后)도 한 능이다.
　　※ 첫째 왕비인 단의왕후(端懿王后)의 능은 동구릉(東九陵)의 하나인 혜릉(惠陵)이다.

738) 영조대왕(英祖大王) : 조선조 제21대왕(1694~1776, 재위 1724~1776), 휘는 금
(昑), 자는 광숙(光叔), 숙종의 아들이며 어머니는 화경숙빈(和敬淑嬪) 최씨. 등극
후에 붕당을 없애려는 탕평책(蕩平策)을 실시하며, 사치풍조의 폐단을 없애려 하
였으며, 균역법(均役法)을 실시하며 한편 농가를 보호 권장하기 위해 농가집성(農
歌集成)을 증보 보급하는 등 업적도 많았지만 세자를 뒤주에 가두어 죽인 비정의
군주로도 유명하다. 집권 52년간이니 조선조 최장기 집권왕이다.
　　※ 생모인 숙빈(淑嬪) 최씨는 처음 무수리(?)로 입궐했다가 숙종의 승은을 입고 영
조를 낳아서 모자간 콤플렉스도 있었던 것으로 전해진다.

739) 서종제(徐宗悌) : 영조의 국구(1656~1719) 조선 후기의 문신. 자는 효숙(孝叔), 본
관은 달성(達城) 영조의 원비인 정성왕후(貞聖王后)의 친부이며 영조 등극 후 달
성부원군(達城府院君)으로 봉해졌고 시호는 효희(孝僖)이다.

신고만　　　　하시다가　　　　갑진년　　　　팔월[737]달에

삼십칠에　　　승하하니　　　　이십리　　　　양주땅에

의릉이　　　　그능이요　　　　삼십리　　　　양주땅에

왕비능은　　　혜릉이요　　　　둘째왕비　　　어디던가

의릉과　　　　한능이라　　　　영조대왕[738]　등극하니

그왕비는　　　뉘시던고　　　　달성서씨　　　부인이요

부원군은　　　누구던가　　　　달성사람　　　종제[739]로다

둘째왕비　　　뉘시던가　　　　경주김씨　　　부인이요

부원군은　　　누구던가　　　　경주사람　　　한구[740]로다

최후궁[741]에　영조나서　　　　영조대왕　　　등극하니

임금은　　　　영걸하나　　　　망령된　　　　조옥천[742]이

<hr>

740) 김한구(金漢耉) : 영조의 계비 정순왕후(貞純王后)의 부친(?~1769), 조선조 후기
　　의 문신이요, 딸이 계비로 들어가자 돈령부도정(敦寧府都正)이 되고 오흥부원군
　　(鰲興府院君)에 봉해졌으며, 시호는 충헌(忠憲)이며 영의정에 추증되었다.
741) 최후궁(崔後宮) : 숙종의 후궁이며 영조의 생모(1670~1718), 부친은 최효원(崔孝
　　元), 7세 때 궁중에 들어와 궁녀[무수리]가 되었다가 숙종의 은총을 입어 1694년
　　(인현왕후 복위된 해)에 아들 이금(李昑;영조)을 낳았고 영조가 등극하자 정2품 숙
　　빈(淑嬪)에서 휘덕(徽德)이라는 호를 받고 존호는 휘덕안순수복(徽德安純綏福)이
　　며 능은 경기도 파주의 소령원(昭寧園)이다.
742) 조옥천(趙玉川) : 조덕린(趙德隣;1658~1737)을 말한 듯하다. 조덕린은 조선조 후
　　기의 문신으로 자가 택인(宅仁), 호는 옥천(玉川), 본관은 한양(漢陽), 그는 교리
　　(校理), 사간(司諫) 때의 상소문 때문에 함경북도 종성(鍾城)으로 귀양갔고, 풀려
　　나서는 경상도호소사(慶尙道號召使;의병총관직)와 도승지로 있으면서 서원문제
　　로 상소하였다가 제주도로 귀양가다가 도중 강진(康津)에서 죽은 사람이며 그의
　　상소문 때문에 난언과 벽서사건이 많았다.

영종대왕(英宗大王) 등극후에(登極後) 부당한(不當) 생각나서
상소를(上疏) 지어노니 조옥천의(趙玉川) 합부인이(閤夫人)
죽은제 칠년이되(七年) 영혼이(靈魂) 신영하여(神靈)
사흘밤을 꿈에와서 슬피울며 하난말이

여보시오 옥천선생(玉川先生) 제발덕분(德分) 상소마오(上疏)
자손이(子孫) 망할터니(亡) 상소를(上疏) 하지마오
상소글이 무엇인가 그상소에(上疏) 하였으되

계불가이(鷄不可以) 위봉이오(爲鳳) 사불가이(蛇不可以) 위룡이라(爲龍)
일야간에(一夜間) 반정하니(反正) 골육상쟁(骨肉相爭) 이아닌가
상소뜻을(上疏) 들어보면 참아못할 소리로다

아모리 닭이큰들 제가어찌 봉이되며(鳳)

아모리 뱀이큰들 제가어이 용이되랴(龍)

하로밤 그사이에 졸지에(猝地) 등극하니(登極)
인륜이(人倫) 상치안나(傷) 이상소를(上疏) 보신후에(後)
영종대왕(英宗大王) 거동보소(擧動) 조옥천을(趙玉川) 목버히고
역률로(逆律) 치죄할제(治罪) 그자손을(子孫) 전멸하니(全滅)

---

743) 합부인(閤夫人) : 남의 아내를 높여서 하는 말. 귀부인(貴夫人).
744) 계불가이위봉(鷄 不可以 爲鳳) : 닭이 암만 커도 봉황새는 될 수 없다.

영조대왕　등극후에　부당한　생각나서

상소를　지을적에　조옥천의　합부인[743]이

죽은지　칠년이되　영혼이　신령하여

사흘밤을　꿈에와서　슬피울며　하는말이

여보시오　옥천선생　제발덕분　상소마오

자손이　망할테니　상소를　하지마오

상소글이　무엇인가　그상소에　하였으되

계불가이　위봉[744]이요　사불가이　위룡[745]이라

일야간에　반정하니　골육상쟁　이아닌가

상소뜻을　들어보면　차마못할　소리로다

아무리　닭이큰들　제가어찌　봉이되며

아무리　뱀이큰들　제가어이　용이되랴

하룻밤　그사이에　졸지에　등극하니

인륜이　상치않나　이상소를　보신후에

영조대왕　거동보소　조옥천을　목베이고

역률로　치죄할제　그자손을　전멸하니

---

745) 사불가이위룡(蛇不可以爲龍) : 뱀이 제 암만 커도 용은 못된다.
　　※ 이는 영조가 무수리 몸에서 태어났다고 해서 한 말이었다.

역률에서 더심하다 애달도다 조옥천은
逆律 甚 趙玉川

부인말삼 들엇든들 자손보전 할것이오
夫人 子孫保全

자기신명 온전하지 영종대왕 등극후에
自己身命 穩全 英宗大王 登極後

오십이년 정치타가 팔십에 승하하니
五十二年 政治 八十 昇遐

병신년 삼월이라 양주땅 삼십리에
丙申年 三月 楊州 三十里

원능이 그능이오 왕비능은 어대든고
元陵 陵 王妃陵

고양땅 삼십리에 홍능이 그능이라
高陽 三十里 弘陵 陵

둘째왕비 어디던고 양주땅 삼십리에
王妃 楊州 三十里

원능과 한능이라 진종대왕 추숭하니
元陵 陵 眞宗大王 追崇

무진년 십이월 삼십일에 승하하니
戊辰年 十二月 三十一 昇遐

그왕비는 누시든고 풍양조씨 부인이요
王妃 豊壤趙氏 夫人

부원군은 누구든고 풍양사람 문명이라
府院君 豊壤 文命

진종능은 어디든가 파주땅 육십리에
眞宗陵 坡州 六十里

---

746) 오십이년정치 : 영조는 재위 52년간으로 조선조 최장 재위 임금이었다.

747) 팔십에 승하 : 영조가 승하할 때 나이는 정확히 82세(1694~1776)였다.

748) 병신년삼월(丙申年三月) : 1776년(영조 52년)이며 영조가 82세로 승하한 때이고, 능은 구리시의 동구릉 내의 원릉(元陵)이며, 계비인 정순왕후(貞純王后)도 한 능이오, 원비인 정성왕후(貞聖王后)는 고양의 서오릉 내의 홍릉(弘陵)이다.

749) 원릉(元陵) : 영조의 능으로 경기도 구리시 동구릉 안에 있고, 계비인 정순왕후(貞純王后)와 한 능이다.

750) 홍릉(弘陵) : 영조의 원비인 정순왕후(貞純王后)의 능이니 경기도 고양시 덕양구 용두동에 있다.

역모보다   더심하다   애닯도다   조옥천은

부인말씀   들었던들   자손보전   할것이요

자기신명   온전하지   영조대왕   등극후에

오십이년   정치[746]타가   팔십에   승하[747]하니

병신년   삼월[748]이라   양주땅   삼십리에

원릉[749]이   그능이요   왕비능은   어디던가

고양땅   삼십리에   홍릉[750]이   그능이라

둘째왕비   어디던가   양주땅   삼십리에

원릉과   한능이라   진종대왕[751]   추숭하니

무진년   십이월   삼십일에   승하[752]하니

그왕비는   뉘시던가   풍양조씨   부인이요

부원군은   누구던가   풍양사람   문명[753]이라

진종능은   어디던가   파주땅   육십리에

---

751) 진종대왕(眞宗大王) : 추존왕이니 영조의 서 장남(1719~1728)이고, 휘는 행(緈), 자는 성경(聖敬), 빈(嬪) 이씨(李氏)의 소생으로 영조 원년에 왕세자로 책봉되었으나 10세로 요절하였으므로 정조가 즉위하자 영조의 유교로 추존된 임금. 영릉(永陵)에 묻혔다.

752) 무진년(戊辰年) 십이월(十二月) 삼십일(三十日)에 승하(昇遐) : 이 대목은 진종이 죽은 때와 나이를 말하고 있으나, 정확한 연기는 무신년(戊申年;1728)에 10세로 죽었다.

753) 문명(文命) : 조문명(趙文命;1680~1732), 자는 숙장(叔章), 호는 학암(鶴巖), 본관은 풍양(豊壤), 진종비인 효순왕후(孝純王后)의 친정 부친. 벼슬은 좌의정, 이인좌(李麟佐) 반란 때 공을 세운 분무공신(奮武功臣)이었고 진종이 추존 뒤에는 풍릉부원군(豊陵府院君)에 봉해졌다. 시호는 문충(文忠).

영능이 그능이오 왕비능도 한능이라
永陵 陵 王妃陵 陵

사도세자 죽은일은 이제야 생각하면
思悼世子

가련하고 한심하다 영종대왕 모진마음
可憐 寒心 英宗大王

사도세자 죽일적에 두지안에 가둬두고
思悼世子

쇠말목을 네리처서 참혹하게 죽였구나
慘酷

부자간에 할것인가 이일을 두고보면
父子間

경종대왕 하로밤에 그사이에 승하하니
景宗大王 昇遐

영종에게 의심두면 조옥천이 자세알세
英宗 疑心 趙玉川 仔細

그여이 상소하니 옥천말이 올른게라
上疏 玉川

부자간에 살육하니 그형으로 못할손가
父子間 殺戮 兄

사도세자 추숭하니 장조대왕 분명하다
思悼世子 追崇 莊祖大王 分明

그왕비는 누시든고 풍산홍씨 부인이오
王妃 豊山洪氏 夫人

부원군은 누구던고 풍산사람 봉한이라
府院君 豊山 鳳漢

장조능은 어디든고 일백리 수원땅에
莊祖陵 一百里 水原

융능이 그능이오 왕비능도 한능이라
隆陵 陵 王妃陵 陵

장조대왕 승하하니 춘추가 얼마신가
莊祖大王 昇遐 春秋

---

754) 사도세자(思悼世子) : 영조의 둘째 아들. 1735~1762. 뒤주에 갇혀 죽은 세자로
정조의 친부. 휘는 선(愃), 자는 윤관(允寬) 일명 장헌(莊獻), 정조대왕의 생부, 부
왕 영조의 오해와 당쟁의 와중에서 뒤주에 갇혀 죽음. 그래서 뒤주세자라고도 부

영릉이	그능이요	왕비능도	한능이라
사도세자[754]	죽은일을	이제야	생각하면
가련하고	한심하다	영조대왕	모진마음
사도세자	죽일적에	뒤주안에	가둬두고
쇠말못을	내리쳐서	참혹하게	죽였구나
부자간에	할짓인가	이일을	두고보면
경종대왕	하룻밤에	그사이에	승하하니
영조에게	의심두면	조옥천이	잘알았네
기어이	상소하니	옥천말이	옳은게라
부자간에	살육하니	그형되고	못할쏜가
사도세자	추숭하니	장조대왕	분명하다
그왕비는	뉘시던가	풍산홍씨	부인이요
부원군은	누구던가	풍산사람	봉한이라
장조능은	어디던가	일백리	수원땅에
융릉이	그능이요	왕비능도	한능이라
장조대왕	승하하니	춘추가	얼마신가

름. 비는 혜경궁(惠慶宮) 홍씨(洪氏)이며 그는 이 사도세자(思悼世子) 사건을 기록
하여 「한중록(閑中錄)」이라는 궁중 소설을 남겼다. 사도세자는 뒤에 장조대왕(莊
祖大王)으로 추숭되었다.

이십팔세 분명하다 정종대왕 등극하니
二十八歲 正宗大王 登極

그왕비는 누시든고 청풍김씨 부인이오
王妃 淸風金氏 夫人

부원군은 누구던가 청풍사람 시묵이라
府院君 淸風 時默

정종대왕 효성보소 아바님의 승하한일
正宗大王 孝誠 昇遐

생각하니 원통하다 승하할때 영종말삼
冤痛 昇遐 英宗

네가만일 복입으면 내손자가 아니리라
服 孫子

이렇타시 엄절하니 정종대왕 못입엇네
嚴切 正宗大王

국조의 의복법을 말하거든 들으소서
國初 衣服法

우에옷은 푸리엿고 아래옷은 누리엿네

정종대왕 등극후로 그아바님 복못입어
正宗大王 登極後 服

일평생 원통터니 이제와서 입난구나
一平生 冤痛

용포를 버서놓고 우도히고 알도히게
龍袍

소복으로 입엇으니 조정대신 미안하야
素服 朝廷大臣 未安

힌옷으로 입엇으며 그지차 수령방백
守令方伯

힌옷으로 입었으니 그풍속이 완구하야
風俗 完久

---

755) 정종대왕(正宗大王) : 조선조 제22대왕 정조(正祖;1752~1800, 재위 1776~1800), 자는 형운(亨運), 호는 홍재(弘齋), 생부는 사도세자, 생모는 혜경궁 홍씨 영조 뒤를 이어 임금되어 문치(文治)에 힘써 치적을 남겼고, 부친인 사도세자의 수원 화성의 융릉(隆陵)에 대하여는 혼신의 힘을 다하여 치수사업에 힘썼다.
756) 정조비 : 청풍김씨부인 효의(孝懿)왕후 김씨, 1753~1821. 능은 정조와 함께 수원의 건릉(健陵)이다.

이십팔세　　　분명하다　　　정종대왕[755]　　등극하니

그왕비는　　　뉘시던가　　　청풍김씨　　　부인[756]이요

부원군은　　　누구던가　　　청풍사람　　　시묵[757]이라

정종대왕　　　효성보소　　　아버지의　　　승하한일

생각하니　　　원통하다　　　승하할때　　　영조말씀

네가만일　　　복입으면[758]　　내손자가　　　아니리라

이렇듯이　　　엄절하니　　　정종대왕　　　못입었네

국초의　　　　의복법을　　　말하거든　　　들으소서

위의옷은　　　푸르렀고　　　아래옷은　　　누르렀네

정조대왕　　　등극후로　　　그아버지　　　복못입어

일평생　　　　원통터니　　　이제와서　　　입는구나

용포를　　　　벗어놓고　　　위도희고　　　알도희게

소복으로　　　입었으니　　　조정대신　　　미안하여

흰옷으로　　　입었으며　　　그지차　　　　수령방백

흰옷으로　　　입었으니　　　그풍속[759]이　　오래되어

---

757) 김시묵(金時默) : 1722~1772, 자는 이신(爾愼). 본관은 청풍(淸風), 영조 때 문과급제
　　후 좌참찬 벼슬, 과묵하다고 소문났고 정조 등극 후 영의정에 청원부원군에 추증됨.
758) 복(服)입다 : 상복을 입다. 상례를 치루는 일. 여기서는 영조가 손자인 정조를 보
　　고 제 아버지(사도세자)의 상례를 치루지 말라는 분부였다는 것.
759) 소복(素服)…풍속 : 초상 때 소복(흰옷)하는 풍속이 정조 때 시작되었다는 가사인
　　데 더 상고할 상례(喪禮)이다.

만백성이　　그리하야　　지금까지　　그법이라
萬百姓　　　　　　　　　　　　　　　法

그후로　　　의복빛을　　바지는　　　히게하나
　後　　　　衣服

웃옷은　　　푸럿도다　　아해들과　　부인들은
　　　　　　　　　　　　　　　　　　婦人

아모라도　　의복빛을　　청홍흑백　　다하여도
　　　　　　衣服　　　　青紅黑白

동정빛을　　히게한줄　　그연고로　　아르소서
　　　　　　　　　　　　緣故

기자임금　　조선나와　　평양에　　　도읍하사
箕子　　　　朝鮮　　　　平壤　　　　都邑

팔조목을　　베푸러서　　사단칠조　　딱가내여
八條目　　　　　　　　　四端七條

백성을　　　화케하니　　만백성이　　감동하여
百姓　　　　和　　　　　萬百姓　　　感動

기자임금　　상사나서　　삼년복을　　입을적에
箕子　　　　喪事　　　　三年服

복을벗고　　생각하니　　영이벗기　　원통하다
服　　　　　　　　　　　　　　　　冤痛

천만세　　　지나도록　　이복을　　　입어보세
千萬歲　　　　　　　　　服

그럼으로　　동정달때　　힌것으로　　달엇더니

그때하든　　그풍속이　　지금까지　　나려오니
　　　　　　風俗

모르시난　　친구님네　　그런줄로　　아르시오
　　　　　　親舊

정종대왕　　효성보소　　수원땅에　　능을모셔
定宗大王　　孝誠　　　　水原　　　　陵

그아바님　　위한마음　　수원능에　　송추보면
　　　　　　　　　　　　水原陵　　　松楸

---

760) 기자조선(箕子朝鮮) : 기자는 중국 은(殷)나라 말기 주왕(紂王)의 숙부인데, 못된
　　왕을 만나서 동방으로 피해오니 평양이라 하여 '기자조선' 설이 있으나 확실치 않
　　음. 따라서 그 유풍이라는 모든 문물도 확실치 않으므로 '사단칠정' 이니 '팔조목'
　　도 기자유풍이라고는 할 수 없다.

만백성이 그리하여 지금까지 그법이라

그후로 의복빛을 바지는 희게하나

웃옷은 푸렀도다 아이들과 부인들은

아무라도 의복빛을 청홍흑백 다하여도

동정빛은 희게한줄 그연고로 알으소서

기자임금 조선[760]나와 평양에 도읍하사

팔조목을 베풀어서 사단칠조 닦아내어

백성을 화케하니 만백성이 감동하여

기자임금 상사나서 삼년복을 입을적에

복을벗고 생각하니 영구벗기 원통하다

천만세 지나도록 이 상복 입어보세

그러므로 동정달때 흰것으로 달았더니

그때하던 그풍속이 지금까지 내려오니

모르시는 친구님네 그런줄로 알으소서

정종대왕 효성보소 수원땅에 능을모셔

그아버지 위한마음 수원릉[761]에 심은나무

---

761) 수원릉(水原陵) : 사도세자의 융릉(隆陵)을 말하며, 사도세자의 처음 무덤은 양주(楊洲)의 영우원(永祐園)에 있었고, 수원의 화산(花山) 현릉원(顯隆園)에 옮겼다가 정조 때 정식 능으로 자리잡았다. 정조는 이 능에다가 소나무와 가래나무를 심어 울창한 명소로 만들었다고 했다.

솔한포기	심을적에	한포기에	돈한양식 兩
포기마다	한양주어 兩	물주워	키워내고
능장앞헤 陵墻	절을지니	절일흠	용주사라 龍珠寺
용주사 龍珠寺	그절안에	대관전 大觀殿	지어놓고
오금으로 烏金	향노하고 香爐	은반상기 銀盤床器	장만하야
중에게	불공시켜 佛供	그아바님	사후혼령 死後魂靈
극락세계 極樂世界	도라가라	밤낮으로	축원하니 祝願
그효성이 孝誠	오작할까	금은자 金銀子	삼백양을 三　兩
옥함안에 玉函	봉하여서 封	대궐전에	감차두고
오백오십 五百五十	땅마지기	능앞으로 陵	사서두고
춘추로 春秋	거동하사 擧動	저송주를 松楸	도라보니
낙낙장송 落落長松	풀은솔이	정종대왕 正宗大王	효성으로 孝誠
저렇타시	무성커날 茂盛	무지한 無知	저송충이 松蟲
송엽을 松葉	뜨더먹고	소남기	쇠진하니 衰盡
정종대왕 正宗大王	효성보소 孝誠	송충이 松蟲	잡아다가
용포자락 龍袍	송충싸서 松蟲	입으로	씹으시니

---

762) 능장(陵墻) 앞 절 : 수원 융릉의 담장 앞 절이니 곧 용주사(龍珠寺)이다. 이 절은 신라 때의 갈양사(葛陽寺) 자리에다 정조가 현륭원의 자복재사(資福齋社)로 지었다 함.

솔한포기　　심을적에　　한포기에　　돈한냥식

포기마다　　한냥주어　　물주어　　키워내고

능장앞에　　절[762]지으니　　절이름이　　용주사라

용주사　　그절안에　　대관전[763]　　지어놓고

오금[764]으로　　향로하고　　은반상기　　장만하여

중에게　　불공시켜　　그아버지　　사후혼령

극락세계　　돌아가라　　밤낮으로　　축원하니

그효성이　　오죽할까　　금은자[765]　　삼백냥을

옥함안에　　봉하여서　　대궐전에　　감춰두고

오백오십　　땅마지기　　능앞으로　　사서두고

춘추로　　거동하사　　저송추를　　돌아보니

낙락장송　　푸른솔이　　정종대왕　　효성으로

저렇듯이　　무성커늘　　무지한　　저송충이

송엽을　　뜯어먹고　　소나무가　　시드르니

정조대왕　　효성보소　　송충이를　　잡아다가

용포자락　　송충싸서　　입으로　　씹으시니

---

763) 대관전(大觀殿) : 극락대원전(極樂大願殿), 즉 절의 본전을 말하는 듯하다.
764) 오금(烏金) : 적동 빛나는 장식용 쇠붙이.
765) 금은자(金銀子) : 금돈과 은돈.

나무마다　　많은송충　　일시에　　떠러저서
　　　　　　　松蟲　　　一時
나무빛이　　여전하니　　효성이　　아니시면
　　　　　　　如前　　　孝誠
저미물이　　어이하리　　이렇타시　　많은송충
微物　　　　　　　　　　　　　　　　松蟲
일인들이　　발매보고　　금은자　　삼백량과
日人　　　　　　　　　金銀子　　三百兩
은반상기　　오금향노　　신해년　　동지달에
銀盤床器　　烏金香爐　　辛亥年　　冬至
서울서　　　나려온중　　일인에　　등을대고
　　　　　　　　　　　　日人
그물건을　　파라먹나　　아모리　　중놈인들
物件
부처앞에　　잇난재물　　중놈되고　　파라먹나
　　　　　　　財物
용주사　　　모인중놈　　서울중이　　태반이라
龍珠寺　　　　　　　　　　　　　　　太半
중마다　　　게집두고　　중의게집　　자식나서
　　　　　　　　　　　　　　　　　　子息
절이라고　　들어가면　　어린아해　　우난소래
이방에도　　소래나고　　저방에도　　우난구나
房　　　　　　　　　　　房
절망한게　　용주사요　　중망한게　　저중일세
亡　　　　　　　　　　　亡
정종대왕　　하신자최　　송추무덤　　터가없네
正宗大王　　　　　　　松楸
경신년　　　유월달에　　정종대왕　　승하하니
庚申年　　　六月　　　　定宗大王　　昇遐
춘추가　　　삼십구라　　일백리　　　수원땅에
春秋　　　　三十九　　　一百里　　　水原

---

766) 발매 : 산의 재목을 한목에 베어내서 재목으로 파는 일. 여기서는 용주사가 들어선
　　　주위의 소나무를 용주사 중들이 왜인에게 재목감으로 팔아 먹었다는 이야기이다.

나무마다　많은송충　일시에　떨어져서

나뭇빛이　푸르르니　효성이　아니시면

저미물을　어찌하리　이렇듯이　많은송충

왜인들이　발매[766]보고　금은자　삼백냥과

은반상기　오금향로　신해년　동지달에

서울서　내려온중　왜놈에　등을대고

그물건을　팔아먹나　아무리　중놈인들

부처앞에　있는재물　중놈되고　팔아먹나

용주사　모인중놈　서울중이　태반이라

중마다　계집두고　중의계집　자식나서

절이라고　들어가면　어린아이　우는소리

이방에도　소리나고　저방에도　우는구나

절망한게　용주사요　중망한게　저중일세

정조대왕　하신자취　송추무덤　터가없네

경신년[767]　유월달에　정조대왕　승하하니

춘추가　삼십구라　일백리　수원땅에

---

767) 경신년(庚申年) : 1800년(정조 24) 6월에 정조대왕이 39세로 돌아가시니 수원의
　　건릉(健陵)에 왕비와 한 능에 모셨다.

건능이 健陵	그능이오 陵	왕비능도 王妃陵	한능이라 陵
순조대왕 純祖大王	등극하니 登極	그왕비난 王妃	누시든가
안동김씨 安東金氏	부인이오 夫人	부원군은 府院君	누시든고
안동사람 安東	조순이라 祖淳	순조대왕 純祖大王	등극후에 登極後
임신년 壬申年	서적맞나 西賊	국가가 國家	불안하니 不安
자중지란 自中之亂	뿐이로다	부원군 府院君	김조순이 金祖淳
부원군 府院君	안되여서	시골에	있을적에
따님은	가년하고 嫁年	살림은	철빈하나 鐵貧
그종씨는 從氏	서울있어	벼살은	조치만은
그종씨가 從氏	두호할까 斗護	과세할길 過歲	전혀없어 全
따님을	다리고서	서울로	이사갈새 移徙
가마타고	가자하니	교군삯을 轎軍	어이줄고
교군다려 轎軍	이른말이	교군삯은 轎軍	서울가서
정한대로 定	줄터이니	어서바삐	메고가자

---

768) 순조(純祖) : 조선조 제23대왕(1790~1834), 이름은 공(玜), 자는 공보(公寶), 호
는 순재(純齋), 정조의 제2자. 재위 1800~1834 11세에 왕이 되니, 영조의 비 정순
왕후가 섭정하고 국구인 김조순(金祖淳)이 집권하여 인척 관료들의 정치판이 되어
민생은 도탄에 빠졌고 거기에다 '홍경래난(洪景來亂)'까지 일어났다.

769) 김조순(金祖淳) : 순조의 장인 1765~1831, 자는 사원(士源), 호는 풍고(楓皐), 순
조의 장인되어 영안(永安)부원군에 봉해지고 벼슬은 되도록 사양하였고, 문장이
뛰어나 초계문신에 그쳤다. 시호는 충문(忠文).

건릉이	그능이요	왕비능도	한능이라
순조[768]대왕	등극하니	그왕비는	뉘시던가
안동김씨	부인이요	부원군은	뉘시던가
안동사람	조순[769]이라	순조대왕	등극후에
임신년에	서적[770]만나	국가가	불안하니
자중지란	뿐이로다	부원군	김조순이
부원군	되기전에	시골에	있을적에
따님은	가년하고	살림은	철빈[771]하나
그종씨는	서울있어	벼슬은	높지만은
그종씨가	보호하랴	과세할길	전혀없어
따님을	데리고서	서울로	이사갈때
가마타고	가자하니	교군삯을	어이줄꼬
교군더러	이른말이	교군삯은	서울가서
정한대로	줄터이니	어서바삐	매고가자

---

770) 임신년(壬申年)에 서적(西賊) : 1812년(순조 12년)의 홍경래난(洪景來亂)을 말하며, 홍경래(1780~1812)는 평안남도 용강 출신으로 조선왕조가 서도인(평안남북도)을 차별하여 등용도 하지 않는데 불만을 품고 반란을 일으켰다가 관군의 총에 맞아 죽었다. 그러나 그 파장은 컸다.

771) 철빈(鐵貧) : 몹시 가난함을 말하는데, 여기서의 가난은 순조의 부원군이 될 김조순(金祖淳)이 장차 왕비가 될 딸을 외상 교군 삯으로 서울로 데리고 오더라는 이야기다.

교군놈들 　이말듣고 　둘이서로 　마조메고
輍軍

대치원을 　지나가서 　눈도오고 　비가와서
大治院

여러날을 　유련하니 　저의속에 　생각하되
　　　　　留連

서울까지 　가고보면 　객지과세 　하게됐소
　　　　　　　　　客地過歲

교군삯 　예서받고 　집으로 　나려가서
輍軍

집에서 　과세하고 　조상제사 　지낼라오
　　　　過歲　　　祖上祭祀

김조순이 　하난말이 　너의말이 　당연하나
金祖淳　　　　　　　　　　　　當然

내사정을 　드러보라 　교군삯을 　서울가서
　事情　　　　　　　輍軍

주기로 　작정하고 　행차돈 　삼사량을
　　　作定　　　　行次　　三四兩

근근히도 　변통하여 　이곳까지 　겨우오니
僅僅　　　變通

두량돈도 　못있거든 　교군삯을 　어이주랴
　兩　　　　　　　輍軍

당초에 　알았든들 　세후에 　올러갈걸
當初　　　　　　歲後

피차서로 　이즌게라 　교군놈들 　거동보소
彼此　　　　　　　輍軍　　舉動

서울인지 　시골인지 　잡말말고 　얼른내오

김조순 　하는말이 　교군들아 　말들어라
金祖淳　　　　　　輍軍

예서도 　우리집이 　사백리가 　더남었다
　　　　　　　　四百里

교군놈들　이말듣고　둘이서로　마주메고

대치원⁷⁷²⁾을　지나가서　눈도오고　비가와서

여러날을　묵었으니　저의속에　생각하되

서울까지　가고보면　객지과세　하게됐소

교군삯　예서받고　집으로　내려가서

집에서　과세하고　조상제사　지내려오

김조순이　하는말이　너의말이　당연하나

내사정을　들어보라　교군삯을　서울가서

주기로　작정하고　행차돈　삼사냥을

근근히도　변통하여　이곳까지　겨우오니

두냥돈도　못있거든　교군삯을　어찌주랴

당초에　알았던들　세후에　올라갈걸

피차서로　잊은거라　교군놈들　거동보소

서울인지　시골인지　잡말말고　얼른내오

김조순　하는말이　교군들아　말들어라

예서도　우리집이　사백리가　더남었다

---

772) 대치원(大治院) : 충남의 조치원(鳥致院)인듯. '대치원' 이라는 지명은 없었다.

당초에(當初) 언약할때(言約) 이주막에(酒幕) 줄라더냐

눈비올줄 모르고서 몇일이면 올라가서

몇일이면 나려올다 이렇타시 하였더니

피차불행(彼此不幸) 이아닌가 내생광을 보드래도

서울가서 나와같이 객지과세(客地過歲) 한번하자

저교군(轎軍) 하는말이 헛말두번 하지말고

그입뒀다 밥잡수오 듣기싫소 어서주오

이렇다시 다툴적에 봉누방에 듣든사람

게앉아서 대전하니(對戰) 그사정이(事情) 민망하다(憫惘)

주막주인(酒幕主人) 부른말이 후객양반(後客兩班) 이리오라

김조순이(金祖淳) 얼른나와 둘이서로 인사후에(人事後)

저양반(兩班) 하는말이 교군삯이(轎軍) 얼마시오

서울까지 올라가면 삼십량을(三十兩) 결가하고(決價)

서울까지 올라가면 스물넉량(二十四兩) 닷돈이오

저양반(兩班) 거동보소(擧動) 행장을 푸러놓고

교군삯(轎軍) 내여주니 김조순(金祖淳) 거동보소(擧動)

---

773) 봉놋방 : 주막집 대문간 큰 방. 여럿이 모여 자는 방.

당초에　　언약할때　　이주막서　　주랴더냐

눈비올줄　　모르고서　　며칠이면　　올라가서

며칠이면　　내려오리　　이렇듯이　　하였더니

피차불행　　이아닌가　　내처지를　　보더라도

서울가서　　나와같이　　객지과세　　한번하자

저 교군　　하는말이　　헛말두번　　하지말고

그입됬다　　밥잡수쇼　　듣기싫소　　어서주오

이렇듯이　　다툴적에　　봉놋방[773]에　　들던사람

게앉아서　　보자하니　　그사정이　　민망하다

주막주인　　부른말이　　후객양반　　이리오라

김조순이　　얼른나와　　둘이서로　　인사후에

저양반　　하는말이　　교군삯이　　얼마시오

서울까지　　올라가면　　삼십냥을　　결가[774]하고

서울까지　　올라가면　　스물넉냥　　닷돈이오

저양반　　거동보소　　행장을　　풀어놓고

교군삯　　내어주니　　김조순　　거동보소

---

774) 결가(決價) : 흥정하여 정한 가격. 결정한 돈.

그돈받아 　앞에놓고 　치하하야 　하는말이
　　　　　　　　　　　致賀

활인불이 　있다더니 　김선달이 　활인이오
活人佛 　　　　　　　金先達

교군삿 　　내여주고 　그주막에 　교군어더
轎軍

가마문에 　들어갈때 　김선달이 　앉아보니

불상하다 　저처녀여 　가난도 　　유달하다

동지섯달 　설한풍에 　마풍루을 　입고가니

가다가 　　죽겠구나 　김조순을 　다시불러

양모사 　　두루막을 　행담열고 　내여주며
羊毛絲

온건하게 　하는말이 　이것갓다 　따님주오

김조순 　　거동보소 　두루막을 　받아놓고
金祖淳 　　擧動

백번치사 　하는말이 　김선달 　　봉석이난

지금사람 　아니로다 　교자삿도 　황공커든

이같이 　　중한옷을 　내안입고 　내여주니

이은혜를 　의론컨대 　백골진토 　이즐소냐
　　　　　　　　　　　白骨塵土

황공하고 　감사하오 　이인정을 　가프리다

평안히 　　행차하오 　서울거름 　계시거든

---

775) 활인불(活人佛) : 사람 살리는 부처님.

그돈받아　　앞에놓고　　치하하여　　하는말이
활인불[775]이　있다더니　　김선달이　　활인이오
교군삯　　　내어주고　　그주막에　　교군얻어
가마문에　　들어갈때　　김선달이　　앉아보니
불쌍하다　　저처녀야　　가난도　　　유다르다
동지섣달　　설한풍에　　베옷을　　　입고가니
가다가　　　죽겠구나　　김조순을　　다시불러
양모사　　　두루막을　　행장열고　　내어주며
은근하게　　하는말이　　이것갖다　　따님주오
김조순　　　거동보소　　두루막을　　받아놓고
백번치사　　하는말이　　김선달　　　봉석[776]이는
지금사람　　아니로다　　교자삯도　　황공커든
이같이　　　중한옷을　　제안입고　　내어주니
이은혜를　　의론컨대　　백골진토　　잊을소냐
황공하고　　감사하오　　이인정을　　갚으리다
평안히　　　행차하오　　서울걸음　　계시거든

---

776) 김선달 봉석(奉石) : 김봉석으로 주막집에서 만나 은혜를 베푼 과객.

창동으로 倉洞	찾아오소	김선달	하직하고
두루막을	가저다가	저따님	입히고서
서울로	올라가서	석달만에	왕비되니
사람복력	누가알가	순조왕비 純祖王妃	두고보면
고진감래 苦盡甘來	이아니며	흥진비래 興盡悲來	예사로다
왕비로	들어앉아	부원군을	불러드려
대치원 大治院	주막집에	돈주고	옷준사람
게방하고 揭榜	찾아들여	불일내에 不日內	보게하오
김해로	사환하야	김선달을	찾아다가
김해부사 金海府使	제수하니 除授	김선달	두고보면
아마도	어질어야	자연이 自然	되나니라
갑오년	십월달에 十	순조대왕	승하하니
춘추가	사십오라	광주땅 廣州	칠십리에
익능이 翼陵	그능이라	왕비능도	한능이라
익종대왕 翼宗大王	추숭하니	익종대왕	분명하다

---

777) 창동(倉洞) : 서울 중구 남창동과 북창동 일원.

778) 고진감래(苦盡甘來), 흥진비래(興盡悲來) : 괴로움이 끝나면 즐거움이 오며, 흥겨운 일이 끝나면 슬픈 일이 온다는 서로 상반된 사자성어이다.

779) 순조대왕 승하 : 갑오년(1834) 10월에 순조가 45세로 돌아가시니, 지금 서울시 서초구에 있는 인릉(仁陵)에 그의 비 순원(純元)왕후 김씨와 합장했다.

창동[777]으로 찾아오소 김선달 하직하고

두루막을 가져다가 저딸에게 입히고서

서울로 올라가서 석달만에 왕비되니

사람팔자 누가알까 순조왕비 두고보면

고진감래 이아니며 흥진비래[778] 예사로다

왕비로 들어앉아 부원군을 불러들여

대치원 주막집에 돈주고 옷준사람

방붙여서 찾아들여 불일내에 보게하오

김해로 사람보내 김선달을 찾아다가

김해부사 제수하니 김선달 두고보면

아마도 어질어야 저절로 잘되니라

갑오년 시월달에 순조대왕 승하[779]하니

춘추가 사십오라 광주땅 칠십리에

익릉이 그능이오 왕비능도 한능이라

익종[780]대왕 추숭하니 익종대왕 분명하다

※ 원문에 익릉(翼陵)은 인릉의 잘못이며, 고양시의 서오릉 안에 있는 숙종비인 인경(仁敬)왕후의 능이 익릉이다.

780) 익종(翼宗) : 조선왕조의 추존왕(1809~1830) 순조의 세자로 책봉되었으나 일찍 돌아갔다. 자는 덕인(德寅), 호는 경헌(敬軒) 헌종(憲宗)의 생부였으나 순조 때 죽어서 왕비인 신정(神貞)왕후와 함께 동구릉 안의 수릉(綏陵)에 장사했다.

병인년	오월달에	익종대왕	승하하니
춘추가 春 秋	이십이라	그왕비는	누시든고
풍양조씨	부인이오	부원군은	누구든고
풍양사람	만영이라 萬 永	익종능은	어디던고
양주땅	삼십리에 三 十	수능이 綏 陵	그능이라
왕비능도	한능이라	헌종대왕 憲宗大王	등극하니
그왕비는	누시든고	안동김씨	부인이라
부원군은	누구든고	안동사람	조근이라 祖 根
둘째왕비	누시든고	남양홍씨	부인이오
부원군은	누구든고	남양사람	재룡이라 在 龍
기유년 己 酉 年	유월달에	헌종대왕	승하하니
양주땅	삼십리에 三 十	경능이 景 陵	그능이오

---

781) 조만영(趙萬永) : 추존왕 익종의 장인(1776~1846), 자는 윤경(胤卿), 호는 석애(石崖), 본관은 풍양(豊壤), 영돈령부사와 풍은(豊恩)부원군에 봉해졌다. 벼슬은 호위대장과 어영대장, 훈련대장 등을 역임하면서 풍양조씨의 가문을 빛냈다. 영의정에 추증되었음.

782) 헌종대왕(憲宗大王) : 조선조 제24대왕(1827~1849, 재위 1834~1849), 휘는 환(奐), 자는 문응(文應), 호는 원헌(元軒), 익종(翼宗)의 아들. 어머니는 신정(神貞)왕후, 8세 때 임금자리 올라서 조모인 순원(純元)왕후가 수렴청정을 하였고, 이때 천주교도를 많이 학살하고, 그 교도 색출 방법으로 '오가작통(五家作統)'의 제도를 만들었고, 이 허약한 나라정치로 인해 '삼정의폐(三政之弊)'는 더욱 극에 달해갔다. 왕비는 안동(安東) 김씨 효현(孝顯)왕후와 계비 남양(南陽)홍씨 효정(孝定)왕후이며, 후사없이 23세로 돌아가니 동구릉 안에 있는 경릉(景陵)에 두 왕비와 한 능으로 장사했다.

병인년   오월달에   익종대왕   승하하니

춘추가   이십이라   그왕비는   뉘시던가

풍양조씨   부인이요   부원군은   누구던가

풍양사람   만영[781]이라   익종능은   어디던가

양주땅   삼십리에   수릉이   그능이요

왕비능도   한능이라   헌종대왕[782]   등극하니

그왕비는   뉘시던가   안동김씨   부인[783]이요

부원군은   누구던가   안동사람   조근[784]이요

둘째왕비   뉘시던가   남양홍씨   부인[785]이요

부원군은   누구던가   남양사람   재룡[786]이라

기유년   유월달에   헌종대왕   승하[787]하니

양주땅   삼십리에   경릉이   그능이요

---

783) 안동김씨부인 : 헌종비인 효현(孝顯)왕후(1828~1843)임.
784) 김조근(金祖根) : 헌종의 장인(1793~1844), 조선 후기의 무신. 자는 백술(伯述),
　　호는 자오(紫塢), 본관은 안동(安東) 음보로 판관을 거쳐 승지에 이르고, 딸이 헌
　　종의 비가 되자 영돈령부사에 오르고 영흥(永興)부원군에 봉해지고 영의정에 추
　　증되었다.
785) 남양홍씨부인 : 헌종의 계비인 효정(孝定)왕후(1831~1903)임.
786) 홍재룡(洪在龍) : 헌종계비의 친정 아버지(1814~1863), 자는 경천(景天), 호는 이
　　력(履歷), 본관은 남양(南陽), 벼슬은 병조, 이조의 참판. 어용대장, 훈련대장 등을
　　역임. 따님이 헌종의 계비인 효정(孝定)왕후로 책봉되자 영돈녕부사에 오르고 익
　　풍(益豊)부원군에 봉해졌다. 광주유수 재임 중 사망하여 영의정에 추증되었다.
787) 헌종(憲宗)승하 : 1849년(기유년) 6월에 헌종이 23세로 돌아가시니 양주의 구리
　　시 동구릉 안 경릉(景陵)에 두 왕비와 한 능으로 모셨다.

왕비능도　　한능이라　　철종대왕　　등극하니
　　　　　　　　　　　　哲宗大王

이임금은　　누시든고　　장화도령　　모서왔네
　　　　　　　　　　　　壯華道令

그왕비는　　누시든고　　안동김씨　　부인이오

부원군은　　누시든고　　안동사람　　문근이라
　　　　　　　　　　　　　　　　　　汶根

기해년　　　십이월에　　철종대왕　　승하하니
　　　　　　十二

고양땅　　　삼십리에　　예능이　　　그능이오
　　　　　　三十　　　　睿陵

왕비능은　　어디든고　　예능과　　　한능이라

흥덕궁에　　올린임금　　갑자년에　　등극하니
興德宮

어리고도　　장할시고　　십삼세　　　나신임금
　　　　　　壯　　　　　十三

지각도　　　놀랍시고　　도략도　　　넉넉하다
知覺　　　　　　　　　度略

---

788) 철종대왕(哲宗大王) : 조선조 제25대왕(1831~1863, 재위 1849~1863), 일명 강
　　화도령으로 1844년 가족과 함께 강화도에 유배가서 살다가 1949년에 궁중으로
　　들어왔다가 궁중 법도나 왕의 직책도 전혀 모르는 상태에서 왕위에 오르니, 외척
　　인 안동김씨 일파가 끼어들어 좌지우지하며 정권을 농단하는 난국을 만나 삼정의
　　폐(三政之弊 ; 전정(田政)의 문란, 군정(軍政)의 비리. 환곡(還穀)의 협잡)는 극도
　　에 이르러 미구에 닥쳐올 동학 농민정쟁의 도화선을 만들고 있었다.
　　철종의 휘는 변(昪), 초명은 원범(元範), 자는 도승(道升), 호는 대용재(大勇齋)이
　　며, 그는 사도세자의 서자(정조의 이복동생)인 은언군(恩彦君) 인(裀;1755~1801)
　　의 손자이니 인(裀)은 그의 아들 상계군(常溪君)이 반역하였다 해서 정조 10년에
　　강화부로 귀양갔다. 그 뒤 인의 후손이 신유사옥(辛酉邪獄)인 주문모(周文模) 처
　　형 때 연류되어 더욱 철종인 원범(元範)일가도 강화도에 처박혀져 있다가 헌종이
　　후사 없이 죽으매 대왕대비인 순원(純元)왕후, 곧 순조의 비 안동김씨가 불러들여
　　1850년(19세)에 임금이 되었다.
789) 장화도령(壯華道令) : 강화(江華)도령의 잘못된 표기.
790) 김문근(金汶根) : 철종의 장인(1801~1863), 자는 노부(魯夫), 본관은 안동(安東),
　　영은(永恩)부원군으로 봉해졌고, 영돈녕부사로서 안동김씨의 세도정치가 이때 더
　　욱 극성을 부리기 시작했으며 백성은 도탄에 빠졌다.

왕비능도	한능이라	철종대왕[788]	등극하니
이임금은	뉘시던가	강화도령[789]	모셔왔네
그왕비는	뉘시던가	안동김씨	부인이요
부원군은	뉘시던가	안동사람	문근[790]이라
기해년	십이월에	철종대왕	승하[791]하니
고양땅	삼십리에	예릉이	그능이요
왕비능은	어디던가	예릉과	한능이라
흥덕궁[792]에	오른임금	갑자년에	등극하니
어리고도	장할시고	십삼세	나신임금[793]
지각도	놀랍시고	도략도	넉넉하다

---

791) 철종승하 : 계해(癸亥;1863년) 12월에 철종은 33세로 돌아가시니 고양의 원당에
　　있는 서삼릉(西三陵)의 하나인 예릉(睿陵)에 철인(哲仁)왕후 김씨와 함께 모셨다.
　　※ 원문에 기해년(己亥年)은 계해년의 잘못 표기된 것.

792) 흥덕궁(興德宮) : 창덕궁(昌德宮)인 듯하다고 박성의 교수는 추정했으나 일설에서
　　는 원구단(圜丘壇)에서 천제께 고하였다고 했다. 고종은 1863년 12월 13일 12세
　　로 등극했다.

793) 고종(高宗) : 조선조 제26대 임금(1852~1919, 재위 1863~1907) 영조의 현손. 흥
　　선대원군(興宣大院君) 이하응(李昰應)의 둘째 아들로 휘는 희(熙), 초자는 명부(明
　　夫), 자는 성림(聖臨), 호는 주연(珠淵), 비는 민치록(閔致祿)의 따님, 후에 명성황
　　후(明成皇后). 철종이 세자 없이 죽자 궁중에서는 가장 나이 많은 조대비(趙大妃 ;
　　익종의 왕비)가 고종을 선정하여 12세에 즉위시키고 섭정하다가 친부인 이하응을
　　대원군으로 하여 나라정치를 흥선대원군에게 맡겼다. 대원군은 쇄국정책을 썼고
　　고종은 1897년에 광무황제(光武皇帝)로 오르면서 친정이 시작되었으며, 이후 민
　　비 일파와 3파전이 극심하다가 1907년에 일본에게 왕위와 나라까지 빼앗겼다. 이
　　하 생략.

그왕비는	누시든고	여주민씨 驪州 閔氏	부인이오 夫人
부원군은	누구든고	여주사람	치록이라 致祿
상감부친 上監父親	대원군이	대원군 大院君	안될적에
궁곤함이 窮困	그지없고	대원군	백씨장도 伯氏丈
흥인군 興仁君	안될적에	가난하기	유명터니
상감님 上監任	등극후에	대원군 大院君	봉하시고
흥인군 興仁君	되온후에	부귀영화 富貴榮華	극진하다
병인년 丙寅年	추구월 秋九月	뜻밧게	난리나서 亂
대륜선 大輪船	수십척이 數十隻	인천이라 仁川	제물포에 濟物浦
대완구	놋난소래	장안이 長安	경동하야

---

794) 여주 민씨부인(驪州 閔氏夫人) : 고종의 비인 명성황후(明成皇后 ; 1851~1895)를 말하며, 민치록(閔致祿)의 따님으로 16세 때 고종의 비로 간택되어 수년간은 고종이 궁녀와 눈이 맞아 그 몸에서 완화군(完和君)이 태어나자 대원군이 기뻐함으로 예의 바르고 영리하던 민비는 대원군과 적이 되어 대원군의 쇄국정책에 맞서 대원군 반대세력을 규합하여 대원군의 권력으로부터 고종의 친정을 성사시키면서 개방정책을 펴기 시작하고 1882년 임오군란(壬午軍亂)이 일자 위험을 피해 윤태준(尹泰駿)의 등에 업혀 충북 장호원(長湖院)에 피신 가 있는 사이(이 가사에서는 이때의 민비를 부정한 여인으로 엮어 놓았다. 그러나 그 사실 여부는 아무도 모른다.) 대원군은 명성황후가 여러 달 실종되었기에 좋은 기회다 싶어 중전 민비의 국상을 선포했다. 민비도 기회다 싶어 다시 궁으로 돌아와서 대원군을 탄핵하고 중국으로 압송(귀양)해 보냈는데, 이때 민비는 청나라의 원세개(袁世凱)와 한편이 되어 대원군을 압송했다. 그러다가 대원군이 돌아와 일본세력과 합류되면서 1895년 일본의 주한공사 미우라고로(三浦梧樓)의 낭인패에 의해 난자 살해되어 시신은 불살려지고 폐위되어 서인으로 강등되었다가 1897년 광무제 1년에 명성(明成)이라는 시호가 내려졌고, 그해 11월에 정식으로 명성황후로 국장이 치뤄져 현재 남양주의 금곡동 홍릉(洪陵)에 고종과 함께 묻혔다.
795) 민치록(閔致祿) : 고종의 비 민비(閔妃)의 친정 부친(1799~1858), 본관은 여흥(驪興), 첨정(僉正)을 지내다가 죽은 뒤 따님이 고종의 비로 간택되어 여성(驪城)부원군으로 봉해졌고 시호는 효정(孝貞), 순간(純簡)이다.

그왕비는	뉘시던가	여주민씨	부인[794]이요
부원군은	누구던가	여주사람	치록[795]이라
상감부친	대원군[796]이	대원군	안될적에
곤궁함이	그지없고	대원군	그형님도
흥인군	안될적에	가난하기	유명터니
상감님	등극후에	대원군	봉하시고
흥인군[797]	되온후에	부귀영화	극진하다
병인년	추구월에	뜻밖에	난리[798]나서
대륜선	수십척이	인천이라	제물포에
대완구[799]	놓는소리	장안이	진동하여

---

796) 홍선대원군(興宣大院君) : 성명은 이하응(李昰應 ; 1820~1898) 고종의 친부. 자
는 시백(時伯), 호는 석파(石坡), 일명 홍선대원군. 영조(英祖)의 현손, 처음은 가
난하여 유랑생활을 하다가 조대비가 아들인 고종을 조선조 26대 임금으로 지명하
자, 그 섭정이 되어 혁신정책을 단행하되 사색당파들을 고루 등용하며, 군정을 개
혁하는 등의 큰 정치도 폈으나 지나친 쇄국정책과 경복궁을 짓는 등으로 국력과
국비를 너무 소비하여 민원이 높자 10년 만에 하야하고 특히 민비(閔妃)와의 갈등
으로 청국으로 귀양, 압송 당하는 수모까지 겪다가 돌아와서는 왜세와 결탁하기
도 하였으나, 워낙 유림과 조대비와 민비와의 대립이 컸고, 천주교 탄압, 백성의
경제혼란 등으로 민심을 잃어, 민비살해 후 사세부득으로 물러났다.
797) 흥인군(興仁君) : 성명은 이최응(李最應 ; 1815~1882), 홍선대원군의 형, 자는 양
백(良伯), 호는 산향(山響) 처음은 대원군의 척화, 척사 쇄국정책에 가담했다가 뒤
에 민비와 함께 개국주의자들과 합류하여 대원군과 반목, 대원군 실각 후 총리대
신으로 개화통상을 추진했으나 실패하고 1882년의 임오군란 때 피살되었다. 시호
는 충익(忠翼), 문충(文忠).
798) 병인년(丙寅年)…난리 : 1866년 9월의 병인양요(丙寅洋擾)를 말하며 7척의 프랑
스 함대가 강화도 앞바다에 정박하고 강화도에 상륙, 이때에 우리 문화재도 가져
갔는데, 프랑스 함대가 밀려온 이유는 이맘 때 우리나라에서는 대원군의 척사정
책으로 프랑스 신부 등 수백 명의 천주교 신도들을 처형한데 대한 항변시위였고,
동시에 문호를 개방하라는 뜻이었다.
799) 대완구(大碗口) : 조선조 때 가장 큰 화포. 직경 30cm나 되는 둥근 쇳덩어리를 발
사하는 대포.

피란가난 사람들과 경상가 부인들이
　　　　　　　　卿相家 夫人

가마타고 달아날제 임자없난 저가마가

오강에 뒤끌어서 건늬기를 쟁투하니
五江

선간들 오작할가 달라한게 한정일네
船價

그때란에 서울사람 안해잃고 못찾나니

몇백명 되엿든가 그때정승 누구든가

김병국이 정승이오 한양사람 황오불러
金炳國 政丞 黃五

격서지어 보낼적에 대장군에 한성근은
檄書 大將軍 韓聖根

군사일만 거나리고 장담하고 나가더니
軍士一萬 壯談

서양국서 기별나와 대진을 거나리고
西洋國 大陣

급히오라 하엿거늘 그럼으로 양인들이
洋人

양국으로 드러간줄 그걸모른 사람들은
洋國

한성근이 승전했다 황오의 격서보고
韓聖根 黃五

양인이 놀래갓다 이때에 웃는소래
洋人

---

800) 오강(五江) : 서울 인근의 다섯 강나루. 즉 한강, 용산, 마포, 현호(玄湖 ; 금호) 및
　　　서강(西江) 등.
801) 김병국(金炳國) : 조선말기의 문신(1825~1909), 자는 경용(景用), 호는 영어(潁
　　　漁), 본관은 안동(安東), 안동 김씨 세도가 중의 한 사람. 고종 때 벼슬은 좌의정,
　　　영의정에 이르렀다. 시호는 문충(文忠).
802) 황오(黃五) : 조선말기의 문인(1816~?), 자는 사언(四彦), 호는 녹차거사(綠此居
　　　士) 혹은 한안(漢案), 동해초이(東海樵夷), 본관은 장수(長水) 병인양요 때 격문을

피란가는   사람들과   재상집   부인들이

가마타고   달아날제   임자없는   저가마가

오강800)에   뒤끓어서   건너가기   앞다투니

배삯인들   오죽할까   달라한게   값이로다

그난리에   서울사람   아내잃고   못찾는이

몇백명이   되었던가   그때정승   누구던가

김병국801)이   정승이요   한양사람   황오802)불러

격서지어   보낼적에   대장군에   한성근803)은

군사일만   거느리고   장담하고   나가더니

서양국서   기별나와   함대를   거느리고

급히오라   하였거늘   그러므로   양인들이

양국으로   돌아간줄   그걸모른   사람들이

한성근이   승전했대   황오의   격서보고

양인이   놀라갔대   이때에   웃는소리

잘지어서 프랑스 함대가 물러갔다 하였으나 그것은 괜한 소리라는 것. 시문집 「황
녹차집(黃綠此集)」이 있다.

803) 한성근(韓聖根) : 조선말기의 무신(?~?) 1866년의 병인양요 때 프랑스 군함 7척
이 강화도에 침범할 때 이를 문수산성(文殊山城)에서 크게 싸우다가 후퇴하였다.
그는 별기군이 창설되자 신식군사훈련에 힘썼고 국말에 병조참판, 궁내부특진관
등을 역임했다. 소문으로 프랑스 함대가 한성근 싸움 때문에 물러갔다 하였으나
사실이 아니라는 것이다.

곳곳이	흐터지고	처처히	편만하야 遍滿
양인같이	강한군사 軍士	몇만명 萬名	나왔다가
한성근이	하나보고	진을파해 陣	어이가며
황오의	격서보고	천병만마 千兵萬馬	다라날가
실없난	대원군이 大院君	한성근을	자랑하고
한성근이	공신이오 功臣	황오가	인기로다
승전했다 勝戰	북을울려	잔치끝에	벼살주니
상감님은 上監	어리시매	시동으로 童	앉처놓고
비군비신 非君非臣	이냥반이	삼천리 三千里	이강산과
내삼천 內三千	외팔백을 外八百	장중에 掌中	넣어두고
기탄없이 忌憚	놀려낼제	과거를 科擧	보이자면
오천냥에	진사내고 進士	오만냥에	급제냈다 及第
진사급제	뿐일런가	십만냥에	현감내고 縣監
백만냥에	부사내니 府使	현감부사	뿐일런가
부사부윤 府使府尹	내난법은	몇백만냥	결가하며 決價

---

804) 내삼천 외팔백(內三千 外八百) : 내관직이 3천이요, 외관직이 8백이나 된다는 말.
국가 관료직이 많다는 표현.
805) 과거를 보이자면 : 인재등용의 방법으로 고려 때부터 시행되던 과거 형태가 조선

곳곳에　　흩어지고　　간곳마다　　널려퍼져

양인같이　　강한군사　　몇만명이　　나왔다가

한성근을　　하나보고　　진을파해　　어이가며

황오의　　격서보고　　천병만마　　달아날까

실없는　　대원군이　　한성근을　　자랑하고

한성근이　　공신이요　　황오가　　인기로다

승전했다　　북을울려　　잔치끝에　　벼슬주니

상감님은　　어리시매　　괴뢰처럼　　앉혀놓고

임금도　　아니면서　　삼천리　　이강산과

내삼천　　외팔백[804]을　　손안에　　넣어두고

마음대로　　마구낼제　　과거를　　보이자면[805]

오천냥에　　진사내고　　오만냥에　　급제냈다

진사급제　　뿐일런가　　십만냥에　　현감내고

백만냥에　　부사내니　　현감부사　　뿐일런가

부사부윤　　내는법은　　몇백만냥　　값부르며

말기에 이르면 극도로 문란해져서 고종 때에 이르면 매관매직이 공공연하게 자행되어 "진사(進士)는 50량, 과거급제는 5만 량, 현감(縣監)은 10만 량, 부사(府使)는 100만 량, 팔도감사(八道監司)는 천만 량"으로 거래한다고 작자는 쓰고 있다.

팔도감사 八道監司	내난법은	천만냥을	의논할가
국정이 國政	이러하니	백성되는 百姓	그목숨은
도탄에	아니들가	팔도에	수령방백 守令方伯
그벼살을	사가지고	큰골가리	큰골가고
소읍갈이 小邑	소읍가서	본미천을	뺄라하니
부자백성 富者	걸려죽고	빈한백성 貧	싸여죽내
죽는것이	백성이오	닷치난게	부자로다
대원군	하온일이	허다한	만흥궁궐 宮闕
넉넉하고	만컨만은	경복궁을 景福宮	우에지어
경복궁	지을적에	원납령이 願納令	오작할가
대원군의	하온말슴	원납원자	원랍이오
백성들이	하난말은	원망원자 怨	원납이라
백석하면	천냥이오	천석하면	만냥일세
만석하면	십만냥이 十	우리조선	편답한들 遍踏
만석군이 萬石君	흔하던가	가사짓난 歌辭	이사람도
탕패하야	가던살림	부명에	걸렷거늘

---

806) 원납령(願納令) : 대원군이 경복궁을 다시 지을 때 엄청난 비용을 백성에게서 뜯어내기 위하여 징수하던 강제 징수금인데, 말로는 원해서 낸다는 원납금이라 했지만 백성들은 원망(怨望)의 돈이라 했고, 또 이때에 유행어가 있었으니 "부자 백성 걸려 죽고, 빈한 백성 싸여 죽네!"라고 했다고 한다.

팔도감사　내는법은　천만냥을　내라할까

나라정치　이러하니　백성되는　그목숨은

도탄에　아니들까　팔도의　수령방백

그벼슬을　사가지고　큰골갈이　큰골가고

소읍갈이　소읍가서　본밑천을　빼려하니

부자백성　걸려죽고　빈한백성　싸여죽네

죽는것이　백성이요　다치는게　부자로다

대원군　하온일이　허다한　많은궁궐

넉넉하고　많건마는　경복궁은　왜지어서

경복궁　지을적에　원납령[806]이　오죽할까

대원군의　하온말씀　원납원자　원납이요

백성들이　하는말은　원망원자　원납이라

백석하면　천냥이요　천석하면　만냥일세

만석하면　십만냥이　우리조선　죄다녀도

만석군이　흔하던가　가사짓는　이사람도

기울어져　가던살림　부명에[806-1]　걸렸거늘

806-1) 부명(富名)에 : 부자로 이름난 소문에.

농우팔아 　원납하니 　그해농사 　폐농했소
農牛 　　　　　　　　　　　　　　廢農
경복궁에 　원납한돈 　모아노아 　볼같으면

삼곽산과 　비동하지 　허명무실 　잡힌부자
三角山 　　　　　　虛名無實
어느날 　　죽을런지 　귀신도 　　모른도다
　　　　　　　　　　鬼神

대원군 　　궁곤할때 　곳곳이 　　다니다가

화양동 　　서원에서 　무삼서름 　크게본지
華陽洞 　　書院
몇해를 　　품엇다가 　대원군 　　되은후에

팔도에 　　행관하여 　서원회철 　하였구나
　　　　　　　　　　書院毁撤

어떤비기 　얻어보고 　살만인은 　무삼일고
　秘記 　　　　　　　殺萬人
만인을 　　죽인다니 　만인이 　　무엇이냐

중놈의 　　정만인이 　대장경 　　팔만권을
　　　　　鄭萬人 　　大藏經 　　八萬券
배에실고 　남해간놈 　이중놈을 　잡을라면
　　　　　南海
묘창해지 　일속이라 　어느곳에 　잡으리오
渺滄海之 　一粟

---

807) 농우팔아 : 이 가사 작자도 탕패하여 가던 중에 부자 소리 듣게 되어 농우 팔아 원
　　납하니 농사를 폐농 즉 허탕쳤다는 것이요, 그래서 원납(願納)이란 원망의 원납금
　　(怨納金)이 되었다는 것이다.
808) 서원훼철(書院毁撤) : 조선조에서 서원은 선현들을 모셔 제사하고 자제들을 모아
　　공부시키는 사설교육기관으로, 사(祠)와 재(齋)의 개념 속에서 조선말기에 이르면
　　전국에 650여 개의 서원이 있었는데, 대원군이 집정하면서 1864~5년 사이에 이
　　들 서원 대부분을 폐쇄하고 도산서원 등 47개 서원만 남겼다. 이로 인해 대원군은
　　유림에게서도 원망과 분노를 사서 더욱 난처한 입장이 되었다. 헐어 없애버리다.
809) 어떤 비기(秘記) : 비기란 흔히 사람들의 길흉화복을 점쳐 비밀리에 전하는 기록
　　을 말하는데, 대원군 집정 때에 괴상한 기록이 나돌았다고 하였다. 항상 사회가
　　불안하면 괴문서나 협잡꾼이 나도는 법이다.

농우팔아[807]   원납하니   그해농사   폐농했소

경복궁에   원납한돈   모아놓아   볼량으면

삼각산과   비등하지   허명무실   잡힌부자

어느날   죽을는지   귀신도   모르도다

대원군   궁곤할때   곳곳에   떠돌다가

화양동   서원에서   무슨설움   크게받지
                                    (보았는지)

몇해앙심   품었다가   대원군   되온후에

팔도에   명령내려   서원훼철[808]   하였구나

어떤비기[809]   얻어보고   살만인[810]은   무슨일고

만인을   죽인다니   만인이   무엇이냐

중놈의   정만인[811]이   대장경   팔만권을

배에싣고   남해간놈   이중놈을   잡으려면

묘창바다   좁쌀이니   어느곳에   잡으리오

---

810) 살만인(殺萬人) : 대원군 집정 때 경상남도 지방에 진인(眞人)이라는 협잡군이 나
    타나서 고종은 가짜라며 모병운동을 하여 만인을 죽게 한 정만식(鄭晩植)이란 자
    가 잡혀 죽은 사건이 있었다 한다.(李相玉의 『韓國史』)
811) 정만인(鄭萬人) : 흥선대원군의 선친묘를 이장시키고 해인(海印)을 도굴해갔다는
    괴승(怪僧).
  ※ 왜승(倭僧)인지 양승(洋僧)인지 모를 괴인 지관(地官)이 나타나 대원군을 속이고 선
    친(남영군)의 묘를 자손이 임금이 될 자리라고 하여 충청도 덕산현 가야산에 이장시
    키고는, 그 보답으로 대원군 집권한 뒤 가야산 해인사 8만대장경판을 들어내고 땅
    밑에 묻어둔(신라 지장왕 때의 신통조화의 보물) 해인(海印)을 도굴하여 바닷길로
    사라졌다는 이야기가 당시 파다하게 떠돌았던 모양인데, 항상 집권자가 부도덕하고
    사회가 불안정하면 무민 혹세의 사기꾼은 떠돌기 마련인 것으로 노래하고 있다.

이놈을 못잡아서 제살한다(制煞) 하옵시고
만사람을(萬) 죽여낼재 날마다 죽난인명(人名)
몇만명이(萬名) 되었난고 살해인명(殺害人名) 이리하고
국가가(國家) 장원할가(長遠) 옛적에 진시황도(秦始皇)
제혼자 잘난체로 아방궁(阿房宮) 지을적에
진나라(秦) 백성목숨(百姓) 얼마나 죽엇난고
아방궁(阿房宮) 지은후에(後) 항우손에(項羽) 볼질여서
삼월불멸(三月不滅) 이아닌가 아방궁도(阿房宮) 지은것이
준민고택(浚民膏澤) 지엇으니 자자손손(子子孫孫) 전할손가(傳)
항우같은(項羽) 영웅나서(英雄) 만민설치(萬民雪恥) 시켜주니
그아니 상쾌하며(爽快) 이아니 이상할까(異常)
세상이치(世上理致) 이러하니 경복궁은(景福宮) 장구할가(長久)
한양도읍(漢陽都邑) 생각하면 태조대왕(太祖大王) 이후로서(以後)
정종현종(正宗顯宗) 그시절이(時節) 문치가(文治) 놀랍지요
과거를(科擧) 보일때에 문필로(文筆) 보이시니

---

812) 제살(制煞) : 살맞는 것을 막음. 살풀이를 해서 미리 무서운 살(재액〈災厄〉)을 막는 일.
813) 아방궁(阿房宮) : 중국 진(秦)나라 시황제가 지은 궁전. 황제의 35년에 짓고 망했음. 호화궁전의 대명사로 후에 항우(項羽)가 불질러 석 달을 두고 타고는 망했다.

이놈을　　　못잡아서　　　제살[812]한다　하옵시고

만사람을　　죽여낼제　　　날마다　　　죽는인명

몇만명이　　되었는고　　　인명살해　　이리하고

국가가　　　장원할까　　　옛적에　　　진시황도

제혼자　　　잘난체로　　　아방궁　　　지을적에

진나라　　　백성목숨　　　얼마나　　　죽었던가

아방궁[813]　지은후에　　　항우[814]손에　불질려져

삼월두고　　불탔으니　　　아방궁도　　지은것이

준민고택[815]　지었기에　　자자손손　　전할쏜가

항우같은　　영웅나서　　　만민설치[815-1]　시켜주니

그아니　　　상쾌하며　　　이아니　　　이상할까

세상이치　　이러하니　　　경복궁은　　장구할까

한양도읍　　생각하면　　　태조대왕　　이후로서

정종현종　　그시절이　　　문치가　　　놀랍구나

과거를　　　보일때에　　　문필로　　　보이시니

---

814) 항우(項羽) : 중국 초(楚)나라 장수였다가 진(秦)나라를 쳐서 아방궁을 불질러 멸망
　　시키고 서초(西楚)의 패왕(覇王)으로 자처하였고, 힘이 세어 항우장사라 소문났지
　　만 한(漢)나라 유방(劉邦)과 싸워서는 해하(垓下)에서 패배하여 오강(烏江)에서 자
　　결했다.
815) 준민고택(浚民膏澤) : 백성의 재물을 혹독하게 훑어가는 짓. 심히 착취하다.
815-1) 설치(雪恥) : 부끄러움(욕됨)을 씻어내고 명예를 되찾음.

팔도에(八道) 나는선비 글공부(工夫) 하였다가
문필이(文筆) 부족하면(不足) 과거저도(科擧) 한이없고(恨)
문필이(文筆) 유여하면(有餘) 과거경영(科擧經營) 하였으니
이럼으로 글공부가(工夫) 불꽃같이 이러나서
사서삼경(四書三經) 통달하고(通達) 시서백가(詩書百家) 많은글을
낮밤으로 숙독하야(熟讀) 시부의심(詩賦疑心) 책문글을(策文)
모다모다 지어낼제 모르는게 없었으니

처처히(處處) 문장이오(文章) 집집이 경유로다(經儒)
이럼으로 그때법이(法) 이렇타시 좋았으매
중대신도(重大臣) 글못하면 충신노릇(忠臣) 못하였고
수령방백(守令方伯) 관원들도(官員) 글못하고 무식하면(無識)
지체가 쓸대없고 가문이(家門) 상관없소(相關)
우리조선(朝鮮) 대신들은(大臣) 글못하는 대신없고(大臣)
어느방백(方伯) 어느수령(守令) 글못하고 단이던가
이렇타시 하여가니 다른연고(緣故) 아니로다
어느임금 글안하리 이십팔왕(二十八王) 제왕중에(諸王中)

팔도에　나는선비　글공부　하였다가

문필이　부족하면　과거져도　한이없고

문필이　유여하면　과거행세　하였으니

이러므로　글공부가　불꽃같이　일어나서

사서삼경　통달하고　시서백가　많은글을

낮밤으로　숙독하여　시부의심　책문글을

모두모두　지어낼제　모르는게　없었으니

곳곳에　문장가요　집집이　경유[816]로다

이러므로　그때법이　이렇듯이　좋았으매

큰대신도　글못하면　충신노릇　못하였고

수령방백　관원들도　글못하고　무식하면

권위[816-1]가　쓸데없고　가문이　볼것없소

우리조선　대신들은　글못하는　대신없고

어느방백　어느수령　글못하고　다니던가

이렇듯이　하여가니　다른연고　아니로다

어느임금　글안하리　이십팔왕　제왕중에

---

816) 경유(經儒) : 경학, 즉 유교에 밝은 유림(儒林 ; 유학자).
816-1) 지체 : 대대로 내려오는 사회적 신분이나 문벌이나 지위.

무식임금(無識) 누구신가 상감님의(上監) 삼부자라(三父子)
그럼으로 한양말년(漢陽末年) 가련코도(可憐) 한심하다(寒心)
문필은(文筆) 뒤가지고 재물은(財物) 앞에서서
과거에도(科擧) 재물이오(財物) 벼살에도 재물이오(財物)
송사에도(訟事) 재물이오(財物) 혼인에도(婚姻) 재물이오(財物)
영문에도(營門) 재물이오(財物) 불정에도(佛庭) 재물이라(財物)
천만사(千萬事) 온갖일이 재물로(財物) 위수하니(爲首)
만백성이(萬百姓) 뿐을바다(本) 악송으로(惡竦) 행세하니(行勢)
법지불행(法之不行) 못하기난 자상범지(自上犯之) 이아닌가
대원군의(大院君) 거동보소(擧動) 임금의 부모로서(父母)
무엇이 부족하야(不足) 찬위함을(簒位) 생각하며
갑진년에(甲辰年) 난을꾸며(亂) 무죄한(無罪) 중대신을(重大臣)
역률로(逆律) 죽여내니 그것인들 할것인가
과거라(科擧) 본다하면 진사와(進士) 급제값을(及第)
의심없이(疑心) 아리아라 부자는(富者) 돈장만코
빈자는(貧者) 생각없어 글공부는(工夫) 전폐하고(全廢)

---

817) 악송(惡竦) : 악을 오히려 공경함. 악이 무서워서 그에 붙어 공경함.
818) 자상범지(自上犯之) : 위에서부터 범법을 위주로 하는 관행. 윗물이 흐린 사회.

무식임금   누구신가   대원군의   삼부자라

그러므로   한양말년   가련코도   한심하다

문필은   뒤져지고   재물은   앞세워서

과거에도   재물이요   벼슬에도   재물이요

송사에도   재물이요   혼인에도   재물이요

관청에도   재물이요   절간에도   재물이라

천사만사   온갖일이   재물로   위주하니

만백성이   본을받아   악송[817]으로   행세하니

법지불행   못하기는   자상범지[818]   이아닌가

대원군의   꼴을보소   임금의   부모로서

무엇이   부족하여   임금자리   욕심내어

갑진년에   난[819]을꾸며   무죄한   중신대신

반역으로   죽여내니   그것인들   할짓인가

과거라고   본다하면   진사와   급제값을

숨김없이   흥정하니   부자는   돈장만코

빈자는   생각못해   글공부는   전폐하고

---

819) 갑진년(甲辰年)의 난(亂) : 고종 광무 8년(1904)에 장호익(張浩翼) 등이 고종의 폐위를 음모하다가 사형 당한 사건. 그러나 대원군은 1898년에 이미 작고했다.

이럼으로 돈밧치면 사령배도(使令輩) 진사하고(進士)
시정배도(市井輩) 급제하고(及第) 풍헌놈도(風憲) 찰방하니(察訪)
아전수령(衙典守令) 몇이나며 백정수령(白丁守令) 누굴런가
가가급제(家家及第) 이것이오 인인진사(人人進士) 이게로다
허무하다(虛無) 우리한양(漢陽) 이렇코야 안망할가(亡)
이상하다(異常) 우리상감(上監) 연기가(年紀) 장성하니(長成)
내전에만(內殿) 침혹하야(沈惑) 아바님도 내몰은다
어마님도 내모른다 어천왕비(王妃) 민중전이(閔中殿)
구부간에(舅婦間) 불목하여(不睦) 서로마암 두난것이
죽이기로 위주하니(爲主) 민중전의(閔中殿) 거동보소(舉動)
대원군을(大院君) 모라다가 천진으로(天津) 보낼적에
어련주의(魚鍊珠) 편지끝에(便紙) 대원군이(大院君) 쏘가가서

---

820) 사령배(使令輩) : 관청에서 심부름하는 급사가 사령인데, 대원군 때 매관매직이
    공공연하게 자행되다보니 급사도 돈만 내면 진사가 되더라는 한탄이다.
821) 시정배(市井輩) : 거리의 건달꾼들, 요즈음의 거리의 깽패들. 그들도 돈 주고 과거
    급제 하였다는 것.
822) 내전(內殿)에만 침혹(沈惑) : 이 침혹, 즉 푹빠졌다 함은 고종이 민비에게 빠져든 일인
    데, 처음 고종은 청소년 시절에 궁녀 이씨와 철부지 사랑 끝에 완화군(完和君 ; 나중
    에 궁(宮))이라는 아들까지 낳았는데 민비가 간택되어 입궁하고 보니 고종은 그 모양
    이고 대원군은 궁녀 이씨 소생을 사랑하므로 워낙 영리한 민비는 온갖 매혹적 분위기
    를 중전궁에 만들어 놓고 고종을 온갖 수단으로 모셨더니, 고종이 그만 그 학식, 그
    향기, 그 미모에 빠져들어 부친인 대원군도 몰라보았다는 "침혹(沈惑)"이다. 이후부
    터 고종의 친정이 시작되면서 대원군과 민비의 치고받는 고부간 싸움이 시작되었다.
823) 천진(天津)으로 보내다 : 민비가 임오군란이 일자 장호원에 가서 숨어있던 때 대
    원군은 마침 잘됐다 싶어 민비의 장례준비를 하는 등 실책을 저질러서 민비는 청
    나라 마건충(馬建忠), 오장경(吳長慶) 등과 짜고 대원군을 귀양 보낸 사건이다.

이러므로	돈바치면	사령배[820]도	진사하고
시정배[821]도	급제하고	풍헌놈도	찰방하니
아전수령	몇이나며	백정수령	누굴런가
가가급제	이것이요	인인진사	이거로다
"허무하다	우리한양	이렇고야	안망할까"
이상하다	우리상감	연기가	장성하니
내전에만	침흑[822]하여	아버님도	내모른다
어머님도	내모른다	하늘같은	민중전이
시아비와	불목하여	서로마음	두는것이
죽이기로	위주하니	민중전의	작태보소
대원군을	몰아다가	천진으로	보낼적에[823]
어연주[824]의	편지끝에	대원군이	속아가서

---

824) 어연주(魚鍊珠) : 어윤중(魚允中 ; 1848~1896)의 잘못인듯. 어윤중은 임오군란 (壬午軍亂 ; 1882)이 났을 때 김윤식(金允植 ; 1835~1922)과 함께 사태를 수습하려고 청(淸)나라 대신 주복(周馥)에게 조정을 의뢰하였더니, 이때 군함과 군대를 가지고 마건충(馬建忠 ; 청의외교관)과 오장경(吳長慶 ; 청나라 장군)이 와서 대원군을 납치하여 천진으로 갔다가 청나라 황제의 어명으로 보정부에 연금되었고 3년이 지난 1885년 8월에 귀국했다.

※ 어윤중(魚允中) : 조선조 말기의 친일인사로 탁지부(度支部)장관을 지냈고, 자는 성집(聖執), 호는 일재(一齋), 본관은 함종(咸從)이며, 병자수호조약 후 일본을 시찰하고 와서 임오군란 때(1882) 친로파에게서 피살되었다.

※ 김윤식(金允植) : 조선조 말기의 개화사상가(1835~1922). 자는 순경(洵卿), 호는 운양(雲養), 본관은 청풍(淸風) 17년간이나 유배생활을 하고 자강론(自强論)을 주장, 1910년의 한일합방조약에 가담하여 일본으로부터 자작의 작위를 받았으나 흥사단 등의 민족운동에도 참여하였다.

천진에　　　드가다가　　　임인도로　　　잡혀가서
天津

사년을　　　신고하고　　　근근이　　　사라와서
四年　　　　辛苦　　　　　僅僅

임오군란　　꾸며내여　　　흥인군은　　마자죽고
壬午軍亂　　　　　　　　　興寅君

민치목은　　칼에죽고　　　민태호는　　불에타고
閔致穆　　　　　　　　　　閔台鎬

중전에게　　벼살한이　　　몇몇이나　　죽엇든고
中殿

상감님　　　거동보소　　　오른말로　　상소하면
上監　　　　擧動　　　　　　　　　　　上疏

그신하를　　다죽이니　　　누구누구　　죽였든가
　臣下

역률로　　　다죽이고　　　송죽같은　　최익현이
逆律　　　　　　　　　　　松竹　　　　崔益鉉

삭탈관직　　내첫으니　　　장하도다　　최익현이
削奪官職　　　　　　　　　壯　　　　　崔益鉉

죽기로　　　위주하고　　　상소를　　　몇번하되
　　　　　　爲主　　　　　上疏

죽이든　　　아니하나　　　최익현은　　천명이라
　　　　　　　　　　　　　崔益鉉　　　天命

진고개　　　잡혀가서　　　석달을　　　고생타가
　　　　　　　　　　　　　　　　　　　苦生

---

825) 홍인군(興寅君) : 대원군의 형, 1815~1882, 성명은 이최응(李最應). 자는 양백(良
　　伯), 호는 산향(山響), 대원군과는 개화정책으로 반목하다가 총리대신이 되었고,
　　대원군 실각 후에는 영의정이 되었다가 임오군란 때(1882) 죽었다. 시호는 문충
　　(文忠), 충익(忠翼) 홍인군.
826) 민치목(閔致穆) : 민영목(閔泳穆;1826~1884)의 잘못. 영목의 자는 원경(遠卿), 호
　　는 천식(泉食) 고종 때 이조판서. 판돈령부사였다가 갑신정변 때(1884) 사대당이
　　라 하여 민태호(閔台鎬) 등과 함께 김옥균(金玉均)들에게 피살되었다.
827) 민태호(閔台鎬) : 조선 말기의 사대당의 우두머리(1834~1884)이며 척신, 자는 경
　　평(景平), 호는 표정(杓庭), 대제학 등을 지내다가 갑신정변 때 피살되었다.
828) 김옥균(金玉均) : 조선 말기의 정치가요, 개화정치 운동가(1851~1894), 자는 백
　　온(伯溫), 호는 고균(古筠), 또는 고우(古愚), 본관은 안동(安東) 개화정치의 주도

천진에　　　잡아다가　　　임인도로　　　잡혀가서

사년을　　　신고하고　　　근근히　　　살아와서

임오군란　　　꾸며내어　　　흥인군[825]은　　　맞아죽고

민치목[826]은　　　칼에죽고　　　민태호[827]는　　　불에타고

중전에게　　　벼슬한이　　　몇몇이나　　　죽었던고

상감님　　　처사보소　　　옳은말로　　　상소하면

그신하들[828]　　　다죽이니　　　누구누구　　　죽였던가

역률로　　　다죽이고　　　송죽같은　　　최익현[829]이

삭탈관직　　　내쳤으니　　　장하도다　　　최익현이

죽기로　　　위주하고　　　상소를　　　몇번하되

죽이지는　　　아니하나　　　최익현은　　　천명이라

진고개[830]　　　잡혀가서　　　석달을　　　고생타가

자로서 시종 일본과 중국 상해와 국내로 들락거리다가 일본 명치유신을 본뜨다가 그 일도 안되고 국내에서는 민비와 맞서 갑신정변을 일으켜 3일 천하를 보기도 하였으나 모두가 허사로 돌아가고 명성황후가 보낸 자객 홍종우(洪鍾宇)에게 상해에서 암살당했다. 시호는 충달(忠達).

829) 최익현(崔益鉉) : 조선 말기의 애국열사(1833~1906), 자는 찬겸(贊謙), 호는 면암(勉菴), 본관은 경주(慶州). 대원군의 경복궁 중건과 당백전(當百錢) 징수에 반대하다가 삭탈관직 되었고, 한일통상과 을사조약을 반대하면서 전북 태안에서 의병을 모았다가 순창에서 패하고 일본인에 의해서 쓰시마(對馬島)에 귀양 갔다가 굶어 죽었다.

830) 진고개 : 지금의 서울 명동 전철역 근처에서 충무로역 쪽으로 넘어가는 고갯길 이름. 지금은 없어졌다.

일본으로
日本
의불식
義不食
고국으로
故國
민중전의
閔中殿
수복다남
壽福多男
전지무궁
傳之無窮
강원도
江原道
팔만구암
八萬九庵
자세히
仔細
아끼잔코

지령군이
指令軍
전후금은
前後金銀
이재물이
財物
다달이

억백만냥
億百萬兩
연속부절
連續不絕

잡혀가서
주속으로
周粟
반혼하니
返魂
거동보소
擧動
장구하야
長久
보전토록
保全
금강산에
金剛山
많은절에
알아본후
後
줄터이니

분부듣고
吩咐
포백바리
布帛
어데낫나
파는벼살

많은재물
財物
드러오니

백이숙제
伯夷叔齊
칠일을
七日
죽어도

세자동궁
世子東宮
지우만세
至于萬世
지령군을
指令軍
네가지금
어떤부처
금은포백
金銀布帛
발원하고
發願
가마타고
길가에
매관매작
賣官賣爵
나날이

동대문
東大門
백성재물
百姓財物

뽄을바다
本
쥬려죽어
원통하다
冤痛
길을적에
이르러서
불러드려
나려가서
신령한고
神靈
얼마라도
네오느라
나려갈제
나열하니
羅列
재물이라
財物
파는벼살
남대문에
南大門
이아닌가

---

831) 의불식주속(義不食周粟) : 주나라에서 나는 좁쌀을 먹으면 의리에 어긋난다는 고
　　사. 백이와 숙제는 은나라 사람인데, 주나라로 바뀌었다고 하여 주나라의 녹은 안
　　먹는다며 수양산에 들어가서 고사리만 캐먹다가 굶어 죽었다.

일본으로	잡혀가서	백이숙제	본을받아
의불식	주속831)으로	칠일을	주려죽어
고국으로	반혼하니	죽어도	원통하다
민중전의	거동보소	세자동궁	기를적에
수복다남	무궁하여	만세토록	이르시기
전지무궁	보전토록	지령군을	불러들여
강원도	금강산에	네가지금	내려가서
팔만구암832)	많은절에	어떤부처	신령한가
자세히	알아본후	금은포백	얼마라도
아끼잖고	줄터이니	발원833)하고	네오너라
지령군이	분부듣고	가마타고	내려갈제
앞뒤금은	포백짐떼	길가에	벌렸으니
이재물이	어찌났나	매관매직	재물이라
다달이	파는벼슬	나날이	파는벼슬
억백만냥	많은재물	동대문	남대문에
연속부절833-1)	들어오니	백성재물	이아닌가

---

832) 팔만구암(八萬九庵) : 금강산 안에 절과 암자가 8, 9만이나 된다는 과장수.
833) 발원(發願) : 부처나 조상님께 명복과 기원을 빌기 시작하는 일.
833-1) 연속부절(連續不絶) : 끊어지지 않고 연달아.

아깝도다   저재물을(財物)   금강산(金剛山)   중놈주어
중놈부자(富者)   만들진데   호조고에(戶曹庫)   감췄다가
흉년을(凶年)   만내거든   기민이나(飢民)   주실게지
중놈을   다주시니   이러하고   복을받나(福)
오강에(五江)   쌀풀적에   쌀과돈과   얼마든가
송파강에(松坡江)   배를타고   몇백석을(百石)   헛첫던가
수복비러(壽福)   잘될진데   그누가   아니할가
어진마음   지켰으면   자연히(自然)   되난줄을
그이체는(理致)   모르고서   악한일만(惡)   숭상하니(崇尙)
당나라이(唐)   망할적에(亡)   후정화를(後庭花)   부르더라
그곡조를(曲調)   주르다가   안록산의(安祿山)   난을만나(亂)
양귀비의(楊貴妃)   고은얼골   마외파에(馬嵬坡)   죽어지고
당명황의(唐明皇)   바뿐거름   마리교를   지낼적에
일생사를(一生事)   탄식하고(歎息)   밤짜르다   하든명황(明皇)
촉중에(蜀中)   홀로앉아   밤긴줄을   애다르니

---

834) 송파강(松坡江) : 지금의 서울시 송파구에 인접한 한강 일원.

835) 후정화(後庭花) : 중국 고대 진(陳)나라 때의 악곡 이름. 진나라 후주는 귀빈 귀비들
을 모아놓고 즐기다가 망했는데, 이때 부른 가곡은 옥수후정화(玉樹後庭花)라 했다.

836) 안록산(安祿山) : 중국 당(唐)나라 현종 때 무신이다가 반란을 일으켜 큰 난리를
겪게 한 무장(703~757). 그는 반항을 일으켜 대세를 잡고 끝나고도 부하의 칼에
맞아 죽었다.

아깝도다　저재물을　금강산　중놈주어

중놈부자　만들진대　호조곳간　감췄다가

흉년을　만나거든　난민이나　주실게지

중놈에게　다주시니　이러하고　복을받나

다섯강에　쌀풀적에　쌀과돈이　얼마던가

송파강[834]에　배를타고　몇백섬을　흩쳤던가

수복빌어　잘될려면　그누가　못하겠나

어진마음　지켰으면　저절로　되는줄을

그이치는　모르고서　악한일만　숭상하니

당나라가　망할적에　후정화[835]를　부르더라

그곡조를　부르다가　안녹산[836]의　난을만나

양귀비[837]의　고운얼굴　마외파에　죽어지고

당명황의　바쁜걸음　마리교를　지날적에

일생사를　탄식하고　밤쩗다　하던명황[838]

촉중에　홀로앉아　밤긴줄을　애닯으니

---

837) 양귀비(楊貴妃) : 중국 당(唐)나라 현종(玄宗)의 비인 양태진(楊太眞). 중국 고대 4
　　대 미인의 한 사람. 나중에 38세로 마외파(馬嵬坡)에서 목매 자결했다.
838) 당명황(唐明皇) : 중국 고대 당(唐)나라 황제 현종(玄宗)을 이르는 말이니, 처음에
　　는 정치를 잘해서 명황이라 했으나 양귀비한테 빠지고는 나라 정치는 죽을 쒔고
　　안록산 난으로 천하가 어지러웠다.

애달도다　우리상감(上監)　이런사적(史蹟)　보았으면
응당이(應當)　알으실걸　어찌타　모르신가
거사놈과(居士)　사당놈을(寺黨)　대궐안에(大闕)　불러드려
아리랑　타령시켜(打令)　밤낮으로　노닐적에
춤잘추면　상을주고(賞)　지우자(至愚者)　수건으로
노래하면　잘한다고　돈백냥식(百兩)　불러주되
오입장이(誤入)　민중전이(閔中殿)　왕비오입(王妃誤入)　첫재로다
게궁은(季宮)　무삼죄로(罪)　독안에　가다두고
모자목숨(母子)　다죽이니　그것인들　할짓인가
슬푸고도　가련하다(可憐)　민중전의(閔中殿)　거동보소(擧動)
칠촌인지(七寸)　팔촌인지(八寸)　민막낭이(閔)　불러드려
삼남부자(三南富者)　잡아들여　유죄무죄(有罪無罪)　돈바치라
저부자(富者)　거동보소(擧動)　천양소록(千兩)　만양소록(萬兩)
불일내로(不日內)　다바치니　돈을바다　싸아두고
밤낮으로　저짓하니　백성이(百姓)　어이사리
백성이(百姓)　원망하니(怨望)　그국가가(國家)　장원할가(長遠)

---

839) 거사(居士)놈 : 출가하지 않고 속인으로 불교의 법명을 가진 사람.

애닯도다　우리상감　이런사적　보았으면

응당히　알으실걸　어찌타　모르신가

거사839)놈과　사당놈840)을　대궐안에　불러들여

아리랑　타령시켜　밤낮으로　노닐적에

춤잘추면　상을주고　어리석게　수선떨며

노래하면　잘한다고　돈백냥씩　불러주고

오입장이　민중전은　왕비오입　첫째로다

후궁은　무슨죄로　독안에　가둬두고

모자목숨　다죽이니　그것인들　할짓인가

슬프고도　가련하다　민중전의　행태보소

칠촌인지　팔촌인지　민망나니　불러들여

삼남부자　잡아들여　유죄무죄　돈바치라

저부자　거동보소　천냥수표841)　만냥수표

불일내로　다바치니　돈을받아　쌓아두고

밤낮으로　저짓하니　백성이　어이살리

“백성이　원망하니　그국가가　오래갈까”

---

840) 사당(寺黨)놈 : 패지어 다니면서 노래와 춤을 파는 여자들, 또는 그 남녀 무리들.
841) 본문의 천양(千兩)소록은 천냥소록(千兩小錄), 즉 천냥수표로 해독함.

우리나라   지방보면   삼철리가   넉넉하니
　　　　　　地方　　　　　三千里
그지방이   부족턴가   무왕정사   못하시며
地方　　　　　不足　　　　　武王政事
탕의정사   못하실가   선정을   못하기로
湯　政事　　　　　　　　　善政
재변이   자조난다   임오년   군란통에
災變　　　　　　　　　　　壬午年　　　　軍亂
민중전이   도망하여   관해구경   가섯던가
閔中殿　　　　逃亡　　　　　觀海求景
선유하러   가섯난가   어대로   가섯난고
船遊
오입하러   가신길에   장호원을   나려가서
誤入　　　　　　　　　　　長湖院
석달을   숨었으니   국상낫다   소동나서
　　　　　　　　　　　　　國喪　　　　　騷動
어리석은   백성들이   석달을   백립쓰니
　　　　　　百姓　　　　　　　　　　　白笠
백성도리   그렇던가   팔월달에   환궁하여
百姓道理　　　　　　　　　八月　　　　　還宮
넝치러운   저경사로   사흘을   잔체하니
　　　　　　慶事
그광경을   누가봤나   민씨들이   모다봤네
　光景　　　　　　　　　　閔氏
완악하다   진주백성   헛백립   썻다하고
頑惡　　　　　晋州百姓　　　　白笠
매호에   한냥돈을   구슬돈에   제첫구나
每戶　　　　　兩
이런일로   말할진댄   국가재변   이아닌가
　　　　　　　　　　　　　國家災變

---

842) 무왕정사(武王政事) : 중국 고대 주(周)나라 무왕의 정치. 동양에서는 가장 모범적
　　인 통치와 윤리의 사회였다고 거론하고 있음(B.C. 1122~B.C.1116).
843) 탕(湯)의 정사 : 중국 고대 은(殷)나라 탕왕. 어진 이윤(伊尹)을 등용하여 뒤의 하
　　(夏)나라를 잘 다스렸다.
844) 장호원(長湖院) : 경기도 이천시 장호원읍을 말하며, 임오군란 때(1882) 민비가
　　다급해서 무감 홍재의(洪在義)의 도움을 받아 충주목사 민응식(閔應植) 집에 피난

우리나라　　지방보면　　삼천리가　　넉넉하니

그지방이　　부족턴가　　무왕정사[842]　못하시며

탕의정사[843]　못하실까　　착한정치　　못하기로

재변이　　　자주난다　　임오년　　　군란통에

민중전이　　도망하여　　바다구경　　가셨던가

뱃노리　　　가셨는가　　어디로　　　가셨던가

오입하러　　가신길에　　장호원[844]에　내려가서

석달을　　　숨었으니　　국상났다　　소동나서

어리석은　　백성들이　　석달을　　　백립쓰니[845]

백성도리　　그렇던가　　팔월달에　　환궁하여

넛적은
(좋지못한)　저경사로　　사흘을　　　잔치하니

그광경을　　누가봤나　　민씨들이　　모두봤네

어리석다　　진주백성　　헛백립　　　썼다하고

매호에　　　한냥돈을　　구실돈에　　탕감했네

이런일로　　말할진댄　　국가재변　　이아닌가

가 있었던 사실이 있었다. 박종화의 「민족」이란 역사소설에서는 민비가 궁중 담 밑에 웅크리고 있는 것을 무감(武監) 홍재의(洪在義)가 들쳐업고 그 밤으로 장호원까지 내달았다고 했다.

845) 백립(白笠) 쓰다 : 백립은 흰 갓으로 상을 당하거나 국상이 나면 아낙네는 흰옷, 출입하는 남자들은 흰 두루막에 흰 갓을 쓰고 다녔다.

갑오년에　　동학나서　　팔도가　　경동하여
甲午年　　　東學　　　　八道　　　驚動

처처이　　　접주내고　　곳곳이　　입도하니
處處　　　　接主　　　　　　　　　入道

천명도　　　모여앉고　　만명도　　모여앉아
千名　　　　　　　　　　萬名

시천주　　　조화경을　　사람마다　공부하야
侍天主　　　造化經　　　　　　　工夫

밤낮으로　　들석거려　　잠들기가　어려우내

상놈이　　　접주되면　　사부잡아　주레틀고
　　　　　　接主　　　　士夫

종놈이　　　접주되면　　상전잡아　주레틀고
　　　　　　接主　　　　上典

전일에　　　못판뫼를　　잡아다가　뫼파주기
前日　　　　　　墓　　　　　　　　墓

전일에　　　못받은돈　　잡어다가　받아주니
前日

그때를　　　두고보면　　동학밖게　또잇난가
　　　　　　　　　　　　東學

반상이　　　분별없고　　노주가　　분별없어
班常　　　　分別　　　　奴主　　　分別

입도만　　　하고보면　　수령을　　겁을낼가
入道　　　　　　　　　　守令　　　怯

안하에　　　무인이라　　그중에도　안든사람
眼下　　　　無人　　　　　中

동학보고　　겁내기를　　범같이　　두려하네
東學　　　　怯

동학군의　　거동보소　　척왜척양　대담하고
東學軍　　　擧動　　　　斥倭斥洋　大膽

---

846) 갑오년(甲午年)에 동학나다 : 1894년 갑오년에 동학농민전쟁이 일어났었다. 이
　　전쟁은 이 해 정월에 전북 고부에서 전봉준(全琫準)의 주도로 농민혁명이 일어나
　　서 전 국토가 소연하였고 이 해에 큰 개혁이 있었다.
847) 접주(接主) : 동학의 교구 또는 집회소의 책임자. 동학은 천도교의 전신.

갑오년에   동학나서[846]   팔도가   경동하여

곳곳에서   접주[847]내고   방방곳곳   입도[848]하니

천명도   모여앉고   만명도   모여앉아

시천주[849] 조화경을   사람마다   공부하여

밤낮으로   들썩거려   잠들기가   어려우네

상놈이   접주되면   양반잡아   주리틀고

종놈이   접주되면   상전잡아   주리틀고

전일에   못판묘를   잡아다가   묘파주기

전일에   못받은돈   잡아다가   받아주니

그때를   두고보면   동학밖에   또있는가

반상이   분별없고[850] 노주가   분별없어[851]

입도만   하고보면   수령을   겁을낼까

안하에   무인이라   그중에도   안든사람

동학보고   겁내기를   범같이   두려하네

동학군의   거동보소   척왜척양   대담하고

---

848) 입도(入道) : 여기의 입도는 동학으로 가입하는 일.
849) 시천주(侍天主) : 동학 즉 천도교에서 숭상하는 하느님, 곧 내 마음속에 있는 천도.
850) 반상이 분별없다 : 양반과 상민이 분별없다. 만민평등을 말함.
851) 노주(奴主)가 분별없다 : 노비와 주인이 분별없다. 노비제도가 붕괴되어 없어지는
    과정.

수만명 　　　모엿더니 　　　스물다섯 　　　왜놈들이
數萬名 　　　　　　　　　　　　　　　　　　　倭
총을메고 　　　들어가며 　　　방포일성 　　　노코가니
銃 　　　　　　　　　　　　　放砲一聲
정신없이 　　　달아날제 　　　칼놓고 　　　　달아나고
精神
총들고 　　　　다라나고 　　　신벗고 　　　　다라나니
銃
총끝에한 　　　물난재조 　　　어떠한데 　　　쓸라난지
銃 　　　　　　　才操
그런재조 　　　웨못쓰고 　　　벌살같이 　　　헤여지니
　才操
이것이 　　　　천운이라 　　　인력으로 　　　어이하리
　　　　　　　天運 　　　　　人力
병술년 　　　　민란보면 　　　백성들이 　　　원죽이고
丙戌年 　　　　民亂 　　　　　百姓 　　　　　員
동헌에 　　　　불질으니 　　　이호장 　　　　아전들이
東軒 　　　　　　　　　　　　吏戶長 　　　　衙前
몇몇이 　　　　죽엇는가 　　　골골이 　　　　난리로다
　　　　　　　　　　　　　　　　　　　　　　亂離

병술년 　　　　민란남은 　　　수령들이 　　　불측하야
丙戌年 　　　　民亂 　　　　　守令 　　　　　不測
받은공전 　　　재증하고 　　　재증한 　　　　그공전을
　　公錢 　　　再徵 　　　　　再徵 　　　　　　公錢
세번공전 　　　받아내니 　　　백성들이 　　　당치못해
　　公錢 　　　　　　　　　　百姓 　　　　　當
도탄중에 　　　들어가서 　　　사생을 　　　　불고하고
塗炭中 　　　　　　　　　　　死生 　　　　　不顧
일시에 　　　　통문내여 　　　민란을 　　　　꾸몃스니
一時 　　　　　通文 　　　　　民亂
이것을 　　　　의론컨댄 　　　철종대왕 　　　불민하야
　　　　　　　議論 　　　　　哲宗大王 　　　不敏

---

852) 병술민란(丙戌民亂) : 1886년(병술)에 민란이 일어 지방의 관아들이 불타고 지방
　　관이나 아전들이 살해당한 소요사태이니, 이는 지방관이 공금을 두 번, 세 번 억
　　지로 재징수하는 폭정에 항거한 민란이다.

수만명   모였더니   스물다섯   왜놈들이

총을메고   들어가며   방포일성   놓고가니

정신없이   달아날제   칼놓고   달아나고

총들고   달아나고   신벗고   달아나니

총끝에   물난재조   어떠한데   쓰려는지

그런재조   왜못쓰고   벌떼같이   헤어지니

이것이   천운이라   인력으로   어이하리

병술년   민란[852]보면   백성들이   원죽이고

동헌에   불지르니   이장호장   아전들이

몇몇이   죽었는가   골골이   난리로다

병술년   민란남은   수령들이   불측하여

받은공전   다시받고   재징한   그공전을

세번공전   받아내니   백성들이   당치못해

도탄중에   들어가서   사생을   불고하고

일시에   통문내어   민란을   꾸몄으니

이것을   말할진댄   철종대왕   불민[853]하여

---

853) 철종대왕 불민 : 강화도령 철종은 본시 정치는 고사하고 사리분별도 밝게 못하는
    청년이었는데 그 밑에 들어서 농간을 부리는 매관 매직꾼들 때문에 나라 안은 극
    도로 문란했고 고종 역시 철부지 소년 임금이었으니, 그 밑에서 온갖 부정을 다
    저질러 백성의 고혈을 착취하였으므로 민란이 자주 일어나 살상이 심하였다.

수령방백　　　　잘못내여
守令方伯

우리한양　　　　국운보면
　　漢陽　　　　國運

슬프다　　　　　우리상감
　　　　　　　　　　上監

설상에　　　　　가상하니
雪上　　　　　　加霜

줏나라이　　　　성국이되
周　　　　　　　盛國

그나라의　　　　망해잇고
　　　　　　　　亡

자영이　　　　　혼미하여
子嬰　　　　　　昏迷

당나라이　　　　삼백년에
唐　　　　　　　三百年

오계육조　　　　다지나고
五季六朝

용군암주　　　　망해잇고
庸君暗主　　　　亡

경순왕때　　　　망해잇고
敬順王　　　　　亡

공양왕이　　　　망해있고
恭讓王　　　　　亡

수월찬고　　　　놀랍도다

전하기　　　　　많이햇소
傳

생민도탄　　　　가심하니
生民塗炭　　　　加甚

철종부터　　　　시초햇네
哲宗　　　　　　始初

그대를　　　　　이어앉아
代

아니망코　　　　어이하리
亡

유왕여왕　　　　두임금이
幽王厲王

진시황이　　　　영웅이되
秦始皇　　　　　英雄

그나라를　　　　망해잇고
　　　　　　　　亡

당명황이　　　　망해잇고
唐明皇　　　　　亡

고구려　　　　　백제성도
高句麗　　　　　百濟城

경주서울　　　　일천연에
慶州　　　　　　一千年

고려사백　　　　칠십년에
高麗四百　　　　七十年

한양사백　　　　이십년에
漢陽四百　　　　二十年

골육상쟁　　　　이왕가에
骨肉相爭　　　　李王家

국운이　　　　　대햇거든
國運

---

854) 주(周) 유왕(幽王), 여왕(厲王) : 중국 고대 주(周)나라의 문왕과 무왕 때는 모범국
　　가요, 융성한 나라였었는데, 제12대 유왕에 이르러 궁녀 포사(褒姒)를 탐애하면서
　　실정했고, 제10대인 여왕은 사욕을 너무 탐해서 망국의 군주가 되었다.

855) 자영(子嬰) : 진시황의 태자 부소(扶蘇)의 아들이므로 시황제의 손자. 환관 조고
　　(趙高)가 2세(진시황의 막내 아들 호해〈胡亥〉)를 죽이고 자영이 진왕(秦王)으로 세
　　워졌으므로 제란 칭호를 내리고 왕이라 불렀고, 재위 46일 만에 유방(劉邦)에게
　　항복하고 항우(項羽)에게 잡혀 죽었다. 진나라는 3대에 망했다.

수령방백　잘못내어　생민도탄　더심하니

우리한양　국운쇠망　철종부터　시초했네

슬프다　우리고종　그대를　이어앉아

설상에　가상하니　아니망코　어이하리

주나라　성국이되　유왕여왕[854]　두임금이

그나라를　망치었고　진시황이　영웅이되

자영[855]이　혼미하여　그나라를　망치었고

당나라의　삼백년에　당명황이　망치었고

오계육조[856]　다지나고　고구려　백제성도

용군암주[857]　망치었고　경주서울　일천년에

경순왕때　망하였고　고려사백　칠십년에

공양왕이　망치었고　한양사백　이십년에

수월찮고　놀랍도다　골육상쟁　이왕가[858]에

전하기도　많이했소　국운이　다했거든

---

856) 오계육조(五季六朝) : 중국 당(唐)나라와 송(宋)나라 사이 53년간에 걸쳐 엇바뀌면서 다섯 나라가 흥망했는데 곧 후당(後唐), 후량(後梁), 후주(後周), 후진(後晉), 후한(後漢)을 오계라 이르고, 육조란 중국 고대의 오(吳), 동진(東晋), 송(宋), 제(齊), 양(梁), 진(陳)의 육국을 이르는 말이다.

857) 용군(庸君), 암주(暗主) : 용렬한 군주. 어두운 임금. 어둡고 못난 임금.

858) 골육상쟁 이왕가 : 이씨 왕조는 저희 피붙이끼리 서로 치고 죽이는 골육상쟁으로 망하더라고 했다.

성군이　　　날수있나　　　한을한들　　　쓸대있소
聖君　　　　　　　　　　　恨
이때에　　　나선사람　　　누구시며　　　누구신가

기미년에　　　의병이라　　　국사를　　　생각하니
己未年　　　義兵　　　　　國事
척왜함이　　　도리없다　　　의병을　　　꾸며내니
斥倭　　　　道理　　　　　義兵
강원도　　　의병장은　　　그뉘가　　　대장인고
江原道　　　義兵將　　　　　　　　　大將
장하도다　　　서상렬이　　　삼사백명　　　거나리고
壯　　　　　徐相烈　　　　三四百名
곳곳이　　　다닐적에　　　풍우를　　　불피하고
　　　　　　　　　　　　風雨　　　　不避

군병도　　　적거니와　　　병기가　　　전혀없어
軍兵　　　　　　　　　　兵器　　　　全
왜인과　　　접전하면　　　항오를　　　정치못해
倭人　　　接戰　　　　　行伍　　　　定
강약이　　　부동하니　　　천운만　　　탄식한다
強弱　　　不同　　　　　天運　　　　歎息
서상렬이　　　패햇으니　　　죽은사람　　　적을손가
徐相烈　　　敗
옛일을　　　보드래도　　　천운이　　　할수없다
　　　　　　　　　　　　天運

역발산　　　항우라도　　　한고조에　　　패하였고
力拔山　　　項羽　　　　漢高祖　　　　敗
제갈양의　　　도략인들　　　조조를　　　잡을손가
諸葛亮　　　度略　　　　曹操

---

859) 기미년 의병(己未年義兵) : 1859년(기미)의 의병사건. 충청지역에서는 김복한(金
　　福漢), 이설(李?), 제천에서는 유인석, 서상렬, 춘천에서는 이소응(李昭應) 등이
　　활약했다.
860) 서상렬(徐相烈) : 조선 말기의 의병장(1854~1896). 자는 경은(敬殷), 호는 경암(敬
　　庵), 본관은 대구(大丘) 단양 출생으로 장신(將臣)이던 문유(文裕)의 증손. 각지로
　　의병을 모집하며 한편으로는 싸우다가 낭천(狼川)에서 적과 싸우다가 순국하였다.

성군이	날수있나	한탄한들	쓸데있소
이때에	나선사람	누구시며	누구신가
기미년에	의병859)이라	국사를	생각하니
왜놈칠	도리없다	의병을	꾸며내니
강원도	의병장은	그누가	대장인고
장하도다	서상렬860)이	삼사백명	거느리고
곳곳에	다닐적에	풍우를	불구하고
군병도	적거니와	병기가	전혀없어
왜인과	접전하면	대렬을	정치못해
병력힘이	너무약해	천운만	탄식한다
서상렬이	패했으니	죽은사람	적을건가
옛일을	보더라도	천운은	할수없다
역발산861)	항우라도	한고조에	패하였고
제갈량862)의	도략인들	조조를	잡을건가

---

861) 역발산(力拔山) : 옛날 중국 초(楚)나라의 패왕인 항우(項羽)는 힘이 장사라서 그의
    힘은 산을 뽑고(力拔山), 기세는 세상을 덮는다(氣蓋世)라고 했다. 그러나 그도 한
    (漢)고조인 유방(劉邦)에게 패하여 자결했다.
862) 제갈량(諸葛亮) : 중국 고대 지략가(181~234), 자는 공명(空明), 타호는 와룡(臥
    龍), 삼고초려로 유비(劉備)와 어수지교(魚水之交)를 맺고 유비의 촉국(蜀國)을 익
    주(益州) 한중(漢中)의 땅에 일으켜서 위(魏)와 오(吳)와 3국이 정립되어 천하를 다
    투며 싸웠는데 그는 조조(曹操)를 쫓다가 병으로 죽었다.

처처에 處處
슬푸다
행여나 幸
은근히 慇懃
임금이
임금은
제후도 諸侯
부모없이 父母
만승천자 萬乘天子
부모봉양 父母奉養
중전말삼 中殿
어찌아니
조가신하 趙哥臣下
중전이 中殿
해골을 骸骨

의병대장 義兵大將
우리상감 上監
척양할가 斥洋
바라신들
불명하매 不明
부모없나 父母
부모있지 父母
어이나오
되기전에 前
하시거던
드르시고
보섯으며
말만듣고
그렇키로
보전못해 保全

이렇타시
의병이 義兵
행여나 幸
천도가 天道
어느일이
천자도 天子
천황지황 天皇地皇
옛적에
역산에 歷山
어찌하야
어마님
대원군의 大院君
어찌아니
상사날때 喪事
중의죽음

대패하니 大敗
이러나서
척왜할가 斥倭
완연커던 宛然
그리되리
부모있고 父母
인황후에 人皇後
순임금은 舜
밭을가라
우리상감 上監
운명할제 殞命
임종시에 臨終時
보섯난고
거동보면 擧動
뿐을바다 本

---

863) 천황(天皇), 지황(地皇), 인황(人皇) : 전설상의 고대 임금들. 유사 이전의 상상적
인 통치형태 혹은 복희(伏羲), 여와(女媧), 신농(神農)씨라는 개념도 있음.
864) 만승천자(萬乘天子) : 일만의 병거(兵車)를 가질만한 큰 나라의 임금. 천자는 하늘
의 아들이란 의미로 고대 중국 사람들이 자기들 황제에게만 강요한 명칭.

곳곳에서　　의병대장　　이렇듯이　　대패하니

슬프다　　우리상감　　의병이　　일어나서

행여나　　척양할까　　행여나　　척왜할까

은근히　　바라신들　　하늘뜻이　　완연커든

임금이　　불명함에　　어느일이　　그리되리

임금은　　부모없나　　천자도　　부모있고

제후도　　부모있지　　천황지황　　인황[863)후에

부모없이　　어이나오　　옛적에　　순임금은

만승천자[864)　　되기전에　　역산[865)에　　밭을갈아

부모봉양　　하셨거든　　어찌하여　　우리고종

중전말만　　들으시고　　어머님　　운명할제

어찌아니　　보셨으며　　대원군의　　임종시에

조가[866)신하　　말만듣고　　어찌아니　　보셨는고

중전이　　그렇기로　　상사날때　　거동보면

해골을　　보전못해　　중의죽음　　본을받아

---

865) 역산(歷山) : 옛날 순(舜)임금이 임금 되기 전에 밭을 갈았다는 지명. 즉 지금의 산
　　동성 역성현의 남쪽에 있는 산기슭.
866) 조(趙)가 : 조가인 신하. 누군지는 미상.

시주하던　　금강산에　　어느부처　　달여가서
施主　　　　金剛山

극락세계　　가섯난가　　흔적없는　　중전시체
極樂世界　　　　　　　　痕迹　　　　中殿屍體

인산한다　　하옵시고　　흥능을　　　무더놓고
因山　　　　　　　　　　洪陵

지금까지　　상식터니　　인제난　　　어찌한지
　　　　　　上食

흥덕궁에　　홀로앉아　　부모를　　　생각던가
興德宮　　　　　　　　　父母

중전을　　　생각난가　　엄상궁을　　생각난가
中殿　　　　　　　　　　嚴尙宮

영친왕을　　생각난가　　그마음을　　옴겨다가
英親王

부모님께　　하섯으면　　효자임금　　안되릿가
父母　　　　　　　　　　孝子

여흥민씨　　성만타면　　계란같은　　탕건쓰고
驪興閔氏　　姓　　　　　鷄卵　　　　宕巾

완산이씨　　성만타면　　종친과에　　과거하니
完山李氏　　姓　　　　　宗親科　　　科擧

민씨와　　　이씨들은　　나든날에　　벼설하네
閔氏　　　　李氏

돌과인지　　무엇인지　　해마다　　　보인돌과
　　科　　　　　　　　　　　　　　　　　　科

갑술년에　　낫다하면　　덮어놓고　　진사주니
甲戌年　　　　　　　　　　　　　　　進士

그러한　　　과거법이　　한양밖에　　또있난가
　　　　　　科擧法　　　漢陽

구비구비　　생각하니　　애달코도　　한심하다
　　　　　　　　　　　　　　　　　　寒心

---

867) 홍릉(洪陵) : 고종황제와 명성황후의 능으로 지금은 남양주시 금곡동에 있음.
868) 엄상궁(嚴尙宮) : 고종의 후궁(순헌황귀비) 엄씨, 영친왕 은(垠)의 생모(1854~1911), 뒤에 일본으로 갔다 함.
869) 영친왕(英親王) : 대한제국의 마지막 황태자(1897~1970), 고종의 일곱째 아들로 이름은 은(垠), 호는 명휘(明暉), 일본이 조선을 강점하자 이또히로부미에 의해 강제로 끌려가서 일본의 군사교육을 받고 일본 여자와 정책결혼을 했다가 함께 귀

시주하던　금강산에　어느부처　데려가서

극락세계　가셨는가　흔적없는　중전시체

인산한다　하옵시고　홍릉867)을　묻어놓고

지금까지　상식터니　이제는　어찌한지

흥덕궁에　홀로앉아　부모를　생각던가

중전을　생각는가　엄상궁868)을　생각는가

영친왕869)을　생각는가　그마음을　옮겨다가

부모님께　하셨으면　효자임금　안되리까

여흥민씨　성만타면　계란같은　탕건쓰고

완산이씨　성만타면　종친과에　과거하니

민씨와　이씨들은　나던날에　벼슬하네

돌과인지　무엇인지　해마다　보인돌과

갑술년에　났다하면870)　덮어놓고　진사주니

그러한　과거법이　한양밖에　또있는가

굽이굽이　생각하니　애닯고도　한심하다

국해서 낙선재에서 생을 마치었다.

870) 갑술년(甲戌年)에 났다하면 : 순종이 나던 1874년으로 이 해에 난 사람은 과거 보
　　여 무조건 진사벼슬을 주더라는 이야기다. 융희제(隆熙帝)는 조선 제27대 왕이며
　　(1874~1926) 재위는 1907~1910년의 3~4년간 허수아비로 앉아 있다가 일본 관
　　리에게 모든 것을 다 빼앗겼다. 여기 "돌과"란 융희제가 나던 해를 기념하는 생일
　　돌을 말한다.

세자동궁 기를적에 해마다 절에가서
世子東宮

불전에다 시주하고 오강에 쌀을푸러
佛前　施主　五江

수복다남 비럿스나 상감의 불효함과
壽福多男　上監　不孝

중전의 악한허물 세자에게 맷첫구나
中殿　惡　世子

하초에 병이나서 춘추가 사십이되
下焦　病　春秋　四十

용색을 못하시고 윤택영의 따님보소
用色　尹澤榮

이팔청춘 좋은시절 독숙공방 늙어가니
二八青春　時節　獨宿空房

몹실여식 윤택영이 부원군을 욕심내여
尹澤榮　府院君　慾心

불상하다 저따님이 부친보고 우난말이
父親

부원군이 되얏스니 아버지는 좋소마는
府院君

내신세난 볼것없소 이렇타시 원망하고
身勢　怨望

팔자좋은 엄상궁은 라인으로 천튼몸이
八字　嚴相宮　內人　賤

어변성룡 왕비되야 호강도 무궁하고
魚變成龍　王妃　無窮

아들도 잘랏더니 부모를 다버리고
父母

머리깍고 일본가서 좋은벼슬 한다더니
日本

엄상궁 죽은후에 왕비례로 장사하고
嚴相宮　後　王妃禮　葬事

---

871) 하초(下焦) : 배꼽 아랫부분. 생식기 달린 곳을 말함.
872) 용색(用色) : 남녀 교합을 의미함. 순종은 후사를 못 낳는다고 했다.

세자동궁　기를적에　해마다　절에가서

불전에다　시주하고　오강에　쌀을풀어

수복다남　빌었으나　상감의　불효함과

중전의　악한허물　세자에게　맺혔구나

하초[871]에　병이나서　춘추가　사십이되

용색[872]을　못하시고　윤택영의　따님보소

이팔청춘　좋은시절　독숙공방　늙어가니

몹쓸녀석　윤택영[873]이　부원군을　욕심내어

불쌍하다　저따님이　부친보고　우는말이

부원군이　되었으니　아버지는　좋소마는

내신세는　볼것없소　이렇듯이　원망하고

팔자좋은　엄상궁은　나인으로　천하던몸

어변성룡[873-1]　왕비되어　호강도　무궁하고

아들도　잘낳더니　부모를　다버리고

머리깎고　일본가서　좋은벼슬　한다더니

엄상궁　죽은후에　왕비예로　장사하고

---

873) 윤택영(尹澤榮) : 조선 순조의 장인(1866~1935), 조선 말기의 관리였다가 딸이 13세
　　에 순종의 계비로 간택되자 해풍부원군(海豊府院君)으로 책봉됐다. 친일파 인척이다.
873-1) 어변성룡(魚變成龍) : 물고기가 변하여 용이 된다는 말로, 아주 곤궁하던 사람
　　이 부귀하게 된다는 뜻.

왕비일흠 王妃	들었으니	사후복력 死後福力	의론컨대 議論
중전에게 中殿	비할손가 比	슬푸다	우리한양 漢陽
오백년이 五百年	한정이라 限定	태조대왕 太祖大王	하신일이
장원하고 長遠	무궁터니 無窮	경술년 庚戌年	칠월달에 七月
합방문자 合邦文字	들어오니	누가능히 能	막아낼가
오백년 五百年	예의국이 禮義國	소일본이 小日本	되단말가
장하도다 壯	민영환은 閔泳煥	합방거동 合邦擧動	아니보고
도장찍고 圖章	그때죽어	죽은후에 後	충열매처 忠烈
대남기	솟아나서	마로틈을	뚤벗으니
이대나무	모양보소	네가지는	조금적고
세가지는	조금굴거	초록같은 草綠	풀은대가
충절이 忠節	빛난도다	민영환의 閔泳煥	부자들이 父子
개화는 開花	시컷스되	죽은뒤에	태를보면 態
아마도	무심하다 無心	합방문자 合邦文字	두어말에
장한일이 壯	또잇구나	금산군수 錦山郡守	홍범식이 洪範植

---

874) 경술년(庚戌年) 7월 : 1910년의 경술합방을 말하며, 이 해 8월 29일이 합방조약을 맺은 국치일이다.

875) 민영환(閔泳煥) : 조선 말의 충신이며 애국자(1861~1905), 자는 문약(文若), 호는 계정(桂庭), 본관은 여흥(驪興), 고종과는 내외종간이며 문과급제 후 병조판서, 예조판서, 형조판서를 지냈고, 1896년에는 특명공사로 러시아에도 다녀왔으나 을사보호조약(1905)이 체결되자 조병세(趙秉世) 등 여러 신하를 거느리고 수차에 걸쳐

왕비이름	들었으니	사후복력	의론컨대
중전에게	비할손가	슬프다	우리한양
오백년이	한정이라	태조대왕	하신일이
장원하고	무궁터니	경술년	칠월[874]달에
합방문서	들어오니	누가능히	막아낼까
오백년	예의국이	소일본이	되고마네
장하도다	민영환[875]은	합방작태	아니보고
도장찍고	그때죽어	죽은후에	충렬맺쳐
대나무가	솟아나서	마루틈을	뚫었으니
이대나무	모양보소	네가지는	조금적고
세가지는	조금굵어	초록같은	푸른대가
충절이	빛나도다	민영환의	부자둘이
개화는	시켰으되	죽은뒤에	모습보면
아마도	무심하다	합방문자	두어말에
장한일이	또있구나	금산군수	홍범식[876]이

상소하며 호곡하였으나 이루지 못하자 "결고국민서(訣告國民書)"와 각국 공사들에게 주는 "함고각국공사서(函告各國公使書)"를 써 놓고 자결했다. 이때 피흘린 마루 밑에서 혈죽(血竹)인 대가 솟아났다고 한다.

876) 홍범식(洪範植) : 한말의 순국열사(1871~1910), 자는 성방(聖訪), 호는 일완(一阮), 본관은 풍산(豊山) 전북 태안군수로 의병보호에 힘썼고, 금산(錦山)군수로 전임되어 선정을 베풀다가 한일합방 소식을 듣고 분통이 터져 8월 29일에 목매 자결했다.

결항하야　죽었으니　　그일도　　장할시고
結項　　　　　　　　　　　　　　　壯

만고역적　윤택영이　부원군　　명색되고
萬古逆賊　尹澤榮　府院君　　名色

임금의　　옥쇄뺏아　일본통감　갓다주고
　　　　　玉璽　　　日本統監

저의빗을　갓다주고　처참맛당　이놈이오
　　　　　　　　　　處斬

나라일은　어찌되나　삼천리　　좋은강산
　　　　　　　　　　三千里　　　　江山

금포단에　도장찍어　문서째로　남을주고
金布緞　　圖章　　　文書

가련하다　우리상감　용포옥쇄　다뺏기고
可憐　　　　　上監　龍袍玉璽

흥덕궁　　저방안에　적막히　　홀로앉아
興德宮　　　房　　　寂寞

한갑이　　언제든지　진갑이　　무엇인가
還甲　　　　　　　　進甲

세월없이　다지내니　백수군왕　가련하다
歲月　　　　　　　　白首君王　可憐

내삼천　　외팔백에　어느신하　찾아가며
內三千　　外八百　　　臣下

삼천궁녀　라인들은　산지사방　흐터지고
三千宮女　內人　　　散之四方

만리타국　있난아들　일본황제　신하되고
萬里他國　　　　　　日本皇帝　臣下

덕수궁에　있는아들　숙맥되여　앉았으니
德壽宮　　　　　　　菽麥

무삼의론　하여보며　무삼정담　하여볼가
　　　議論　　　　　　　政談

슬푸다　　우리한양　독립문　　만들적에
　　　　　漢陽　　　獨立門

---

877) 결항(結項) : 목을 매다. 목매 자결하다.
878) 숙맥(菽麥) : 숙맥불변, 즉 콩인지 보리인지도 분간 못한다는 사자성어. 멍충이를 말
　　함. 숙(菽)은 콩, 맥(麥)은 보리. 사물을 잘 분별하지 못하는 어리석은 사람.

결항⁸⁷⁷⁾하여 죽었으니 그일도 장할씨고

만고역적 윤택영이 부원군 명색되어

임금의 옥새뺏어 일본통감 갖다주고

저의빛을 갚게하니 처참마땅 이놈이오

나라일은 어찌되나 삼천리 좋은강산

금포단에 도장찍어 문서채로 남을주니

가련하다 우리임금 용포옥새 다뺏기고

흥덕궁 저방안에 적막히 홀로앉아

환갑이 언제든지 진갑이 무엇인지

세월없이 다지내니 백수군왕 가련하다

내삼천에 외팔백인 어느신하 찾아가며

삼천궁녀 나인들은 산지사방 흩어지고

만리타국 있는아들 일본황제 신하되고

덕수궁에 있는아들 숙맥⁸⁷⁸⁾되어 앉았으니

무슨의론 하여보며 무슨정담 하여볼까

슬프다 우리한양 독립문⁸⁷⁹⁾ 만들적에

---

879) 독립문(獨立門) : 서대문 북쪽 현저동에 있는 석조문으로 1897년 11월 20일에 독립협회가 각계의 모금으로 준공한 대한독립의 상징으로 세운 문. 본래는 종로의 영은문(迎恩門 ; 청나라 사신 맞는 문) 자리에 세웠다가 옮겼다.

소인놈의	말을듣고	　　중원구원	끊엇으니
小人				中原救援
수원수구	할것없다	　　자고급금	두고보면
誰怨誰咎				自古及今
망한나라	임금마다	　　충신은	　　다없애고
亡				忠臣
환자놈	　　아니면은	　　외척신하	잘못두고
宦者				外戚臣下
국파군망	아조쉽네	　　그럼으로	임금되기
國破君亡
난어상천	이아닌가	　　한양사적	닥고보니
難於上天				漢陽史蹟
태정태세문단세	　　　　덕예성중인명선
太定太世文端世			德睿成中仁明宣
원인효현숙경영	　　　　진정순익헌철광
元仁孝顯肅景英			眞正純翼憲哲光
이십팔왕 ·	제왕중에	　　우리상감	가련하다
二十八王	諸王中			上監	　　可憐
신해년	　　구월달에	　　장안을	　　도라보니
辛亥年	　九月			長安
좌우성을	헤처내고	　　철로길을	닥가놓고
左右城				鐵路
전차기차	자동차가	　　총살같이	왕내하니
電車汽車	自動車			銃	　　往來
옛일을	　　생각하면	　　한심끝에	눈물이라
					寒心
창덕궁을	뜨더내고	　　기둥과	　　헛가래난
昌德宮

---

880) 중원(中原) 구원(救援) 끊었다 : 중국의 구원을 독립문을 세움으로써 끊었다는 저
　　자의 사대주의적 견해이다.

881) 환자(宦者) : 내시를 말하며, 내시가 임금이나 왕비의 측근에 기거하면서 온갖 비
　　리와 비행을 저지른 사례들이 많았다.

882) 난어상천(難於上天) : 하늘로 오르기 만큼 어렵다는 말.

883) 태정태세문단세 덕예성중인명선, 원인효현숙경영 진정순익헌철광(太定太世文端世 德
　　睿成中仁明宣, 元仁孝顯肅景英 眞正純翼憲哲光). 이 칠언절귀형은 이씨 조선조 임금
　　의 연대순 명칭 나열이니, 연산군과 광해주는 빠진 28왕 곧 24왕에 추존왕 4왕이다.

소인놈의	말을듣고	중원구원	끊었으니[880]
누구원망	할것없다	예부터	두고보면
망한나라	임금마다	충신은	다없애고
환자[881]놈	아니며는	외척신하	잘못두고
국파군망	아주쉽네	그러므로	임금되기
난어상천[882]	이아닌가	한양사적	쓰고보니
태정태세문단세		덕예성중인명선	
원인효현숙경영		진정순익헌철광[883]	
이십팔왕[883-1]	제왕중에	우리고종	가련하다
신해년	구월[884]달에	장안을	돌아보니
좌우성을	헤쳐내고	철로길을	닦아놓고
전차기차	자동차가	총살같이	왕래하니
옛일을	생각하면	한심끝에	눈물이라
창덕궁[885]을	뜯어내고	기둥과	서까래는

883-1) 이십칠왕(二十七王)일 때는 : 태정태세문단세(太定太世文端世) 예성연중인명선
(睿成燕中仁明宣) 광인효현숙경영(光仁孝顯肅景英) 정순헌철고순(正純憲哲高純).

884) 신해년(辛亥年) 구월 : 왜정 때인 1911년 9월에 저자가 장안을 한번 둘러 보았다
는 것이니, 이 가사는 조선조 시작인 1392년부터 1911년 9월까지의 가사가 된다.

885) 창덕궁(昌德宮) : 창경궁(昌慶宮)을 잘못 말한 것이며, 이때 창경원이 생겨서 동물
원, 식물원, 박물관이 설치되고 1909년에는 일반에게도 공개되어 천지개벽의 구
경거리가 되었었다.

종로백성　　사다가서　　장작으로　　파라먹고
鐘路百姓

그안을　　　치워내고　　온갖김생　　길너내니

대원군이　　사럿더면　　그짐생을　　구경하지
大院君　　　　　　　　　　　　　　求景

국가이나　　사가이나　　부자간에　　불목하고
國家　　　　私家　　　　父子間　　　不睦

구부간에　　불화하면　　망치안코　　무엇되며
舅婦間　　　不和　　　　亡

자손난들　　무엇하리　　오백년　　　중한사적
子孫　　　　　　　　　五百年　　　重　史蹟

전할곳　　　전혀없어　　상감신세　　이리될줄
傳　　　　　全　　　　上監身勢

미리요량　　하였으면　　임오년　　　군란후에
　　料量　　　　　　　壬午年　　　軍亂後

충신상소　　살펴보고　　정신을　　　다시차려
忠臣上疏　　　　　　　精神

개과천선　　하섯으면　　이지경이　　안될것을
改過遷善　　　　　　　　地境

인필자회　　하온후에　　저사람이　　능지하고
人必自悔　　　後　　　　　　　　　凌之

가필자훼　　하온후에　　저사람이　　해케하고
家必自毁　　　後　　　　　　　　　害

국필자벌　　하온후에　　저나라이　　멸지하니
國必自伐　　　後　　　　　　　　　滅之

상감님이　　이나라를　　상감님이　　먼저처서
上監　　　　　　　　　上監

일본이　　　와서치니　　옛말삼　　　그르던가
日本

885-1) 구부간(舅婦間) : 시아버지와 며느리 사이
886) 임오년 군란(壬午年 軍亂) : 1882년의 임오군란.
887) 개과천선(改過遷善) : 허물을 말끔히 씻어 고치고 착하게 되는 일.
888) 인필자회(人必自悔) : 사람이 반드시 스스로 뉘우치게 되는 일. 몸소 경험으로 뼈
　　저리게 느끼게 되는 일.

종로백성   사다가서   장작으로   팔아먹고

그안을   치워내고   온갖짐승   길러내니

대원군이   살았더면   그짐승을   구경하지

나라나   사가나   부자간에   불목하고

구부간⁸⁸⁵⁻¹⁾에 불화하면   망치않고   무엇되며

자손난들   무엇하리   오백년   중한사적

전할곳   전혀없어   고종상감   이리될줄

미리요량   하였으면   임오년   군란⁸⁸⁶⁾후에

충신상소   살펴보고   정신을   다시차려

개과천선⁸⁸⁷⁾   하셨으면   이지경이   안될것을

인필자회⁸⁸⁸⁾   하온후에   저사람이   제깨닫고

가필자훼⁸⁸⁹⁾   하온후에   저사람이   해케되고

국필자벌⁸⁹⁰⁾   하온후에   저나라이   멸망하니

상감님이   이나라를   상감님이   먼저망쳐

일본이   와서치니   옛말씀   그르던가

---

889) 가필자훼(家必自毁) : 집안이 반드시 스스로 망해 감.
890) 국필자벌(國必自伐) : 나라가 망하는 것은 스스로의 원인으로 망한다는 것. 외부
   적인 원인보다 제 스스로의 탈이 크다는 것.

망할줄 亡	모르고서	한갈같이	조심없이 操心
내나라를	망케하니 亡	어이그리	애달픈고
한강물에 漢江	헛친쌀과	저강물에 江	떤진돈을
남의요는 料	안지실걸	지금까지	원통하다 冤痛
한양성중 漢陽城中	도라보면	예전한양 漢陽	아니외다
사십리를 四十里	주회삼아 周回	철옹같이 鐵瓮	구던성이 城
오래방천	장관이요 壯觀	천장만장	장관이요 壯觀
삼각산 三角山	바라보니	복정산이 覆政山	분명하다 分明
오강수 五江水	흐른물은	소래조차	처량하다 凄凉
한양성 漢陽城	하직하고 下直	서해로 西海	조회간다 照會
국파군망 國破君亡	우리나라	군신유의 君臣有義	간대없다
주석지신 柱石之臣	안동김씨 安東金氏	지금도	조선인가 朝鮮
칠백탕건 七百宕巾	민씨들은 閔氏	탕건씰대 宕巾	신하더니 臣下
그많은	탕건신하 宕巾臣下	어대가고	다없난고
사방으로 四方	허터저서	머리깍고	관찰하며 觀察

---

891) 한강물에 흩친 쌀과… : 지금까지 원통하다의 2행은 다른 필사본들에서는 없는 가사 구절임. 이 말은 중복된 가사이다.

892) 오래 방천은 : 모래 방천의 오식.

893) "천장만장 장관(千丈萬丈 壯觀)이요" : 천길 만길 되는 광경이요.

894) 복정산(覆政山) : 나라정치가 뒤집힌 산이라는 뜻.

망할줄　　　모르고서　　　한결같이　　　조심없이

내나라를　　　망케하니　　　어이그리　　　애달픈고

한강물에　　　흩친쌀과　　　저강물에　　　던진돈을

월급빚은　　　안질것을　　　지금까지　　　원통하다[891]

한양성중　　　돌아보면　　　예전한양　　　아니외다

사십리를　　　주회삼아　　　철옹같이　　　굳은성이

모래방천[892]　　　장관이요　　　천장만장　　　장관이요[893]

삼각산　　　바라보니　　　복정산[894]이　　　분명하다

오간수[895]　　　흐른물은　　　소리조차　　　처량하다

한양성　　　하직하고　　　서해로　　　조회간다

국파군망[896]　　　우리나라　　　군신유의　　　간데없다

주석지신[897]　　　안동김씨　　　지금도　　　조선인가

칠백탕건　　　민씨들은　　　탕건쓸때　　　신하더니

그많은　　　탕건신하　　　어디가고　　　다없는고

사방으로　　　흩어져서　　　머리깎고　　　관찰하며[898]

---

895) 오간수(五間水) : 예전에 서울 성벽의 동대문과 수구문(水口門) 사이에 뚫린 쇠창
　　살을 박은 다섯 개의 구멍으로 흘러내려가던 물.
896) 국파군망(國破君亡) : 나라는 깨어져 망하고 임금은 망해서 없어짐.
897) 주석지신(柱石之臣) : 기둥과 주춧돌처럼 가장 중요로운 신하.
898) 머리 깎고 관찰(觀察)하다 : 개화기에도 상투 깎고 관찰사 하는 법도는 없는 줄 알
　　았던 모양이다.

각처로 나려가서 사포쓰고 군수되니
各處　　　　　　　　　　　郡守
예의동방 우리나라 군신유의 이렇튼가
禮義東方　　　　君臣有義
충신열사 있었드면 저임금이 이리될가
忠臣烈士
오날같이 치운날에 궁방이나 따시든가
　　　　　　　　宮房

이상하다 우리임금 충신열사 한을마오
異常　　　　　　忠臣烈士　恨
송도가 망할적에 충신이 칠십이요
松都　　亡　　　忠臣　　七十二
한양이 망할적에 소인이 칠십이라
漢陽　　亡　　　小人　　七十
충신열사 상관없소 임금에게 말인게라
忠臣烈士 相關
우리나라 임금님이 도합하니 삼십이라
　　　　　　　　都合　　　三十

옥쇄놓고 등극하니 스물여섯 임금이요
玉璽　　　登極
추숭하신 그임금이 누구누구 추숭인가
追崇　　　　　　　　　　　追崇
덕종원종 추숭이오 진종익종 추숭이라
德宗元宗 追崇　　 眞宗翼宗 追崇
내친임금 누구던가 연산주와 광해주라
　　　　　　　　燕山主　　光海主

왕비를 합해보면 삼십이왕 왕비로다
王妃　　合　　　三十二王 王妃
안변한씨 왕비하나 곡산강씨 왕비하나
安邊韓氏 王妃　　 谷山康氏 王妃
경주김씨 왕비둘과 여주민씨 왕비너이
慶州金氏 王妃　　 驪州閔氏 王妃

각처로　　　내려가서　　　사포쓰고　　　군수되니[899]

예의동방　　　우리나라　　　군신유의　　　이렇던가

충신열사　　　있었더면　　　저임금이　　　이리될까

오늘같이　　　추운날에　　　궁방이나　　　따시던가

이상하다　　　우리임금　　　충신열사　　　한을마오

송도가　　　　망할적에　　　충신이　　　　칠십이요

한양이　　　　망할적에　　　소인이　　　　칠십이라

충신열사　　　상관없소　　　임금에게　　　말인게라

우리나라　　　임금님이　　　도합하니　　　삼십이라

옥새받고　　　등극한이　　　스물여섯　　　임금이요

추숭하신　　　그임금이　　　누구누구　　　추숭인가

덕종 원종　　추숭이요　　　진종, 익종　　추숭이라

내친임금　　　누구던가　　　연산주와　　　광해주라

왕비를　　　　합해보면　　　삼십이왕　　　왕비로다

안변한씨　　　왕비하나　　　곡산강씨　　　왕비하나

경주김씨　　　왕비둘과　　　여주민씨　　　왕비넷

---

899) 사포쓰고 군수되니 : 사포는 천으로 만든 벙거지로 신식 모자를 뜻하며, 개화기의
　　　신식 군수는 갓 대신 모자를 썼고, 당시의 풍습이나 법도로는 크게 잘못된 것으로
　　　여겼던 모양이다.

청송심씨 왕비서이 안동권씨 왕비하나
青松沈氏 王妃 安東權氏 王妃
여산송씨 왕비하나 파평윤씨 왕비너이
礪山宋氏 王妃 坡平尹氏 王妃
청주한씨 왕비하나 거창신씨 왕비하나
清州韓氏 王妃 居昌愼氏 王妃
나주박씨 왕비둘과 여산김씨 왕비하나
羅州朴氏 王妃 驪山金氏 王妃
능주구씨 왕비하나 양주조씨 왕비하나
綾州具氏 王妃 楊洲趙氏 王妃
덕수장씨 왕비하나 청주김씨 왕비둘과
德水張氏 王妃 清州金氏 王妃
광산김씨 왕비둘과 함종어씨 왕비하나
光山金氏 王妃 咸從魚氏 王妃
달성서씨 왕비하나 풍양조씨 왕비둘과
達城徐氏 王妃 豊壤趙氏 王妃
안동김씨 왕비하나 남양홍씨 왕비하나
安東金氏 王妃 南陽洪氏 王妃
풍산홍씨 왕비하나 연산광해 왕비까지
豊山洪氏 王妃 燕山光海 王妃
사십사 왕비로다 연산배위 신부인과
四十四 王妃 燕山配位 愼夫人
광해배위 유부인과 두부인을 함께모와
光海配位 柳夫人 夫人
후록에 기록함은 냇친임금 타시로다
後錄 記錄
우리조선 이나라이 사색이 서로나서
朝鮮 四色

---

900) 실제 왕비 수는 45인이었다.

청송심씨　　왕비셋　　　안동권씨　　왕비하나

여산송씨　　왕비하나　　파평윤씨　　왕비넷

청주한씨　　왕비하나　　거창신씨　　왕비하나

나주박씨　　왕비둘과　　여산김씨　　왕비하나

능주구씨　　왕비하나　　양주조씨　　왕비하나

덕수장씨　　왕비하나　　청주김씨　　왕비둘과

광산김씨　　왕비둘과　　함종어씨　　왕비하나

달성서씨　　왕비하나　　풍양조씨　　왕비둘과

안동김씨　　왕비하나　　남양홍씨　　왕비하나

풍산홍씨　　왕비하나　　연산광해　　왕비까지

사십사[900]　왕비로다　　연산배위　　신부인과

광해배위　　유부인과　　두부인을　　함께모아

후록에　　　기록함은　　내친임금　　탓이로다

우리조선　　이나라에　　사색[901]당파　서로나서

---

901) 사색(四色) : 조선시대 당파로 당쟁으로 정신 없던 노론(老論), 소론(少論), 남인(南人), 북인(北人)의 네 갈림의 정치배들. 이 가사에서는 소북(小北)을 거론했는데 사실상 당파의 갈림은 때로 8갈래로 찢어져서 불공대천의 원수가 되어서 싸우다가 이기면 관군이 되어 녹을 먹고, 지면 역적이 되어 9족까지 몰살당했다. 그러므로 이 민족의 비극의 원흉들은 당쟁을 일삼던 정치꾼들이었다.

사색이(四色)　　　무엇인가　　　노론인지(老論)　　　남인인지(南人)
소론인지(小論)　　소북인지(小北)　　이것이　　　　　사색일세(四色)
우암선생(尤庵先生)　노론되고(老論)　미수선생(眉叟先生)　남인되고(南人)
명재선생(明齋先生)　소론이오(小論)　경암선생(先生)　　소북이라(小北)
이후로(以後)　　　풍속되여(風俗)　　남인노론(南人老論)　척이지고(斥)
소론소북(小論小北)　시비나서(是非)　벼살에도　　　　척이지고(斥)
혼인에도(婚姻)　　분간잇어(分揀)　　남도통혼(南道通婚)　아니하고
소론소북(小論小北)　갈낫으니　　　이게역시(亦是)　　폐단이라(弊端)
혼인일을(婚姻)　　말한대도　　　남인집(南人)　　　좋은혼인(婚姻)
노론집(老論)　　　원통하고(怨痛)　　노론집(老論)　　　좋은혼인(婚姻)
남인집(南人)　　　절통하다(絕痛)　　후생으로(後生)　　두고보면
노론이라(老論)　　칭탁하고(稱託)　　남인선생(南人)　　함혐하고(含嫌)
남인이라(南人)　　칭탁하고(稱託)　　노론선생(老論)　　비방하니(誹謗)

---

902) 우암(尤庵)선생 : 송시열(宋時烈 ; 1607~1689)의 호. 조선 후기의 정치가요, 학자로 자는 영보(英甫), 서인의 거두로 남인과 싸우고 노론의 거물이 되었다가 숙종 때 세자 책봉의 일로 논쟁하다가 사약먹고 죽었다. 저술에 『우암집(尤菴集)』과 「주자대전차의(朱子大全箚疑)」 등이 있다. 시호는 문정(文正).

903) 미수(眉叟)선생 : 미수는 허목(許穆 ; 1595~1682)의 호, 조선 후기의 정치가요 학자. 자는 화보(和甫), 효종 사후에 예론(禮論)으로 서인의 송시열과 대결하다가 숙종 때 남인이 실각하자 쫓겨났다. 관직은 우의정에 이르렀고, 저술에 『경설(經說)』 「동사(東事)」가 있다. 시호는 문정(文正).

사색이   무엇인가   노론인지   남인인지

소론인지   소북인지   이것이   사색일세

우암선생⁹⁰²⁾   노론되고   미수선생⁹⁰³⁾   남인되고

명재선생⁹⁰⁴⁾   소론이요   경암선생⁹⁰⁵⁾   소북이라

이후로   풍속되어   남인노론   척이지고

소론소북   시비나서   벼슬에도   척이지고

혼인에도   색목가려   남도통혼   아니하고

소론소북   갈랐으니   이것역시   폐단이라

혼인일을   말한대도   남인집   좋은혼인

노론집   원통하고   노론집   좋은혼인

남인집   절통하다   후학으로   두고보면

노론이라   핑계대고   남인선생   혐의품고

남인이라   문제삼아   노론선생   비방하니

---

904) 명재(明齋)선생 : 명재는 윤증(尹拯 ; 1629~1714)의 호. 조선 후기 학자요, 정치
　　가. 사색논객의 한 사람. 자는 자인(子仁). 본관은 파평(坡平), 소론의 진보세력의
　　거두로 평가되고 벼슬은 이조판서, 우의정 등을 제수받았으나 나가지 않았다. 시
　　호는 문성(文成)이다.
905) 경암선생 : 경암(絅菴) 신완(申琓 ; 1646~1707)을 말하는 듯하니 신완은 호가 경
　　암, 등과하자 서론에 속해서 벼슬이 우의정까지 올랐다가 후에 소론에 속해서 희
　　빈 장씨에게 온건한 태도를 취하여 시종 당파싸움에 시달렸다. 시호는 문장(文莊)
　　유저에 『경암집(絅菴集)』이 있다.

색목조차　　시비남은　　후생행실　　무렴하다
色目　　　　是非　　　　後生行實　　無廉

남로색목　　일어날제　　적서분간　　시비난다
南老色目　　　　　　　　嫡庶分間　　是非

처의소생　　적자되고　　첩의소생　　서자로다
妻　所生　　嫡子　　　　妾　所生　　庶子

상놈딸에　　장가가서　　아들나도　　적자되고
　　　　　　　　　　　　　　　　　　嫡子

양반과부　　다려다가　　아들나도　　서자되니
兩班寡婦　　　　　　　　　　　　　　庶子

적서분간　　대단하야　　적가는　　　적가대로
嫡庶分間　　大端　　　　嫡家　　　　嫡家

서파는　　　서파대로　　서로찾아　　혼인하니
庶派　　　　庶派　　　　　　　　　　婚姻

세상물리　　두고보면　　천지도　　　변하나니
世上物理　　　　　　　　天地　　　　變

오월유월　　너무더워　　견디지　　　못하다가
五月六月

동지섯달　　너무치워　　치워서　　　못견대니
冬至

사람역시　　일체로다　　우리조선　　풍속보소
　　　亦是　　一體　　　　　朝鮮　　風俗

양반이라　　하는사람　　지체좋은　　그걸믿고
兩班

상놈잡아　　토색할제　　상놈은　　　죽어난다
　　　　　　討索

명현자손　　깔닥양반　　팔월추석　　섯달명일
名賢子孫　　　　兩班　　八月秋夕　　　　名日

가만히　　　앉았다가　　상놈에게　　나온돈을

---

906) 색목(色目) : 4색 당파[남인(南人), 북인(北人), 노론(老論), 소론(小論)] 분당의 빛
　　깔들. 4분 5열로 갈라져 서로 흘겨보는 정객들을 말함.
907) 적서(嫡庶) 분간 : 적자와 서출의 구분과 차별이니, 조선조에서처럼 적서를 차별
　　하는 사회도 없었다. 죄없는 서출들은 사회와 부형에게 항상 분통을 터트렸다.
　　『규사(葵史)』라는 그들의 절규의 책이 있다.

색목906)조차　시비남은　　후손에도　염치없다

남노색목　일어날제　　적서분간907)　시비난다

처의소생　적자되고　　첩의소생　서자로다

상놈딸에　장가가서　　아들나도　적자되고

양반과부　데려다가　　아들나도　서자되니

적서분간　대단하여　　적가집안　적가대로

서파자손　서파대로　　서로찾아　혼인하니

세상물정　두고보면　　천지도　변하는법

오월유월　너무더워　　견디지　못하다가

동지섣달　너무추워　　추워서　못견디니

사람역시　같은이치　　우리조선　풍속보소

양반이라　하는사람　　지체좋은　그걸믿고

상놈잡아　토색908)할제　　상놈은　죽어난다

명현자손　깔딱양반909)　팔월추석　섣달명절

가만히　앉았다가　　상놈에서　나온돈을

---

908) 토색(討索) : 금품 등을 억지로 달라고 강요하여 빼앗는 일.
909) 깔딱 양반(兩班) : 당당하지 못하고 겨우 천민을 면한 양반. 절름발이 양반.

제돈같이 　　받아쓰니　　　그것이 　　　웬일인가
그럼으로 　　이세상이 　　　양반분간 　　없어진다
　　　　　　　世上　　　　　兩班分揀
만물이 　　　극성하면 　　　필경에 　　　쇠해지고
萬物　　　　極盛　　　　　畢竟　　　　衰
양반도 　　　극성하면 　　　상놈이 　　　도로되니
兩班　　　　極盛
양반이라 　　하는말이 　　　양반으로 　　말한대로
兩班　　　　　　　　　　　兩班
전조양반 　　고사하고 　　　아조양반 　　두고보면
前朝兩班　　姑捨　　　　　我朝兩班
오백년 　　　지내도록 　　　반상분간 　　정한후로
五百年　　　　　　　　　　班常分揀　　定
양반은 　　　양반이오 　　　아전은 　　　아전이라
兩班　　　　兩班　　　　　衙前　　　　衙前
중인상놈 　　백성분간 　　　하날같이 　　높았으나
中人　　　　百姓分揀
지금세상 　　두고보면 　　　대패로 　　　민듯하니
世上
양반분간 　　보자하면 　　　후세에나 　　다시볼까
兩班分揀　　　　　　　　　後世
가련하고 　　가련하다 　　　한양가를 　　짓고보니
可憐　　　　可憐　　　　　漢陽歌
슬픈심회 　　나난것이 　　　칙량치 　　　못할로다
　　　心懷　　　　　　　　測量

---

910) 양반분간 없어진다 : 양반들이 윤리·도덕적으로 제 구실 못할 뿐만 아니라 조선
　　조 후기에 와서는 토지를 겸병하고 평민을 혹사하면서 차츰 계급사회가 무너져 갔
　　다. 박지원(朴趾源 ; 1737~1805)의 『양반전(兩班傳)』을 비롯한 일련의 작품들은
　　그와 같은 사회변화의 실상을 설명해 준다.
911) 전조양반(前朝兩班) : 고려(高麗) 시대의 양반.
912) 아조양반(我朝兩班) : 조선왕조 시대의 양반.

제돈같이 받아쓰니 그것이 웬일인가

그러므로 이세상에 양반분간 없어진다[910]

만물이 극성하면 필경에 쇠해지고

양반도 극성하면 상놈이 도로되니

양반이라 하는말이 양반으로 말한대로

전조양반[911] 고사하고 아조양반[912] 두고보면

오백년 지내도록 반상분간 정한후로

양반은 양반이요 아전은 아전이라

중인상놈 백성분간 하늘같이 높았으나

지금세상 두고보면 대패로 민듯하니

양반분간 보자하면 후세에나 다시볼까

가련하고 가련하다 한양가를 짓고보니

슬픈심회[913] 나는것이 측량치 못할로다

※ "오백년 흥망성쇠 일장춘몽 허사로다"

---

913) 슬픔 심회(心懷) : 이 "한양오백년가"는 이씨 조선 28왕의 불행하고 슬픔의 연속의
　　　오백년사요, 그것은 애초부터 왕권을 둘러싼 혈육상잔으로 이어진 때문이었다.
※ 끝마디에 대하여 ;
　　세창서관 활자본에서는 "슬픈 심회(心懷) 측량(測量)치 못할로다"로 끝나지만 일부
　　필사본은 "오백년 흥망성쇠 일장춘몽 허사로다"라는 한마디가 더 있다.

V. 부록

○ 우리의 맹세

一. 우리는 대한민국의 아들딸
　　죽음으로써 나라를 지키자

二. 우리는 강철같이 단결하여
　　공산침략자를 쳐부시자

三. 우리는 백두산 영봉에
　　태극기 날리고 남북통일을 완수하자

檀紀 四二八六年 三月 十五日 印刷
檀紀 四二八六年 三月 二十日 發行

定價金 一八○圜

著作兼
發行者　申　泰　三
　　　　서울特別市鍾路區鍾路三街一○

印刷者　申　晟　均
　　　　서울特別市鍾路區貫鐵洞三三

印刷所　世昌印刷社
　　　　서울特別市鍾路區貫鐵洞三三

發行所　世昌書館
　　　　서울特別市鍾路區鍾路三街一○
　　　　振替口座　서울　二二五六番
　　　　電話③光化門（二三五番）
　　　　　　　　　（一五八八番）
　　　　出版登錄　一九二號
　　　　協會員　一二九號

상놈잡아 토색할제
名賢子孫(명현자손) 깔닥양반
가만히 앉앗다가
제돈같이 밧아쓰니

상놈은 죽어난다
八月秋夕(팔월추석) 섯달명일
상놈에게 나온돈을
그것이 웬일인가

그럼으로 이세상이
만물이 極盛(극성)하면
양반도 극성하면
양반이라 하는말이

양반분간 없어진다
必竟(필경)에 쇠해지고
상놈이 도로되니
양반으로 말한대로

前朝(전조)양반 고사하고
오백년 지내도록
양반은 양반이오
중인상놈 백성분간

我朝(아조)양반 두고보면
반상분간 정한후로
아전은 아전이라
하날같이 높았으나

지금세상 두고보면
양반분간 보자하면
가련하고 가련하다
슬푼심회(心懷) 나난것이

대패로 민듯하니
後世(후세)에나 다시볼까
漢陽歌(한양가)를 짓고보니
척량치 못할로다

漢陽五百年歌 終
한양오백년가 종

한양가

小論(소론)인지 小北(소북)인지
이것이 四色(사색)일세
소론소북 시비나서
벽살에도 철이지고
노론집 원통하고
노론집 좋은혼인
색묵조차 시비남은
후생행실 무렴하다
양반과부 다려다가
아들나도 서자되니
오월유월 너무더워
견디지 못하다가

尤庵先生(우암선생) 老論(노론)되고
眉叟先生(미수선생) 南人(남인)되고
婚姻(혼인)에도 분간잇어
南道通婚(남도통혼) 아니하고
南老色目(남로색목) 일어날제
嫡庶分間(적서분간) 시비난다
嫡家(적가)는 대단하야
적가는 적가대로
동지섯달 너무치워
치워서 못견대니

一一八

明先生(명재선생) 小論(소론)이오
경암선생 小北(소북)이라
소론소북 갈낫으니
이게역시 폐단이라
노론이라 충탁하고
남인선생 함혐하고
妻(처)의 소생 嫡子(적자)되고
妾(첩)의 소생 庶子(서자)로다
庶派(서파)는 서파대로
서로찾아 혼인하니
사람역시 일체로다
우리조선 풍속보소

以後(이후)로 風俗(풍속)되여
남인노론 척이지고
婚姻(혼인)일을 말한대도
남인집 좋은혼인
노론선생 비방하니
남인이라 충탁하고
상놈딸에 장가가서
아들나도 적자되고
世上物理(세상물리) 두고보면
天地(천지)도 변하나니
양반이라 하는사람
지체좋은 그걸믿고

忠臣烈士 충신열사 상관없소
임금에게 말인게라
德宗元宗 덕종원종 추숭이오
直宗翼宗 직종익종 추숭이라
慶州金氏 경주김씨 왕비둘과
驪州閔氏 여주민씨 왕비너이
羅州朴氏 나주박씨 왕비하나
驪山金氏 여산김씨 왕비둘과
達城徐氏 달성서씨 왕비하나
豊壤趙氏 풍양조씨 왕비둘과
光海配位 광해배위 柳夫人 유부인과
두부인을 함께모와
한 양 가

우리나라 임금님이
都合하니 三十이라
安東金氏 안동김씨 왕비하나
南陽洪氏 남양홍씨 왕비하나
綾州具氏 능주구씨 왕비하나
楊州趙氏 양주조씨 왕비하나
安東權氏 안동권씨 왕비하나
靑松沈氏 청송심씨 왕비서이
燕山主 연산주와 光海主 광해주라
내친임금 누구던가
後錄 후록에 記錄함은
넷친임금 타시로다

옥새놓고 등극하니
스물여섯 임금이요
왕비를 합해보면
三十二王 삼십이왕 왕비로다
礪山宋氏 여산송씨 왕비하나
坡平尹氏 파평윤씨 왕비너이
德水張氏 덕수장씨 왕비하나
淸州金氏 청주김씨 왕비둘과
豊山洪氏 풍산홍씨 왕비하나
燕山光海 연산광해 왕비까지
우리조선 이나라이
四色이 서로나서

追崇 추숭하신 그임금이
누구누구 추숭인가
安邊韓氏 안변한씨 왕비하나
谷山康氏 곡산강씨 왕비하나
淸州韓氏 청주한씨 왕비하나
居昌愼氏 거창신씨 왕비하나
光山金氏 광산김씨 왕비둘과
咸從魚氏 함종어씨 왕비하나
燕山配位 연산배위 愼夫人과
四十四 사십사 왕비로다
四色 사색이 무엇인가
老論인지 南人인지
老論 노론 南人 남인인지
一一七

상감님이 이나라를
일본(日本)이 와서치니
망할줄 모르고서
내나라를 망케하니

상감님이 먼저처서
옛말삼 그러던가
한갈갈이 조심없이
어이그리 애달픈고

한강물에 헛친쌀과
남의요는 안지실걸
한양성중 도라보면
사집리를 주회삼아

저강물에 떤진돈을
지금까지 원통하다
예전한양 아니외다
철옹같이 구던정이

오래방천 장관이요
삼각산(三角山) 바라보니
오강수 흐른물은
한양성 하직하고

천장만장 장관이요
복정산(覆政山)이 분명하다
소래조차 처량하다
서해(西海)로 조회간다

국파군망(國破君亡) 우리나라
주석지신(柱石之臣) 안동김씨
칠백탕건 민씨(氏)들은
그많은 탕건신하

군신유의(君臣有義) 간대없다
지금도 조선인가
탕건씰대 신하(臣下)며니
어대가고 다없난고

사방으로 허터저서
각처로 나려가서
예의동방(禮儀東方) 우리나라
충신열사 있었드면

머티깍고 관찰(觀察)하며
사포쓰고 군수(郡守)되니
군신유의 이렇튼가
저임금이 이리될가

오날같이 치운날에
이상하다 우리임금
송도(松都)가 망할적에
한양이 망할적에

궁방이나 따시든가
충신열사 한을마오
충신이 七十二요
소인이 七十이라

환자놈 아니면은
外戚臣下 외척신하 잘못두고
元仁孝顯 원인효현 肅景英 숙경영
眞正純翼 진정순익 憲哲光 헌철광
電車汽車 전차기차 自動車가 자동차가
銃殺같이 총살같이 왕내하니
그안을 치워내고
온갖즘생 길너내니
자손만대 무엇하리
오백년 중한사적
改過遷善 개과천선 하섯으면
地境 지경 안될것을
이지경이

한양가

國破君亡 국파군망 아조섭네
그럼으로 임금되기
二十八王 이십팔왕 諸王中에 제왕중에
옛일을 생각하면
寒心끝에 한심끝에 눈물이라
기둥과 혓가래난
國家이나 국가이나 私家이나 사가이나
父子間에 부자간에 불목하고
그짐생을 구경하지
大院君이 대원군이 사럿더면
傳할곳 전혀없어
上監身勢 상감신세 이리될줄
人必自侮 인필자회 凌之하고
저사람이 능지하고

難於上天 난어상천 이아닌가
漢陽史蹟 한양사적 닥고보니
辛亥年 신해년 九月달에 구월달에
長安을 장안을 도라보니
昌德宮을 창덕궁을 뜨더내고
壬午年 임오년 軍亂후에 군란후에
미리요량 하였으면
家必自毁 가필자훼 하온후에
저사람이 해케하고

太定太世 태정태세 文端世 문단세
德睿成中 덕예성중 仁明宣 인명선
左右城을 좌우성을 헤쳐내고
鐵路길을 철로길을 닥가놓고
鍾路百姓 종로백성 사다가서
장작으로 파라먹고
舅婦間에 구부간에 불화하면
亡치안코 망치안코 무엇되며
忠臣上疏 충신상소 살펴보고
精神을 정신을 다시차려
國必自伐 국필자벌 하온후에
저나라이 멸지하네

一一五

한양가

세가지는 조금 굴거
초록같은 붉은대가
金山郡守(금산군수) 洪範植(홍범식)이
장한일이 또잇구나
저의빗을 갓다주고
處斷(처단) 맛당 이놈이오
興德宮(흥덕궁) 저방안에
寂寞(적막)히 홀로앉아
三千宮女(삼천궁녀) 羅人(라인)들은
散之四方(산지사방) 호터지고
獨立門(독립문) 만들석에
슬푸다 우리한양

충절이 빛난도다
민영환의 부자물이
結項(결항)하야 죽었으니
그일도 장할시고
三千里(삼천리) 좋은강산
나라일은 어찌되나
한갑이 언제 든지
진갑이 무엇인가
萬里他國(만리타국) 있난 아들
日本皇帝(일본황제) 臣下(신하)되고
小人(소인)놈의 말을듣고
中原救援(중원구원) 끔엇으니

開花(개화)는 시켯스되
죽은뒤에 태를보면
萬古逆賊(만고역적) 윤택영이
부원군 명색되고
金布緞(금포단)에 도장찍어
문서째로 남을주고
세월없이 다지내니
白首君王(백수군왕) 可憐(가련)하다
德壽宮(덕수궁)에 있는아들
숙맥되여 앉았으니
誰怨誰尤(수원수우) 할것없다
自古及今(자고급금) 두고보면

一一四

아마도 무심하다
합방문자 두어말에
日本統監(일본통감) 갓다주고
임군의 玉璽(옥쇄) 뺏아
可憐(가련)하다 우리 上監(상감)
龍袍玉璽(용포옥쇄) 다뺏기고
內三千(내삼천) 外八百(외팔백)에
어느신하 찾아가며
무삼의론 하여보며
무삼정담 하여볼가
亡(망)한나라 임금마다
忠臣(충신)은 다없애고

수복다남 비럿스나
중전의 악한허물
下焦하초에 병이나서
用色용색을 못하시고

상감의 불효(不孝)함과
세자에게 맷첫구나
春秋춘추가 四十이되
尹澤榮윤택영의 따님보소

이팔청춘 좋은시절
몹실여식 윤택영이
불상하다 저따님이
부원군이 되얏으니

獨宿空房독숙공방 늙어가니
부원군을 욕심내여
부친보고 우난말이
아버지는 좋소마는

내신세난 볼것없소
嚴相宮엄상궁 엄상궁은
魚變成龍어변성용 왕비되야
아들도 잘랏더니

이렇타시 원망하고
팔자좋은 엄상궁은
호강도 무궁하고
부모를 다버리고

머리깍고 일본가서
羅人나인으로 천튼몸이
王妃왕비일홈 들었으니
중전에게 비할손가

좋은벼슬 한다더니
王妃禮왕비례로 장사하고
死後福力사후복력 의론컨대
슬푸다 우리한양

오백년이 한정이라
장원하고 무궁터니
合邦文字합방문자 들어오니
오백년 禮義國예의국이

太祖大王태조대왕 하신일이
경술년 七月달에
누가능히 막아별가
소일본이 되단말가

장하도다 閔泳煥민영환은
도장찍고 그때죽어(忠烈)
대남기 솜어나서
이대나무 모양보소

합방거동 아니보고
죽은후에 충열매처
마로틈을 뚤벗으니
베가지는 조금적고

한 양 가

一一三

한양가

一一二

萬乘天子(만승천자) 되기전에
歷山(역산)에 발을가라
趙(조)가신하 말만듣고
어찌아니 보셧난고
極樂世界(극락세계) 가셧난가
혼적없는 中殿屍體(중전시체)
충전을 생각난가
嚴相宮(엄상궁)을 생각난가
完山李氏(완산이씨) 성만타면
宗親科(종친과)에 과거하니
漢陽(한양)밖게 또있난가
그러한 과거법이

부모봉양 하시거던
어찌하야 우리 上監(상감)
中殿(중전)이 그렇키로
喪事(상사)날때 거동보면
因山(인산)한다 하옵시고
興陵(흥능)을 무더놓고
英親王(영친왕)을 생각난가
그마음을 옴겨다가
민씨와 이씨들은
나든날에 벼설하네
구비구비 생각하니
애달코도 한심하다

中殿(중전)말삼 느르시고
어마님 운명할제
骸骨(해골)을 보전못해
중의죽음 뿐을바다
지금까지 上食(상식)터니
인제난 어찌한지
父母任(부모님)께 하섯으면
孝子(효자)임금 안되릿가
돌과인지 무엇인지
해마다 보인돌과
세자동군 기를적에
해마다 절에가서

어찌아니 보셧으며
대원군의 임종시에
시쥬하던 金剛山(금강산)에
어느부처 달여가서
興德宮(흥덕궁)에 홀로앉아
父母(부모)를 생각던가
驪興閔氏(여흥민씨) 姓(성)만타면
계란같은 탕건쓰고
잡술년에 낫다하면
덮어놓고 進士(진사)주니
佛前(불전)에다 施主(시주)하고
五江(오강)에 쌀을푸더

수월찬고 놀랍도다
骨肉相爭 李王家에
골육상쟁 이왕가에
己未年에 義兵이라
울미년에 의병이라
國事를 생각하니
국사를 생각하니
곳곳이 다닐적에
풍우를 불피하고
서상렬이 패했으니
죽은사람 적을손가
처처에 의병대장
이렇타시 대패하니
임금이 불명하매
어느일이 그리되리

한양가

傳하기 많이했소
國運이 다햇거든
국운이 다햇거든
斥倭함이 도리없다
척왜함이 도리없다
義兵을 꾸며내니
의병을 꾸며내니
軍兵도 적거니와
군병도 적거니와
兵器가 전혀없어
병기가 전혀없어
옛일을 보드래도
천운이 할수없다
슬푸다 우리上監
의병이 이러나서
임금은 父母없다
天子도 父母있고
천자도 부모있고

聖君이 날수있나
성군이 날수있나
恨한을한늘 쓸데있소
江原道 義兵將은
강원도 의병장은
그뉘가 大將인고
倭人과 接전하면
왜인과 접전하면
항오를 정치못해
力拔山 項羽라도
역발산 항우라도
漢高祖에 패하였고
한고조에 패하였고

이때에 나선사람
누구시며 누구신가
장하도다 徐相烈이
三四百名 거나리고
삼사백명 거나리고
強弱이 부동하니
강약이 부동하니
天運만 탁식한다
천운만 탁식한다
諸葛亮의 度略인들
제갈양의 도략인들
曹操를 잡을손가
조조를 잡을손가
天道가 완연커던
천도가 완연커던
은근이 바라신들
부모없이 어이다오
옛적에 舜임금은
순임금은

一一

銃총끝에 한 물난재조
어떠한데 쓸라난지
東軒동헌에 불질으니
吏戶長이호장 아전들이
백성들이 당치못해
세번 公錢공전 받아내니
守令方伯수령방백 잘못내여
生民塗炭생민도탄 가심하니
周주나라이 성군이되
幽王厲王유왕여왕 두임금이
五季六朝오계육조 다지나고
高句麗고구려 百濟城都백제성도

그런재조 웨못쓰고
벌살같이 헤여지니
몇몇이 죽엇는가
골골이 난리로다
塗炭中도탄중에 들어가서
死生사생을 불고하고
우리한양 國運국운보면
哲宗철종부터 시초햇네
秦始皇진시황이 英雄영웅이되
그나라의 망해잇고
庸君暗主용군암주 두임금이
慶州서울경주서울 一千年일천년에

이것이 天運천운이라
인력으로 어이하리
병술년은 민란남은
수령들이 불측하야
民亂민란을 일시에
通文통문내여 꾸몃스니
子嬰자영이 昏迷혼미하여
그나라를 망해잇고
우리상감 上監상감
그代대를 이어앉아
敬順王경순왕때
高麗四百고려사백 칠집년에

丙戌병술년 民亂민란보면
百姓백성들이 원죽이고
받은 公錢공전을 再徵재증하고
再徵재증한 公錢공전을
哲宗철종大王대왕 不敏불민하야
이것을 의론컨댄
雪上설상에 加霜가상하니
아니 망코
唐당나라이 三百삼백년에
唐明皇당명황이 망해잇고
恭讓王공양왕이 망해잇고
漢陽한양四百사백 이집년에

냉치러운 저경사로
사흘을 잔체하니
이런일로 말할진댄
국가재변 이아닌가
사람마다 공부하야
侍天主 시천주 造化定 조화정을
前日 전일에 못판되글
잡아다가 뫼패주기
入道 입도만 하고보면
守令 수령을 접을낼가
수만명 모엿뎌니
스물다섯 왜놈들이

하 양 가

가

光景 그 팡경을 누가봤나
민씨들이 모다봤네
甲午年 갑오년에 東學 동학나서
팔도가 驚動 경동하여
밤낮으로 들석거려
잠들기가 어려우내
전일에 못받든돈
잡어다가 받아주니
眼下 안하에 無人 무인이라
그중에도 안든사람
총을메고 들어가며
放砲一聲 방포일성 노코가니

완악하다 진주백성
헛백립 썻다하고
처처이 接主 접주내고
상놈이 접주되면
士夫 사부잡아 주레를고
그때를 두고보면
東學 동학밖게 또잇난가
동학보고 겁내기를
범같이 두려하네
정신없어 달아날제
칼놓고 달아나고

每戶 매호에 한냥돈을
구슬돈에 제첫구나
천명도 모여앉고
만명도 모여앉아
종놈이 접주되면
상전잡이 주레를고
班常 반상이 분별없고
奴主 노주가 분별없어
東學 동학군의 거동보소
斥倭斥洋 척왜척양 대담하고
총을고 다라나고
신벗고 다라나니

一〇九

한양가

거자놈과 사당놈을
大闕 대궐안에 불러드려
오입장이 민중전이
왕비오입 첫재로다
칠촌인지 팔촌인지
민막낭이 불러드려
밤낮으로 저짓하니
백성이 어이사리
湯 탕의정사 못하실가
善政 선정을 못하기로
오입하러 가신길에
長湖院 장호원을 나녀가서

아리랑 타령시켜
밤낮으로 노닐적에
季宮 게궁은 무삼죄로
독안에 가다두고
三南富者 삼남부자 잡아들여
有罪無罪 유죄무죄 돈바치라
백성이 원망하니
그국가가 장원할가
災變 재변이 자조난다
임오년 軍亂 군란통에
석달을 숨었으니
國喪 국상낫다 騷動 소동나서

줌잘추면 賞 상을주고
지우자 수건으로
모자목숨 다죽이니
그것인들 할짓인가
저부자 거동보소
천양소록 만양소독
우리나라 지방보면
삼철리가 녁녁하니
민중전이 도망하여
觀海求景 판해구경 가섯던가
어리석은 백성들이
석달을 白笠 백법쓰니

노래하면 잘한다고
논백냥식 불러주되
슬푸고도 가련하다
민중전의 거동보소
불일내로 다바치니
돈을바다 싸아두고
그지방이 부족턴가
武王政事 무왕정사 못하시며
船遊 선유하러 가섯난가
어대로 가섯난고
백성도리 그렇던가
八월달에 還宮 환궁하여

아끼잔코 줄터이너
發願(발원)하고 네오느라
다달이 파는벼살
나날이 파는벼살
중놈부자 만들진데
戶曹庫(호조고)에 감찼다가
松坡江(송파강)에 배를타고
몇백명을 헛첫던가
당나라이 망할적에
後庭花(후정화)를 부르더라
일행사를 탄식하고 明皇
밤짜르다 하는명황

한양 가

질영군이 분부들고
가마타고 나려갈제
억백만냥 많은재물
동대문 남대문에
凶年(흉년)을 만내거든
飢民(기민)이나 주실게지
수복비러 잘될진데
그누가 아니할가
그폭조를 주르다가
安祿山(안록산)의 난을만나
蜀中(촉중)에 홀로앉아
밤긴줄을 애다르니

전후금은 포백바리
걸가에 羅列(나열)하니
連續不絕(연속부절) 百姓財物(백성재물) 드러오니
金강산 중놈주어
五江(오강)에 쌀풀적에
이러하고 복을받나
어진마음 지켰으면
자연히 되난줄을
楊貴妃(양귀비)의 고은얼골
馬嵬坡(마외파)에 죽어지고
애달도다 우리상감 上監
이런사적 보았으면

이재물이 어데낫나
賣官賣爵(매관매작) 재물이라
아깝도다 저재물을
중놈을 다주시니
쌀과돈과 얼마든가
그이체는 모르고서
악한일만 숭상하니
唐明皇(당명황)의 바뿐거름
마리교를 지낼적에
응당이 알으실결
어쩌타 모르신가

一〇七

한양가

一〇六

죽이기로 위주하니
대원군을 모라다가
閔中殿 민중전의 거동보소
天津 천진으로 보낼적에
사년을 신고하고
임오군탄 구며내여
근근이 사라와서
興仁君 흥인군은 마자죽고
上監任 상감님 거동보소
그신하를 다죽이니
오른말로 상소하면
누구누구 죽였든가
죽기로 爲主하고
죽이든 아니하나
상소를 몇번하되
최익현은 天命 천명이라
義不食 의불식 周粟 주속으로
고국으로 返魂 반혼하니
철일을 슈려죽어
죽어도 원통하다
傳之無窮 전지무궁 보전토록
강원도 금강산에
지령군을 불러드려
에가지금 나려가서

魚鍊珠 어련주의 편지끝에
천진에 드가다가
대원군이 쏘가가서
임인도로 잡혀가서
閔致穆 민치목은 칼에죽고
中殿 중전에게 벼살한이
閔台鎬 민태호는 불에타고
削奪官職 삭탈관직 내첫으니
逆律 역률로 다죽이고
몇몇이나 죽엇든고
松竹 송죽같은 최익현이
장하도다 최익현이
진꼬게 잡혀가서
일본으로 잡혀가서
석달을 고생타가
伯佛叔齊 백불숙제 뽄을바다
민중전이 거동보소
壽福多男 수복다남 長久하야
世子東君 세자동군 길들적에
至于萬世 지우만세 이르러서
八萬九庵 팔만구암 많은절에
자세히 알아본후
어떤부처 神靈한꼬
金銀布帛 금은포백 얼마라도

그럼으로 漢陽末年(한양말년)
가련코도 한심하다
營門(영문)에도 재물이오
佛庭(불정)에도 재물이라
大院君(대원군)의 거동보소
임금의 父母(부모)로써
科擧(과거)라 본다하면
進士(진사)와 及第(급제)값을
市井輩(시정배)도 及第(급제)하고
風憲(풍헌)놈도 察訪(찰방)하니
이상하다 우리 上監(상감)
年氣(연기)가 長盛(장성)하니

文筆(문필)은 뒤가지고
財物(재물)은 앞에서서
千萬事(천만사) 온갖일이
재물로 위수하니
무엇이 부족하야
纂位(찬위)함을 생각하며
疑心(의심)없이 아리아라
富者(부자)는 돈장만코
아전수령 몇이나며
白丁(백정)수령 누굴런가
內殿(내전)에만 침혹하야
아바님도 내몰은다

科擧(과거)에도 재물이오
벼슬에도 재물이오
訟事(송사)에도 재물이오
婚姻(혼인)인에도 재물이오
萬百性(만백성)이 뿐을바다
惡疎(악종)으로 행세하니
甲辰年(갑진년)에 亂(난)을꾸며
無罪(무죄)한 重大臣(중대신)을
貧者(빈자)는 생각없어
글공부는 全廢(전폐)하고
家家及第(가가급제) 이것이오
人人進士(인인진사) 이게로다

法之不行(법지불행) 못하기난
自上犯之(자상범지) 이아닌가
逆律(역률)로 죽여내니
그것인들 할것인가
使令輩(사령배)도 進士(진사)하고
이럼으로 우리 漢陽(한양)
어마님도 내모른다
閔中殿(민중전)이 어천왕비
舅婦間(구부간)에 불목하여
서로마암 두난것이

一〇五

浚民膏澤(준민고택) 지엿으니
자자손손 전할손가
漢陽都邑(한양도읍) 생각하면
太祖大王(태조대왕) 이후로서
문필이 부족하면
과거저도 한이없고
詩賦疑心(시부의심) 策文(책문)글을
낮밤으로 熟讀(숙독)하야
重大臣(중대신)도 글못하면
忠臣(충신)노릇 못하였고
어느방백 어느수령
글못하고 단이던가

항우같은 영웅나서
萬民雪恥(만민설치) 시켜주니
正宗顯宗(정종현종) 時節이 그시절이
文治(문치)가 놀랍지요
문필이 有餘(유여)하면
과거經營(경영) 하였으니
모다모다 지어벌제
모르는게 없었으니
守令方伯(수령방백) 官員(관원)들도
글못하고 無識(무식)하면
이렇타시 하여가니
다른연고 아니로다

그아니 爽快(상쾌)하며
이아니 이상할까
科擧(과거)를 보일때에
文筆(문필)로 보이시니
이럼으로 글공부가
불꽃같이 이러나서
處處(처처)히 文章(문장)이오
집집이 經儒(경유)로다
지체가 쓸대없고
家門(가문)이 상관없소
어느임금 글안하디
二十八王(이십팔왕) 제왕중에

世上理致(세상이치) 이러하니
경복궁은 장구할까
八道(팔도)에 나는선비
글공부 하였다가
四書三經(사서삼경) 通達(통달)하고
詩書百家(시서백가) 많은글을
이럼으로 그때法(법)이
이렇타시 좋았으매
우리조서 대신들은
글못하는 대신없고
無識(무식)임금 누구신가
上監任(상감임)이 三父子(삼부자)라

만석하면 十만냥이
우리조선 遍踏한들
경복궁에 원납한돈
모아노아 볼갈으면
華陽洞 書院에서
무삼서름 크게본지
만인을 죽인다니
만인이 무엇이냐
이놈을 못잡아서
制殺한다 하옵시고
제혼자 잘난체로
阿房宮 지을적에

萬石君 만석군이 혼하던가
歌辭 가사짓난 이사람도
三角山 삼각산과 비동하지
虛名無實 허명무실 잡힌부자
대원군 되온후에
몇해를 품엇다가
중놈의 정만인이
대장경 팔만권을
만사람을 죽여널재
날마다 죽난인명
진나라 백성목숨
열마나 죽엇난고

탕패하야 가던살림
부명에 걸엿거늘
어느날 죽은던지
鬼神 귀신도 모튼도다
팔도에 행관하여
書院殿 서원회철 하였구나
배에실고 남해간놈
이중놈을 잡을라면
몇만명이 되엿난고
살해인명 이라하고
阿房宮 아방궁 지은후에
項羽 항우손에 볼질여서

農牛 농우팔아 원납하니
그해농사 廢農 폐농했소
대원군 궁곤할때
곳곳이 다니다가
어면 秘記 비기 얻어보고
殺萬人 살만인은 무삼일고
渺滄海之 묘창해지 一粟 일속이라
어느곳에 잡으리오
국가가 장원할가
옛적에 秦始皇 진시황도
三月不滅 삼월불멸 이아닌가
아방궁 지은것이

한양가

一〇三

한양가

실없난 大院君(대원군)이
한성군을 자랑하고
非君非臣(비군비신) 이냥반이
三千里(삼철리) 이강산과
진사급제 뿐일런가
집만냥에 縣監(현감)내고
國政(국정)이 이러하니
百姓(백성)되는 그목숨은
富者(부자)백성 걸려죽고
貧(빈)한백정 싸여죽내
경복궁 지을적에
願納令(원납령)이 오작할가

한성군이 功臣(공신)이오
황오가 인기로다
內三千(내삼천) 外八百(외팔백)을
掌中(장중)에 넣어두고
백만냥에 府使(부사)내니
현감부사 뿐일런가
守令方伯(수령방백) 아니들가
죽는것이 백성이오
닷치난게 부자로다
大院君(대원군)의 하온말슴
願納(원납)원자 원납이오

勝戰(숭전)했다 북을울려
잔치끝에 벼살주니
忌憚(긔탄)없이 놀려낼제
科擧(과거)를 보이자면
府使府尹(부사부윤) 내난법은
몇백만냥 結價(결가)하며
큰골가리 큰골가고
그벼살을 사가지고
허다한 萬興宮闕(만흥궁궐)
大院君(대원군) 하온일이
百姓(백성)들이 怨(원)하난말은
怨望(원망)원자 원납이라

上監(상감)님은 어리시매
童(시동)으로 앉처놓고
오천냥에 進士(진사)내고
오만냥에 及第(급제)냇다
八道監司(팔도감사) 내난법은
天萬(천만)냥을 의논할가
小邑(소읍)갈이 소읍가서
본미천을 뺄라하니
景福宮(경복궁)을 우에지어
녀녀하고 만컷만은
백석하면 천냥이오
천석하면 만냥일세

흥인군(興仁君) 안될적에 가난하기 유명터니
상감님(上監任) 등극후에 대원군(大院君) 봉하시고
흥인군(興仁君) 되온후에 부귀영화(富貴榮華) 극진하다
병인년(丙寅年) 추구월(秋九月) 뜻밧게 난리(亂)나서

대륜선(大輪船) 수십척이(數十隻이) 인천이라(仁川) 제물포(濟物浦)에
장안(長安)이 경동하야 대황구 놋난소래
피란가난 사람들과 경상가(卿相家) 부인(夫人)들이
가마타고 달아날제 임자없난 저가마가

오강(五江)에 뒤끌어서 전늬기를 쟁루하니
션간(船價)들 오작할가 달라한게 한정일네
그때정승 누구든가 몇백명 되엿든가
서양국(西洋國)서 기별나와 대진(大陣)을 거나리고

김병국이(金炳國) 정승(政丞)이오 한양사람 황오(黃五)불러
격셔(檄書)지어 보낼적에 대장군(大將軍)에 한성근(韓聖根)은
그때난에 서울사람 안해잃고 못찾나니
양인(洋人)이 놀래갓다 이때에 웃는소래

굽히오라 하엿거늘 그럼으로 양인(洋人)들이
양국(洋國)으로 드러간줄 그걸모른 사람들은
군사일만(軍士一萬) 거나리고 장담(壯談)하고 나가더니
황오(黃五)의 격서보고 천병만마(千兵萬馬) 다라날가

곳곳이 흐터지고 편만(遍滿)하야 저저히
한성근(韓聖根)이 승전햇다 황오(黃五)의 격서보고

한성근(韓聖根)이 하나보고 진(陣)을파해 어이가며

一〇一

한양가

풍양조씨 부인이오
부원군은 누구든고
그왕비는 누시든고
안동김씨 부인이라
기유년(己酉年) 유월달에
헌종대왕 숭하하니
그왕비는 누시든고
안동김씨 부인이오
왕비능은 어디든고
예능과 한능이라
그왕비는 누시든고
여주민씨(驪州閔氏) 부인(夫人)이오

풍양사람 만영(萬永)이라
익종능은 어디던고
부원군은 누구든고
안동사람 조근(祖根)이라
양주땅 三十리에
경능(景陵)이 그능이오
부원군은 누시든고
안동사람 문근(汶根)이라
흥덕궁(興德宮) 올린임금
갑자년 등극하니
부원군은 누구든고
여주사람 치록(致祿)이라

양주땅 三十리에
수능(綏陵)이 그능이라
둘째왕비 누시든고
남양홍씨 부인이오
왕비능도 한능이라
철종(哲宗)대왕 등극하니
기해년 十二월에
철종대왕 숭하하니
어리고도 장(壯)할시고
十三세 나신임금
상감부친(上監父親) 대원군이
대원군(大院君) 안될적에

왕비능도 한능이라
헌종(憲宗)대왕 등극하니
부원군은 누구든고
남양사람 재룡(在龍)이라
이임금은 누시든고
장화도령(壯華道令) 모서왔네
양주땅 三十리에
예능(睿陵)이 그능이오
지각(知覺)도 놀랍시고
도략(度略)도 넉넉하다
궁곤(窮困)함이 그지없고
대원군 백씨장(伯氏丈)도

김조순 거동보소
무루막을 받아놓고
이은혜를 외론컨데
백골진토(白骨塵土) 이슬소냐
두투막을 가저다가
저따님 입히고서
왕비모 들어앉아
부원군을 불러드려
김해부사(金海府使) 제수(除授)하니
김선달 두고보면
익능이(翼陵) 그능이라
왕비능도 한능이라

한양가

백번치사 하는말이
김선달 봉석이난
황공하고 감사하오
이인정을 가프터다
서울로 올라가서
석달만에 왕비되니
대치원(大治院) 주막집에
돈주고 웃준사람
아마도 어질어야
자연(自然)이 되나니라
익종대왕(翼宗大王) 추숭하니
익종대왕 분명하다

지금사람 아니로다
교자샀도 황공커든
평안히 행차하오
서울거름 계지거든
사람복력 누가알가
순조왕비(純祖王妃) 두고보면
게방(揭榜)하고 찾아들여
불일내(不日內)에 보게하오
잡오년 十월달에
순조대왕 숭하하니
병인년 오월달에
익종대왕 숭하하니

이같이 숭한옷을
내안입고 내여주니
장동(壯洞)으로 찾아오소
김선달 하직하고
고진감래(苦盡甘來) 이아니며
흥진비래(興盡悲來) 예사로다
김해로 사환하야
김선달을 찾아다가
춘추가(春秋歌) 사십오라
광주(廣州)땅 칠십리에
춘추(春秋)가 이접이라
그왕비는 누시든고

九九

한양가

눈비올줄 모르고서
몇일이면 올라가서
저교군 하는말이
헛말두번 하지말고
주막주인 부론말이
후객양반 이더오라
서울까지 올라가면
스물녀냥 닷돈이오
活人佛 활인불이 있다더니
金宣達 김선달이 활인이오
동지섯달 설한풍에
마풍루을 입고가니

몇일이면 나려올다
이렇타시 하였더니
그입뒷다 밥잡수오
들기싫소 어서주오
김조순이 열른나와
둘이서로 인사후에
저양반 거동보소
행장을 푸러놓고
교군삯 내여주고
그주막에 교군어며
가다가 죽겠구나
검조순을 다시불러

피차불행 이아닌가
내생팡을 보드래도
이렇다시 다툴적에
봉누방에 들든사람
저양반 하는말이
교군삯이 열마지오
金祖淳 김조순 거동보소
교군삯 내여주니
가마문에 들어갈때
김선달이 앉아보니
洋毛絲 양모사 두루막을
행담열고 내여주며

서울가서 나와갈이
客地過歲 한번하자
게앉어서 대전하니
그사성이 민망하다
서울까지 올라가면
三십냥을 결가하고
그돈받아 앞에놓고
致賀하야 하는말이
불상하다 저처녀여
가난도 유달하다
은건하게 하는말이
이것갓다 따님주오

따님은 가년(嫁年)하고
잘림은 철빈하나
가마타고 가자하니
교군(轎軍)삯을 어이줄고
대치원(大冶院)을 지나가서
눈도오고 비가와서
집에서 지낼라오
조상제사(祖上祭祀) 과세하고
근근히도 변통하여
이곳까지 겨우오니
서울인지 시골인지
잡말말고 열른내오

그중씨(從氏)는 서울있어
벼살은 조치만은
교군다려 이른말이
교군삯은 서울가서
여러날을 유련(留連)하니
저의속에 생각하되
김조순이 하난말이
너의말이 당연하나
두량돈도 못있거든
교군삯을 어이주랴
김조순 하는말이
교군들아 말들어라

그중씨(從氏)가 두호할까
과세(過歲)할길 전혀없어
정한대로 줄터이니
어서바삐 메고가자
서울까지 가고보면
객지과세(客地過歲) 하게됐소
내사정을 드러보라
교군삯을 서울가서
당초에 알았든들
세후에 울러갈걸
예서도 우리집이
사백리가 더남었다

따님을 다리고서
서울로 이사(移舍)갈재
교군놈들 이말듣고
둘이서로 마조메고
교군삯 예서받고
집으로 나려가서
주기로 작정하고
행차돈 삼사량을
피차서로 이즌게라
교군놈들 거동보소
당초에 언약할때
이주박(酒幕)에 술나너냐

한양가

九七

용포자락 松虫충충싸서
입으로 썹으시니
日人 일인들이 발매보고
金銀子 금은자 三百兩 삼백량과
부처앞에 잇난재물 財物
중놈되고 파라먹나
이방에도 소래나고
저방에도 우난구나
일백리 水原 수원땅에
춘추가 삼십구라
안동사람 祖淳 조순이라
순조대왕 등극후에

나무마다 많은 송충
일시에 떠러저서
銀盤床器 은반상기 烏金香爐 오금향노
辛亥年 신해년 冬至 동지달에
龍珠寺 용주사 모인중놈
서울중이 태반이라
절망한게 용주사요
중망한게 저중일세
王妃陵 왕비능도 한능이라
健陵 건능이 그 능이오
壬申年 임심년 西賊 서적맞나
國家가 불안하니

나무빛이 여전하니
효성이 아니시면
서울서 나려온중
일인에 등을대고
중마다 게접두고
중의게접 자식나서
정종대왕 하신자최
송추무덤 터가없네
純祖大王 순조대왕 등극하니
그왕비난 누시든가
自中之亂 자중지란 金祖淳 뿐이로다
부원군 김조순이

微物　九六

저미물이 어이하리
이렇타시 많은 송충
그 物件 물건을 파라먹나
아모리 중놈인들
절이라고 들어가면
어린아해 우난소래
庚申年 경신년 六월달에
正宗大王 정종대왕 昇遐 승하하니
安東金氏 안동김씨 부인이오
부원군은 누시든고
부원군 안되여서
시골에 있을적에

한양가

백성을 화케하니
만백성이 감동하여
그럼으로 동정달때
힌것으로 달엿더니
그아바님 위한마음
수원능에 송추보면
용주사 그절안에
大觀殿(대판전) 지어놓고
그 孝誠(효성)이 오작할까
金銀子(금은자) 三兩(삼백양)을
낙낙장송 풀은솔이
정종대왕 효성으로

기자임금 상사나서
三年服(삼년복)을 입을적에
그때하든 그풍속이
지금까지 나려오니
솔한포기 심을적에
한포기에 돈한양식
烏金(오금)으로 香(향)노하고
銀盤床器(은반상기) 장만하야
玉函(옥함)안에 봉하여서
대권전에 감차두고
저렁타시 무성커날
무지한 저송충이

복을벗고 생각하니
영이벗기 원통하다
모르시난 친구님네
그런줄로 아르시오
포기마다 한양주어
물주워 키워내꼬
중에게 불공시켜
그아바님 사후혼령
五百五十(오백오십) 땅마지기
능앞으로 사서두고
송엽을 뜨더먹꼬
소남기 쇠진하니

千萬歲(천만세) 지나도록
이복을 입어보세
正宗大王(정종대왕) 효성보소
水原(수원)땅에 능을모서
능장앞헤 龍珠寺(용주사)
절일홈 절을지니
구락세계 도라가라
밤낮으로 죽원하니
춘추로 거동하사
저송주를 도라보니
정종대왕 효성보소
송충이 잡아다가

九五

隆陵 음능이 그능이오
왕비능도 한능이라
부원군은 누구던가
청풍사람 時默이라
이렇타시 엄절하니
정종대왕 못입엿네
일평쟁 원통터니
이제와서 입난구나
흰옷으로 입엿으니
그풍속이 완구하야
아모라도 의복빛을
靑紅黑白 청홍흑백 다하여도

장조대왕 승하하니
춘추가 얼마신가
정종대왕 효성보소
아바님의 승하한일
국조의 의복법을
말하거든 들으소서
용포를 버서놓고
우도히고 알도히게
만백성이 그리하야
지금까지 그법이라
동정빛을 히게한줄
그연고로 아르소서

이십팔세 불상하다
정종대왕 등극하니
생각하니 원통하다 英宗
승하할때 영종말삼
우에옷은 푸리엿고
아래옷은 누더엿네
素服 소복으로 입엿으니
朝廷大臣 조정대신 미안하야
그후로 의복빛을
바지는 히게하다
箕子 기자임금 조선나와
평양에 도읍하사

그왕비는 누시든고
淸風金氏 청풍김씨 부인이오
네가만일 복입으면
내 孫子가 아니티라
정종대왕 등극후로
그아바님 복못입어
흰옷으로 입엿으며
그지차 守令方伯 수령방백
옷옷은 푸럿도다
아해들과 부인들은
八條目 팔조목을 베푸러서
四端七條 사단칠조 딱가내여

오섭이년 정치타가
팔집에 승하하니
둘째왕비 어디던고
양주땅 三섭리에
부원군은 누구든고
풍양사람 문명이라
가련하고 한심하다
영종대왕 모진마음
경종대왕 하로밤에
그사이에 승하하니
사도세자 추숭하니
莊祖大王 장조대왕 분명하다

丙申年 병신년 三월이라
양주땅 三섭리에
원능과 한능이라
전종대왕 追崇 추숭하니
사도세자 죽일적에
무지안에 가돠두고
영종에게 외심두면
조옥천이 자세알세
그왕비는 누시든고
풍산홍씨 부인이오

元陵 원능이 노능이오
왕비능은 어대든고
무진년 十二월에
三十一에 숭하하니
永 영능이 그능이오
왕비능도 한능이라
쇠말목을 네리처서
慘酷 찬혹하게 죽였구나
그여이 상소하니
옥천말이 올른게라
부원군은 누구든고
풍산사람 봉한이다

弘 홍능이 그능이라
고양땅 三섭리에
그왕비는 누시든고
豊壤趙氏 夫人 풍양조씨 부인이요
思悼世子 사도세자 죽은일은
이제야 생각하면
부자간에 할것인가
이일을 무고보면
부자간에 살육하니
그형으로 못할손가
장조능은 어디든고
일백리 수원냉에

한양가

九三

부원군은 누구던가
달성사람 종제(宗悌)로다
임금은 영걸하나
망영된 조옥천(趙玉川)이
사흘밤을 꿈에와서
슬피울며 하난말이
鷄不可以爲鳳(게불가이위봉)이오
蛇不可以爲龍(사불가이위룡)이라
아모리 뱀이큰들
제가어이 용이되랴
逆律(역률)로 치죄할제
그자손을 전별하니

둘째왕비 누시던가
경주김씨(慶州金氏) 부인이오
영종대왕 등극후에
부당한 쟁각나서
여보시요 목천선생
제발덕분 상소마오
일야간에 반정하니
끝육상쟁 이아닌가
하로밤 그사이에
졸지에 등극하니
역률에서 더심하다
애달도다 조옥천은

부원군은 누구든고
경주사람 한구(漢)로다
상소(上疏)를 지어노니
조옥천의 합부인이
자손이 망할터니
상소를 하지마오
상소뜻을 들어보면
참아못할 소리로다
인륜이 상치안나
이상소를 보신후에
부인말삼 들엇든들
자손보전 할것이오

최후궁(崔後宮)에 영종(英宗)나서
영종대왕(英宗大王) 등극하니
죽은제 칠년이되
영혼이 신영하여
상소글이 무엇인가
그상소에 하였으되
아모리 닭이큰들
제가어찌 봉이되며
영종대왕 거동보소
조옥천을 목버히고
자기신명 온전하지
영종대왕 등극후에

정신이 깜짝하야 실색(失色)하고 자빠진다
대궐로 모서와서 의원(醫員)불러 약을쓴들
여전하이 어렵도다 숙종대왕 성군일까
후화가 자심하야 회빈을 죽인후에
중전을 복위하고 오두인(吳斗寅) 이세화(李世華)와
박태보(朴泰輔) 세신하를 충신으로 표적하고
충렬각을 지엇도다 경자년 유월달에
숙종대왕 승하하니 춘추가 육십이라
명릉(明陵)이 그능이오 고양땅 삼십리(三十里)에
첫째왕비 익릉(翼陵)이오 둘째왕비 셋째왕비
명릉과 한릉이라 그아들이 등극하니
이임금은 경종(景宗)이라 그왕비는 누시든고
청송심씨(靑松沈氏) 부인(夫人)이오 부원군은 누구던고
청송사람 심호(沈浩)로라 둘째왕비 누시든가
함종어씨(咸從魚氏) 부인이오 부원군은 누구든고
함종사람 유구(有龜)로다 경종대왕 등극후로
낫도못한 낭신으로 날마다 복약하사
정사하실 여가없어 등극하신 오년동안
신고만 하시다가 갑진년(甲辰年) 팔월(八月)달에
삼십칠(三十七)에 승하하니 양주땅에 이십리(二十里)에
의릉(懿陵) 의능이 그능이오
왕비능은 혜릉(惠陵)이오 둘째왕비 어대든고
의릉(懿陵)과 한릉이라 영종대왕(英宗大王) 등극(登極)하니
그왕비는 누시든고 달성서씨(達城徐氏) 부인이오
양주땅에 삼십리(三十里)에

한양가

한 양 가

九〇

숙종께 드릴적에
錦枕 금침을 도드비고
심신이 不平 불평하야
환연대각 깨다랏다

숙종대왕 거동보소
한림사연 드러보니
사부인이 無罪 무죄함은
벌덕일어 앉으면서

네가요년 괴녀로다
페비하다 원통하다
희빈을 잡아내여
벌떼같은 저군졸이

做事 주사함을 생각하니
급급히 이러서서
凌遲 능지하라 하옵시니
일시에 달려드러

머리채를 잡아쥐고
輪車 륜거에 올려놓고
그아들은 누구든고
경종의 거동보소

궁정앞에 나려서서
종로로 끌고가니
景宗 경종이 이아닌가
아모리 요악한들

어미가 죽난지라
죽난게나 보려하고
희빈의 요악보소
나는이제 숙어가니

죽난어미 아니볼가
수리앞에 서서오니
경종을 불은말이
모자간에 永訣 영결이라

영결하는 오날날에
경종의 거동보소
처량하고 가련하다
희빈의 모진마음

손이나마 만저보자
어미말을 들어보니
가까이 들어서니
내목숨을 죽이면서

내몸에 나은자식
손길을 얼른대여
뻐두둑 이를갈며
나와너와 죽자하니

저의뒤를 닛게하랴
남신을 훔처쥐고
마음대로 단기면서
경종의 거동보소

슉종대왕(肅宗大主) 거동보소
쇠를달와 들지지니
박팽년을 당금할제
박태보의 하는말이

뎌욱뎌욱 대노하야(大怒)
박태보 거동보소
이쇠가 차다드니
박팽년과 같이하니

박씨들은 어찌하야
충절이 장하온들
충신은 안죽을가
상부사로 중원가서

뜨거운걸 차다하고
오장이 다탓으니
이때에 김익훈은(金益勳)
페비한줄 몰랏드니

압록강 건너서서
강두에 유숙할제
숙종회심 어렵도다
무삼책을 지엇는고

숭전내침(中殿) 들자옵고
아무리 생각해도
등촉을 밝혀놓고
사씨남정(謝氏南征記) 기이로다

유한림은(兪翰林) 숙종되고
교녀난(巧女) 희빈되고
이책뜻이 무엇인가
사씨는 정실이요

사부인은 중전되고
비유하야 지어내니
유한림은 가장이오
교녀는 첩이로다

교녀마음 요약하야
사부인을 모암하야
유한림의 독한마음(薄待)
구축하야(驅逐) 내첫으니

유한림을 뜻을마차
희빈까지 피여내니
사부인을 박대하야
건곤이체 각별커든

하나님이 무심할가
나날이 후회로다
사부인을 모서놓고
신기하고 이상하다

유한림의 어진마음
봄풀같이 새로나서
교녀를 죽였으니
이뜻으로 지어내서

한양가

八九

한양가

八八

적막하고 가련하다
어느궁녀 하나갈가
征配가서 죽어지고
吳斗寅은 상소하야
전하전일 하신말삼
부부간을 의론컨대
周易 주역을 못보았소
천지만물 생긴이체
自天子 자천자 지어서인
乾坤理體 건곤이체 서로지켜
곤이없어 어이되리
羣生萬物 군생만물 자는것은

어느아들 하나있어
그모친을 찾아갈가
杖配 장배하야 죽었으니
李時煥 이시환은 간하다가
生民 생민의 시조되고
萬福의 근원이라
乾坤二字 건곤이짜 다틀소냐
견곤이 웃음이라
夫爲妻綱 부위처강 달렸거늘
부위궁에 내첫으니
건곤이체 아니오면
춘하추동 사시철에

單獨一身 단독일신 중전신세
一枝花수 분명하다
朴泰輔는 전정에서
三일을 다룰적에
이렇타시 말심터니
오날날 하신일은
乾道 건도는 元氣 원기받고
坤道 곤도는 形氣 형기받아
國家가 장원하며
福祿 복록을 누리릿가
春生秋殺 춘생추살 못할거니
만물을 생각해도

폐비할때 죽은신하
누구누구 죽었는고
火刑 화형으로 다사릴때
至誠 지성으로 하는말이
생민시도 간대없고
만복원도 쓸대없고
元亨利貞 원형이정 天道 천도되고
仁義禮智 인의예지 人道 인도되야
건곤이체 상합할제
건곤없어 어이되며
復位 폐비를 마옵시고
복위를 하옵소서

한양가

中殿 중전께서 하신말삼
上監 상감입에 惡臭 악취나매
말하기가 용열하다
요렇게 이간하매
내입에 악취나서
용열타 하시드니
희빈의 하는말이
거짓말이 아니로다
滔滔逝水 도도서수 一般情 일반정은
중전신세 이아닌가
숙종대왕 거동보소
빌빌하고 짚은인정
말할적에 憫忙 민망하다
이러하게 離間 이간하고
요이간이 이상하다
어느날 숙종께서
악취가 황공하야
감히앞에 바로앉아
이후로 숙종대왕
중전대접 하시기를
우리조선 두고보면
왕비되난 그팔자가
張禧賓 장희빈이 제일이오
소소막막 서른구박
中殿 중전보고 하난말이
上監 상감께서 하신말삼
內殿 내전에 들어가서
中殿 중전과 말삼할제
악취를 보내리오
이럼으로 도라앉아
날마다 소박하사
人情 인정이 쇠하기를
부인몸을 의론컨대
왕비우에 또있는가
민중전에 짝이없내
무자년 춘삼월에
중전과 말할라니
입에서 악취나매
중전의 하신말삼
상감께서 하시기를
하신말삼 대답한다
숙종대왕 생각하니
九十月 구시월 찬바람에
소소낙엽 이아닌가
이렇게도 권컨만은
귀한몸도 천해지내
便壽宮 편수궁에 廢妃 페비하니
슬푸다 중전신세

八七

숙종대왕(肅宗大王)

임군이 ／ 아니던가
기여의 ／ 제복입어(祭服입어)
슬프다 ／ 세월이여
십육년(十六年) ／ 등극으로
숙종대왕(肅宗大王) 왕비능도 ／ 한능이라
광산김씨(光山金氏) 부인이요 ／ 누시든고
그왕비는 ／ 누시든고
부원군은 ／ 누구든고
유중(維重)이라 ／ 여주사람
국태민안(國泰民安) ／ 한상이오
세화년풍(歲華年豊) ／ 이때로다
혹한첩은 ／ 누구든고
장희빈(張禧賓)이 ／ 이게로다

삼년을(三年을) ／ 지낼적에
옥루가(玉淚가) ／ 마르잣네
약으로 ／ 부지타가
편하실때 ／ 얼마없어
그왕비는 ／ 누시든고
광산김씨(光山金氏) ／ 부인이요(夫人이요)
셋째왕비 ／ 누시든고
경주김씨(慶州金氏) ／ 부인이요
임금은 ／ 성군이요
신하는 ／ 충신이라
장회빈의 ／ 거동보소
인물좋고 ／ 글잘하고

이십팔왕(二十八王) ／ 제왕중(諸王中)에
정치난(政治) ／ 의론말고
갑인년(甲寅年) ／ 八월달에
사십사(四十四)세에 ／ 승하하니
그왕비는 ／ 누시든가
광산사람 ／ 만기(萬基)로다
부원군은 ／ 누시든고
광산사람 ／ 만기로다
셋째왕비 ／ 누시든가
경주사람 ／ 주신(柱臣)이라
부원군은 ／ 누구든고
경주사람 ／ 주신(柱臣)이라
숙종대왕(肅宗大王) ／ 성군(聖君)이되
성군(聖君)이되 ／ 두고보면
임금은 ／ 신하는
국태민안(國泰民安) ／ 한상이오
세화년풍(歲華年豊) ／ 이때로다
여주사람 ／ 유중(維重)이라

八六
仁聖(인성)을 ／ 말할진대
요순에 ／ 가깝도다
양주(楊州)땅 ／ 삼십리에
숭릉(崇陵)이 ／ 그능이요
여주민씨(驪州閔氏) ／ 부인이요
둘째왕비 ／ 누시든가
정치(政治)를 ／ 선정하니
숙종대왕(肅宗大王) ／ 등극후에
중전대접(中殿待接) ／ 잘못하고
중첩(衆妾)에게 ／ 혹하신가
회빈이 ／ 숙종보고
이산하야 ／ 하난발이
이간(離間)하고 ／ 요악(妖惡)하고
간사하야 ／ 一手로다
이산하기 ／ 일수로다

일로두고 볼작시면 효종대왕 가진마음
연태자와 다를소냐 그때에 北伐 북벌트면
북벌도 신기찬코 큰일나고 말었으리
지작있는 崔鳴吉 최명길이 혼자들어 諫 간해스니

그럼으로 병자호란 講和功臣 강화공신 명길일세
국운이 長還 장원키로 효종이 요수하야
기해년 五월달에 효종대왕 승하하니
춘추가 삼십일세 일백팔집 여주땅에

寧陵 영능이 그능이요 왕비능도 한능이라
현종대왕 등극하니 그왕비는 누시든고
청풍김씨 부인이오 부원군은 누시든고
청주사람 佑明 우명이라 현종대왕 등극후에

환후가 太甚 태심하여 정사를 全廢 전패하고
궁방에 어의와서 주야로 복약하니
어의는 누구든고 후궁처남 張萬石 장만석이
醫術 의술이 유리하야 평쟁에 약쓴법이

셋첩이 넘지안네 현종대왕 거동보소
효종대왕 국상나서 龍袍 용포를 아니입고
제복을 입으시니 대사간 趙純 조순이가
업드려 아뢰오되 自古及今 자고급금 제왕들은

임군의 복체에난 흥복이 없아오니
임군의 服禮 복뎨에난 君禮 군뎨가 아니외다
현종대왕 하신말삼 임군은 부모없나
요순우탕 문무왕도 용포를 버섯으니

八五

한양가

一朝 일조에 설치하면
國家 국가뿐만 아니라
십삼년 싸인분을
아마도 풀가보다
국사강논 전펴없고
북벌의론 너무하네
通鑑初卷 통감초권 모르신가
燕나라 연나라 태자단이
서씨에게 비수어더
독항도와 함께싸서
아방궁 제비연에
秦始皇 진시황을 죽이라고

八道 팔도의 蒼生 창생들이
뉘아니 춤추릿까
효종대왕 登極後 등극후로
십여년을 지내도록
실상으로 생각하면
효종이 망발이라
일시분을 못참어서
亡發 망발되는 마음내서
형가를 보낼적에
蕭瑟寒風 소슬한풍 易水上 역수상에
아모리 칼을뺀들
강약이 현수하니

八四

효종대왕 들으시고
大喜 대히하야 하신말삼
治國治民 치국치민 생각않고
一平生 일평생에 두난마음
분하심을 생각하면
당당히 그럴게되
선광선생 불러드려
荊軻 형가를 의론하니
무양은 짐을지고
형가는 뒤를따라
만숭천자 어찌하리
제다리만 끊었고나

이완의 저장략은
만고에 짝이없어
北伐 북벌하기 위주하사
朝廷 조정에 모인신하
强弱 강약을 생각하면
북벌이 당한말가
번어기의 머리버혀
함안에 담아놓고
함양저사 깊은밤에
臥念明日 외념명일 奉圖 봉도하야
연태자 저도죽고
연나라이 낭했으니

德水張氏(덕수장씨) 부인이요
府院君(부원군)은 구시든고
李浣(이완)을 불러들여
君臣(군신)이 서로앉아
指揮蹴踏(지휘축답) 胡奴地(호노지)
歌舞歸來(가무귀래) 向玉京(향옥경)
지휘하여 호노지를
차버리고 발비내고
장군의 甲胄等屬(갑주등속)
단단히 단속하야
병자년 깊은원수
臣等(신등)이 갚으리다
한양가

德水(덕수)사람 張維(장유)로다
孝宗大王(효종대왕) 등극후로
복수하기 議論(의론)할제
글두귀를 지여내니
자자마다 有理(유리)하고
귀귀마다 包恨(포한)이라
노래하고 춤을추며
옥계성에 도라올제
百萬兵(백만병) 거나리고
鴨綠江(압록강) 건너서서
삼학사의 죽은혼령
魂魄(혼백)인들 무심하랴

大寶壇(대보단) 피여들고
丙子(병자)일을 생각하니
드러보소 드러보소
그글에 하였으되
願(원)하나니 將軍(장군)께서
十萬大兵(십만대병) 거나리고
李浣(이완)이 엿자오되
智謀壯士(지모장사) 길러내고
中原(중원)을 들어가면
汗(한)의머리 어대갈까
先大王(선대왕) 육하심과
仁許世子(인허세자) 원통함과

汗(한)의 일이 어제같다
心中(심중)이 울적하야
我願長驅(아원장구) 十萬兵(십만병)
秋風雄鎭(추풍웅진) 九連成(구련성)
정한군사 불러드려
연습하고 달련하며
옥체를 보전하야
근심을 마옵소서
昭顯世子(소현세자) 억울함과
殿下(전하)의 분하심을
八三

한양가

이일을 생각하니
죽은학사 덕이로다
벼루돌을 둘러미고
인허세자 이마치니
네가이놈 사람이냐
한이만도 못하도다
이럼으로 이른말이
도끼정승 이아닌가
벼투가진 그허물로
아들하나 죽엇으니
己丑年(기축년) 五月(오월)달에
인조대왕 승하하니

가

단종때 死六臣(사륙신)과
인조때 三學士(삼학사)는
참혹하게 죽난고나
父子間(부자간) 중한 天倫(천륜)
不共載天(불공대천) 큰원수를
大報壇(대보단)에 기록하라
西小門(서소문)밖 李元奎(이원규)는
玉璽(옥쇄)를 도적하야
仁祖大王(인조대왕) 볼작시면
이일을 하신일이
春秋(춘추)가 五十(오십)이요
交河(교하)땅 七十里(칠십리)에

不配享(불배향) 앗갑도다
千秋血食(천추혈식) 맞당하다
어이참아 아리할까
인조대왕 하신말삼
인조대왕 反正(반정)할제
반정공신 元斗杓(원두표)는
登極後(등극후) 반친고로
世俗(세속)에 숨은공은
올치가 못하오니
後福(후복)이 長遠(장원)할가
장능이 그능이오
무왕비도 한능이라

八二

인조대왕 거동보소
인허세자 벼루보고
개갈은 그놈에게
벼두를 가저오니
도끼를 손에들고
南大門(남대문)을 깨트티니
玉璽判書(옥쇄판서) 이임금이
骨肉相爭(골육상쟁) 이아닌가
을푸다 國運(국운)이여
國喪(국상)이 또나신다
孝宗大王(효종대왕) 풍국하니
그왕비는 누시든고

사람의손 아니가도
제입으로 불을도해
소현세자 대답하되
고국을(古國) 도라가서
효종대왕 하신말삼
원대로 하올진댄
효종대왕 하신말삼
일구이언(一口二言) 못하기난
죽은신하 세사람과
대유녀(大乳女) 三千명과
일시에 다나오니
죽은신하(臣下) 원통하다

적도만도 아니하게
마치맞게 도해노니
부모처자 만나보기
그것이 원이로다
원을말삼 하려니와
그렇지 아니하면
범인도(凡人) 못하거든
하물며 천자(天子)께서
대유마(大乳馬) 삼천필을
다다리고 나것으면
장하도다 삼학사여(冤)
삼학사 죽은혼이

용의조화(龍造化) 이아닌가
보배는 보배로다
호천자(胡天子) 하는말이
기특하다 그리하라
호천자 하는말이
말하지 못할로다
호천자(胡天子) 크게웃고
말하여라 그리하마
아모원도 없나이다
호천자 하난말이
산것같이 호령하니
호천자 접이나서

소현세자(昭顯世子) 불러느려
효종대왕(孝宗大王) 불러드려
너의원은 무엇이냐
소현세자 말하여라
원대로 할것이냐
원을모다 말하여라
너의원은 무엇이냐
효종대왕(孝宗大王) 불러드려
소인의(小人) 삼형제와
일구이언 어이하리
다다리고 나가거라
조선인물(朝鮮人物) 두렵도다
한사람도 두기실타

八一

南陽洪氏(남양홍씨) 洪翊漢(홍익한)과
安邊尹氏(안변윤씨) 尹執(윤집)이라
삼학사의 충성보소
기름가마 들어앉아
堯舜禹湯(요순우탕) 文武周公(문무주공) 禮樂文物(예악문물)
사천년 조선인물
强暴(강포)로 행악하여
무죄한 조선인물
서이함께 죽었으니
장하도다 삼학사여
인허세자 대답하되
陛下(폐하) 앞에 있는배두

대유녀 삼천명과
대유마 삼천필을
秋霜(추상)같이 호령하여
口不絶聲(구불절성) 하는말이
一朝(일조)에 다없애고
殺父代立(살부대립) 네풍속을
저다지 辱(욕)을뵈니
천지도 無心(무심)하다
충절이 충장하니
죽은혼이 말한갈다
그것이 원이로다
호천자 하는말이

모두함께 다려다가
九原獄(구원옥)에 가다두고
개와같은 호천자야
네가이놈 무엇이냐
삼천리 조선강산
네속국을 맨들라고
망으락이 덮어쓰고
옥쇄를 전수하기
묵묵히 말이없네
그리하라 벼두주니
이벼루가 어떠턴고

삼학사를 죽일적에
기름가마 쌀맛구나
누루하치 자손으로
大明(대명)을 소멸하고
금수같은 네무리를
몇천명을 거나리고
부고럽도 아니하냐
이렇다시 호령하고
인허세자 불러드려
너의원은 무엇이냐
조화있는 龍硯(용연)이라
글씨를 쓸라하면

그 배위(配位)는 누구든고
문화유씨(文化柳氏) 부인(夫人)이오
유자신(柳自新)의 딸이로다
열네해를 지내다가
강화(江華)도 내첫더니
양주(楊州)땅 진관면(眞官面)에
내웨무덤 여게도다
원종대왕(元宗大王) 추숭(追崇)하니

그 왕비(王妃)는 뉘시든고
능성구씨(綾城具氏) 부인(夫人)이라
부원군(府院君)은 누시든고
능성(綾城)사람 사맹(思孟)이라
김포(金浦)땅 칠십리(七十里)에
원종(元宗)능은 장능(章陵)이오
왕비능 어데든고
장능과 한능이라

계해년(癸亥年) 삼월(三月)달에
인조대왕 등극(登極)하니
그왕비는 누시든고
정주한씨 부인(夫人)이요
부원군은 누구든고
정주사람 준겸(浚謙)이라
둘째왕비 누시든고
양주조씨(楊州趙氏) 부인이요

부원군은 누구든고
양주사람 창원(昌遠)이라
인조대왕 거동보소
즉위하신 십삼년에
병자호란(丙子胡亂) 나난구나
호천자 어사하니
철기오만 거나리고
다섯길 넘는비를

전자로 비문쎄서
나올적에 실고나와
조선을 항복받고
송파(松坡)에 세웠으니
아모려나 생각하니
한이가 영웅(英雄)이라
호천자 들어갈때
인조대왕 자제서이

누구누구 잡혀갔다
말자새는 인허세자(仁許世子)
둘째자제 소현세자(昭顯世子)
셋째자제 효종대왕(孝宗大王)
삼형제를 앞세우고
삼학사(三學士)를 잡아다가
삼학사(三學士)는 누구든고
해주오씨(海州吳氏) 오달제(吳達濟)와

한양가

七九

無知(무지)한 寡人(과인)몸이
生佛(생불)을 몰라보고
어진덕을 닥근고로
하나님이 感動(감동)하야
三百丈(삼백장) 人皮(인피)벗겨
年年(년년)이 朝貢(조공)하라
하다가 생각하니
사람씨가 없어질세
다시비러 하난말이
三百名(삼백명) 軍士(군사)나와
무진년 이월달에
전조대왕 승하하니

辱說(욕설)로 待接(대접)하니
萬死無釋(만사무석) 죽여주오
강원도 洛山寺(낙산사)에
生佛(생불)을 점지하니
人皮(인피)를 벗긴대도
죽은사람 가죽말고
다시조공 곤처하되
朱錫銅鐵(주석동철) 대신하니
수자리로 사오리다
그리하라 허락하니
春秋(춘추)가 얼마신가
五十七(오십칠)이 분명하다

분부대로 하오리라
사명당의 거동보소
삼년에도 하나나고
오년에도 하나난다
산사람 벗겨오라
사명당 나온후에
경면주사 三百斤(삼백근)과
구리쇠 三百斤(삼백근)을
東萊邑內(동래읍내) 草梁(초량)앞에
조혼집을 지어놓고
楊州(양주)땅 二十里(이십리)에
穆陵(목릉)이 그능이오

왜왕다려 하난말이
우리나라 임금은
다시한번 生佛(생불)오면
너의나라 滅亡(멸망)한다
三百斤(삼백근) 인피대신
년년히 조공하니
인피대신 조공하니
국용이 탕갈이라
그리와서 살림하니
東萊倭舘(동래왜관) 그게로다
두왕비도 한능이라
光海君(광해군)이 등극하니

왜왕이 생각하되
아마도 생불이라
그쇠가 불에녹아
불집이 되였구나
글두자를 써불이고
그가운데 앉았으니
안연히 홀로앉아
倭卒(왜졸)을 호령하되
사명당을 타라하니
사명당 생각하니
시각내로 천동소래
강산이 뒤눕더니

구리쇠로 집을짓고
사명당을 들어보내
왜왕이 하는말이
제아모리 생불이나
그이튼날 왜졸들이
사명당 녹았는가
이놈들 불좀여라
왜왕이 크게놀래
하든중에 처음이라
하늘을 우러러서
海天(해천)이 漠漠(막막)하야
주룩주룩 오난비에

그가운데 안처놓고
사면으로 숯을쌓아
아니죽고 사라날가
사명당의 재조보소
아니죽고 사라날까
사명당의 재조보소
황겁히 하난말이
이생불을 어이하리
지성으로 비난말이
소소한 하나님은
가엽도다 日本國(일본국)이
魚(어)별쏘이 디엿끄나

불을질러 부처놓고
대풍기로 부처낸다
房(방)에는 어름빙자
벽에는 눈설자를
이마우에 서릭치고
수염에만 어름달려
쇠말을 만드러서
숯불에 달과내여
朝鮮生佛(조선생불) 위하시사
一場風雨(일장풍우) 내이소서
倭(왜)왕의 거동보소
蒼黃急急(창황급급) 비난말이

한양가

七七

벼슬만 탐을내고
國事(국사)를 네모르고
백성을 생각커늘
너소위 거만하니
사명당 하는말이
나는조선 生佛(생불)이라
그앞으로 지나와서
그글을 다외와라
사명당 대답하되
안본것을 외오리요
任意(임의)로 다녀바라
사명당의 재조보소

너의목을 하나버혀
천백을 증계하리
處斬(처참)함이 맛당하니
너 所爲(소위)를 생각하면
왜왕이 이말듣고
네가정영 生佛(생불)이면
사명당의 재조보소
말을타고 지나와서
병풍을 바라보니
바람에 접혓도다
쇠방석을 잡아타고
임의로 왕내하여

내아모리 중이라도
王命(왕명)을 받들고서
先斬後啓(선참후계) 하온후에
배를타고 들어가니
못할것이 없을기라
즉시에 분부하야
대장경을 다외온후
두쪽을 안외오니
왜왕의 거동보소
또다시 분부하되
之南之北(지남지북) 저리가고
之東之西(지동지서) 이리오며

만리타국 들어감은
社稷(사직)을 받들고서
일본국이 어디메뇨
中宮大闕(중궁대궐) 이게로다
八萬大藏(팔만대장) 경문들이
병풍에 써있으니
왜왕이 하난말이
두 篇(편)은 안외우나
쇠방석을 드러다가
저물에 떤저라고
팔만대장 많은경문
高聲大讀(고성대독) 다외우니

三萬里 삼만려　惡 經道 악한경도
무양하게　행차하오
션조대왕　平亂 평난하고
治國 치국하신　五년만에
열세해　지금까지
군자군기　조련하여
사명당　하는말이
小僧 소승은　生佛 생불이라
조선국　修信使 수신사
사명당이　生 이라
府使 동내부사　宋珙 충경이난
아니오고　하는말어

한양가

이여송이　나왔다가
대공은　이뒷스되
西山大師 서산대사　泗溟堂 사명당이
상소하여　하난말이
未久 미구에　나오기를
밤낮으로　경영하니
소승이　한거름에
일본을　降服 항복받고
이날길을　떠날적에
各道열읍　관장들이
一介 한　속인두고
일개소승　중보낼가

마음한번　잘못먹고
초립동애　혼이났다
낙산사　어제밤에
天機 천기를　잠간보니
난리나기　不遠 불원하니
미리막아　보옵소서
後弊 후폐없이　하오리다
션조대왕　대히하여
使臣行次 사신행차　소문듣고
어느판장　아니오리
사명당　분을내여
동내부사　나입하여

이여송이　들어간후
조선이　太平 태평이라
임진년에　패한왜병
餘念 여분을　풀지못해
선조대왕　상소보고
사명당을　불러보니
御筆 어필로　親 친히쓰되
사명당　보낼적에
東萊 동내읍내　들어가서
三일을　留連 유련하되
수쇠하여　하는말이
너같은　逆臣 역신들은

七五

잠깐참아 두거니와
네장수를 보내여라
아마도 귀신(鬼神)이요
군사가 노라와서

지금당장 바삐가서
저군사놈 눈치보니
사람은 아니로다
그연유(然由)를 아리오니

이여송이 이말듣고
필마(匹馬)를 타고가니
이여송아 말들어라
왜란을 소멸하고

마음에 대경(大驚)하여
그소년이 하는말이
천자명령 네밧들고
동국을 보전하니

국왕에게 하직하고
천자명령 받난것이
신자도리(臣子道理) 당당커늘
곳곳이 혈(穴)을질려

대공(大功)을 일웠으면
네국으로 돌아가서
쇠말둑을 치여들고
산천기운(山川氣運) 상케하니

무삼심사 그러하냐
천의(天意)를 모르고서
너의죄를 네아나냐
이여송의 이마우에

그일은 고사하고
범남(泛濫)한 뜻을두니
오십군 철퇴들어
덩그렇케 거러노니

이여송의 거동보소
한출첩배 땀이나서
오날당장 가오리다
초립뭉이(草笠童) 간곳없고

황황급급 이러서서
복지사죄(伏地謝罪) 하난말이
절하고 이러서니
반석(盤石)하나 남았구나

초립동은 뉘기든고
이여송이 돌아와서
선조께 하직하니
대도독의 八년공을

삼자산 신령(神靈)일세
군중에 하령하고
선조대왕 하난말삼
반분실을 잡호뒷가

八年兵禍(팔년병화) 더심하다
슬프다 朝鮮風俗(조선풍속)
그 神寃(신원)을 누가할고
德령이만 죽엇구나
난데없난 草笠童(초립동)이
조고마한 노새타고
唐突(당돌)하다 어떤놈이
萬陣中(만진중)을 능모하고
군복자락 홀처매고
바래보고 조차가며
草笠童(초립동)과 삼척동자
들은체도 아니하고

한양가

功臣待接(공신대접) 허무하다
八年功臣(팔년공신) 김덕령을
제 江山(강산)을 맨들라고
풍진을 소멸하고
三尺童子(삼척동자) 정마들려
李如松(이여송)의 陣前(진전)으로
말을타고 지나가니
罪死無釋(죄사무석) 노을소냐
숨찬중에 외난말이
저게가난 저少年(소년)아
誘引(유인)하여 뉘여놓고
數十里(수십리)만 誘引(유인)한후

封侯爵祿(봉후작록) 하드래도
그 공을 다 못할걸
數三食(수삼식)을 遲滯(지체)하니
우리한양 國運(국운)보소
忌憚(기탄)없이 지나가니
이여송이 大忿(대분)내여
한거름에 바삐가서
速速(속속)히 잡아오라
거게잠간 머물러라
너잡으러 내가간다
그 少年(소년)의 거동보소
盤石(반석)우에 올나앉아

封爵(봉작)은 姑捨(고사)하고
陷井(함정)에든 범이되니
五百年(오백년) 지낼 運數(운수)
壬辰年(임진년)에 마칠소냐
軍士(군사)를 재촉하니
號令(호령)하여 하는말이
저 군사놈 거동보소
소털벙치 제처쓰고
그리소리 급히가니
두발동안 뛰워놓고
크게 號令(호령) 하난말이
너부터 죽일게되

七三

한양가

이글뜻을 드러보소
크고큰 저조개가
양지를 따라나와
날아가는 저황새가

방울시가 용하잤나
차운날을 피하야서
물까에 부텃으니
무삼일로 성을내여

서로밉게 보았다고
굴택을 떠나올제
어렵도다 저황세가
풀른나래 쇠잔하다

가련하다 저조개난
불근태(態)가 손상되고
사장을 발불적에
불상하다 이조개야

입을막고 있을적에
어이그리 몰랏으며
들어오기 섭건마는
네가어이 몰랐더냐

입을열면 해될줄을
가엽도다 저황새야
나가기가 우려운줄
어옹손에 우리둘이

한가지로 떨어질줄
나는너는 구름가고
피차서로 편할것을
후회한들 쓸데없나

일즉이 아랏든들
잠간너난 물에가서
어찌타 못하여서
물이목숨 그만일다

기해년에(己亥年) 평정(平定)하니
이여송의 마음보소
흉(凶)한심사 새로나서
산천정기(山川精氣) 유명(有名)하여

팔년풍진(八年風塵) 이아닌가
팔년풍진 성공하고
조선산천(朝鮮山川) 바라보니
인재(人才)가 많이날다

팔도를(八道) 두루도라
쇠말뚝 치여들고
산천혈을 긇어벌제
녁달을 혈지르니(害)

명산대천(名山大川) 찾아가서
곳곳이 혈(穴)을질너
녁달을 다녓구나
그해를 의론컨데

이여송은 칼을들고
김장군아 어디있소
雲霧(운무)가 자욱하니
劍光(검광)도 없서지고
勝負(승부)를 바라더니
머리하나 떨어지니
이여송과 김덕령이
수길의 머리따라
청정은 어디가고
죽은곳이 없었으니
大蚌隨陽(대방수양) 避日寒(피일한)
鵁鶄何事(교청하사) 怒相看(노상간)

김장군은 칼을들고
이도독아 어디있소
칼날이 서로대여
실경실경 맛난소래
軍士(군사)들이 칼을들고
머리를 들고보니
두리함께 나려와서
왜졸을 소멸하고
아마도 청정이는
故國(고국)으로 갔단말이
身離窟宅(신이굴택) 朱態損(주태손)
足踏沙場(족답사장) 翠翼淺(취익잔)

두장수 서로불러
秀吉(수길)만 찾아가니
구름속에 나난지라
순식간을 지날적에
왜장의 수길이라
저군사들 거동보소
팔도에 남은군사
씨없이 뭇찌르니
정영하고 분명하다
청정이 들어갈때
閉口那期(폐구나기) 開口害(개구해)
入頭惟易(입두유이) 出頭難(출두난)

수길이 危急(위급)하여
도망하기 어렵도다
아래있는 왜군사가
하늘만 바라보고
오백명 우난소래
천지가 요란하다
삼조팔역 많은군사
한사람도 못사랏다
蚌鷸詩(방휼시)를 지었으니
그글에 하였으되
早知俱落(조지구락) 漁人手(어인수)
雲水飛潛(운수비잠) 各自安(각자안)

한양가

七一

어제는 모르더니
오날은 아는구나
본진(本陣)으로 도라오니
이여송이 덕령보고
이때가 어느때뇨
정유년(丁酉年) 팔월(八月)이라
겨우모와 오백명(五百名)을
둔취(屯聚)하야 진을친다
이여송과 김덕령이
오작진에 들어가니
이렇타시 하엿거늘
이여송이 앞에서고

수길(秀吉)이 할수없이
필마(匹馬)로 다라난다
칭찬(稱讚)하여 하는말이
아모리나 장군용맹
군사(軍士)를 거나리고
팔도(八道)를 평정(平定)하니
이여송의 거동보소
덕령과 둘이드러
수길의 거동보소
반공(半空)에 솟아올라
김덕령은 뒤에서서
둘이서로 칼을들고

덕령의 거동보소
장수없는 저군사를
맹분오확 다시와도
장군만 못할개오
이난리(亂離)가 오작할까
김해(金海)를 드러가니
수길을 찾아가니
수길의 재조보소
운무(雲霧)로 진을치고
성신(星辰)으로 군사삼아
운무중에 삼장사(三壯士)가
서이함께 싸울석에

한칼로 소멸하니
피흘러 강수(江水)로다
관우장비(關羽張飛) 다시나도
장군만 못할로다
수길의 거동보소
다죽고 남은군사
오백명 저군사로
일월(日月)로 대장삼고
무지개로 칼을삼아
이장수와 저장수가
피차(彼此)서로 분별못해

三十餘合(삼십여합) 勝負(승부)를 싸왔으나 결단못해
本陣(본진)으로 도라외서 평수길의 재조보소
칼을들어 목을치니 맞은목은 그저잇고

곁에있는 군사목이 代身(대신)에 떠러지니
다시들어 목을치면 평수길은 간대없고
말머리 떠러지니 이것이 殊常(수상)하고
아마도 생각하니 變化不測(변화불측) 이아닌가

變化(변화)가 무엇이냐 遁甲藏身(둔갑장신) 분명하다
둔갑장신 저장수를 將帥(장수) 어이하야 잡으릿가
李如松(이여송) 하난말이 明日(명일)에 다시싸와
제가만일 明日戰(명일전) 전에 둔갑장신 또하거든

둔갑장신 그법수가 어렵잔코 쉬우리라
둔갑을 제하거든 나는먼저 비켜서서
乙方(을방)으로 도라들어 左便(좌편)을 먼저치고
나는먼저 몸을피해 장신을 제하거든

둔갑막난 그법수가 西方(서방)으로 도라들어
右便(우편)을 먼저치면 덕령이 이말듣고
계교를 배운후에

저아모리 둔갑해도 둔갑이 쓸때없고
제아모리 장신해도 장신을 못하나니
그럴적에 들어치면 아니죽고 어이하리
을방으로 도라드니 어허어허 이장수야
둔갑막는 그방법을

이른날 접전할재 덕령이 칼을들고
수길의 거동보소

六九

한양가

이여송 김덕령이
왜진을 소멸하니
잡오년(甲午年) 칠월(七月)이라
성주땅을 다달아서
도처(到處)마다 왜병치고
이해가 어느핸고
영남으로 다시나려
무게나를 얼는건너
한개압을 지나가서
한칼에 낫찌르고
왜장에 청정(淸正)이가
대진(大陣)을 막앗거늘
왜병이 모엿거늘
현풍읍내(玄風邑內) 들어가니
오천병을 거나리고
이여송의 거동보소
한손에 칼을들고
억만군중 적진중에
가면치고 오면치니
몇천명이 죽엇으며
또한손에 창을들고
나난듯이 달라들어
칼끝에 죽는군사
창끝에 죽는군사
몇백명(百名)이 죽엇난지
피흘러 강수로다
절라도로 나려가서
십리평사 넙은들에
죽음이 태산(泰山)같고
대병(大兵)을 거나리고
강진(江津)나루 건너가서
왜장에 평수길이
백만군병 진을치니
번화불칙 무궁하여
이여송의 거동보소
넙히물어 하난말이
진법(陣法)이 엄숙하다
잡기가 극난(極難)하다
덕령을 도라보아
나는잠간 쉴것이니
김장군(金將軍)이 들어가서
덕령의 용맹보소
투구끈을 졸라매고
말머리를 뚜다리고
저진을 파하여라
삽옷을 단속하고
삼척검(三尺劍)을 손에들고
신중에 달려들어

六八

대히하야 이러서서
函을열고 헤처보니
장하도다 김장군아
놀랍도다 김장군아
이렇타시 충찬하니
덕령이 엿자오되
집만대병 거나리고
東征西代
동정서벌 간곳마다
金應瑞
김응서를 불러다가
五千兵
오천병을 거나리고
팍망우당 전망하고
치산계를 찾아가니

한양가

소서의 죽은머리
두눈이 껌적껌적
범갈은 이장수를
혼자서 잡아내니
이번에 성공함은
德澤
장군님의 덕택이요
피하난게 왜졸이오
죽난것이 왜졸이라
忠淸道
충청도를 나려가서
忠州邑
충주읍을 구원하고
근화산을 전망하고
尙州邑
상주읍을 들어가니

함안에 어린피가
오히려 마르잔네
그대의 용맹보니
中原
중원에 나섯던들
소장의공 아니오라
그잇혼날 行軍할때
강홍잎을 분부하야
三千
삼천병마 거나리고
이여송 김덕령이
錦山陣을
금산진을 마지하니
정우복도 전망하고
忠淸道
충청도보 도라와서

덕령의 손을잡고
크게청찬 하는말이
그용맹과 그도탁이
나에서 백불이라
이여송은 대장이요
김덕령은 아장이라
황해도로 나려가서
徐洪鍊
서홍련은 백천막고
조중봉을 전망하고
火旺山
화왕산을 찾아가니
탄금대를 찾아가니
신장사도 간대없다

六七

화월이 이말듣고
眞情(진정)으로 비난말이
첩을먼저 죽일게니
오날밤에 장군님이
가신길에 주고가오
첩의원이(願) 이거로다
다오다가 불러주니
화월어미 거동보소
어미를 생각하여
나를두고 메가죽나
大功(대공)을 이루으니
千萬古(천만고)에 히한하다

오날날 장군님이
첩과함께 同謀(동모)하여
첩의목을 버히다가
첩의어미 주고가오
덕령의 거동보소
한숨짓고 하난말이
호초비단 치마벌려
딸의머리 받아들고
이런일을 생각하니
화월이난 妓生(기생)이되
평양 四백 五十리를
[illegible]

왜장을 죽이고서
장군님 가고보면
첩은이미 죽드래도
첩의어미 살아나지
사성은 當然(당연)하다
사세는 切迫(절박)하나
덕령을 붓들고서
슬피울며 하는말이
忠孝烈(충효열)을 兼全(겸전)하니
후세사람 뻔받을세
소서의 많은머리
이여송의 대장앞에

저왜졸의 거동보소
저의장수 죽였다고
제발덕분 장군님요
첩의목을 버혀다가
꼬분칼을 다시빼여
화월의 목을버혀
가련하다 화월이여
个祥 불상하다 화월이여
덕령의 거동보소
필마단기 가난행차
封(봉)한체보 올리오니
이여송의 서낭보소

花月

화월이 결에서서
죽은몸이 요동없네
버힌머리 싸서들고
척은하게 하난말이
깍지재물 헛첫으니
덕령의 거동보소
화월을 하직할세
장하도다 화월이역
八年 팔년만에 어제와서
갈길이 바랏스니
난리가 平定 평정되면
부대부대 너의모녀 母女
으래가기 섭섭하나
지처하기 어렵도다
다시한번 볼것이라
殘命 잔명이나 保全하며
화월이 이말듣고
將軍任 장군님아 장군님아
잘려두고 못가리라
장군님 드난칼요
슬피울며 하난말이
첩의말슴 늘어보소
첩의목을 베어주오
첩의목을 베어다가
첩의어미 주고가오
탄식하고 하난말이
萬古 만고없난 大將머리
千金賞 천금상을 순다해도
덕령이 이말듣고
너와나와 同謀 동모하야
한칼로 베인것은
功 너의공을 의론컨대
千金이 부족하고
만금이 부족이라
有功한 그사람을
남남에도 夫婦間에 못하거든
천금이 주드래도
상이야 못줄망정
秋毫 추호도 害 해할손가
하물며 부부간에
萬金賞 상이야
마라마라 그리마라
殺妻求將 하는사람
人情迫對 인정박대 못하겠다
만금상을 못줄망정
그런말을 세발마라
吳起 오기바께 또있난가
부대부대 살있거라
내칼로 네의목을
어찌참아 버히리요

한양가

六五

덕령의 거동보소
三更後 삼경을 지난후에
덕령온줄 검작하고
문을열고 내달아서
덕령의 장략에도
한번보매 기가막혀
불빛과 서로빛어
眼光 안광이 영롱하다
두주먹 불끈쥐고
두팔을 뻬치고서
덕령을 친다는게
연광정 대들보를

칼을잡고 들어가니
좌우에 왜졸들은
손길잡고 引導 인도하니
덕령이 뒤를따라
혼자말로 小西 소서이여
칼을들고 대단할자
노기가 騰騰 등등하야
덕령을 보난갇다
지지개 한참쓸때
덕령이 칼을들어
칼날로 천자취가
至今 지금까지 완연하니

寂寞 적적히 잠을자고
人寂 인적이 고요하다
문을열고 서서보니
집동같은 소서이가
들든말과 과연같다
精神 정신을 다시차려
덕령의 거동보소
오른발을 높이들어
비늘사이 칼을치니
칼맛고 떠러질때
목없난 저장수가
저렷다시 장하거든

六四

練光亭 연광정 올라가니
화월의 거동보소
서이갈이 누었으니
알고와도 놀랍도다
자난눈을 살펴보니
두눈빛이 경쇠갇고
자난놈을 코를차니
小西 소서의 勇猛 용맹봐라
목없난 將帥 저장수가
설설기며 칼을찾아
목있을때 勇猛 용맹보면
그 勇猛 용맹이 어쩌할가

사흘밤은 점점깨여
기침하난 그소래에
턱밀을 만저보면
層層층층이 부터있고

약간하면 기침하여
방울이 딸낭딸낭
돈짝같은 그비늘이
疊疊첩첩이 싸고있어

구리쇠로 맨든드시
두주먹을 불끈쥐고
첩첩이 박힌비늘
비늘틈에 살이뵈니

지지로 勇猛용맹나면
기지개를 쓸대보면
낫낫치 이러나서
그럴때에 칼로치면

제아모리 力士역사라도
수잠이 들고보면
잠이깊이 들고보면
사람을 보난같고

아니죽고 어찌하리
두눈을 아조깜고
두눈을 번적떠서
소서의 하는말이

사람을 의심하여
等身등신을 만들어서
어느것이 소서인지
兩便양편에 누은것은

지금같이 형용그려
서이같이 누였으니
얼듯보면 모르리다
등신소서 누은게요

그가운데 누은것이
내일은 이틀재니
부대부대 염려말고
장군님의 이번대사

참소서가 분명하니
큰잠자는 그날이라
내일밤에 들어오면
成功성공하고 가오리다

이렇다시 約束약속하고
바지솜 빼여들고
나갈때에 들어막고
아무리 出入출입해도

화월이는 들어가서
그많은 방울궁호
들어오며 다마으니
방울이 소래없다

한 양 가

六三

귀에쟁쟁 들이난듯
아모리 보자한들
화월이 이말듣고
낫빛을 다시곤처
大事대사를 圖謀도모코저
첩을찾어 왔였으니
이내마음 내아랏다
果然丁寧과연정녕 그러하다
화월이 이말듣고
덕령에게 하는말이
바람이 부는대로
방울소래 달랑하면

六년초도 지난후에
난리를 또당하니
正色정색하고 하난말이
아적도 장군님이
이일을 하실진대
첩아니면 어찌하리
이번에 내온뜻은
倭將小西왜장소서 잡을라고
장군님아 장군님아
첩의말을 들어보소
잠을깨여 기침하고
잠자는 法법을보면

무삼여기 있을이오
이번에 여기옴은
나의마음 모르시고
농담으로 히롱하니
덕령의 거동보소
이말듣고 대답하야
龍泉劍용천검 드는칼을
갈고갈고 또가라서
소서의 하난일을
낫낫치 말하리라
사흘썩 크게잘제
첫날잠은 열게들고

六二

月態華容월태화용 너의얼굴
다시한번 보로왔다
그아니 冤痛원통하오
장군님 이번거름
잡은손목 다시놓고
欣然흔연히 하난말이
金사철갑 칼집속에
깊이꼽아 차고왔다
四方사방에 금줄매고
칸칸이 방울다라
잇흔날은 짐히들어
사람출입 모르고서

첩의몸 죽은후에
지하(地下)에다 만나볼가
금수관에 가둬두고
어머니도 못보오니
원망조차 못하나마
결에있난 첩어미도
죽이기로 작정(作定)하고
너나오기 바랫더니
十六세 아녀자는
장부마음 알것만은
화월의 하난말이
히룡을 마르시고

이렇다시 마음먹고
사창에 홀로누어
화월의 팔자보소
청춘에 가장그려
마음대로 못보지요
덕령의 거동보소
오날날 하난일을
다시보고 요랑하니
十九세 대장부는
여자마음 몰랏스니
진담(眞談)으로 하읍시요
덕령이 대답하되

눈물로 세월(歲月)보내
팔년(八年)을 지나더니
독숙공방 서른회포
구비구비 맷첫거늘
어제날 하난일을
내가보고 분이나서
너보기가 붓그럽다
우리둘이 만날적에
장부되기 붓그렵고
여자되기 앗갑도다
이별(離別)한 팔(八)년만에
너익열굴 생각하면

뜻밖에 난리나서
왜장이 첩을불러
가장(家長)을 말할진대
천리밖에 있었으니
너마음이 변했다고
오날날 다시보면
나의나는 十九세요
너의나는 十六세라
화월의 손을잡고
히히낙낙 히룡하니
눈에 삼삼(森森) 어려있고
너의 음성(音聲) 생각하면

六一

이렇다시 경계하고
날새기를 기다리니
창밖에 들린소리
花月(화월)이 또나온다
마당에 布陣(포진)하고
왜졸을 待接(대접)하니
무삼말을 엿들을가
홍몽천지 취한놈이
좋을시고 좋을시고
낭군행차 좋을시고
멀고멀고 먼먼길에
行次(행차)나 平安(평안)했소

五更寒窓(오경한창) 風雨中(풍우중)에
鷄鳴聲(게명성)이 나난구나
花月(화월)이 들어와서
어미보고 하난말이
倭卒(왜졸)의 거동보소
서로앉아 짓거리며
花月(화월)의 거동보소
房門(방문)열고 뛰여드가
七年大旱(칠년대한) 비가온들
이에서 좋을손가
乙酉年(을유년) 이별하고
壬辰年(임진년) 맛나보니

東方(동방)이 밝아오매
蕭瑟寒窓(소슬한창) 해가뜨네
술과고기 어찌했소
춘계의 거동보소
고기먹고 배부르고
술마시고 醉(취)한후에
덕령의 손길잡고
一喜一悲(일희일비) 하난말이
죽은父母(부모) 사라온들
이에서 좋을손가
歲月(세월)은 밧겼스되
열골은 외구하오

아츰상이 들오거늘
밥을먹고 앉았드니
술병을 손에들고
고기그릇 안고나와
홍몽천지 이아니면
醉裏乾坤(취리건곤) 이아닐가
비장行次(비장행차) 반갑도다
반갑도다 반갑도다
千里行次(천리행차) 반갑도다
郎君(낭군)이 아니라도
平生(평생)을 혼자늙어

그밥을 먹은후에
그날밤에 혼자자고
春桂춘계접을 찾아온다
화월의 거동보소
화월이 이말듣고
顔色안색이 不平불평하여
내일다시 나오리다
酒肉주육이나 많이하오
나오기를 기다려서
요년부터 죽이리라
너도정영 알거시라
이번거듬 여게온일

한양가

花月화월이 나오기만
苦待고대하고 바라는데
옥빈홍안 고은얼굴
依舊의구하게 어여뿌고
勃然발연하여 대답하되
金裨將김비장은 누구신지
덕령이 생각하니
게집은 헛게로다
客窓寒燈객창한등 찬바람에
心神심신이 不平불평하여
부대부대 成功성공하고
너와나와 함께가자

왜!나발 부는소래
창밖에 들리더니
화월어미 거동보소
화월보고 하난말이
나모르는 그사람이
나의집에 어찌왔소
저와나와 매진언약
金石금석같이 굳엇더니
木枕목침을 도듯비고
三尺劍삼척검 어루만저
칼도또한 信신이잇서
이번成功성공 내못하면

왜군자 數十人수십인이
화월을 얼른모서
高靈고려땅 김비장이
어제날 여기왔다
가마타고 들어가며
어미다려 이른말이
왜장을 親친한후에
네마암이 변했구나
경계하여 하는말이
칼아칼아 이내칼아
내목숨은 姑捨고사하고
國事국사가 발안일다

五九

기생되고 장하잔소
七八년을 수절타가
화월아비 祭祀(제사)날이
오날지나 내일이니
화월어미 거동보소
푸덕거리 한참하고
아까하든 할미말을
노여말고 분타마소
나도에서 올라간후
天地喪(천지상)을 다당하니
그럭저럭 黃昏(황혼)되어
夕飯床(석반상)이 들어온다

금년八월 보롬날에
日本大將(일본대장)小西(소서)이가
제사날은 나올게라
그때에나 만나보소
후회가 돌아나서
손길잡고 들어가서
이같은 亂世中(난세중)에
어찌하여 여게왔소
상신되고 출입할까
편지를 할라하니
등불을 밝혀놓고
밥상을 살펴보니

威力(위력)으로 잠아다가
왜장의 첩이되어
德令(덕령)의 거동보소
아모리 할미말도
술부어 대첩하고
담배대 앞에놓고
七八년 그린얼굴
아모려나 반가워라
기려기 언지못해
편지도 못부치니
안호의 찰진밥과
무창의 살진꼬기

방수들로 들어가고
그후로는 아니왔네
들은후에 생각하니
단연하고 무식하다
이러하나 저러하나
除雜談(제잡담) 하여놓고
金裨將(김비장) 하는말이
丈母任(장모님) 내말듣소
장모님은 고사하고
내마음은 좋을손가
소담하게 차렷고나
덕령의 거동보소

浮碧樓 부벽루가 어데메뇨
연광정이 여게로다
百年 백년을 期約 기약하고
盟誓 맹서를 깊이하여
이런인정 생각하고
김덕령의 거동보소
消息 소식조차 頓絕 돈절하오
行次 행차한번 하신후로
지금까지 마르잔네
여보여보 나으리요
乙酉年 을유년에 매진언약
임진년에 풀로왔소

한 양 가

김덕령이 十九세에
平壤監司 평양감사 裨將 비장으로
평생을 잊이말자
日久月深 일구월심 굳은마음
화월어미 春桂 춘계말이
화월의집 찾아가니
죽자살자 하든인정
그다지도 매물하오
마오마오 그리마오
사람대접 그리마오
아모리 言約 언약인들
제봄이 妓生 기생이요

妓生 花月이와 평양기생
隱密한情 은밀한정 맺아두고
百年期約 백년기약 맺은듯이
全羅御使 전라어사 李道令 이도령과
南原妓生 남원기생 春香 춘향이와
둘이서로 맺았드니
三年 삼년을 지날적에
누구를 친했든고
이내딸 화월이와
함께죽자 맹서터니
반갑도다 내사위여
질접도다 내사위여
사위나는 十九세오
화월나는 十六세라
부벽루 숙림속에
이별할때 뿌린눈물
아무리 賤妾 천첩인들
人情 인정조차 그리하오
裨將 비장나리 가신후로
지금까지 몇해시오
제나이 청춘이라
二八청춘 절믄몸이
獨宿空房 뚝숙공방 홀로앉아 守節 수절하니
지금까지 수절하니

五七

한양가

德齡 덕령집을 찾아가서
덕령을 재촉하야
數間茅屋 수간모옥 집가운데
寂寞하게 누엇는고
日本大將 일본대장 小西 소서이는
지모장략 의론컨데
府都 부도를 웅거하니
잡기를 의론컨대
나의앞에 바치여라
덕령이 청명하고
靑江城 청강성 바삐가서
百雪嶺 백설령 급히넘어

漢陽城中 한양성중 得達하니
李如松 이여송의 거동보소
朝鮮 조선을 나와보니
亂離 난리가 大端하오
司馬襄苴 사마양저 無可奈 무가내요
孫賓吳起 손빈오기 可笑 가소롭다
그대장략 아니오면
어느뉘가 잡으리요
필마단장 재촉하야
나는드시 나려갈제
善陽店 선양접에 숙소하고
牡丹峰 모란봉을 잠깐지나

덕령의 손을잡고
반가이 하난말이
蒼生 창생은 고사하고
社稷 사직이 말아닐세
이렇다시 장한장수
百萬軍兵 백만군병 거나리고
行裝 행장을 바삐차려
速 사속히 나려가서
臨津江 임진강 얼는건너
松都 송도를 지낸후에
乙密臺 을밀대에 잠깐쉬여
기린굴을 바삐지나

五六

이같은 亂世中 난세중에
그대같은 將略 장략으로
임금이 播遷 파천하니
사직이 어렵도다
平壤 평양을 屠戮 도륙하고
鍊光亭 연광정 座定 좌정하야
大事 대사를 圖謀 도모하고
小西 소서의 목을베여
말마역 숙소하고
제주역 얼른지나
浿江 패강을 얼른건너
長林 장림들을 다지내너

決定 결정하고 이러서니
어찌해야 되오릿까
이오성 엿자오되
좋은도리 있아오니
이여송이 놀래듣고
이울음은 누가우나
大喜 대히하야 하는말이
얼굴을 잠간보니
大將旗 대장가를 재졌으되
그제야 金字 금자로
분부하여
南方 남방에 將星 장성하나

선조대왕 이말듣고
크게근심 하신말삼
大聲痛哭 대성통곡 하옵소서
선조대장 이말듣고
이오성 하는말이
대도독이 반사함을
왕자기상 못되더니
울음소리 들어보니
중원명장 대도독에
이여송의 대장기라
高靈縣 고령현에 떨어졌다
바삐가서 다려오라

班師 반사를 하기쉽지
天生 천생으로 생긴얼굴
대결문을 열처놓고
하늘을 우러러서
우리대왕 드르시고
국사를 생각하니
北海上 북해상 雲霧中 운무중에
蒼龍 창룡의 소래로다
장안에 세워노니
바람끝에 펄넝펄넝
이장수는 누구든고
金德齡 김덕령이 이아닌가

오날날 고철소냐
국운이 가지로다
크게한번 울으시니
곡졍이 雄壯 웅장커늘
대성통곡 하나이다
이여송 이말듣고
용의소래 갖었으니
조선국왕 녀녁하다
장대에 높이앉아
天機 천기를 바래보고
軍官 군관이 영을듣고
나난멋이 날려가서

五五

한양가

용의간은 꼬사하고
반죽저를 어찌구해
불질러 다탓구나
漢陽城中 한양성중 得達 득달하니
殆半 태반이나 죽었으니
赤壁江 적벽강 싸홈인가
남한산성 피란갔네
이여송의 거동보소
이여송의 트집보소
선조대왕 얼굴보고
이오성 이말듣고
闕內 궐내에 들어가서

행전속에 감찻다가
이렇게도 쉽게내니
피란가고 없난사람
물에빠저 죽은사람
曹操軍士 조조군사 이게보다
나문사람 몇이든고
남한산성 올라가서
군판을 재촉하여
돌아와서 하는말이
얼굴보니 섭섭하오
대왕께 였자오대
中原名將 중원대장 李都督 이도독이

義州 의주에 千門萬戶 천문만호
들어오니 어듸간고
銃 총에마저 죽은사람
칼에젤려 죽은사람
불에타서 죽은사람
앉아죽고 서서죽고
蕭條莫甚 소조막심 가련하다
長安 장안을 돌아보니
임금은 어듸가고
백분일이 어이되리
宣祖 선조대왕 모서오라
이여송의 所聞 소문듣고
급히와서 接待 접대하니
오날로 반사하여
나는 丁寧 정영 갈지어다
국왕되지 못할지는
아무리 救援 구원해도
殿下天顏 전하천안 아까보고
王者氣象 왕자기상 아니라고
구원하기 뜻이없어
오날로 반사하기
할말이 다시없다
그제야 行軍 행군하야

李如松(이여송을) 대접하여
저난라를 소멸하고
保全(보전하고) 사려니와
그렇지 아니하면
四百年(사백년) 지난사적
一朝(일조)에 전복하고
國破君亡(국피군망) 하옵시면
그아니 亡極(망극)하며
이아니 원통할가
放聲痛哭(방성통곡) 크게우니
이상하고 기이하다
강물이 뒤끓터니
난데없난 용한마리
물결을 허치면서
江(강)가에 굴근것이
기동같이 뒤처지니
김학봉의 거동보소
三尺劍(삼척금) 드난칼로
배를거려 肝(간)을내고
용을드려 물에너니
용의조와 이상하다
물을헤처 들어가니
김학봉 도라와서
용의간을 회를치고
이여송의 트집보소
점심진지 들여가니
점심상을 도라보고
용의肝(간)을 箸(먹자)하면
소상강 班竹(반죽)저를
시각내토 가저오라
다른저로 못먹나니
점심상을 물이거늘
유서애의 거동보소
행전말게 손을너어
반죽저를 빼여내여
두손으로 밧들어서
진지상에 올려노니
이여송의 거동보소
落膽(낙담)하고 탄식하며
크게칭찬 하는말이
장하도다 朝鮮臣下(조선신하)
忠誠(충성)도 장커니와
才操(재조)가 더욱용타
石肝炙(석간적)은 例事(예사)로대
黃河水(황하수)를 어이얻나
황하수도 어렵지만
용의간을 어찌얻나

한 양 가

五三

한양가

五二

맛참멀리 바라보니
반가워라 반가워라
이한음과 유서애가
둘이함께 들어가서
그사이에 왜란들려
어느지경 되어섰소
이한음 하는말이
황하수는 어렵잔네
조포가 그적일세
龍 용의간은 어데있나
昭昭 소소하신 하나님은
下鑑 하감하여 들으소서

이여송을 들어가서
황충하오 대도독은
大都督 대도독은 致謝 치사하되
압록강 상류물이
황하수 원류오니
김학봉 하난말이
龍 용의간은 내구하지
朝鮮國王 조선국왕 危殆 위태함은
朝夕 조석에 달여잇고

이여송 오난소문
어느편에 들였난지
조선나라 위하시와
萬里遠程 만리원정 行次 행차하심
하즉하고 돌아나와
너이서로 모여앉아
이물걸어 지으소서
석간은 무엇인고
그길로 굽히나와
강가에 꿀어앉아
億兆蒼生 억조창생 여러사람
시각에 달였으니

迎接 영접하로 왔난구나
너이서로 모여앉아
황공하고 感謝 감사하오
이여송 하난말이
점심진지 공논할제
황하수를 어이할고
이오성 하는말이
석간적이 어렵잔네
再拜 재배하여 痛哭 통곡하며
두손으로 비난말이
明明 명명하신 덕택으로
용한나라 수읍사면

臣等이 오는길에
어찌할줄 모르다가
노구하나 앉앗거늘
천태산에 있다하고

銀正沙 은정사에 길을잃고
집을하나 찾아가니
그노구게 무러보니
이화상을 내여주며

如是如是 여시여시 하온후에
기이하여 도라보니
다만화상 뿐이오니
하늘이 神靈 도우신듯

因忽不見 인홀불견 하온지라
집도없고 사람없어
신릉은 생각컨대
신령이 도우신듯

이여송 불러다가
너의동생 如栢 여백보내
너난지금 조선가서
조선국왕 도와주라

천자께서 命令 명령하여
너의대신 凶奴 흉노치고
왜란을 물이치고
이여송의 거동보소

흉노천지 다섯달에
強勸 강권하니 꺼리거늘
나오기는 나왔으되
깟닥해도 返師 반사할가

成功 성공못해 念 분을내여
천자께서 나가기들
마음에 앙압하여
약간해도 돌아갈가

대국지경 다지나고
압록강이 여기로다
이여송의 거동보소
뚝집내여 하난말이

조선지경 다다르니
瞬息間 순식간에 건너와서
江頭 강두에 유진하고
오날점심 지을적에

黃河水 황하수 길러다가
龍肝 용의간을 膽 회를해서
石肝炙 석간적을 꾸어노라
이오성 김학봉이

點心 점심진지 지여놓고
소담하게 담아놓고
秋霜 추상같이 호령하니
둘이서서 의론할제

한양가

五一

한양가

地下 지하에 불러가서
先大王 선대왕을 뵈오리다
잡말말고 도라가라
장수줄뜻 저혀없다
옥계아레 흘러가니
천자께서 보시다가
저런충신 전혀없네
장수하나 명하시되
장수하나 주실라면
이화상 보신후에
집의명장 李如松 이여송이
凶奴 흉노쳐더 갓난지라

皇帝 황제듣고 하신말삼
너의나라 이번난리
金誠一 김성일 精誠 정성보소
갓벗고 망건버서
김성일의 정성보고
龍床 용상을 어로만저
征西將軍 정서장군 張德鎭 장덕진을
압영하야 주시거늘
이화상과 같은얼골
그장수를 주옵소서
다섯달을 지내도록
지금까지 아니왔다

국운뿐 아니로다
天運 천운이 그러하니
天子前 천자전에 업드려서
玉階 옥계아레 던저두고
탄식하고 하는말삼
조선국왕 이아모는
김성일의 거동보소
화상을 내여놓고
천자께서 화상보고

아모리 구원해도
有益 유익함이 없을게라
流血 유혈이 낭자하야
머리를 두다리어
朕 짐의조정 도라보면
忠臣 저런충신 두엇구나
至誠 지성으로 비난말이
惶恐 황공하고 황공하나
너의들이 이화상을
어대서 求 구했느냐
저장수를 다려가라
김성일 거동보소

화상값을 의론컨데
銀子은자三千 주고가오
여러날 路毒노독으로
忽然홀연히 잠이온다
언덕밑에 둘이앉아
奇異기이하여 하난말이
우리성력 至極지극키로
天台山천태산 麻姑仙女마고선녀
燕亭舍연정사에 숙소하고
長城岩장성암을 지내드니
社稷사직 지낸사직
四百年사백년 一朝일조에
끊게되니 탄양가
가

이오성과 김학봉이
둘이서로 돌아보고
한잠자고 깨여보니
東方동방이 밝았구나
이것이 무엇인고
鬼神귀신인가 사람인가
畵像화상주러 예왔도다
화상을 살펴보니
皇極亭황극정 여게로다
天子殿廷천자전정 올라가서
伏願伏望복원복망 皇帝황제게서
河海하해같은 德澤덕택입어

行裝행장에 은자내여
三千금을 주은후에
물이함께 어리앉아
四方사방을 살펴보니
異常이상하고 기이하다
行裝행장을 풀고본즉
銀子은자三千 여게있고
행장을 수습하여
叩頭謝罪고두사죄 하난말이
朝鮮國王조선국왕 이아모난
將帥장수하나 구읍시면
저날리를 소멸하고

화상받아 간수하고
木枕목침비고 누었으니
자든집도 간대없고
老軀노구도 간대없다
화상이 정영커늘
그제야 생각하니
遼東요동을 다지내고
심양강을 건너가서
國運국운이 不幸불행하야
倭亂왜란이 지금나서
王命왕명을 保全보전하고
국운을 잡사은후

四九

정성이 不足(부족)한지
가난길을 찾이못해
主人老軀(주인노구) 이말듣고
저녁무상 하여주오
사사히 이상하고
말말이 유리하다
麻姑仙女(마고선녀) 이아닌가
물이서로 의론터니
이렇다 籠門(농문)열고
圖像(화상)하나 내여놓고
대국에 늘어가서
천자를 보시거든

노변에서 방황터니
불만보고 왔삽드니
저녁두상 해왔거늘
불켜들고 밖에나가
天文(천문)도 능통하고
地理(지리)도 소연하다
주인노구 하난말이
서방님 들으시오
저노구의 하난말이
서방님은 화상보소
화상을 내여놓고
이화상과 같은 將帥(장수)

不幸中(불행중) 多幸(다행)으로
할미같은 주인맞나
주인노구 다리고서
달게먹고 물러앉아
興亡盛衰(흥망성쇠) 古今事(고금사)를
황홀하게 말슴하니
조선국에 이번난리
國運(국운)으로 난것이라
이화상이 어디있나
大國(대국)에 있난게요
부대부대 달라하오
이장수를 못얻으면

하로밤을 留宿(유숙)하고
길을물어 가려나와
그노구 하난말이
이윽토록 談話(담화)하니
요랑컨데 이노구가
天台山(천태산)에 있었다니
恨嘆(한탄)을 마르시고
청병이나 잘하지오
名將(명장) 李如松(이여송)이
生畵像(생화상)을 그린게요
천만장사 있다해도
이번 亂離(난리) 쓸내없오

반갑고 길거워라
신을벗고 들어앉아
저노구 대답하되
서방님네 말들으오
한숨짓고 하난말이
천태산(天台山) 상상봉(上上峰)에
화증이 절로나서
집이나 옮겨볼가
할수없어 혼자있소
내일은 이터하나
여기온 우리들은
조선국(朝鮮國)에 사옵드니

한양가

사면(四面)을 살펴보니
가도사벽 뿐이로다
김학봉(金鶴峰) 하난말이
이곳이 어데메뇨
초옥삼간(草屋三間) 집을짓고
조고만한 딸다리고
이곳을 재로와서
이집을 재로짓고
서방님 두양반은
어느곳에 사르시며
불행(不幸)하야
졸지(卒地)에 난리나서

주인을 다시보니
백발할미 노구(老嫗)로다
말티평사 너른들에
인가(人家)하나 없난곳에
글공부 시키다가
손세가 부족하여
영감하나 어들나니
나의나이 七十이라
무삼소관(所關) 그리급해
침침칠야(漫漫漆夜) 깊은밤에
사직(社稷)이 위태하고
국가(國家)가 망케되어

이오성(李鰲成) 하는말이
주인할미 말좀뭇소
할미혼자 계시난가
주인노구(主人老嫗) 거동보소
딸하나 못길러서
거년(去年)봄에 죽고없어
어느영감 나를보고
사자하디 뷔있으리
종모지모(從某至某) 어데가오
김학봉 하는말이
할수할수 전혀없어
대국으로 청병(請兵)가오

四七

한 양 가

四六

학봉선생 金誠一(김성일)과
두사람이 서로앉아
이러해서 아니될새
大國(대국)으로 請兵(청병)가세

오성대감 李恒福(이항복)이
議論(의론)하야 하난말이
請兵(청병)을 가자서라
둘이 同行(동행) 함께할세

鴨綠江(압록강)을 건너가서
蒼茫(창망)하게 들어갈제
청병길을 막을라고
鶴峰鰲成(학봉오성) 두사람이

七百의 遼東(요동)들에
倭人(왜인)의 거동보소
道路(도로)에 나렬하니
軍器(군기)하나 없었으니

赤手空拳(적수공권) 뿐이로다
별말없이 죽겠구나
밤으로 길을가니
밤으로 가자하니

잘한대만 맞았으면
낮으로난 산에숨고
이경상이 오작할까
지형을 분간할가

엿세밤을 가다가서
갈곳을 찾이못해
地形(지형)을 둘어보니
내가아나 네가아나

하로밤은 길을잃고
물이서로 마조서서
彼此(피차)에 처음이라
이렇다시 애를쓰니

浸漫漆夜(침침칠야) 어두운네
月落烏啼(월락오제) 霜滿天(상만천)에
一點燈火(일점등화) 불이있어
그불을 바라보고 찾아가니

茫茫大野(망망대야) 아득하다
맛찬멀이 바라보니
사람을 인도하니
천방지방 찾아가니

平沙(평사)만터 언덕우에
문밖에 들어서서
주인이 문을열고
손님네 어대있소

一間斗屋(일간두옥) 집이로다
主人(주인)을 불어보니
내다라 하는말이
방으로 드러오소

삼천병마 거나리고
臨津江을 임진강을 박아있고
人命을 인명을 살해하니
이것이 신병이라
곳곳이 웨워싸서
쌈싸듯이 싸는구나
사직이 危殆 위태하고
옥체가 경자이라
창망하게 다리날세
왜장의 거동보소
좌우로 오난화살
빛살같이 들어오니

關雲長 판운장의 호령보소
몇천년을 지났으되
卽時 즉시에 백마잡아
軍中 군중에 피뿌리니
패하나니 朝鮮 조선이요
죽난것이 조선이라
옥쇄만 품에품고
말탈여가 전혀없어
활을메여 들어쏘니
박한남의 귀가마자
한손으로 임금업고
한손으로 살을빼여

신병을 거나리고
倭兵 왜병을 거처내니
邪不犯正 사불범정 이아닌가
신병이 다라난다
아모리 생각한들
하난수가 전혀없다
홋몸으로 다라나니
大駕播遷 대가파천 이아닌가
활촉끝에 떨어지니
장할시고 한남충성
살을꺼거 버렸으니
그용맹이 오작할가

왜장의 거동보고
안보이난 장사나서
삼조팔억 八億 많은군사
팔도에 빈틈없이
한양성중 屠戮 도륙하니
宣祖大王 선조대왕 거동보소
남한산성 올라갈제
朴漢南 박한남의 등에업혀
충성있난 박한남아
용맹있난 박한남아
이렇다시 위급할세
計策 계책을 누가낼고

四五

한양가사

한 양 사

물결을 밀치고서
머리를 들고서니
범잡은 저장사를
섬섬약질 兒女子가
水中孤魂 되었으니
열여충신 겸했도다
그장약이 오작한가
장할시고 趙重峯 조중봉은
四千兵 사천병을 거나리고
치산개에 진을치고
충무대장 李舜臣 이순신은
거북선을 모아라고

논개의 거동보소
누리손길 점점잡고
두장사를 안고죽네
장하도다 저 妓生이
郭望憂堂 곽망우당 장약보소
二萬軍兵 이만군병 거나리고
五十騎 오십기를 거나리고
錦山台 금산대에 진을치고
충성있난 鄭經世 정경세난
六千兵 육천병을 거나리고
細柳江 새류강에 잡아두고
죽기모튼 金仙源 김선원은

四四

이를갈고 하난말이
충열마음 아니오면
서이함께 죽었으니
一邊은 爲國하고
二八靑春 좋은시절
한몸으로 가장위해
못노리라 죽였으니
火旺山 화왕산에 불을노아
왜진을 막을라고
數千兵 수천병 거나리고
성포성에 불을노아
申壯士는 彈琴台에 진을치고
勇猛있난 申壯士는
意思말은 권화산은
六千兵 육천병마 거나리고
南漢山城 진을치고
麻夏帛 마하백은
삼천병마 거나리고
吉南將軍 되어있고
許鳳 불지르고
활살쏘는 孫武子는

崔京會(최경회)
그때의 삼장사라
삼장사의 거동보소
세사람이 진주를
진주를 보전타가 保全

倭陣(왜진)에 싸엿거늘
왜진 四面(사면)을 도라보니
千兵萬馬(천병만마)
천병만마 뒤끓는데
무삼재조 그리있어

할수없시 하난말이
우리서이 장사로대
날고기난 저장수를
서이들어 이길손가
죽기로 작정하니 作定
항복하기 원통하야 원통
국사도 죽난것이
죽어도 당당하다
국사도 당당하다 堂堂

蟲石樓上(촉석루상) 三壯士(삼장사)
一盃笑指(일배소지) 長江水(장강수)
長江萬里(장강만리) 流滔滔(유도도)
波不流兮(파불류혜) 魂不收(혼불수)
일배소지 장강수
장강만리 유도도
피불류혜 혼불수

한잔식 마신후에
술잔을 서보들고
그글을 지어놓고
장사서이 죽었엇네
굴두귀를 지었으니
그글에 하였으되

論介(논개)는 晉州妓生(진주기생)
논개는 누구든가
논개보다 절개있게 節介
최경회의 첩이되여
烈氣(열기) 섬기드니
최경회 죽은후에

이때마참 왜장들이 倭將
촉석루에 모여앉아
논개의 인물들고
진주기생 논개를 불러드려
술을먹고 춤을출제
한손은 종모잡고
한손은 아복잡고
논개의 거동보소

내천자로 누었으니
성조로와 한아복이
欄干(난간)으로
서이서로 손길잡고
난간으로 돌아갈제
만경창파 저강물에
아조서이 풍덩빠저
누장사의 거동보소
몸을떨처 소슬라구

四三

한양가

한양가

四二

정묘년 六월(유월)달에
명종대왕 승하하니
國運(국운)이 어떻던지
國喪(국상)만 자조난다
왕비능도 한능이라
어찌하야 우리國家(국가)라
둘째왕비 누시든고
延安金氏(연안김씨) 부인이오
이때가 어는땐가
壬辰年(임진년) 三월(삼월)이라
大將軍(대장군)은 누구든가
小西(소서)와 淸正(청정)이라
동래서 下陸(하륙)하야
彦陽梁山(언양양산) 消滅(소멸)하고

宣祖大王(선조대왕) 등극하니
壽(수)하시니 그리없오
춘추가 열마신가
三十四(삼십사)가 分明(분명)하다
그왕비는 누시던고
羅州朴氏(라주박씨) 부인이오
국운은 침체하나
충신열사 국성하다
亂離(난리)가 나난구나
亂離(난리)는 어대난나
謀士(모사)는 누구든가
平秀吉(평수길)이 제일이라
矗石樓(촉석루) 좌정하니
朝鮮壯士(조선장사) 三壯士(삼장사)가

양주땅 二十(이십)리에
康陵(강릉)이 그능이요
부원군은 누시든고
라주사람 應順(응순)이라
善治(선치)는 못하시되
百姓(백성)은 무사터니
日本(일본)서 나온난리
三兆八億(삼조팔억) 다나온다
成終奴(성종노)와 漢我服(한아복)은
百萬軍兵(백만군병) 거나리고
누구누 삼장산고
金誠一(김성일) 柳天日(유천일)따

환자에게 惑혹한일과
小人소인에게 속난일을
中宗大王중종대왕 숭하하니
춘추가 얼마신고
둘째왕비 尹氏윤씨능은
高陽고양땅 二十里이십리에
羅州라주박씨 夫人부인이오
부원군은 누시던가
政治정치난 姑捨고사하고
靑春청춘이 앗갑도다
부원군은 누구든가
청송사람 沈鋼심강이라

한양가

歷歷역력히 생각하니
八年政事팔년정사 하난것이
五十七오십칠이 分明분명하다
廣州광주땅 二十里이십리에
禧陵히능이 그능이오
셋째왕비 윤씨능은
라주사람 朴墉박용이라
슬푸다 國家국가이여
高陽고양땅 三十里삼십리에
仁宗陵인종릉은 孝陵효능이라
明宗大王명종대왕 등국후에
三年삼년을 우환으로

名賢명현만 죽엿도다
슬푸다 歲月세월이여
靖陵정능이 그능이요
그왕비 신씨능은
泰陵태능이 그능이라
양주땅 삼십리에
仁宗大王인종대왕 史記사기보소
그왕비 登極등극하여
明宗大王명종대왕 등국하니
王妃왕비능도 한능이라
政事정사를 攝政못하시고
부원군이 섭정하니

國喪국상이 또나셧다
甲辰年갑진년 십이월에
楊州양주땅 三十里삼십리에
溫陵온능이 그능이라
仁宗大王인종대왕 登極등극하니
그왕비 누시든고
乙巳年을사년 칠월달에
三十一삼십일에 숭하하니
그왕비 뉘시든고
靑松沈氏청송심씨 부인이오
朝廷조정에 稱怨칭원있고
百姓백성은 塗炭도탄이라

四一

坡平尹氏 파평윤씨 부인이오
부원군은 누시든가
己卯士禍 기묘사화 야단일세
名賢烈士 명현열사 죽일때라
千里遠程 천리원정 정배가서
配所에서 죽였도다
고든말 하난신하
削奪官職 삭탈관직 하난구나
父子兄弟 부자형제 叔侄間 숙질간에
서로죽여 참혹커든
患者禍가 환자화가 이더나서
임금이 不明 불명하여

파평사람 尹汝弼이
셋째왕비 누시든고
趙靜庵 조정암 李陰崖 이음애는
鐵綱으로 열거다가
忠魂烈魄 충혼열백 싸인혼이
지금까지 伸寃 신원못해
하물며 君臣間 군신간에
남남끼리 서로모여
己卯士禍 기묘사화 볼작시면
慘酷 참혹하고 가련하다
국가가 亡 망케되니
임금의 탓이로다

파평윤씨 부인이오
부원군은 누구든고
禁府에 孤魂되고
이선봉 조회곡은
泰山 태산같이 높아있고
河海 하해같이 깊었도다
임금이나 신하이나
尊卑貴賤 존비귀천 차려놓고
漢나라 桓靈때도
士禍가 이러나서
自古及今 자고급금 두고보면
患者 因緣 인연하여

파평사람 之任 임이라
이때가 어느땐가
鐵槌에 마자죽고
그리자 여러 名賢 명현
이것이 웬일인고
골육상쟁 우리나라
올은말 하난신하
逆律로 다사리고
杜密王壯 두밀왕장 孟賓 맹빈등도
원통하게 죽었으니
참혹하게 죽난것은
中宗大王 중종대왕 不敏 불민하여

되기가 어렵거든
하물며 두임금의
德宗子弟(덕종자제) 分明(분명)하니
德宗成宗(덕종성종) 父子(부자)보다
國家婚事(국가혼사) 이러하나
私家(사가)집은 못하리라
廣州(광주)땅 三十(삼십)리에
宣陵(선능)이 그능이라
淫行(음행)이 不測(불측)키로
교동에 내첫도다
中宗大王(중종대왕) 反正(반정)하야
모인무덤 거게있고

한 양 가

부원군이 되었으니
그때호강 오작하리
德宗(덕종)은 伯氏(백씨)되고
예종은 季氏(계씨)로다
國運(국운)이 비색하니
國喪(국상)이 또나신다
坡州(파주)땅 六十(육십)리에
왕비능은 宣陵(선능)이라
居昌愼氏(거창신씨) 夫人(부인)이오
연산주 그 配位(배위)난
丙寅年(병인년)에 등극하니
그왕비는 누시든고

예종성종 두임금이
寸數(촌수)물 헤아리면
예종은 親家(친가)로 형제되고
성종은 媤家(시가)로 숙질일세
成宗大王(성종대왕) 승하하니
甲寅年(갑인년) 十二月(십이월)에
春秋(춘추)가 三十八(삼십팔)세
얼마신고 가연하다
성종다음 연산주난
十一(십일)년을 등극하니
燕山主(연산주) 연산무덤
天藏山(천장산) 천장산에
楊州(양주)땅 海等面(해등면)에
慎承善(신승선)의 딸이로다
연산무덤 거게있고
慎守勤(신수근)이 거창사람
府院君(부원군)은 누시든고
둘째왕비 누지든가

三九

한 양 가

二八

(윗단 — 오른쪽에서 왼쪽으로)

청주사람 韓明澮 한명회라
둘째왕비 누시든고
服藥 복약만 하시다가
己丑 기축년 十二月에
왕비능은 어대든고
坡平 파평땅 六十里에
청주한씨 부인이요
부원군은 누구든고
따님둘을 나앗다가
맛따님은 길러내여
하물며 한명회는
왕비둘을 나앗난가

(가운뎃단 — 오른쪽에서 왼쪽으로)

청주한씨 부인이요
부원군은 누시든고
二十에 승하하니
靑春이 앗갑도다
恭陵 공능이 그능이요
둘째왕비 어대든고
청주사람 한명회라
둘째왕비 누시든고
예종왕비 되시엿고
둘째따님 길러내여
유히유사 좋은꿈을
어이그리 잘펏든가

三八

(아랫단 — 오른쪽에서 왼쪽으로)

戊子年 무자년에 病患 병환으로 등극하야
일년을 國事 국사가 창망하야
國喪 국상만 자조난다
昌陵 고양땅 三十里에 그능이요
창능이 그왕비는 누시든고
成宗大王 성종대왕 등극하니
坡平尹氏 파평윤씨 夫人이요
尹壕 파평사람 윤호로다
한명회의 복역보소
부원군은 누구든가 한명회
성종왕비 되엿으니 따님이
따님복역 이상하다 하나도
우리朝鮮 두고보면 몇몇이
부원군 되난이가 한임금의

어느 낭관 拒逆(거역)하리
星火(성화)같이 조차가서
生時(생시)에도 그렇더니
死後(사후)에도 무심참네
마음에 크게놀래
다시하인 분부하여
堯(요)임금때 나섯드면
娥皇女英(아황여영) 부럽잔코
세조대왕 승하하니
春秋(춘추)가 얼마신고
德宗王妃(덕종왕비) 누시든고
清州韓氏(청주한씨) 夫人(부인)이요

한양가

장하도다 권왕비여
놀랍도다 권왕비여
아모리 세조대왕
영결하고 영결한들
陵墓(능묘)를 還封(환봉)하니
아마도 권왕비는
세조대왕 하신일이
八十(팔십)향수 어이하리
光陵(광릉)이 그능이요
王妃陵(왕비릉)은 어대든고
睿宗大王(예종대왕) 등극하니
그 왕비는 누시든고

어이그리 맹열하며
어이그리 신령한고
幽明(유명)이 현수하니
王妃魂靈(왕비혼령) 못이기어
生時死後(생시사후) 두고보면
세상에 드무시다
戊子年(무자년) 九月(구월)달에
국사도 창망하다
德宗(덕종)은 追崇(추숭)하니
光陵(광릉)과 한능이라
清州韓氏(청주한씨) 夫人(부인)이라
府院君(부원군)은 누구는고

三七

한양가

白雪 백설같이 피여저서
방울마다 점풍하야
잠을깨여 이러앉아
夢事를 몽사를 생각하니
燭下 촉하에 앉았드니
이윽고 宮門전에
大怒 대노하여 하난말삼
약쓴다고 못사리라
그럭저럭 날이재는
세조대왕 분을내여
英魂烈魄 영혼열백 놀납도다
널이서서 올라오니

아모리 藥 약을쓴들
冤魂 원혼으로 맷춘춤이
꿈하고도 惡夢 악몽이라
精神 정신이 앗질하여
使者 사자가 急 급히와서
황황하게 알린말이
惡鬼 악귀가 침범하니
살기를 바라리오
軍兵 군병을 재촉하여
秋霜 추상같이 號令 호령하되
이거동 구경하고
어느누가 접안벌가

약쓴다고 고칠소냐
臨終 임종토록 못곳첫네
心神 심신이 不平 불평하야
燈燭 등촉을 발켜놓고
世子東宮 세자동궁 위급하오
창졸간에 나신병환
春秋 춘추가 이십이라
이때에 세자동궁
顯陵 현능에 들어가서
권왕비의 능을파고
세조대왕 문부하되
宗廟 종묘에 들어가서

世祖大王 세조대왕 깜짝놀래
깨다르니 꿈이로다
歷歷 력력히 생각하니
권왕비의 모진혼령
시각이 밧부외다
세조대왕 蒼黃 창황하야
아들은 두었으나
天壽 요수하기 怨痛 원통하다
시체든 과을내여
한강수에 밀처너니
신주까지 늘어다가
벌과같이 뛰어노라

어찌하여 못죽엇나
그일을 생각하면
오백명 그사람이
일시에 죽였으니
顯夢 현몽하고 하신말삼
叔叔叔叔 숙숙숙숙 이숙숙아
國事 국사가 蒼茫 창망커날
周公 주공이 삼촌으로
형님도 생각하고
족하도 애중하여
骨肉相爭 골육상쟁 한다한들
그렇게도 상쟁할가

사륙신에 비할손가
옛날에 田橫 전횡이난
이런 史記 보드래도
생륙신이 무엇인가
임금이 무엇이며
나라가 무엇인고
諸侯 제후에게 朝會 조회마다
그족하를 엽고앉아
그족하를 그랫거든
숙숙은 무삼마음
내아들 네죽이너
네아들 내숙인다

한양가

漢沛公 한쾌공을 마다하고
五百人 오백인을 거나리고
장하도다
靑春 청춘에 죽은혼령
權王妃 권왕비여 魂靈 혼령
족하가 三寸 임금이면
임금산촌 낫부더냐
國政 국정을 돌보다가
어린족하 장성후에
저다지 험악하여
그족하를 죽이여서
이러서서 하신말삼
숙숙아 더럽도다

海島中 해도중에 있다가서 죽은후에
전횡이 죽은후에
世祖大王 세조대왕 꿈가운데
어이그리 신령한가
옛적에 武王 무왕님이
어린아들 두고죽어
天子位 천자위에 되였으니
주공은 어찌하야
兄任 그형님의 뒤를끊고
그형님이 불상찬나
낯에다가 춤뱉흐니
그춤이 떨어저서

三五

한양가

三四

슬푸다 端宗事蹟 단종사적
다하자니 눈물나네
深山窮谷 심산궁곡 들어가서
발갈기 세월이오
杜門不出 두문불출 들어앉어
이웃출입 아니하고
世上 세상사람 公論 공론마라
생륙신 여섯신하
사록신의 사적보면
方可謂之 방가위지 忠臣 충신이오
因山 인산은 못할망정
葬事 장사나 할것인데

사육신은 죽었으나
生六臣 생육신은 어디갔나
南孝溫 남효온은 배를타고
泛泛中流 범범중류 높이떠서
元昊 원호난 돌아올때
가련성에 불지르고
사록신 갔다해도
이 歌詞 가사 짓난나는
생륙신의 사적보면
不可謂之 불가위지 忠臣 충신이라
무삼마음 다시먹고
散之四方 산지사방 호터지니

金時習 김시습은 중이되고
趙旅 조려난 낙시들고
魯中連 노중련을 뿔을보다
東海 동해를 발밧는가
芒鞋 망혜를 발에신고
竹杖 죽장을 손에잡고
지어놓고 생각하니
아마도 생륙신의
생륙신의 허물보면
단종復位 복위 하려다가
단종시체 안장후에
斷斷 단단히 여섯신하

거령물에 고기잡고
李孟專 이맹전은 소를몰고
成輔 성보는 집에와서
平生 평생을 脫網 탈망으로
鴨綠江 압록강 건너서서
부지거처 간곳없다
사록신과 같을손가
忠節 충절을 의론컨대
단종이 승하하면
단종屍體 시체 거두어서
一時 일시에 함께죽어
地下 지하로 쪼철것을

한양가

한줌한줌 충신이요
한줌한줌 고생이라
어디간들 못살리요
忠誠(충성)이 지극하니
骨肉相爭(골육상쟁) 참혹하다
寧越官(영월관)에 관자하사
王妃陵(왕비릉)은 어디던고
楊州(양주)땅 삼십리에
좋은 몰 가려다가
거울같이 가라내여
그후보 嚴氏(엄씨)들이
子子孫孫(자자손손) 兩班(양반)되어

절문안해 어린자식
업고지고 앞세우고
肅宗(숙종)대왕 등국후에
端宗史記(단종사기) 보시다가
朔望(삭망)마니 參奉(참봉)내여
大闕(대궐)짓고 焚香(분향)하니
엄흥도의 자손찾아
벼살시켜 祿(녹)을주어
寧越邑內(영월읍내) 忠節碑(충절비)라
엄흥도 드가는데
장하도다 嚴戶長(엄호장)은
忠心(충심)하나 가첫다가

不知去處(부지거처) 도망하니
廣大(광대)한 天地間(천지간)에
嘆息(탄식)하고 하난말이
우리국가 큰폐단이
영월땅 삼백리에
莊陵(장릉)이 그능일세
엄흥도의 宗孫(종손)으로
莊陵參奉(장릉참봉) 시켰구나
이럿타시 체워놓고
千秋(천추)에 遺傳(유전)하니
그자손의 始祖(시조)되어
族譜(족보)에 웃듬일세

三三

한 양 가　　三二

적설이 만산하니
이리가도 눈천지요 (天地)
시체난 등에지고
오금이 빠진눈에
어느곳에 눈없으리
저리가도 눈천지라
팡이는 손에들고
거름을 지체하랴
두자옥 옴겨가니
등에난 땀이나고
이리저리 (辛苦) 산고하야
하나님이 도우신가
엄동설한 눈천지에
이마에난 서리친다
능골뒤를 올라가니
산신령이 도우신가
그곳에 누웠다가
사람옴을 놀래여서
엄흥도의 (嚴興道) 거동보소
눈우에 버서놓고
난대없는 노루한필
뻴떡이러 피해가니
지고오는 대왕시체
노루있든 터를보니
금잔듸를 바첫거늘
팡이보 팡중하여
하관을 하올적에
봉분을 지을적에
그터를 의지하야
시체를 뫼서내여
분금좌향 (分金座向) 누가보리
눈으로 어이하리
눈밀을 헤치고서
한오품 한산치보
근근히 모아다가
천수나 피케하니
여기파고 저기파고
개아미 묘내듯이
자발만치 무더놓고
한없는 이설굴에
무든일을 생각하니
엄충신 (嚴忠臣) 아니드면
아모려나 놀랍도다
몇오품 굴근흙을
그만하기 장하도다
어느누가 하자하리
흙으로 성부하니
그공덕을 의논컨대

三間 삼간집 혼자계서 이모양 하였으니
두해를 고생타가 이것이 웬일이요
권왕비 계실때에 이지경 되실줄을
朝鮮 조선없난 중한아들 권왕비 몰랐든가
叔侄間 숙질간에 이런찬소 볼사록 참혹하다
어허어허 참혹하다 볼사록 가련하다
하물며 대왕님은 기막혀서 내죽겠네
事事 시사히 생각하니 애고애고 슬푸도다
용포를 지을라니 공단비단 어디두고
法數 뗄수몰라 못지겠네 무명뼈로 염을하며
엄호장의 거동보소 두억개에 혼자메고
六陳長布 육진광포 줄을걸어 청영포 절벽길로

한양가

文宗大王 문종대왕 계실적에 이모양 되실줄을
天下 천하없난 귀한아들 문종대왕 몰랐든가
兄 애닯도다 世祖大王 세조대왕 족하하나 이리할까
그형님을 보드래도 우리는 아전이되
구중궁궐 대궐안에 八九十을 산다해도
平安 편안히 계시다가 돌아갈때 가련커든
비온다시 호른눈물 玉體 임금옥체 염습할제
눈물가려 염못할세 龍袍 용포없어 어이하리
대여소여 어디두고 金藤玉藤 금등옥등 어디두고
七星板 칠성판에 혼자지게 죽사마오 간대없다
僅僅 근근히 나려와서 이때가 어느때요
山谷 산곡으로 드러가너 丁丑年 정축년 十月이라

三一

대답하고 나서면서
臣民(신민)되고 그저잇나
寧越府使(영월부사) 거동보소
默默不答(묵묵부답)하고 앉아
영월부사 거동보소
하직하고 이러서니
내못할일 자내하나
놀랍도다 嚴忠臣(엄충신)아
靑山一曲(청산일곡) 아모대나
安葬(안장)이나 잘하시오
엄충신 거동보소
무주먹을 불끈쥐고

염수일복 염포등을
낫낫치 갓차두고
눈물만 흘이고서
對答(대답)이 없섯거널
嚴戶長(엄호장)의 손을잡고
버선발로 뛰여나와
佩印官(패인관)된 내마암에
자내보기 붓그럽다
엄충산의 거동보소
欲襲等物(염습등물) 등에지고
문혁을 두다리며
애고애고 대왕님요

官家(관가)에 들어가서
원에게 하난말이
嚴忠臣(엄충신) 하난말이
小人(소인)이 치려가오
치사하고 하난말이
장하도다 엄호장아
忠臣烈士(충신열사) 孝子烈女(효자열녀)
지채상판 없난거라
청영포 배를타고
絕壁(절벽)에 올라가서
春秋(춘추)가 십칠세에
九重宮闕(구중궁궐) 어뎨두고

단종대왕 저신체를
어이하야 올으릿가
九族(구족)을 滅(멸)한대도
臣民道理(신민도리) 어이하리
자내어찌 호장으로
忠臣烈士(충신열사) 마음가저
충신충신 엄충신아
부대부대 조심하여
시체방에 들어가니
참혹하고 가련하다
어느뉘게 전장하고
淸冷浦(청영포) 절벽우에

낙화암 되였고나
단종왕비 송씨부인 宋氏夫人
궁녀갈이 아너죽고
八十세를 산단말가

슬푸고 애닲도다
단종소문 들었으면
무삼영화 바라고서 榮華
저궁녀를 생각하니

宋王妃 송왕비가 붓그럽네
알뜰이도 보전하니
이제야 생각하니
復位 복위한다 하였으나

실낫갈은 그목숨을
가엽고도 한심하다
팔송정에 모인신하
복위는 못하고서

목숨만 생각하네
단종대왕 혼령보소 魂靈
북득이를 정마들려
영월백성 못난말이 百姓

다만몇해 더살라고
백말한필 높이타고
寧越邑內 영월읍내 지내갈제
大王行次 대왕행차 어데가오

大王任 대왕님 대답하되
漢陽城中 한양성중 들어가니
世祖大王 세조대왕 거동보소
端宗屍體 단종시체 거둔놈은

太白山 태백산 구경간다
단종승하 하신말삼
寧越官 영월관에 판자하되
三族 삼족을 멸하리라

어느누가 거두리요
제몸하나 죽난것도
하물며 삼족이야
가엽도다 단종대왕

이말을 들은후에
범갈이 겁내거든
말하여 무엇하리
도라가신 저시체가

청영포 그저있내
嚴興道는 엄흥도는 누구든가
이런충신 또있난가

四五日 삼간집에
寧越戶長 영월호장 아전이라
三族刑罰 삼족형벌 겁안내고

자오일을
嚴興道 엄흥도 장하고도
嚴興道의 엄흥도의 충성이여
장하도다

二九

한양가

굿뱀갈이 우난소래
九曲肝膓(구곡간장) 다 녹는다
우리열이 다죽어도
大王任(대왕님)을 말려내지
이족하를 이리하고
무삼 福(복)을 받을손가
心膓(심장)이야 다를소냐
어질고도 어진임금
슬푸도다 우리들도
이를적에 함께죽어
綠衣紅裳(녹의홍상) 좋은간장
아조필필 날여지니

明紬(명주)줄을 벗겨놓고
목을만저 우난말이
애고답답 몰라섯소
이리할줄 우리대왕
거동은 慘酷(참혹)하고
경상은 可憐(가련)하다
청영포 오신후에
이임금 뫼시고서
地下(지하)에 도라가서
단종대왕 모셨으면
三月東風(삼월동풍) 시내가에
落花紛紛(낙화분분) 이 아닌가

애고답답 大王(대왕)님요
이것이 왼일이요
어질고 착한임금
十七歲(십칠세)에 죽단말가
저 宮女(궁녀)의 거동보소
목이메여 다못울고
두해를 지냈으니
人情(인정)인들 없을소냐
文宗大王(문종대왕) 뫼읍기가
[illegible]
[illegible]
[illegible]

죽을작정 하신줄을
우리들이 아랏으면
애고답답 어이할고
世祖大王(세조대왕) 놉시도다
열궁녀 하난말이
아모리 兒女子(아녀자)나
군신지간 그렇거날
男女(남녀)가 다를소냐
열궁녀 갈이나와
바위우에 올라서서
忠臣烈女(충신열녀) 이 아닌가
그후로 바위일홈

한양가

어제밤 찬바람에
感氣(감기)가 大端(대단)하야
구미가 절로없어
취한할걸 생각하니
개밧게 또있나냐
개한마리 求(구)했스되
내가참아 잡을소냐
明紬(명주)줄에 걸려스니
밖에서서 단기다가
고만커든 베노아라
복득이놈 거동보소
두발길로 문턱밀고
명주줄 손에들고
힘대로 단기더니
슬푸다 이를적에
端宗大王(단종대왕) 승하하니
福得(복득)놈 거동보소
아무리 단기여도
아모말삼 안계시니
복득이 생각하되
개는정영 죽엇난데
어찌말삼 없사신고
고이하여 문을여니
端宗大王(단종대왕) 모양보소
죽은모양 말하자니
해고참아 말못할세
복득이놈 거동보소
아모리 시켰스되
제손으로 단겼으니
제가어찌 살가보냐
언덕우에 올라서서
一聲長號(일성장호) 痛哭(통곡)하고
크게외여 하난말이
영원사람 들어보소
端宗大王(단종대왕) 승하했소
단종대왕 승하했소
百丈(백장)넘는 언덕우에
왈칵뛰여 떠러지니
福得(복득)이 죽은모양
돌한덩이 구분더시
둥글둥글 구불려져
淸冷浦(청영포) 강가까지
구불러 나려올제
그모양이 오작할까
頭骨(두골)이 깨여지고
手足(수족)이 부러지니
宮女(궁녀)열궁녀의 거동보소
단종대왕 死體(사체)안코

세조대왕(世祖大王) 마음보쇼
그말을 옳게듣고
앙천통곡(仰天痛哭) 슬퍼울고
약기를 번적드러
잔학한(殘虐) 세조(世祖)솜씨
육신(六臣)같이 죽일이니
약기사자(藥器使者) 죽은소문
지각에 올라가니
박복한(薄福) 날로하야
무죄한(無罪) 사람들이
약(藥)을먹고 죽자해노
약(藥)없어서 못죽겠고

약기(藥器)를 보내신다
약기(藥器)가진 사자(使者)보소
강물우에 던지기를
돌갈이 던젓구나
아서라 내목숨을
내손으로 죽으리라
세조대왕 대노(大怒)하야
약기사자(藥器使者) 또보낸다
몇사람이 죽겠나지
아마도 내가죽어
칼로찔러 국자하니
칼없어서 못죽겠다

약기(藥器)를 가지고서
청영포(淸冷浦) 강가에서
던지고 생각하니
왕명(王命)으로 내왔다가
옷고름에 차인칼을
한손으로 얼른빼여
세번사자(使者) 다죽으니
단죽대왕 착한마음
황천(黃泉)에 도라가서
부모님(父母任) 만나보자
중방(中傍)밀을 둘버놓고
명주(明紬)술 서러놓고

아모리 생각해노
단종대왕(端宗大王) 가련(可憐)하다
그대로 올라가서
물에넣고 왔다하면
이사람도 충신(忠臣)이라
목을찔러 주었으니
사자(使者)죽는 소문듣고
백이사지(百爾思之) 생각해도
아모리 생각해도
죽을일이 맥낭하다
궁노복득(宮奴福得) 부르면서
복득(福得)아 말들어라

시육신(死六臣) 생육신이(生六臣)
이때에 나섯도다
단종대왕 소식몰라
편지왕래 서로할제
군신편지(君臣片紙) 전해주네
조고만한 표주박이
순류는 쉽거니와
역수는 어렵도다
하늘이 아르시고
표주박이 역수하네
임금이 불인하야(不仁)
억지로 등극하니

한양가

팔송정에(八松亭) 모여앉아
원호난(元昊) 혼자가서
만학강에 띄워놓고
편지써서 담아주니
삼십오리 강수상에(江水上)
표주박이 왕래하니(往來)
옥체를(玉體) 문안하니(問安)
그아니 장할손가
그왕비는(王妃) 누시든고
피평윤씨(坡平尹氏) 부인이라(夫人)
다라난 여섯신하
복위하자(復位) 경영이라(經營)

만학강 강물가에
기련정을(可憐亭) 지어놓고
표주박의 거동보소
강물을 따라흘러
나려갈때 순류로되(順流)
올라갈때 역수로다(逆水)
충성이(忠誠) 지극하면(至極)
하늘이 모르리요
부원군은(府院君) 누구든고
피평사람(坡平) 윤번이라
단종을 그냥두면
국사가(國事) 분주하리(奔走)

二五

한양가

삼척금(三寸劍) 입에물고 앞으로 엎허지니
너는욕설(辱說) 못하리라 예전일을 생각하면
효성(孝誠)있난 그자식이 부모(父母)를 생각하리
그때에 못죽어서 누명(陌名)을 들었으니
한발나무 쇠적개로 두손으로 벌여들어
내형별을 못이겨서 부모원수 말안할가

입에문 저칼보소 뒷룡수도 뚫고난다
너와나와 세의(世誼)있서 인정(人情)이 두터워라
너이부모 살여낸일 너도정영 알것이라
은혜(恩惠)는 고사(姑捨)하고 네가내게 원수로다
유성원 살뎡이를 점점(點點)이 찌저내니
장하도다 유신이여 이렇타시 말을하니

二四

유성원(柳誠源)을 잡아들여 세조대왕(世祖大王) 하는말이
충신(忠臣)을 말할진대 효자문(孝子門)에 구한다니
유성원(柳誠源) 대답하되 나의 신명(身命) 생각하고
나의 선고(先考) 생각하고 나의신명 생각하니

다섯놈은 무레(無禮)하야 욕설(辱說)하고 죽였으니
네가정영(丁寧) 충신(忠臣)이면 효성(孝誠)이 있을거라
세조대왕 분(忿)을내여 무사(武士)를 재촉하야
원수(怨讐)를 원수라지 할말을 못할소나
죽은신하 여섯이오 산 신하 여섯이라

끝는가마 들어가기
三伏蒸炎(삼복증염) 더운날에
忠臣烈士(충신렬사) 子孫(자손)있나
王子比干(왕자비간) 일홈나도
伊尹(이윤)갈이 어진이도
何事非君(하사비군)이 섬겼으니
족하 位(위)를 三寸(삼촌)하니
두임금이 어이되나
이개의 거동보소
호령하야 하난말이
兄(형)의뒤를 어이끊고
내 辱心(욕심)을 생각하니

한양가
가

거령물에 들어가듯
秋毫(추호)나 접낼소냐
일홈은 傳(전)했으되
子孫(자손)은 끈어젓다
伊尹(이윤)을 뺀밧잣나
너어이 固執(고집)하야
한 子孫(자손) 한 血肉(혈육)에
分間(분간)이 별로없다
自古(자고)로 두고보면
三寸(삼촌)으로 족하죽여
禽獸(금수)와 같을지라
더러운말 다시말라

이개야 들어바라
自古及今(자고급금) 두고보면
伯夷叔齊(백이숙제) 採薇(채미)하고
首陽山(수양산) 깊흔곳에
端宗(단종)이 내족하니
三寸(삼촌)되고 못할소냐
社稷(사직)을 두고보면
不事二君(불사이군) 하였으나
忠臣(충신) 충성일홈
日月(일월)같은 너의충성
忠誠(충성) 일반이니
부대한번 항복하라
伊尹(이윤)이 섬긴임군
骨肉相爭(골육상쟁) 임금이냐
그 位(위)를 빼앗난임군
누구누구 보앗느냐
自古(자고)로 두고보면
斯速(사속)히 죽여다오
이칼로 너죽어라
세조대왕 분을내여
李塏(이개의) 서동보소

二三

한양가

장할시고 이런종은
萬古忠婢(만고충비) 이아닌가
벼선벗고 들어오라
하위지의 거동보소
자욱마다 뭇난구나
世祖大王(세조대왕) 하신말삼
들기도 나는싫고
보기도 나는싫다
세조대왕 하는말이
네가한번 降服(항복)하면
듕신은 姑捨(고사)하고
범인들노 듣기싫다

死六臣(사육신) 여섯집에
박팽년 그한집이
두버선 훨훨벗고
발을번적 높이들어
너도 降服(항복) 못하겠나
河緯地(하위지)의 거동보소
세조대왕 忿(분)을내여
당장에 破殺(파살)하고
좋은벼살 시킬테니
降服(항복)을 못할소냐
세조대왕 거동보소
逆賊(역적)놈의 俞應孚(유응부)야

血孫(혈손)으로 나려오니
종의덕을 입음이라
모래같이 발바오니
말밤쇠에 발이밀려
仰天大笑(앙천대소) 하난말이
忠臣(충신)을 辱(욕)보임도
俞應孚(유응부)를 잡어들여
기름가마 쌀물적에
俞應孚(유응부) 거동보소
두눈을 부르뜨고
斯速(사속)히 저가마에
옷을벗고 들어가라

三二

河緯地(하위지)를 잡아들여
말밤쇠를 까라놓고
발등을 뚫고올라
찔인굵게 피가흘러
그 罪(죄)가 안적으니
斯速(사속)히 죽여다고
가마속에 부은기름
구비구비 꿀난구나
高聲大叱(고성대질) 하난말이
倫氣(윤기)모를 너소래를
俞應孚(유응부)의 거동보소
上下衣服(상하의복) 얼른벗고

세조대왕(世祖大王) 하는말이
어린자식 죽난대는
무삼일로 즉난줄을
제가어찌 알고죽나
너도항복(降服) 못하겠나
성삼문 부모(父母)말이
박팽년 잡아내여
소부쇠 불에달과
박팽년 하는말이
네목한줄 내아랐다
궁관(宮官)이 나려가서
권속(眷屬)을 사잘하니

네가이놈 눈물지니
그것은 무삼일고
그러므로 념(念)울엇노라
세조대왕 분을내여
죽이면 죽일게지
무슨욕설(辱說) 그리하노
전신(全身)을 당금하니
박팽년 하난말이
향로(香爐)쇠 달근것이
네짓인줄 내아랐다
박팽년 집종어미
이날을 열른는고

장성한 두아들은
죽음즉 한일인줄
성삼문 부모(父母)들을
성화(星火)같이 잡아들여
세조대왕 념(念)분을내여
일시(一時)에 다죽인후
오히려 이쇠차니
다시달과 가저오라
손톱밑에 기름넘은
네보랏고 그리했다
제자식을 대신(代身)주고
상전아기 다려다가

제가알고 죽거니와
세살먹은 어린자식
전정(殿庭)에 끌러놓고
지성(至誠)으로 이른말이
사지(四肢)를 각각비여
거열순시(車裂巡示)를 하였었네
종묘제사(宗廟祭祀) 그날밤에
세조대왕 하는말이
자손(子孫)잡아 일시(一時)에
죽일적에
박팽년 자손잡아
제자식을 대신(代身)주고
젓먹여 길러내여
상전뒤를 이어내니

한양가

三

二
一

만조백판(滿朝百官) 조회(朝會)할제
열두신하 아니오니
세조대왕(世祖大王) 대노(大怒)하야
국청(國廳)을 배설(排設)하고
엄형중벌(嚴刑重罰) 차례로
잡아다가 하난구나
성삼문(成三問) 박팽년(朴彭年)과
하위지(河緯地) 유응부(兪應孚)와
이개(李塏)와 유성원(柳誠源)은
죽으러 들어가고
조려(趙旅)와 남효온(南孝溫)과
김시습(金時習) 이맹전(李孟專)과
원호(元昊)등은 성담수(成聃壽)
팔송정(八松亭)에 모여앉아
밤낮으로 의론(議論)한들
운수가 당해오니
의론(議論)해도 쓸때없다
백관(百官)이 조회(朝會)하되
그길로 다라나서
너의들은 조회(朝會)없늬
조회(朝會)없늬
성삼문(成三問) 대답(對答)하되
불사이군(不事二君) 충신(忠臣)마음

二○

세조대왕(世祖大王) 하신말씀
성삼문(成三問)을 잡아내여
사지(死地)에 계셨으니
지하(地下)에 지키다가
내임금을 찾아가서
조회(朝會)하리 섬길게라
세조대왕(世祖大王) 그말듣고
노기(怒氣)가 탱천(撑天)하여
분기가 탱천하여
맛아들 죽이면서
항복(降服)안늬 이러해도
항복(降服)안늬
둘째아들 죽이면서
항복(降服)안늬 이러해도
항복(降服)안늬
세살먹은 셋째아들
전정(殿廷)앞에 박살(撲殺)하니
성삼문(成三問) 거동보소
뉘를보고 놀라우냐
자식(子息)이 놀라우냐
성삼문(成三問) 하는말이
내섬기는 그임금이
평생(平生)에 지키다가
삼문(三問)아들 삼형제(三兄弟)를
일시(一時)에 잡아들여
삼족(三族)을 멸(滅)한대도
추호(秋毫)나 변할손가
평생(平生)에 먹은마음
눈물을 지우거늘

한양가

絕壁(절벽)에 집을짓고 거게앉쳐 두엇으니
淸冷浦(청영포) 보낸후에 消息(소식)이 돈절하니
萬頃蒼波(만경창파) 푸른물이 晝夜不息(주야불식) 흘러가노
寂寞江山(적막강산) 절벽집에 꼿불앞에 홀로앉아
一自冤禽出帝宮(일자원금출제궁) 孤身隻影碧山中(고신척영벽산중)
열두신하 충성보소 서로앉아 의론하되

그아니 切迫(절박)하며 이아니 可憐(가련)한가
사백리 寧越(영월)까지 어느누가 찾아갈가
공산락월 깊은밤에 슬피우는 저杜鵑(두견)은
顯陵松栢(현능송백) 바라보니 꿈가운데 푸르렀다
假眠夜夜眠無假(가면야야면무가) 恨年年恨不窮(한년년한불궁)
地下(지하)에 도라간들 文宗大王(문종대왕) 어이보리

宮奴(궁노)하니 宮女(궁녀)열을 함께보내 두엇도다
우에난 絕壁(절벽)이요 아래는 大江(대강)이라
荒塚(황총)에 피를뿌려 不如歸(불여귀)를 일삼으니
杜鵑(두견)소래 슬피듣고 心懷(심회)를 정치못해
聲斷曉岑殘月白(성단효잠잔월백) 血流春谷落花紅(혈류춘곡낙화홍)
病枕(병침)에 하신 遺言(유언) 귀에아즉 宛然(완연)하다

十五(십오)세 어린임금 오작히 可憐(가련)한가
저강물아 들기싫다 무심소회 그리깊이
나와정형 갈을지라 너의심사 생각하니
子規詩(자규시)를 지어내니 그글에 하였으되
天聲尚未聞哀訴(천성상미문애소) 胡乃愁人耳獨聰(호내수인이독종)
世祖大王(세조대왕) 거동보소 反正(반정)하고 들어앉아

一九

한양가

八字(팔자)아미 고혼얼골
巫山仙女(무산선녀) 愁心(수심)이오
언덕우에 버드나무
봄빛을 돗트난듯
아마도 생각하니
壽便(수편)이 不足(부족)하오
그글을 자세보소
句句(귀귀)마다 可憐(가련)하다
朴彭年(박팽년) 이말듣고
깜짝놀라 이러앉아
未久(미구)에 우리나라
國事(국사)가 말아닐세

一枝花雨(일지화우) 봄바람에
杜家娘(두가낭)의 離別(이별)이라
華谷單衫(화곡단삼) 비단치마
六郎(육랑)을 주엇도다
朴彭年(박팽년) 하난말이
그글보고 어찌하리
말이야 올컨마는
字字(자자)히 처량하다
成三問(성삼문) 여보시오
이말이 웬말인고
둘이서로 눈물훌여
이렇타지 말하므니

鬢上(빈상)에 서리빛을
그누가 슬퍼한가
成三問(성삼문)이 글을보고
朴彭年(박팽년)과 하난말이
成三問(성삼문) 朴仁叟(박인수)야
슬푸다
九中宮闕(구중궁궐) 마다하고
웨보히 계실로다
國政(국정)이 요탄하여
萬分(만분)이나 위태커날
一朝(일조)에 反正(반정)하여
乙亥年(을해년) 十二月(십이월)에

手巾(수건)안에 合歡香(합환향)은
香氣(향기)조차 안들리네
우리大王(대왕) 지은글이
氣像(기상)이 妻凉(처량)하다
壽夭窮達(수요궁달) 富貴貧賤(부귀빈천)
글월보고 아니니라
아마도 생각하니
十常八九(십상팔구) 丁寧(정녕)하다
자네말과 같을진대
端宗大王(단종대왕)과 어이하리
端宗大王(단종대왕) 내처다가
寧越(영월)이 淸冷浦(청령포)에

端宗大王 단종대왕 거동보소
十三歲 섭삼세에 등극하니
三年 삼년을 지내오니
春秋歌 춘추가 十五 십오세라
잡패도 詩 시를지어
才操는 어질기난 蒼頡이라
창일이라 요순이요
十年鴛別 십년원별 何容易 하용이 용이한고
始在陽 시재양 千里昭光 천리소광
華谷單衫 화곡단삼 贈六郎 증육랑
暗頭楊柳 맥두양류 爭春色 쟁춘색
十年 십년에 鴛鴦 원앙이별
容易 용이한고 어이그리

그 왕비는 누시던고
礦山宋氏 여산송씨 부인이오
여산사람 宋玹壽 송현수라
句句 구구히 文章이오
字字 자자히 珠玉이라
그 글에 하였으되
지은글을 들어보소
八字眉 팔자미수 武峽女 무협녀
一枝花雨 일지화우 杜家娘 두가낭
片心隨妾 편심수첩 紅羅裳 홍라상
長夢隨君 장몽수군 紫繡粧 자수장
一字眉水 일지화우 武家娘 두가낭
산머리에 돋난달이
洞房 동방으로 나려온다
이글뜻을 들어보소
아니용코 어쩌하오
천리에 맑은봄이
비최소 빛치나네

府院君 부원군은 누구든고
여산사람 宋玹壽 송현수라
九重宮闕 구중궁궐 깊은집에
여가여가 공부하여
詩書百家 시서백가 六經글을
無不通知 무불통지 아르산다
열두신하 忠誠 충정보소
血心으로 임금섬겨
山月纖纖 산월섬섬 下洞房 하동방
方門 방문한기 織成章 즉정장
鬢上誰悲 계상수비 蕭冷霜 소랭상
巾中未聞 건중미문 合歡香 합환향
芳門 방문에 쏘은비다
짜서내니 필이된다
紅羅裳 홍라상을 직혀있고
紫繡粧 자수장을 따라간다
한조각 妾의마음 그대꿈은
길고긴 紫繡粧 자수장을 따라간다

한양가

朴彭年백팽년 河緯地하위지
成三問성삼문과 兪應孚유응부와
國事국사를 의론할때
文宗大王문종대왕 하신말삼
玉枕옥침에 뜻난눈물
점점이 피가된다
玉手옥수로 눈물닦고
可矜가긍케 하신말삼
臣等신등의 마음이야
若此약차하고 如此여차하면
文宗大王문종대왕 어이하리
壬申年임신년 오월달에

李塏이개와 柳誠源유성원과
金時習김시습 李孟專이맹전과
열두신하 卿等경등에게
幼主유쥬를 부탁하니
열두신하 그말듣고
일시에 일어서서
卿等경등은 여게앉아
寡人과인말삼 들어보소
白骨백골이 塵土진토된들
秋毫추호나 변하릿가
至于帝鄕지우제향 승하하니
春秋춘추가 四十九사십구라

趙旅조려와 南孝溫남효온과
成聃壽성담수 元昊等원호등을
옛적에 周公주공같이
成王성왕을 보전하소
임금과 같이우니
비온다시 호른눈물
萬一만일에 若此약차하면
卿等경등은 어찌하랴
슬푸다 죽음이여
三皇五帝삼황오제 저임금도
蒼天창천이 欲暮욕모하고
白日백일에 無光무광이라

一六

君臣군신이 서로앉아
時時시시로 불러드려
아마내가 죽은후에
저아들이 위태하니
朝服조복사매 거동보소
文宗大王문종대왕 거동보소
저신하를 거동보소
나중은 모르오나
죽음을 면치못해
宇宙青山우주청산 무덤되니
楊州양주땅 삼십리에
王妃왕비능과 한능이다

成均館(성균관)에 공부시켜 글공부를 권하시니
文章(문장)도 많거니와 名筆(명필)도 많이난다
科擧(과거)를 보이시되 文筆(문필)보고 科擧(과거)주니
八域(팔역)사방 방방곡곡 不撤晝夜(불철주야) 공부로다
諸王(제왕)중에 二十八(이십팔)왕 福力(북력)좋고 편하사기
세종대왕 제일이라 세종대왕 등국후에
國事(국사)를 두고보면 秋毫(추호)도 일이없다
요순세계 흡사하며 夏禹天地(하우천지) 안부럽네
庚午年(경오년) 二(이)월달에 五十四(오십사)에 승하하고
驪州(여주)땅 百五十(백오십)리 英陵(영능)이 그능아오
文宗大王(문종대왕) 登極(등극)하니 왕비능노 한능이라
그 王妃(왕비)는 누시든고 安東權氏(안동권씨)는 부인이라
府院君(부원군)은 누구든고 안동사람 權專(권전)이라
文宗大王(문종대왕) 거동보소 端宗(단종)을 늦게두고
國事(국사)는 蒼芒(창망)한데 骨肉相爭(골육상쟁) 쉬우리라
端宗(단종)을 나으시고 가련하다
강보의 아들두고 二十四(이십사)에 승하하니
楊州(양주)땅 三十里(삼십리)에 顯陵(현능)이 그능이오
餘恨(여한)이 무궁하여 靈魂(영혼)이 있었구나
文宗(문종) 春秋(춘추)가 높지안해
患候(환후)가 자조계셔 病枕(병침)에 들었도다
時時(시시)로 혼자앉아 國事(국사)를 생각하니
患候(환후)는 그러하니 아들은 어리시고
아모리 생각해도 국사가 危殆(위태)하다

한양가

一五

한양가

네 어이 당돌하게
그 문필을 가지고서
廣平君(광평군) 붓을잡아
一筆揮之(일필휘지) 써올너니
이렇코야 文章(문장)이오
저리해야 名筆(명필)이지
이 병풍 어떠한고
매화를 그렸으되
이 글뜻을 들어보소
아니용코 어떠하오
깊히붉은 저 꽃빛이
열게붉은 이 꽃빛에

文筆(문필)한다 자랑하고
朕(짐)에게 쓰기나냐
천자보고 嘆服(탄복)하여
글과글씨 稱讚(칭찬)하사
畵題(화제)를 살펴보니
글씨에 하였으되
한가지는 매우붉고
한가지는 덜붉것네
한나무가 어찌하여
빛이갈지 아니한고
서로빛이 그러하니
이리하야 그런거야

즉시에 추고하니
座席(좌석)이 어떠한가
千金賞賜(천금상사) 후의하고
大讚(대찬)하야 가라사대
一樹開花(일수개화) 色不同(색부동)
難將此意(난장차의) 問東風(문동풍)
말잘하는 앵무재는
그가운데 그렷거늘
이뜻을 가저다가
東風(동풍)다려 못무를다
이러한 두로문필
中國(중국)까지 일음낫내

一四

成三問(성삼문) 거동보소
畵題(화제)를 지어내니
아모래도 朝鮮國(조선국)이
小中華(소중화)라도 分明(분명)하다
其間鸚鵡(기간앵무) 能言語(능언어)
說道深紅(설도심홍) 映淺紅(영천홍)
그격에 맞게하니
어이아니 어려우랴
다행하다 그사이에
말잘하난 앵무새가
그후로 世宗大王(세종대왕)
선비를 불러드려

그왕비는 누시든고
청송심씨(靑松沈氏) 부인(夫人)이오
한끝은 대궐(大闕)있고
또한끝은 청송있어
청송(靑松)으로 나려가서
호박(琥珀)골을 들어가니
복력좋은 세종대왕(世宗大王)
삼십이년 재위(在位)하사
물이함께 들어가서
천자전정(天子殿廷) 올라가서
아모라도 이병풍(屛風)에
화제(畵題)를 써서내라

한양가

부원군(府院君)은 누구든고
청송(靑松)사람 심온이라
삼일(三日)이 지나도록
완연히 비치거늘
그집이 누집인고
심이방(沈吏房)의 집이로다
국가창업(國家創業) 무사하고
시화세풍(時和歲豊) 이때로다
배례(拜禮)하고 앉았으니
천자(天子)께서 하신말삼
서촉(西蜀)선비 하난말이
소인(小人)이 쓰오리다

심왕비(沈王妃) 나실적에
심온(沈溫)이 이상하고
긔이하다
세종대왕(世宗大王) 거동보소
무지개가 기이하다
궁관(宮官)을 보내시사
왕비(王妃)보 모셔오니
중원(中原) 패문(牌文)나와
문장명필(文章名筆) 부르거늘
화제(畵題)가 없엇기로
짐에게 있난병풍(屛風)
서촉(西蜀)선비의 거동보소
붓대잡아 써서내니

청천백일(靑天白日) 밝은날에
난대없는 무지개가
군관(軍官)을 추종(追從)하니
천연(天緣)이며 천연이며
이아니 이상한가
글씨잘쓴 성삼문(成三問)과
글잘하는 광평군(廣平君)
문장명필(文章名筆) 다왔으니
천하(天下)에 광고(廣告)하여
천자(天子)보고 대노(大怒)하사
저선비를 꾸즈시되

一三

乘彼白雲 승피백운 戊子年에 무자년에 둘째왕비 양주땅 厚陵과 왕비능은 白姓은 國事는 鐵椎 철퇴를 아마구를 四五년을 五十六세

구름타고 昇遐하니 승하하니 시오리에 貞陵 정능이라 어데던고 한능이라 노래하고 自然 자연이라 둘러메고 搏殺 박살하니 지나다가 昇遐 승하하니

八域 팔역에 如喪考妃 여상고비 己亥年 기해년에 定宗大王 정종대왕 태종대왕 정치를 태종대왕 아마구가 萬朝百官 만조백관 孟思誠 맹사성을 德澤 덕택도 福力 북녘도

蒼生 창생들이 애통하다 九月달에 昇遐 승하하니 옥쇠를고 하실적에 後宮妻男 후궁처남 酷毒 혹독하여 어느뉘가 그릇알가 높으시고 장하시다

楊州 양주땅 健元陵 건원능이 春秋 춘추가 六十三 육십삼이 太宗역시 만조가 大臣 대신을 忠臣 충신을 태종대왕 十八년을 廣州 광주땅 獻陵 현능이

十三里 십삼리에 그능이오 얼마신가 분명하다 聖君이라 和樂하고 해케하고 살해하니 卽位 즉위후에 政治 정치하사 四十里 사십리에 그능이오

開城 개성땅 王妃陵 왕비능은 開城 개성땅 厚陵 후능이 百官이 백관이 임금을 장하시고 太宗께 世宗 세종에게 上王位 상왕위에 世宗大王 왕비능도 世宗大王 세종대왕

二百里 이백리라 齊陵 제능이라 이백리에 그아닌가 辭讓 사양하야 도우시서 孟思誠이 맹사성이 告達 고달하고 傳位 전위하고 계시더니 한능이라 登極 등극하니

骨肉相爭 이러하고
그아들 생각하니
五號弓 오호궁에 활을매여
山岳 산악같이 앉았으니

國事가 장원할가
여분이 상존이라
무릎우에 얹어놓고
이때에 태종대왕

태조보로 오시다가
태종같은 긔안에도
忠誠 놀랍도다 權大求 권대구야
肝膽 간담이 늠늠하다

활메운 거동보고
龍袍 용포자락 떠난구나
충성도 장커니와
太宗 태중을 뫼시고서

함께가며 殿下하난말이
두려하지 마옵소서
傷 살을마자 상한대도
玉體 옥체에난 안가리니

추호도 전하마음
죽난대도 臣 신이죽고
代身 신의몸이 대신가며
天然 천년하게 가옵소서

태조대왕 거동보소
流星 유성같이 가난쌀이
權大求 권대구의 충성보소
그살을 받고죽내

깍지손을 한번떼니
나난다시 나올적에
태중앞에 썩나서서
이것을 볼작시면

君義臣忠 이아닌가
玉璽 옥쇠를 내던지며
이것이 놀라우냐
龍袍 용포자락 펼처놓고

태조대왕 거동보소
怒氣 노기로 하신말삼
태중대왕 거동보소
옥쇠를 주어싸며

惶恐 황공하여 하신말삼
永德宮 영덕궁에 태종있고
政事 정사를 상의하니
세월이 여류하야

옥쇠전수 하옵신다
萬壽宮 만수궁에 태조계셔
父子有親 부자유친 재롭도다
太宗春秋 태종춘추 七十四 칠십사라

한양가

一一

한양가

두아달 앞세우고
漢陽橋 한양교 저문날에
母子間 모자간 인정이나
父子間 부자간 인정이나
欣然 흔연히 하난말이
漢陽 한양가는 길차려라
恭讓王 공양왕의 사든터에
蕭瑟寒風 소슬한풍 可憐 가련하다
太祖 태조오심 소문듣고
太宗 태종대왕 거동보소
오기는 오셧으나
太宗의 태종의 하는일을

離別 이별하고 우난눈물
점점히 떠러저서
天倫 천륜은 一般 일반이라
어찌하야 殿下 전하마님
治道官 치도관을 分付 분부하야
七百七十 먼먼길을
坡州 파주를 다지내고
臨津江 임진강을 건너서서
舞鶴舘 무학관에 차일치고
百官 백관으로 영접할제
坐定後 좌정후에 쟁각하니
可憐 가련코도 絕痛 절통하다

아해이마 다젓난다
그어미 하난말이
父子間 부자간 重 중한인정
四年 사년을 頓絕 돈절하요
곳곳이 덕가노니
바르기 터럭같다
孝子院 효자원이 어데런고
舞鶴 무학새가 여기로다
太祖大王 태조대왕 거동보소
舞鶴舘 무학관에 坐定 좌정하니
아해둘을 죽이꾀서
兄位 형위를 아섯으니

母別子 모별자 子別母 자별모난
人間에 인간에 못할노라
太祖大王 태조대왕 이말듣고
自然 자연히 回心 회심되여
安城 안성을 열는건너
松都 송도를 다다르니
京畿監營 경기감영 들어가니
연주문이 반갑도다
儀威 의위도 壯 장할시고
國勢 국세가 自別 자별하다
임금도 좋거니와
骨肉 골육이 重 중치않나

一〇

創業(창업)하심 생각하면 死生(사생)을 갈이하여 君臣之義(군신지의) 맺아두고 怨痛(원통)할사 大王任(대왕님)은

小臣(소신)과 함께나서 天倖(천행)으로 成事(성사)하여 創業功臣(창업공신) 되잣더니 이것이 원일인고

옛적에 堯(요)ㅅ임금 舜(순)임금의 착한마음 장인에게 받은位(위)를 하믈며 大王任(대왕님)은

萬乘天子(만승천자) 높은位(위)를 사우에게 전해주고 禹(우)님금에 주었거늘 大王任(대왕님)이 하신位(위)를

아믈에게 전하시고 如此等說(여차등설) 말할적에 슬푸게도 우는구나 저말이 무삼일노

이다지도 怒(노)하실까 문박게 매인말이 太祖大王(태조대왕) 들으시고 저렇타시 슬피우나

룽두란이 대답하되 아뢰거던 들으소서 석달을 지낫스되 죽주어도 아니먹고

저말우난 그緣故(연고)를 그말이 색기뗸지 그색기를 생각하야 끌주어도 아니먹고

밤낮으로 우난말이 저말을 두고보면 母子間(모자간)의 그린정이 漢(한)나라 蘇中郎(소중랑)이

오날까지 저타우니 아모리 짐쟁이나 사람만 못할손가 北海上(북해상)에 있을적에

胡妾(호첩)을 定(정)했더니 十九年(십구년) 苦生(고생)타가 어려서 못다리고 七年(칠년)을 지난후에

아달들을 나아두고 故國(고국)을 도라올때 어미에게 두었더니 胡妾(호첩)의 거동보소

한양가

九

한양가

이번행차 어인일고
風塵世界(풍진세계) 마다하고
老退(노퇴)하야 볼것없난
이사람을 찾아왔나
슬피울며 하난말이
大王任(대왕님) 하신일이
夏桀(하걸)의 모진정사
湯(탕)임금이 소멸하고
隋煬帝(수양제)의 亡한정사하니
唐太宗(당태종)이 平復(평복)하니
後世(후세)에 우숨되니
殿下(전하)하심 진하하심 이를진대

別有天地(별유천지) 찾아가서
赤松子(적송자)와 논다더니
宮女(궁녀)불너 술부어라
이술먹고 나와노재
어이그리 장하신고
그아니 괴로신가
商紂(상주)의 모진정사
武王(무왕)이 伐之(벌지)하고
大王(대왕)의 창업하신
이제와서 생각하면
寒心(한심)아니 아니하며
애통치 아니질가

八
서로권해 마실적에
四五杯(사오배) 마신후에
恭讓王(공양왕)의 모진정사
한번들어 소멸하고
秦始王(진시왕)의 牛毛苛政(우모가정)
漢太祖(한태조)가 소멸하고
이에서 못할손가
멋백년 王家事業(왕기사업)
父子不睦(부자불목) 고사하고
八道蒼生(팔도창생) 불상하오

八
父子不睦(부자불목) 나를찾아
어이이리 와섯난고
룽두란의 거동보소
太祖(태조)앞에 엎드려서
億兆蒼生(억조창생) 건져내니
이일을 비하건멸
王莽(왕망)의 모진정사
光武皇帝(광무황제) 곤치였고
一朝(일조)에 바리시고
이宮(궁)에 혼자앉아
슬피울고 일어앉아
다시하난 말삼보소

옥쇄를 바래더니
옥쇄난 아니오고
이런고로 이런말이
한번가고 아니오면
府院君(부원군)과 議論(의론)하되
옥쇄를 받드자면
先生(선생)이 아니시고
다른사람 보낼진댄
殿下(전하)미워 하신일을
小人(소인)간틀 주시릿가
색기가진 저말한필
鞍粧(안장)지어 타고가네

한양가

李元泰(이원태)만 주것구나
그후에 또보내니
威興差使(함흥차사) 이것일세
太宗大王(태종대왕) 卽位(즉위)한지
몇사람이 죽을넌지
퉁두란 찾아가서
無罪(무죄)한 사람목슴
수없이 죽을지니
太宗大王(태종대왕) 하신말삼
先生(선생)은 한번가면
威興(함흥)으로 나려가서
太祖大王(태조대왕) 찾아가니

威興(함흥)이 오난대로
목을비여
閻羅國(염나국)이
한번가면 다시올가
國事(국사)도 蒼茫(창망)하고
社稷(사직)이 滋味(자미)없네
先生(선생)이 아니바라
이옥쇄를 찾자하면
三年(삼년)을 지나도록
玉璽(옥쇄)없이 政治(정치)하니
太宗大王(태종대왕) 創業(창업)함은
우리부자 하신말삼
先生(선생)이 생각하야
行次(행차)하여주소
퉁두란이 이말듣고
仰天大笑(앙천대소) 하난말이
辭讓(사양)말고 가서보소
옥쇄를 가저오리
太祖大王(태조대왕) 거동보소
퉁두란의 거동보소
퉁두란을 얼른보고
先生(선생)을 손을잡고
좋은말 다버리고
先生(선생)보기 意外(의외)로다

七

骨肉相爭(골육상쟁) 무엇인고
芳衍芳碩(방연방석) 죽일때라
太宗大王(태종대왕) 登極後(등극후)에
여주사람 閔齊(민제)로다
太祖大王(태조대왕) 念(분)을내여
玉璽(옥새)를 빼서갈재
玉璽(옥쇄)없난 임금이니
무삼 滋味(자미) 있을손가
사람마다 보내릿가
威興(함흥)을 뉘가갈고
이원태를 使者(사자)보내
함흥으로 나려가서

定宗大王(정종대왕) 太宗(태종)에게
禪位(선위)하니 그말듣고
玩月宮(완월궁)에 避(피)해앉아
太宗大王(태종대왕) 거동보소
蕩沐宮(탕목궁)에 홀노앉아
함흥으로 나려가서
太宗大王(태종대왕) 거동보소
府院君(부원군)이 들어가니
詔書(조서)해 이원태를 보내보소
上疏(상소)하고 상소보내보소
使者(사자)보내 상소를 올리오니
太祖大王(태조대왕) 분을내여

太宗大王(태종대왕) 登極(등극)하여
그 王妃(왕비)는 뉘시든고
心神(심신)이 不平(불평)하야
아바님께 告(고)한말삼
漢陽消息(한양소식) 永隔(영격)하니
太宗大王(태종대왕) 거동보소
玉璽(옥쇄)없어 어이할고
太宗大王(태종대왕) 하신말삼
上疏(상소)를 뉘가쓸고
글잘하난 趙順泰(조순태)가
不問曲直(불문곡직) 덥허놓고
한양서 왔다하여

驪州閔氏(여주민씨) 夫人(부인)이오
府院君(부원군)은 뉘시든고
太宗大王(태종대왕) 마음보면
무삼일을 못하릿가
登極(등극)하였으나
玉璽(옥쇄)가 간대없다
부원군 하신말삼
玉璽(옥쇄)같이 중한물건
翰林(한림)으로 있을때라
趙順泰(조순태) 上疏(상소)지어
한양사자(使者) 목비어라
太宗大王(태종대왕) 거동보소

그 왕비(王妃)는 안변한씨(安邊韓氏) 부인(夫人)이오
임금이 궁정(宮廷)을 선치(善治)하니
요지일월(堯之日月) 밝아오니
순지건곤(舜之乾坤) 이 아닌가
정종(定宗)에게 선위(禪位)하고
상왕(上王) 위에 계시거늘
경주김씨(慶州金氏) 부인(夫人)이오
부원군(府院君)은 뉘시든고
조회(朝會)에 들어갈제
용상(龍床) 요상 앞에 엎드려서

한양가
가

공양왕(恭讓王)의 모진 정사(政事)
부원군(府院君)도 착하도다
왕비(王妃)도 어즈시고
안변(安邊) 사람 한경(韓卿)이라
부원군(府院君)은 뉘시든고
문하시중(門下侍中) 천서(天瑞)로다
등극(登極)하신 십년(十年)후에
만수궁(萬壽宮)에 전좌(殿座)하사
십년(十年)을 지낸후에
십년(十年)후에

정사(政事)를 바리시고 백발(白髮)이라
요순(堯舜)같다 우리 대왕
걸주(桀紂)만 못할손가 대왕(大王)
창업공덕(創業功德) 장할시고
치국(治國)하신 칠년(七年)만에
곡산강씨(谷山康氏) 부인(夫人)이오
둘째 왕비
태종대왕(太宗大王) 거동(擧動)보소
창업공(創業功)을 의논(議論)컨댄
정종(定宗)을 권(勸)한 말이
그 위(位)를 내어주오

五

부원군(府院君)은 뉘시든고
곡산(谷山) 사람 윤성(允成)이라
세화년풍(歲和年豊) 태평(太平)이요
국태민안(國泰民安) 이 아닌가
년로(年老)하니 어이할고
재위(在位)하신 칠년(七年)만에
정종대왕(定宗大王) 등극(登極)하니
정종왕비(定宗王妃) 그 왕비는 뉘시든고
念 나의 공이 제일이라
태종대왕(太宗大王) 분을 내여
골육상쟁(骨肉相爭) 되오리다
이때에 태종대왕(太宗大王)

한양가(漢陽歌)

四

요망(妖妄)한 중 무학(無學)아 그릇 찾아 예 왔도다
무학(無學)이 자탄(自嘆)하고 그 길로 다라나서
강원도(江原道)라 금강산(金剛山)에 토굴(土窟)을 무더 놓고
불도(佛道)를 숭상(崇尙)하고 세월(歲月)을 보내더라
정삼봉(鄭三峰)의 거동 보소 대궐(大闕)을 지을 적에
남산잠두(南山蠶頭) 주작(朱雀)되고 무학(舞鶴)재가 현무(玄武)로다
광한루(廣寒樓)가 수궁(水宮)되고 임진강(臨津江)이 인후(引後)로다
남한산성(南漢山城) 청룡(靑龍)되고 용산(龍山)삼개 백호(白虎)로다
동서남북(東西南北) 이렇타시 사대문(四大門)을 향배(向背) 놓코
인의례지(仁義禮智) 네 글자로 서로 연해 지어 노니
동대문(東大門)은 흥인(興仁)이오 서대문(西大門)은 돈의(敦義)로다
남대문(南大門)은 숭례문(崇禮門) 북대문(北大門)은 홍지문(弘智門)
좌우궁장(左右宮墻) 널리 싸고 삼천궁궐(三千宮闕) 지어 노니
동관대궐(東關大闕) 제일(第一) 좋다 영수궁(令壽宮) 만수궁(萬壽宮)은
근정전(勤政殿) 웅장(雄壯)하고 신정전(申政殿) 사려(奢麗)하다
덕수궁(德壽宮) 청아(淸雅)하고 장덕궁(長德宮) 선명(鮮明)하다
수창궁(壽昌宮) 능란(綾爛)하고 죽동궁(竹東宮) 명랑(明朗)하다
계월궁(桂月宮) 장원(長遠)하고 경화궁(景花宮) 유벽(幽僻)하다
남별궁(南別宮)은 좋커니와 음침(陰浸)하야 귀궐(鬼闕)이라
흥인각(興仁閣) 황홀(恍惚)하고 청련각(靑蓮閣)은 쟁쇄(爭灑)하다
지형(地形)이 험굴(險崛)하다 춘당대(春塘臺) 경무대(景武臺)는
높고도 널텃스니 과거(科擧)보기 더욱 좋다
집춘문(集春門) 놀랍고 월근문(月覲門)은 장(壯)하도다
태조대왕(太祖大王) 이렇타시 등극(登極)하니 좋은 궁궐

風磨雨洗(풍마우세) 五百年(오백년)에
지금까지 痕跡(흔적) 있어
無學(무학)을 불러다가
王都(왕도)로 定(정)할적에
둘이서로 다툴적에
鄭三峰(정삼봉)이 하난말이
아난체 너무마오
子坐午向(자좌오향) 노아보오
막난法(법) 여게있소
辰方(진방)이 虛(허)하기로
無學(무학)이 분을내여
東大門(동대문)이 박 썩나서서

한양가

忠節(충절)을 傳(전)했으니
壯(장)할시고 先生忠節(선생충절)
臨津江(임진강) 열른건너
三角山(삼각산) 一枝脉(일지맥)에
네모른다 이중놈아
亥坐巳向(해좌사향) 노치마라
다섯번 온 亂離(난리)와
열두번 놀낼일을
그두가지 있을줄은
말안해도 나도안다
往十里(왕십리) 찾아가서
大闕(대궐)터를 도라보고

天地(천지)로 同胞(동포)하고
日月(일월)로 爭光(쟁광)이라
大闕坐向(대궐좌향) 어찌할고
大闕(대궐)터를 잡아노니
儒道(유도)는 간대없고
佛道(불도)만 興成(흥성)한다
무엇으로 막아내리
잡말말고 이리하오
東大門(동대문) 懸板(현판)쓸때
날치한자 노았으면
한치깊이 파고보니
石函(석함)이 들었거늘

太祖大王(태조대왕) 分付(분부)하고
鄭三峰(정삼봉)을 거동보소
亥坐巳向(해좌사향)
子坐午向(자좌오향)
無學(무학)이는 書房任(서방임)아
鄭三峰(정삼봉)이 하난말이
여보시오 書房任(서방임)아
미련하다 이無學(무학)아
아무적정 없을이니
子坐午向(자좌오향) 노아보자
깨트리고 자세보니
石函(석함)에 하였으되

三

한양가

圃隱 포은을 어느누가 무려하야 科擧 과거보리
太祖大王 태조대왕 거동보소
善竹橋 선죽교 다리우에
朱亥力士 주해력사 鐵椎 철퇴들고
動靜을 동정을 보난양이
日月갈이 일월갈이 밝은 忠誠 충성
松竹갈이 송죽갈이 구든 節介 절개
圃隱先生 포은선생 對答하되
重修함이 중수함이 어떠하오
三十斤 삼십근 쇠방망치
소매속에 들어내여

七十二賢 칠십이현 忠臣들은
杜門洞 두문동에 들어가고
圃隱先生 포은선생 불러내여
國事를 국사를 다툴적에
晋鄙 진비를 엿보난듯
博浪沙中 박낭사중 滄海力士 창해력사

一

冶隱先生 야은선생 어대가고
金烏山城 금오산성 찾어가니
들으면 벼살주고
안들으면 죽이리라
秦始皇 진시황을 마진다시
이렇타서 危急 위급하니
太祖大王 태조대왕 거동보소
圃隱 포은보고 하난말이
白骨 백골이 가루되여
塵土 진토가 될지라도
頭骨 두골이 破碎 파쇄하고
流血 유혈이 浪藉 낭자하다

二

圃隱先生 포은선생 혼자있어
復位를 복위를 어이하랴
趙英珪 조영규 鐵椎 철퇴들고
左便에 좌편에 세워두고
壯할시고 圃隱先生 포은선생
泰山같이 태산같이 굿게앉아
城隍堂 성황당 宮闕 궁궐이
頹落한지 퇴락한지 오래오니
節介는 절개는 變 못변할세
趙英珪는 조영규는 거동보소
善竹橋 선죽교 다리우엔
血痕 혈흔이 點點 점점하다

漢陽五百年歌 / 한양오백년가

한양가

슬푸다 親舊님네 이 歌辭 들어보소
二十八王 治國하신 善不善이 모도있다
二十에 登科하자 三十이 못되어서
黃房村은 輔國이오 吉冶隱은 注書로다
佟豆蘭은 上將이오 鄭三峰은 謀士로다

어느 歌辭 지엇난고 漢陽歌를 지엇어라
壯할시고 우리 大王 놀랍도다 우리 大王
처음벼슬 무엇인고 總撫大將 하였어라
朝廷은 셱셱하나 임금이 昏暗하나
一朝예 反正하야 壽昌宮에 登極하니

이 歌辭를 자세아디 漢陽事蹟을 보시오면
將略도 壯할시고 文筆도 有餘하다
恭讓王의 末年이라 이때가 어느때뇨
그 나라를 保全하며 그 社稷을 지킬손가
壬申七月 열엿셋날

五百年 興亡盛衰 지난 事蹟 여기잇소
아들이 八兄弟니 福力이 더욱좋다
鄭圃隱은 政丞이오 權陽村은 判書로다
王建太祖 傳한 社稷 四百七十 五年이라
登極하신 七日만에 太平科를 보이신들

903754

원전영인

한양오백년가(漢陽五百年歌)

「한양오백년가(漢陽五百年歌)」
필사본으로 유전되던 책
작자 미상이나 사공수(司空橩 ; 1846~1925)로 추정
1953년(단기 4286년) 세창서관(世昌書館) 연활자본(鉛活字本)

범졀이 그러ㅎ니
텬하졔국 졔일일셰
텬시지리 어더스며
인화죠추 되여셔라
슉혼지음 브그졀ㅎ려
인의지로 찬연ㅎ니
셩현지국 되여셔라
삼왕졕 일월이오
오폐졕 건곤이며
물ㄱ졕 물명이오
한강졕 물치로라
포환이 이야ᄂ 되면
기산이 여긔로셰
북악의 기린놀ㄹ
죵남의 봉황은가
경셩은 명운ㅎ려
경운은 숨담ㅎ라
틸리시졀 못보거든
우리쳘계 조셰보ㄹ
이런국도 이런셰생
조금쓰 잇스랴
업듸여 비ㄴ이라
북국젼의 비ㄴ이라
우리나라 우리 인군
불지박셰 강휴를
여쳘지로 히로ㅎ게
비ㄴ이라 비ㄴ이라
셰지감 진계츌
한산거스졔

한양가 48

리도의 챵업이오
광무의 즁흥이라
력뎌뎨왕 젼수ᄒᆞ니
즁국의 ᄯᅡ이로다
강우티빅 단폭굴ᄒᆞ여
여온병임 갈군이며
숨한 젹을 그 만드ᄅ
아국도셩 여리로다
졍졍한 한양 ᄒᆞ셔ᄉᆞᆫ다
즁희ᄂ구흡ᄒᆞ여셔라

강남금ᄂᆞ 번화지ᄂ
랑숑국도 되여셔라
셩어동방 ᄒᆞ여ᄉᆞ니
동국인ᄂ 알리로다
봉긔ᄌ구교표션ᄒᆞᆺ
각일쳔연 평양이라
뎌명홍모 임신연의
ᄉᄌ국호교쳔ᄒᆞᆺ
금쳑의 길몽이오
옥쳡의 샹셔로다
산쳔은 되셩곽지당
웃굴의 ᄒᆞ여ᄉᆞ니
원싱ᄋ려 혼 단말은
즁원ᄉᆞ룸 말리로쇄
산약ᄉᆞ리 비라ᄂ니
츙혼인물 총ᄂ글라

한양가 47

화류춘풍뒤 도생의
쇄마치 길군악의
춘풍득의 마졔질ᄒᆞ니
탐화랑 되여쇠라
셰상션비 드러보소
음속독셔 어려말쇼
슈문슈력 면강ᄒᆞ며
셩경현젼 슈심ᄒᆞ여
입신양명 ᄒᆞ게ᄒᆞ소
발룡긔봉 현갈늘ᄒᆞ여
어와 벗님녜야
한양구경 갓셔라
하ᄒᆞ시 도산도슈
시획구쥭 ᄒᆞ셔슈
긔산동 무왕동읍터ᄂᆞᆯ
문왕무왕 ᄋᆞᆯ더ᄂᆞᆯ

무동은춤을추리
벽폐슐령영장ᄒᆞ라
남녀노쇼 관광ᄒᆞ고
누가아니 층찬ᄒᆞ리
젹셩쓰도 금셕특닐
옛말이 그를쏘가
츙군효친 근본삼고
졔셰안민 졔교ᄅᆞᆨ가
거룩ᄒᆞᆯ손 한양일다
례악법도 이러ᄒᆞ니
한양은 어ᄃᆡ되면고
우리나라 국도ᄅᆞᆯ쇄
데ᄋᆞᆫ슐도 ᄋᆞ러ᄂᆞᆯ
뎡양ᄃᆞᆯᄒᆞᆯ 그ᄋᆞ이며
동셔한의 ᄂᆞ려와셔
녹양장안 동셔풍경은

한양가 46

부익흥으울 나갈너
어약글롱므드 되여구구
어젼의 례방숭지
진퇴를 식히르셔
몸의ㄴ 홍삼이오
머리의ㄴ 어ㅅ화라
흥흭 나ㄹ은 죠복
금회ㄹ 규리라스며
시의기군 벙갑쥬흐ㄹ
출깅디 너ㄹ은 쓸의
실오ㄹ를 넘히ㅎㄴ니
천쇄천쇄천쇄라
장원낭거ㄹ를 쥬ㄹ
그나은신은 드ㄹ은
쳘므바ㅅ웈 쳐 도라게
긔구도장흥 도라게

둥과신으드를너
쳣ㄹ브글너울녀
손솜비신흥의
얼골의희므를
좌우의 빅ㅁㄷ그리
금관의 금줌잇그리
냥엽히 피옥소리
거름마다 정ㄴ흘라
둥레원인의드리
득인진하되ㄴ구구
국경도장흘시고
문물도거ㄴ득흥라
ㅅ북마죠흔말게
묵둥주어니보닝
쳑아촘의션비러니
긔역의션길이라

한양가 45

과거를ᄒᆞ랴 본ᄒᆞᆫ구의
션비의 거동보쇼
쟝복이 오야셔
어젼의 셔ᄅᆞᆨ방 출다지
시란들과 뉴극방 승다지
쳥명ᄉᆞᄆᆞᆺ 쇠셕쥭니
졍원수령 거동보쇼
라림박질 ᄂᆞ려올졔
만쟝츙 션비 망ᄋᆞᆷ
여러시ᄋᆞᆨ 거질너
셩명ᄉᆞᆷᄉᆞᆺ 혀명ᄒᆞ라
금일도당 과ᄒᆞ엿ᄂᆞᆯ
심년ᄃᆞᆫ 학ᄀᆞᆯ공부
도ᄅᆞᆯ가라임ᄅ
여리잇가 ᄉᆞᆯ림후니

우산졈어 들너메ᄅ
꿍셕ᄉᆞᆺ 셕엽희ᄅ
보계팔을비 리복니
쳘ᄅᆞ장지 으ᄀ셔
졍원수령 블너닝여
잣ᄀ구름방 통앙가 젹게ᄡᅳᆫ쳐릭
심독희 자ᄇᆞ호며
가만다드ᄉᆞᆫ구나
젹력ᄒᆞ늬 집것쑨
굴옹ᄒᆞ어늬션비
박비블너올나갈졔
망건을ᄅ 최ᄡᅳᆫ
슉심명원령 드리
일시의 달녀드리

한양가 44

공셕의 도못 안고도
글힌 장울의 걸 울다
경긱의 셥장 드러
위장굴이 외놀구나
빅장이 너머셔널
일시의 드러오니
슉건 슈며 장인고
언덕갓ㄹ 뫼갓구나
열장식 작죽ᄒᆞ며
졀ᄌᆞ깐 젼ᄌᆞᄒᆞ며
쳣례로 쇼놀젹의
비졈 치ㄹ 괄별ᄒᆞ라
학ㄹ의 오른 글장
먹ᄋᆞ로 둥울 쓰네
니두의 글리ㄹ녀가
희지의 글시련가

부모 셩싱권ᄂ 학슐가졔
이런도 심 모르런가
흔 장들ㄹ득 장들어
쳔ㄹ로 드러 갇자
승긔 졀모양이오
빅셜이 불ᄂ흔다
ᄉ일ᄉ 악무 김별감
졍원ᄉ 령우 장굴이
쥭판뎡괏 시관 압히
슈엽셔 갓다놋니
그 외ㄴ 닉ᄀ지ᄂ
짐ᄉ이 젹셕 빈ㄹ라
굴시ㄴ 명필이오
지운 굴을 꼭장이라
이갓치 궁박흔ㄹ졔
장원이 옷딀소나

충의가 둘어스며
키큰봉 두 별갓음
가진시위경 필쓸리
가룩훈 엄위흥라

험연시위 무례쳥을
리지쳑여흥 노소리
듯기의 도횡슉흘을
보기의 도경둔흘라

쳥양문 나아실제
직답소리 응쟝흘라
광릉각지 빗셩은
괄덕쳥지 나셕

보탑의 젼좌훙수
군병방의 졍슐흥의
어익이 ~려느며
모딕훈 회시네가

어졔룰 고 이룰고
현졔판 임흥여셔
홍맛석운을 먼여
일시의 울녀가니

만장즁 셕
빗슬둘라리보라
각~ 졔졈 츳쳐각겨
쳑횡랑여 러노코

히졔룰 싱각흥여
통우갓치 지어닛
글즁는 거벽드를
키~잉울 퓌지리

굴시 쌋쇼슈드를
시킥울 뭇머믈라
굴~시 엄노션비
슈풍글 쏘앙으로

한양가 42

헌졔팔밋셜블장의 말독박ㄹ우산칠ㄹ
엄졈ㅁ라직히면셔 가ㅅ고을셔
잡복치ㄹ안격ㅅ히 궁장밋싱강밧히
동~일츌듸명궁호ㄴ 옥희ㅇㄹ즁가뉴ㅂ롱을
츙광각신은간박관 거려셔비풍호라
오의장ㅇ그림장과 벙표된셔궁현낭쳥
장악원일듸악셩 라홍길ㄹ야즈듸의
옥쇼로오~실졔 양산이히ㄹ롤가려

휘장치ㄹ등물을꼿ㄹ 슉풍군이ㄴ러셔ㄹ
장원봉긔실이며 그외의악ㅎ을젼비
소월팔ㄹ죠오ㅎ니 등불이죠오ㅎ고
창검군암홀셔ㄹ 설진이ㄴ러셔라
의장이암홀셔ㄹ 양산이며꼬롱ㅍ며
가젹의시위소ㄹ 길ㄹ도ㄴ러진ㄹ
션악ㅇ을길게ㄴㄷ 여민동락화ㄹ실
비쇽이밧신ㄹ 뒤의ㄴ반드시ㄹ

한양가 41

형보셕 ᄂᆞ러 노렷코
뜰아리 큰북 노렷코
보기죠흔 거어ᄉ 긔화며
반믈 드리ᄂ 시쳥포
션비의 거동 보쇼
젹셕 북쳥 ᄒᆞ여ᄂᆞ라
슉면 앙비 ᄒᆞ여ᄂᆞ
집츌믄의 월군들과
퉁화슐 홍화물의
셔로 도로 쎼쳐미ᄅ
우산의 공셕ᄉᆞ로
각셕글즛을 ᄇᆞ야셧ᄒ
즈글벌이 ᄲᅧ쳐난랏
쇠뻑벌이 흐르랏랏

북의 희안탑 무ᄅ코 한편의 ᄒᆞᆼ노고
녹의 홍샹무동들 쌍인을어 잇라
거믄 셴널너 되고 유건의 붓죽여 먼니
모긔앙샹이 ᄌ쳥호라
북문을 ᄒᆞᄂᆞ 건쟝훌 셜쳠군이
말독이며 말쟝이며
뒤로 만든 등을들ᄅ
밤즁의 ᄆᆞᆯ을여ᄂ
각셕등이 드리울ᄲᅦ
그셔ᄂ 벽졔일ᄅ쇄
ᄲᅡᄅᆞ기 도슐갓도라

한양가 40

알셩의 룡호방이
한되로 뵈시나니
츈룡이 화려흥을
만화방챵 하여셔라
금셩ᄅ가셕 쳥만호오
홍금쳔폭 기리올닷
옥동도화 만슈츈을
옥류쳔 득겨빗슨
츈강디 노폰 언덕
영화강 너른 ᄉᆞᆯ의
삼츙보계 ᄑᆞ을
광직ᄒᆞ게 널을이ᄲᅧᆯ을
희희장ᄃᆞᆯ 너치ᄅ
라홍꽁단 어근맛을
룡상우구희 ᄑᆞ의노쏘
룡분셕어 ᄲᅩ진을

잇ᄯᅥ날어ㄱ고
셩널일월호늬 시졀의
금쳔교 비ᄉᆞᆫ
벽라만ᄉᆞ드ᄅ리옷
쳔ᄉᆞ만ᄅ방비ᄒᆞᆫ닷
가지지 봄빗ᄉᆞᆯ다
우리뎌셩방봉졀의
우즁츈슈만인가ᄅᆞᆯ
어근막방직이가
비셜방군ᄉᆞᄃᆞᆯᄭᅡ
변ᄋᆞᆼ의ᄂᆞᆸ히치ᄅ
심칠낭어최일의
ᄋᆞᆨ두ᄆᆡᆺ히반젹치ᄅ
오봉산일월의ᄲᅥᆷ을
광하쳔간 널이ᄭᅡᆯ
츙ᄂ셩둘어로의ᄂᆞᆯ

한양가 39

슉샹은 금위되쟝 병마를 독혼다
원앙진 ㅎ엿ㄷ가 슘슴팔면 되리치의
날흐구취〃 라훈고 기ㄹ구나
돌로로 지나셔라 로랑을랑 후엿네
쥭기되쟝 결진ㅎ고 강믈을 굿게막아
나는ㅅ룰 거ㄴ비ㄹ손나 힝보죠흘 셜결관이
풍신을 손의쥐고 홍령긔 압셰우ㄹ
쥬교령 드려가셔 풍신을 젼ㅎ을ㅎ의
방포삼셩 진믈열고 대가ㄷ 드으신다
명금취ㄹ 되진을ㄴ 어룡이 각룰논다
언긔로셔 젼의 삼군이 호령ㅎ니
풍을이 변화ㅎ고 룡ㅅ가 비등ㅎㄹ라
규〃흐무부들은 공후간셩 되여셔라
군례가 쳥슉ㅎㄹ 항오가 졍졔ㅎㄹ라
할로 이트룰 지나 슈일을만의 환궁ㅎㅅ
뻘ㄹ시샹 훈신ㅎ의 파가령 나리시ㄴ니

한양가 38

늬르쳔릭 남젼디의
명금삼셩 흐연후의
엄의기를 라발이며
이원를 호쪅이라
희한한슈듕 북쳔를
한가오 듸쳐고슈는
붓기의 조죠거니와
보기의 도엄위를라
무여쳥호의 흐ㄹ
그밧게 별감무검
가끼의
흥양산은 업히엿다
그밧게 나쟝이션
젹쟝들를 시위를
약방ス 지곽원옥랑
쥰복흐ㄹ슈가흐오

고둥이 쐬번을며
군악이 어러나니
경긔ㄴ플ㅅ호고
금ㄹ눌랑ㅅ흐라
일시의 수십명이
힝ㄹ르를가쳐ㅅ니
암히눈 공가끼오
뒤의눈 라신가끼
쓰도라 홍쳔릭의
공쪅우 션것스며
그밧게 쳡연이
조긔칭 뒤를맞
리경혼스 오명은
빅의로 쥭가흐련
쳔위의 신번들른
쳔릭으로비흐ㅇ

한양가 37

흐르ᄂᆞ흘 어젼ᄂ비
지챵시위ᄒᆞᆼ흘
오라ᄉᆞ슬 칼의걸ᄂ
힝보됴케 갈구나
ᄀᆷ현화되 깁ᄉᆞ리
보ᄉ이령젼 호라
션젼판 별ᄃᆞ직마
별을걸ᄂ츙 판들과
쳠연초판 창검초판
ᄀᆷ현낭쳥 녕ᄀᆷ장과
경거감 영셰ᄒᆞ드ᄅ
홍쳔일궁 작우의
ᄉᆞ례문밧 ᄂᆞᄋᆞ시ᄅ
제라ᄀᆞ지 셜젼판이
겸녀치관 ᄀᆞ비ᄅ너
취화령 ᄂᆞ리온녀

프란젼건홍러그레
화야ᄃᆼ 남놀리며
꼳깅죽장석지석ᄅ
라흥되깁 홍령ᄀᆞᄅ
신젼이며 월도ᄅᄅ라롱
어젼등롱 홍ᄉ출롱
목례쳥ᄒᆞᆼ장들과
별강무감 녀시와
녕구마외 구마ᄂ
범안지어 암희셕ᄅ
말고도 공울시ᄅ
가ᄂᆞ소리 권마셩이
취ᄒᆞ라ᄅ 쳥혼ᄒᆞ의
잡거거려 괴와셕
쵸림ᄋᆞ희 력ᄋᆞ껏ᄅ
겸녀취 거룡보ᄉ

한양가 36

어젹거치 느리러섯다
쳥도 일쌍 압셥후의
동남각 남동각과
동북각 북동각과
홍신믈 흑신믈과
쳥신믈 빅신믈라
빅긔쵸 흑긔츳며
황긔쵸 릉슈긔며
쳘셩긔 표미긔 금고긔라
쵸오긔 금고긔며
삼쳥방 블임완힝으로
니호소릭 변호엿니
즉금람의 양산셕ㄹ
좌우의 슈졍쳘월
각식의 장버러셕다
셜부의 북식일셰다

좌쳥룡 우빅호며
남쥬작 북현무며
셔남각 남셔각과
셔북각 북셔각과
홍신문 황신긔며
동신장 셔신장과
남신장 북신장과
믈식도 졀커니와
오ㄹ미 북발 명호라
가졀의 교훈 북식
꼬룡괴옹 위ㅎ을
은즁즁 금즁즛며
은몽동이 금몽즁이
관악지음 난만ㅎ고
우모지미 현리ㅎ라

영젹쓴겹젼비의
영긔슐시곤장쥭장
만이영젼승긔젼의
월도든희젓스며
환무명마혁길ㄹ
흰목명된밀쳐며
비란근복우란오ㄷ
횐도쳐ㄹ훠집교
라홍리란큰슈긔의
솜군스명네큰조ㄹ
그픠의믈무낭쳥
그뒤의즁군셔ㄹ
그림은롱호영이
포긔밋히뼝교판셔
꾼졍이가노고양
되ㅅ마원슈로라

청도긔알ㅎ울셔고
되긔쳐버러셧라
금안쥴맛포훈말게
상오딸ㄹ즉락길ㄹ
안울인뼝거지의
상ㅇ의공쟝ㅇ며
밀뷕뼝뷕쎠셕ㅊㄹ
둥기의미쳘ㅼ꼿ㄹ
득ㄹ려시싀여니여
보기조케쎠셕잇ㄴ
쇠련관집스드리
뒤를막아호의울라
르ㄹ스긔비불군글것
붉뼝이조쒸셕ㄷ둘ㄴ
금려ㅅ령금군뼈ㄹ쟝
뇨번금군작리혼ㄹ

효졋 삼겹인 졍쇼리
이십 팔슈웅ᄒᆞ엿고
셜흔 셰번 파ㄹ솔리
굿치며 쵸엄치고
흥례원 좌둥례가
승려를 쳥ᄒᆞ엿다
셔헌 박도가 잇셔히라
셜진이 둥군ᄒᆞ라
오마디 마군드를
항오가 엄슉ᄒᆞ라
강교ᄉᆞ관 양드를
례방위쇽 물을듸려
젼ᄒᆞ쵸 좌쵸우쵸
젹ᄉᆞ흐ᄉᆞ 좌ᄉᆞ우ᄉᆞ
범갓고 골갓더니
군상이 엉의ᄒᆞ라

오졍이 발쇠되니
젼ㄴ그를 ᄉᆞ라쵀셔
죄엄치ᄅᆞ 슴엄치ᄂᆡ
묘졍 슴각 되엿ᄂᆞ
부도가 임도가며
한셩부 꾀드긔도가
마군의 머리로라
긔딕장 압흘셕사
쳘츙과 흉긔츙이며
별ᄃᆡ맛ᄲᅡ 셜긔되며
러ᄀᆞ려며 슈리ᄌᆔ고
원앙질보 군졍디
효긔가 압흘셧ᄂᆡ
삼항ᄋᆞ로 ᄒᆡᆼ건ᄒᆞᄂᆡ
딕장의 리구보ᄉᆞ
도ᄀᆞᆺ이 쳔상이라

한양가 33

빙우희장숑쌀ㄹ
장숑우희박숑쌀ㄹ
공우희황도쌀고
좌우희ᄂ간옷ㅁ
앵무희홍젼문파
한가운듸홍젼문의
쳥의쳥건남젼듸의
오ᄱᅵ괴솔의ᄃᆞᆯㄹ
즉ᄭᅵ듼장즉ᄭᅵ별장
실측호령엄위ᄒᆞ라
차일을놉히치ㄹ
일ᄆᆞ치유위둔치ㄹ
신시의취군ᄒᆞ여
돈화문밧다모인라
길마지ᄒᆞᆫ봉화의
남산봉화응ᄒᆞ여셔

그우희ᄭᅩ리쩐ㄹ
오리우희세션쩐ㄹ
팔ᄃᆞᆨ갓ᄂᆞ쇠ᄉᆞ슐ㄴ
빗머리ᄅᆞᆯ거러민
홍긔ᄅᆞᆯ놉히쏫ㄹ
좌우희볏공ㅇ
십리쥭ᄭᅵ버러셔
쳘슝쥰왕의의ᄀᆞ라
유도듸장영군ㄹ
풍노마로ᄒᆞ가온듸
우둔일레근막치ㄹ
군즁의호령ᄒᆞ라
어경야믈ᄅᆞ근ᄒᆞᆯ
어한ᄎᆌᄀᆞ가뎌구나
일례이녜ᄌᆞᆯ가
변방무ᄉᆞ보ᄒᆞ엿ᄃᆞ.

남도님 화셩님그라
두능울 미셕쉬
젼병과
현릉원의
령이낫다

병화읈 글령 릭령
각령뮬 장신네 늉
군복정녕북 치장 울
박각갓 하인드르
군챵졈 구션 쵹쥴은
박각갓 관원드르롬
츌쳥명령시면셔
능형도영시 면셔
박실젼녕북실
능형녕북실 진젹북갈니

각셕챵셕거간 리고
계스롤 영녕효여
눈손로빗비 기고
호죠의 별녜 방은
즉시덕장녕 쵹
즉시딕 동실는비와
쥭끠릭장젼령 쵹녀
쥭디박이의 릭박이
강쥭거리 먼졍 이며
젼례딕동실는비와
즁거로낙거로르를
심나쟝 강녈로물의
션쟝이며 지우믹긔
머리맛 졔긔 릐 쇠긴
쥭야론일을 효율 쪠
쥭끠뺼쟝건복홀
이리가며 젹리가며
이리가며 젹리가며
결푼신츅일을 문다

둥뒨르를 녕드시녀

보기의 번화함을
듯기의 신긔함과
춤셩ᄉᄉ별ᄉ구십끠와
딕도쳥루십이경의

집즁이 관현이오
거리거리 노리로다
연풍히젼가ᄉ쥬오
츈만강셩화ᄉ화라

둔돈복셕셩부며
앞고덕 재경혈과
제왕즉도지은글이
번화가장흥건만

자셩폐인어린소견
우리힝ᄒᆡᆼ네일ᄉᄉ라
임즈늘그늬긔신ᄉ
하늘이ᄂᆡᆫ신인군

젹덕빅년 태됴대왕
홍무의 등극호ᄉ
래악범도ᄉᄉᆼ화라
션니건곤 거룩호와

제ᄉ승ᄉ 셩됴신손
질검궁구리 셩뉴
어질기ᄂᆞᆫ올션이오
효롭기ᄂᆞᆫ밀모로다

한ᄂ구리라구역시와
츅ᄂ구역시와
아마도우리나라
슘무곡ᄅᄅᆯ겁국ᄉ

히묘ᄉ젹월이면
터민ᄅᆞ졍월이면
능힝령ᄉ
젹통리신릭셩
한양가 30

환현의 죠흔 소리
삼신이 황홀ᄒ라

져상죠ᄂ리 후의
솔펴 흘너 키ᄂ강성

청천삭출금부용ᄒᆞ여
의졋호부용이며
구봉침잠간부ᄭᅥ
회려ᄒᆞᆯᄉᆞ최봉이며
션셩칙교올ᄉᆞ양ᄒᆞ여
신최롭다효결이며
강셩오일녹민화ᄒᆞ여
향긔로온의ᄒᆞᆼ이며
경유무롱야즈라ᄒᆞᆯᄉᆞ
꿈꾜고흔박ᄂᆞᆼ필ᄅᆞᆯ
춘례로ᄂᆞ려안져
노름을졍곡ᄒᆞ라
한무현다ᄉᆞ리니
롱현쇼리령구조타
피리ᄂᆞᆫ추ᅙᆼ을밧ᄂᆞᆫ
히금은숑진굴ᄅᆞᆯ

천리잉졔누구영ᄒᆞᄯᅥ
칼쇠출ㅅ영산ᄒᆞᆼ이
옥출곤강금싱려슈
보비ᄅᆞ혼금옥이며
낙양장안봄ᄂᆞᆫ것라
번화ᄅᆞ혼만졈ᄒᆞᆼ이
녹죽의ᄂ청고졀ᄒᆞ니
졀긔잇ᄂᆞᆯ즉졀ᄒᆞᆼ이며
운빈화일금보오ᄂᆞᆯ
졀박회모춤치시라
화려ᄒᆞ거ᄆᆞᆫ피ᄂᆞᆯ
언ᄭᅩᆯ옹져ᄂᆞ코
한만호죄라스킴
길ᄭᅩ길ᄅᆞᆯ슬픽라
장ᄅᆞᆯ굴네쬐여
려려을크게치ᅵ

한양가 28

이리꼿고져리꼿고
단가화상가화를
웃젹구리지어입고
양셕갈속젹구리
화갑ㅅ인치마를
허리쫄나둥여입고
장원규녀를바지
뇽군슝슝것버션과
빅만쯰틱각폭이ㄹ
모양묘게그려온라
늘군기싱젼펼들기싱
명기둥기드려온라
츌리펼시도화슈라
빅도홍도드려온라
쳥부만리슈타룡
방화불ㅅ관산월이

눌울가려조족얏고
도리블슈온츠란으ㄹ
가진의밀佄여츠ㄹ
남갑ㅅ온교ㅅ며
빅방ㅅ슈쥬쇽쇽것ㄹ
슈갑ㅅ갇쇽것라
안동상젹슈규을혜릴
밀시잇게실어두ㄹ
공쥬라혜민셕며
뇌의녀침셥비며
오동강월을반준날ㄹ
발ㄹ발ㄹ츄월이며
셜만장안학졍흥며
외로올ㅅ이ㄹ젹홍이
잉쳔고지연임ㄹ그ㅓ
소리조흔연잉이며

한양가 27

오동복판 거믄고는
줄 골라 나 쐬워 노코
셩황ᄋᆞᆼ ᄊᄊ 장곡ᄆᆞ
피리 져 ᄒᆡ금이며
홍ᄋᆞᆼᄉᆞ롱 누머리
란ᄼ이 죠야 메고
왕디ᄅᆞᆯ 가ᄃ 질녀
힌옥명심여 쳑을
각셕기쳥 드러온다
예ᄉᆞ로은 노름의 ᄯᄌ
뼐갑의 노름인지
범연이 치장훌랴
구름 갓튼 허튼 머리
반달 갓튼 방 어레로
뜨란 소승 가리 말을
암흘 덥퍼 속여쓸

치장 쳔린 쇠ᄋᆞᆼ금은
쎠나 ᄇᆡ 안 쳑구나
쇠로 갈 인 큰 장곡를
쳥셕피 쇠 굴네의
릭 그그린 큰 북 가ᄉ
쌍룡을 그려구나
라리 ᄲᅧ여 딸고
라홍상 모긴 북 쳘구나
허ᄇᆞᆯ며 ᄉᆞᆼ쳘 노ᄅᆞᆺ
치장이 눌 남거든
어름 갓튼 ᄀᆞ른 젼모
자지 감ᄉ 션을 달고
쌀 ᄼ 빗겨고 이 빗겨
편월 졸케 ᄡ아 언ᄭ
산호줌 밀화 비ᄂ
은비ᄂ 금봉쳐ᄅᆞᆯ

한양가 26

솔펵갓토수싯갓쏠
지을가리슈여쏘고
다홍셩쵼은홍의
슉표챵의박쵀입고

보라느비젹구리의
외올뜨기느비바지
앙식갓느비비쵯
젼비쪼박쵀입고

금향슈쥭느비도슈
젼토슉박쵀여
쥬롱치레불작시면
우리지리도싁여쵯

각싁금치묘이졈어
남의의돔별미돔의
픽리미돔도리미돔
싁이로싁여쵯고

익싁바단끼불츠츠치
엉낭향낭셕거쵯
이강젼리방젼과
금삿향쪼지방향을

쓰롬마라거러츠리
덕모쟝쪼셔쟝도며
밀화쟝도박옥쟝도
강긱그로박기쵯고

숭숭보셜순혹피젹
힘시잇게혀여신리
쪌츠창느안쪼공양
쪌츠걸록츠랴

금긱가싁묘야쥭이
거문그임죵쵤이
노리의양싯길이
제면의공독이며

알록싀인 셕가러의
빗틈업시 라노코

각영무슷 효등을
좀슐구슬 회등과라

보기죠흔 앙가구룡을
난간밧게 줄회가화

초례의계 거러노코
블근비단 허러리영

방모군진 유리병의
각쇠홍젼 으젹과

가득이 꼿곳노코
만화등미 김방셕의

빅룡타구 옥쳑구머
왜쳡함과 랑쳔함과

빅룡온강 은젼셰리
악록식인 교ㅈ상과

온란병풍 영으병풍
홍영경소구 영셕러

산슈병풍 글시병풍
이리젹리 얼거시러

뿔강의 거동보쇼
밑시로잇 거시와

난번뿔갈 박여명이
치장도눌너 울엇

현일일상로 밀화동곳
곰게쓸 평양망건

리죳즁곳 셕거옷ㄹ
외젹비 리모란것

상의원죳 지팔소
남영소즁 그리의

초립민히 패노코
오롱임식 셔셔랄ㄹ

한양가 24

장안의 된사노름
장안의 호걸노름
각색노름 버려지니
방수곡수 노리철라
효양ᄂ 석양ᄂ며
명셜ᄂ 츌슈록와
영과졍 츌촐졍과
장옥헌 옹담졍과
창의문밧 녁라라셕
창츌리 쉑검졍라
경강졍 비라라셕
쳥랑졍 암구졍과
경졍가즛 구경자즛
승젼노름 구경가즛
ᄂ빗갓은 희희장과
구룸갓튼 ᄂ분분차일

진상의 불법노름
박셩의 즁법노름
노리쳑어드ᄤ고
ᄂ리강산쵸ᄒᆞ울신
홍염졍 노인졍과
숭셕ᄫ싱화졍과
필근리 ᄉᆡᆼ션직와
옥ㅇ동 도회동라
죽ᄒᆞᆫ졍 영졀과
별ᄅᆞ령 암쳥ᄂ기
복일령 군ᄌᆞ졍의
고흔노름버려구사
ᄎᆞ일아틱 우ᄃᆞᆫ치ᄂ
마로옥히보계할과

한양가 23

슐참친 광제 환라
화울 환쇼침 환라

은오고우 황ㄹ며
오록 ㄹ신이ㄹ며

옥셜금셜 진쥭셜과
은빅금빅 호빅셜과

생빅흘제 만민은
염톄시공 덕일셰

회려가 이러흘제
노리들 엄슬쇼냐

박상 띠ㄹ쳔시졍라
다방 울제 갈ㅎ중지

남북촌 한량ㄹ리
각쇡노름 장울실

공물방셩의 위노름
혼쇠의 쇠쳘노름

쳥삼환안신 회환라
호롱환 만응회라

쾌쳥단옥쥭 간과
빅울간 중금간라

민강ㄹ글 빙금젹병과
녹용ㄹ경 옥골다

쳬왕의 죵음일다
물쳥자직 장울실

장안츌 연유험험긔라
풍죠왕츌 제상젼데

졍원ㅅ 낭ㅇ이라
... 간판

션빅의 시츅노름
한량의 성쳔노름

각쇳쇠리 숙ㅇ우노름
각졉졍죵회 ...노름

한양가 22

네글군이 받드글제
제셰안민 경영일라
형익도 거려노고
형셩을 아ᄌ지라
진쳐ᄉ 도연명은
오록미마ᄒᆞᆯ
당학ᄉ 니ᄒᆡ빅은
죽ᄉ쳥ᄂ 취ᄒ여셔
믈의 버칠신쟝ᄅᆯ와
요력후벌 비드ᄅᆯ
구리기 좌ᄋ집의
신롱유엄 쎠ᄇ구치ᄅ
인ᄉᆷ ᄉᆞ쳔ᄉᆞᆯ이며
황연황금황벽이며
으ㄱ황ᄒᆡ황구황이며
웅김구갈ᄉ갈이며

남양의 제갈공명
효당야 잠을겨워
흠모ᄒ려 ᄒᆞᆫ모ᄒᆡᆼ
한 소람 유황슉이
옥묘송이 반환이라
광뒤ᄀ령 하직ᄒᆞᆯ
쳔ᄌ호려 블상션을
역~히 그려스며
진쳐며여 그려스니
화려후기 축양엄라
각ᄒᆡᆨ악이 다잇구나
슈ᄉᆡ졔즁 ᄒᆞ리로다
젼의쳥ᄑᆡ젹복희며
감효ᄌ효 하리ᄒᆞ며
침ᄒᆡᆼ졍ᄒᆡᆼ 당ᄉᆞᆼᄒᆞᆼ과
롱긔ᄅᆼ안롱골이며

한양가 21

옥나븨금빨이며
손호가 지밀흘 화불슈
꼬슐쏠쏘쏠가진 민돕
변화흥기츠낭염라
보기죠흔 벙둥츠의
빗곳로온 지연파
한가흔 쇼상팔경
산슈도리 이후라
히학반도 십장싱과
벽장문츳 미즉년극
필션녀희룡살여
특화영쥬흘 모양
스킵을 슐녀쓰고

옥장도 딕포장로
빗츠흔 슘식실노
광릉껀 아킥가미
각쇅그림걸 녀구나
곽보양 힝락구도며
강남금릉 경직도며
다락벽제견스호
장지믈어 약글즁쏠
회츙굴불죽시면
구은몽 셩진이가
쥬나라 강틱공이
궁팔십 노옹으로
쉬오기만기깔일졔
쥬문왕 착흘일군
한나라 상산스호
갈건야복 도인모양

한양가 20

쳥샹노글호로란라
쳘셰만셰만수란과
얼녹걸녹광월쳘수며
알숑팔숑아롱긴과
슈건감흑쥐수며
이불감남츄라며
어믈젼슬혜보니
각셕어슬버려잇라
광어믈어가오리며
젼복히슴가즈미며
죠젓마로젹져
금은보뢰여구나
암뒤기비녀만죽졀과
자리안친뚝비녀며
금칙호박가락지와
감만흔슐굼지환

쳑발산니지셰녈
쳘한격우라일라
한양두양팔양슈며
한빙두빙빙양쵸며
불기가믓지산직
희양감거믈궁효
북어관묵쌀독이며
만어셕어둥링걱이며
꼰포메욱라스마며
픠릭김우묵가시
룡즘뵹좀셔복좀과
간화졍장로좀과
은가락지옥가락지
보기죠홀밀회지회
노리기불작시면
직슉작과쇼슐작과

한양가 19

호슈도 홀난홀은
인물들도 츈슈항화

궁효셩 슐셜한ᄒ며
광한ᄉ린이며

일년명월금슐각ᄒ니
갈이발근월광갓ᄐ니라

츈풍도리화긔야ᄒ니
번화ᄒ온도리블속

롱쵸효동ᄋ유습ᄒ니
홀ᄂᆞᆯᄉ롱물감ᄉ

은한셩회 일도통ᄒ며
통희구일 홈짓ᄀ

산쳔ᄭ교목 번셩ᄒᆞ니
넌쵸길 진포도 직ᄅᆞᆫ

박회 박슈만ᄉ젹ᄒᆞ니
앙회간 일ᄅ홈짓ᄀ

각식버린 화려ᄒ 장ᄒᆞ시ᄅᆞ

금계제 와일들홍ᄒᆞ
날도닷가일광갓ᄐ니라

츄일ᄀ람영유ᄒᆞᄂᆞ니
보기죠흔인물직ᄅᆞᆫ

미화만국청모젹ᄒᆞ니
민쥭물가게쥬며

상ᄉ블건이니만음
임그리온상ᄉ라

명패금방제일인ᄒᆞ
장원곡회여잇ᄀ

만경창화 죠긔비라
보기죠흔금셜간과

팔월ᄀ을쳘리링ᄒᆞ
셜ᄉ빙ᄉ뢰여잇ᄀ

한양가 18

박지 장지 디호지며
셜화지 죽쳥지며
상화지 젼물지며
쵸도지 상츌지며
즁녈지 시츅지와
각쇡 능화를 능월시고
함흥 오승 셤의 고며
능ㅍ쇠묘쥥 산치와
왜비랑 벽싱 계츄리
모ㅍ죠본 엉츌며
쳥ㅍ젼슐 려보니
랑물화 가버러 잇다
녹젼 홍젼 부ㅎ젼과
삼숭 약공ㄹ약
연환랑 옥춘랑과
가진랑 쇽버려 잇다

션익지 화쵸지며
셰옷훌ㅅ 빅면지며
쳘녀지ㅍ 토지와
오면지 분강지와
비젼을 슐려보니
각쇡마ㄹ 드러쳣다
녹질장ㅍ 안즁혼와
계츄리히 남ㄹ외
길쥬명쳔 가ㄴ빈ㄴ
바리안의 도ㄴ별ㄹ다
즁침쳬침 슈빅슐과
다홍슘승 쳥슈모승과
강ㅎㅈ졋ㅎ회ㄹ와
민강ㅅ랑 오화당과
션젼은 슈젼이라
돈마흔ㅅ 시쳥드쾨

한양가 16

구숑야 강호노니
셩현의 ᄒᆞ돌로라
남편은 숭례문이라
동현은 흥인문이라
소관이 되여셔 슈문장 호군부장
팔노를 통하여셔
연경 일본이라 각ᄉᆞ 젼장 호실신
타국 별화ᄭᆞ지 호합ᄒᆞᆯᄂᆞ니
민어 셕어 슈어오며
동미 쥭치 교동어며
밤밤안 큰 오젼의
각셕실과라 잇ᄂᆞ니
밤되도 잣 호도며
포 조경도 외야시며

츄로지방 본ᄯᅡᆼ을 졍쥬지 학ᄒᆞᆯ로라
셔편은 ᄉᆞ의문이요 셕편은 ...시씨
북편은 창의문이라
슈문군 병ᄃᆞᆼᄒᆞ여 칼을 ...신측ᄒᆞ라
우리나라 ...들도 붓그럽지 안을 것ᄆᆞᆯ
칠픽의 시셜졀의 각ᄉᆞ 셩젼 다잇ᄂᆞ니
녹지술카 오젹어며 죠기ᄭᅦ 우젼어ᄅᆞ라
쳥실과 건시 홍시 ...시며
셕류 유즈 보ᄀᆞᆫ ...ᄒᆞ며
롱안 여지랑 ... 벌엿ᄂᆞ라

한양가 15

직목마로 슈어쳥과
군량마로 량향쳥과
빅관반국 광흥창과
군병방노 군ᄌ감과
지젼즈문도 지셕며
흑속리 겸례빈시며
의쳥학왜 학소격의외과
학규장련의ᄀ당과
불망궁신충흘부와
양노죠신기로셔라
소학이브박ᄒᆞ며
유학ᄋᆞᆯ신ᄒᆞ니

의쟝긔명 졔웅각과
소ㅣ어셜 소웅원과
ᄃᆡ위쳠위의 반부며
동실셜과 동친부와
쳔문ᄒᆞᆨ일ᄑᆞᆫ 샹강과
최신공의 도령읍ᄀ며
민간질병 활인셔며
셜관분직ᄒᆞ여스니
임현ᄉᆞ를 거록ᄒᆞᆯ화
명년랑리 쳥연은
우리ᄂᆞ라 반듕이라
형당의 느진츙졀은
연비예쳔 ᄒᆞᆯ겻ᄂᆞ
돈경각가교문 집의
만쳔쳑셧ᄊᆞᆫ안코
국가의 근본이오
흐련ᄒᆞᄂᆞ도리로다

한양가 14

죠운비 강의 딸ᄅ
각읍싁나호야ᅙ며

말게 실ᄅ 후 졔 실고
큰 슈레의 잠뼉 실여

셜머리ᄂ드터오나
꼿머리ᄂ 강의 잇다

풍등되여 후여ᄉᆞ니
ᄅᆞᆨ강의 북조ᄅᆞ라

심년지곡 졔 ᄎᆞ호ᄂ
진ᄉᆞ상인 ᄒᆞ여 셕라

중경 츄ᄇᆞ영괄ᄇᆞ글
ᄎᆞ구밀ᄉᆞ 회여 잇ᄅ

훅면관직 졔 학으로
문장 졔ᄉᆞᆯ문 형이오

셩규관 뛰ᄉᆞ셩으
ᄅᆞ족 셜셩 회여 앗ᄅ

송간원 ᄉᆞ헌부ᄂ
직션 국간 엄ᄉᆞᆨ글라

ᄉ시 졔 ᄒᆞᆼ봉 상시며
우양꼬시 쳘셩 셕며

어혀 ᄎ거상 셕원과
의직 진비상의 원과

규라벼미ᄉᆞᄂᆞ시며
금은보쳑 ᄂᆞ당르며

긔용벼장 ᄂᆞ슈ᄉ와
각셕지ᄉᆞᆨ장흥고와

쳔ᄉᆞᆫ상ᄉᆞᄅ 셕며
흰물공상ᄉᆞ진 갈ᄯᅡ

셜괴진비장 원셕외
릉유진비ᄂ 셤사며

약물두령 애ᄇᆞᆼ이며
각역공상 공상홀

한양가 13

하로 날갓쉬 날은
뇌외 구마ᄒᆞᆯ 디ᅌᅡ야
ᄒᆞᆫ련의ᄂᆞ명고ᄒᆞ며
마ᄅᆞ울 경졔ᄒᆞ여 갈졔
장악원 헌브랄낭은
ᄉᆞᆷ악ᄉᆞᆯ기 일솜ᄋᆞ니다
뎨악의 긴곡죠ᄂᆞ
신명이 오시ᄂᆞ랏
코ᄅᆞ락 븍춤이며
학츔이며 봉금쳑과
그궁의 쳐용무ᄂᆞ
경측로 쎅왓다ᄒᆞᆫ
너른 소민 긴한ᄉᆞᆯ을
곡죠마다ᄂᆞ 븟길졔
쳔판이ᄒᆞ 림ᄒᆞ가
보기외 신긔ᄒᆞ롸

죠마 거동을 젹이면
ᄒᆞᆫ련의ᄂᆞ명 금ᄒᆞᄂᆞ
노랑이며ᄂᆞ 술봄은
힝운유수 ᄆᆞ양일라
이원 뎨ᄌᆞ 쳔여명이
무동 악공 되여씨라
여민낙 보허ᄉᆞᆯ
여민동 낙쳔이얌다
졍강츌금 비쎠ᄂᆞ기
ᄒᆞ려도 거리ᄂᆞᆯᄒᆞ라
오식빗ᄋᆞᆫ 회의에
븍도로ᄅᆞᆯ 븍슈ᄅᆞᆫ
블군얼고 맹언군은
반즘ᄋᆞᆺᄂᆞᆯ 뫼양 일라
쳔혜쳥ᄋᆞᆫ 젼ᄀᆞᆷ버라
쳔츄기직 둇젼 쎄둘ᄆᆞ

쳠ᄉᆞ만 호병으로 후며
ᄉᆞ도참군 친관이며
흘려ᄒᆞᆯᄉᆞ 쥬부ᄃᆞᆯ과
도춍도ᄉᆞ 경역이며
문음무 열읍슈령
비쳔이며 병이빗슬
헌쵸ᄂᆞ 디ᄉᆞ구라
ᄯᅩ장으로 영ᄃᆞᆼ으며
ᄉᆞ복의 니ᄉᆞᆼ즉복
도졔됴며 부졔됴라
누른ᄉᆞ 더그레며
푸른긴옷 병거지ᄯᅥ
빅ᄀᆞ춍마 쳥춍마며
오ᄎᆞ마 주류마며
동셧ᄭᅡ 너를만나
쳐마 쳔ᄅᆞ을 ᄒᆞᆷᄉᆞ

별군직 ᄉᆞ문장ᄭᅡ
션젼관 부장으로ᄭᅡ
비금장 오의장과
창검쵸관 협연쵸관
틱인비망 일숨으니
임직쳐쳐 ᄒᆞ여젹다
각식긋ᄂᆞᆫ 즐르ᄒᆞᄂᆞ
리강이 거룩ᄒᆞ라
거젹이며 견마부로
쵸립의 벌벌갓슬
이만 마의 ᄃᆞ른
ᄉᆞᆯ게ᄂᆞᆯ 빅ᄂᆞᆨ일ᄂᆞ
연ᄉᆞ라 ᄎᆞᆨ말과
돈졉춍이 어ᄉᆞᆼᄆᆞ라
물ᄀᆞᆨ복이 맛티리라
쳔ᄉᆞᆼ지국장을시

호표블한탁지라 부셰젼곡맛타잇셔
호졔홀졔ㅅ들은 도필지니되여잇ㄹ
응역호기일솜으니 와션공미여잇ㄹ니
죵ㅅ샹의진되쳔례 군왕례향이며
병이죠동셔젼은 틱문틱무츅력녁여
쥬셔한림각신들과 옥당승지지간이며
봉ㅅ직장갈벽이며 동몽교관부도ㅅ와
각ㅅ졔죠박졔죠며 이죠젼낭홍뎡죠

삼댱샹녹낭쳥의 벽례방이쥬쟝이오
공죠ㄴ슈형뵉라 각셕쟝슈공흥칠흥
례죠ㄴ남궁이라 션왕뎨례볼ㅂ뵉라셔
죄례작악일솜으니 동례원거리ㄹ
뇌직이며의졍이며 졍경영도범우유슈
모ㅅ걸긍관원이며 능참봉슈몽관과
군긍판ㅅ광흥슈와 능영이며쉰혜낭쳥
병ㅅ슉ㅅ방어ㅅ며 병쟝즁군들뎨ㅅ와

한양가 10

좌쳥룡 되여 잇셔
몸긔눈 프르 긔로오
우백호 되여 잇셔
몸긔눈 희 긔로라
북한뫼 되엿ᄉ니
몸긔눈 거믄 긔오
쥬앙이 되엿ᄉ니
몸긔눈 눌를 긔로라
쇼총이 젹브고 이울
옥부의 박관 원을
의금부솜 당상과
도ᄉᄂ별 이로다
칠십명 낭장 이ᄂ
니울도의 ᄂ울을 박아
흰실 노졍을 노아
임군 왕자씌셔 입ᄂ고

어영쳥솜 쳔병마
강원별쵸 드여 잇고
총융쳥솜 쳔병마
무예별긔 익일라
룡호영의 위ᄒ를 관
빅발 빅ᄌ쳥 ᄒᄂ라
좌포장 우포장은
금난치젹 일솜ᄂ
경죠부 평시셔ᄂ
치만 평시죠ᄂ
금고 친빅 일솜ᄂ
상도 옛히 젯계 쓰고
쳔익으 히 이쳥쟉의
쳔옥으ᄂ 슈도 브ᄀ랴
약법솜장 일솜ᄂ랴

한양가 9

이호례병형공은
녹경어되여셰라
건장호 뇌즈기슈
원앙진츅젹흥여
외박휘놉흔효헌
킈큰국공드리
호한호별비드리
날거로버러셔,
무장비옹드른
은안준마죠흔말게
웅호의긔상이오
진변홀장슈로라
래명젹복릭으로
고길젹젼젼젓게쓰고
젼죽작되여잇셔
굽리놀불근리요

호리잇는소마는
빅보밧게인빅쉐고
빵이벽쎄솔리
날너꼬도영얼늘라
죵을드리미러갈제
좌장의식구견비
긔구도업의굴소
쳬충빅쎄솔리
쎄구어놉히안젹
흥허북실맹상모양
도감은오흰병마
수병문되여잇셔
션긔리날닌군소
일검중당빅만소라
굼위영삼쳥병마
별무소가건장홀라

영키도갸룩ᄒᆞᆯ
쇼임도즁되ᄒᆞ라
변소ᄒᆞᆯ어ᄒᆞᆫ명ᄉ
ᄭᅮᆼ명이명ᄒᆷ일라
갓홍디랏홍쇽갈ᄅ
슌금밀화쏭갓ᄎᆔ며
오위장춍익장과
물부장ᄉᆔ물장운
녀ᄉᆞ박금근호위근관
녀슴쳥의번울드러
의령부숨상네
의민ᄒᆞ셩ᄒᆞᄂᆞ냥
곳이며여갑오실제
호픠ᄭᅩ리ᄲᅳᄃᆞᆯ ᄲᅳᆺ라
벽졔도큰지안ᄭᅩ
형보로왼ᄎᆞ줄라

옥랑각신ᄒᆞᆫ규네ᄂᆞᆫ
죽졍야뒤일이콜라
별군직션젼관운
보기죠ᄒᆞᆫ비단글북
궁우희갑ᄉᆞ광ᄃᆡ
슉박빗셔고흘실
호반의버슬이라
관ᄃᆡ숙의글북임ᄋᆞᆯ
무예도가룩ᄒᆞᆯ
치만도날셕도라
형교쏫느젼줄의
낫ᄉᆞᆫ기뻘극즁이
지로겨른과쵸션으ᄅ
희빗슬반즘갈려
거룩라셕불장긔
상위의도리로라

남쇼화쥬기 녕울은
누른 희환쵸 밀ㅎ고라

어엿머리는 준낭ㅈ
오르즘 금즉졀과

분틴도 졀등ㅎ고
쥬취도 화려ㅎ라

나마는 무슈규리녈
젹군머리 긴쳐구리

각궁노ㅈ 구양들를
벙거지 널ㅂ갓쏜

뇌병죠ㅈ 쟝군ㅅ
문ㄴ이 젹혀잇셔

이리ㅆ머려리ㅆ니
긔상이 호르구굴라

쳘녕의리 쇼ㅅ와
빅갓ㅅㅗ란 이ㄹ울

썰한 간남 치마와
블블빗ㅗ란 쵹도리며

긴원ㅅ솜 쏠론강아
오지연의 셧ㅂ랏

향아가 획강출가
쵹리도 젼여업ㅣ

이쳥무명 널ㅂ셕의
별쾌룰 빗기츤ㄹ

드로마기반믈ㄷ려
쇼미길게ㅎ여입ㄴ

금잡ㅇ 충츌ㅎ니
가즉ㄹ쳐 솔의들을

졍원의 ㅂ슝지ㄹ
혹쇨지신 회여잇셔

뇌외공ㅅ호 딤굴며
계쳥제파 일셩ㅇ니

한양가 6

건장홀무예청은
조지군 북남젼듸의
밤이면 호피독젼
호희군 북솜모쟝의
밉시잇난 별감은
이필쳥츌 아희로다
가슴의 늘녀씌고
빗쵸훈슐 금동곳
오양복슐 무감동장
모젹홀ㅅ 알ㅅ약
각쳐셜 뷔인둘은
안일홀 감아날젹
빅각ㅅ깍난 맛다
안촘젹 씩불안이며
운규라고 린너울
즉룩룩 릭긷드림이며

십팔긔예 쥬쟝홀거
리상이 호웅흥라
파슈맛안 젼스며
호월군 돌도여잇고
강강홍의 조지독젼
남광리위 널분씌를
큰듸 조싈ᄒ며
옹양교계 씌자잇고
별감무감 영통ᄒ며
함문의 등젹ᄒ고
지밀침방 슈방이며
싱것방 소쥬방이
의리슈슬 칩션이며
슈라긴천 직브일락
홍ᄋ경소 유쇼졔둠
빗쵸게 ᄂ러지고

한양가 5

은ᄒᆞᆯ을 걸쳐난 듯
쳡ᄒᆞ 익각 복도

옥강울둥 히난난 듯
옥아 굴곡 긔빅간고

낫고 노픈 충충 화계
어로혼 가온리

빙문이긔 이흣라
쌍봉공작 ᄉᆡᆨ여셕라

뎐각마라 ᄂᆞᆯ가온ᄭᅴ
즁앙의 긔집무어

쳬충 보ᄅᆞᆷ 놉히 무고
아로ᄉᆡᆨ여 간쳥ᄒᆞᆯ

오봉산 일월병풍
오봉이 슛슛ᄂᆞᆫ

히도ᄂᆞᆫ 떳만리고
히가 돗ᄂᆞᆫ 둣ᄒᆞ라

한편의 보ᄇᆞᆯ 병풍
레왕의 위업이오

엄위ᄒᆞᆯ 그린 둣긔
레간거 흥ᄂᆞᆫ 긔상

칠월편경 지구를
즈셰이 그려수니

한편 병풍 그려스되
시민여샹ᄒᆞᆯ터

구즁경궐 깁흔 곳에
기즁마랴 명득복쳑

어이아라 구리셧노
달ᄉ 홍ᄒ시니고

상방 검틱 아검은
소지ᄒᆞ니 시ᄅᆞᆯ은

빅일 뇌졍 위업이라
숭건ᄎᆞ지 장변일라

한양가 4

인뎡뎐군뎡뎐이오
취민후ᄂᆞᆯ뎡뎐이오
영화랑쇠거가온고
춘강리임오ᄒᆞ엿고
쥬ᄂᆞ리령리령쇼
곳보외로녀리리로라
빅쇼ᄂᆞᆫ학ᄌᆞᄒᆞᆯ
우록은유규복이라
학관인각충ᄌᆞᄒᆞ라
란뎐봉누쳡ᄌᆞᄒᆞᆯ
춘쳡시ᄅᆞᆯ박구쳐스되
그굴의ᄒᆞ여스되
셜미살창쇠인군과
곱고곱은쇠슬분합
금쳔꼬쇠난간은
부용무란쇠여잇고

히뎡랑릭도뎐은
지밀최쇼도여쇠라
옥루규쳔긴봅고즌
별우규쳔지되여쇠라
금의원의리화이요
그즁의봄ᄂᆞᆫ쳣시라
어슈랑말근연못
오인어약흥ᄒᆞᆯ지니라
독류박연불근기동
아로쇠인ᄅᆞᆯ보들과
틱뎡훠픵의
여시여시박연시라
쥬린슈규렴번회ᄒᆞ라
벽방금뎐영랑ᄒᆞᆯ
장춘각나무가리
무지긔묘양으로

한양가 3

청룡은 타락뫼오 빅호눈 길마지라
황해도 구월산은 외빅호 되여잇고
적셩의 감악산은 후장이 되여잇고
그물쥴기 나리흘너 오두제함 슘울며
하늘이 되신왕도 히동의 읏듬어라
단군의 구쇽이오 긔조의 유풍이라
여념은 억만가오 셩쳠은 수십니라
경북궁 청덕경 쳥경덕경 큰련각이

강원도 금강산은 외쳥룡 되여잇고
젹쥬의 한나산은 외안이 되여잇고
독미월계 나린물이 룡산삼기 한강되고
강화의 마리산이 조수구 도여쇠라
국호는 죠션이오 도음은 한양일다
의관도 화려호고 문물도 거록호라
즁편은 동묘되고 셔편은 사직일라
만반공의 소소소니 쳔문만감물 쇠라

한양가 2

한양가

지벽ᄒᆞ니 이셩겨셔라
셩신이 광희ᄒᆞ니 오힝이 되여셔라
츙셩 겨날졔 이 번셩ᄒᆞ라
오악이 용발ᄒᆞ고 스독이 광활ᄒᆞ다
곤륜산 일지믹이 동히로 둘러울졔
힝룡ᄒᆞ여 만리며 구비ᄂᆞ라 구비고
빅두산 긔봉ᄒᆞ여 함경도 너머셔셔
강원도 ᄂᆞ리라셔 경긔로 도라들졔
북국을 바쳣ᄂᆞᆺ 북용을 싹가날갓
충ᄌᆞ이 오ᄂᆞᆫ 긔셰 도봉의 머물너셔셕
군션이 모야ᄂᆞᆫ갓 아홀이 버러ᄂᆞᆫ갓
삼각산 일러셜졔 천년을 경영인가
만년을 경영인가 호거룡반ᄒᆞ기의 앙라
북악이 임ㅅ 되고 종남산 안산일라

한양가 1

한양가(漢陽歌)

「한양가(漢陽歌)」
세재갑진(歲裁甲辰) (1884, 헌종 10년) 계춘(季春 ; 음 3월)
한산거사(漢山居士 ; 인물 미상) 저
세재경진(歲裁庚辰) (1880, 고종 17) 국추(菊秋 ; 9월)
석동(石洞) 방각본(坊刻本), 목판본, 국립중앙도서관 장서본

極始同遷史不與會而不與爭。終合軻書利吾家
而利吾國夫然後負荊謝罪而求無嫌隙勿頸爲
交而罔不恊和既當時合謀相輔伊爾國不固而
何昔反以我爲讎無幾相見今聊與子如一亦孔
之嘉向若既妬嫌我亦振怒以一朝睚眦之憤有
兩臣死亡之故則安得以弱趙千乘之威使諸侯
而畏怖。

삼도부 16

何今日位居我先吾不忍爲之下矣者相逢必當
辱焉相如曰俾吾國鼎峙而安唯二人耳儻異日
角鬪而死若兩虎然於是君臣之會則稱疾不朝
道路相逢則迴車而避如此者何畏於彼唯止乎
爲國而已讓其鋒敵居常隱匿而行以我邦家恐
有危亡之事何則壯士一怒則不死何俟賢人俱
亡則治國者誰故我公之避也念此邦之殆而笑
宰嚭有隙於子胥吳國見敗羨玄齡同音於如晦
唐室致綏有以見一則戰攻而日闢四方一則智
勇而威伸列域儻二子爭相爲死彼一邦罔有定

由奢儉而興亡。西柳兮以漆而顯覆。北松兮由後

以流移。西都号抑京。煌煌江都惟德之基順天事大風。

俗淳熙於萬斯年安不忘危。

相如避廉頗以先國家之急賦。

相如所避廉氏之奇。以我國急難之故非予心畏

懼之爲。顧彼大賢與私讎而不遇殆非他故念我

邦之將危昔者臣惠王者雖多肩藺氏者未有奉

使於外則得還和氏之璧從上而遊則俾擊秦王

之缶然則且論功考績雖大山莫及其高故越序

超資於中國卓居其右時廉頗謂伊人身起於賤。

大夫毋多言只此一言足以知大平極理之美凡
政理清平皆由儉始儉則習俗歸厚胡皇天不佑
胡基祚不長父哉向者走等唕嘮嘮祇自彰國
累耳大夫曰二子聽之吾以古爲的昔周家忠厚
享年八百漢文衣綿履革其臣多敦厚長者垂祚
罔極唐文皇尚儉欲營一殿鑒秦而止維時房魏
不以理安爲喜故垂統三百餘祀洪惟本朝風化
掩古畏天之威樂天之道以小事大于時保之物
不疵癘元鯤鯤歎之不足申其義而作歌曰邈
自陶唐兮下至宋康雖文質沿革之不同兮靡不

龍象爭蹴金毛竟吼千燈續焰於心心衆海飜瀾
於口口。朝焚祝聖之香。夕點鎮災之炷猶以爲未
足特創精廬於輦下。遠邀方外之道伴青山白雲。
逃身而出紫陌紅塵來垂手叚槌拂而風雷動捧
喝而雨電散殺活自在頭頭必斷越前歲因大難。
君臣益復痛顧一集諸家遞日作梵念佛唱神之
音激切而山岳盡動燃頭燒指之煙紛布而日月
無光精勤苦倒如此其極報應攝護必不可量三
容曰古今奉浮圖莫若梁何促危亡犬夫曰方今
主上躬儉而厚下二客即愕然失容避席而跪曰。

삼도부 12

公府。流溢於民戶。匪山而巍如。泉之溥。菽粟陳陳
而相腐。孰與大漢之富饒。二客曰。至富非蓄積宜
鑑鉅橋大夫曰佛法流於海東尚矣。至於今日左
爲信篤像設而歸依則鎔金塑土琢石刻木或線
縷以繡盡繪以貌睟乎端嚴儼若視矍法寶之弘
揚則經律論章禪書祖訣校印墨寫泥金刺血黃
卷赤軸琅函慕帕若開風藏委積磊落禪藍教刹。
公寺私堂或社或庵。曰齋曰房蠱不知乎幾千萬
坊。香火之氣連熏於萬里。鐘磬之聲相聞於四方。
於是乎厖眉橘袍碧眼菊裳南羲北林竹葦成行。

仰觀愁於壁立。兒鷹犰虎不能窺闞一。
夫呵噤萬家高枕是金湯萬世帝王之都也二客
曰固國不以山河在德不在險。大夫曰城市即浦。
門外維舟蜀往樵歸一葉載浮。程捷於陸易操易
輸庖炊不匱廐秣亦周人閑用足力小功優商舩
貢舶萬里連帆艤重而北棹輕而南橋頭相續舳
尾相銜一風頃刻六合交會山宜海錯靡物不載
擣玉春珠累萬石以硯磽苞珍裹毛聚八區而卷
鵠爭來泊而纜碇街填而卷隘顧轉移之孔易。
何駄貢之賽倩爾乃手挈肩擔往來跬步堆積于

客豈亦曾聞江都之事乎。略舉一緒揚攉而議夫
東海之大凡九江八河吞若一芥蕩雲沃日。洶湧
澎湃中有花山。金鼇屹戴涯凌葉擁渚岬枝附麗
其枝葉而沙散碁布者。江商海賈漁翁塩叟之編
尸也神岳藥開靈丘蕚捧架其藥蕚而暈飛鳥聳
者皇居帝室公卿士庶之列棟也。內據摩利穴口
之重匝外界童津白馬之四塞出入之誰何則岬
華關其東實入之送迎則楓浦舘其北兩華爲闕
二嶠爲樞。真天地之奧區也。於是乎內繚以紫壘
外包以粉堞水助縈回山爭岌業術臨慄乎淵深

卉。名花佳鶱。春榮夏實。綠稠紅蒨。敷香布蔭。爭妍
竟媚。後房佳麗。雲衣霞帔。盡態極艷。列陪環侍。玳
筵綺席。笙歌鼓吹。九醞波漫。千疊屹崎。如昜之需。
若詩既醉。駝峯熊掌。龍肝鳳髓。錦簇瓊堆。厭飫唾
棄。至於士庶。桑門釋子。居必華屋。食必兼味。極耳
目之娛。誇服飾之異。庸奴賤隸。胥然僭擬。巍其冠
戴其幞。鞶其帶。釼其履。衣輕服緻。爭相耀侈。雖雍
洛靡麗之盛。莫我敢齒。大夫曰。噫舊都之流離。盖
以此。於是西北二客。奮聲作色。且怒且惡曰。走等
終日言。而大夫皆折之。願聞江都之說。大夫曰。二

自貢無玷謂欲威民必用奇憯細察纖微曲照幽
暗吹刮而求瘢瑕莫掩於是乎振縲絏揚繩撲
之則百杖不厭絞之則重索猶慄吏不完肢體民
盡落肝膽蕭蕭凌凌慄慄懍懍咄嗟而諸難即辦
叱吒而群猾亦震歲增賦而不為重月進膳而不
為諂急徵征稅若督戶歛漕轉陸輸火疾電閃用
儲峙乎國廩則其勤公利國之功言昕不盡大夫
曰詐清奇憐民之蠹為害也甚叟曰公卿列弟聯
亘十里豐樓傑閣鳳舞蝀起涼軒燠室鱗錯櫛比
輝映金碧森列朱翠綎繡被木彩毯鋪地珍木異

其高深圓熟。陳言不踐於古。冷生新語別出於今。武夫猛士則衣短後縷縷胡。佩蛇劎握龍刀。躑躅攬搏闘虓咆哮。熊挐虎攖鶻掠猿超瞋目語難掉臂輕趫騎射一發聯的三中枝手一弄飛毬百繞。是所謂國之寶歟。大夫曰非也。彫蟲亂力。君子不取。况弄毬之巧叟曰設官分職內千外萬激濁揚清舉無懷閭歲命春官選登賢儁青紫滿朝紳垂笏攝。出為廉察或典州郡莫不以冰清玉潔爲已之任不通水火之利况受苞苴之贈斷帶爲燈投錢以飲門羅雀以寂寥食無魚兮冷談人服其名。

삼도부 6

百鍊千鍜爲鏃爲鏑爲矛爲釬爲刀爲槍爲鑪爲
鑼爲鋤爲鏄爲釜爲鐘器瞻中用兵充外扞雞林
求嘉桑拓荑莫春而浴蠶一戶萬箔夏而繰絲
指百絡始繩而繰方織以繰雷梭風杼脫手霹靂一
羅綃綾繰縑綃縛縠煙纖霧薄雪皓霜白青黃之
朱綠之爲錦綺爲繡纈公卿以衣士女以服樞曳
綷縩披拂艴赫是誠天府國寶錯落大夫曰尺璧
非寶矧伊金帛叟曰詞人墨客比肩林林紅情綠
意繡口錦心咀冰嚼雪琢玉彫金筆一走也驚雷
迅電難以況其捷疾詩多態也澄江絕壁不足譬

삼도부 5

後鴨斯言孔彰及乎統合三土卜開明堂北峻牛

卧南峙龍翔右懷左抱案花相當八頭三尾東峴

西岡隱嶙屈伏臂角商騰精降神吐氣産祥五

川靈派源乎淼茫萬洞溝集流瀁洋簫馳輪走

朝湊中央涵靈注德滋養百昌青松茂矣三百餘

霜中衰復盛繫于苞桑自古如我應識立國有幾

帝王大夫曰祖聖龍興應天順人非以地理圖讖

之荒唐叟曰中原大寧鐵馬是産鑛鉛鑒鎮鉎鑪

銇鑴惟山之髓匪石之鎮斸掘根株浩無畔岸洪

爐鼓鑄融液爁爛焰爍陽紋水淬陰縵老冶弄鎚

吹笛遠。聞於牧童。畫圖難斅。賦詠未窮。爾乃解錦

纜浮蘭舟。中流回首。悅然如在鏡屏中也。則吾都

形勝。誠天下之所獨。大夫曰。奇觀絕景。喪人心目。

生曰。水而漁則長網一舉。奇獲多矣。鮪鯢魴鱧鱣

鯵鰻鯉鰷鮿鱣鮪。固為賤嗜。及當冬月。滿江水結。

錦鱗珠鼥。其下鱉鱉。金挺乂之。百不一脫。置盤經

宿凍成玉潔。庖丁膳夫。鳴刀巧割。縷飛霏霏。色絕

味絕。一下齒霜喉雪。（句失）此間作千載。若符先有崔孤

雲者嘗曰。聖人之氣。醞釀山陽。鵲嶺松青。鷄林葉

黃紫雲未起。預識興亡。鐵原寶鏡。隨自上蒼。先雞

삼도부 3

祇所宅。平壤其祠。呼叱風伯。指揮雨師。怒則白日
霹雷。木石交飛。又有木覓稼穡。是司。不耕而禾積
如京坻蔭。公庾私介。以尨襪。若是何如。犬夫曰神
怳莊誕。何以誇爲生。曰壯麗之觀則。有龍堰闕九
楪宮。膠葛廣敞。高明窮崇。翁闢宇宙。宴迷西東。天
不能奪其挤。鬼不得爭其功。遊觀之所則。多景跨
蒼海清遠。撑半空。浮碧臨浩蕩。求明架嶒巖。衆水
沴匯名爲大同。晶瀁晃瀁。抱鎬欲澧淨。鋪素練。皎
菤青銅。兩岸垂楊。終日舞風沙。平野闊。落鴈鳴鴻
青山繞郭。四面龍螽。細雨披蓑。俯見於漁翁。夕陽

삼도부 2

三都賦　　崔滋

西都辨生與北京談叟來遊江都。遇一正議大夫。
大夫曰蒙聞二國之名未覩其制幸今邂逅二客
請攄懷舊之情。弘我以兩京。辨生曰唯唯西都之
創先也帝號東明降自九玄乃眷下土此維宅焉。
匪基匪築化城屹然。乘五龍車上天下天導以百
神從以列仙熊然遇女求往翩翩江心有石曰朝
天臺悅兮盤陀忽焉峽嵯惟帝時升神駁徘徊祠靈

삼도부 1

원전
영인

삼도부(三都賦)

「삼도부(三都賦)」 고려 고종(高宗) 때 최자(崔滋) 저
동문선(東文選) 권 1 부편(賦篇) 중에서
활자 ; 성종 2년(1471)에 을해자(乙亥字 ;1455) 를
번각(飜刻)한 목활자본

【ㅂ】

참고 문헌 목록

-연구 논문-

(1) 가람 이병기(李秉岐)

　"「한양가」에 나타난 서울의 모습" 향토 서울 통권1호 1957년.

(2) 최강현(崔康賢)

　"「한양가」에 나타난 이조 풍물고" 고대문화 통권 3집, 1961년.

(3) 최강현의 "「한양가」연구" 고대 대학원 석사논문, 1964년.

(4) 최강현의 "「왕조 한양가」의 이본에 대하여" 국어국문학 Vol. 32, 1966년.

(5) 문주석(文珠石)의 "「한양가」 연구" 숙대학보 1호, 1955년.

(6) 김보겸의 학술 논문 "「한양가」의 형상화 양상 고찰" 동남어문 논문집 제13집, 2001년.

(7) 김보겸 학위 논문 "고씨본 「한양가」 연구" 동아대학교 2002년.

(8) 강윤정의 학술논문

　"임진년 노래 고" -「한양오백년가」와의 관계를 중심으로 -
　개신어문연구 제14집, 개신어문학회, 1997년

-주석서-

(1) 국역 동문선 - 민족문화추진회편, 1976년 간.

(2) 송신용(宋申用) 교주본 「한양가」 1949년 정음사 간.

(3) 박성의(朴晟義) 교주본 「농가월령가」, 「한양가」 1974년, 1984년.

(4) 이석래(李石來) 교주「한양가」,「농가월령가」 1974년.

(5) 민창문화사(民昌文化社) 편「한양가」 1994년.

(6) 향민사(鄕民社) 편「한양오백년가」 1964년.

(7) 신영길(辛永吉) 역주「한양오백년가사(漢陽五百年歌史)」
   1985년. 서울 범우사(汎友社) 간.

(8) 이대준(李大駿) 교주「한양가」 2000년.
   서울 뿌리사 발행.

(9) 한국고전문학전집 ③ 중의「한양가」 주석, 1970년.

-참고문헌-

韓國史 〈古代篇〉 李丙燾, 金載元 - 震檀學會- 1959
   〃   〈中世篇〉 李丙燾   -   〃   - 1961
   〃   〈近世前期篇〉 李相伯   -   〃   - 1962
   〃   〈近世後期篇〉   〃   -   〃   - 1965
   〃   〈最近世篇〉 李宣根   -   〃   - 1965
黨議通略 - 李建昌(1852~1898)저-1책 국립중앙도서관 본
黨爭嗟嘆歌 - 李德(?~1622) 漆室遺稿 중 칠실기념사업회 1985 간
朝鮮成宗新舊對立- 申奭鎬 近代朝鮮史研究
大典會通 - 高大民族文化研究所 1975
朝鮮文學史 - 金台俊 저 朝鮮語文學會 발행 1931
韓國漢文學史 - 李家院 저 普成文化社 발행 1995
朝鮮四千年史 - 아오야기난메이(青柳南溟) 1914
朝鮮史と史蹟 - 아오야기난메이(青柳南溟) 1923
國史大事典 - 李弘稙 편저 百萬社 刊 1974
韓國人名大事典 - 新近文化社 1967

版權所有　明文堂印　圖書出版

삼도부_와 한양가 그리고 한양오백년가
三都賦　漢陽歌　　漢陽五百年歌

초판 인쇄 : 2011년　1월　15일
초판 발행 : 2011년　1월　20일

번역 주석 : 金　智　勇
발 행 자 : 金　東　求

발 행 처 : 明　文　堂(1923. 10. 1 창립)
　　　　　서울시 종로구 안국동 17~8
　　　　　우체국 010579-01-000682
　　　　　Tel　(영)733-3039, 734-4798
　　　　　　　　(편)733-4748 Fax　734-9209
　　　　　Homepage : www.myungmundang.net
　　　　　E-mail : mmdbook1@kornet.net
　　　　　등록 1977. 11. 19. 제1~148호

• 낙장 및 파본은 교환해 드립니다.
• 불허복제

값 30,000원
ISBN 978-89-7270-976-3　　03810